Das kalte Herz des Todes

Die Autorin

Linda Ladd ist die erfolgreiche Autorin nervenaufreibender Psychothriller. Seit 1984 hat sie 21 Romane veröffentlicht, die Gesamtauflage ihrer Titel umfasst mehr als drei Millionen Exemplare. Linda Ladd hat zwei erwachsene Kinder und lebt mit ihrem Mann in Missouri.
Mehr über die Autorin erfahren Sie unter www.lindaladd.com.

Linda Ladd

Das kalte Herz des Todes

Thriller

Aus dem Amerikanischen
von Dirk Risch

Weltbild

Die amerikanische Originalausgabe erschien 2013 unter dem Titel
Remember Murder bei Kensington Publishing Corp., New York

Besuchen Sie uns im Internet:
www.weltbild.de

Dieses Werk wurde vermittelt durch die Literarische Agentur
Thomas Schlück GmbH, 30827 Garbsen.
Übersetzung: Dirk Risch
Projektleitung & Redaktion: usb bücherbüro, Friedberg/Bay
Umschlaggestaltung: Jarzina kommunikationsdesign, Holzkirchen
Umschlagmotiv: Jarzina kommunikationsdesign, Holzkirchen
Satz: Catherine Avak, Iphofen
Druck und Bindung: GGP Media GmbH, Pößneck

Printed in the EU
ISBN 978-3-95569-485-2

2019 2018 2017 2016
Die letzte Jahreszahl gibt die aktuelle Ausgabe an.

Prolog

Jesses Mädchen

Die Unfallnacht

Er würgte, hustete, schnappte nach Luft – alles, was er zunächst hören konnte, war der Herzschlag, der tief in seinen Ohren pochte. Er war groggy, er wusste nicht, wo er war. Irgendwo weit entfernt nahm man ein raues Wehklagen von heulenden Sirenen wahr. Vollkommen durchnässt, vor Kälte und Schock zitternd, kroch er aus dem Wasser und legte seine Wange auf die glitschige, schlammige Böschung, halb in und halb draußen aus dem dahinströmenden Fluss. Blut lief sein Gesicht hinunter und brannte in seinen Augen. Irgendwie wusste er, er musste weiter. Er steckte in großen Schwierigkeiten. Ein Arm war so gefühllos, dass er seine Finger nicht spürte. Es fühlte sich an, als wäre er gebrochen, irgendwie verletzt, aber er konnte ihn bewegen. Er konnte nicht ganz klar denken. Er musste Hilfe finden. Ja, richtig, er musste Hilfe holen.

O Gott, wo war er? Alles, was er in der Dunkelheit ausmachen konnte, waren hoch aufragende Bäume und dichtes, undurchdringliches Unterholz. Es war windig, die Baumkronen schwankten hin und her, er selbst zitterte unkontrollierbar. Mit all seiner Kraft zwang er sich auf die Beine. Da musste ein Pfad sein, eine Straße, ein Haus, irgendetwas, irgendwo in diesem Wald. Er sank auf die Knie, die Beine immer noch zitterig, und versuchte seine dahinrasenden Gedanken zu bändigen, sich zu erinnern, was ihm zugestoßen war, aber er war zu benommen und zu schwach, und ihm war schlecht. Die Dunkelheit um ihn herum ließ nichts Gutes erahnen, dieser Wind und die Sirenen und das lautstarke Surren der nächtlichen Insekten.

Erschöpft und verwirrt ruhte er sich einfach dort aus, auf Händen und Knien, versuchte, wieder normal zu atmen. Dann stemmte er sich wieder hoch und stützte sich mit beiden Händen gegen eine riesige Eiche, zog in Erwägung, welchen Weg er gehen, was er tun sollte und was mit ihm geschehen war. Schließlich verminderte sich die Kakofonie in seinem Kopf zu einem tiefen, schmerzhaften Dröhnen, und er begann sich zu erinnern. Da war ein Unfall passiert, entsann er sich unscharf, ja, das war es. Sein Wagen war in einen Fluss gestürzt; er hatte sich gerade noch so zurück an die Oberfläche gekämpft und war mit dem Leben davongekommen.

Er sog die feuchte Nachtluft ein und zwang sich weiterzugehen, durch die sich anklammernden Büsche und über die toten Blätter, die den Boden bedeckten. Die fernen Sirenen verstummten plötzlich, eine nach der anderen. Dann war die Nacht totenstill, aber es fing an zu regnen. Er konnte das Klatschen der Tropfen hören, die das Blattwerk über ihm trafen. Erschöpft schleppte er sich weiter, schmiegte seinen verletzten Arm an seinen Brustkorb und presste seine andere Handfläche gegen die blutende Wunde auf seiner Stirn. Als er einen Pfad fand, entfloh er endlich der klammernden Vegetation auf einen weitläufigen Platz voll Gras. Genau da ging er wieder zu Boden, erschöpft, aber erleichtert, nicht länger allein in dem tiefen Wald zu sein. In dem alten Bauernhaus auf dem Hügel waren die Lichter an. Es war jemand zu Hause, Gott sei Dank. Und jetzt fing er an, sich wieder an alles zu erinnern. Annie, oh, Annie, wo bist du? Er brach in Tränen aus und gab für ein paar Minuten laute, herzzerreißende Schluchzer von sich.

Er konnte nicht aufhören zu weinen, er kletterte den Weg zum Haus hoch und brach erschöpft unten an den Stufen der Veranda zusammen. Er ruhte sich dort einen Moment aus und versuchte, seinen Schmerz über das Ertrinken Annies unter Kontrolle zu kriegen. Annie war sein Mädchen. Sie hatte immer ihm gehört, immer nur ihm. Wie konnte er ohne sie weiterleben? Schließlich, immer noch weinend, kroch er die Stufen hinauf. Das Fenster in der Tür sandte ein Viereck gelben Lichts aus, das auf ihn fiel, und er konnte das Blut auf seinen Händen sehen. Es sickerte immer noch sein Gesicht herunter. Er kämpfte gegen seine Schwäche und seinen benebelten Geist an, pochte mit einer Faust gegen die Fliegengittertür und ließ sich dann heruntersinken, lag verdreckt, mit dem Gesicht nach unten da, zu abgekämpft, um seinen Kopf zu heben. Ein paar Augenblicke später ging die Deckenlampe der Veranda an. Eine alte Frau öffnete die Tür und fand ihn hingestreckt auf ihrer Eingangstreppe.

»Mensch, wirklich, junger Mann! Was ist Ihnen denn passiert?«

Mühsam setzte er sich auf. »Ich bin mit meinem Wagen in den Fluss gestürzt, denke ich. Bitte helfen Sie mir. Bitte.«

»Wie, natürlich mach ich das. Hier, kannst du aufstehen? Stütz dich auf mich, du armer Kerl.«

Er machte das, stützte sich fest auf ihre Schulter. Im Haus

sah es aus wie auf einem Foto aus den 1950er oder 1960er Jahren. Wo in aller Welt war er? Die Tapete des kleinen Wohnzimmers war ein Muster aus großen roten und violetten Rosen auf gelbem Hintergrund, alles ausgeblichen zu faden Pastelltönen. Er nahm den ausgeprägten Geruch von Mottenkugeln und Zitrusbohnerwachs wahr, vielleicht auch das pudrig duftende Parfüm der alten Dame. Er stützte sich auf ihren hinfälligen Körper, dachte, sie wäre zu alt und zu verletzlich, um einen Fremden wie ihn in ihr Haus zu lassen, dass sie Männern, die sie nicht kannte, die Tür nicht aufmachen sollte. Aber Gott sei Dank war sie so treuherzig. Sie half ihm unter Körpereinsatz in ihre kleine Küche und setzte ihn auf einem roten Vinylstuhl an einem altmodischen Esstisch mit Aluminiumbeinen ab. Auf der Platte lag ein rot kariertes Plastiktischtuch. In der Mitte stand ein gelber Drehaufsatz mit Keramiksalz- und -pfefferstreuern, die wie rosa Schweine aussahen, und ein Serviettenständer aus Plastik in Form eines gelben Gänseblümchens. Über dem Stuhl neben ihm hing eine weiße Schürze mit Latz und langen Bändern. Er kam sich vor wie in Tante Ems Haus in *Der Zauberer von Oz,* und Judy Garland würde jeden Augenblick mit diesem kleinen Hund die Treppe herunterkommen. Er konnte sich nur nicht an seinen Namen erinnern.

»Haben Sie vielen Dank für Ihre Hilfe«, brachte er mit brechender Stimme heraus und klang ungewohnt. Trotzdem fühlte er sich im Grunde genommen ein bisschen stärker.

»Na, na, mach dir mal darüber keine Sorgen, Herzchen. Ich bekomme nicht oft Gesellschaft hier draußen. Es ist richtig schön, mal eine andere Stimme in diesem Haus zu hören.«

»Sie leben hier draußen ganz allein, Ma'am?«

»O ja, leider. Schon seit mein Liebling Harry gestorben ist, Gott sei seiner Seele gnädig.« Sie durchquerte die Küche, holte ein sauberes weißes Geschirrtuch aus der Schublade und befeuchtete es an dem alten avocadogrünen Waschbecken. Er schaute in der Küche herum. All ihre Gerätschaften waren avocadogrün. Sie kam mit dem Geschirrtuch zurück. »Hier, Kind, press das auf den Schnitt an deinem Kopf. Du blutest dich ganz voll.« Er zuckte, als sie die Wunde befingerte. »Es sieht wirklich gar nicht so schlimm aus. Ich denke, wir können das ein bisschen verbinden und müssen nicht in die Notaufnahme rennen. Es ist so teuer jetzt, ein Wunder, dass überhaupt jemand hingeht.«

Das Tuch, das sie ihm reichte, war dünn und abgenutzt von den vielen Jahren des Gebrauchs. Es hatte kleine, handgestickte gelb-weiße Gänseblümchen entlang einer Kante. Er wischte etwas von dem Blut von seinem Gesicht und presste es dann auf die Wunde. »Haben Sie ein Telefon, Ma'am? Vielleicht könnten wir einen Krankenwagen oder ein Taxi rufen, um mich abzuholen. Vielleicht sollte ich ins Krankenhaus. Ich fühle mich nicht besonders.«

»Ich habe den Telefonanschluss vor fast zehn Jahren abgemeldet. Ich musste; hab von der Sozialhilfe meines Mannes gelebt und von was weiß ich nicht. Ich habe sowieso niemanden, den ich anrufen könnte. Alle, die ich jemals geliebt habe, sind auf und davon und mir weggestorben. Wie heißt du, Schatz?« Sie wandte sich ab und öffnete einen hohen Hängeschrank über dem Herd. Er beobachtete, wie sie eine braune Flasche mit Jod herausnahm, und überlegte, was er sagen sollte. Eine Sache, an die er sich erinnerte, war, dass er ihr sicher nicht seinen wahren Namen sagen konnte. Oh-oh. Er versuchte, sich einen guten einfallen zu lassen.

»Jesse Jordan«, sagte er, und er mochte seinen Klang. »Wie heißen Sie, Ma'am?«

»Ich bin Mrs Rosalee Filamount, aber meine Familie hat mich immer Miss Rosie genannt. Und Harry auch, Gott hab ihn selig.«

»Das ist allerdings ein schöner Name, Miss Rosie.« Jesse schaute auf den betagten Herd und den Kühlschrank, die große Theke mit Mikrowelle und die altmodische Beleuchtung. »Miss Rosie, Sie haben sicher irgendwelche Verwandtschaft hier, die mal aushilft, wenn Sie etwas brauchen. Sie sind nicht ganz allein auf der Welt, oder?«

»Ich komme hier ganz gut allein zurecht, vielen Dank auch. Hab meinen einzigen Sohn im letzten Krieg verloren und dann meine kleine Schwester vor zwei Jahren. Sissy hatte Darmkrebs. Sie war die letzte meiner Familie, die zu unserem Herrn gerufen wurde. Ich habe ihren alten Caprice gekriegt, für den Fall, dass ich mal in die Stadt fahren muss. Ich kann dich da hinbringen, wenn wir dich wieder hingekriegt haben und du dich besser fühlst. Ich muss sowieso mal wieder zum Einkaufen fahren.« Miss Rosie lächelte und enthüllte dabei ein ultraweißes, perfektes künstliches Gebiss. Sie stellte sich dicht vor ihn, faltete das Tuch neu und presste es auf die offene Wunde, um die Blutung zu stoppen, dann trug sie das Mittel auf. Er stöhnte wegen des schrecklichen Brennens, als sie es auf den klaffenden Riss spritzte. »Einen ziemlich netten Schlag hast du da abgekriegt, Jesse, aber es wird gut abheilen, jetzt, wo wir es verarztet haben. Hast du noch woanders Schmerzen?«

»Nein, Ma'am, ich denke nicht. Mein Arm ist wirklich empfindlich, aber ich denke, er ist nur ziemlich schlimm geprellt. Ich kann ihn jetzt ganz gut bewegen. Ich glaube, ich bin nur ziemlich angeschlagen.« Er gab ein kleines nervöses Lachen von sich, aber er ließ sie nie aus den Augen, schaute ihr mit prüfendem Blick zu. »Ich stehe tief in Ihrer Schuld, Ma'am, Miss Rosie. Sie waren verdammt anständig zu mir.«

»Ach, nicht der Rede wert, Junge. Weißt du, ich denke, jedes Mal, wenn du einem Bedürftigen oder jemandem in Not hilfst, bekommst du einen wertvollen Edelstein in deiner himmlischen Krone, meinst du nicht, Jesse?«

»Aber klar, Miss Rosie. Genau das Gleiche hat mir meine Mama auch immer erzählt.«

»Nun, hör auf deine Mama. Mütter wissen normalerweise, wovon sie reden. Ist sie denn noch unter uns?«

»O nein, sie ist schon lange tot, ist eine Treppe heruntergefallen und starb. Aber sie war wirklich schön und hat sich gut um mich gekümmert.«

»Ach, Gott, das tut mir so leid. Und du bist noch so jung und so. Nun, Gott sei ihrer Seele gnädig.« Miss Rosie ließ eine Hand mitfühlend auf seiner Schulter liegen. »Du brauchst ein paar Aspirin, denk ich mal. Hast du Kopfschmerzen?«

»O ja, Ma'am. Ich hab solche Kopfschmerzen, Sie würden's einfach nicht glauben.«

Während er sie beobachtete, wie sie die Bayer-Aspirin-Flasche aus dem Schrank holte, seufzte er schwer, weil jetzt alles zurückkam. Das undeutliche Durcheinander in seinem Kopf verschwand und alles wurde klar. Er sah Miss Rosie zu, wie sie einen alten A&W-Rootbeer-Krug von einem Regal über dem Ausguss nahm. Er presste beide Hände auf den Tisch und stand auf. Dann nahm er die Schürze mit den langen Schürzenbändern und bewegte sich leise sehr nah an die alte Frau heran, die mit dem Gesicht zum Ausguss stand. Miss Rosie spürte ihn und drehte sich schnell um. »Oh, mein Guter, Sie sollten nicht so schnell wieder aufstehen. Sie könnten hinfallen.«

Als er das Schürzenband um ihren Hals schlang und anfing, es enger und enger zu winden, so stramm, dass ihre verblichenen blauen Augen leicht hervortraten, kämpfte sie nicht einmal besonders dagegen, schaute ihn nur geduldig an, als ob sie bereit wäre zu sterben und es willkommen hieß. Als ob Jesse ihr einen Gefallen täte. Sie mit ihrer himmlischen Krone mit all diesen Juwelen auf dem Kopf in den Himmel schickte. Es dauerte nicht länger als ein paar Momente, bis sich ihr Gesicht auberginelila verfärbte und kleine Blutgefäße begannen, blutrot im Weiß ihrer Augen zu platzen. Strähnen ihres dünnen schneeweißen Haars lösten sich aus ihrem straffen Knoten am Ansatz ihres Nackens und fielen über seine Hände. Es war länger, als er es sich vorgestellt hatte, es reichte bis zu ihrer Taille hinunter.

Ihr Todeskampf verschaffte Jesse eine Art von absolutem Wohlbefinden, sexuell und spirituell, nur einfach zuzusehen, wie sie den Geist aufgab. Weil es das war, was sie wirklich wollte. Deshalb hatte Gott sie direkt zu ihrem Haus geführt, hatte sie ihn ins Haus gelassen, damit er sie töten konnte, und sie mit dem lieben Harry Filamount hoch oben in den himmlischen Sphären vereint wäre. Er begann ihr Gesicht zu lecken, als sie starb. Er hatte einen Freund namens Bones Fitch in der psychiatrischen Station im Hospital, der ihm beigebracht hatte, seine Zunge so zu benutzen wie ein Hund. Es schärfte die Sinne, half ihm, all den Schmerz und die Angst und die Verzweiflung zu genießen. Jetzt leckte er die Leute immer ab, wann immer sich die Möglichkeit ergab; so konnte er sie besser kennenlernen.

Miss Rosie erlag dem Tod viel ruhiger, als ihm lieb war, und viel leichter als andere Leute, die er erdrosselt hatte. Arme alte Dame. Sie hatte solch ein Ende nach einem so langen und glücklichen Leben wirklich nicht verdient. Und er mochte alte Leute wie sie. Aber er würde es wiedergutmachen. Er würde ihren Kopf mitnehmen, wenn er fuhr. Seine Mama würde das gut finden, eine neue Freundin, mit der sie reden könnte, und er würde sie miteinander bekannt machen, sobald er Mamas Grab aufgegraben und ihren Kopf zurückhätte.

Als Miss Rosie vollkommen schlaff war, leckte Jesse den Rest ihrer Tränen von ihrem Gesicht und fand, dass sie nach Cover-Girl-Gesichtspuder schmeckte. Er mochte diesen Geschmack. Seine Mama hatte Gesichtspuder benutzt, bevor sein Daddy sie umgebracht hatte. Er legte Miss Rosies vogelartigen kleinen Körper auf den gelben und roten und blauen Flickenteppich der Küche, und dann durchsuchte er alle Schubladen nach einem Fleischerbeil. Er war sich sicher, dass Miss Rosie eins besaß. Alle Leute vom Land hatten scharfe, gut geschliffene Hackbeile, um Hühnerköpfe abzuschlagen und so. Alles würde jetzt gut werden. Er war verarztet, frei von Sorgen, und nicht so schlimm verletzt, dass es seine Pläne durchkreuzte. Aber bald kamen ihm die Tränen und rollten seine Wangen hinab, weil er seine süße Annie im Fluss verloren hatte. All die Pläne, die er im

Krankenhaus geschmiedet hatte, waren jetzt nicht mehr machbar. Er würde sie nicht mehr mitnehmen können, nicht mehr glücklich bis ans Ende ihrer Tage mit ihr leben.

Aber vielleicht könnte er Annies Leiche finden. Sie stehlen, so wie er die seiner Mama stehlen würde. O ja, das würde richtig gut funktionieren. Gerade als seine Zukunft richtig schlecht aussah, hatte Mrs Filamount ihre Tür geöffnet und ihm ihr Haus und ihr Auto und einen schönen ruhigen Platz gegeben, um herauszubekommen, wo Annies Leichnam war. Alles schien sich jetzt wirklich zum Besseren zu wenden. Das Hackbeil in der Hand griff er sich das Haar der alten Dame und schleifte sie auf der Suche nach einer Badewanne den Flur entlang. Er konnte ja schlecht ihr schönes, sauberes und ordentliches Häuschen mit dem ganzen Blut einsauen, nicht wahr? Nicht, nachdem sie so nett zu ihm gewesen war.

1

Heute

Ich war mir nicht sicher, wo ich war. Ich war mir nicht sicher, wer ich war. Es war mir egal. Es war alles diesig grau und kühl und flüchtig, wie in der hübschesten, ruhigsten Wolke dahinzutreiben, die ich jemals geschaffen hatte. Ich schwebte nur herum, sacht, leicht wiegend, und es gefiel mir. Es war friedlich und ruhig, kein Lärm, keine Sorgen, keine Angst. Mir wurde klar, dass ich am Grund verankert war, irgendwo weit, weit unten, am anderen Ende einer funkelnden, silbernen Leine, die durch die Wolken, wie Hügel aus riesigen Wattebäuschen unter mir, durchgerutscht war. Das war egal. Ich wollte nicht darüber nachdenken. Ich wollte nur ganz still sein und die zarten, schaukelnden Bewegungen der sanften Brise genießen. Ich wollte, dass die Wolken mich höher trugen, ganz hoch hinaus, hoch ins helle weiße Licht, das die Wolken über mir zum Leuchten brachte. Es lockte mich, aber ich konnte mich anscheinend nicht von der silbernen Leine lösen, die mich an Ort und Stelle hielt, damit ich an diesen wundervollen Ort hochschweben konnte.

Ich schloss meine Augen und wusste weiter nichts, bis die Stimme eines Mannes mich aufweckte. Sie war tief und rauchig und klang verängstigt und hartnäckig und entschlossen. Es gefiel mir nicht, aber die Stimme klang irgendwie vertraut, und ich wusste irgendwie, dass ich zuhören musste.

»Komm schon, Baby, ich weiß, du kannst mich hören. Ich weiß, du kannst. Du kannst zurückkommen. Versuch es einfach, versuche, die Augen zu öffnen, versuche, meiner Stimme zu folgen.« Dann schmolz die Stimme dahin, und da war ein abgewürgtes Geräusch, und ich sah, wie sich in meinem Geist ein Gesicht materialisierte, mit blauen Augen und schwarzem Haar, aber ich erkannte es nicht wirklich. Ich ignorierte es dann und ließ das Schaukeln mich wieder in den Schlaf wiegen.

Die Stimme kam oft und machte mich überdrüssig, ihr zuzuhören, weil ich die Stille mochte. Und dann kamen andere Stimmen, nicht so oft wie das blauäugige Gesicht, aber genug, um meinen Frieden zu stören und mich zu wecken.

»Ich bin es, Claire, Bud. Komm schon, tu uns das nicht an. Die Ärzte sagen, du kannst wieder gesund werden, wenn du nur aufwachst. Du bist in einem Koma, das ist das Problem. Du musst aufwachen, um dich zu erholen. Charlie ist auch hier. Wir sind alle hier.«

Diese Stimme klang noch nicht einmal bekannt. Die, die nach seiner kamen, auch nicht. Ich schlief wieder, wünschte mir, sie würden mich nur in Ruhe lassen und mir die Stille schenken, die ich wollte. Aber das taten sie nicht, sie wollten nicht aufhören, und die Stimmen schienen weiterzumachen, Tag und Nacht und andauernd.

»Hier ist Black, Claire. Hör mir zu, hör zu, verdammt noch mal. Du kannst das. Alle sind hergekommen, um dich zu sehen. Es ist in Ordnung, aufzuwachen. Ich hab dich jetzt wieder zu Hause, und ich gehe nirgendwo hin, bis du deine Augen aufmachst. Du kommst wieder in Ordnung. Es ist vorbei. Ich habe die besten Ärzte der Welt, die an deinem

Fall arbeiten. Deine Genesung geht gut voran. Alles, was du tun musst, ist, zu mir zurückzukommen. Du musst zurückkommen. Mach es ganz einfach. Mach es, Claire.«

Ich schlief noch etwas. Die Stimme wollte nicht aufhören. Jetzt las sie mir vor. Sei ruhig und geh weg, dachte ich. Lass mich in Ruhe. Dieses Gesicht tauchte in meinem Geist auf, und es sah jetzt irgendwie vertraut aus, aber ich kannte ihn immer noch nicht. Ich wollte ihn nicht kennen.

Seine Stimme schien immer da zu sein, sprach andauernd zu mir. »Der Sheriff braucht dich, Claire. Du liebst es, ein Detective zu sein, erinnerst du dich? Du machst das gut. Du hast viele Kriminelle hinter Gitter gebracht. Du hast sie gekriegt, alle. Sie werden nie wieder jemanden umbringen. Charlie braucht dich zurück an deinem Arbeitsplatz. Ich brauche dich zurück.«

Lange danach kam eine andere Stimme, langsam und affektiert, und weckte mich. »Hör zu, Claire Morgan, hier ist Joe McKay. Was für ein Spielchen spielst du hier, so was wie das hier abzuziehen? Uns alle zu Tode ängstigen. Hiev deinen hübschen kleinen Hintern hierher zurück und aus dem Bett. Lizzie ist hier bei mir. Sie will auch Hallo sagen.«

Je öfter ich die Stimmen hörte, desto näher schienen sie. Sie zogen mich hinunter durch die hübschen Wolken, hinunter zu wo immer die silberne Leine verankert war, und ich wollte nicht dorthin gehen. Ich wollte, dass sie aufhörten. Ich wollte hier in der sanften Stille verweilen, also wehrte ich mich und versuchte, das Sinken anzuhalten und meine Ohren zu verschließen und nicht zuzuhören. Warum konnten sie mich nicht ganz einfach in Ruhe lassen?

Dann hörte ich die Stimme eines Kindes, sehr undeutlich

und weit entfernt. Nicht mehr als ein Flüstern. »Ich und Jules sind traurig, dass du krank bist.«

Ein Traumbild brach in mir hervor, ein kleiner blonder Junge mit Pausbacken und pummligen Armen und einer Angelrute mit einem kleinen Barsch, der am Haken hing. Ich kannte seinen Namen nicht, aber ich wusste, er brauchte mich. Ich hatte ihn so lang nicht gesehen. Ich muss zurück und ihn finden. Ich habe ihn irgendwo gelassen, aber ich weiß nicht, wo. Er wird Angst haben ohne mich. Das weiß ich genau.

Irgendwie erhob ich mich von diesem hübschen, träumerischen, perlweißen, friedvollen Bett und ergriff die Silberleine. Ich fing an, mich Handbreit um Handbreit hinunterzuhangeln, runter, runter, ich lauschte nach der Stimme des kleinen Kindes, bis die anderen Stimmen immer näher und näher kamen. Dieser eine mit Namen Black, der mich so unerbittlich bedrängte, sagte: »Oh, gottlob, sie kommt zu sich. Sie versucht aufzuwachen.«

Ich stoppte da eine Weile, aus Angst, weil die Stimmen jetzt so nah waren. Dann schließlich, zu guter Letzt, als sie ruhig waren, fühlte ich mich bereit, ihnen entgegenzutreten. Ich öffnete meine Augen der Dunkelheit, schloss sie aber wieder ganz fest, Schrecken verschlang mich. Ich versuchte, zurück in die Wolken zu steigen, aber die wunderbare Stille war verschwunden, und die allerschrecklichsten Träume sprangen mich an wie Monster in der Nacht. Dann hörte ich eine andere Stimme, eine schreckliche flüsternde Stimme, die mir etwas von einem alten Lagerhaus an einem Fluss erzählte, die mir sagte, jetzt seien wir endlich zusammen, dass wir beinahe entkommen seien. Und dann kam plötzlich ein Traumbild hoch, ich war an einen Stuhl gefesselt, in einem Kreis mit anderen Leuten, und jemand brachte die Leute dazu, sich gegenseitig zu erschießen. O Gott, bitte, hilf mir. Ein Mann stand auf und kam auf mich zu. Er hatte ein Fleischerbeil in seiner Hand. Er war dabei, mich zu töten, aber stattdessen wandte er sich dem Mann neben sich zu und schwang das Hackbeil mit voller Kraft. Ich kämpfte verzweifelt gegen das Klebeband, das mich festhielt, warf mich zurück gegen den Stuhl, als er mit dem blutigen Fleischerbeil auf mich zukam.

Keuchend, entsetzt, jeder Nerv und jede Faser ihres Körpers zitternd, öffnete Claire Morgan ihre Augen. Sie war jetzt vollkommen wach, sich augenblicklich ihrer Umgebung bewusst. Sie lag in einem Krankenhausbett in einem schwach beleuchteten Raum, den sie nie zuvor gesehen hatte. Sie versuchte, sich zu bewegen, aber beide Handgelenke waren an den Bettseiten angegurtet. O Gott o Gott. Dann sah sie den großen Mann in einem Stuhl sitzen, der neben sie geschoben worden war. Er war eingeschlafen, die Lesebrille immer noch auf der Nase, eine offene Aktenmappe auf dem Schoß. Sie wusste nicht, wer er war. War es der Mann aus ihrem Traum, der mit dem Fleischerbeil? Hielt er sie wieder gefangen?

Vollkommen außer sich, weil sie ihm entkommen wollte und wegen des dunklen Raums, riss und zerrte sie an den Fesseln, und ihr wurde klar, dass er alle möglichen Arten von Schläuchen und Kabeln an ihren Armen und ihrem Brustkorb befestigt hatte, welche, die zu Infusionsbeuteln an einem mobilen Ständer führten. Was machte er mit ihr? Setzte er sie unter Drogen? Entsetzt kämpfte sie noch wilder gegen die Bettgurte aus Gewebe an. Als der Alarm des Herzmonitors neben ihr durch Summen und Klingeln die Stille erschütterte, sprang der Kerl im Stuhl hoch und lehnte sich über sie. Ihr Kidnapper packte ihre Schultern und versuchte, ihre Versuche, das Bett zu verlassen, zu unterbinden.

»Claire, o Gott sei Dank. Hör mir zu, hör zu, es ist alles in Ordnung. Niemand will dir etwas tun. Du hattest wahrscheinlich einen bösen Traum. Beruhige dich, ich bin hier. Ich bin genau hier.« Dann lagen seine Arme um sie, und er hielt sie fest gegen seine Brust. Er hielt sie da fest, und sie wollte frei sein. Sie kannte ihn nicht!

»Lassen Sie mich los, lass los!«

Ihre Stimme klang heiser und kratzig, ihr Mund war trocken und ausgedörrt. Sie konnte kaum sprechen. Wo war das Hackbeil? Würde er sie umbringen? Eine Schwester in blauem OP-Kittel rannte plötzlich in den Raum und an ihr Bett. Sie fing an, die Apparate zu justieren. »O mein Gott, Nick! Sie ist wach!«

Der Mann ließ sie los, aber hielt sein Gesicht sehr nah an ihrem. Sie schob und drückte sich von ihm weg, fühlte seine Hand auf ihrer Augenbraue, sehr zart. Ihr ganzer Körper verkrampfte. Dann wurde ihr klar, dass dieser Kerl Nick der Mann mit dem schwarzen Haar und den hellblauen Augen war. Sie konnte seine Augen im gedämpften Licht leuchten sehen. Seine Stimme war dunkel, sehr tief und beruhigend, als er wieder sprach. »Ich bin's, Claire. Nicholas Black. Erinnerst du dich an mich?«

»Nein, nein, tu ich nicht! Warum ist es so dunkel? Warum bin ich gefesselt?«

»Schh, Baby, kämpf nicht so gegen mich. Ich nehme die

Bettgurte sofort ab. Schau, ich mache sie auf.« Er redete weiter in dem gleichen sanften, beruhigenden Tonfall mit ihr. Jetzt fing die Stimme an, irgendwie vertraut zu klingen, wie die, die so oft mit ihr geredet hatte. Jetzt sprach er mit der Krankenschwester. »Monica, schnell, mach die Lampen an, alle.«

Der Mann, Nick, hielt jetzt ihre linke Hand zwischen seinen beiden und gab sich große Mühe, ihre Ängste zu zerstreuen. Ihr Herz raste: sie verstand nichts von all dem. »Du hast viel geträumt, Liebling, hattest ein paar ziemlich schlimme Albträume. Du hast dich hin- und hergeworfen und hast gegen etwas gekämpft. Ich hatte Angst, du könntest dich verletzen, also hab ich darum gebeten, dass man dich anschnallt. Schau, jetzt sind sie weg. Niemand wird dich verletzen oder dich wieder anbinden.«

Sobald die Gurte weg waren, zog sie sich von ihm zurück, so weit sie nur konnte. Verwirrt, sehr geschwächt, zog sie ein Kissen vor sich, eine erbärmliche Barriere gegen ihn, und versuchte zu verstehen, was vor sich ging. Sie musste sich beruhigen, sie wusste das, aber ihr Herz schlug so fest, dass sich ihr Körper bei jedem Schlag schüttelte. Sie inhalierte tiefe Atemzüge und schaffte es, ein bisschen ruhiger zu werden, aber es dauerte eine Weile. Ihre Stimme war heiser und zittrig. »Sagen Sie mir, wer ich bin. Was ist das hier? Was stimmt nicht mit mir?«

»Du bist jetzt wieder okay. Du bist bei einem Verkehrsunfall schwer verletzt worden. Du hast eine schwere Kopfverletzung abbekommen. Du hast lange Zeit hier im Koma gelegen.«

»Ich kann mich nicht daran erinnern«, sagte sie und fügte

dann mit erneutem Entsetzen hinzu: »Ich erinnere mich an nichts.«

»Das wirst du, das verspreche ich. Es wird etwas dauern, das ist alles.« Dieser Nick-Typ lächelte auf sie hinunter. »Wie fühlst du dich, Kleines? Willst du irgendetwas – etwas Wasser trinken, irgendetwas?«

Claire schüttelte den Kopf und versuchte verzweifelt, ruhig zu bleiben, schaffte es aber nicht ganz. »Sagen Sie mir nur, wo ich bin!«

»Wir sind in der Cedar Bend Lodge. Dort leben wir. Bitte, Claire, leg dich bitte nur zurück und bleibe ruhig. Niemand hier will dir etwas Böses, ich schwöre zu Gott.«

Sie starrte an ihm hoch und wusste nicht, was sie sagen sollte. Sie hatte keine Ahnung, wo sie war; sie wusste nicht, ob sie dem, was er sagte, trauen konnte. Sie hatte ihn nie im Leben gesehen und hatte noch nie etwas von einem Ort namens Cedar Bend Lodge gehört. Ihr war schlecht, als ob sie erbrechen müsste. Verunsichert und durcheinander, versuchte sie verzweifelt, ihre steifen Muskeln zu entspannen und still zu liegen. Ihr Herz schlug immer noch wie verrückt. »Sagen Sie mir, wer Sie sind. Sagen Sie mir, warum ich hier bin.«

»Eins nach dem anderen, Claire. Du bist hier in Sicherheit, das ist erst mal das Wichtigste, was du jetzt wissen musst. Und du musst mir vertrauen. Ich bin Arzt, *dein* Arzt. Ich kümmere mich um dich in diesem Raum seit ein paar Tage nach dem Unfall. Was du gerade erlebst, nennt man retrograde Amnesie. Das ist vollkommen normal nach einer Kopfverletzung wie deiner.« Er hörte dann auf, atmete selbst tief ein und sah aufgebracht aus. »Mach dir nur keine

Sorgen. Vertrau mir, nur für jetzt, und ich verspreche dir, dass dein Gedächtnis wiederkommen wird. Das Wichtigste für dich im Moment ist, ruhig zu bleiben und still, und mir zu erlauben, mich um dich zu kümmern.«

Noch nicht sicher, ob sie ihm glauben konnte, lag sie still da und hörte ihm zu. Sie fühlte sich bloß so schwach und ihr war mulmig im Magen. Sie ließ das Kissen zwischen ihnen, als er ihre Hand nahm und ihren Puls fühlte. Dann bat er sie, das Kissen wegzulegen, damit er ihr Herz abhorchen konnte. Sie tat es, aber sie wollte nicht. Er steckte das Stethoskop in den Ausschnitt ihres Krankenhaushemds und horchte auf ihren Herzschlag, dann wickelte er eine Blutdruckmanschette um ihren Arm. Dann nickte er der Krankenschwester zu, und sie begannen, alle Schläuche und Kabel zu entfernen, die an ihren Körper angeschlossen waren. Er lächelte die ganze Zeit. Die Krankenschwester auch. Claire runzelte die Stirn.

Aber sie fühlte, mehr Kontrolle zu haben, jetzt, da das Licht an war. Sie war in einem normalen, durchschnittlichen Schlafzimmer, einem sehr schönen, groß und geräumig mit wunderschönem Mobiliar – keinem Krankenhauszimmer. Es waren keine Menschen an Stühle gefesselt, und niemand zielte mit einer Waffe auf jemanden. Nicholas Black sagte, er sei ein Arzt, und er benahm sich wie ein Arzt, und er würde nichts an ihrer Person mit einem Fleischerbeil abhacken, so verging ihre erste Welle der Panik. Sie beobachtete ihn, wie er einen Plastikbecher nahm und ihr gab. Ihre Hände zitterten immer noch so sehr, dass sie ihn zwischen beiden Handflächen festhalten musste, aber sie nahm einen kleinen Zug durch den Strohhalm. Sie schaute ihn nicht wieder an, versuchte ihre Gedanken und Gefühle zu ordnen. Sie fühlte sich noch immer unbehaglich, als ob sie von diesen Leuten etwas zu befürchten hätte.

Als sie wieder zu Nicholas Black hochschaute, stand er immer noch nah am Bett, lächelte, als ob er sehr glücklich darüber wäre, dass sie wach war. »Hast du etwas dagegen, wenn ich dir ein paar Fragen stelle, Claire?«

Claire? Ja, das war ihr Name. Oder? Sie nickte. Irgendetwas war komisch mit dem Namen, Claire. Es brachte nichts richtig zum Klingeln. In ihr kam wieder Panik hoch, aber sie kämpfte sie psychisch wieder nieder. Sie fühlte sich durcheinander und krank und voll Angst. Aber er versuchte ihr zu helfen, sich zu erinnern, sie wusste das, und sie wollte es auch glauben. »Ich bin mir nicht sicher, ob ich so heiße oder nicht, Doktor.«

Der große dunkelhaarige Arzt lächelte. »Du erinnerst dich nicht an deinen Namen?«

Etwas stach durch die Mauer der Dunkelheit, die in ihrem Kopf stand. »Sie haben mich Claire genannt, aber ich bin mir da nicht so sicher.« Ein anderer Gedanke kam durch, Gott sei Dank. »Mir ist gerade ein Name eingefallen. Annie, ich erinnere mich an den Namen Annie.« Sie machte eine Grimasse, versuchte, noch mehr zu fassen zu bekommen. »Nein, warten Sie, es ist Claire. Claire Morgan, denke ich. Erzählen Sie mir noch einmal, was passiert ist. Ich verstehe immer noch nicht, was mir zugestoßen ist.«

»Dein Name ist Claire Morgan, und es ist ein sehr gutes Zeichen, dass du dich daran erinnerst. Der Wagen, in dem du gesessen hast, ist von einer Brücke in den Fluss gestürzt, und beim Aufprall hast du dir den Kopf an der Windschutzscheibe angeschlagen. Du hast hier drei Wochen im Koma gelegen. Achtzehn Tage, um exakt zu sein. Erinnerst du dich, in welchem Staat du lebst?«

Jetzt schien ihr Geist zu reagieren, Dinge kamen zurück, verschwommen, flüchtig, aber sie versuchten eindeutig, durch den dunklen Nebel zu brechen. »Kalifornien, Los Angeles.« Sie dachte ein paar Sekunden hart nach und erinnerte sich an etwas anderes. »Ich bin Detective. LAPD.«

Der Arzt und die Krankenschwester tauschten einen kurzen, aber aussagekräftigen Blick, der ihr ziemlich genau verriet, dass sie diese Antwort verbockt hatte. Irgendwie machte ihr das Angst, und sie schloss die Augen, um die Unsicherheit auszusperren. Sie wollte nicht mehr mit ihnen reden, wollte sich seine Fragen nicht mehr anhören, oder was er sonst noch von sich gab. Sie wollte, dass sie sie in Ruhe und die Dinge selbst herausfinden ließen.

Seine tiefe Stimme kam zurück, ganz nah an ihr Ohr, und dann küsste er zu ihrem Schrecken ihre Wange. »Das ist in Ordnung, Claire. Ruh dich nur aus. Wir reden später weiter. Und in einer kleinen Weile, wenn du dich stärker fühlst, schauen wir mal, ob du etwas essen kannst, und dann werden wir dir helfen, aufzustehen und zu laufen.«

Der unbekannte Arzt namens Nicholas Black lehnte sich in seinem Stuhl neben ihr zurück, und die Krankenschwester namens Monica glitt mit der Art kaum hörbarer Schritte aus dem Raum, die nur Krankenschwestern beherrschten. Claire Morgan hielt ihre Augen danach fest geschlossen und versuchte sich zu erinnern, wer zum Teufel sie war und was für ein Leben sie geführt hatte, bevor sie diese Brücke heruntergestürzt und an ein Bett geschnallt gelandet war.

2

Ich spürte, wie ich an der Kapuze meines Parkas über den Boden geschleift wurde. Ich konnte mich nicht rühren; meine Arme und Beine fühlten sich gefroren an. Ich hörte einen Riegel klicken und fühlte, wie mich jemand in ein langes Glasaquarium hineinrollte. Ich versuchte, durch das Glas zu schauen, aber es war zu dreckig. Ich konnte nicht klar denken. Was stimmte nicht mit mir? Verzweifelt versuchte ich, mich selbst wachzurütteln und mir einen Reim darauf zu machen, was hier passierte. Ich verlagerte meinen Kopf und mir wurde klar, dass ich mit der einen Seite meines Gesichts auf einem weichen weißen Polster lag. Spinnweben. O Gott.

Ich kämpfte, so hart es ging, um meine Gliedmaßen zu bewegen, aber sie fühlten sich an wie tote Gewichte. Über mir waren Löcher im Glasdeckel. Ich konnte um mich herum nichts sehen, aber ich befürchtete, etwas war mit mir in dem Kasten. Ich kam nicht an meine Waffe heran. Ich musste herauskommen. Ich musste entkommen, und ich sah etwas durch das Loch kommen und auf meine Brust fallen. O mein Gott, was war das? Ich musste es wegkriegen!

Schlagartig wachte Claire auf, mit Klauen in die Luft schlagend bei dem Versuch, sich aus diesem schrecklichen Glassarg freizukämpfen, schreiend und hysterisch, aber sanfte Hände nahmen ihre Hände und hielten sie zusammen. Der Doktor war da.

»Es ist nur ein Traum, Claire, das ist alles. Ein böser

Traum. Alles ist in Ordnung. Ich bin hier. Ich werde nicht zulassen, dass dir jemand wehtut.«

Es dauerte eine Weile, bis sie das glaubte, und als er ihr den Schweiß von der Stirn tupfte, zitterte sie weiter, versuchte sich an mehr zu erinnern, aber sie konnte nicht. Alles, woran sie sich erinnern konnte, war die Angst, der Schrecken, und das Bewusstsein, dass ihr etwas Schreckliches zustoßen würde.

»Schh-schh, Liebling. Es ist nur ein Albtraum. Dein Geist beschützt dich vor einigen schlimmen Erinnerungen, aber dein Unterbewusstsein lässt einige davon durch. Du bist in Sicherheit. Ich gebe dir jetzt sofort eine Spritze, die dir helfen wird, wieder einzuschlafen, ohne zu träumen.« Sie spürte den Nadeleinstich und begrüßte ihn. »Ich bleibe genau hier bei dir, Claire. Genau hier.«

Claire konnte nicht aufhören zu zittern und verstand nicht, was los war, aber er war vorher hier bei ihr gewesen, als sie das erste Mal aufwachte. Er war nicht der in dem Albtraum, so viel wusste sie. Er würde ihr nicht wehtun, sie glaubte nicht, sie klammerte sich an seine Hand und wollte nicht loslassen. Nach ein paar Minuten, als sie in diesen tiefen und ersehnten medizinischen Schlaf sank, spürte sie, wie er sich auf dem Bett neben ihr ausstreckte und ihren Körper an sich zog. Blanker Schock war ihre erste Reaktion, Unglaube, dass irgendein Doktor so etwas tun würde. Ihr Instinkt war zu protestieren, aber sie hatte nicht wirklich die Stärke oder den Willen, viel zu tun, sie wusste nur, dass sie sich in seinen Armen sicherer fühlte.

Mehr als alles andere wollte sie nicht mit dieser seltsamen und unbekannten Landschaft ihres Geistes allein gelassen werden. Sie wollte jemanden, der sie festhielt und sie beschützte, vor welchem Teufel auch immer, der ihr nachstellte. Dr. Black fühlte sich groß und stark und wehrhaft an, und er hielt sie, als ob er sie nicht loslassen würde. Mit der Zeit hörte sie auf, sich über all das Gedanken zu machen, ihr rasendes Herz verlangsamte sich auf normales Tempo, und sie lag bequem in seinen Armen.

In diesem Moment war ihr egal, ob sie wusste, wer er war; alles, was sie interessierte, war, in Sicherheit zu sein. Sie kämpfte gegen den Schlaf an, solange sie konnte, und er sprach sanft in ihr Haar, tiefe und beruhigende Worte, flüsterte ihr zu, dass alles gut werden würde. Mit der Zeit schlief auch er ein, sie immer noch haltend. Dann, gegen ihren Willen, nahm die Droge sie mit hinunter in die Dunkelheit, und sie schloss ihre Augen und trieb weg in einen ruhelosen, qualvollen Schlummer.

Als Claire das nächste Mal die Augen öffnete, schreckte sie hoch und fand sich alleine im gleichen Krankenbett, der Doktor war weg und niemand anders zu sehen. Sie rief seinen Namen, aber es war die Krankenschwester namens Monica, die hergeeilt kam. Sie half Claire, es sich in den Kissen bequem zu machen. »Es tut mir leid, ich war nur für eine Sekunde draußen. Keine Angst. Es ist alles gut.«

»Wo ist der Doktor?«, fragte Claire mit leicht verminderter Gemütsruhe. »Er war genau hier bei mir. Oder? Hab ich das geträumt?«

Monica schien die Antworten auf diese Fragen nicht zu kennen, aber sie lächelte zu Claire hinunter, sehr entspannt und tüchtig und angenehm. Sie war ein hübsches Mädchen, sehr klein und schlank. »Sie sind in Ordnung. Sie haben nicht geträumt. Er hat nur das Zimmer vor einer Weile verlassen. Er musste duschen und nach seinen anderen Patienten in den Bungalows sehen. Er wird bald zurück sein.«

Das gelassene Verhalten der freundlichen Schwester Monica übertrug sich auf Claire, und sie entspannte sich. Sie kämpfte immer noch gegen die Verwirrung an, aber ihr Geist war jetzt klarer, und sie fühlte sich mehr wie sie selbst. Sie erinnerte sich, wie sie aufgewacht war. Sie erinnerte sich, wie er sie gehalten hatte und sie vor diesen schrecklichen Träumen beschützt hatte.

»Ich wette, Sie hätten gern etwas zu essen, nicht wahr? Wie wäre es mit einem leichten Frühstück? Nur bis Sie sich besser fühlen?«

Das Verlangen nach Essen war bei Claire nicht aufgekommen, aber sie nickte. »Wer sind Sie noch einmal?«, fragte sie, als Monica ihre Kissen aufschüttelte und das Laken und die Decke straffte.

»Ich heiße Monica Wheeler. Ich bin examinierte Krankenschwester. Dr. Black hat mich als Privatschwester für Sie eingestellt. Ich kann Ihnen gar nicht sagen, wie froh ich bin, Sie endlich wach zu sehen.«

Claire überdachte das alles, aber sie lag still da und beobachtete Monica, wie sie eine Speisekarte vom Nachttischchen nahm und sie aufschlug. »Wie wär's mit Orangensaft, Claire, oder Grapefruitsaft? Vielleicht Apfelsaft. Klingt das gut? Oder heiße Hühnerbrühe? Sie müssen mit etwas Leichtem anfangen, aber je eher Sie etwas in den Magen kriegen, desto stärker werden Sie sich fühlen.«

»Ich will aufstehen.«

»Okay, können Sie. Aber lassen Sie uns noch ein wenig

warten. Nach dem Essen ist ein guter Zeitpunkt, zu versuchen zu laufen. Okay?«

»Okay. Wie sieht's mit Kaffee aus?«

»Natürlich. Ich werde unten anrufen und Ihnen gleich einen Becher hochbringen lassen. Sie werden wahrscheinlich auch trockenen Toast vertragen. Danach dann, wenn der Doktor einverstanden ist, werden wir aufstehen und ich helfe Ihnen, zu duschen.«

All das klang gut. Sie wollte heraus aus dem Bett. Claire legte sich zurück und starrte aus dem Fenster, als die Schwester die Vorhänge aufzog und den dämmrigen Raum mit Sonnenlicht flutete. Das Fenster war groß und unverstellt, und eine wunderschöne und schimmernde Fläche Seewasser und azurblauer Himmel eröffneten sich ihrem Blick. Der strahlende Sonnenschein half, die dunklen Orte in ihren Träumen zu vertreiben.

Der Doktor kam zurück, als sie ein Stück Toast mit der Konsistenz von Pappe hinunterwürgte, und die Schwester glitt aus dem Zimmer. Er kam herüber, stand neben ihrem Bett und strahlte sie an. »Du siehst heute schon viel besser aus.«

»Danke, dass Sie gestern Nacht bei mir geblieben sind«, sagte sie prompt und meinte es wirklich.

»Ich wollte dich seit Wochen so halten.«

Was zum Teufel? Stirnrunzelnd sagte Claire nichts, als er sich eine Tasse Kaffee aus der Kanne auf ihrem Frühstückstablett eingoss, als ob die Küche gewusst hätte, dass er welchen wollte und deshalb eine zweite Tasse für ihn mitgeliefert hatte. Sie fand seinen Kommentar verwirrend. »Warum?«

»Weil ich dich liebe.«

Nun, das war ein Schocker. Heilige Scheiße. »Sie lieben mich?«

»Ja doch, und du liebst mich auch.«

»Ich kenne Sie nicht.«

»Wirst du noch früh genug. Wir sind jetzt schon eine lange Zeit Lover.«

Wow, er glaubte an die Tugend, kein Blatt vor den Mund zu nehmen. Aber das waren mehr Informationen, als sie im Moment verarbeiten wollte. Sie war auch nicht so sicher, ob sie das glaubte. Sie schloss ihre Augen und gab vor zu schlafen, bis er ging. Aber sie fühlte sich jetzt stärker, da sie einen Bissen gegessen hatte, und sie war fest entschlossen, aufzustehen und aus diesem Bett zu sein, ehe der Tag vorüber war.

Lunch bestand aus Toast Melba, Hühnercremesuppe, Zitrusgötterspeise und Apfelsaft. Jawohl, ein richtig schnuckeliger Rundumschlag nach achtzehn Tagen Fasten. Ziemlich eklig, und sie aß nicht viel davon. Um diese Zeit kamen ihre ramponierten Nerven wieder ins Lot und unter Kontrolle, und sie fing an, sich mehr wie sie selbst zu fühlen. Aber ihr war unklar, wer sie war, da soll mal einer mitkommen. Ihre Desorientierung ließ eine Spur nach, und sie fand es seltsam, fast schon interessant, dass sie sich nicht an ihre Vergangenheit erinnern konnte. Ein paar Sachen rasteten ein, klar, normale und banale tägliche Routinen. Aber sie konnte sich an keinen Unfall oder anderes mehr erinnern, was passiert war, seit sie Los Angeles verlassen hatte. Sogar einiges vor und während ihres Aufenthaltes in L. A. war verschüttet und versteckte sich in den großen, weiten Abgründen ihres Gehirns.

Mit schierer Willenskraft sammelte sie genug Kraft, um

aufzustehen und sich von Monica ins Bad begleiten zu lassen. Sie duschte und wusch sich die Haare, indem sie sich an die Stange in der Duschkabine hängte, die allzeit beflissene Mini-Monica wartete sprungbereit mit einem fluffigen schwarzen Handtuch daneben. Claire beobachtete die Badezimmertür, halb befürchtend, dass Dr. Black alias *Der-Mann-der-behauptete-ihr-Lover-zu-sein-den-sie-aber-in-ihrem-Leben-noch-nie-zuvor-gesehen-hatte* hereinplatzen und ihre Person mit einer beträchtlichen Ladung Seifenschaum einseifen würde. Keine Chance! Da würde sie aber ganz fix einen Riegel vorschieben.

Vielleicht hatte er sie ja gestern Nacht im Arm gehalten, und sie wusste das zu schätzen, so weit es menschenmöglich war, das war einmal sicher. Können Sie drauf wetten, nach dem schrecklich gruseligen Traum. Vielleicht waren sie ja heiß aufeinander gewesen vor ihrem Unfall – sie auf jeden Fall hatte nicht die geringste Ahnung, ob das stimmte. Nicht dass er nicht ein Typ wäre, auf den man heiß sein könnte. Aber selbst wenn sie Lover gewesen sein sollten, er stand so ziemlich allein da mit seinem Wissen. Dementsprechend verständlich wohl ihre Zurückhaltung, die Wanne und ihren nackten Körper mit ihm zu teilen.

Mittlerweile gelüstete es sie nach etwas handfesterer Kost, zum Beispiel einem Viertelpfünder mit Käse oder einen Big Mac, und übergroße Fritten mit einer Cherry Coke würden gut munden. Vergebens. Trotz lautstarken Protests, sie könne jetzt wunderbar laufen, vielen Dank auch, wurde sie per Rollstuhl von der schon erwähnten Monica einen langen und superluxuriösen schwarzen Marmorgang hinunter in Dr. Blacks privates Büro gekarrt. Er war nicht da. Das sind Marieren! Besonders wenn er denn ihr Schätzchen und ihre wahre Liebe war, und all dieser Blödsinn, wie er vorgegeben hatte, noch dazu völlig ernst.

Monica stellte sie vor dem gigantischen und teuren Teakholztisch des Doktors ab, fixierte die Bremsen des Rollstuhls und machte noch ein paar Sachen, die eifrige Krankenschwestern so tun. Mensch, wo war die Wolldecke und das Hörgerät? Sie fühlte sich langsam wie eine achtzigjährige Invalide mit zwei gebrochenen Beinen. Obwohl, um bei der Wahrheit zu bleiben, sie fühlte sich verdammt viel besser nach ihrem ultra-deliziösen Lunch. Sie musste es nur unten behalten und vielleicht würde ja jemand ordentliches Fastfood reinschmuggeln. Aber so weit, so gut. Komisch, wie die Abwesenheit von Hackebeilen das Leben großartig erscheinen ließ. Alles in allem, sie fühlte sich außergewöhnlich gut, wenn man die Tatsache in Betracht zog, dass sie gestern um diese Zeit in tiefem Koma lag und dämonische Kreaturen sie mit scharfen Waffen herumgejagt hatten.

Fünfzehn Sekunden nachdem Monica den Raum verlassen hatte, stand Claire ohne jegliche schwesterliche Hilfe auf und fühlte sich für eine Sekunde oder zwei ein bisschen duselig, aber hey, das war verständlich. Der Schwindelanfall war schnell vorbei. Aber sie war ja nicht gestört, nur vergesslich, sie musste die Sache nur langsam und sachte angehen, wenn sie nicht wieder angegurtet im Bett landen wollte. Sie hatte ihr Gesicht und ihre Figur nach der Dusche gründlich im Badezimmerspiegel inspiziert. Ihre Arme und Beine waren ziemlich muskulös und schlank, und nichts schien besonders aus dem Gleichgewicht oder gebrochen zu sein, oder anderweitig ihr Zartgefühl zu verletzen.

Es gab ein paar wenige ziemlich gigantische und grässliche Narben an ihr, deren Herkunft sie sich nicht erklären konnte, und Monica konnte das anscheinend auch nicht. Alles andere betreffend, schien sie ein recht gesundes Exemplar eines Gesetzeshüters zu sein, nachdem sie diese unangenehme Komageschichte überlebt hatte.

Claire fand, sie konnte gut laufen, genau wie sie Monica vorher gesagt hatte. Sie war nur ein bisschen wackelig und unkoordiniert, aber sie konnte schon ordentlich von Punkt A nach B wanken. Sie würde in absehbarer Zeit keine Benefiz-Wettrennen über 5000 Meter mitlaufen, aber sie war auch nicht besonders übermütig oder unüberlegt, sie stützte sich also mit einer Hand auf die glänzende Platte, während sie den Tisch entlang ging. Einen Moment später stoppte sie ihren ermüdenden Treck zum anderen Ende des Tischs und starrte durch die enorme Reihe raumhoher Fenster mit Blick auf das Wasser und eine entzückende Aussicht. Die Praxis des guten Dr. Black lief ja blendend, kapierte sie. Großartig sogar, wenn er sich eine Bude wie die hier leisten konnte. Nun, guter Deal, das bedeutete vielleicht, dass er die Erfahrung hatte, ihre Erinnerungen an alles über sich wieder hochholen zu können – im Moment sah eine blank geputzte Tafel informativer aus. Der Gedanke ernüchterte sie, deprimierte sie sogar etwas.

Sie quälte sich damit, sich zu erinnern, seit sie ausgeflippt und verängstigt wie eine Heulsuse aufgewacht war, aber sie musste erst noch diese große schwarze Loch überwinden, das alles aus ihrem Hirn saugte. Sie hatte weiterhin kurze Erinnerungsblitze, süße kleine Filmschnipsel eigentlich, Gesichter, Orte, Leute, oder auch viele Leute, aber sie wusste nicht, wo oder was oder warum. Ja sicher, der bereits erwähnte fröhliche Kuscheldoktor hatte ihr versichert, das alles würde sich normalisieren, so sicher der Tag lang war, aber konnte sie ihm glauben? Ja, sie war in der sprichwörtlichen Grube gelandet, glauben Sie's ruhig.

Andererseits, der gute Doc Black musste sich schon reichlich clever anstellen beim Köpfeuntersuchen. Nur ein Blick auf den Picasso, der an der Wand hinter seinem Tisch hing, bewies das. Das Gemälde sah für sie aus wie das Gesicht einer Frau mit einem großen und ziemlich knolligen, mandelförmigen Auge, einer schweinerüsselartigen Nase, die an der Seite herausragte, und alles glitt irgendwie an ihrem Nacken hinunter. Mensch! Sie hatte ja schon in der Vorschule bessere Sachen gesehen. Aber hey, sie erkannte den Künstler. Gutes Zeichen, richtig? Wenn sie sich an Pablo Picasso erinnern konnte, vielleicht fiel ihr dann ja auch wieder ein, wo sie wohnte.

Claire humpelte um den Tisch und prüfte die Signatur des Künstlers, nur um sicherzugehen, dass sie nicht wieder träumte. Ja, fürwahr, es war ein echter Picasso, um Himmels willen. Und mit einem eigenen kleinen Scheinwerfer, der ihn illuminierte. Huch, dieses Schmuckstück musste besagten Doc ja eine hübsche Stange gekostet haben. Normalerweise hasste sie ja reiche Männer leidenschaftlich, und ihr arrogantes, überhebliches Benehmen noch mehr, vielleicht also liebte Claire Dr. Nick nicht ganz so sehr, wie er glaubte.

Und wo war ihr angeblicher Lover – Querstrich – vernarrter Doktor überhaupt? Der Kerl war doch angeblich in sie verliebt, richtig? Also, wo war er und was machte er? Hält er irgendwo den Flur runter ein Schläfchen? Höchstwahrscheinlich, wenn er tatsächlich die ganzen Nächte damit verbracht hatte, über ihrem Bett zu schweben und sich zu wünschen, mit ihr drin zu liegen. Aber sie rechnete es ihm hoch an, dass er gestern Nacht eingesprungen war, sie würde also die A.M.A. nicht informieren. Wow, sie erinnerte sich an die große Ärzteorganisation. Ja, alle wichtigen Sachen kamen jetzt einfach so zurück. Nick Black war nicht gezwungen gewesen, sie gestern Nacht in den Schlaf zu kuscheln. Niemand hatte ihn mit einer Waffe bedroht. Und überhaupt, wo war ihre Waffe? Sie war Polizistin. Sie wollte ihre Waffe zurück.

Aber zurück zu Herrn Dr.: Wahrscheinlich hatte er andere, genauso fertige und ex-komatöse Patienten, um die er sich kümmern musste. Sie fragte sich, ob er bei allen diese Betthüpfgeschichte bringen würde, einfach mal drauf und reinsteigen und es sich bequem machen. Höchstwahrscheinlich hatte er ihr auch noch die Decke geklaut, nachdem sie eingeschlafen war. Wahrscheinlich war er gerade jetzt im Bett bei irgendeiner kranken Trauer-Suse irgendwo und zog ihr die Decke weg, immer wenn sie sich umdrehte. Claire stellte sich den großen, gut aussehenden Doktor dann vor, wie er mit den Patienten einer ganzen Station ins Bett ging, rein und raus, einer nach dem anderen, der Reihe nach. Die Idee kam ihr lustig vor und sie lachte leise in sich rein. Gott, wenigstens hatte sie ihren Sinn für Humor noch.

Auf Nick Blacks Schreibtisch waren ein halbes Dutzend Fotografien platziert, alle mit ziemlich teuren Silberrahmen gerahmt, außer einem kleinen goldenen, und alle auch noch schön glänzend poliert. Diese *Stinkreich-wie-Onassis*-Typen, was kann ein Mädchen schon tun? Claire nahm den größten hoch, versuchte, keinen Abdruck zu hinterlassen, aus Angst, der Doc könnte die Contenance verlieren und ihn wegpolieren müssen. Der Himmel bewahre! Das Bild stellte den Doktor und sie dar, und ja, so wie es aussah, waren sie ziemlich eng in diesem Whirlpool. Sie wusste, dass sie das war, weil sie sich ihr Gesicht im Badezimmerspiegel sehr genau angeschaut hatte nach der Inspektion ihres von Narben übersäten Körpers. Zum jetzigen Zeitpunkt war ihr Gesicht kein schöner Anblick, nö, nicht mal annähernd. Besonders dieser rasierte Teil, wo sie die Wunde an der rechten Schläfe genäht hatten. Obwohl, das Haar wuchs schon wieder, so eine Art gelber Flaum wie bei einer frisch geschlüpften Daisy Duck. Monica behauptete steif und fest, die Kopfwunden heilten sehr schön – ihre Worte –, und dass sie die Fäden vor Tagen gezogen hatten. Zusammen mit der auf ihrer Stirn, und dass Claire fast wieder wie neu wäre. Alles, was noch fehlte, war, ihre Stärke zurückzuerlangen. Und ihr Gedächtnis. Und ihr Leben. Und es wäre nicht verkehrt, zur Hölle noch mal herauszufinden, wo sie wohnte und nach Hause zu gehen.

Immer noch darauf wartend, dass der verdammt heiße Doktor sich blicken ließ, stand Claire da und starrte lange auf das zweite Foto von ihnen, lachend, glücklich und total verliebt ineinander. Hölle noch eins, sie sahen regelrecht verzückt aus. Claire erinnerte sich so sicher wie das Amen in der Kirche nicht daran, jemals verzückt von jemandem gewesen zu sein. Und sie sah eine ganze Stange besser auf dem Foto aus als heute. Dieses hier war an einem Strand aufgenommen worden, irgendwo mit fantastischer Aussicht, krachenden Wellen und türkisfarbenem Meer, das am Horizont zu Kobalt verblasste. Sie hatte nur einen kleinen, itsy-bitsy gelben String-Bikini an, und ihr blondes Haar war kürzer, nass und gerade nach hinten gekämmt. Sie war braun gebrannt, was ihre Augen schrecklich blau aussehen ließ, aber immer noch nicht so rein Azur wie seine. Er war auch braun, und stärker als jetzt. Auf dem Bild trug er eine weiße Badehose und kein Hemd, und sah ohne auch verdammt gut aus. Ihr neuer and unpünktlicher Doktor hob *mucho* Gewichte und tat eine Menge für seinen Körper. Wahrscheinlich irgendwo an einem Strand, ja, ganz zweifellos.

Während sie seine anderen Fotos eins nach dem anderen hochnahm, wurde Claire bewusst, dass alle sie oder sie beide zusammen zeigten. Das konkretisierte also vielleicht diese romantische Duo-Sache. Gegen mehrere Exemplare fotografischer Beweise konnte man schlecht ankommen. Ein Foto zog sie besonders an, und sie lehnte sich mit der Hüfte gegen den Schreibtisch, während sie es genauestens untersuchte. Es stellte wieder einmal den Doktor und sie dar. Er hielt sie auf seinem Schoß sitzend, mit langen weißen Wachskerzen auf dem Tisch neben ihnen. Er trug ein weißes plissiertes Smokinghemd mit einem schwarzen Seidenkummerbund um die Taille, und eine schwarze Schleife baumelte lose um seinen Nacken. Sie hatte sein Smokingjackett an, als ob ihr kalt geworden wäre. Sie konnte nicht sehen, was sie sonst noch anhatte. Offensichtlich nach irgendeiner Feierlichkeit aufgenommen. Eine flüchtige Erinnerung kroch ihren Weg hinunter an einem verborgenen Abhang in ihren verkümmerten Hirnzellen, und sie konnte sie fast fassen. Aber dann war sie zu schnell wieder verschwunden, als dass sie die Gefühle, die sie hervorrief, benennen konnte.

Jesses Mädchen

Der Tag nach dem Unfall

Jesse erwachte mit einem Ruck. Augenblicklich besorgt, setzte er sich schnell auf, spähte in dem perlgrauen Dämmerlicht herum und gab einen erleichterten Seufzer von sich. Er war immer noch in Miss Rosies Schlafzimmer, immer noch ganz angezogen, in seinen schlammigen Sachen und feuchten Schuhen. Er war so erschöpft gewesen, nachdem er mit Miss Rosie Freundschaft geschlossen hatte, dass er es kaum geschafft hatte, sich die Treppe hochzuziehen und auf ihrem weißen schmiedeeisernen Bett mit den quietschenden Federn zusammenzubrechen. Oh-oh, er hatte Schlamm und Wasser und viel von ihrem Blut über ihre pink-blau gestreiften Laken und ihr hübsche pinkfarbene Chenille-Bettdecke verteilt.

Miss Rosie würde so, so böse mit ihm sein. Er müsste etwas ganz Besonderes für sie tun, um das mit der dreckigen Bettwäsche wiedergutzumachen, etwas, was er sonst nur für seine Mutter tat. Tränen stiegen ihm in die Augen, als er an seine süße Mutter dachte, mit ihrem langen blonden Haar, das er so gern ihren Rücken hinunter zu einem langen Zopf flocht. Möge sie in Frieden ruhen, wo immer sie sie begraben hatten, als sie ihm ihren Kopf weggenommen und in dieses Hospital für geisteskranke Straftäter eingesperrt hatten. Was für ein Witz. Er, geisteskrank? Nie im Leben, und weit davon entfernt. Egal, jetzt war er wieder frei und hatte eine brandneue alte Dame, die bei ihm lebte, jetzt, wo er seine geliebte Annie verloren hatte.

Was er jetzt sofort machen musste, war heiß duschen und in die Stadt fahren, um einzukaufen. Es gab da eine Menge

Zeug, was er gerne mochte und Miss Rosie wahrscheinlich nicht hier hatte. Er stand auf, straffte das Bettlaken und arrangierte die Kissen, wie seine Mutter ihm beigebracht hatte, und versuchte dabei, viel von dem Dreck zu verbergen, damit sich Miss Rosie nicht zu sehr aufregen würde. Dann ging er den Flur hinunter zu dem kleinen, grün gekachelten Bad im oberen Stock. Der Rest von Miss Rosie war immer noch in der Wanne unten, wo er sie gestern Nacht gelassen hatte, also musste er das obere Bad benutzen.

Jesse machte einen Zwischenstopp im zweiten Schlafzimmer und fand ein paar alte Anziehsachen, wahrscheinlich die ihres Mannes, dieser Typ Harry, den sie so geliebt hatte. Dieses rot und blau karierte Hemd und die ausgeblichene Levi-Latzhose waren reichlich altmodisch, aber er musste sie sowieso anziehen. Sie waren ein bisschen groß, aber er konnte sich mit einem Gürtel behelfen. Danach durchsuchte er methodisch das Haus, bis er schließlich im Küchenschrank eine Kaffeebüchse gerammelt voll mit Bargeld fand. Das würde reichen, die nette alte Dame hatte mehr Geld flüssig, als er erwartet hatte. Sie musste jeden Cent von den Sozialhilfeschecks ihres Mannes gespart haben.

Die Kühlschranktür öffnend, starrte er hinunter auf Miss Rosies Kopf, wo er ihn gestern Nacht hingelegt hatte. Er hatte eine richtig coole, blau-weiß geblümte Servierplatte ausgesucht, auf die er ihn gelegt hatte. Er hatte die Platte auf dem Kaminsims auf einem kleinen Ständer im Wohnzimmer entdeckt. Also musste sie wohl eines ihrer Lieblingsstücke gewesen sein, oder sie hätte ihr nicht so einen Ehrenplatz zugewiesen. Jetzt hatte sie einen anderen, sogar noch wichtigeren Ehrenplatz. Letzte Nacht hatte er sanft

Miss Rosies hübsches weißes Haar gekämmt und in den Dutt an ihrem Hinterkopf gesteckt, so wie sie es getragen hatte, als sie sich begegnet waren. Er wollte ihr so sehr gefallen, ihr zeigen, wie dankbar er war und wie sehr er sie liebte.

»Guten Morgen, Miss Rosie. Und wie fühlen Sie sich heute?«

Jesse horchte auf ihre Antwort, mochte sie aber nicht besonders. »Nun, tut mir leid, dass Ihnen kalt ist. Ich denke mal, ich hätte Ihnen einen Hut aufsetzen sollen, oder Sie zudecken oder so was. Aber ich muss Sie da drin lassen, wo Sie in Sicherheit sind. Haben Sie bitte Verständnis.«

Wieder lauschte er ihren erbosten Beschwerden. »Ich werde gleich hier draußen sein, aber es ist kein Platz für mich da drin. Jetzt werde ich erst einmal schauen, was Sie für mich zu essen da haben.«

Vorsichtig nahm er ihre hübsche Platte hoch und hielt sie in einem Arm, während er den Inhalt ihres Kühlschranks überprüfte. »Nun, ich sehe schon mal, dass Sie Milch und Eier brauchen, und ich mag Erdbeerkonfitüre, also werde ich welche einkaufen. Ich liebe es zu kochen, Miss Rosie. Sie werden sehen, wie gut ich mich um Sie kümmern werde. Ich werde Ihnen kochen, was Sie wollen. Verspreche ich.«

Jetzt lächelte sie und wollte einen Kuss, also küsste er sie auf den Mund, weil er sie so liebte. Dann stellte er sie vorsichtig zurück auf die oberste Ablage und schloss die Tür. Als er nach draußen ging, war der Morgen warm und sonnig, und die Heckenkirsche roch himmlisch. Die Scheune war hinten heraus, aber das Tor war zu. Es ließ sich jedoch leicht öffnen, und der dort abgestellte alte metallicblaue 1971er Chevy Caprice sprang ziemlich schnell an. Er roch muffig und alt, irgendwie schimmelig, aber er fuhr mit ihm in die Stadt, untröstlich weinend, als er an seine wunderschöne Annie dachte, jetzt tot und vergangen und ertrunken, die Fische fraßen sie jetzt –, und dass sie nicht mehr bis ans Ende ihrer Tage glücklich zusammenleben könnten, wie er sich immer erträumt hatte. Er kannte die Kleinstadt in Missouri recht gut, also wischte er die Tränen weg und fuhr direkt zum nächsten Walmart Supercenter, um Lebensmittel zu kaufen. Er fuhr auf den Parkplatz und stellte den Wagen ab. Auf dem geschäftigen Gehweg draußen vorm Laden entdeckte er einen Stapel des *Springfield News Leader* in einem Zeitungsautomaten. Bestürzt blieb er auf der Stelle stehen und starrte auf Annies Foto hinunter. Der Aufmacher lautete: MURDER/ATTEMPTED MURDER IN OZARK.

Er tastete in seiner Tasche nach Kleingeld, am ganzen Körper zitternd, bekam es endlich heraus und warf es in den Münzschlitz. Er holte die oberste Zeitung heraus und lehnte sich mit der Schulter gegen die Wand, um den Artikel zu lesen.

> *Ozark, Missouri* – Die Entführung und der versuchte Mord an zwei Frauen durch einen entflohenen Geisteskranken endete mit drei getöteten prominenten Psychiatern und einem Detective des Sheriff's Office in kritischem Zustand. Am Schauplatz eintreffende Polizeibeamte aus Ozark sagten, der Geisteskranke sei entkommen und möglicherweise ertrunken, als sein Truck von einer Brücke in den Finley River stürzte.

> Ein weibliches Opfer berichtete den Beamten von einer schrecklichen Tortur, die begann, als sie und Canton County Sheriff's Detetective Claire Morgan zusammen mit mehreren anderen Opfern in einem verlassenen Lagerhaus, 2 Meilen stromaufwärts vom bekannten Riverside Inn Restaurant in Ozark, als Geisel genommen wurden.

Jesse überflog mehr von dem Artikel, begierig darauf, Neuigkeiten über Annies Schicksal zu finden. Er hatte vermutet, sie wäre ertrunken, weil sie immer noch im Wagen gewesen war, als er sich aus dem Wrack freikämpfte. Er konnte nicht zurück, um sie zu retten, weil die Strömung des hoch stehenden Flusses zu stark war und ihn gegen seinen Willen von ihr weg flussabwärts schwemmte. Dann sah er, wonach er suchte und sein Herzschlag wurde wild vor Freude.

> Einem anwesenden Zeugen nach versuchte der Täter, Thomas Landers, Morgan zu entführen, als ihr Truck in den Fluss fuhr. Morgan erlitt ernste Kopfverletzungen und liegt in kritischem Zustand im Cox Medical Center in Springfield. Das andere Opfer und ein nicht identifizierter Jugendlicher wurden ebenfalls zur Beobachtung eingewiesen.

Jesse konnte es nicht glauben! Jetzt konnten er und Annie doch noch zusammen sein! Alles, was er tun musste, war, sie zu finden und sie und Miss Rosie mitzunehmen.

Unglaublich erregt ging er in den Laden und kaufte einen Haufen Lebensmittel, weil jetzt würde er für drei kochen müssen. Vielleicht könnte er Annie sogar kriegen, während sie immer noch im Krankenhaus schlief, das wäre ideal. Sie wäre wahrscheinlich anfangs wütend, weil er sie in den Fluss gefahren hatte, aber sie würde ihm verzeihen. Er würde alles so schön für sie machen, dass sie gar nicht anders könnte, als zu lächeln und ihn und Miss Rosie zu küssen und für immer mit ihnen zusammenleben zu wollen.

Mit glücklichem Herzen, einem neuen und hoffnungsvollen Lächeln im Gesicht, fuhr er geradewegs nach Hause und erzählte Miss Rosie die wundervollen Neuigkeiten. Dann machte er ihnen beiden ein Bacon-Tomate-Sandwich mit Mayonnaise und Salat zurecht, einen Birnensalat mit Käse und einem Schlag Mayonnaise obendrauf, und dazu frisch gebrühten Eistee mit Zitronenscheiben. Kurz vor Schlafenszeit wickelte er Miss Rosie und ihre hübsche Platte in ein altes rotes USA-Sweatshirt, das er im Schrank ihres Mannes gefunden hatte, weil er dachte, sie würde sich so sicherer fühlen und weil sie es liebte, mit ihrem Mann zu schmusen. Er gab ihr einen Gutenachtkuss und platzierte sie auf dem Kissen neben sich. Nun hätte sie es schön und warm und wäre sehr zufrieden mit ihm. Er schlief schnell ein. Sein letzter Gedanke war, dass jetzt alles gut werden würde. Seine wunderschöne Annie war am Leben, und sie würden bald zusammen sein. Das Leben war gut. Alles würde jetzt in Ordnung kommen.

3

Nicholas Black schritt eilig durch die ausgedehnte, mit Kristallkronleuchtern behängte Lobby in Schwarz und Gold von Cedar Bend Lodge, erpicht darauf, wieder in Claires Zimmer hochzugehen. Obwohl er seine Patienten in gewissem Maß vernachlässigt hatte, waren sie gewillt, manchmal zu warten, und verstanden, dass er auf Claire Morgan konzentriert war. Er stieg in seinen Privataufzug, nickte Isaac Ward zu, dem ehemaligen Marine-Sicherheitswachmann, der Leute von seinem Penthouse fernhielt, und fuhr geräuschlos in den obersten Stock. Er war so ungeduldig, sie wiederzusehen. Es hatte viel zu lang gedauert, und es war eine derart schreckliche Quälerei gewesen, zu warten, bis sie aus dem Koma erwachte.

Als er sie nicht im Schlafzimmer fand, ging er den Flur hinunter zu seinem Büro. Er hatte Monica gesagt, sie solle sie nach dem Lunch dort hinbringen. Er hoffte, sie hatte nicht zu lange warten müssen. Er blieb auf der Schwelle stehen. Claire stand an seinem Schreibtisch, ein sehr gutes Zeichen. Als Läuferin und fanatische Sportlerin war sie vor dem Unfall in hervorragender körperlicher Verfassung gewesen, und das würde ihr mehr als alles andere helfen, wieder auf die Beine zu kommen. Sie studierte eine Fotografie, die in seiner Villa auf Bermuda aufgenommen worden war, nicht lange nachdem sie sich kennengelernt hatten. Er fragte sich, ob das ein paar Erinnerungen freilegen würde.

»Du hast mir dieses Foto gegeben«, sagte er, betrat den Raum und machte sich bemerkbar.

Sie wirbelte herum, das gold gerahmte Bild noch in der Hand, sie starrte ihn an, sagte aber nichts. Er fühlte etwas in sich, fast ein Erschaudern, so wie er sie da vor ihm stehen sah, lebend und wohlauf. In seinem Bauch machte es klick, kein Wunder, so wunderschön, wie sie ihm erschien, sogar jetzt, nach dem schlimmst vorstellbaren Martyrium. Er betete zu Gott, dass sie sich bald an ihn erinnern würde.

Lächelnd bewegte er sich auf sie zu, und sie wich nicht zurück, sie stand nur da und blickte ihn an.

»Also, wie groß sind Sie eigentlich?«, fragte sie.

Er hielt das für eine seltsame Frage, er antwortete: »Eins dreiundneunzig. Wieso?«

»Hat mich nur interessiert. Ich erinnere mich an rein gar nichts, schon vergessen?«

Das war so typisch Claire, dass seine Hoffnung wieder aufflammte. »Erinnerst du dich an den Ort auf dem Foto, Claire?«

»Nö.«

»Du hast es mir zu Weihnachten geschenkt.«

»Echt? Und wie lange genau sind wir schon zusammen?«

»Etwas über ein Jahr.«

»Wir sind aber nicht verheiratet, nicht? Und bitte sagen Sie Nein, das ist alles schon bizarr genug. Nicht, dass Sie ein schlechter Fang wären, oder so.«

Black musste lächeln. »Nein, wir sind nicht verheiratet. Noch nicht.«

»Verlobt dann?«

»Nein. Aber wir haben eine feste Beziehung.«

»Leben wir zusammen?«

»Du lebst hier bei mir, außer ich muss geschäftlich irgendwo hinfliegen. Dann ziehst du normalerweise nach Hause zurück in dein eigenes Haus, bis ich zurückkomme.«

»Also habe ich mein eigenes Haus, ja? Nun, das klingt schon besser.«

»Ja, du hast ein Blockhaus am See. Du liebst es, also verbringen wir zusammen eine Menge Zeit da draußen. Es liegt an einer schönen, ruhigen Bucht abseits des Hauptausläufers des Sees.«

Ein Winkel von Claires Mund hob sich, nur ein wenig. »Dann kann ich nach Hause gehen, sobald Sie mir sagen, wo das ist.«

Er lachte, aber wurde fast sofort wieder ernst. Sie lachte nicht. Sie meinte es ernst. Sie war bereit loszuziehen.

»Du bist zu Hause, Claire.«

Seine Augen hielten dem Blick ihrer großen blauen, skeptischen Augen stand, aber sie wandte sich nicht ab. Sie musterte ihn, als ob sie ihn nie zuvor gesehen hätte. Das zerschlug seine Hoffnungen, dass sie Erinnerungen an ihre gemeinsame Zeit wiedergewonnen hatte. Und mehr noch, er war nicht sicher, ob sie das wollte. Ihre nächsten Worte bewiesen das.

»Ist das nicht meine Entscheidung?«

»Ja, natürlich. Wenn du dich erinnerst, kein Problem. Im Augenblick wird es schwierig für dich sein, gute Entscheidungen zu treffen, vermute ich, du leidest unter retrograder Amnesie und vielleicht einer Art dissoziativem Abruf.«

»Wow, das schau an, Psychokauderwelsch. Das ist, was Sie sind, nicht? Ein verdammter Seelenklempner.«

An diesem Punkt wurde Black besorgt bewusst, dass sie sich nicht nur nicht an ihr gemeinsames Leben erinnerte, sondern wieder zu der Person geworden war, die sie bei ihrer ersten Begegnung gewesen war. All die Verteidigungsmechanismen, die er in ihrer durch ihre erbärmliche Kindheit stark verletzten Psyche so hart niedergerungen hatte, waren wieder undurchdringbar an Ort und Stelle. Gott helfe ihm, das war genau das Worst-Case-Szenario, das sich nach dem Erwachen aus einem solch tiefen Koma ergeben konnte. Sie hatte ihn intensiv und ungerechtfertigt abgelehnt, als sie sich das erste Mal begegneten, und es hatte lange gedauert, bis er verstand, warum. Wie sich herausstellte, misstraute sie Psychiatern, zu denen sie in ihrer Jugend gegangen war, besonders wohlhabenden, und fast jedem anderen in ihrem Leben. Da waren sie also wieder, zurück am Nullpunkt, und der Nullpunkt war kein guter Ort. Er versuchte, seine Enttäuschung zu verbergen. Sie beobachtete ihn genau, mit ihren analysierenden Augen eines Cop, so wie man es ihr auf der Polizeiakademie in L.A. beigebracht hatte. Sie würde kein Geschwätz durchgehen lassen. Sie würde sich nicht auf die Couch legen oder an Gruppentherapien teilnehmen. Und das war ein herber Rückschlag.

»Na, warum so bedrückt, Doc?«

»Claire, warum kommst du nicht hier herüber und setzt dich, damit wir über all diese Dinge reden können?«

Claire beäugte ihn misstrauisch und begann dann, mühsam Richtung Couch zu wanken. Schließlich siegte sein Mitleid, und er stützte ihren Arm auf dem Rest des Wegs, nicht wenig überrascht, dass sie das zuließ.

»Also, sagen Sie, Sie sind ein ziemlich reicher Sack, oder? Was berechnen Sie eigentlich so, tausend Dollar die Minute?« Ihre Stimme hatte den alten geringschätzigen Ton, den er lange Zeit nicht mehr gehört hatte, und sein Mut sank beim Gedanken daran, all diese alten und schrecklichen Probleme von Neuem durchkauen zu müssen. Aber sie war es wert. Sie war alles wert, was er hatte oder jemals haben würde.

Tatsächlich bekam er eine Menge Geld für seine Dienste, aber das würde er ihr nicht erzählen. »Nicht ganz so viel. Aber mir geht's ganz gut, denke ich.«

»Also *sind* Sie einer von diesen fiesen Psychoklempnern, ne?«

»Ich bin ein forensischer und klinischer Psychiater, ja.«

»Nun, dann ist das heute mein Glückstag, oder was? Erwarten Sie bloß nicht, dass ich Ihnen nen Batzen Geld dafür bezahle, dass Sie hier rumsitzen und mich anstarren, als wäre ich ne Zeitbombe.«

Black musste wegen ihrer Einstellung schmunzeln. Na gut, er fand sie amüsant, von Anfang an, damals wie heute. Sie hatte eine schnelle Auffassungsgabe, einen starken intuitiven Intellekt und etwas anderes tief in ihr, das ihn zu ihr zog, wie Licht eine Motte. Vielleicht hatte er sich deswegen in sie verliebt. Nun, all die Zeit, die sie zusammen verbracht hatten, war vergebens, all die Fortschritte, die sie gemacht hatten, wie weggeblasen. Sie war die alte, kratzbürstige Claire und es war ihr egal, ihm zu zeigen, dass sein Geld oder seine Diplome oder sonst was von ihm sie nicht im Geringsten beeindruckten. Er beobachtete, wie sie auf einem seiner langen weißen Sofas niedersank, und er setzte sich sehr nah neben sie. Wirklich nahe, er musste einfach. Er legte seinen Arm um sie, legte ihn auf der Rückseite des vornehmen Kissens ab. Er wollte sie anfassen und halten wie in der letzten Nacht, aber zuallererst musste sie sich an ihn erinnern. Er musste Geduld haben. Claire mochte es nicht, herumgeschubst zu werden, und das war noch milde ausgedrückt.

»Meinen Sie nicht, Sie könnten noch etwas näher heranrücken, Doc?«, sagte sie und rückte von ihm mit übertriebener Verärgerung weg. »Sie sind ein heißer Typ und alles, aber jetzt kommen Sie und machen mal halblang. Ich hab ja gestern Nacht zugelassen, dass Sie mir helfen, aber genug ist genug. Allerdings riechen Sie gut.«

»Also, Babe, sag mir, wie fühlst du dich heute?«, fragte er, das Thema wechselnd und entschlossen, sie genauso zu behandeln, wie er das vor dem Unfall gemacht hatte. Er hatte den ganzen Tag darüber nachgedacht, welche Richtung er bei ihr einschlagen sollte. Er hatte beschlossen, sich zu benehmen, als wenn nichts passiert wäre, als wäre alles genau so wie früher. Sie waren zusammen, und sie könnten sehr gut zusammenbleiben, also gewöhnte sie sich besser schnell daran. Seine Augen verweilten auf ihrem Mund. Gott, es war so lange her, seit er sie geküsst und mit ihr geschlafen hatte. Und jetzt musste das passieren. Claire würde sich von ihm so nicht berühren lassen, nicht in einer Million Jahren, außer sie wollte es.

»Besser«, sagte sie und rückte noch etwas mehr weg, bis der Großteil des Sofas zwischen ihnen lag. »Verstehen Sie's nicht falsch, aber ich mag das Gefühl nicht, erstickt zu werden, und Sie überschreiten meine persönliche Distanz. Also lassen Sie's bitte. Es sind nicht Sie, verstehen Sie? Das ist nur so eine Sache von mir, an die ich mich erinnere.«

»Sorry. Du fühlst dich also nicht verzweifelt, oder als ob du in Ohnmacht fallen wirst? Schwindel oder Brechreiz?«

»Etwas, aber das wird mich nicht in diesem Bett halten.«

»Schön für dich«, sagte er und kämpfte gegen den Drang, näher an sie heranzurücken. Wenn sie sich nicht schnell an ihn erinnerte, würde das werden, wie sich durch einen Acker voll saugenden Schlamms zu schleppen. »Es freut mich wirklich zu sehen, dass es dir besser geht. Tut mir leid, dass du warten musstest, aber ich musste mich um einen Patienten kümmern, den ich vernachlässigt habe.«

Sie nickte, rollte achtlos eine Schulter und stand auf. Rastlos begann sie, im Raum herumzugehen, so steif und langsam, dass er den Drang bekämpfen musste, aufzustehen und ihr zu helfen. Sie schaute sich seine persönlichen Sachen und Andenken an, die auf den Regalen aufgestellt waren, und las seine gerahmten medizinischen Diplome und Zertifikate, die an den Wänden hingen. »Verstehen Sie mich nicht falsch, Doktor, ich weiß die Art und Weise zu schätzen, wie Sie mich nach diesem Albtraum beruhigt haben, und so. Ich war nicht ich selbst oder ich hätte mich nicht wie ein großes Baby aufgeführt, glauben Sie mir.«

»Ich habe nur auf irgendeinen Anlass gewartet, um mit dir in diesem Bett zu liegen, das kannst du *mir* glauben. Es ist lange her, dass wir miteinander geschlafen haben.« Er lächelte, aber er war bedacht darauf, dass seine Worte locker und nicht als eine Art schmierige Anmache herüberkamen. Er war zufrieden und glücklich, dass sie überhaupt zuließ, dass er sie hielt. Er wollte es wieder tun, und zwar lieber früher als später. Er wechselte das Thema, bevor sie sagen konnte, das würde nicht mehr passieren. »Hast du Kopfschmerzen, Claire?«

»Nicht richtig. Dieses ganze verrückte Zeug widert mich nur an.«

»Du wirst einige Zeit brauchen. Ist dir sonst noch etwas eingefallen?«

»Nicht viel.« Sie hob wieder eine Schulter, das gleiche desinteressierte kleine Schulterzucken, aber dann drehte sie sich um und gestikulierte zum Schreibtisch hin. »Ich weiß, dass da an der Wand ein Picasso hängt. Ganz schön schräg, denke ich. Aber jedem das Seine. Sie mögen es ja vielleicht, wenn eine Art Zyklopenauge Ihnen bei der Arbeit auf den Rücken starrt, aber ich würde ausflippen.«

Er lächelte wieder, konnte nichts dagegen tun. Gott, war er froh, dass sie wieder zurück und auf den Beinen war.

Sie musterte ihn wieder. »Sie haben Grübchen.«

»Jawohl. Und?«

Einen Moment lang schwieg sie. Dann sagte sie: »Sehen Sie, Dr. Black, ich denke, ich bin ein ziemlich ehrlicher Mensch. Sie scheinen ziemlich besonders zu sein, vermute ich mal, sexy und reich, und all so ein tolles Zeug. Aber ich hab wirklich größere Probleme als ein vergessenes Liebesleben mit nem echten Traumtypen wie Ihnen. Also denke ich, sollten wir die Dinge platonisch belassen, zumindest für jetzt.« Sie machte eine Pause, offensichtlich wartete sie auf seine Reaktion. Da sie es wieder aufgebracht hatte, folgerte er, dass das Thema sie beunruhigte. Er gab keine Reaktion preis, seine Ausbildung trat in Aktion, aber sie war auf dem richtigen Weg. Sie hatte sich weit zurückentwickelt – zu der Frau, die er damals kennengelernt hatte und auf deren Verdächtigenliste er ganz oben stand. Sie hatte ihn damals genauso zurückgewiesen.

Claire war von Natur aus ungeduldig, er wusste das gut, und sie gab ihm nicht die Zeit, zu erwägen, wie er am besten darauf antworten sollte. »Okay, Doc, dann sollten Sie auch das noch wissen. Ich bin nicht eins von diesen *Komm-und-nimm-mich-beim-ersten-Date-Süßer*-Mädchen. Deshalb sollte jegliche Art der Verführung und derartige Geschichten erst nach der Gedächtniswiederherstellung stattfinden, und nicht vorher.«

»Ach, tatsächlich?«

»O ja, mein Herr, ganz sicher sogar. Ich werde da nicht um den heißen Brei herumreden, Doktor. Soweit ich weiß, sind wir Fremde, die sich nachts begegnen. Denken Sie nicht einmal daran, etwas zu forcieren, zu dem ich noch nicht bereit bin.«

»Nun, ich befürchte, nichts von dem, was du da gerade gesagt hast, wird für mich akzeptabel sein.«

»Wie bitte? Der reiche Doktor bekommt seinen Willen nicht, also drückt er ihn durch?«

»Ich werde nichts durchdrücken. Ich werde nur versuchen, dir zu helfen, dich zu erinnern, und zwar eher bald als später, damit all das von lediglich theoretischem Interesse sein wird.«

Claire runzelte die Stirn missbilligend. Sie rieb ihre Schläfen mit ihren Zeigefingern. Sie bekam Kopfschmerzen, richtig. Sie würde noch öfter welche bekommen, bevor sie wieder gesund war.

»In Ordnung, Dr. Black. Ich verstehe Ihr Argument. Ich

bin nicht blind, und ich bin nicht unsensibel. Wenn alles wahr ist, was Sie sagen, dann wird es wahrscheinlich hart für Sie werden, sich zurückzuhalten, versteh ich das richtig? Darüber reden Sie, ja?«

»O ja. Das wird nicht passieren.«

Unverhohlen gereizt, betrachtete sie ihn einen Moment. »Okay, ich verstehe, was Sie meinen. Es wird härter für Sie werden als für mich, wenn wir ein Paar wären. Aber so sieht die Geschichte für mich aus, Doktor. Ich will Ihnen etwas über mich erzählen. Es ist offensichtlich, dass wir Zeit miteinander verbracht haben, ich habe die Bilder da drüben gesehen, also warum erinnere ich mich nicht an Sie? Warum erinnere ich mich nicht an den wunderschönen See da draußen oder was immer mich in dieses Koma versetzt hat?«

Black blieb ruhig und hielt ihrem Blick stand. Sie war jetzt überaus ernst. Sie reagierte jetzt auf jedes einzelne Detail so, wie sie das zu Beginn ihrer Bekanntschaft getan hätte. Sie würde gegen fast alles rebellieren, was er sagte, so wie am Anfang. Es würde das Beste sein, wenn er einstweilen allem zustimmen würde, genau wie er das damals gemacht hatte. »Du erinnerst dich noch an nichts, weil du unter dem Verlust des Kurzzeitgedächtnisses leidest, was eigentlich etwas Gutes ist. Es hätte viel schlimmer kommen können nach zwei so schwerwiegenden, harten, erschütternden Schlägen auf den Kopf wie bei dir. Es ist auch gut, dass du dich an ein paar Sachen erinnern kannst, inklusive der Einzelheiten über deine Polizeikarriere und dass du in L. A. gelebt hast, zum Beispiel. Du wirst dich mit der Zeit an alles andere erinnern. Manchmal kommt es in einem plötzlichen Sturm zurück, wenn irgendjemand oder -etwas es auslöst. Manchmal passiert es häppchenweise, eine Erfahrung nach der anderen. Du musst aufhören, dir übers Erinnern und unsere frühere Beziehung Sorgen zu machen, versuch dich zu entspannen, dich zu erholen, und lass es einfach geschehen.«

»Tja, Ihnen fällt das leicht, das so zu sagen, nicht wahr?«

»Nein, mir fällt das nicht leicht. Es kostet mich jede gottverdammte Unze Willenskraft, dich nicht auf diese Couch zu schmeißen und Liebe mit dir zu machen.«

Das überrumpelte Claire. Sie wurde rot und drehte sich von ihm weg. Er wusste nicht, ob aus Zorn oder Scham. Ihre folgenden Worte zeigten es ihm.

»Nun, ja. Wow. Sie nennen die Dinge gleich beim Namen, nicht? Das hört sich schrecklich sexy an, sage ich Ihnen. Überaus erregend, Doktor. Wenn ich wüsste, wer Sie sind.«

»Und da liegt das Problem«, sagte er und blieb ruhig – aber es fiel ihm immer schwerer, gelassen zu bleiben. Sie ging ihm unter die Haut, so war es immer gewesen, und so würde es bleiben, und in mehr als nur einer Beziehung. »Aber das hält mich nicht davon ab, die Frau zu begehren, die ich liebe.«

Claire wandte sich von seinem fordernden Blick ab. »Okay, ich hab's kapiert. Aber ich garantiere Ihnen, ich werde nicht mit Ihnen ins Bett hüpfen, wenn Sie darauf hinauswollen.«

»Oh, das möchte ich natürlich, richtig. Aber ich verstehe, wie du dich fühlst. Also mach dir keine Sorgen, Claire. Ich werde dir alle Zeit geben, die du brauchst. Aber du musst auch wissen: Es wird mich umbringen, die Finger von dir zu lassen. Und das ist die Wahrheit. So einfach ist das.«

»Hey, ich weiß, lassen Sie uns das Thema wechseln. Erzählen Sie mir von dem Unfall. Was genau ist passiert? Wo und wann und warum, alles.«

»Erinnerst du dich an überhaupt irgendetwas?«

»Nichts, nada, null.«

»Auch das ist normal. Ein Trauma verursacht oft solch einen Erinnerungsverlust. Manche Menschen können sich nie mehr an den traumatischen Zwischenfall zurückerinnern. Der Unfall, in deinem Fall.«

Danach beobachtete Claire ihn so lange, bis ihm durch ihren festen Blick unbehaglich wurde. Sie war äußerst scharfsinnig und konnte die Gefühle und Empfindungen anderer Menschen lesen wie ein erstklassiger Detective, wie sie eben einer war.

»Sie weichen aus. Sie wollen mir nicht erzählen, was passiert ist. Warum nicht? Erzählen Sie's einfach und bringen Sie's hinter sich. Mit allen Details, bitte.«

»Das ist hier kein Polizeiverhör, Claire. Versuch nicht, es aus mir herauszupressen. Es ist kompliziert.«

»Okay, ich werde gut aufpassen. Ist das besser?«

Black gab nichts weiter von sich aus preis. Also nervte sie ihn noch etwas weiter, genau wie er erwartet hatte. Aber er wollte ihr nicht erzählen, wie grauenhaft das alles gewesen war, er konnte nicht, würde nicht – noch nicht.

»Ich bin nicht mehr beim LAPD?«, fragte sie plötzlich.

»Nein.« Erneut inspizierte sie lange, argwöhnisch und mit zusammengekniffenen Augen sein Gesicht. Herr, erbarme dich, er war froh, sie zurückzuhaben. Er hatte das vermisst – sie, sein Leben mit ihr.

»Sie sind voller Widerwillen, mir davon zu erzählen,

nicht wahr? Sie verbergen eindeutig etwas. Warum? War mein Leben so schlecht?«

»Du warst immer sehr aufmerksam.« Black seufzte und formulierte, was er sagen konnte und was nicht. »Ich befürchte, du hattest eine Menge Traumata und Kummer in deinem Leben.«

»Oh, klasse, das sind ja prima Neuigkeiten. Genau, was ich hören wollte. Vielleicht sollte ich gar nicht weiter versuchen, mich zu erinnern. Ich bleib gleich hier in diesem Land des *Ich-hab-alles-vergessen-aber-naja-gut.*« Allerdings beobachtete er ihren Kiefer, wie er unter ihrer Haut arbeitete, die Art, wie sie sich angespannt hatte, als ob sie es wüsste, aber ihr Geist konnte die Einzelheiten nicht freigeben. Sie runzelte die Stirn und leckte ihre trockenen Lippen.

»Bist du durstig?«, erkundigte er sich. »Möchtest du gern eine Cherry Coke, etwas in der Art?«

»Nein, ich denke, es ist in Ordnung, wenn Sie losschießen – mit einer schnellen und traumatischen Skizze meines schrecklichen Lebens. Das sollten eine ganze Menge Lacher werden, aber ich kann es schon verkraften.«

»Ich denke, es ist besser, noch etwas zu warten. Du gewöhnst dich gerade daran, wieder wach und auf den Beinen zu sein.«

Sie sagte: »Lassen Sie uns später über L. A. reden. Fangen Sie mit dem Unfall an.«

Blacks Augen senkten sich wieder zu ihrem Mund. Sie sah es und drehte sich weg. Es würde noch eine lange, höllische Nacht werden, verdammt.

»Ich denke, es ist zu früh, um in jedes Detail zu gehen, aber ich gebe dir die grundlegenden Fakten. Du warst an einem Fall dran. Du bist mit einem Serienkiller aneinandergeraten. Er entführte dich und fuhr mit seinem Wagen von einer Brücke in einen Fluss, um der Verhaftung zu entgehen. Ich war gerade da und konnte dich herausholen, bevor du ertrunken bist.«

Claire drehte sich um. »Sie waren gerade da? Das klingt ja ziemlich passend, meinen Sie nicht? Wie kam es dazu?«

»Ich machte mir Sorgen um deine Sicherheit und folgte dir.«

»Ich bin Polizistin hier in dieser Stadt, nehme ich an?«

»Du bist ein Canton County Detective im Morddezernat, ja.«

»Und Sie folgten mir, um mich abzusichern? Das klingt nicht nach L. A.-Polizeiarbeitsweise. Vielmehr klingt das leicht bizarr, und als ob ich so eine Art Weichei wäre.«

»Du bist kein Weichei, glaube mir. Wie ich gerade erzählt habe, ich habe einige Erfahrung in forensischer Psychiatrie. Dein Sheriff lässt mich euch manchmal bei euren Untersuchungen aushelfen. Sein Name ist Charles Ramsay.«

»Was ist mit dem Killer?«

»Er ist mutmaßlich tot, im Fluss ertrunken. Sie haben seine Leiche nie gefunden und denken, sie wurde in den James River geschwemmt und womöglich noch weiter, bis in den Table Rock Lake vielleicht.«

»Und das passierte vor mehreren Wochen?«

»Ja. Vor drei langen, endlosen Wochen.«

»Erzählen Sie mir von dem Fall, an dem ich dran war, Dr. Black.«

Black schüttelte den Kopf wegen ihrer formellen Anrede. Es hörte sich so merkwürdig an aus ihrem Mund.

»Du nennst mich nie so.«

»Was?«

»›Dr. Black‹.«

»Wie denn? Nicholas? Oder Nick, denke ich mal?«

»Nein, eigentlich nennst du mich Black.«

»Black? Wirklich? Nur Ihren Nachnamen?«

»Ja. Alles andere klingt jetzt irgendwie nicht richtig.«

Sie entschied offensichtlich, wieder auf den Punkt zu kommen. »Okay, Black, erzählen Sie mir etwas über das Opfer.«

Black war nicht begeistert, darüber zu reden, aber er fühlte sich dazu verpflichtet. Sie könnte eine kleine Dosis von dem Horror vertragen, vermutete er, nur ein bisschen. »Ein Mann wurde aufgefunden, er hing unter einer Brücke nicht weit von hier. Als du hingefahren bist, um sein Apartment zu durchsuchen, fandest du eine Tote in seinem Haus.«

Das schien Claire jetzt ein bisschen zurückzuwerfen. »Also war es ein Mitnahmeselbstmord?«

»Ein Serienkiller hat sie beide umgebracht. Unglücklicherweise scheinst du die Tendenz zu haben, dich mit jedem Psychopathen zu verheddern, der durch die Gegend um den See wandert. Es war eine schreckliche Sache.«

»Und Sie sind sicher, dass der Täter tot ist?«

»Ja, der Kerl – der, der dich entführt hat und den Unfall hatte? Er hat ihn getötet.«

»Wie hieß mein Angreifer?«

»Sein Name war Thomas Landers.« Er machte eine Pause und schaute sie direkt an. »Er ist psychotisch, Claire, und er ist auf dich fixiert.«

»Oh, mehr fantastische Nachrichten. Das klingt verdächtig danach, als ob wir Rollen in einer Episode von *Grimm* spielen. Hey, ich habe mich an die Serie erinnert.«

Black konnte sich diesmal ein Lächeln nicht verkneifen. Sie näherten sich Niemandsland, einigen sehr dunklen, unangenehmen Angelegenheiten, und sie war dafür noch nicht bereit.

»Sie sind plötzlich Dr. Ernsthaft, mit einem Mal.«

»Das ist ernst. Alles, was das betrifft, ist ernst. Wir müssen es beide als das betrachten.«

»Nun, ich würde ja gerne, wenn ich mich dran erinnern könnte. Man sollte meinen, ich könnte es, wo es doch so schrecklich ist.«

»Du hast alle schrecklichen Dinge ausgesperrt, ihn inklusive. Er war ein kranker Mann, wie ich schon sagte, ein mörderischer Psychopath.«

»Mensch, das wird ja immer besser. Und wir sind nicht hundertprozentig sicher, dass er tot ist?«

»Nein, aber es wird angenommen. Sie haben seine Leiche tagelang stromabwärts gesucht und keine Spur von ihm gefunden. Der Fluss stand hoch und hatte eine starke Strömung in der Nacht, als du hineingingst. Bud hat eine Weile mit dem Ozark P. D. gesucht. Er denkt, der Typ ist tot.«

»Und wer ist Bud?«

»Bud Davis. Er ist dein Partner. Und guter Freund. Fünf Jahre oder so, denke ich, vielleicht länger.«

»O mein Gott, ich erinnere mich nicht an die letzten fünf Jahre oder länger! Ich kann nicht glauben, dass ich mich nicht an meinen eigenen Partner erinnere.« Claire schloss ihre Augen und behielt sie zu. »Ich kann mich nicht richtig an sein Gesicht erinnern, aber er ist irgendwie groß, nicht?

Und er hat dieses Buch, über das wir gelacht haben. Er ist irgendwo aus dem Süden, denke ich.«

Voller Triumph lächelnd, sah sie Black zur Beglaubigung an. »Ich fange an, es zurückzubekommen, richtig? Das ist ein ermutigendes Zeichen, denken Sie nicht, Doktor? Ich meine, Black.«

»Interessant, ja. Weißt du, was die Erinnerung an diese Dinge über ihn ausgelöst hat?«

»Ich weiß nicht. Flüchtige Bilder und Gedanken tauchen auf und ab aus dem Nirgendwo. Kleine Blitze. Wissen Sie, wie kleine Fische im Seichten. Etwa wie Filmclips, aber unscharf.«

Er starrte sie an, lächelnd, eindeutig ermutigt. »Wir reden noch. Ich habe ein paar Bilder für dich zusammengestellt, die du dir anschauen sollst, wenn du dich daran gewöhnt hast, was geschieht, und ein paar deiner Freunde wollen vorbeikommen und dich sehen. Sie sind alle hier oben gewesen, um dich zu besuchen, während du geschlafen hast. Eine Menge Leute haben dich gern, Claire.«

Black beobachtete sie stirnrunzelnd, weil ihre Augen geschlossen waren, und alle möglichen Gefühle über ihr Gesicht huschten. »War da ein kleines Kind, das hereinkam, um mich zu sehen? Ich habe die Stimme eines Kindes in meinen Träumen gehört, das weiß ich.«

Okay, jetzt war er wirklich beunruhigt, er befürchtete, sie könnte sich an Zach erinnern, und das war die eine Sache, von der er nicht wollte, dass sie damit schon umgehen musste. Er verbarg seine Bestürzung schnell und wählte seine Worte sehr sorgfältig. Sie schaute ihn voll Furcht an, als ob sie wusste, dass es schrecklich werden würde.

»Die Stimme, die du gehört hast, war ein kleines Mädchen namens Lizzie. Der Name ihres Vaters ist Joe McKay, ein anderer Freund von dir. Sie kamen dich oft besuchen.« Er zögerte, fürchtete sich etwas davor zu sagen, was als Nächstes kam, und sie sah besorgt aus, es zu hören.

»Ich denke, das ist genug für heute. Wir werden morgen eine weitere Sitzung haben und sehen, ob wir noch mehr Erinnerungen freilegen können. Dein Gehirn beschützt dich, es gibt dir Zeit, zu gesunden, bevor du dich allem stellen musst. Es besteht kein Anlass, etwas zu erzwingen. Es wird zurückkommen.«

Ihr Rücken war ihm jetzt zugewandt, während sie lässig im Raum herumschlenderte, um sich wieder ans Laufen zu gewöhnen. Sie ließ ihre Finger über die schimmernde Oberfläche des Flügels gleiten, der vor dem Fenster stand. »Schöner Flügel«, bemerkte sie.

»Der gehörte meiner Mutter. Sie spielte wundervoll.«

Claire nahm den alten Geigenkasten vom Deckel, öffnete ihn und nahm das fein gestimmte Instrument heraus. »Und ich vermute, die gehört mir?«

Er war verdutzt, weil das eine Frage war, die er nicht erwartet hatte. »Nein. Die gehörte auch ihr. Sie konnte beides spielen.«

»Ich auch.«

Nun, das war eine interessante Entwicklung, und neu für ihn.

»Das hast du nie zuvor erwähnt.« Er konnte seine Überraschung nicht verbergen. Er hatte gedacht, er wüsste praktisch alles über ihre Vergangenheit, aber ihre musikalischen Talente hatte sie sicher nie erwähnt.

»Vielleicht habe ich eine Menge Geheimnisse, von denen Sie nichts wissen.«

»Möglich«, sagte er vorsichtig.

»Denken Sie, ich lüge? Wollen Sie, dass ich es beweise?«

»Ich glaube nicht, dass du lügst. Aber ich fände es schön, dich spielen zu hören.«

Fachmännisch drückte sie die Geige unter ihr Kinn, hob den Bogen an und begann zu spielen. Black saß wie gelähmt da, als sie die schönste, konzertwürdige Variation eines eindringlichen Stücks spielte, das er nicht zu benennen wusste, eine Chopin-Sonate vielleicht. Mittendrin hörte sie abrupt mit einem misstönenden Quietschen auf und verstaute das Instrument und den Bogen schnell wieder im Kasten.

»Warum hast du aufgehört? Es war wunderschön.«

»Es hat ein paar schlechte Erinnerungen zurückgebracht. Pflegeeltern aus der Hölle, und all so was. Lustig, dass ich mich an die erinnern kann und nicht an Sie.«

Black sagte nichts; sein Bauchgefühl sagte ihm, dass sie nicht darüber reden wollte. Er würde sie nicht ausfragen. Aber schlecht oder nicht, eine weitere Erinnerung war zurückgekehrt.

Claire überraschte ihn damit, dass sie zurückkam und sich auf die Couch setzte, näher zu ihm als zuvor. Sie starrten einander an, und er nahm ihre Hand, küsste den Handrücken und ließ sie wieder los, bevor sie sie wegziehen konnte. Wenn sie dachte, er würde sie nicht berühren, bis sie sich wieder an alles erinnerte, war sie auf dem Holzweg. »Lass uns das Abendessen bestellen. Was meinst du? Was immer du willst, sag's einfach.«

Claire musste entschieden haben, dass er im Grunde genommen doch nicht so eine Bedrohung darstellte. »Okay. Ich habe ein Gefühl, dass was immer du mir erzählen wolltest, ziemlich schlimm war, und ich bin mir nicht sicher, ob ich etwas Derartiges gerade jetzt hören möchte. Meine Träume sind schrecklich genug.«

»Gutes Mädchen. Also, worauf hast du Appetit?«

»Ein Big Mac und Fritten. Das will ich. Ich schmachte danach, genau genommen.«

Black lachte, erleichtert aber auch ernsthaft besorgt. Nicht so sehr, dass sie sich nicht an ihn erinnerte, als dass ihre Regression es sehr viel schwerer machen würde, sie zum gleichen Stand zurückzubekommen wie vorher. Und dass es länger dauern würde. »Fein, dann werden wir das bestellen.«

Claire saß da und beobachtete ihn, er hob den Telefonhörer ab und bat den Empfangschef, jemanden zu finden, der zum nächsten McDonald's laufen könnte. Dann drehte er sich um und stellte fest, dass Claire sich in den Arm kniff.

Sie beantwortete seine Frage, ohne dass er sie stellen musste. »Nur um sicherzugehen, dass ich nicht wieder träume. Meine Träume sind derart plastisch.«

»O ja, das ist echt. Sehen wir das mal so, Claire. Morgen um diese Zeit erinnerst du dich vielleicht schon an alles, mich inklusive.«

»Wir können nur hoffen«, sagte sie.

Aber sie wussten beide, dass es unwahrscheinlich war und dass sie beide gut daran täten, sich keine Hoffnungen auf eine derart schnelle Genesung zu machen. Es würde eine langwierige Sache werden.

4

Ich war in einen kalten, dunklen Ort eingesperrt. Ich konnte Heu riechen, die Gerüche einer Scheune. Ich hörte jemanden kommen, aber ich wusste nicht, wer es war. Als ich das Gesicht des Mannes im trüben Schein einer Taschenlampe sah, war ich entsetzt. Er zog mich heraus und hielt eine Waffe an meine Schläfe. Dann waren wir in einem Haus, und er drohte, mich zu töten. Wieder waren da auch andere, gefesselt, hilflos, und ich wusste, er war böse, so verdammt böse. Er hatte ein große Schere in der Hand, und er würde sie gegen einen von uns einsetzen. O Gott, ich musste loskommen. Ich musste ihn stoppen …

Claire schreckte aufrecht im Bett hoch, zitternd, klebrig vom Schweiß, mit pochendem Herzen. Einen Augenblick später war Nicholas Black da, neben ihr, und sie lag in seinen Armen. Sie klammerte sich an ihn, zitternd, voller Grauen. Das war Tag drei ihres einfach prima neuen Lebens, und ihre Träume waren immer noch so real, so erschreckend, dass sie jegliche Kontrolle über ihre Nerven verlor, und Black musste kommen und die Regie übernehmen. Jedes einzelne Mal kam sie sich wie ein Trottel vor, aber nicht genug, um ihn zurückzustoßen, nicht am Anfang jedenfalls. Er fühlte sich stabil und real und sicher an, und letztlich sagte er ihr jedes Mal, dass er sie liebe und alles gut sei. O ja, alles war gerade wunderbar. *Nicht.* Genau genommen klammerte sie sich deshalb mit beiden Fäusten an die Brust seines weißen T-Shirts, als ob sie am Ertrinken und er ihr Lebensretter wäre. Sie schluckte schwer und unterdrückte mit aller Gewalt die überwältigende Panikattacke, die sie jedes Mal so schnell und brutal traf, während Black versuchte, sie zu beruhigen.

»Wie lange wird das noch so weitergehen?«, schluchzte sie gegen seine Schulter.

»Wahrscheinlich bis du dich an alles erinnerst«, flüsterte er, ihr Haar streichelnd, sein Mund drückte sich gegen ihre Schläfe. »Willst du ein Schlafmittel?«

Claire durchdachte das, aber sie wusste, sie musste über diesen nächtlichen Schrecken hinwegkommen, und das schnell. Schlafmittel waren nicht die Antwort. Sie musste sich ihm stellen und ihn endlich überwinden. »Nein, ich bin in Ordnung. Sind diese Sachen, von denen ich träume, real?«

»Ich vermute, wahrscheinlich sind sie es. Du hattest mit einigen richtig üblen Leuten zu tun in deinen Fällen, Serienmördern. Wenn du dich an erst einmal alles erinnerst, wirst du damit – im richtigen Zusammenhang – in der Lage sein, damit fertig zu werden. Du bist ganz gut damit umgegangen, bevor du letztes Mal verwundet worden bist.«

Claire konnte sich nicht dazu überwinden, nach den blutigen Details zu fragen. Stattdessen schlängelte sie sich aus seinen Armen, setzte sich auf und schaute zu den Fenstern. Das Tageslicht ließ die Kanten der Vorhänge grau werden. »Wie viel Uhr ist es?«

»Sechs dreißig. Ich habe in fünfundvierzig Minuten eine Konferenzschaltung mit meiner Klinik in London. Ich werde eine Dusche nehmen und über meine Notizen gehen, bevor sie anfängt. Willst du aufstehen? Wir können später zusammen frühstücken, wenn du möchtest.«

»Nein, machen Sie nur. Es geht mir gut jetzt. Wirklich. Ich möchte diese Bilder durchsehen, die Sie mir gegeben haben. Schauen, ob es irgendwo Klick macht.«

»Gute Idee, Claire.« Black drückte sie einen Moment lang ganz fest, küsste sie auf die Wange und strich ihr das Haar aus dem Gesicht. Dann stand er auf und ging in das angrenzende riesige Marmor-Badezimmer, schwarz-weiß gefliest wie eine U-Bahn-Station. Claire saß da und sah ihn gehen. In diesem Moment wurde ihr klar, dass sie besser lernen sollte, sich gegen den überreichlichen Sex-Appeal dieses Kerls zu wappnen, der regelrecht von ihm tropfte wie Wachs von einer halb heruntergebrannten Kerze. Oder vielleicht war sie die brennende Kerze. Wie auch immer, sie wollte ihn besser kennenlernen, bevor sie ihm sagte: »Ja, nimm mich jetzt und beeil dich endlich etwas.« Ja, wahrlich auch, Nicholas Black besaß genug maskulines *Komm-her-und-lass-mich-dich-zum-Staunen-Bringen,* um zwei Ryan Goslings und drei Liam Hemsworth' damit vollzutanken.

Durch die offene Badezimmertür linsend, konnte sie ihn vage in all seiner Pracht sehen, obwohl die Trennwände angelaufen waren und ihre Sicht ziemlich beeinträchtigten. Mensch! Und ja, sie fühlte sich von ihm angezogen, also fiel es ihr leicht zu glauben, sie wäre es auch vor dem Unfall gewesen. Aber sie kannte ihn nicht, wusste nicht, ob er echt war oder nur Theater spielte. Warum er das tun sollte, war wiederum eine andere Frage, die nicht viel Sinn ergab. Vielleicht war sie nur ein interessanter Fall, der ihn faszinierte. Vielleicht schrieb er ein Buch über Polizisten mit Amnesie.

Ja, sie war eine misstrauische Frau; sie konnte es nicht ändern. Claire massierte ihre Schläfen, plötzlich fühlte sie sich in einer seltsamen, bizarren Welt ohne Notausgänge gefangen.

Claire schaute sich im Zimmer um. Sie schlief auf seine Bitte hin in Blacks großem Schlafzimmer, aber er drängte sich ihr nicht auf. Tatsächlich schlief er in einem anderen Raum nebenan. Als sie ihm erzählte, sie wäre noch nicht bereit, Zärtlichkeiten auszutauschen, hatte er sich vollkommen zurückgezogen und erwähnte es nicht mehr. Aber sie gewöhnte sich an ihn, das sicher, und sie war sich jetzt ziemlich sicher, dass sie ihn auch geliebt hatte. Sie versuchte, alles auf einen Nenner zu bringen, aber die Puzzleteile passten einfach noch nicht richtig zusammen.

Ihre Beine aus dem Bett schwingend, stand sie auf und ging barfuß den Flur zu einem der Gästebadezimmer entlang. Sie duschte schnell und zog ein schwarzes T-Shirt mit CANTON COUNTY SHERIFF in fluoreszierenden gelben Lettern auf der Vorderseite und eine schwarze Jogginghose an, die gemäß Black ihr gehörten. Sie saßen etwas locker, aber Black sagte ihr, sie habe eine Menge Gewicht verloren, also kam sie damit zurecht. Auf jeden Fall versuchte er, genug in sie hineinzustopfen, jetzt da sie wach und hungrig war. Der Big Mac war ein Reinfall gewesen; ihr gelang kaum, die Hälfte davon zu essen.

Als sie jedoch erst mal über die erschütternde Wirkung des Scheren-Traums hinweg war, fühlte sie sich besser, stärker, ziemlich gut an und für sich. So gut sogar, dass sie diesen Kollegen Bud Davis treffen und zurück an die Arbeit wollte. Sie dachte sich, wieder im Job zu sein, würde ihr mehr als alles helfen. Abgesehen davon mochte sie das Gefühl nicht, eingesperrt zu sein, und sie war bereit, dem permanenten, adleräugigen Beschützerinstinkt der kleinen Monica Wheeler und des großen durchtrainierten Nicholas Black zu entfliehen. Sie entschied, ebenfalls ohne viel Überzeugungsarbeit, dass Black ein ausgesprochen lieber Kerl wäre. Er war sehr fürsorglich und aufmerksam, und hatte sicher keine harten Augen, und war sexy noch dazu mit dem zusätzlichen Vorteil, dass er seine Hände kaum bei sich behalten konnte.

Wenn er ihr ganz spezieller Angebeteter sei, hatte er wiederholt erzählt, dann sei sie ein besonderer Glückspilz. Sie bekam auch von Zeit zu Zeit einige vage Vorstellungen, in kurzen, ruckartigen Filmausschnittversionen, über sie beide zusammen, verschwommene Bilder, die ihr nicht viel sagten. Nur dass sie irgendwo waren und irgendwann etwas zusammen gemacht hatten. Richtig präzise das. Unglücklicherweise betraf nichts davon das entzückende Turteltaubenzeug, das ohne Zweifel zwischen ihnen vorgefallen war. Sie fühlte nicht allzu stark für ihn, weder in die eine noch in die andere Richtung, außer die zugegebene Bewunderung seiner vielen männlichen Attribute. Eine Sache war sicher, er schenkte ihr so viel stark verliebter Beachtung, dass man sie weder übersehen noch ihr hätte widerstehen können.

Sie lief jetzt wieder mehr, und es ermüdete sie weniger. Die Übung in seinem privaten Langschwimmbecken unten auf dem Gelände des Resorts half natürlich und ließ sie sich auch besser fühlen über den armseligen Zustand ihrer Angelegenheiten. Wenn sie nichts mit sich anzufangen wusste, gewohntermaßen, ging sie raus auf einen schönen, schattigen Balkon, der vom Wohnzimmer abging, mit einem großartigen Blick auf den See. Eine ganze Flotille von Segelbooten sprenkelte das glitzernde blaue Wasser, hier und da dahingleitend, während Motorboote herumzischten und Wasserskifahrer hinter sich herzogen. Black sagte ihr, es sei der Ozarks-See, aber sie erinnerte sich nicht an ihn, noch an die Stadt oder den Bezirk. Er musste ihr praktisch alles darüber erzählen. Schrittweise erinnerte sie sich hier und da an etwas, aber gemäß Black war das aus ihrem früheren Leben eine ganze Weile zuvor entnommen. Der Kurzzeitgedächtnisverlust hatte fast alles der letzten paar Jahre vom Leben an diesem schicken See in der Mitte von Missouri blockiert.

Nicholas Black war bis dahin ärztlich ziemlich diktatorisch gewesen, um es milde auszudrücken, und er erlaubte Claire noch keine Besucher, nicht dass sie einen davon kennen würde. Sagte, sie sei nicht stark genug, müsse langsam und vorsichtig gehen in diesem Morast des Nichts. Aber er hatte eine kleine und intelligente Herde von freundlichen Neurologen den Zutritt erlaubt, weltbekannten noch dazu, die vorbeikamen, um ihren Kopf zu untersuchen und zu diagnostizieren, ob noch ein Funken von Verstand zurückgeblieben war, vermutete sie. Aber sie einigten sich alle auf die Erstdiagnose: Sie konnte sich nicht erinnern, aber das würde sich wohl wieder legen, also kein Grund zur Sorge. Ja ja, für die war es einfach, so zu reden, mit all ihren Abschlüssen und hübschen Zertifikaten an der Wand. Das hätte sie ihnen ohne jeglichen medizinischen Grad erzählen können, und ohne das hübsche Honorar, das sie höchstwahrscheinlich verdienten.

Heute jedenfalls kamen ein paar ihrer unbekannten Freunde, um sie zu sehen und ihr absolut Bestes zu versuchen, ihr widerspenstiges Gedächtnis zurückzubringen in eine verworrene, aber raffiniert entworfene und abgeschlossene Lebensreise. An und für sich war sie richtig aufgeregt, aber sie versuchte ihr Bestes, das nicht zu zeigen. Tatsächlich war sie nervös wegen allem und jedem. Nichts wissen war höchst lästig. Ein bisschen wie ein sechs Monate altes Baby in einem Hochstuhl, das versucht, gewürfelte Erbsen und Möhren aufzuklauben. Sie war jetzt überzeugt, dass sie tatsächlich vor einiger Zeit bei dem stattlichen Doktor eingezogen war. Sie waren nicht verheiratet. Das Problem war, der gute Dr. Black schien zu denken, sie wären es – in jeglicher Hinsicht. Oder sollten es sein. Oder würden es bald sein.

»Bitte schön, Claire. Zeit für Ihre Medikamente.«

Claires getreue Privatschwester, Miss Monica Wheeler, glitt ohne einen Ton auf den glänzenden Dielen aus Walnusshartholz, putzmunter und mit ihrem üblichen blendenden Lächeln und ihrer *Alles-wird-gut-mein-Süßes*-Attitüde. Sie trug ein mit einem weißen Handtuch abgedecktes Tablett. Die Tabletten waren in einem kleinen weißen Becher neben einem Glas Wasser mit Cedar-Bend-Monogramm. Mittlerweile hatte sie die Medikamente ziemlich satt, ja, das hatte sie, aber trotzdem schluckte sie sie gehorsam. Zu schade, dass sie keine magische Pille hatten, um ihr die totale Erinnerung zu geben, aber so was ist was fürs Kino, dachte sie. Das wäre ne Pille, die es wert wäre zu schlucken.

Monica Wheeler war jung, vermutlich in ihren frühen Dreißigern, extrem gut in ihrem Job, und hinreichend nett, süß sogar. Immer gesprächig und lächelnd, sie war nur ein kleines itsy-bitsy Ding, nicht viel größer als eins fünfzig. Hübsch und zierlich und energiegeladen wie nur was, und ja, sie verursachte bei Claire das Gefühl – aufgrund ihrer Größe –, eine Art herumstampfende teutonische Kriegerin mit dem Schild in der Hand zu sein. Ja, man hörte Claire normalerweise kommen, kein Zweifel. Monicas lange dunkelbraune Haare waren zu einem Haarknoten zurückgebunden, umhüllt von einer Art sibermetallic-farbenem Netz oder so, ein Frisuraccessoire, das Monica einen Snood nannte. Nie davon gehört, aber Claire hatte gerade von einer Menge Dinge noch nie gehört. Monica war oben herum ziemlich gut gebaut und hatte ein spontanes und angenehmes Lächeln und diese Gabe, kein Geräusch zu machen – wörtlich wie auch im übertragenen Sinne. Claire dachte sich, dass Monicas Gedächtnis erheblich besser als das ihre war, zumindest im Moment.

»Hey, Monica, der gute Doc erzählt mir, dass er und ich ein ziemlich schönes Pärchen abgegeben haben, bevor ich im Fluss landete. Stimmt das? Oder versucht er nur, die Situation auszunutzen, wo ich so krank und geschwächt bin und mich an meinen eigenen Namen nicht erinnern kann?« Claire lächelte, nur damit Monica wissen würde, dass sie herumalberte. Die Schwester kapierte und lächelte zurück.

»Ich befürchte, ich wusste überhaupt nicht, wer Sie waren, bis ich hierherkam, um Sie zu pflegen.«

»Okey-dokey. Wie lange kennen Sie Dr. Black schon?«

»Er hatte einen Patienten auf der Intensivstation der Kardiologie am Barnes Jewish Hospital in St. Louis. Dort arbeite ich. Ich denke, das muss so vor fünf Jahren gewesen sein.« Monica nahm ein Glas Wasser und gab es Claire. »Er wollte jemanden hierhaben, dem er vertrauen konnte, falls er arbeiten musste. Ich habe Urlaub genommen, um hierher zu kommen. Er ist ein exzellenter Arzt, wissen Sie.«

Genau genommen wusste Claire das nicht, dachte aber, das wäre sicher ein doppeltes Daumen-hoch wert gewesen. »Nun, danke schön fürs Kommen und Pflegen.«

Monica schaute auf sie hinunter und überraschte Claire damit, dass sie ihr hoch professionelles Schwester-Patient-Verhalten vorübergehend fallen ließ. »Ich kann Ihnen als Tatsache berichten, Claire, dass Nick vollkommen verzweifelt war, während Sie im Koma lagen. Er blieb jeden einzelnen Moment an Ihrer Seite, wenn er konnte, und verließ Sie nur, wenn er musste. Er tat mir so leid während all dieser langen Tage und Nächte. Er hat alles für Sie getan, was er konnte. Er machte die physikalische Therapie tagtäglich selbst, um ihre Muskeln beweglich zu halten. Er sagte, Sie wollten aufstehen, sobald Sie aufwachen. Ich weiß, Sie können sich nicht an ihn erinnern, aber bitte haben Sie keine Zweifel über Sie beide. Er liebt sie intensiv, das kann ich Ihnen versprechen.«

All das ließ Claire sich ziemlich warm und kätzchenweich flauschig fühlen, wohl wahr. »Es ist nur alles so fremd gewesen, dieses Zeug. Ich lebe in einer Art dunkler Nacht, wo ich niemanden so recht kenne.«

Monica drückte ihren Arm. »Ich weiß, wir hören nicht auf, es zu sagen, Claire, aber es wird Ihnen besser gehen. Sie werden sich an alles erinnern, haben Sie nur eine Woche Geduld oder zwei.«

»Danke, das habe ich jetzt gebraucht.« Claire beschloss,

Monica weiter zu befragen. Wie anders sollte sie Menschen denn kennenlernen? »Was ist mit Ihnen? Vermissen Sie Ihre Freunde zu Hause?«

»Ja, ein paar von ihnen. Es gibt da einige, ohne die ich ganz gut auskomme.«

Sie lachten beide über die Wahrheit darin.

»Ich wünschte, ich hätte ein paar Freunde zum Reden.«

»Haben Sie. Sie werden Sie besuchen kommen. Sie würden nicht glauben, wie viele Leute hier hochgekommen sind und dagesessen und mit Ihnen geredet haben. Sie haben sich alle große Mühe gegeben, Sie zurückzuholen.«

»Ich weiß, aber ich kenne sie nicht mehr. Sie sind die einzige Person, bei der ich das Gefühl habe, ich kenne sie, Monica. Außer Black, ein bisschen, denke ich.«

»Nun, es hat auch Spaß gemacht, Sie kennenzulernen.« Ganz gegen ihren Charakter setzte sich Monica ihr gegenüber auf die Couch. Sie tat das nicht sehr oft. Nie eigentlich. Claire war erfreut darüber, dass sie es jetzt tat. Ja, sie war einsam, erkannte sie erstaunt.

»Ich hab einen Typen hier getroffen«, bot Monica mit einem scheuen Lächeln an. »Ich mag ihn wirklich gern.«

»Schön, das ist großartig. Wer ist er?«

»Sein Name ist Jesse. Er arbeitet unten im Restaurant. Da sind wir uns begegnet, als ich dort unten Mittag gegessen habe, oder Nick ein Tablett vom Restaurant hochgebracht habe.«

»Ist es ernst?«

»Bei mir schon. Ich denke, er mag mich auch ziemlich. Wir reden darüber, eines Tages zu heiraten.«

Claire klatschte in die Hände, aufrichtig glücklich für

Monica. »Das ist toll. Bedeutet das, Sie werden hier am See bleiben?«

»Ich schaue mich gerade nach einem Haus um. Mir gefällt es hier unten. Die Menschen sind alle so freundlich. Nick sagt, er könne mir einen Job am Canton County Medical Center besorgen, wenn ich möchte.«

»Er ist ein guter Typ, oder?«

»O ja, das ist er. Sie haben Glück, ihn zu haben.«

»Ja, ich denke doch.« Claire wusste das, irgendwie. Andererseits war sie sich immer noch nicht sicher. »Was macht Jesse?«

»Er ist Abräumer und Kellner unten im Two Cedars.«

»Vielleicht können Black und ich mal mit Ihnen und Jesse die Tage zum Essen gehen.«

»Wenn ich meine eigenen vier Wände habe, koche ich Abendessen für uns vier«, bot Monica an, anscheinend sehr angetan. »Ich bin eine wirklich gute Köchin, wenn ich das selbst so sagen darf.«

»Das ist ein Wort. Ich denke, das ist so in etwa genau das, was ich brauche – hier herauskommen und ein bisschen Spaß haben. Ich fühle mich ziemlich eingesperrt und werde verrückt.«

»Hey, wissen Sie was, Claire? Ich habe eine Freundin hier unten am See. Sie ist nur für diesen Sommer hier. Sie arbeitet auch im Sheriff's Office. Sie ist Assistentin des Gerichtsmediziners. Ihr Name ist Nancy Gill. Ich weiß, Sie würden sie mögen. Sie ist sehr spaßig.«

Claire runzelte frustriert die Stirn. »Ich erinnere mich nicht an sie, Monica.«

»Würden Sie auch nicht. Sie ist gerade erst zum Sommeranfang hergekommen. Irgend so ein Austauschprogramm, oder so was. Sie sagt, sie sei Ihnen nie begegnet. Wir sind ein paar Mal die Woche in den Laden ihres Onkels gegangen. Er heißt Jeepers und ist ein cooles Bar-Restaurant an einer der Anlegestellen. Sie bedient dort, wenn sie keinen Dienst hat. Wir gehen am Freitagabend dahin, falls Sie gern mitkommen möchten. Wissen Sie, so ein Frauenabend. Ich denke, dass Sie es mögen werden.«

»Gut, ich werde Black fragen müssen«, fing Claire an, und dann wurde ihr bewusst, dass sie nicht mochte, wie das klang. Nicht einmal das kleinste bisschen. Sie sollte ihn nicht fragen müssen, wenn Sie irgendetwas tun wollte. Sie fühlte sich gut, und Monica glaubte offensichtlich auch, ihr ginge es gut genug. »Okay, ich bin zu allem bereit.«

»Wie wär's, wenn wir uns gleich nach meiner Schicht treffen? Wir können meinen Wagen nehmen.«

»Ich freu mich darauf.«

»Großartig. Ich kann es gar nicht abwarten, dass Sie Nancy treffen.«

Monica nahm das Tablett, und machte dann erneut eine Pause am gewölbten Zugang. »O ja, fast hätte ich's vergessen. Nick hat mich gebeten, Ihnen zu sagen, dass er seine Visite unten bei den Bungalows fertig macht und bald zurück sein wird.«

Monica glitt mit ihren raffinierten Schwesternschuhen hinweg und ließ Claire allein. Vielleicht sollte sie lernen, so zu laufen. Sie war Detective. Sie schlich sich an Leute ran. Würde vielleicht mal ganz nützlich sein.

Jesses Mädchen

Zwei Tage nach dem Unfall

Sobald Jesse beim Hospital ankam und erfuhr, dass sein Liebling Annie heim zum Ozarks-See geflogen worden war, bepackte er Miss Rosies Chevy Caprice mit allem, was sie brauchen würden. Er wickelte ihren Kopf in eine weiche rosa Babydecke und schnallte sie bequem in einen alten Kindersitz, den er im Keller gefunden hatte, und dann machte er sich Richtung Norden auf, um Annie abzuholen. Anfangs war er wütend, weil ihr falscher Liebhaber sie zuerst gefunden und schnell weggebracht hatte. Dieser ekelhafte Nicholas Black tat das andauernd. Er hasste ihn und wünschte, er würde einfach auffahren und sterben. Annie war Jesses Mädchen, und das würde sie immer sein.

Aber dann erinnerte er sich an das sehr hübsche kleine Haus, in dem Jesse am Ozarks-See gelebt hatte, bevor sie ihn schnappten und ins Hospital wegbrachten. Vielleicht war es immer noch da. Vielleicht könnte er da mit Miss Rosie leben. Er fände es schön, es wiederzusehen. Miss Rosie würde es da mögen, das wusste er. Und auch seine Mutter, wenn er herausfand, wo sie begraben war. Aber das würde noch eine Weile warten müssen. Annie war im Moment sein einziges Anliegen.

Die Fahrt verlief ohne Ereignisse, aber Miss Rosie mochte es nicht, zugedeckt zu sein, weil sie so die vorüberziehende Landschaft nicht bewundern konnte. Schließlich hörte sie auf, sich zu beschweren, und nickte ein. Seine alte Heimstatt war draußen an einem abgelegenen Arm des Sees. In der Gegend waren nur sehr wenige Häuser gebaut worden. Er hoffte, es stünde immer noch leer und sie könnten einfach einziehen. Er bog auf die überwachsene Schotterstraße ein und folgte ihr etwa zwei Meilen einen Berg mit Blick auf das Wasser hinauf. Wow, das fühlte sich ja an wie in der guten alten Zeit.

Als er unter dem Baumkronendach hervorkam, stand es dort in derselben Lichtung. Das alte Haus stand hübsch und freundlich da, genau, wie er es verlassen hatte. Es sah jetzt ein wenig heruntergekommener aus und brauchte dringend einen Anstrich. Die Fenster waren mit Brettern zugenagelt, und ein »Betreten verboten«-Plakat war an die vordere Fliegengittertür getackert.

»Ich bin gleich zurück, Miss Rosie«, sagte er und hob die Decke für einen Moment an, damit sie ihn hören konnte. »Haben Sie etwas Geduld. Wir sind jetzt fast zu Hause. Ich muss erst sichergehen, dass niemand hier ist, bevor wir reingehen können.«

Nur für den Fall, dass jemand herumschnüffeln kam, deckte er Miss Rosie wieder zu, und rannte dann die Stufen hinauf und versuchte, die Bretter von der Eingangstür wegzustemmen. Dunkle Wolken zogen auf, und es sah nach Regen aus. Er wollte Miss Rosie ins Haus bekommen, bevor der Sturm zuschlug, damit sie nicht nass würde. Glücklicherweise gingen die Bretter ziemlich leicht ab, und er zerrte das letzte los und versuchte die Türklinke. Es war abgeschlossen. Er drehte sich um, um den Hammer aus dem Kofferraum zu holen, aber wirbelte wieder herum, als sich die Eingangstür plötzlich öffnete.

»Ja? Was machen Sie hier?«

Eine junge Frau stand da und schaute ihn missbilligend an. Ihr dunkles rotes Haar wand sich in Locken, die ihr über die Schultern herabfielen, und sie trug eine weiße Seidenbluse, einen kurzen schwarzen Rock und rote Schuhe mit sehr hohen Absätzen. Er dachte, sie wäre richtig hübsch. Bedauerlicherweise hielt sie einen Elektroschocker in einer Hand und ein Handy in der anderen.

»Oh, Ma'am, tut mir leid. Ich dachte, es wäre niemand zu Hause.«

»Offensichtlich. Da Sie versucht haben einzubrechen. Sie verschwinden hier besser, oder ich rufe die Polizei.«

Jesse schaute den Elektroschocker an, den sie in der Hand hielt. Er sah so aus wie der, den er gehabt hatte. »Nein, nein, bitte, beschießen Sie mich nicht mit diesem Ding. Sie verstehen das alles falsch. Es ist überhaupt nicht so, wie Sie meinen. Das hier war das Haus meiner Großmutter, als ich ein kleines Kind war, und ich wollte nur einen Blick hineinwerfen. Sie starb, sehen Sie, aber ich habe eine Menge angenehmer Erinnerungen an das Leben hier draußen. Ich wollte nur ihr Zeug sehen, nur für eine Sekunde.«

Die hübsche Frau schaute an Jesse vorbei auf den alten Caprice. »Meine Mom und mein Dad hatten so ein Auto, als sie heirateten. Aber es war weiß.«

»Es gehörte Oma. Es fährt allerdings richtig gut«, sagte er und zeigte sein schönstes Lächeln. Er hatte Glück, dass er mit einer derart unschuldigen, harmlosen Aura zur Welt gekommen war. Es funktionierte fast jedes Mal. »Hey, Ma'am, wie schon gesagt, es tut mir wirklich leid, Sie belästigt zu haben. Ich werd jetzt gehen. Sorry auch, wenn ich Ihnen Angst gemacht haben sollte. Ich geh jetzt. Ich bin in ner Minute weg, ich versprech's.«

Die Frau zögerte, wirkte verständnisvoll, als ob sie dächte:

Armer kleiner Kerl, der seine Oma vermisst. Ja, er hatte sie, reingefallen.

»Nun ja, ich denke, Sie können hereinkommen und kurz herumschauen. Ich bin Miriam Long. Ich bin Maklerin und helfe einem Freund, der dieses Objekt als Nachlass verwaltet.«

»Oh, okay, ich wollte wirklich niemanden belästigen. Ich hätt' nie was weggenommen, oder so. Ich wollt' nur das Haus anschauen und an Oma und mich denken.« Er blickte herum. »Und ich hab keinen Wagen gesehen, also dachte ich, es wäre niemand hier.«

»Das kommt, weil ich mit dem Boot hergekommen bin. Es ist den Berg hinunter am Kai vertäut. An der Hintertür ist eine Schlüsselbox. Es ist so viel näher übers Wasser. Ich muss einen Blick darauf haben. Anweisung des Richters. Die letzte Besitzerin wurde hier ermordet und hinterließ keine Erben. Also warten wir jetzt, bis der Fall durch die Justiz durch ist.«

»O nein! Jemand wurde in Omas Haus ermordet!«

»Ja, die ganze Sache war wirklich ziemlich schrecklich. Ein durchgedrehter Irrer ermordete sie. Kommen Sie schon rein, denk ich mal, aber ich kann nicht lang bleiben. Ich muss einen Flug kriegen.«

»Wirklich nett von Ihnen, mich reinkommen zu lassen, Ma'am.« Er blickte Miriam ernst an, aber innerlich kochte er wegen der Irren-Sache. Er war kein Irrer, und er war nicht durchgedreht. Wie konnte sie wagen, das von ihm zu sagen? »Ich brauche nur ein paar Minuten, versprochen.«

Miriam trat zurück und erlaubte, dass er sie passierte und den kleinen Flur betrat. Er sah ihr zu, wie sie den Elektroschocker in eine Handtasche auf dem Flurtischchen steckte, und dann schaute er herum, fast überwältigt von all den guten Erinnerungen. Sein und Suzes ganzes Mobiliar war immer noch da, genau wie sie es verlassen hatten. Meine Güte, es war so gut, wieder zu Hause zu sein.

»Ich gehe runter, um den Keller nach Lecks zu überprüfen. Wir hatten einen schrecklichen Sturm, nur gerade ein paar Tage her. Machen Sie nur, schauen Sie sich nur um.« Miriam Long ging zur Kellertür und zögerte dort für eine Sekunde, als sie den Donner über dem See hörte, dann warf sie ihm noch eins ihrer warmen Lächeln zu. Sie war wirklich süß. »Hey, ich vermute, Sie wollen kein Gebot auf dieses Haus abgeben, nicht wahr? Es wird billig werden, wenn wir endlich eine Entscheidung bekommen.«

»Nicht, wenn es im Keller leckt.« Er lachte ein bisschen, nur um sie zu beruhigen. Das würde so einfach werden. Einfacher als jeder andere seiner Morde in langer, langer Zeit. Er konnte jetzt den Regen hören, wie er aufs Dach schlug.

Sie lachte auch. »Gut, dann lassen Sie uns mal nachschauen. Ich fände es schön, wenn das Anwesen in ihrer Familie bleiben könnte.«

Die Tür unter der Treppe war geschlossen, und sie öffnete sie, machte das Licht an und stieg dann vorsichtig die steile und enge Treppe hinunter, irgendwie seitwärts mit ihren hohen Absätzen. Er ging ihr nach, und zwei Stufen von oben drehte sie sich um und sah ihn an, als ob sie etwas sagen wollte. Ihre Augen gingen sofort hoch zu dem brandneuen, glänzenden, 25 Zentimeter langen Fleischerbeil der Marke Walmart, das er hoch über seinem Kopf hielt. Er ließ es hart auf ihren Brustkorb heruntersausen, und sie schrie qualvoll und flog rückwärts die Treppe hinunter, kopfüber, nur von der extremen Kraft des Schlages. Sie schlug hart und mit dem Kopf voran auf dem Boden auf und lag da, vor Schmerz stöhnend und keuchend. Ihr Blut tropfte noch von der Schneide, er ging vorsichtig zu ihr hinunter, schaute sich in der gewohnten Umgebung des unfertigen Kellers um. Genau wie damals. Alles. Sogar der alte Kühlschrank war da. Großartig! Es war so gut, zu Hause zu sein.

Miriam Long jammerte immer noch, und ihre Finger der rechten Hand zuckten. Er stand einen Moment über ihr, genoss das heraussickernde Blut, wie es die Vorderseite ihrer weißen Bluse langsam durchtränkte und sich unter ihr sammelte. Dann fand er seinen alten Baseballschläger aus Aluminium, immer noch an dem Platz, unter der letzten Stufe, wo er ihn vor so langer Zeit versteckt hatte. Er hob ihn in die Luft und schlug auf ihr Gesicht ein, bis sie tot war. Die Hausmaklerin würde sie jetzt nicht mehr belästigen, nicht wahr? Miss Rosie schätzte ihre Privatsphäre, und er auch. Er würde Miss Rosie in die Tiefkühltruhe stellen. Wenn es dann dunkel war und zu regnen aufgehört hatte, würde er seine neue Freundin Miriam mit ganz weit hinaus in die Mitte des Sees nehmen und ihre Leiche entsorgen – mit ihrem eigenen Boot. Das würde er machen. Mann, er hoffte, sie hatte ein gut aussehendes Boot. Er hatte es immer geliebt, auf dem See herumzuflitzen und die kühle Brise auf seinem Gesicht zu genießen.

5

Nur ein paar Minuten, nachdem Monica sich verabschiedet hatte, tauchte Nicholas Black in Begleitung eines weiß gekleideten, jungen Kellners auf, der einen Wagen mit mehreren Silberhauben obendrauf schob und wirkte, als ob er sich geehrt fühlte, vom großen Boss selbst begleitet zu werden. Black sah aus wie aus dem Ei gepellt in seinem maßgeschneiderten schwarzen Nadelstreifenanzug, gelber Krawatte über einem knackig weißen Hemd, und ja, er trug seine Initialen auf der Manschette, alle drei in einer süßen kleinen Linie. Genau an der Seite seiner massiv goldenen Manschettenknöpfe. Armer Kerl, musste bei K-Mart einkaufen und alles.

»Hoffe, du bist hungrig«, sagte Black, streifte sein Jackett ab, drapierte es über der Stuhllehne und setzte sich ihr gegenüber hin.

»Bin ich tatsächlich. Ich habe nur die drei Pfund Essen intus, die du zum Frühstück hochbestellt hast.« Er stopfte sie mit Kalorien voll, jawohl, mein Herr, aber sicher doch. »Was gibt's zum Mittagessen?«

»Hühnchensalat auf Croissants und hausgemachte Kartoffelchips. Gebackene Bohnen und Krautsalat. Erdbeerkuchen und Vanilleeiscreme zum Dessert. Eine Schale mit gefrorenen Snickers-Riegeln dazu.«

»O mein Gott, gefrorene Snickers. Ich wusste, es musste einen Grund geben, warum ich dich mochte.«

Daraufhin wirkte er übermäßig zufrieden, was tatsächlich irgendwie liebenswert war. So saßen sie da, alles ganz angenehm und familiär. Mit Lächeln und allem, während der tüchtige, aber nervöse Kellner sie bediente. Dann beobachtete Claire, wie Black seine große weiße Leinenserviette öffnete und auf seinen Schoß legte.

Sie machte das Gleiche. »So, Black, Monica hat mir gerade erzählt, dass du absolut verrückt nach mir bist.«

Er schaute schnell hoch. »Und das sind Neuigkeiten für dich? Bloß noch fürs Protokoll, ja, ich bin verrückt nach dir, und wir sind ein sehr glückliches Paar.«

Claire beschloss, ihn ein bisschen zu ärgern, seinen Sinn für Humor zu testen. Sie hatte noch nicht viel davon zu sehen bekommen. Und sie mochte Typen mit Sinn für Humor. Er war Dr. *Ernsthaft-wie-verrückt,* und das die meiste Zeit. »Waren wir nur glücklich, oder richtig, richtig glücklich?«

Er rührte einen großen Löffel Zucker in seinen Eistee, kein Süßstoff für ihn, ä-hem, und konzentrierte sich auf diese blauer als blauen Augen in ihrem Gesicht. »Wir sind richtig, richtig glücklich zusammen. Vielleicht sogar ein Paar mit noch mehr richtig. Sogar überglücklich.«

»Du verwendest die Gegenwartsform.«

»Da kannst du drauf wetten.«

»Was, wenn ich mich nie mehr an dich erinnere? Das würde uns nicht sehr glücklich machen, vermute ich.«

»Du wirst dich erinnern.«

»Das klingt mehr nach Wunschdenken, Doktor.«

Claire entschied, dass sie sich unsicher wegen des Erinnerns fühlte, sie musste es zugeben.

Es passierte einfach nicht, und es war jetzt eine ganze

Weile her. Sie beobachtete ihn, wie er eine Scheibe Zitrone in seinen Tee ausdrückte. Sie war äußerst neugierig auf ihn. Nicht nur sein gutes Aussehen an der Oberfläche. Was war er? Woran glaubte er? Was hatte er in seinem Leben gemacht? Obwohl sie ziemlich selbstbewusst bezüglich ihrer weiblichen Ausstrahlung war und allem, dieser Kerl war der richtige Fang des Jahres. Sie war nicht schlecht, oder übel aussehend oder so, aber sie bezweifelte stark, dass sie, ein niederer und armer Detective, und er, ein berühmter Psychiater, in den gleichen Kreisen herumgestreunt waren, außer sie hätte einen von denen verhaftet. »Also, erzähl mir von dir, Doktor. All deine verborgenen, dunklen Geheimnisse. Du siehst wie der Typ Mann aus, der eine Wagenladung Frauen gehabt hat, wenn nicht sogar ein Karneval-Kreuzfahrtschiff voll. Bin ich nur eben zufällig die letzte, mit der du geschlafen hast?«

Das war noch ein Anlauf zu einem Lacher, irgendwie. Jedoch fragte sie sich auch, ob er ein bisschen ein Aufreißer war. Schließlich war er vermögend und superheiß und charmant und superheiß und muskulös und super-superheiß.

Sein Blick war direkt und ungerührt.

»Du bist die einzige Frau in meinem Leben, und das ist so seit dem Tag unserer ersten Begegnung.«

Sie hatte den starken Eindruck, sie hätte ihn ganz groß beleidigt. Er lächelte nicht und dieses richtig, richtig glückliche Ding, das sie da angeblich am Laufen hatten, fand im Moment auch gerade nicht statt. Die Wahrheit war allerdings auch, sie freute sich wie ein Schneekönig, dass er seine Redlichkeit beteuerte. Das aber nur, falls er nicht mit gespaltener Zunge sprach. Zeit, wieder schönzutun, ein verführerisches Lächeln heraufzubeschwören.

»Nun, Doktor, ich mag es, wie du lächelst, wenn du mich kommen siehst. Gibt mir ein ganz warmes und flauschiges Gefühl.«

Das funktionierte. Er grinste, mit vollem Zahneinsatz, braungebrannt und arktischblauen Augen. »Nun, Claire, das liegt vielleicht daran, dass ich dich gern kommen sehe.«

Wow, so'n Kerl, der heiß auf sie war. Sie wünschte sich, sie wüsste mehr als nur seinen Namen. »Gut dann, wie sind wir uns begegnet, Mr *Echt-und-treu-bis-zum-Ende?*«

Claire konnte regelrecht sehen, wie er sich entspannte. Er nahm gemächlich einen Schluck Tee zu sich, setzte sein Glas ab und nahm seine Gabel. »Nun, ich sehe, du hast nichts von deinem Feuer verloren, Claire. Das ist ein gutes Zeichen, dass du definitiv noch irgendwo da drinnen immer noch du bist.« Seine nächsten Worte jedoch erschreckten sie zu Tode. »Ganz ehrlich, Claire? Wir sind uns begegnet, weil du mich in Verdacht hattest, eine Frau ermordet zu haben. Du hattest es ernsthaft auf mich abgesehen, wild entschlossen.«

Das alles verdauend, nahm Claire sich einen Moment und wickelte das erste Snickers von den zehn oder so aus, die sie sich schmecken lassen wollte. »Und das hat dich angemacht, verstehe ich das richtig?«

»Verdammt richtig. Besonders als du mich durchsucht und mir Handschellen angelegt hast.«

Claire spürte ein Lächeln hochkommen. »Hab ich das wirklich gemacht?«

»Ja.«

»Verdammt, ich wünschte, ich könnte mich daran erinnern. Das hat sicher Spaß gemacht.«

»Wir könnten das wiederholen, wenn du möchtest.«

Sie lachte bei dem Gedanken. »Nun, ich habe eine Menge Kerle durchsucht und ihnen Handschellen angelegt, als ich beim LAPD gearbeitet habe. Daran erinnere ich mich. Es hat mich nicht besonders angemacht. Sie auch nicht.«

Nach diesem Geplänkel aßen sie ihren Lunch und starrten sich noch ein bisschen mehr an, und sie konnte in seinen Augen sehen, dass er kurz davor stand, ganz rührselig und sentimental zu werden. Endlich kam er damit heraus. »Es ist lange her, Claire. Wenn wir uns nicht bald küssen, werde ich die Kontrolle verlieren. Ich bin mir nicht sicher, was passieren könnte, wenn es dazu kommt.«

Also hatte er doch Sinn für Humor. Sie zog alle Folgen in Betracht, die ein Befolgen seines Wunsches nach sich ziehen würde. Nein, sie erinnerte sich nicht an ihn. Wäre es eine fiese und abartige Angelegenheit, sich von ihm küssen zu lassen? Sie dachte nein. »Ich erinnere mich nicht an dich. Es wäre, wie einen Fremden zu küssen.«

»Und?«

»Ich würde mich unbehaglich fühlen.«

»Das würde nicht lange dauern; da werde ich für sorgen.«

»Ich bin mir nicht sicher, aber ich glaube nicht, dass ich die Angewohnheit habe, Fremde zu küssen.«

»Das hoffe ich doch.«

»Ich zweifle sehr daran, dass du das an meiner Stelle tun würdest. Oder würdest du?«

»Wenn du das wärst, würde ich, verdammt richtig.«

Versucht war sie, o ja. Andererseits, sie lief immer noch etwas stotternd auf allen Zylindern. Jemand wie ihn zu küssen könnte sie verwirren und dazu verleiten, etwas Dummes und Notgeiles zu tun. »Tut mir leid, aber ich bin einfach noch nicht bereit, mit dir Küsschen-hier-Küsschen-dort zu spielen. Noch nicht.«

»Dann, denke ich, müssen wir noch einmal ganz von vorn anfangen. Uns kennenlernen, miteinander ausgehen, uns wieder ineinander verlieben. Ich muss dich einfach dazu bringen, dass du mich genauso begehrst wie ich dich jetzt gerade.«

Da wäre nicht viel Überzeugungskraft von Nöten, nicht so, wie ihr Puls auf diese höchst erregende Unterhaltung reagierte. »Du meinst, du willst mir den Hof machen, mich ausführen und all dieser Scheiß?«

»Nein, aber wenn ich muss, dann tu ich's. Nur damit wir endlich. Ich liebe dich, Claire. Ich brauch dich zurück, wirklich. Dich da in diesem Bett dem Tod nahe liegen zu sehen, war nicht gerade einfach.«

Sie kam sich absolut albern bei der ganzen Unterhaltung vor, aber sie war auch irgendwie erfreut. Claire war sich nicht sicher, was sie sagen sollte. Sie hatte ihm schon die Wahrheit gesagt. Sie war nicht bereit, mit ihm, einem vollkommen Fremden, ins Bett zu gehen. Das war einfach nicht sie. »Ich bin mir sicher, ich würde dich vermutlich auch zum Fressen gern haben. Es wird interessant werden, das herauszufinden. Später mal.«

Er war ruhig, beobachtete sie, saß wieder vollkommen entspannt und locker da und wartete ab. Yep, er war Psychiater, geht klar. Sie war sich ziemlich sicher, dass sie Psychiater hasste. »Ja, sehr interessant, allerdings«, stimmte er zu. »Später mal.«

Sie kicherten miteinander, begriffen beide die vollkommene Absurdität der gesamten Situation, und die einvernehmliche Erheiterung löste die wachsende sexuelle Spannung. Aber dann wurde er wieder ernst. »Die Leute, über die wir geredet haben, deine Freunde? Sie planen, dich zu besuchen. Du kennst sie alle sehr gut. Ich hoffe, mit ihnen zu reden wird dir helfen zurückzukommen.«

»Und das sind?«

»Einmal dein Partner hier in Canton County, Bud Davis. Dein Boss möchte auch kommen, Sheriff Charlie Ramsay. Harve Lester kommt später.«

Claire wurde munter bei diesem Namen. »Harve war mein Partner beim LAPD. Ich erinnere mich an ihn. Ich kann nicht glauben, dass er auch hier draußen lebt.«

Nicholas Black lächelte sie mit ganz warmen Augen an. Als er ihre Hand nahm und ihre Handfläche küsste, wie er es scheinbar gewohnt war, stockte ihr Atem ein klein bisschen, wie es ihre Angewohnheit war. Ein wildes Chaos von Gewohnheiten, schien es. Irgendetwas zupfte an ihr, ganz, ganz weit weg in den nebligsten Gebieten ihres gelähmten Geistes. Sie beide zusammen in Nicholas Blacks großem Bett. Nicht platonisch, nicht beim Trösten nach einem Albtraum, ä-hem, sondern sie machten Liebe, genossen einander. Es war bloß ein flüchtiger Blick, der schnell verblasste, aber es war das erste Mal, dass sie irgendeine klare Erinnerung von ihm in sexueller Hinsicht hatte. Sie waren Lover gewesen, in Ordnung.

»Du hast dich gerade an etwas erinnert, nicht wahr?«

»Sicher, hab ich. Wir beide zusammen. Im Bett. Wir rollten herum und hatten jede Menge Spaß. Wir hatten Sex.«

»Nein, wir haben uns geliebt. Das ist ein Unterschied.«

Ihre Blicke trafen sich einen langen Moment, und dann sagte Claire: »Du hast mich geküsst, und es machte den Eindruck, ich mochte es ganz gern.«

»Vielleicht sollten wir ins Schlafzimmer gehen und es nachspielen, oder etwas Ähnliches. Lass mich dich für einige Stunden küssen und sehen, ob es irgendwie dein Erinnerungsvermögen anregt.«

»Oh, es wird etwas anregen, ganz recht.« Aber ein einzelner Kuss würde das Haus nicht niederbrennen, wie man so sagt. Das war, was er wollte, und was, wenn das ihre Liebesaffäre wiederaufleben lassen würde? »Okay, leg los und küss mich, und wir werden ja sehen, ob der Funken noch da ist. Oder ob das Freudenfeuer abgebrannt und erledigt ist.«

Nicholas Black schaute sie an, und ja, er schaute wissend und erfreut, und extrem selbstsicher. Er stand auf und zog sie mit hoch. Er legte einen Arm um ihre Taille und drückte sie eng an seine Brust. Dann griff sein Mund ihren an, das war kein verzärteltes kleines Küsschen auf die Wange, weit davon entfernt. Sie genoss es genug, um ihre Lippen unter seinem Mund zu öffnen und ihre Arme um seinen Hals gleiten zu lassen. Sie vergnügten sich eine Weile, ziemlich heiß und lüstern und atemlos werdend. Zumindest bis sie sich ihm entzog. Sie atmeten schwer, nicht gerade unberührt von ihrem kleinen sexuellen Experiment.

Claire gab sich Mühe, ihre Stimme ruhig klingen zu lassen. »Gut, jetzt glaube ich den Teil über uns, dass wir richtig, richtig gut miteinander auskommen.«

»Das ist nur die Spitze des Eisbergs.«

»Es fühlt sich trotzdem eigenartig an.«

Black war nicht so weit, zu seinem Nachmittag der Klapsdoktorbedürftigen zurückzukehren. »Je öfter wir es tun, desto weniger eigenartig wird es sich anfühlen.«

»Du bist ziemlich gut bei dieser Küsserei, Black. Gibt mir zu denken.«

»Was zu denken?«

»Über andere Frauen.«

»Es gibt keine anderen Frauen. Und du hast keine anderen Männer gehabt.«

»Lass mich nur wieder normal werden. Du hast gesagt, es würde nicht lange dauern.«

»Okay. Ich habe gesagt, wir würden uns nach deinem Tempo richten, und das werden wir tun.« Er trat zurück, die Hände auf den Hüften, und seufzte. »Übrigens, ich muss übers Wochenende nach Miami fliegen. Ich starte Freitagmorgen. Ich dachte, du hättest vielleicht Lust mitzukommen. Die Sonne genießen und surfen.«

»Danke, aber ich habe geplant, mit den Mädels auszugehen.«

»Das brachte ihn offensichtlich aus dem Konzept. »Welche Mädels?«

»Monica und eine Freundin von ihr namens Nancy Gill.«

Black sah jetzt nicht sehr erfreut aus. »Wo geht ihr hin? Irgendwohin hier auf dem Cedar-Bend-Anwesen, denke ich?«

»Du denkst falsch. Monica sagte, Nancys Onkel hat ein neues Restaurant namens Jeepers. Wir gehen und testen es.«

»Ich bleibe zu Hause und gehe mit euch.«

Das verursachte bei Claire den Wunsch, zu lachen. »Also jetzt willst du mit mir und den Mädels ausgehen? Oh, biiii-tte. Black, nun mach mal halblang!«

»Du bist gerade aus einem Koma erwacht, Claire. Du hast dich besser wieder zurechtgefunden, als ich jemals erwartet hätte, aber ausgehen und Party machen heißt, das Glück herauszufordern.«

»Es ist nicht Party machen. Es sind nur ein Abendessen und ein bisschen Spaß. Und deine ureigene, handverlesene Schwester wird mit dabei sein. Das sollte reichen, um dich zu beruhigen.«

»Tut es nicht.«

Plötzlich fühlte Claire einen Ansturm von Ärger. Er hatte eine Menge für sie getan, das war wahr, aber Sir Black hatte kein Recht, sie in seinem Schloss gefangen zu halten. »Ich mag es nicht, kontrolliert zu werden. Ich weiß nicht viel über mich, aber das weiß ich.«

»Ich will dich nicht kontrollieren.«

»Nein, du genießt nur Frauenabende. Ist es das?«

Zum ersten Mal, seit sie das Bewusstsein wiedererlangt hatte, sah Nicholas Black höchst verstört aus. Er sah hinunter auf sie, aber er kam auch ziemlich schnell darüber hinweg. Die Gemütsruhe des Psychiaters fiel über seinen Anfall von Ärger wie ein Vorhang im Theater nach dem letzten Akt.

»Okay, mach nur, viel Vergnügen! Wie du sagst, Monica wird dabei sein, sollte irgendetwas schiefgehen. Denke nur daran, immer aufmerksam auf deine Umgebung zu achten. Es geschehen viele Verbrechen an diesem See, und viele Verbrechen geschehen um dich herum.«

»Ich werde meinen Schlagring und das Pfefferspray mitnehmen.«

»Sehr lustig.«

Okay, sie hatten ihren ersten Streit in Claires *Brandneuem-*

alternativen-Universum-Abenteuer. Es gefiel ihr nicht. Ihm auch nicht, seinem gewaltigen finsteren Blick nach zu urteilen.

»Denke nicht, ich wäre nicht froh, dass es dir so gut geht. Ich möchte nur, dass es so weitergeht.«

»Meinst du, ich nicht?«

»Dann werde ich mich zurückhalten und dir Freiraum zum Atmen geben, wenn es das ist, was du willst.«

»Ich will dich nicht verletzen. Du bist sehr gut zu mir gewesen.«

Black starrte nur auf sie hinunter, nicht glücklich und zufrieden, keineswegs glücklich. »Ich habe eine Besprechung in ein paar Minuten. Wir sehen uns später. Ruf mich unter meiner Privatnummer an, wenn du mich brauchst.«

Black ging schnell, um sich den Geschäften im Bürotrakt den Flur hinunter zu widmen und auch, um abzukühlen nach ihrem höhnischen kleinen Anfall von Unabhängigkeit, vermutete sie. Nachdem er gegangen war, saß Claire alleine da und beendete das Vertilgen von Snickers-Riegeln. Sie fühlte sich besser jetzt, da sie sich endlich an etwas erinnerte, was ihn betraf, ein sehr intimes Etwas, das seine Geschichte über ihr Liebesleben bestätigte. Sie konnte nun sehen, warum sie sich in ihn verliebt hatte, o ja, aber klar doch. Und ja, sie war auch ein bisschen irritiert, dass er so verdammt überfürsorglich war. Also wickelte sie noch ein gefrorenes Snickers aus und nahm einen Bissen. Dann aß sie noch zwei, so schnell sie sie in den Mund stopfen konnte. Futter für die Seele. Und Nicholas Black versorgte sie mit all den gefrorenen Snickers, die sie nur wollte. Meine Güte, was für ein Kerl!

6

»Also hast du dich endlich dazu entschlossen, aufzuwachen und aufzuhören herumzugammeln, hm, Morgan?«

Claire wirbelte herum, wo sie stand und aus den großen Glasfenstern auf den herrlichen, von der Sonne glitzernden See starrte und über die eindrucksvolle Art nachdachte, wie Nicholas Black sie geküsst hatte und wie sie ein bisschen weich in den Knien geworden war. Ein nett aussehender Bursche mit dickem rotbraunem Haar, perfekt geschnitten, schritt auf sie zu. Sie hatte ihn nie zuvor gesehen. Als er sie dann breit angrinste, kamen ein paar flattrige Bilder von ihm hoch, die aus diesen trüben und unergründlichen Tiefen ihres Gehirns stürzten. Sie lachten zusammen, schossen mit ihren Dienstwaffen auf dem Schießstand. Der Typ mit dem Buch. Und seine Name kam ihr gleich in den Sinn.

»Du bist also Bud, mein Partner. Richtig?«

»Nun, verdammt, Morgan, ich bin regelrecht verletzt, dass du dich nicht an mich erinnerst. Du hast höllisch mehr Zeit mit mir verbracht als jemals mit Nick.«

Groß und schlank, braungebrannt, er behielt dieses leichte Grinsen bei, ein sehr angenehmes noch dazu, als er vor ihr stehen blieb. Er trug einen scharfen grauen Anzug mit einem hellblauen Hemd und einer roten Paisley-Seidenkrawatte. Seine Schuhe waren hochpoliert zu schimmerndem Schwarz, und seine Haare waren gut geschnitten und oben etwas gegelt. Er sah so elegant und modisch wie jedes Modell in *GQ* aus. Er sagte: »Du siehst auch ziemlich gut aus, Morgan, bis auf diese kleine kahle Stelle auf deinem Kopf. Probierste mal 'n Bruce-Willis-Look aus?«

»Danke, ich habe dringend jemanden gebraucht, der sich darüber lustig macht.«

Um der Wahrheit genüge zu tun, sie war eine Idee kribbelig und besorgt über das Treffen mit ihren Polizeikumpeln, besonders ihrem mysteriösen Partner. Indes schien dieser Kerl ziemlich cool und pflegeleicht im Umgang zu sein. Er hatte nur dieses leicht schalkhafte Funkeln im Auge, das sie beunruhigte, aber auch amüsierte. »Ich erinnere mich an eine Sache über dich, Bud. Irgendein Buch, das ich für dich besorgt habe – keine Ahnung, was für eins, und das ist es in etwa.«

Bud warf seinen Kopf nach hinten und gab ein tiefes, angenehmes Lachen von sich. »Ist das alles von mir, woran du dich erinnerst? Das Buch über die Herkunft von Phrasen, das du mir geschenkt hast? Gut, nun ja, das mag ja vielleicht auch ne gute Sache sein.«

»Warum? Stoßen wir oft mit den Köpfen zusammen bei der Arbeit?« Diese Anfrage kam etwas skeptisch heraus. Sie hoffte nicht gerade, dass das der Fall war.

»Was sagste da? Nö, nie. Wir gleichen uns wie ein Ei dem anderen, wir sehen nur besser aus.« Sein Lächeln verblasste und seine Miene wurde ernst. »Genau genommen bist du mein bester Freund, Claire. Ich hab dich höllisch vermisst.«

Da standen sie dann, sich zugewandt. Er starrte sie hoffnungsvoll an, sie starrte nur. Unbehaglich? Da kannste dein Leben drauf verwetten. Sie fühlte sich wie die Neue in der

Schule, vollkommen hilflos und verlegen, und mit den Zehenspitzen im Dreck stochernd, wenn jemand Freundschaft schließen wollte.

»Du kannst dich wirklich nicht an mich erinnern, oder?«

Claire schüttelte den Kopf. »Ein bisschen. Dr. Black sagt, ich würde bald alles wieder zurückkriegen. Vielleicht passiert's jetzt gleich, während wir reden. Wer weiß?«

»Dr. Black? Wow, das ist aber verdammt förmlich, Morgan. Hat er dich wieder falsch angepackt?«

»Eigentlich hat er gar nichts dergleichen«, erwiderte Claire schnell und fühlte sich ein wenig schuldig wegen dieses Kusses. Aber er hatte sie in jener Nacht angepackt, aber ganz sicher nicht auf die falsche Art. Als er ihre Schultern und den Rücken massiert hatte, nachdem sie aus einem dieser grässlichen Albträume erwacht war. Ja, sie hatten sich beide ein bisschen hineingesteigert, bevor es vorbei war, aber es hatte da geendet. Sie merkte, wie ihr Gesicht heiß wurde, und hoffte, dass sie nicht rot wurde. »Ich erinnere mich auch nicht an viel über ihn. Allerdings arbeitet er mit mir daran. Was ich möchte, ist wieder an die Arbeit. Ich fühle mich gut. Ich langweile mich zu Tode hier.«

»Nun, da steh ich voll hinter dir. Ich mach deinen ganzen Papierkram schon viel zu lange mit. Du schuldest mir jede Menge, Morgan. Und denk nicht, ich werd's nicht einfordern.«

Sie lachten und die Spannung ließ nach. Eine Sache, an die sie sich erinnerte, war, wie sehr sie es hasste, diesen Papierkram zu erledigen. Die meisten Cops taten das. Sie fühlte sich ungezwungener mit diesem Burschen als mit Black. Bud schien nichts anderes von ihr zu wollen, als dass sie wieder zur Arbeit kam. Andererseits, Black wollte alles von ihr, und sie konnte sich nicht überwinden, es ihm schon zu geben. Manchmal schaute sie in diese Augen und schmolz fast dahin. Bei anderer Gelegenheit fühlte sie sich nur am Ersticken. »Arbeitest du gerade an einem Fall?«

»Wir haben ne vermisste Person aus Camdenton. Weiß und weiblich. Verschwand vor ein paar Wochen.«

»Irgendwelche Anhaltspunkte?«

»Nüscht. Wir haben Beamte draußen, die Ausschau halten. Keine Treffer.«

»Okay, Bud, warum setzen wir uns nicht einfach hin, und du kannst mir alles erzählen, was wir jemals miteinander getan haben. Was sagst du?«

»Das könnte ne ganze Weile dauern. Wir haben ein paar ziemlich haarige Dinger zusammen durchgestanden.«

»Ja, das habe ich gehört. Aber wir sind beide hier, gesund und munter, also müssen wir gut in unserem Job sein.« Sie lächelte hoffnungsvoll.

»Glaub mir, Morgan, vielleicht du solltest diese Amnesie wirklich genießen, solange du kannst. Manchmal wünschte ich mir, ich hätte eine.« Bud war jetzt vollkommen nüchtern; seine Augen waren groß und hatten die Farbe von Asche. Sie musterten ihr Gesicht. »Du hast noch diese Albträume?«

»Ja. Fast jedes Mal, wenn ich meine Augen schließe. Black denkt, das war's, was mich aus dem Koma geholt hat. Etwas hat mich so in Angst und Schrecken versetzt, dass ich aufgewacht bin, um dem zu entkommen.«

»Willkommen im Club. Erinnerst du dich an den Traum?«

Claire schüttelte den Kopf. »Nicht alles. Die Träume

unterscheiden sich. Mal nur ein Mann mit einer Pistole. Menschen, die sich gegenseitig töten.«

»Ja. Den hatte ich auch.« Sie schauten sich gegenseitig bemitleidend an, aber dann zog Bud eine Grimasse. »Ich warne dich besser, Morgan, du wirst dich wahrscheinlich an eine Menge richtig, richtig üble Sachen erinnern. Das ist der Preis in diesem Job.« Er lümmelte sich auf die weiße Couch und griff sich ein paar Miniriegel Snickers von ihrem Tablett. »Was dagegen, wenn ich den Rest aufesse?«, fragte er und schob sich schon einen in den Mund.

»Klar, bedien dich. Sie waren gefroren, aber sie schmecken auch aufgetaut gut. Also, wie stehst du dazu, ein paar von meinen Fragen zu beantworten?«

Claire saß ihm gegenüber und sah ihm zu, wie er einen zweiten Schokoriegel auspackte und das ganze Teil in seinen Mund steckte. Niemand, der Snickers mochte, konnte ganz schlecht sein, das war ihr Motto.

»Mach, schieß los«, sagte er, langsam kauend. »Was willste denn wissen?«

»Wir sind also Partner und das schon eine lange Zeit, das ist richtig, ja?«

»Ja. Wie schon gesagt, ich habe mehr Zeit mit dir verbracht als Nick. Nervt ihn auch unsäglich. Er behält dich gern ganz für sich selbst.« Er nahm noch einen Schokoriegel, und sie sah, wie sich Begreifen über seinem Gesicht ausbreitete. »Du kannst dich wirklich nicht an ihn erinnern? Du verarscht mich? Der arrogante Black?«

»Arrogant? Magst du ihn nicht?«

»Oh, doch, er ist ein toller Typ. Ich mach bloß Spaß. Ich meinte, wo er doch so reich und berühmt ist, und all das.«

»Er ist berühmt?«

»Ja, ziemlich berühmt. Er ist ein Top-Psychiater, weißt du, war schon bei Fox News und CBS und überall. Bei Larry King auch, als was anlag. Schreibt Selbsthilfebücher, viel Zeug. Besitzt eine Menge Hotels überall. Hat er dir das alles nicht erzählt?«

»Nein. Er sagt, es sei am besten für mich, mich selbst an Details zu erinnern.«

»Nun, er ist schwerreich. Er besitzt dieses Hotel und auch noch einige andere. Aber komm nicht auf falsche Ideen. Er ist wirklich ein netter Kerl. Er hat ne Menge für mich und auch für einige unserer anderen Freunde getan. Er ist nicht wie einige dieser Milliardäre, von denen man so liest.«

»Er ist Milliardär?«

»Ich weiß nicht, wahrscheinlich nicht. Aber er hat ne Menge, das kann ich dir sagen.« Er stoppte. »Ich kann immer noch nicht glauben, dass du dich nicht an ihn erinnerst, ausgerechnet ihn. Er ist dein Typ.«

»Ich erinnere mich kaum an etwas, Bud. Manche Sachen, aber das sind nur kleine Bruchstücke. Ich erinnere mich nicht, wie tief unsere Beziehung gegangen ist, weißt du, den persönlichen Teil. Aber ich gebe mir Mühe. Und er auch.«

»Ja, da würd ich drauf wetten. Er ist verrückt nach dir. Ich wette, er steckt das alles nicht besonders gut weg, oder?«

Claire schüttelte den Kopf.

Bud lehnte sich zurück und legte einen Fuß auf sein gegenüberliegendes Knie. »Weißt du, was du jetzt brauchst, Morgan? Du musst hier raus zum Teufel und dich ein bisschen in unserer Ecke umschauen. Das wird dir helfen, dich an Zeug zu erinnern. Verdammt, ich werde dich mit rausnehmen und mir die Sehenswürdigkeiten selbst mal anschauen. Hol deine Knarren und lass uns losziehen.«

Claire lachte. »Amen, zweifach. Dr. Black ist nicht sicher, ob ich so weit bin, unterwegs zu sein. Denkt, ich bin noch zu wacklig.«

»Auf mich machst du keinen wackligen Eindruck. Dir geht's viel besser als zuletzt, als du in diesem Bett aufgebahrt warst wie so ne Art weißgesichtiger Zombie. Vielleicht magerer als sonst, aber ich schätze, du könntest mich auf eine Meile immer noch schlagen. Ich wette, Nick hasst es, wenn du ihn so nennst. Er ist immer Black, von Anfang an.«

»Warum?«

»Keinen Schimmer. Das bist einfach du, Morgan, höllisch nüchtern.«

»Nun, du hast recht. Aber egal. Ich denke, es geht mir besser. Ich erinnere mich daran, wie man Polizist ist. Ich hab nur ein paar Jahre ausgesperrt.«

»Retrograde Amnesie. Hat er mir erzählt.«

»Ich weiß noch, wie ich meinen Job zu machen habe. Das habe ich nicht vergessen.«

»Wahnsinnig schräg. Aber auch gut.«

»Es ist nur, er treibt sich immer in meiner Nähe herum. Ich weiß das zu schätzen, wirklich. Wie seltsam ist das, wir waren zusammen, und ich kann mich an kaum etwas davon erinnern?«

»Ihr beiden ward absolut verrückt aufeinander, verlass dich drauf. Er ist wahrscheinlich nur verdammt frustriert. Ich wär's.«

So ließ sich das ziemlich gut zusammenfassen. Claire brauchte kein funktionierenden Gedächtnis, um das Verlangen in Blacks Augen zu erkennen. Aber genug davon jetzt. Sie sagte nichts.

Bud beäugte sie für eine Sekunde. »Gut, dann los, lass uns raus hier. Wir machen uns aus dem Staub. Hinterlass ihm ne Nachricht und check dich aus. Ich bring dich in einem Stück zurück.«

Sie wollte Buds Angebot wirklich, wirklich gern annehmen, aber Nicholas Black war ziemlich großartig zu ihr gewesen. Sie hasste es, einfach so ohne ein Wort zu verschwinden. Aber sie fühlte sich definitiv wie eingesperrt und kribbelig und ja, gefangen. Sie wollte einfach für eine Weile Blacks Kontrolle entkommen, andere Menschen treffen und sehen, worum es in ihrem Leben außerhalb der Cedar Bend Lodge gegangen war.

»Ruf den Kerl an. Sag ihm, ich passe gut auf dich auf.«

Buds Grinsen war absolut charmant, genau wie sein schleppender Südstaaten-Tonfall. Sie würde wetten, die Mädchen in seinem Schlepptau fielen reihenweise um.

»Wo bist du her, Bud? Irgendwo aus dem Süden, denke ich mal.«

»Atlanta, Georgia, und stolz darauf. Go Bull Dogs.«

Bud Davis war ein richtig süßer Kerl. Sie fragte sich, ob sie jemals etwas mit ihm laufen gehabt hatte. »Was ist mit uns beiden, Bud? Hatten wir jemals, du weißt schon, eine Affäre?«

Er schaute sie schnell an. »Schön wär's! Du hast immer gesagt, du seist zu ordentlich für mich.«

»Ich und ordentlich?«

Er gab ein weiteres authentisches, herzliches Lachen von sich. »Nein, ich mach nur Spaß, du bist ziemlich schlampig, um ehrlich zu sein. Ich bin der Ordentliche. Schau mich doch nur an. Scharf, hmm?«

»Nun, du ziehst dich gut an, wenn ich dem Bud nach urteile, den ich da gerade sehe.«

»Wart nur, bis du dich daran erinnerst, wie ich in Ausgehuniform aussehe. Oder total aufgedonnert für ne Hochzeit.«

Claire mochte diesen Kerl. Sie vermutete, dass sie ihn auch vor ihrem Unfall sehr gemocht hatte. Man kam leicht mit ihm aus.

»Schau, Morgan, nimm diesen Hörer ab und schau, was Nick sagt. Ich will nicht irgendetwas tun, was dich zurück in dieses Bett bringen könnte. Ich persönlich seh kein Problem dabei, dich hier raus zu bringen, vielleicht runter zum Büro für einen netten kleinen Schwatz, dann um den See herum.«

»Ich auch nicht.«

»Aber wenn Nick denkt, das wäre keine gute Idee, werde ich mich zurückhalten. Er ist der Psychiater und ein verdammt guter Arzt noch dazu. Charlie wird froh sein, dich wieder wach und herumlaufen zu sehen. Du hast nicht so heiß ausgesehen an die ganzen Monitore angeschlossen, bandagiert und halb tot. Du hast alle zu Tode erschreckt, als dich niemand aufwecken konnte.«

»Weißt du was, Bud? Ich denke, ein Ausflug mit dir wäre die beste Medizin für mich. Du bist nicht gerade langweilig, Bud. Wie war noch mal dein Nachname?«

Bud lachte. »Davis. Budweiser Davis.«

»Du heißt Budweiser? Niemals!«

»Tja, mein Daddy hatte eine seltsamen Humor. Sein Lieblingsbier, kapiert?«

Lächelnd nahm sie das Telefon und gab Blacks private Mobilnummer ein. Er antwortete beim ersten Klingeln. »Ja, Claire. Ist alles in Ordnung?«

»Sicher, mir geht's prächtig. Bud ist hier. Wir halten ein nettes Schwätzchen.«

»Erinnerst du dich an ihn?«

»Nicht viel, aber ich mag ihn.«

Bud grinste und gab ihr zwei Daumen hoch. Schuldbewusst wurde ihr klar, dass sie sich in Buds Gegenwart schon ungezwungener fühlte als mit Nicholas Black. Vielleicht war das so, weil sie und Bud kein Pärchen waren.

Black sagte: »Das ist gut. Du wirst wieder gesund.«

Aus irgendeinem Grund zögerte Claire und realisierte dann, dass sie ihn nicht verletzen wollte. Andererseits war sie Bud verpflichtet und wollte mit ihm rausgehen, und vielleicht geradewegs zurück an die Arbeit. »Hör zu, Black.« Der Name ging ihr immer noch nicht leicht von der Zunge. »Ich werde mit Bud runter zum Büro des Sheriffs fahren. Mal sehen, ob mir das hilft.«

»Ich kann dich jetzt gerade nicht begleiten. Ich bin mitten in einer Beratung.«

»Das ist in Ordnung. Es wird mir guttun. Bud sagt, er wird bei mir sein.«

Ein ziemlich langes Zögern folgte. Claire wartete ab. »Ich bin nicht sicher, ob du so weit bist. Ich wäre gern in deiner Nähe, solltest du dich an etwas Verstörendes erinnern. Du hattest noch nicht genug Zeit, um deine Kraft zurückzuerlangen.«

»Ich werde gehen, Black.«

Ein hörbarer Seufzer ertönte am anderen Ende. »Nun,

das hört sich mehr nach der Claire an, die ich kenne und liebe.«

»Hey, Nick, mach dir keine Sorgen. Ich werde mich um sie kümmern«, schrie Bud. »Ich kann sie im Gefängnis rumführen und ihr Bilder von allen mordenden Verrückten zeigen, die sie eingesperrt hat.«

Claire lachte leise.

Black sagte: »Wenn du gehst, vergiss nicht, dein Handy mitzunehmen. Lass mich eine Minute mit Bud sprechen.«

Sie reichte das Telefon weiter.

Bud hörte aufmerksam zu, aber er zwinkerte Claire an. »Klar, Doc. Mach dir keine Sorgen. Ich werde sie die ganze Zeit im Auge behalten.« Er hörte noch weiter zu. »Ich weiß. Ich werde sie auch zu ihrem Haus bringen. Du kannst sie dort dann später abholen.«

»Wir haben Startgenehmigung«, sagte Bud und gab ihr das Telefon. »Du bist gesprungen. Aber versuch nicht abzuhauen. Ich bin bewaffnet.«

Die Bemerkung rief eine Flut unzusammenhängender Bilder hervor, die wie Sternschnuppen durch ihren Kopf zogen: wie sie ihre Waffe am Küchentisch reinigte. Zwei Handfeuerwaffen. Sie konnte sie deutlich sehen. »Ich besitze eine Glock 9 mm Automatik und eine kurzläufige .38er. Ich trage die Glock hier« – sie berührte sich unter dem linken Arm –, »in einem Schulterholster aus Leder, richtig? Und den .38er Revolver hab ich an meinem rechten Knöchel.«

»Wu-hu, Morgan, jetzt sind wir im Geschäft. Siehst du, was für einen guten Einfluss ich auf dich habe?«

»Wo sind meine Waffen? Ich will sie zurück.«

»Ich vergaß. Du hast sie nicht, oder? Charlie hat sie verwahrt. Wir haben sie am Tatort sichergestellt. Er wartet darauf, dass du reinkommst, bevor er sie zurückgibt. Er wird glücklich sein, dich zu sehen, das kann ich dir garantieren.«

»Nun, damit ist es entschieden. Lass uns hier abhauen.«

Draußen war es sonnig und heiß, mit einem strahlend blauen Himmel und einer leichten Brise, die die Bäume bewegte. Es fühlte sich so gut an, wieder die Sonne auf dem Gesicht zu spüren. Wie es sich herausstellte, fuhr Bud einen weißen Ford Bronco. Sie kletterte auf den Beifahrersitz und schaute sich den ganzen Schnickschnack und Über-Luxus an, der sich um Nicholas Blacks Resort-Hotel abspielte. Die Außenanlagen waren so schön und makellos, wie es innen war. Es gab gepflegte Landschaftsgärten und Anlagen, grüne Golfplätze und riesige hängende Körbe voller Petunien und Salbei und anderer Blumen, an deren Namen sich Claire nicht mehr erinnerte.

Hinter dem Hotel befand sich ein großer Yachthafen, mehrere Pools, alles nur Denkbare. Es war ein Miniatur-Disneyland. In Claires Geist erschien ein großes Boot, und Black steuerte es, sein schwarzes Haar wehte von seiner Stirn nach hinten, eine dunkle Fliegerbrille bedeckte seine Augen. Als sie und Bud korrekt vom Hotel wegfuhren, erinnerte sie sich, die Straße hinunterzugehen, die links von ihnen abging. Ein Cottage aus Holz lag diesen Weg hinunter, es lag rechts am Wasser. Es war nicht eins der schnell aufblitzenden Bilder, die sie normalerweise sah, sondern sehr klar und präzise. Ein Schauder durchlief sie als Reaktion.

»Wo ist das Holzcottage am Wasser, Bud? Das, den Weg hinunter mit einer großen Veranda und eingetopften Geranien. Dort ist etwas Schlimmes passiert, da bin ich mir sicher.«

Bud blickte sie nickend an. »Ja, wir haben an einem ganz besonders grausamen Fall da unten gearbeitet.«

»O Gott«, sagte sie, ein zweites verstörendes Bild flammte wie ein Blitz auf. »Da war eine Leiche unter Wasser, ein Mädchen mit blonden Haaren. Sie saß an einem Tisch.«

»Weiter so. Du bist jetzt nah dran, alles wieder zurückzubekommen, Morgan. Halte durch. Bald wirst du dich wieder an mich erinnern. Dann wirst du mich sogar noch mehr lieben.«

»Klar, da wett ich drauf. Erzähl mir von ein paar von den alten Fällen.«

Ihn einige Einzelheiten aus einigen Fällen erzählen zu hören, schockierte Claire ein bisschen wegen der extrem grausigen Umstände. »Ich dachte, das wäre ein ruhiger, kleiner, hinterwäldlerischer Flecken an einem ebenso ruhigen See.«

»Falsch. Dieser Ort tanzt. Mörder scheinen unseren Sonnenschein und die schöne Aussicht zu lieben.«

Der Rest der Fahrt war so ziemlich gehobener Stimmung, Bud zeigte ihr einige Sehenswürdigkeiten und neckte sie ein wenig. Als er in den rückwärtigen Parkplatz des Sheriff's Office einbog, kam ein ganzer Haufen arbeitsbezogener Erinnerungen zurück.

»Ich erinnere mich jetzt an Dinge um mich herum, Bud. Ich glaube, es wird alles zurückkommen.« Sie fühlte sich plötzlich beschwingt.

»Gute Geschichte. Nun lass uns den Boss sehen. Er ist

ein uriger Typ, hat ein Vokabular, du glaubst es nicht. Und gefallen wird es dir auch nicht. Pflegte die Sch-Bombe nach jedem zweiten Wort einzufügen, bis seine Frau und sein Prediger ihn gehört haben und ganz aus der Fassung gerieten. Jetzt ist er ein bisschen ruhiger. Aber nicht sehr viel. Charlie ist einmalig.«

Claire folgte ihrem sehr liebenswerten Partner ins Sheriff's Office, mehr als skeptisch, was sie dort vorfinden würde, aber auch sehr aufgeregt.

Jesses Mädchen

Drei Tage nach dem Unfall

Jesse hasste, verabscheute, verachtete Nicholas Black und fand ihn grässlich. Er bebte am ganzen Körper, wann immer dieser Name in seinen Geist eindrang. In der Tat zitterte er leibhaftig vor Wut. Seine Hände ballten sich vor Eifersucht und dem Wunsch, seine Hände um den Hals dieses Mannes legen und ihn würgen zu können, bis seine Augen heraustraten, und er einen schrecklichen, langsamen und qualvollen Tod starb. Er brannte vor Verlangen, ihn dafür leiden zu sehen, dass er ihm Annie weggenommen hatte. Sie dachte jetzt, sie liebte Black. Aber er hatte ihr das eingeredet, in Wirklichkeit tat sie das nicht. Wie könnte sie? Und nun, den Artikeln nach, wurde sie in seinem Schlupfwinkel gefangen gehalten, diesem großen, schicken, protzigen Hotel, Cedar Bend Lodge genannt.

Die Zeitungen in Springfield und Camdenton schrieben beide, sie läge dort in tiefem Koma, aber er glaubte das nicht. Es ging ihr fein. Black hielt sie nur gegen ihren Willen fest. Aber nicht für lange. Jesse plante bereits, wie er sie retten könnte. Er hatte jetzt eine Ausgangsbasis und Miss Rosie schon in ihrem eigenen Schlafzimmer eingerichtet. Sie fühlte sich wesentlich wohler in der Gefriertruhe, also bewahrte er sie dort auf, während er schlief. Aber er bereitete sich auf seinen Schachzug vor. Er hatte seine Haare braun gefärbt und es nach vorn gekämmt, wie dieser Justin-Bieber-Balg sein Haar zu tragen pflegte, und kaufte in der Stadt Osage Beach dunkelbraune Kontaktlinsen und eine große Drahtgestellbrille. Dann ließ er sich einen Oberlippen- und einen Kinnbart wachsen. Trotz all der Öffentlichkeit wegen des Unfalls erkannte ihn niemand; nicht einmal nahe kam ihm irgendjemand. Gemäß der Berichte in den Nachrichten hielten die Behörden ihn für tot und weggetrieben in den See. Blöde Trottel. Alle so vertrauensvoll; alle so einfach hereinzulegen. Er hatte sein Leben lang andere Leute hinters Licht führen können. Der einzige Unterschied war, jetzt war er richtig gut darin, besser denn je.

Die Cedar Bend Lodge war ein geschäftiger Ort, viele Touristen, eine Menge Personal, viele davon Schüler vom College, die nur den Sommer über arbeiteten. Er konnte unbehindert herumlaufen; niemand nahm Notiz von ihm, niemand belästigte ihn. Er beobachtete, hörte zu, aß in dem Straßencafe, den Snack-Bars bei den Swimmingpools und im Two Cedars, Blacks noblem Fünf-Sterne-Restaurant gleich bei der gigantischen schwarz-goldenen Lobby. Er brauchte nicht lange, um herauszufinden, dass Annie sich oben in Nicholas Blacks geräumigem Penthouse aufhielt. Black kümmerte sich selbst um sie, mit der Hilfe der scheuen und hübschen jungen Schwester namens Monica Wheeler.

Als er den »Hilfe gesucht«-Flyer für das Restaurant Two Cedars sah, wusste er, dass er den Jackpot gezogen hatte. Die Hauptsaison war mit mehreren stattfindenden Kongressen in vollem Gang. Aufgrund der ganzen jungen Leute, die kündigten und zurück ins College strebten, brauchte Cedar Bend alle Arten von Hilfen. Jesse bemühte sich um den einen Job, der ihm Zutritt zu oben und zu Annies Zimmer verschaffen würde. Abräumer oder Kellner, beides würde den Zweck erfüllen. Er wickelte den Personalmanager mit seinem Charme um den Finger. Der Kerl konnte es gar nicht abwarten, ihn zu engagieren, er fragte nicht einmal nach Referenzen. Schlussendlich, was für Empfehlungsschreiben brauchte ein Abräumer schon? Jeder konnte Tische säubern und Teller zur Küchenspüle tragen. Als er dem Kerl erzählte, er könne auch kochen, meinte der Personalmensch, eine Beförderung sei möglich, wenn er sich in seiner Einstiegsposition bewähre. Nun war alles, was er tun musste, eine Möglichkeit zu finden, Annies Essen nach oben zu bringen. Sicher würde Black einige ihrer Mahlzeiten nach oben bestellen. Dann würde er sehen, was die Wahrheit war. Dann würde er einen Weg finden, sie mit sich zu nehmen, genau wie er das das letzte Mal gemacht hatte. Sie würde so dankbar sein. Sie liebte ihn so sehr, wie er sie liebte. Aber er musste aus Nicholas Blacks Blickfeld bleiben. Trotz seiner Verkleidung, die sehr gut war, könnte Black ihn erkennen, und das könnten auch einige von Annies anderen Freunden. Er musste scharf aufpassen und unbemerkt bleiben.

Noch hatte niemand die Leiche der Immobilienmaklerin gefunden. Ja, die Dinge sollten sicher so sein. Schritt für

Schritt kam er näher. Dann ereignete sich zu seiner Freude ein wahrer Glücksfall. Annies Krankenschwester, die Frau namens Monica, fragte ihn, ob er sich zu ihr setzen und eine Tasse Kaffee mit ihr trinken wolle. Er war von Anfang an besonders freundlich zu ihr gewesen, wann immer er sie im Restaurant essen sah. Er lächelte sie scheu an, bot ihr an, noch Coke oder etwas Tee zu bringen, vermittelte ihr die Idee, dass er interessiert war. Sie war reif zum Pflücken, und das war exakt, was er tun würde.

»Ich heiße Monica Wheeler. Ich hoffe, Sie denken nicht, ich bin aufdringlich«, sagte sie und schlug ihre Augen auf liebenswerte und schüchterne Art nieder. Sie war ein hübsches Mädchen, winzig, gerade mal eins fünfzig groß, mit zarter Haut und großen rehartigen, unschuldigen braunen Augen. Sie hielt ihn für attraktiv, und sie versuchte nicht, ihre Hingezogenheit zu verbergen, nicht im Geringsten. Sie wollte mit ihm zusammen sein. Und sie hatte recht. Ihr Kopf würde zauberhaft auf einer Platte wie der von Miss Rosie aussehen. Er brauchte zu Hause einen Freund zum Reden. Miss Rosie ging immer schon so früh zu Bett. Aber sie war schließlich auch eine alte Dame. Also schnauzte er sie nie an oder rügte sie, um ihr ein schlechtes Gewissen zu machen. Ja, er würde Monicas Kopf mit nach Hause nehmen, gleich nachdem sie ihren Zweck erfüllt hatte.

»Nein, Ma'am, nicht im Geringsten«, antwortete er. »Ich bin neu hier. Ich habe gerade vor ein paar Tagen angefangen. Ich bin Jesse Jordan.«

»Nun, ich bin auch neu hier. Dr. Black hat mich engagiert, um mich um einen seiner Patienten zu kümmern. Sie liegt im Koma.«

Wow, das ging ja einfach. Gott war mit ihm. »Vielleicht können wir zusammen abhängen. Ich weiß nichts über Sie, aber ich fänd das schön. Wir können zusammen auf Entdeckungsreise gehen.«

»Ich fände das auch schön.«

»Wo kommen Sie her, Monica?«

»St. Louis. Ich habe am Barnes Jewish Hospital gearbeitet, aber sie haben gesagt, ich könnte mich beurlauben lassen und Nick Black helfen, mich um Claire zu kümmern. Er ist dort sehr angesehen.«

»Das war nett von ihnen.«

»Ja. Nick bezahlt mich natürlich sehr großzügig, und es ist so ein Jammer mit seiner Freundin.«

»Ein Jammer? Was meinen Sie?«

»Haben Sie nicht von ihrem Unfall gehört? Es ist überall in den Nachrichten. Sie war in einen Verkehrsunfall mit einem entflohenen Geisteskranken verwickelt. Er war vollkommen verrückt und fuhr den Wagen von einer Brücke bei Ozark. Sie wäre ertrunken, wenn Nick es nicht rechtzeitig zu ihr geschafft hätte.«

»Wie schrecklich. Was ist mit dem verrückten Kerl? Haben sie ihn eingefangen?«

Sie zuckte mit den Schultern. »Sie haben ihn nicht gefunden, aber sie glauben nicht, dass er den Unfall überlebt hat.«

Die Idioten, aber er nahm den Teil mit »verrückt« ziemlich übel. Er war nicht verrückt. Vielleicht würde er Monica doch nicht mit nach Hause nehmen und sie zu einem Teil seiner Familie machen. Sie war hasserfüllt. »Wie geht es dieser Frau jetzt?«

»Sie liegt immer noch im Koma. Armer Nick. Ich leide mit ihm. Er ist Tag und Nacht an ihrer Seite. Er verlässt sie nur, um sich zurechtzumachen oder sich um seine anderen Patienten zu kümmern. Dann wache ich für ihn über sie.«

»Sie meinen, sie hat nie auch nur die Augen aufgemacht oder etwas gesagt?«

»Nein, sie ist in einem sehr tiefen Schlaf. Sie scheint schreckliche Träume zu haben und manchmal wirft sie sich hin und her, und wir denken, sie kommt zu sich, aber noch ist es nicht passiert. Aber wer hätte da keine Albträume? Es ist tragisch, was dieser Psycho ihr angetan hat.«

Jesse wurde nervös. Ein Psycho war er? Er schaute auf das Steakmesser, das auf dem Tisch lag. Alles, was er tun musste, war, es zu schnappen und ihr ins Auge zu stoßen. Sie verdiente es – für all die schlechten Sachen, die sie über ihn gesagt hatte. Sie kannte ihn nicht. Sie hatte nicht das Recht, ihn so zu behandeln. Aber es waren andere Leute im Restaurant. Er würde ihr Auge schon noch bekommen, ganz recht. Er würde es herausnehmen und aufbewahren. Aber das käme später. Im Augenblick musste er seinen Charme spielen lassen.

»Hey, wie wär's, wenn wir ins Kino gingen, oder so was?«, fragte er. Als sie zögerte, sagte er. »Oh, schon gut. Ich wette, Sie verabreden sich nicht mit der Küchenhilfe, oder?«

Damit hatte er sie. »Oh, natürlich würde ich. Es ist nicht das. Ich habe einfach nicht viel freie Zeit. Nur ein paar Stunden über den Tag. Ich habe ein Zimmer oben im Penthouse. Der Doktor sitzt die ganze Nacht bei ihr. Er ängstigt sich einfach zu Tode ihretwegen. Ich weiß nicht, was er machen wird, wenn sie nicht bald aufwacht.«

Da kommt es nicht drauf an, dachte Jesse, weil Annie schon sehr bald verschwunden sein würde. Und zwar so weit weg, dass Black sie nie, nie finden würde. Es würde einfach genug sein, falls sie noch bewusstlos wäre. Alles, was er herausbekommen müsste, wäre, wie er sie aus dem Penthouse transportieren könnte, ohne gesehen zu werden. Das sollte kein so großes Problem sein. Er hatte schon Schwierigeres gemacht. Und er war geduldig, sehr geduldig, und sehr schlau. Er würde Annie bald kriegen, und Monica würde seine Eintrittskarte nach oben sein.

7

Als sie erst einmal in den kühlen weißen Hallen des Sheriff's Department waren, gingen sie zusammen zum Detective Bureau, wo sie mit einer schnellen und spontanen stehenden Ovation begrüßt wurden. Erstaunt, um es milde auszudrücken, nickte Claire den von ihren Schreibtischen applaudierenden Männern und Frauen zu, aber sie war froh, dass sie sich nicht um sie versammelten, ihr auf die Schulter klopften und Sachen wie »Gut gemacht«, »Bin froh, dass du wieder wach bist«, »Cool!«, etc. sagten. Es war bewegend, ohne Frage, aber auch verwirrend. Sie kannte sie nicht, wusste nicht einmal genau, warum sie so froh waren, sie zu sehen. Grinsend wie ein stolzer Papa ging Bud nach hinten zum Privatbüro des Sheriffs vor.

In die Messingtafel an der Wand war der Name »Sheriff Charles Ramsey« eingraviert. Eine winzig kleine, zwergenähnliche Sekretärin war in null Komma nichts auf ihren Beinen und um den Tisch und umarmte Claire, bevor sie ein Wort herausbekommen konnte. Die ältere Frau reichte etwa bis an Claires Schultern, trotz ihrer Zwölf-Zentimeter-Absätze. Sie war sogar noch kleiner als die winzige Monica, und das sagt schon was. Sie trug einen hummerroten Business-Anzug und eine schwarze Bluse, um ihren Hals war ein rot-weiß gestreifter Schal geknotet. Sie schien in ihren Sechzigern zu sein, oder vielleicht frühen Siebzigern, und sie hatte ein nettes Lächeln und eine schwarze, rechteckige

Lesebrille, die an einer Kette hing. Sie umarmte Claire, als wollte sie sie nicht mehr loslassen.

»Hi, Madge, wie läuft's?«, sagte Bud.

Madge ignorierte ihn. »Claire, Claire, ich danke Gott, das es Ihnen gut geht. Ich habe mir so, so große Sorgen über Sie gemacht. Meine Red Hats haben auf allen unseren Treffen für Sie gebetet.«

Was zum Teufel sind Red Hats? »Vielen Dank. Ich fühle mich ziemlich gut jetzt, wie Sie sehen. Ich bin auf und laufe herum, bereit, wieder an die Arbeit zu gehen.«

»Wunderbar, wunderbar, Sie armes kleines Ding. Aber Sie sehen gut aus, und hübsch wie immer, sogar nach dem ganzen grausamen Zeug, das Ihnen zugestoßen ist.«

Soweit Claire sich erinnern konnte, was nicht allzu weit zurückreichte, tatsächlich nur ein paar Tage, hatte sie noch nie jemand ein »armes kleines Ding« genannt. Vielleicht kam das daher, weil sie immer noch nicht bewaffnet war wie die anderen Hilfssheriffs, und von diesem hässlichen unbehaarten Fleck mit den sichtbaren Spuren der Narbe auf ihrem Skalp.

»Hi, Bud«, sagte Madge zu ihm. »Charlie sagte, Sie sollen gleich reinkommen. Willkommen zurück, Claire. Alle haben Sie so vermisst.«

Also gingen sie gleich hinein, und Claire überkam mehr kleine Schauer von Déjà-vu, als ein Mann hinter einem alten Eichenschreibtisch aufstand, an dem er saß. Er lächelte auch. Jeder war außerordentlich erfreut, sie zu sehen. Sie musste ein guter Mensch gewesen sein. Nun, das war ein ermutigendes Zeichen. Sie hätten sie alle ausbuhen können, als sie hereinkam, und sich wie Dreck fühlen lassen. Sheriff Ramsay kam auch um seinen Schreibtisch, um sie zu begrüßen, aber er griff nur ihre Hand und schüttelte sie heftig. Er war nicht viel größer als sie und hatte ein paar ernsthafte Bullenbeißerbacken und auch ziemlich rot unterlaufene Augen. Aber sein Lächeln war voll und aufrichtig und erfreut. Trotz dieses freundlichen Ausdrucks sah er stark, fähig und zäh aus, sicherlich nicht wie einer, mit dem zu spaßen war.

»Sie sehen großartig aus, Claire, ganz großartig, wirklich so gut wie neu. Kann gar nicht sagen, wie froh ich bin, Sie wieder auf den Beinen zu sehen und schon wieder hier im Büro. Ich hatte geplant, Sie heute nach der Arbeit wieder zu besuchen, aber Sie sind mir zuvorgekommen.« Der Sheriff atmete tief ein, während er sie an beiden Armen hielt und sie anschaute. »Ich war eine ganze Weile nicht so sicher, aber Nick hat immer gesagt, Sie würden es schaffen.«

»Danke Ihnen, Sheriff. Ich bin froh, wieder hier zu sein, glauben Sie mir.«

»Erinnern Sie sich schon an viel?«

»An einige Dinge. Es kommt nach und nach zurück.«

»Nun, gut, gut. Setzen Sie sich, setzen Sie sich, beide.«

Sie setzten sich und Schweigen regierte, bis Sheriff Ramsay sagte: »Ich muss sagen, ich bin überrascht, dass Sie so schnell wieder aus dem Bett sind. Nick hat Sie entlassen, damit Sie wieder arbeiten können, verstehe ich das richtig?«

»Ich habe mich selbst entlassen, Sir. Ich fühle mich gut, und ich bin so weit, meine Arbeit zu machen. Ich erinnere mich nicht an alles, was während der letzten Jahre passiert ist, aber ich weiß, wie man einen Fall bearbeitet. Ich kann meinen Job machen, Sheriff. Mein Gedächtnisverlust beeinträchtigt das nicht.«

Charlie Ramsay betrachtete sie aufmerksam, während er seine Pfeife nahm, mit seinem rechten Daumen den Tabak herunterdrückte und ein Streichholz entzündete. Er sog einen Moment an der Pfeife, ließ sie leicht glimmen. Bud und Claire saßen geduldig da, atmeten den grauen Rauch ein, der sich um seinen Kopf kräuselte, und warteten darauf, dass sein genießerisches Anzünderitual endete. Glücklicherweise roch der Tabakrauch nicht so schlecht. Auch nicht richtig gut, aber er drehte einem nicht den Magen um. Schließlich sagte er: »Es kommt mir ein bisschen früh vor. Ich würde mich besser fühlen, wenn Nick Ihnen ein einwandfreies Gesundheitszeugnis ausstellte.«

»Bei allem Respekt, Sir, Dr. Black ist nicht verantwortlich für mein Leben. Ich bin nicht im Krankenhaus, und ich bin nicht mehr sein Patient. Ich wohne nur fürs Erste bei ihm.«

Charlie konnte seinen Schock nicht verbergen. Er legte seine Pfeife auf einem achtseitigen Glasaschenbecher ab und sagte: »Dr. Black? Wollen Sie mir sagen, Sie erinnern sich nicht einmal an Nick?«

»Ich erinnere mich an ein paar Sachen über ihn, aber ich habe noch eine Menge aufzuholen. Das wird meine berufliche Leistung nicht beeinflussen.«

Bud warf ein: »Mir erscheint sie fit genug, Sheriff. Ich ersticke in Arbeit. Ich könnte auf jeden Fall Hilfe gebrauchen.«

»Sie erinnern sich also an Ihre Ausbildung, aber kaum an Ihren früheren Umgang mit Leuten? Wollen Sie das sagen?«

»Ja, Sir. Dr. Black sagt, das sei normal für Menschen, die derartige Kopfverletzungen davongetragen haben.«

Charlie schaute Bud an, offensichtlich immer noch aus

dem Gleis geworfen durch ihre Verweise auf »Dr. Black«. Sie sollte das besser von jetzt an lassen, und den Kerl einfach nur Black nennen. »Sehr seltsam. Sie sehen allerdings sehr gut aus, wenn man bedenkt …«

»Mir geht's prima, Sir. Aber ohne meine Waffen und mein Abzeichen fühle ich mich nackt. Bud sagt, Sie haben sie da. Ich hätte sie jetzt gern zurück, wenn Sie einverstanden sind.«

Mehr Zögern. Was dachte er? Dass sie sie greifen und den Laden zusammenschießen würde, wenn jemand Buh riefe?

»Sie haben wahnsinnig viel durchgemacht, Detective. Sind Sie absolut sicher, das Sie sich diesen zusätzlichen Stress so schnell zumuten wollen?«

»Ich erinnere mich nicht an den Unfall oder die Nachwehen. Black wird weiter mit mir arbeiten, und Bud wird als mein Partner bei mir sein, wenn ich im Dienst bin. Für den Fall, dass ich ihn brauche.«

Verärgert machte Claire einen Hauch der Verzweiflung in ihrer eigenen Stimme aus, aber sie konnte nichts dagegen tun. Sie war besorgt, ganz recht. »Ich werde verrückt, wenn ich noch länger herumsitzen muss und nichts tue, Sheriff. Wenn ich mich überfordert fühle, werde ich mich zurücknehmen, ich schwöre. Wenn ich denke, es wird zu viel für mich, und ich könnte Bud oder einen anderen Kollegen in Gefahr bringen, werde ich mein Abzeichen zurückgeben und mich wieder krankschreiben lassen. Ich werde kein Risiko für Ihre anderen Polizisten sein, Sir.«

Seufzend paffte Charlie noch etwas. Sie schauten noch etwas zu. Der Rauch formte komplizierte wabernde Designs in der Luft, wie Öl im Wasser. »Es wäre mir nur mehr als unangenehm zu sehen, wie Sie wieder verletzt werden. Das war nicht das erste Mal, wissen Sie.«

»Es wird alles gutgehen, Sir. Sie müssen mir glauben. Ich werde nicht Dummes oder Leichtsinniges anstellen. So wie ich es verstanden habe, ist der Täter, der hinter mir her war, tot. Das spielt also keine Rolle mehr.«

»Ja, das ist wahr.« Charlie richtete seinen Blick auf Bud. »Davis, Sie erklären sich einverstanden, die nächsten Wochen nah an ihr dranzubleiben, ihr weiterzuhelfen in dieser Zeit, wenn sie es braucht?«

»Ja, Sir. Kein Problem.«

»Gut, okay, aber nur ein halber Tag zu Anfang und, Claire, damit meine ich einen halben Tag. Missbrauchen Sie es nicht. Sie müssen sich langsam wieder in die Arbeit reinfinden. Ich weiß das, Nick weiß das, und ich denke, Sie wissen das. Können Sie diese Anordnung befolgen, Detective Morgan?«

Claire mochte diese Anordnung kein bisschen. Sie sollte diejenige sein, die entschied, wie viel sie sich jetzt oder in Zukunft zumuten konnte, oder zu jeder anderen Zeit. Jedoch konnte sie die Zeichen an der Wand sehen, und da sie pragmatisch sein konnte, wenn sie null andere Optionen hatte, sagte sie: »Ja, Sir. Ein halber Tag. Für den Anfang.«

Auf Charlies Gesicht stand dick *skeptisch* geschrieben. Er drehte sich zu Bud. »Davis, ich werde Sie verantwortlich machen.«

Claire blickte flüchtig zu Bud und las in seinem Gesichtsausdruck: *Was? Mich? Sie ist diejenige mit Amnesie.*

»In Ordnung, Claire, Ihr Abzeichen und Ihre Waffen habe ich hier. Ich habe sie bei mir behalten, weil ich wusste,

Sie würden diese Geschichte besiegen. Nicht so schnell vielleicht, aber ich wusste, Sie würden zurückkommen.«

Er öffnete die unterste Schublade seines Schreibtischs und fischte ihre Glock 9 mm und die kurzläufige .38er heraus. Claire war so glücklich, ihre Waffen zu sehen, dass ihr fast die Tränen kamen. Es war, wie zwei verloren geglaubte, wehrhafte Freunde wiederzusehen. Beide Waffen steckten geborgen in ihren Holstern, die Gurte um sie gewickelt. Charlies Telefon läutete, gerade als er sie über den Tisch schob. Er nahm den Hörer ab und drehte seinen Stuhl, um zu den Fenstern zu sehen. Claire griff sich schnell die Waffen, hielt sie andächtig und mit liebevoller Fürsorge, schob dann ein Magazin in die Glock und brachte ihr Schulterholster in die richtige Position. Als sie eben ihr Velcro-Holster am Knöchel festzurrte, schwang Charlie zurück und schaute sie an.

»Wir haben eine Leiche draußen am See, aufgehängt in einem Unterstand. Unser Zuständigkeitsbereich. Wollen Sie beide die?«

»Ja, Sir«, sagte Claire, bevor Bud seinen Mund öffnen konnte. Sie war ungeduldig und konnte es kaum erwarten. Sie fühlte sich schon glücklicher, sogar ekstatisch. Das war, was sie wollte, mehr als alles.

»Sie sind sich absolut sicher, dass Sie so früh schon einer Morduntersuchung gewachsen sind?«

»Ja, Sir. Tatsächlich denke ich, ich habe mich seit dem Aufstehen nicht so gut gefühlt.«

»Sie wollen auch, Bud?«

»Ja, Sir. Einen Tatort untersuchen wird nicht zu gefährlich für sie sein. Der Kerl ist schon tot.« Bud und Claire grinsten. Sheriff Ramsay nicht. Er händigte Claire ihr Abzeichen aus, das noch an der Kette hing, und teilte ihnen die Lage der Leiche mit. Sie hängte es um ihren Hals und fühlte sich wirklich vollständig.

»Lassen Sie mich das nicht bereuen, Claire. Ein halber Tag, nicht mehr.«

»Ja, Sir. Sie werden es nicht bedauern.«

Die beiden machten, dass sie da schnell herauskamen, bevor er sich die Sache noch anders überlegen konnte. Aber er hatte die richtige Entscheidung getroffen. Sie war ganz ausgeheilt, zu Tode gelangweilt, bereit, an die Arbeit zu gehen. Sie schätzte, sie würde sich bei der Arbeit an einem Fall an viel mehr der letzten zwei oder drei Jahre erinnern, als beim Herumsitzen in Blacks Luxusbude, während sie aus dem Fenster starrte und sich selbst bemitleidete.

Glücklicherweise waren so spät am Tag eine Menge der anderen Detectives nach Hause gegangen. Ihre Schreibtische waren leer und sie würde nicht einer weiteren Runde peinlichen Applauses entgegensehen müssen. Sie gingen nach draußen, stiegen wieder in Buds Bronco und waren innerhalb von Minuten unterwegs. Claire hatte keine Ahnung, wohin es ging. »Weißt du, wo wir hin müssen, Bud?«

»Ja, Buckeye und ich fischen in dieser Gegend. Ich war auch mit Harve Enten jagen in der Ecke. Das Boot ist in der Marina des Departments.«

»Wie geht's Harve?«

»Du erinnerst dich an ihn?«

»Ich erinnere mich daran, dass wir Partner in L. A. waren. Ich kann mich nicht erinnern, ihn hier getroffen zu haben.«

Bud bog rechts auf eine stark befahrene Schnellstraße ab

und blinkte zum Wechseln auf die Innenspur. »Es geht ihm gut. Er macht sich Sorgen um dich. Er wird sich freuen, dich zu sehen. Vielleicht können wir vorbeischauen, wenn ich dich zu deinem Haus bringe.«

»Er lebt bei mir in der Nähe?«

»Nur die Straße runter.«

Bud behandelte sie nicht wie einen Säugling, lief nicht wie auf Eierschalen auf Zehenspitzen herum, und Claire wusste das zu schätzen. Sie konzentrierte sich darauf, sich daran zu erinnern, wo am See sie lebte, und sie erinnerte sich an ein Haus. Ein Nurdachhaus direkt am Strand. Sie liebte es dort. Sie wusste das. Black hatte es auch gesagt, aber sie fühlte es. Der Gedanke, nach Hause zu gehen, machte sie glücklich und begierig, dorthin zu kommen und es unter die Lupe zu nehmen. Sie war schon viel zuversichtlicher, dass alles gut gehen würde.

Als sie die Schnellstraße entlangfuhren, die um den See herum verlief und sich auf und ab der Grate der hohen bewaldeten Hügel wand, konnte Claire leuchtende Bilder des Sees einfangen und begrüßte die tolle Aussicht. Sie erinnerte sich, auf dieser Straße gefahren zu sein, erinnerte sich, mit Bud herumgealbert zu haben. Sie stellte ihm unterwegs einige Fragen und war weiterhin dankbar, dass er nicht viel sprach, sich nur zurücksetzte und sie selbst Ordnung in ihren Geist bringen ließ. Ja, er gefiel ihr immer besser. Sie mussten gute Freunde gewesen sein. Der Gedanke ließ ein anderes Bild in ihrem Geist aufblühen. »Du bist von einer Schlange gebissen worden.«

Bud blickte zu ihr hinüber. »Da hast du recht. Von einer Waldklapperschlange. War auch nicht allzu lustig.«

»Während eines Falls.«

»Ja, einem richtig fiesen. Viele Schlangen und krabbelnde Sachen.«

Mehr Erinnerungen fluteten zurück, eine dunkle Höhle, der Geruch von Schwefel, und das beunruhigende Gefühl extremer Angst. Die Bilder verschwanden so schnell, wie sie gekommen waren, und sie ließ sie los. Black sagte, traumatische Dinge solle man nicht erzwingen, sie kämen rechtzeitig zurück, und das war früh genug. War ihr recht.

Bud bog links ab und fuhr eine steile, gewundene Straße hinab zum See. »Die Seepatrouille hat ein Boot ihrer Abteilung da unten in der Marina. Wir können damit zum Tatort fahren.«

Ein Typ, den Bud als Al Pennington vorstellte, wartete schon im Schnellboot und stand am Steuer. Er trug seine braune Dienstuniform; sein blondes Haar war militärisch kurz geschnitten und ein breites Grinsen zog sich über sein sonnenverbranntes Gesicht. Er hatte Bizepse von der Größe kleiner Weihnachtsschinken, die von den Nähten seiner kurzen Ärmel umspannt wurden. »Willkommen zurück, Morgan. Ich hörte, Sie würden es schaffen.«

»Danke.«

Claires Kollegen bedrängten sie nicht, keiner stellte viele neugierige Fragen, und das war eine riesige Erleichterung. Sie hatte sowieso keine Antworten. Sie kletterten an Bord, und Pennington manövrierte das Schiff aus dem Yachthafen. Er beschleunigte nicht, bevor sie die schwimmenden Markierungen auf dem Hauptkanal erreicht hatten. Danach schienen sie über das bewegte Wasser zu fliegen, auf Wellen stoßend, die vom Kielwasser von Schnellbooten erzeugt wurden. Claire zog die braune Kappe der Abteilung tiefer ins Gesicht, die Pennington ihr zugeworfen hatte, zog sie enger um den Kopf, hielt sie mit einer Hand fest – und wurde von einer weiteren Flutwelle der Vergangenheit aufgeschreckt. Black hatte ein Boot, eins in Blau und Weiß, größer und leistungsstärker als dieses hier. Er kam damit zu ihrem Haus. Sie hatte eine vage Ahnung, dass sie an Bord eine körperliche Auseinandersetzung hatte, aber sie konnte nicht sehen, mit wem sie kämpfte. Allerdings wohl nicht mit Black. Schätze, ihr beschützerischer kleiner Verstand war wieder in Aktion und schirmte die teuflischen Dinge ab, die immer noch in ihren dunklen Verstecken hockten.

Es war ein wunderschöner Ort, entschied sie, dieser unbekannte See, an dem sie lebte. Sie mochte es schon viel lieber als L. A. Das Röhren der Bootsmotoren erstickte jegliche Unterhaltung. Sie war auch froh darüber. Sie schaute auf den Horizont, bis ein Ring identischer Polizeiboote in Sicht kam, um einen Unterstand von Entenjägern vertäut, der im Wasser auf Stützpfeilern aus Holz errichtet war. Als sie sich näherten, erhaschte sie einen Blick auf die Leiche. Sie war in sitzender Position an die Plattform gestützt. Es sah aus wie eine Frau, aber der Kopf des Opfers war nach unten geneigt, das Kinn ruhte auf dem Brustkorb, also konnte sie es noch nicht sagen. Minuten später schaltete Pennington den Motor ab und der Sog des Boots zog sie näher an den Tatort heran. Sie nahmen sofort den ekelhaft süßlichen und widerlichen Geruch der Verwesung menschlichen Fleischs wahr. Bud warf dem Wasserschutzpolizisten, der auf dem Deck des ziemlich großen Unterstands stand, eine Leine zu.

»Was können Sie uns über das Opfer sagen?«, fragte Claire den Beamten, sobald das Boot gesichert war. Der Aufnäher auf seiner Brusttasche zeigte den Namen Lt. Steve Clemons.

»Noch nicht viel, Detective. Wir haben eine weiße, weibliche Leiche. Ich schätze sie auf vielleicht Mitte dreißig. Kein sichtbarer Ausweis, kein Anzeichen sexueller Gewalt, aber das muss der Gerichtsmediziner ermitteln. Das ist seine Entscheidung. Buckeye sollte mit seinem Team jetzt jede Minute hier sein.«

Claire sah in ihrem Kopf ein Bild dieses Mannes, Buckeye. Fast lächelte sie, weil ihre Erinnerungen zurückkamen, zwar nur eine nach der anderen, aber sie kamen zurück. Es konnte auch nicht früh genug sein. Sie war einsatzbereit, bereit, dass die Nadel wieder auf Normal zeigte. Heute, gerade in diesem Moment, fühlte sie sich wie ein Millionär.

»Irgendwelche sichtbaren Identifizierungsmerkmale? Tätowierungen, Schmuck?«

»Kann ich noch nicht sagen. Wir haben die Leiche noch nicht bewegt. Sie ist vollständig bekleidet. Aufrecht sitzend, Kopf nach unten. Wir könnten Glück haben und etwas finden, wenn wir sie umlagern.«

»Hat sich die Leichenstarre schon wieder gelöst?«

»Sie ist schon eine ganze Weile tot. Sie verwest. Etwas Gewebe löst sich schon ab.«

Bud schaute Claire an. »Ich denke, du bist wieder voll dabei, Morgan.«

»Ich habe dir gesagt, dass ich nicht vergessen habe, wie ich meinen Job zu machen habe.«

»Nun, ich für meinen Teil bin jedenfalls froh, dass du hier bist.«

Bud hatte wieder dieses kitschige Grinsen im Gesicht. Sein perfekt gestyltes Haar und seine Seidenkrawatte flatterten im Wind herum. Fast ohne zu denken sagte Claire: »Wie geht's Brianna?«

Buds Lächeln versiegte augenblicklich. Sein Gesicht nahm einen enttäuschten Ausdruck an. Das machte sie nervös. Hatte sie etwas Falsches gesagt?

»Du erinnerst dich an Bri, Claire?«

»Ich erinnere mich, dass sie deine Freundin ist, richtig?«

»Sie war es einmal. Sie ist weggezogen, aber wir haben noch Kontakt. Irgendwann werde ich dir alles darüber erzählen.«

Aber nicht heute, dachte Claire. Bud war extrem zögerlich, etwas über diese Frau namens Brianna zu erzählen, und sie konnte so einen Wink erkennen. »Okay, lass uns das Opfer mal genauer ansehen.«

Sie gingen in den Bug, von wo aus sie bessere Sicht auf die Stelle mit dem Leichnam hatten. Die tote Frau trug eine langärmlige weiße Seidenbluse und einen kurzen schwarzen Baumwollrock. Das Blusenunterteil und der obere Teil des Rocks waren steif von einer getrockneten braunen Substanz, höchstwahrscheinlich Blut aus einer Wunde, die von dem langen, verfilzten Haar verborgen wurde, das über ihren gebeugten Kopf herunterwallte. Sie war in Pose gesetzt worden, die Hände verschränkt, die Beine sittsam verschränkt. Die sanfte Brise erfasste einen Teil ihrer Haare und ließ es herumflattern. Ihre Beine und Füße waren nackt und dunkel gebräunt. Beide Schuhe fehlten.

Claire sagte: »Ich schätze, sie könnte das Opfer eines Bootsunfalls sein und es irgendwie geschafft haben, hier herauf zu kriechen, um zu sterben. Irgendwelche Berichte über Kollisionen?«

Al Pennington schüttelte den Kopf. »Nö. Nichts dergleichen in dieser Gegend.«

Claire schaute noch einmal auf die Leiche hinunter. »Sie ist nicht angezogen wie eine Frau, die zum Angeln oder Bootfahren ist.«

Bud sagte: »Könnte sein, dass sie eine Büroangestellte ist, oder Anwältin, eine berufstätige Frau. Das ist meine Einschätzung.«

Claire drehte sich zu Steve, den Wasserschutzpolizisten. »Habt ihr Jungs schon das Innere des Unterstands untersucht? Vielleicht hat der Überfall genau hier stattgefunden.«

»Ja, wir haben innen nachgeschaut. Nicht viel gesehen. Ein paar Bierflaschen, ein paar Fast-Food-Verpackungen. Ihre Schuhe sind nicht da drin. Die Spurensicherung kann uns das sicher bestätigen.«

»Wissen Sie, wem der Unterstand gehört?«

»Noch nicht, aber wir sind dran. Sie liegt hier schon eine Weile – das kann man am Grad der Verwesung erkennen. Das ist alles, was ich Ihnen so weit sagen kann.«

Die Sonne war unglaublich heiß, knallte herunter auf ihre Köpfe und ließ sie schwitzen. Es musste 32 °C haben oder mehr, vermutlich näher dran an 38 °C. Und sie war die Hitze nicht gewohnt. Schweiß rollte ihre Stirn hinunter, und sie wischte ihn mit dem Handrücken weg, als sie sich umdrehte und den Ausflugsbooten hinterherschaute, die auf dem See herumfuhren, viele von ihnen zogen Wasserski.

Eine Handvoll Bootsfahrer war nahebei vor Anker gegangen, eine Partykahn inbegriffen, die Fahrgäste saßen herum und beobachteten, wie sie ihrer gruseligen Arbeit nachgingen.

»Jemand muss diese Leute dort verscheuchen«, wies sie Steve Clemons an.

»Kein Problem. Wir kümmern uns darum.«

»Du bist wieder du selbst, gut«, sagte Bud zu ihr. »Nick wird sich freuen.«

Claire war sich dessen nicht so sicher. Alles, was sie wusste, war, dass es dies war, wofür sie lebte. Das war die beste Medizin, die sie kriegen konnte. Vergangene Geschehnisse kamen an jeder Ecke hoch, viele von ihnen zusammenhanglos, wohl wahr, aber sie erinnerte sich. Von einer Sache war sie jedoch absolut überzeugt: Sie kannte ihren Job. Sie genoss ihre Arbeit. Und sie war sehr froh, wieder dabei zu sein.

8

Es dauerte nicht lang, bis das Team der Kriminaltechnik von Canton County auftauchte. Claire erkannte keinen von ihnen, nicht ein Gesicht, keine Stimme, nichts. Enttäuschend, gelinde gesagt, aber hey, sie wusste, dass Bud dieses Buch hatte, von einer Klapperschlange gebissen worden war und mit jemand namens Brianna ausgegangen war. Wie auch immer, sie mussten ziemlich enge Freunde von ihr gewesen sein, weil alle in Schreien, Brüllen und Johlen ausbrachen, »Hallo« und »Toll, dass du wieder da bist«, noch bevor sie ihr Boot verlassen hatten.

Der erste, der ihr seinen Namen sagte, war Buckeye Boyd, der, wie sie wusste, der oberste Gerichtsmediziner war. Er sah diesem Kerl, Bob Keeshan, aus den Wiederholungen von *Captain Kangeroo* sehr ähnlich. Weiße Haare, schwarzer Bart mit Schnauzer, schien in seinen späten Fünfzigern, Sechzigern zu sein. Mensch, wie war es möglich, sich zwar an alte Wiederholungen zu erinnern, jedoch nicht an seine besten Freunde? Das war so irre wie nur was, aber sie lächelte und versuchte nicht zu zeigen, wie verstörend das war.

»Ich weiß, du erinnerst dich noch nicht an mich, aber Mann!, bin ich froh zu sehen, dass du wieder arbeitest. Ich fing an zu denken, dass du nie wieder aufwachst.«

Claire erwiderte sein einnehmendes Lächeln und strengte ihr Hirn an, um sich an irgendeinen kleinen, belanglosen

Leckerbissen ihn betreffend zu erinnern, aber ohne Erfolg. Er war ein weißer Fleck auf der Landkarte für sie. »Es tut mir leid, Mr Boyd, ich erinnere mich ganz einfach noch nicht an Sie.«

»Mr Boyd? Wow, du bist draußen im Gebiet der Fremdlinge. Nick hatte gesagt, du kämpfst mit Gedächtnisproblemen. Wünschte, ich könnte helfen.«

Buckeye Boyd meinte das so, darüber herrschte in Claires Psyche kein Zweifel. Seine dunklen Augen waren voller Güte, Verständnis und Zuspruch. »Ja, er sagt, ich werde mich an alles erinnern. Also schätze ich, wir müssen alle geduldig sein und es abwarten. Allerdings ist es nicht einfach.«

»Das ist mein Mädchen! Nun, unter diesen Umständen ist es wohl besser, ich stelle dir alle vor. Wie ich sagte, ich bin Buckeye, aber du nennst mich normalerweise Buck. Ich bin hier der Pathologe. Wir sind Freunde, seit du aus L.A. hier herausgezogen bist.« Er schaute herum. »Und übrigens, wir gehen zusammen Barsch-Angeln, wann immer ich dich aus Blacks Klauen befreien kann.« Er grinste. »Was unglücklicherweise nicht sehr oft der Fall ist.«

Claire lachte unsicher. Also verbrachte sie ihre ganze Freizeit mit dem guten Doc. Es schien auch, dass ihre Freunde ihn mochten. Nicht übel, vermutete sie. Es machte den Eindruck, sie wären eine große, glückliche vergessene Familie.

»Dieser verrückte Typ hier ist Shaggy. Er ist unser Kriminaltechniker und leistet außerordentlich gute Arbeit. Ich denke, man kann mit Sicherheit sagen, dass er dich wie verrückt vermisst hat.«

Claire schaute den jungen Mann an, der gerade heraufgekommen war. Er warf ihr ein riesig vertrotteltes Lächeln zu, und bevor sie noch blinzeln konnte, hatte er sie in einer dicken Umarmung und drückte sie und redete gleichzeitig auf sie ein. »Gott, Claire, das ist vielleicht kranker Scheiß. Du kannst dich wirklich nicht an mich erinnern, gar nüscht über mich? Das ist nicht so cool.«

Als er sie losließ, starrte Claire angestrengt in sein Gesicht und versuchte hinter diese schwarze verriegelte Tür zu kommen, die ihr Leben aussperrte.

Wieder schlug die Frustration hart zu. Es war äußerst entmutigend, weil die Erinnerungen genau hier waren, in ihrer Reichweite, aber zu verschwommen, genau wie wenn man versuchte, sich zu erinnern, wie ein Wort buchstabiert wird oder wer letztes Jahr den Preis als beste Schauspielerin gewonnen hatte. Es rief den Wunsch in ihr hervor, vor lauter Hilflosigkeit zu schreien. Sie sagte schließlich: »Du siehst wirklich vertraut aus, Shaggy.«

So viel war wahr. Shaggy Becker trug ernst zu nehmende Dreadlocks, rotblond, viele Ohrringe, acht oder neun vielleicht, und er hatte lange Radlerhosen und ein grelles grün-rot-weißes Hawaiihemd an. Er war ein Typ für sich, richtig, und exzentrisch, da bestand kein Zweifel. Aber er musste gut sein, wenn der Gerichtsmediziner ihm diese Sachen als Bürokleidung durchgehen ließ. Alle anderen hatten Polohemden mit dem Abzeichen der Pathologie auf der Brusttasche an.

»Das hier ist Vicky, unsere Fotografin.« Eine ältere Frau trat vor, nickte und lächelte schüchtern. Sie war ungefähr eins achtundsechzig und üppig, mit dunklem Teint und braunem Haar, das zu einem Haarknoten geschlungen war.

Sie ging geradewegs an die Arbeit und machte Aufnahmen von der Leiche des Opfers.

»Und hier ist unsere neue Kollegin. Heißt Nancy Gill. Sie ist den ganzen Weg aus New Orleans hergekommen. Sie wird mir diesen Sommer assistieren, und ich werde nächsten Herbst eine Zeit lang da unten in ihrer Dienststelle arbeiten. So eine Art Austauschprogramm für Gerichtsmediziner, in das ich geraten bin.«

Nancy Gill war die Freundin, die Monica erwähnt hatte. Die junge Frau, deren Onkel der Laden namens Jeepers gehörte. Sie kam direkt auf Claire zu und hielt ihr die Hand hin. Claire nahm sie und sie schüttelten sich die Hand. Nancy war ein hübsches Mädchen, so groß wie Claire, vielleicht drei oder vier Zentimeter größer, mit dem allerschönsten kastanienbraunen Haar und zimtfarbenen Augen, in fast der gleichen Farbe wie ihre Haare. Das Lächeln der Frau war freundlich und irgendwie verstehend, als ob sie begriff, was Claire gerade durchmachte. Claire war sofort von ihr eingenommen. Vielleicht auch, weil sie Nancy vorher nicht gekannt hatte. Sie starteten auf Augenhöhe zu gleichen Bedingungen. Beide waren von praktisch Fremden umgeben.

»Es ist ein echtes Vergnügen, Sie kennenzulernen, Detective. Ich habe ungeheuer viel über Sie gehört, nur Gutes natürlich, sogar weit da unten im Bayou-Land, wie Buck gerne sagt. Sie sind eine berühmte Lady, das werden Sie wissen, weil Sie diese ganzen Serienmörder dingfest gemacht haben. Oder vielleicht wissen Sie das nicht, noch nicht ganz.«

»Nein, noch nicht. Wir haben eine gemeinsame Freundin, glaube ich. Monica Wheeler? Genau genommen gehe ich mit Ihnen beiden nächsten Freitagabend aus.«

»Ja, sie hat mir erzählt, sie würde Sie fragen. Nun, das ist spitze. Wir werden jede Menge Spaß im Jeepers haben.«

Alle gingen an die Arbeit, und Nancy schloss sich sofort Buck neben der Leiche an. Aber Claire mochte sie. Vielleicht konnten sie beide Freunde sein. Womöglich würden sie sich amüsieren, würden lachen, und Claire würde sich an nichts über sie erinnern müssen.

Buck meldete sich bei Claire zurück und gab ihr die Namen der neu ankommenden Beamten der Wasserschutzpolizei. Keiner sah auch nur entfernt wie jemand aus, dem sie vorher schon einmal begegnet war. Sie mochte all diese Leute, aber sie fühlte sich mehr und mehr isoliert und alleine, als ob sie auf dem Mars gelandet wäre. *Ich werde mich erinnern,* sagte sie streng zu sich, *ich werde.* Aber würde sie wirklich? Und was, wenn sie es nie schaffte? Was dann? Noch einmal von vorn beginnen? Ein neues Leben führen?

»So, was haben wir hier, Claire?«

Dankbar, dass Buck zurück zur Sache kam, sprang Claire direkt darauf an, dankbar, dass sie sich daran erinnerte, wie man einen Mord untersuchte. Das war eine Sache, worauf sie ihre ganze Konzentration richten konnte, ohne deprimiert zu werden oder zu verzweifeln.

Claire sagte ihnen, was sie bisher wussten. »Eine weibliche Person kaukasischer Herkunft. Ich schätze, sie ist Anfang oder Mitte dreißig. Eine Gruppe Jugendlicher bemerkte die Leiche, als sie zurückfuhren, um einen Wasserski aufzusammeln. Sie meldeten es, und die Wasserschutzpolizei schaffte es in weniger als zehn Minuten zum Fundort.

Keine Anzeichen von einem Ausweis, so weit zu sehen. Keine Handtasche oder andere persönliche Gegenstände. Niemand hat die Leiche berührt. Ein Bericht über eine vermisste Person kam vor ein paar Wochen rein. Wie war der Name, Bud?«

»Miriam Long. Immobilienmaklerin aus Camdenton. Entspricht der grundlegenden Beschreibung so weit.«

»Ich denke, niemand kann behaupten, dass du dein Metier vergessen hast, Claire«, bemerkte Buckeye, aber seine Augen waren jetzt auf den Leichnam konzentriert. »Vielleicht haben wir unser vermisstes Mädchen genau hier. Okay, lasst uns anfangen und die arme Frau hier wegkriegen.«

Erleichtert, dass die Aufmerksamkeit nicht mehr auf sie sondern das Opfer gerichtet war, bewegte sich Claire ins Heck des Bootes und beobachtete Vicky, wie sie die Leiche aus jedem erdenklichen Winkel mit der Digitalkamera des Departments fotografierte. Dann nahm sie die Videokamera und filmte den Unterstand, innen und außen, und bewegte sich vorsichtig um den Leichnam herum, einschließlich einer Aufnahme der Gesetzeshüter, die die Bergung von ihren gesicherten Booten aus beobachteten. Als sie fertig war, ging Vicky auf eine Seite. »Okay, Buck, sie gehört ganz dir.«

Buck und Nancy Gill trugen Schutzkleidung. Sie kletterten näher an die Wasserlinie und brauchten einen Moment für ihre Erstuntersuchung der Verstorbenen.

Buck sagte: »Nun, sie wurde nicht hier getötet. Jemand hat sich viel Zeit genommen, um sie genau so in Pose zu setzen. Wahrscheinlich wegen eines Fetischs, der nur dem

Täter bekannt ist. Er muss sich ziemlich sicher gewesen sein, dass niemand hier war und ihn beobachten konnte, als er sie aus dem Boot gehoben und hier hochgetragen hat. Schon irgendwelche Zeugen?«

Es schien, dass Claire fürs Reden ausersehen war. Bud trat zurück und schaute zu, ohne Zweifel, um sie Erfahrungen machen zu lassen. Sie mochte ihn dafür noch mehr. Er war in Ordnung.

»Nein, aber es gibt viele Wasserskiboote hier. Jemand könnte etwas gesehen haben. Bisher wurde nach unserem Kenntnisstand nichts gemeldet.«

Eine Minute später äußerte Bud vorsichtig seine Meinung: »Wahrscheinlich spät nachts hier abgeladen, als es hier schön dunkel und niemand in der Nähe war.«

Nancy Gill ergriff das Wort. »Mindestens ein paar Wochen her, würde ich sagen. Ihre Beine sind verfärbt und aufgedunsen. Die Haut zerfällt schnell, löst sich an den exponierten Stellen ab. Sie ist eine geraume Zeit hier draußen der Sonne und der Hitze ausgesetzt gewesen, damit haben Sie recht. Wir sehen solche Dinge in den Bayous. Die Hitze beschleunigt die Verwesung.«

Buck öffnete die linke Hand der Frau und begutachtete ihre Fingernägel. Dann drehte er ihre Hand um und untersuchte die Fingerspitzen. »Es könnte gelingen, ein paar Fingerabdrücke zu nehmen, aber es ist fraglich. Aber vielleicht haben wir Glück.« Er schüttelte seinen Kopf, stand auf und schaute Claire an. »Wir hatten vor ein paar Jahren einen ähnlichen Fall. Erinnerst du dich daran, Claire?«

»Nicht besonders.« Sie war sich sicher, er redete über das Mädchen, an das sie sich erinnerte, die an einem Tisch unter Wasser gesessen hatte, aber sie behielt das für sich. »Also denkst du, das könnte derselbe Täter gewesen sein?«

Alle schauten sie an, dann sich gegenseitig, aber niemand antwortete gleich. Nun, das ist die Art von Verhalten, die die Nerven eines an Amnesie Leidenden erschüttern können. Shaggy ergriff schließlich das Wort, ohne das breite Grinsen, das erste Mal voller Ernst. »Der Typ ist tot. Bei diesem Unfall umgekommen; der, bei dem dein Gedächtnis k.o. geschlagen wurde.«

Nun, das war eine Neuigkeit für Claire. Der Typ, der besessen von ihr war, hatte schon früher zugeschlagen. Sie fing an, nach Details zu fragen, war aber nicht sicher, ob dies die Zeit oder der Ort dafür war. Buck war augenscheinlich auch abgeneigt, näher darauf einzugehen.

»Lasst uns das beenden und sie in den Sack bekommen«, befahl Buck und drehte sich dann zu seiner Fotografin. »Vicky, geh auf Nummer sicher, dass du eine klare Aufnahme von der Untersuchung auf Video hast. Wir wollen keine schlampigen Abläufe, die ein aalglatter Verteidiger nachher zerpflücken kann.«

Claire trat näher. »Sieht nicht so aus, als wäre sie vergewaltigt worden. Die Kleidung ist nicht in Unordnung. Die Pose muss etwas bedeuten.«

Buck griff nach den Haaren der Leiche und hob ihren Kopf an. Er grimassierte und stieß einen schnellen Atemzug aus. »Sieht so aus, als wäre das das Einzige, von dem die arme Frau verschont wurde.«

Als er sich an die Seite bewegte, bekamen sie alle das Gesicht zu sehen, oder das bisschen, was noch davon übrig war.

Bud stöhnte. »O Gott. Er hat ihr Gesicht höllisch bearbeitet.«

Buck kniete sich hin und gab ihnen seine erste Einschätzung. »Sie ist unerkennbar, also hoffe ich, ich bekomme diese Fingerabdrücke. Da ist eine tiefe Fleischwunde im Zentrum ihres Brustkorbs. Mehrere Zentimeter tief, wie es aussieht. Wahrscheinlich sogar acht bis zehn Zentimeter. Könnte sein, sie wurde zuerst niedergestochen und dann zusammengeschlagen, sobald sie am Boden war. Gott, das ist brutal. Allmächtiger, der Mörder hat sicher keinerlei Erbarmen gezeigt. Diese Platzwunden im Gesicht gehen bis auf den Knochen. Die Stichwunde ist gravierend, aber das Opfer starb an der Prügel, da bin ich bin ziemlich sicher. Ich werde es sicher wissen, wenn wir sie Downtown haben. Gott, das wird nie einfacher.« Er schüttelte den Kopf. »Ich bin mir nicht sicher, ob ich schon jemals derartig schwerwiegende Schläge gesehen habe. Wenn ich raten müsste, würde ich sagen, die Mordwaffe sei ein Hammer oder eine Eisenstange gewesen, oder vielleicht ein Schlagstock, etwas in der Richtung.«

Claire sagte: »Sieht mir persönlich aus. Wutanfall gegen die Ehefrau. Oder die Freundin. Jemand, den er sehr gut kannte.«

Buck nickte und schaute zu ihr hoch. »Ja, Claire. Jemand hat die Kontrolle verloren, richtig. Es braucht eine Weile, um den Gesichtsknochen und dem Schädel derartig viel Schaden zuzufügen. Die meisten Schläge trafen das Gesicht und die Seite des Kopfes. Der Körper selbst sieht relativ unberührt aus. Bis auf diese eine tiefe Stichwunde auf Brusthöhe.«

Claire blickte über den See und versuchte einzuschätzen,

was geschehen war. Er musste ein Boot benutzt haben, aber wo hatte er es? Es könnten hundert verschiedene Plätze sein, privat und kommerziell. Als sie eine große, schlanke Motoryacht sichtete, die weiter entfernt ankerte, zeigte sie darauf. »Weiß jemand, wem das Boot da drüben gehört? Seht ihr?«

Der Typ namens Shaggy lachte laut auf, verstummte aber sofort, als sein Chef ihm einen ernsten Blick zuwarf. Shaggy machte ein betretenes Gesicht. »Tut mir leid, Claire. Ich war nur überrascht, dass du es nicht weißt. Ich vergaß, dass du dich nicht an viel erinnerst.«

Bud ergriff das Wort. »Das ist Blacks Boot, Claire. Du hast eine ganze Menge Zeit darauf mit ihm verbracht. Weißt du, bevor all das geschehen ist.«

Claire kam sich wie ein Idiot vor und dumm, und wusste nicht, was sie sagen sollte. Aber hey, sie hatte einen Doppelschlag auf den Kopf gekriegt. Was erwarteten sie?

»Du wirst dich an diesen Kram irgendwann die Tage erinnern.« Das war wieder Bud. Wieder süß.

Der ganze Austausch war ausgesprochen peinlich, also wechselte Claire das Thema. »Vielleicht hat jemand an Bord etwas gesehen oder gehört. Ankert es immer so weit draußen in der Mitte des Sees? Ist Black an Bord gewesen?«

Bud zuckte die Achseln. »Ich bezweifle es. Er ist höchstwahrscheinlich zu Hause bei dir geblieben.«

»Also liegt es nur da draußen und wartet auf ihn? Niemand benutzt es?«

»So ziemlich. Es ist eine kleine Flucht, denke ich.«

»Wow, muss nett sein, so etwas zum Fischen zu haben.« Das kam von Nancy Gill.

Claire sagte: »Gut, lass es uns rauskriegen, Bud. Mal sehen, was die Crew zu sagen hat. Buck, ruf mich an, wenn du etwas anderes an ihr entdeckst.«

Sie fuhren los, redeten aber wenig über das Röhren des Motors des Patrouillenboots hinweg. Gott sei Dank, sie hatte etwas Lohnenswertes, um sich zu beschäftigen. Selbst wenn es sich als grauenhafter und brutaler Mord herausstellte, mit dem sie ihr glänzendes, funkelnagelneues Leben begann. Unglücklicherweise hatte sie das Gefühl, dass es dem Lauf ihres alten Lebens reichlich ähnlich war.

Jesses Mädchen

Eine Woche nach dem Unfall

Die süße kleine Monica Wheeler war so unglaublich einfach einzunehmen. Sie hungerte nach Aufmerksamkeit und auch nach Zuneigung, da gab es keinen Zweifel. Aber er mochte solche Frauen. Es war dennoch sehr schwierig bei ihren ersten Treffen für ihn, weil alles, worüber sie redete, Nicholas Black war. Wie wunderbar er sei, wie bestimmt für Claire Morgan, wie er neben ihrem Bett sitze die ganze Nacht, zu ihr redete, versuchte, sie zum Aufwachen zu bringen, vollkommen hingebungsvoll, total verliebt in sie. Das war, was Jesse tun musste. Annie seine Stimme hören lassen. Das würde sie aufwecken. Annie liebte ihn so sehr, wie Jesse sie liebte. Sie würde es nur nicht zugeben.

Jesse wartete, bis der Wachmann aus der Tür auf ein paar rüpelhafte Teenager spähte, dann presste er seinen Körper gegen Monicas und drückte sie fest gegen die Wand neben der Tür von Nicholas Blacks privatem Aufzug. Nicht, dass er beunruhigt war, vom Wachmann hochgenommen zu werden. Jesse gehörte zum Hotelpersonal und hatte einen Hotelausweis und das Beste von allem, er war üblicherweise mit Monica zusammen, die eine gute Freundin von Nicholas Black war. Jesse küsste sie auf den Mund, bis sie schwer atmete und mehr wollte. Er fühlte natürlich nichts, aber es war notwendig für seinen Plan, Annie zu retten, sie davon zu überzeugen, dass er sie mochte. Als sie sich schließlich von ihm löste, murmelte sie leise, schwer atmend und erregt: »Ich will nicht, aber ich muss jetzt nach oben. Der Doktor ist in einer Besprechung, und er will nicht, dass Claire länger als ein paar Minuten alleine gelassen wird.«

»Hey, lass mich mit nach oben kommen. Ich hab noch nie jemanden in einem Koma gesehen. Na los, Monica, er ist in einer Besprechung. Er wird es nie erfahren.«

»Nein, nein, er wird mich sofort feuern!«

Monica befreite sich aus seinem Griff, gerade als die Türen des Aufzugs aufglitten. Sie tauchte hinein und winkte. »Heute Abend. Ich sehe dich um sechs, wenn ich wegkomme.«

Gerade als die Türen begannen, wieder zuzugleiten, schlüpfte Jesse schnell seitlich hinein und umarmte sie erneut.

»Stopp, Jesse, ich meine es ernst. Hier drin ist eine Kamera«, rief sie, aber ihr Widerstand war halbherzig, und er erstickte ihre Beschwerden mit seinem Mund. Sie fing an, ihn zu beschimpfen, und er mochte das. Und wer auch immer die Kameras überwachte, würde denken das wären nur zwei junge Leute, die herummachten. Monica hatte Zutritt zu allen Räumen, ihr würde niemand Ärger machen.

Monica schien weiche Knie zu haben und wahnsinnig

glücklich zu sein, als er sich zurückzog. »Er ist in einer Besprechung, wie du gesagt hast. Komm schon, er wird es nie erfahren.«

Als sich der Aufzug im obersten Stockwerk öffnete, konnte er seine Aufregung kaum beherrschen. Annie war irgendwo in der Nähe, und er würde sie finden. Er folgte Monica in eine weite schwarze Marmorhalle. Eine Menge raumhohe Fenster überblickten das Hotelgelände und den See. Das Apartment war vollkommen still; alles war sauber, teuer und glänzte. Kein Wunder, dass dieser Penner von Doktor Annie glauben machen konnte, dass sie ihn liebte. Er hatte alles, was sie sich womöglich wünschen könnte. Es verursachte in ihm den Wunsch zu kotzen.

»Wo ist sie?«

Monica packte seinen Arm und legte ihre Fingerspitzen auf seinen Mund. »Schhh, sprich leise! Dr. Blacks Büro ist gleich hier runter um die Ecke.« Die arme Monica war ein nervöses Wrack.

»Na los, zeig mir, wo sie ist. Lass uns aus dem Flur verschwinden, bevor er uns hört.«

Monica griff seine Hand und zog ihn zu einem großen Schlafzimmer, dicht verhängt und dunkel. Die Vorhänge waren geschlossen, setzten alles in ein Halbdunkel, bis auf eine weiße Lampe, die auf einem Tisch neben dem Bett stand. Und da war seine Annie, die Augen geschlossen, sie lag unbeweglich und bleich da. Es schien, als würde sie nur schlafen. Alle möglichen Monitore blinkten mit roten Lichtern und aufleuchtenden Digitalzahlen, und Infusionsschläuche waren an ihren Armen befestigt. Und sie hatten ihre Arme mit weißen Baumwollgurten ans Bett geschnallt.

Er hatte sie gefesselt, damit sie nicht weg konnte. Aber das, das war so falsch. Sie war Blacks Gefangene. *Oh, Annie, mein armer kleiner Engel. Was hat dieses Monster dir angetan?*

»Ich muss einen neuen Infusionsbeutel holen. Du musst schauen, dass du hier rauskommst. Jetzt!«

Jesse schüttelte seinen Kopf. »Nein, lass mich hierbleiben und für dich aufpassen. Ich werde nicht erwischt, ich versprech's.«

Monica zögerte, schaute schnell zur Tür und zurück zu ihm. »Na, okay, aber fass nichts an, versprich es mir.«

»Was soll ich schon anfassen, hm? Du beeilst dich besser, bevor er mich hier drin findet.«

Er stand immer noch neben der Tür, während er die dumme kleine Schwester die Halle herunterhuschen und winken sah, als sie in einen Korridor abbog. Dann lächelte er in sich hinein, kalte Schauer stiegen auf seiner Haut auf, als er zu Annies Krankenbett ging. Er starrte sie an, so glücklich, und dann beugte er sich tief hinunter, seinen Mund ganz dicht an ihrem Ohr.

»Oh, Annie, Annie, Süße, ich bin hier. Ich bin genau hier«, flüsterte er leise. »Endlich habe ich dich gefunden. Ich werde dich retten, und diesmal werden wir für immer zusammen sein.«

Annie zeigte keine Reaktion auf sein Flüstern, der Herzmonitor piepste in demselbem sehr langsamen, äußerst beständigen Rhythmus. Er ließ seine Fingerspitzen ihre weiche Wange hinunter zu den Lippen gleiten. Er beugte sich hinunter und drückte seinen Mund auf ihren. Er küsste sie innig, hielt ihr Gesicht mit beiden Handflächen, öffnete gewaltsam ihren Mund mit seiner Zunge, so wie er es immer erträumt hatte. Er fuhr mit seiner Zunge über ihren Mund, ihre Wangen und ihre Stirn, genoss ihren Geschmack, ihre Essenz.

Er warf einen Blick zur Tür, hob den Ausschnitt ihres Krankenhaushemds, ließ seine Hand die Vorderseite ihres Körpers hinuntergleiten und umschloss ihre rechte Brust mit seiner Hand. Er drückte sie fest, schloss seine Augen und fühlte pure Lust durch sich hindurchfließen. In diesem Moment gehörte sie ihm, ihm allein. Er liebte sie. O Gott, bitte, er musste sie da herausbekommen. Weg von Nicholas Black. Er musste sie bekommen. Er musste diesen teuflischen Mann loswerden, der sie wie eine Gefangene in ihrem Bett hielt.

Annies wunderschönes blondes Haar war an der Schläfe kürzer geschnitten worden, wo sie sich verletzt hatte, und er streichelte die Bandage, die die Wunde bedeckte. Er flüsterte wieder in ihr Ohr: »Es tut mir so leid, Annie, dass ich dich nicht aus dem Wagen bekommen habe. Ich habe versucht, nach unten zu tauchen und dich zu retten, aber ich bin fast wegen der starken Strömung ertrunken, als ich versucht habe, dich zu erreichen. Sie trug mich so schnell flussabwärts, dass ich nichts dagegen machen konnte.« Ein unvermittelter Schluchzer entfuhr ihm, Tränen brannten in seinen Augen. »Aber ich bin so schnell wie möglich hierhergekommen, ich schwöre. Und ich werde dich hier rausholen. Ich werde dich vor ihm retten, ich schwöre.«

»Was machst du?«

Monica war zurück. Mit gerunzelter Stirn, misstrauischem Blick und hässlich.

Er rechtfertigte sich schnell und eilte zu ihr. »Nichts. Sie hat sich etwas bewegt, und ich wollte nur sichergehen, dass sie ihre Infusion nicht herausgezogen hat, das ist alles.«

Monica schaute ihre Patientin an. »Wir denken, sie hat manchmal böse Träume. Deshalb haben wir sie angeschnallt. Aber das ist gut, wenn du gesehen hast, wie sie sich bewegt hat. Das bedeutet, das Koma ist nicht so tief, wie wir gedacht haben oder sie kommt heraus. Die meiste Zeit bewegt sie sich überhaupt nicht.« Ihr Flüstern wurde schärfer. »Jetzt machst du, dass du hier rauskommst, Jesse, bevor wir beide gefeuert werden.«

»Oh, in Ordnung. Aber vergiss nicht. Sechs Uhr. Wie wär's, ich halte unterwegs und hole einen Film für nach dem Essen?«

»Von mir aus. Nun geh! Manchmal kommt er unerwartet herein, nur um nach ihr zu schauen. Ich habe nie jemanden so voller Hingabe gesehen. Er ist so verliebt in sie, das ist so süß anzuschauen.«

»Ja, da wette ich drauf.«

Er wettete auch darauf, dass der gute Dr. Black es besser genießen sollte, solange er das konnte, weil er Annie nicht viel länger haben würde. Jesse und Annie gehörten zusammen, und zusammen würden sie sein. Bald.

9

Nicholas Blacks Yacht war *Maltese Falcon* getauft worden. Claire kam darauf, weil der Name in großen schwarzen Lettern an der Bugseite stand. Und es war ein verdammt beeindruckendes Boot, o ja, da können Sie drauf wetten. Sehr schnittig und stattlich und blank und prächtig. Mehr oder weniger wie sein Besitzer. Alles, was es brauchte, waren ein paar durchdringende hellblaue Augen, die auf ihren Mund starrten. Je mehr sie den See und seine Umgebung erforschte, desto reicher schien ihr Doktor / angeblicher Seelenverwandter zu sein. Ein Mädchen könnte es schlechter treffen, beschloss sie. Sah so aus, als ob sie den sprichwörtlichen goldenen Ring zu fassen gekriegt hätte und nicht losließ. Zu schade, dass sie sich nicht an all die Vergünstigungen erinnerte, die diese Verbindung ihr vermutlich eingebracht hatte, nicht dass die Vergünstigungen das Wichtigste wären, natürlich. Aber ab und zu schadeten sie nicht. Und Black schien auch nicht der übliche hochnäsige *Schaut-mich-an-ihr-kleinen-Knechte*-Typ zu sein. Was höchst überraschend war, wenn man es recht bedenkt.

Ein großes, lächelndes Crew-Mitglied in einer Uniform aus frischem und makellosem weißem Stoff und glänzenden Messingknöpfen erschien auf Deck, als sie sich dem großen Boot näherten. Sehr gebräunt, was eine sommerliche Grundvoraussetzung in dieser Umgebung zu sein schien, und sehr aufgeweckt und attraktiv noch dazu, empfing der Seemann sie am Anlegesteg an der Seite der Yacht. Er salutierte präzise, als Pennington den Motor abstellte, und er fing fachmännisch die Leine, die Bud ihm zuwarf. Er vertäute sie in genau drei Sekunden, kam dann nach vorn und begrüßte Claire, über das ganze Gesicht strahlend und voll dienstlicher Verbindlichkeit.

»Willkommen zurück an Bord, Detective. Wir sind alle so froh zu hören, dass es Ihnen wieder besser geht. Sie sehen aus, als wenn Ihnen nie etwas Schlimmes passiert wäre.«

Ah, das kam, weil ihre Mütze immer noch über den unangenehmen kahlen Fleck gezogen war, entschied Claire. Sie würde sie nie wieder absetzen. Nicht dass sie eitel wäre, oder so was, aber die rasierte Operationsfrisur ließ sie ein bisschen wie eine Geisteskranke aussehen, die sich kürzlich einer Lobotomie unterzogen hatte.

»Ich danke Ihnen«, sagte sie und kletterte ohne seine Hilfe die Leiter hoch, nur um ihren Begleitern zu zeigen, dass sie auf dem Damm war. Bud schwang sich hinter ihr mit der ihm eigenen geschmeidigen, athletischen Grazie hoch, trotz seiner glänzenden italienischen Schuhe. Das Boot war teure Schuhe vermutlich gewohnt, jedoch nicht knöchelhohe, schwarz und orangefarbene Nikes, wie sie sie trug.

»Für den Fall, dass Sie sich nicht erinnern«, sagte Blacks strammer und höflicher *Capitano,* »mein Name ist Geoffrey. Ich bin der Kapitän der *Falcon.*

»Hallo, Geoffrey. Haben Sie einen Nachnamen?«

»Ja, Ma'am. Es ist Geoffrey Lancaster.«

»Wir hätten ein paar Fragen an Sie, Sir. Gibt es einen Ort, wo wir privat reden können?«

»Natürlich. Wir können den Grand Salon benutzen.«

Grand Salon, tatsächlich? Wow. Nun, das klang schrecklich *la-di-da,* aber Geoffrey schien eine Art von *Netter-bodenständiger-Kapitän-einer-tollen-und-eindrucksvollen-Yacht*-Typ zu sein. Also folgte sie einfach seiner Führung und ging ihm auf einem blanken, auf Hochglanz geschruppten Teakdeck hinterher und in einen großen, vollklimatisierten Wohnbereich mit jeder Menge Couchen und Tischen und einer voll bestückten Bar noch dazu. Eine Myriade kristallener Kelchgläser, Tumbler und kleiner Gläser funkelten in der verspiegelten Pracht hinter der Bar, und sie fragte sich, wie zur Hölle sie sich nicht an so etwas derartig Fantastisches erinnern konnte.

»Möchten Sie das Übliche, Miss Claire?«

Miss Claire? Wow, der war ein ziemlicher Typ. Ein bisschen alter Süden und Rhett Butler vermischt, aber dennoch überhöflich. »Und mein Übliches ist …?«

»Einfaches Wasser in der Flasche.«

»Hört sich ziemlich schlicht an.«

Bud lachte leise. Geoffrey lächelte, als meinte er es. »Sie sind kein großer Trinker, haben wir herausgefunden.«

»Das ist eine gute Nachricht. Ich brauch keinen Alkohol, um meinen Geist zu benebeln. Er ist schon benebelt genug.« Sie spielte den unbekümmerten, sorglosen Detetective, der vorgab, sich nicht zu quälen, weil er sich kaum an sein eigenes Gesicht erinnern konnte.

Geoffrey lächelte. »Es tut mir wirklich leid, dass Sie noch nicht wieder ganz Sie selbst sind. Aber da ich Sie kenne – es wird nicht lange dauern, bis Sie sich erholt haben. Sie sind ein ziemlicher Draufgänger, wenn ich das so sagen darf.«

Claire mochte diesen Kerl auch, fast so sehr wie Bud. Und sie war mittlerweile ziemlich sicher, dass sie ihre neu gefundene Realität absolut lieben würde, wenn und falls die ihr jemals einen Rückruf gönnen würde.

Sie setzten sich alle und ein ziemlich spektakulär aussehender weiblicher Barkeeper oder eine Kellnerin oder eine Art weiblicher Seeoffizier, ganz in Weiß gekleidet, glitt aus dem Nichts und gab den beiden Männern schicke Kelchgläser gefüllt mit köstlichem Eiswasser auf kleinen, weißen, spitzenartigen Papierunterlagen. Sie stellte eine Flasche Ozarko-Wasser vor Claire. Aber sie bekam auch eine Unterlage. Claire nahm einen Schluck und musste zugeben, dass es großartig schmeckte, selbst wenn sie noch in Sichtweite des laufenden Abtransports eines zu Tode geprügelten Leichnams waren, genau außerhalb der getönten Scheiben des prachtvollen Grand Salon, denen sie gegenübersaßen.

Claire beobachtete das hübsche Mädchen dabei, wie sie Bud einen interessierten Blick zuwarf, und er schaute besagtes Seemannsweibchen an, als ob er lieber einen großen Schluck von ihr als von dem Wasser hätte. Sie konterte mit einem *Komm-in-meine-gute-Stube-du-gut-aussehendes-Ding*-Blick. Claire wartete eine Sekunde, damit sie ihre lüsternen Blicke unter Kontrolle bekamen. Das passierte nicht, ehe Bud fertig war, das Mädchen dabei zu beobachten, wie sie sich außer Sicht schlängelte.

»So, wie kann ich Ihnen behilflich sein, Detectives?«

Claire setzte die Flasche auf dem Kaffeetisch mit hellbrauner Marmorplatte vor ihnen ab. »Wie lange ankern Sie schon hier, Kapitän?«

»Seit ein paar Tagen vor Ihrem Unfall. Nick ist nicht oft

hier herausgekommen, seit er Sie vom Hospital nach Cedar Bend zurückgeflogen hat.«

»Kommt er oft an Bord?«

»Nicht, seit er Ihnen begegnet ist.«

Überrascht schaute sie von ihrem getreuen Notizbuch hoch. »Was? Ich mag keine luxuriösen Yachten?«

Er lächelte, und auch irgendwie wissend. »Nein. Ich denke, er hat sich nur sehr intensiv mit Ihnen beschäftigt.«

Ja, und das klingt ziemlich provokativ, beschloss sie. Als sie Bud anblickte, sah sie, dass der auch so dachte, seinem Grinsen und dem zustimmenden Nicken nach zu urteilen. Aber der Kerl, Geoffrey, meinte es vermutlich nicht so. Sie hoffte, dass nicht, oder viel mehr doch. Wie wollte sie das wissen?

Vielleicht waren sie und Black tagtäglich heiß, heftig und verrückt aufeinander in jeder einzelnen Sekunde. Es sollen schon seltsamere Sachen passiert sein. Allerdings streute das vermutlich reichlich Sand ins Getriebe ihrer täglichen Arbeitsplatzbeschreibungen.

»Haben Sie irgendwelche ungewöhnlichen Aktivitäten in der Gegend bemerkt?«, fragte sie Lancaster.

Geoffrey schüttelte seinen Kopf. »Welche Art Aktivitäten meinen Sie? Dass Boote uns ihr Kielwasser spüren lassen? Zu nah rankommen? Der Crew Obszönitäten zurufen?«

Claire hatte in Wirklichkeit an nichts davon gedacht, aber sie nickte.

»Andauernd. Die *Falcon* ist eine Art Rarität hier in der Gegend. Dr. Black hat sie als Motoryacht wiederaufbauen lassen, als er Cedar Bend kaufte. Sie ist die Einzige auf dem Ozarks-See.«

Ach, wirklich, dachte Claire. *Donald Trump sollte sich besser mal ranhalten.*

Bud sagte: »Hat irgendeines dieser rücksichtslosen Boote etwas Verdächtiges gemacht? Gab es Drohungen?«

Geoffrey runzelte die Stirn. »Ich bin nicht sicher, was Sie damit meinen, aber in letzter Zeit sind keine Unregelmäßigkeiten vorgefallen, nichts, was mir berichtet worden wäre jedenfalls. Was ist da drüben passiert?« Er gestikulierte in Richtung der Flottille von Polizeibooten, die den entfernten Tatort umgaben. »Gab es einen Bootsunfall?«

»Nein.« Claire schaute Bud an. Er reagierte wie auf Stichwort.

»Wir haben nicht weit von hier eine Leiche gefunden. Gegen die Wand dieses Unterstands da draußen gelehnt.«

»O Allmächtiger, das ist schrecklich.«

Claire sagte: »Wir glauben, dass das Opfer ermordet und dort in Pose gesetzt wurde.«

»O mein Gott, Warum würde jemand so etwas tun?«

»Das wissen wir noch nicht. Haben Sie irgendwelche Boote bemerkt, die sich um diesen Punkt herum aufgehalten haben?«

»Nein, aber vor ein paar Wochen, denke ich, bin ich von einem Motor ziemlich dicht bei uns aufgewacht. Er war einige Zeit aus, wurde aber nach kurzer Zeit wieder gestartet. Ich bin aufgestanden und habe mit unseren Scheinwerfern herumgeleuchtet, aber es regnete in dieser Nacht und die Sicht war schlecht. Ich stand da, bis das Motorengeräusch in der Entfernung verklungen war.«

»In welche Richtung fuhr das Boot?«

»Zurück nach Cedar Bend.«

»Erinnern Sie sich, an welchem Tag das war?«

»Nicht auswendig, aber ich habe es in meinem Tagesbericht vermerkt. Ich fand es auch merkwürdig genug, um Dr. Black anzurufen und ihn zu fragen, ob er das womöglich war. Manchmal kommt er bei Anbruch der Nacht hier raus.«

»Im Regen?«

»Manchmal.«

»Warum?«

»Er sagt, er mag es unter dem Nachthimmel. Wissen Sie, Sternegucken und so was.«

»Wie oft treibt er diese Sternguckersache?«

»Nicht oft, seit er Sie getroffen hat.«

Klang, als ob Black nicht mehr allzu viel machte, seit er sie getroffen hatte. Sie begann sich zu fragen, ob er irgendwelche Arbeit erledigt bekommen hatte, seit sie auf der Bildfläche aufgetaucht war. Um bei der Wahrheit zu bleiben, es machte sie neugierig zu wissen, was er genau getan hatte, bevor er sie traf, und mit wem er es getan hatte. Sie hatte zuvor wirklich nicht viel über sein früheres Leben nachgedacht, so besessen sie mit ihrem eigenen Dilemma war. Vielleicht sollte sie das etwas näher untersuchen. Könnten ja einige interessante Kleinigkeiten auftauchen, über die man nachdenken konnte.

»Aber Sie sagen, er war es nicht in dieser Nacht«, bohrte Bud.

»Ich weiß nicht. Ich hinterließ ihm eine Nachricht auf seinem Dienstapparat, aber er hat mich nie zurückgerufen. Ich nahm einfach an, er würde immer noch Nachtwache an ihrem Bett halten.«

»Wohl wahr, er hat sie selten verlassen«, stimmte Bud zu.

Claire fragte sich, ob jeder innerhalb von hundert Meilen derart an Black und ihr interessiert war. Ihre kleinen Liebeslebenszenarios schienen beliebte Themen der Unterhaltung zu sein bei den Leuten, die sie kannten. Wer war sie denn? Die Brangelina vom Ozarks-See ohne die sechs Kinder?

Verblüfft, dass sie sich an zwei Filmstars und ihre Brut, aber nicht an ihren Lover erinnern konnte, sagte sie: »Haben Sie irgendwelche Vidoekameras draußen, die aufs Wasser ausgerichtet sind?«

»Nein, wir hatten nie die Notwendigkeit. Wir haben angemeldete Schusswaffen an Bord für den Fall, dass jemand versucht, an Bord zu kommen. Sie wissen schon, uns berauben oder hijacken. Dr. Black hat uns erlaubt, Gewalt anzuwenden in einer Situation, in der wir unmittelbare Gefahr für Leib und Leben befürchten.«

»Sind Wertsachen hier an Bord?«

»Dr. Black hat einen Tresor in seinem Büro. Ich habe keine Ahnung, was er dort aufbewahrt.«

Höchstwahrscheinlich große Stapel gebündelter Hundert-Dollar-Scheine, dachte sie, kommentierte dieses Gedankenspiel aber nicht weiter.

»In der Nacht, in der Sie das Boot in der Nähe gehört haben? Haben Sie irgendetwas anderes gehört? Schreien? Hilferufe?«

»Nicht, so weit ich mich erinnere. Sie können Sadie und Jack fragen. Sie leben auch beide an Bord der *Falcon,* unten in den Mannschaftsquartieren.« Er stoppte, und seine Brauen zogen sich zusammen, als ob er darüber nachgedacht hätte. »Obwohl, eigentlich war Sadie in Urlaub in dieser Zeit, glaube ich. Dr. Black gibt uns jedes Jahr einen Monat bezahlten Urlaub.«

Wirklich großzügige Urlaubsleistungen, fand sie, Nicholas Black war nicht geizig. Aber das war nicht der Grund, warum sich Bud und Claire anschauten. Sadie konnte genauso gut ihr Opfer sein. Also sagte sie: »Wann haben Sie Sadie das letzte Mal gesehen?«

Geoffrey grinste. »Vor fünf Minuten. Sie war diejenige, die uns das Wasser gebracht hat.«

Bud sah ungewöhnlich erleichtert aus, offensichtlich plante er schon sein zukünftiges Rendezvous mit der schönen und verführerischen Sadie. »Was dagegen, wenn wir uns etwas umschauen?«

»Nicht im Geringsten. Wenn Sie Ihre persönlichen Habseligkeiten suchen, die sind im großen Schlafzimmer verstaut.«

Aber natürlich sind sie das, dachte Claire. Aber andererseits war sie ein bisschen neugierig. Während Bud in der Kombüse und den Mannschaftsquartieren herumschnüffelte, ohne Zweifel auf der Suche nach Sadie und/oder Schoko-Ding-Dongs und Cokes, die er mochte, wie sie sich auch erinnerte. Als sie ihn lachen hörte, vermutete sie, es war Sadie, die er gefunden hatte. Den Gang hinunter warf sie einen schnellen Blick in Blacks schwimmendes Büro und Ankleidezimmer. Sie fand eine Menge ihrer T-Shirts vom Department und Jeans im Wandschrank und eine Zahnbürste, die wohl ihr gehörte, in einem Halter neben Blacks, schön kuschelig und Lover-mäßig, klar.

Claire ging durch die Kommodenschubladen und fand Stapel von ordentlich gefalteten T-Shirts und Hosen und

Khakishorts, die Black gehörten, sah aber kein Make-up, Haarpflegemittel, nicht einmal einen Lippenstift in einem weiteren schwarz und hellbraunen Marmorbadezimmer. Sie fand jedoch ein Waffenreinigungsset und ein öliges Tuch an der Seite einer Schachtel .38er Patronen beim Waschbecken. Die Patronen steckte sie ein. Okay, jetzt war sie ziemlich sicher, dass sie nicht eitel oder *girly-girly* war, zumindest nicht, wenn sie Zeit auf Blacks riesigem, schickem Boot verbrachte. Noch irgendwo anders. Diese verdammte kahle Stelle ausgenommen. Dieser Bruder-Tuck-Look stach ein winziges bisschen in ihrem Ego. Dank dem Herrn für Baseballmützen.

Zurück im Grand Salon lehnte Bud an der Bar und machte die schöne Barkeeperin an, und Geoffrey kam auf Claire mit einem Herzchen von schlauem Telefon in der Hand zu. »Dr. Black würde gern mit Ihnen sprechen. Er sagt, Sie gehen nicht an Ihr Handy.«

Claire tastete in ihren Taschen herum und bemerkte, dass sie es in Buds Bronco gelassen hatte. Nicht gut. Okay, sie war noch etwas eingerostet und nicht gewohnt, frisch aus dem Koma zu sein. Trotzdem, sie musste es griffbereit halten. Es war gefährlich, es nicht zu tun.

»Hallo«, sagte sie und versuchte, nicht schuldig zu klingen, weil sie das verdammte Telefon vergessen hatte.

»Ich habe versucht dich anzurufen, Claire.«

»Tut mir leid, ich hab das Telefon im Wagen gelassen.«

Kurzes Schweigen. Ein verärgertes, vermutete sie. Dann sagte er: »Wie fühlst du dich bis jetzt?«

Okay, nun das war eine Frage, in die sie sich reinstürzen konnte. »Mir geht's großartig, Black. Ich fühle mich so gut wie schon lange nicht mehr. Wir haben heute übrigens einen Mord reingekriegt.«

»Ja, hat Charlie mir erzählt.«

Aus irgendeinem Grund ärgerte sie das. Ihr Ton klang auch so. »Ruft dich jeder Einzelne in dieser Stadt an und hält dich auf dem Laufenden, wo ich gerade bin und was ich tue? Ist das so?«

Eine weitere bedeutungsschwangere Stille folgte. »Nein, natürlich nicht. Ich habe ihn angerufen, weil ich dich nicht erreichen konnte. Ich habe nur nachgeforscht, weil ich sichergehen wollte, dass du keine Kopfschmerzen oder einen Schwächeanfall hast, weil du so lang auf den Beinen bist.«

Diesmal war es Claire, die die Stille länger als notwendig andauern ließ. Okay, sie fühlte sich eine Spur schuldig, weil sie den Kerl so angefahren hatte. Er hatte eine Menge für sie getan, richtig. Und sie schätzte das. Er war beunruhigt und meinte es gut, und auch das wusste sie. »Nun, ich weiß deine Sorge zu schätzen. Aber ich fühle mich wirklich in Ordnung. Gut, genau genommen. Keine Kopfschmerzen. Keine Schwäche. Die Sonneneinstrahlung hat mich anfangs gestört, aber Bud hat mir eine Sonnenbrille geliehen. Ich weiß, du machst dir Sorgen um mich, aber es gibt keinen Grund, wirklich.«

Außer, dass sie in Wahrheit müde wurde. Schnell erschöpft war. Seit sie aus dem Koma erwacht war, hatte sie die ersten Tage ein paar Bahnen im Swimmingpool gezogen und schnelle Kurzstrecken auf dem Laufband absolviert, sehr kurze. Aber diese Halbtagsarbeit war anders, und sie war nicht selbstzerstörerisch genug, um weiterzumachen, bis sie kollabierte oder den ganzen erreichten Fortschritt ruinierte. Andererseits musste Black nicht all diese ermüdenden Details wissen. Er war verärgert genug über sie. »Abgesehen davon, ich bin dabei, für heute Schluss zu machen und nach Hause zu kommen.«

»Gut. Ich mache mir nur Sorgen um dich, Claire. Du hast im Koma gelegen. Du musst es sachte angehen lassen. Langsam in die Sachen wieder reinkommen. Meinst du nicht, dass einen Fall wie diesen zu bearbeiten, zu viel für dich wird?«

»Nein, definitiv nicht. Ehrlich, Black! Es gibt mir das Gefühl, wieder lebendig zu sein und einen Sinn zu haben, weißt du, einen Grund, um morgens aufzustehen. Du hast mir selbst gesagt, das sei wichtig.«

»Es ist wichtig. Gibt es denn schon irgendwelche Anhaltspunkte?«

»Nicht viel. Wir haben keine Papiere zur Identifikation. Wir hoffen auf Fingerabdrücke.«

»Ich habe es so verstanden, dass ihr die Leiche neben der *Falcon* gefunden habt?«

»Ja. Wir hatten gehofft, dass die Crew etwas gesehen oder gehört haben könnte.«

»Geoff sagte, er habe ein Boot in einer Nacht gehört, aber sonst nichts. Ich erinnere mich, seine Nachricht bekommen zu haben.«

»Wir müssen bald etwas finden.«

»Das tust du immer.«

Claire mochte das. Unverhohlene Aufmunterung, genau, was sie brauchte. Es stellte sich heraus, dass sie auch eine Menge an Black mochte. Ein gutes Zeichen unter den verrückten Umständen, in denen sie sich wiederfanden. Sie wollte sicher nicht ihre große Liebe nicht mögen. Das würde es nicht bringen, nicht wahr?

»Also kommst du jetzt gleich her?«

»Bud bringt mich zu meinem Haus, damit ich mich ein bisschen umsehen kann. Vielleicht hilft mir das, mich an ein paar mehr Sachen zu erinnern.«

»Heißt das, du hast dich heute an etwas erinnert?«

»Ja, sogar einiges, aber noch nicht die ganzen Zusammenhänge.«

»Es wird zu dir zurückkommen, Claire. Warum treffen wir uns nicht in einer Stunde oder so in deinem Haus? Ich bringe Abendessen aus dem Two Cedars mit.«

Claire schaute auf die riesige Pendeluhr, die über einer der schwarzen Ledercouchen hing. Sah nach einer französischen Antiquität aus. Woher wusste sie das?, wunderte sie sich, konnte aber ihre eigene Frage nicht beantworten. »Sagen wir in zwei Stunden und es ist ein Date.«

»Okay.« Eine Runde Stille, dann sagte er: »Ich vermisse dich.«

Claire zögerte, aber die Wahrheit war, dass sie über den Tag viel an ihn gedacht hatte, so aufregend es gewesen war, zurück zur Arbeit zu kommen. Sie blickte zu Bud, aber er flirtete immer noch mit Sadie, während sie die makellose und glänzende Marmortheke polierte. »Ich vermisse dich auch.«

»Nun, das gefällt mir schon besser.«

Sein erfreuter Ton brachte sie zum Lächeln, aber sie wurde wieder ernst, als sie sah, wie Bud sie mit einem wissenden Grinsen anschaute. »Okay, ich muss Schluss machen, Black. Ich seh dich später.«

Bud schaukelte mit dem Barhocker vor und zurück. »Sieht so aus, als ob du anfängst, dich mit jedem Mal besser an den alten Nick zu erinnern, hm, Claire?«

»Ja, mag sein«, sagte sie. Aber sie wollte, dass alles kristallklar und detailliert zurückkam. Vielleicht würde sie ihn nie wieder lieben. Oder sie würden sich wieder ineinander verlieben, so wie zuvor, und alles wäre gut. Der Blitz konnte zwei Mal an der gleichen Stelle einschlagen und dieser ganze Blödsinn. Oder nicht, setzte ihr gesunder Menschenverstand hinzu. Und darin lag das Problem, in der Tat ein sehr großes Problem.

10

Je näher sie Harve Lesters Haus kamen, desto aufgeregter wurde Claire. Die Strecke nach Hause war ihr natürlich nicht vertraut, aber Bud zeigte noch auf dies und das und erzählte ihr, was sie wissen musste. Ihr Verstand drehte sich, versuchte, den verfluchten Damm niederzureißen und ihre Vergangenheit raussprudeln zu lassen. Bud bog von der Schnellstraße auf eine enge Kiesstraße und stoppte an einem Sicherheitstor. Er ließ sein Fenster herunter und gab ein paar Nummern ein.

»Erinnerst du dich an Harves Torcode, Claire?«

»Nö.«

»Ich werd ihn für dich aufschreiben, oder Harve kann das machen. Er hat das Tor aufgestellt, weil ein Rudel von Aasgeier-Reportern hier draußen war und dich und Black vor ein paar Jahren verfolgt hat.«

»Erzähl mir von dem Fall.«

»Das war der, wo wir die Soap-Darstellerin unter Wasser in diesem Bungalow in Cedar Bend fanden. Auf der Straße vorhin hast du gesagt, du erinnerst dich.« Er drehte sich zu ihr und schaute sie an. »Klingelt da was bei dir?«

»Ich erinnere mich an das Haus, ein paar andere Sachen, nichts, was es verbindet. Haben wir ihn gelöst?«

»O ja. Wir lösen alle unsere Fälle.« Sein breites Grinsen war zurück. »Wir kennen es nicht anders.«

»Wie ging es aus?«

»Black hat mir gesagt, es sei besser, wenn du dich selbst an die schlechten Dinge erinnnerst.«

Oh, großartig, noch mehr Schlechtes, an das sie sich erinnern sollte. Es schien so, als gäbe es nichts anderes in ihrer Vergangenheit. Was sie sicher nicht quietschvergnügt, selbstbewusst und überglücklich machte. Grauen und Unbehagen schienen jetzt plötzlich angesagt zu sein. »O ja, Bud, hat er mir gesagt. Mein Verstand beschützt mich, lass ihn sein Ding machen und dieses ganze Kopfdoktorgeschwätz.«

»Nun, er kennt sich aus in seinem Metier.« Bud wartete darauf, dass sich die Schranke hob und ihnen erlaubte zu passieren. »Es fängt doch sowieso an, zurückzukommen, richtig? Du kennst Harve, richtig? Vielleicht wird es helfen, mit ihm zu reden.«

»Ja, wir waren Partner in L. A. Das wird klasse, ihn wiederzusehen. Weißt du, sich mit jemandem zusammenzusetzen, den ich tatsächlich kenne.«

Bud fuhr zu einem gepflegten kleinen Besitz ungefähr eine Viertelmeile die Straße hinunter, die entlang des Seeufers verlief. Das Haus lag tiefer als die Straße, die Rückseite sehr nah am Wasser. Vorne war eine kleine abgeschirmte Veranda mit einer amerikanischen Flagge, die neben der Tür mit Fliegengitter im Wind flatterte. Bud schob den Ganghebel auf »Parken«, drehte sich in seinem Sitz und schaute sie an. Sie spürte Zurückhaltung seinerseits. O Gott, was jetzt?

»Claire, erinnerst du dich, was Harve zugestoßen ist?«

Oh-oh. »Was meinst du?«

Mehr Zögern. Er wollte ihr das nicht erzählen, was immer es war. »Er ist jetzt von der Hüfte abwärts gelähmt. Hat im Dienst eine Kugel abbekommen. Er sitzt im Rollstuhl. Aber er kommt gut klar, macht alles, was er gern möchte.«

»O mein Gott, Bud, nein, ich kann mich an nichts davon erinnern.«

»Nun, es tut mir leid, aber ich wollte dich nicht blind da reinlaufen lassen.«

»Nein, nein, du hast das Richtige gemacht«, sagte sie schnell, aber innerlich tat ihr das Herz weh, und sie konnte nicht recht glauben, dass ihr starker, vitaler Mentor beim LAPD von einer Kugel gefällt worden war.

Einen Moment lang koordinierten sie und Bud ihre Pläne für den nächsten Tag, die Untersuchung betreffend, dann kam Harve in seinem motorisierten Rollstuhl heraus auf seine Veranda und rief ihnen ein Hallo zu. Claire war so froh, ihn zu sehen, dass sie Bud ein schnelles Tschüss zuwarf und über den Hof zu ihrem alten Freund lief. Sie beugte sich herunter, umarmte den Kerl fest und wollte nicht mehr loslassen.

»Bud hat mir gerade davon erzählt, dass du angeschossen worden bist, Harve. Es tut mir so leid.«

»Keine Chance, dass du dich daran erinnerst, hm?«

Claire schüttelte den Kopf. Harve sah gut aus, immer noch stark und muskulös von seinem Hanteltraining, das er früher absolviert hatte und offensichtlich noch betrieb. Sein Haar war vielleicht ein bisschen grauer, aber diese stechenden, alles durchschauenden blauen Augen waren dieselben. Er war der beste Detective, dem sie je begegnet war, und ein Partner, auf den sie sich immer hatte verlassen können – im Job und im Privatleben. Er war jetzt in seinen späten Fünfzigern, aber niemand hatte ihr jemals so gut gefallen. »O Gott, Harve, ich bin so froh, dich zu sehen. Die letzten Tage waren so ziemlich verdammt grässlich.«

»Nun, komm schon rein. Joe hat mir gestern einen Apfelkuchen gebracht, und ich wollte ihn mit rüber nach Cedar Bend nehmen für dich und Nick, wenn ich zu Besuch komme. Er steht immer noch auf dem Küchentisch und wartet nur darauf, dass ich das Eis portioniere.«

Claire wurde in diesem Moment bewusst, wie gut es sich anfühlte, tatsächlich jemanden wiederzuerkennen und alles, oder fast alles, über ihn zu wissen. Wie oft hatten sie beide in einem Diner oder Nachtrestaurant zusammen gesessen bei einem Stück Kuchen und einer Tasse Kaffee? Öfter, als sie zählen konnte. Sie folgte ihm ins Haus und schaute sich nach etwas anderem Vertrauten um, aber es machte nicht Klick. »Lass uns hinsetzen und in der Küche reden, Claire. Es tut so gut, dich wieder hier zu sehen, ganz und in einem Stück. Du warst in sehr schlechter Verfassung, als ich dich das letzte Mal gesehen habe. Ich muss ehrlich sein: Du hast mich diesmal in Angst versetzt.«

Claire setzte sich an den Tisch, ihr Herz zog sich beim Anblick Harves im Rollstuhl zusammen, aber er machte einen guten Eindruck und schien sich außerordentlich gut daran gewöhnt zu haben. Harve Lester war nicht der Typ, der sich über irgendetwas beschwerte, besonders nicht sein eigenes Schicksal. Sie sah ihm zu, wie er ein paar Teller und Gabeln aus einem niedrigen Schrank nahm und sie zum Tisch brachte.

»Wenn du das Eis aus der Kühltruhe holst, schneide ich den Kuchen auf.«

»Mach ich.«

Harve schnitt ihnen beiden absolut riesige Stücke ab. Sie machte den Eiskremkarton auf und löffelte gleich großzügige Portionen Eis heraus. Sie hatte Gewicht verloren, jetzt war die Zeit, wieder zuzunehmen. Mit Vanilleeis.

»Also erinnerst du dich nicht an viel, hm?«, fragte er Claire und gab ihr eine Gabel.

»Ich erinnere mich an dich und einige deiner Fälle in Los Angeles, aber das wär's auch schon.«

Harve nahm einen großen Bissen und wischte sich den Mund mit einer Papierserviette ab. »Wie sieht's mit Nick und Bud aus?«

»Offenbar hat mein Gedächtnis sie verschwinden lassen. Aber Gott sei Dank nicht dich. Weil ich dich vor dem Umzug hierher kannte, vermute ich.« Sie nahm ihren ersten Bissen und ihr Magen schnurrte fast augenblicklich aus wahrer Liebe. »Das ist wirklich gut. Wer also ist Joe?«

»Joe sagt, es sei das Rezept seiner Mutter. An ihn erinnerst du dich auch nicht?«

»Nein, und ich bin ihm noch nicht wieder begegnet. Nach und nach treffe ich alle wieder. Ich fange an, mich an Kleinkram zu erinnern. Bei der Arbeit heute kam einiges wieder hoch.«

»Nick hat erzählt, das könne passieren. Er hat auch gesagt, es werde nicht lange andauern.«

»Nun, das sind gute Nachrichten. Wenn du sie glaubst.«

»Schade, dass du Black nicht kennst.«

»Nun, was soll ich sagen? Der Mann behandelt mich wie eine Königin. Ich fühle mich zu ihm hingezogen, aber ich kenne ihn nicht gut genug, um mehr als das zu fühlen.«

»Ihr zwei passt gut zusammen.« Er deutete mit seiner Gabel in Richtung seines Anlegestegs. »Er hat mir das Boot gegeben, das da draußen liegt. Umsonst. Es ist behindertengerecht ausgestattet, damit ich angeln kann. Ich habe so manche Stunde draußen auf dem See damit verbracht.«

Aus dem Küchenfenster linsend, wurde Claire klar, dass er über einen großen, schlanken Cobalt-360-Cruiser sprach, sehr ähnlich anderen Booten, die sie in Cedar Bend gesehen hatte.

»Es wird alles gut werden, Claire. Das ist dir klar, nicht wahr?«

Sie atmete tief ein und sagte: »Warum habe ich meinen Namen geändert, Harve? Ich hieß einmal Annie, nicht? Niemand erzählt mir etwas. Da sind so viele Lücken in der Geschichte, die man mir erzählt hat.«

Fürs allererste Mal schien Harve sie nicht anschauen zu wollen. Sie wartete, wünschte, jemand würde ihr einfach alles erzählen, was sie durchgemacht hatte, es hinter sich bringen und sie damit fertig werden lassen – egal, wie schrecklich es war.

Harve sagte nichts, während er seinen Kuchen aufaß und lehnte sich in seinen Rollstuhl zurück. »Nick wird es dir erzählen, wenn du dich nicht bald daran erinnerst.« Nunmehr ernst, nahm er ihre Hand. »Du hast ein paar harte Zeiten hier unten in Missouri durchgemacht. Ich denke, er befürchtet, es ist zu viel für dich, um alles auf einmal zu verkraften.«

»Es wird sich nicht vermeiden lassen.«

Harves Augen waren freundlich, und sie konnte das vertraute Verständnis in ihnen erkennen. »Verdammt, Claire, vielleicht ändert er seine Meinung. Frage ihn. Verlange es. Ich würde auch nicht gern im Unklaren gelassen werden.«

»Ich denke, das werde ich. Heute Abend. Er soll mich unten in meinem Haus treffen, das wird auch interessant werden. Mein eigenes Haus wird mir sicher vertraut vorkommen.«

Sie fühlte sich mehr und mehr unsicher, Dinge selbst zu durchschauen, sie fühlte sich in ihrem persönlichen, dunklen Kämmerchen eingesperrt, während all ihre Freunde Schlüssel hatten, aber sich weigerten, sie herauszulassen. Sie fing an, sich selbst zu bemitleiden, ein Gefühl, das sie nicht gewöhnt war und nicht mochte.

In diesem Moment entschied Claire, aufzuhören, sich deshalb zu quälen, sich darüber Gedanken zu machen, und mit ihrem neuen Leben weiterzumachen. Immerhin hatte sie ein Leben – nach einem sehr ernsten Autounfall. »Ich erinnere mich an einiges über uns, über L.A., aber eine Menge fehlt. Erzähle mir ein bisschen, und ich werde aufhören, dich mit meinen Problemen zu langweilen.«

»Du warst jung und eifrig und draufgängerisch, als du von der Akademie kamst. Mal sehen, du warst – bist – ein großartiger Polizist. Du wurdest im LAPD mehrmals für Tapferkeit ausgezeichnet. Du liebst die Polizeiarbeit. Der beste Detective, den ich jemals gekannt habe, und ich bin vielen begegnet, jungen und alten.«

»Ich habe vorhin gerade dasselbe von dir gedacht. Aber danke, Harve.« Claire versuchte, alles zu verdauen. »Ich erinnere mich an die Arbeit, die Abläufe. Ich erinnere mich an all das, aber an wenig über mein persönliches Zeug. Du weißt schon, Beziehungen, Gefühle.«

»Vielleicht später am Tag, vielleicht morgen. Du bist zurück an der Arbeit. Konzentriere dich darauf und lass los.«

»Ich denke, ich bin nur frustriert.«

»Nun, sei nicht so streng mit dir. Du hast in den letzten paar Jahren jede Menge durchgemacht.«

»Du wirst mich wahrscheinlich viel sehen in Zukunft, dir viel über meine Angst anhören müssen.«

»Ich bin hier, wann immer du etwas brauchst, Tag und Nacht.«

Claire nickte, drückte die Hand ihres alten Freundes und fühlte sich viel besser. Offensichtlich hatte sie viele Freunde, an die sie sich wenden konnte. Sie musste sich darüber freuen. »Bud sagte, ich lebe nur hier die Straße hinunter. Ich werde das Stück gehen, ein bisschen frische Luft schnappen und mich etwas bewegen. Black trifft mich da.«

»Noch einmal eine Viertelmeile weiter von hier. Nettes, gemütliches, kleines Nurdachhaus mit einer Anlegestelle wie meiner draußen. Ich habe es dir zu Weihnachten überschrieben.«

Das überraschte Claire. »Das ist ein sagenhaftes Weihnachtsgeschenk.«

»Du bist meine beste Freundin.«

»Ich kann es kaum abwarten, da hinunterzukommen. Wenn mir irgendein Ort bekannt vorkommen sollte, müsste es dort sein.«

»Es ist voll mit deinem Kram. Dein Explorer ist in der Garage abgestellt.«

»Ich weiß nicht, ob ich hier draußen bleiben werde. Black will das nicht.« Claire schaute auf die Uhr. »Er ist wahrscheinlich jetzt da. Tigert auf und ab.«

»Ach, ohne dich geht der nirgendwo hin, glaub mir.«

»Ich denke, ich schulde ihm was. Er hat mein Leben gerettet und so.« Sie lächelten sich an. »Ich komme bald zurück, Harve, okay?«

»Du kannst hier ruhig eine Weile wohnen, wenn du einen sicheren Platz zum Pennen brauchst. Ich habe zwei leere Gästezimmer, und ich genieße deine Gesellschaft.«

Claire nickte und dachte, das wäre gar keine schlechte Idee. »Wir haben heute einen neuen Fall reingekriegt. Einen Mord.«

Harve wurde munter. »Willst du mir davon erzählen?«

»Ich vermute, ich habe dir schon öfter etwas anvertraut.«

Er nickte. »Ich helfe dir, wann immer ich kann. Ich bin ziemlich gut mit dem Computer da drinnen.«

»Wir haben eine tote Frau auf einem Unterstand neben Nicholas Blacks Yacht gefunden. Bud sagt, ihr beide habt von da aus gejagt.«

»Ja, ich habe da draußen auch gefischt.«

»Wessen Unterstand ist es?«

»Meiner. Dad hat ihn vor Jahren gebaut, als ich ein kleiner Junge war. Vermute, ich war so zehn. Ich halte ihn in gutem Zustand.«

»Lässt du andere Leute ihn benutzen?«

»Die meisten meiner Freunde. War die Leiche innen versteckt?«

»Nein. Sie war draußen, gegen die Wand gelehnt.«

»Wie ist sie gestorben?«

»Noch nicht sicher. Der Täter hat sie mit irgendeiner Waffe bearbeitet. Es war Overkill, das ist sicher.«

»Du wirst ihn kriegen.«

»Ich hoffe. Der Kerl hat ne Schraube locker.«

Ein beunruhigter Ausdruck zog über Harves Gesicht, und Claire bemerkte es. »Ja, ich höre, ich habe schon vorher mit Irren zu tun gehabt, mehr als ein Mal.«

»Du bist Detective der Mordkommission. Das gehört einfach dazu.«

»Da ist was dran.« Sie nickte, seufzte wieder und stand auf. Sie seufzte oft in letzter Zeit. »Ich denke, ich mache mich jetzt besser mal auf den Weg. Black wird das Schlimmste annehmen. Er regt sich mehr über das alles auf als ich.«

»Komm bald wieder, und ich grill uns ein paar Barsche. Du erinnerst dich an meine berühmten Grillfischessen, oder?«

»O ja, und ich bekomme wieder Hunger, wenn ich nur dran denke.«

Harve streckte seine Arme für eine Umarmung aus, und sie beugte sich hinunter und gab ihm eine lange und von Herzen gemeinte. Wenn schon nichts anderes, so würde sie immer Harve haben, und das ließ sie sich besser fühlen als seit einer ganzen Weile.

Draußen in der frischen Luft startete Claire die Straße hinunter, die zu ihrem ganz eigenen Stück der Welt führte. Es war immer noch heiß draußen, aber über der Straße hing teilweise das belaubte Geäst von Eichen und beschattete den Weg recht gut. Auch dies war ein schöner Platz, mit dem See, der gegen den schmalen, felsigen Strand schwappte. Das Wasser war klar und sanft und gläsern und grün. Sie war abgespannter, als sie zugeben wollte, aus Angst, man würde ihr den halben Tag streichen, und der Ärger des stattlichen Doktors erwartete sie. Sie musste mehr rausgehen, joggen gehen, ihre verspannten Muskeln wieder straff und beweglich bekommen. Ohne Fleiß kein Preis, wie man sagt.

Aber sie war erschöpft und so froh, das Haus zu sehen, als sie die nächste Kurve der Bucht umrundete. Ein seltsames Gefühl des Friedens durchströmte sie. Nicht eben Wiedererkennen, aber ein gutes Gefühl, eine gute Atmosphäre. Sie hatte davon in letzter Zeit nicht allzu viel gehabt, sie begrüßte es von ganzem Herzen.

Der Ort schien verlassen, bis sie eine weitere große Cobalt 360 am schmalen Steg ausmachte. Das Haus sah aus, als wenn es kürzlich hinzugefügt worden wäre, irgendwie modernisiert sah es aus. Dann hörte sie ein schrilles und glückliches kleines Kläffen.

»Hey, Claire! Hier unten!«

Dann sah Claire ihn. Black war draußen im Wasser, etwa zwanzig Meter vom Ende des Stegs. Auch der Kopf eines Hundes dümpelte etwas näher zum Ufer herum. Sie musste lächeln. Ein großer, bärenstarker Mann und sein verweichlichter, aber bezaubernder, kleiner Hund entspannten zusammen nach einem langen Tag auf der Arbeit. Zumindest würde der gute Doktor sie nicht dafür anmachen, zu spät gekommen zu sein. Was sie sehr zu schätzen wusste. Sie schlenderte das kleine Gefälle von der Straße herunter und ging auf den Anlegesteg. »Du fühlst dich wie zu Hause, wie ich sehe.«

»Das Wasser ist großartig«, rief er und machte einen Schwimmstoß auf sie zu. »Komm schon rein.«

»Geht nicht. Ich hab keinen Badeanzug bei mir.« Aber sie war stark in Versuchung. Es war noch mindestens 32 Grad, und das Wasser sah kühl und einladend aus. Und der Doktor auch.

»Dein Badeanzug ist im Boot. Oberste Schublade der Schlafzimmeranrichte. Geh ihn anziehen. Es wird dir guttun, etwas zu schwimmen. Entspann deine Muskeln. Kühl dich ab.«

»Also weiß ich, wie man schwimmt? Frag ja nur.«

Er lachte über ihren Scherz. Sie hatte nicht viele gemacht in letzter Zeit. Er schien ganz zufrieden zu sein. »Ja, kannst du. Du hast es viele Male zum anderen Ufer und zurück geschafft.«

Claire blickte zum gegenüber liegenden Ufer der Bucht. »Dann bin ich ziemlich gut, nicht wahr?« Tatsächlich wusste sie, dass sie schwimmen konnte. Sie hatte den Hotelpool besucht, seit sie aufgewacht war. Sie wollte ihn nur ein bisschen foppen. Immerhin waren sie Lover, und jeder am See wusste von ihnen.

»Also, sag mal, was ist das? Ein Hund oder eine weiße Ratte?«

»Hey, hör auf, den Hund zu beleidigen. Er ist dein größter Verehrer. Er ist ein Zwergpudel. Ich hab ihn dir zu Weihnachten geschenkt.«

»Ehrlich? Und wo ist er gewesen?«

»Er war in der Nähe, bei verschiedenen Angestellten unten. Er hat dich anfangs so vermisst, dass er nicht unter deinem Bett hervorkommen wollte. Als sein Jaulen und Geschrei so schlimm wurde, dass ich am liebsten mit ihm da runter wollte, beschloss ich, ihm einen kleinen Urlaub vom Stress zu gönnen. Du vergötterst ihn nebenbei bemerkt.«

Claire schaute dem kleinen Pudel zu, wie er gerade unter ihr herumpaddelte. Er schaute hoch zu ihr und kläffte wie verrückt. »Wie heißt er?«

»Jules Verne. Ich hab ihn auf einem Trip nach Paris bekommen, deshalb hast du ihn so genannt. Hör auf, Zeit zu verschwenden und zieh deinen Badeanzug an.«

Also, was zum Geier? Es würde guttun, und sie war vollkommen verschwitzt vom Spaziergang. Sie kletterte an Bord des großen, luxuriösen Boots, ging nach unten und fand eine beachtliche Einrichtung vor, eine Küche mit allen Schikanen, eine luxuriöse Sitzecke, ein kleines Schlafzimmer und ein winziges, angeschlossenes Bad. Der Badeanzug, den er erwähnt hatte, war da, in Ordnung, was davon übrig war. Sie hielt den winzig kleinen, itsy-bitsy gelben String-Bikini, der ihr zu denken gab, um es milde auszudrücken. Aber sie hatte sich in genau so einem Badeanzug schon auf einem seiner Fotos gesehen, und sie waren intim miteinander gewesen, oder so war ihr erzählt worden. Er hatte sie vorher schon nackt gesehen, wenn sie ein normales Paar waren. Und gar nicht davon zu reden, was er gesehen hatte, während sie bewusstlos war.

Sie schlüpfte hinein, was zwei Sekunden dauerte. Sie konnte nicht besonders zurückhaltend gewesen sein, wenn sie dieses Ding in der Öffentlichkeit getragen hatte. Blacks Augen fixierten sie, als sie heraustrat, und schwankten nicht – wie ein Laserstrahl auf dem zu bombardierenden Ziel. Leicht verlegen und dem Drang widerstehend, sich mit den gekreuzten Armen zu bedecken, war sie ziemlich sicher, dass sie diese beiden kleinen Fetzen nicht auf einem Ständer mit Badeanzügen ausgesucht hatte.

»Also, du bist eine Augenweide, Detective.«

»Ich habe dieses Ding nicht gekauft, oder?«

»Nö, aber es steht dir gut, glaub mir. Komm schon, geh rein.«

Claire zog in Betracht, einen Zeh einzutauchen und das Wasser zu testen, und dann ganz ladylike hineinzugleiten, aber hey, ihr war heiß. Sie tauchte hinein und hoffte, der Druck würde nicht die Schnüre zerreißen, die den Bikini zusammenhielten. Das Wasser fühlte sich kühl und wunderbar auf ihrer erhitzten Haut an. Sie schwamm unter Wasser und kam dann hoch, irgendwie fühlte sie sich heute wesentlich wohler zusammen mit Nicholas Black. Ja, sie mochte dieses leichte, lässige Geplänkel, das sie hin und her warfen viel mehr als sein Psychoanalysieren. Er schien hier draußen viel zugänglicher zu sein. Er sah auch anders aus, jetzt, da er seine perfekt geschneiderten Anzüge und seine teuren Seidenkrawatten abgelegt hatte. Okay, er gefiel ihr in seiner schwarzen Badehose und der Sonnenbrille, mit seinen schwarzen Haaren ganz glatt aus seiner Stirn nach hinten. Das war auch alles, was er trug, was ihr einen guten Ausblick auf seinen geriffelten Waschbrettbauch und seine muskulösen Schultern verschaffte. Er würde sich ziemlich gut in der Adonis-Kategorie machen, o ja, das würde er. Außerdem schien er ganz locker und entspannt zu sein, und das ewige sorgenvolle Stirnrunzeln war nirgendwo zu finden.

Black und der Hund waren schon neben ihr. Als Jules Verne begann, in aufgeregten Kreisen zu paddeln, machte Black Wasser treten und lachte. Seine Zähne wirkten sehr weiß im Kontrast zu seiner starken Bräune. Gott helfe ihr, aber er war so verdammt sexy. Sie musste sich in den Griff kriegen.

»Hab dir gesagt, es fühlt sich gut an«, sagte er.

»Es ist großartig. Und der Hund ist niedlich. Wünschte, ich könnte mich an ihn erinnern.«

»Also, sag mir, wie war dein Tag? Irgendwelche Sherlock-Entdeckungen gemacht? Jemanden eingesperrt? Den Schlüssel weggeworfen?«

Claire lächelte, aber er war so nah und sie sich seiner Männlichkeit so bewusst, dass sie sich verunsichert fühlte. Sie sollte jetzt besser vorsichtig sein, oder sie würde ihren Kopf überhaupt nicht einsetzen. »Ich habe entdeckt, dass ich einige ziemlich coole Freunde habe. Lässt mich wie eine glückliche Frau fühlen.« Dass er so aufmerksam war, war auch nicht schlecht, aber das sagte sie ihm nicht. Noch nicht.

»Du hast Glück. In vielerlei Hinsicht.« Sein Blick war so initm, so heiß und hungrig, dass ihr Herz flatterte wie das eines jungfräulichen Mädchens. Sie fühlte sich so durcheinander. Die Wahrheit war jedoch, sein Charisma begann, sie herumtaumeln zu lassen wie einen hilflosen und leichtgläubigen kleinen Guppy, der an seiner Angel hing. Warum in aller Welt konnte sie sich nicht an ihn erinnern? Und hey, warum nicht, vielleicht sollte sie einfach ihrem Bauchgefühl folgen. Vielleicht würde sie das schneller auf die Straße der Genesung bringen als alles andere. Aber hier kam die Scherzfrage. Was, wenn sie sich nie mehr erinnerte? Wäre das nicht schlimmer für sie beide?

Glücklicherweise paddelte Jules Verne näher heran, und sie packte ihn als Ablenkung und ließ ihn ihr Gesicht ablecken und mit seinen Beinchen strampeln. Er war so ein niedliches kleines Kerlchen, es war schwer, ihn nicht zu mögen. Das Gleiche galt natürlich für Black, aber die Auswirkungen vom Schmusen mit ihm waren wesentlich gefährlicher. Also, anstatt ihn zu packen und zu sagen *Nimm mich, bitte, und beeil dich,* schwamm sie ein bisschen herum, hielt Distanz und gab vor, dass ihre Hauptsorge Jules Verne galt, und vermied Black und jegliche Art von Haut-zu-glitschiger-Haut-Kontakt.

Ihr Arzt/Lover war kein Spielverderber und spielte auch mit Jules Verne, aber er blieb nah genug, um sie atemlos zu machen. Er brauchte nicht lange, um der Versuchung nachzugeben, die sie so klar in seinen Augen las. Er kam nah heran, und sie konnte ihren Blick nicht von seinem Gesicht lösen, als er sie an seine nackte Brust zog. Der Engel auf Claires rechter Schulter sagte: Uuuh, jetzt, Baby, weiche zurück, steig auf diese erregten Bremsen, aber dann lachte ihr kleiner Teufel nur, und sie wusste, sie würden bei dieser Geschichte hier gemeinsame Sache machen. Sie glaubte ohne Zweifel, dass sie vor dem Unfall ineinander verliebt gewesen waren, schon allein dieser Blick, mit dem er sie anschaute, wie er sie berührte, und die Art, wie sie auf diese Berührung reagierte. Sie wusste auch, es brachte ihn um, sie nicht so zu berühren, wie er es offensichtlich gewohnt war. Das hatte er ihr erzählt. Es war bloß so fremd. Es war, wie mit jemandem innerhalb von Minuten Liebe zu machen, dem man gerade erst begegnet war. Das war nicht ihr Ding, war es nie gewesen.

»Gott, fühlst du dich gut an«, flüsterte er in ihr Haar.

Sexuelle Begierde wirkte beidseitig, selbst mit einem völlig Fremden, fand sie. Er fühlte sich sehr warm und feucht an, mit prallen Muskeln an allen richtigen Stellen, und er war zweifellos froh, sie zu sehen. Okay, ihr Körper erinnerte sich also an ihn, selbst wenn ihr Gehirn es nicht verarbeiten konnte.

»Es hat mir gefehlt, dich so zu halten.« Seine Stimme klang schroff, seine Lippen berührten sanft eine Seite ihres Halses, bis sie wirklich anfingen, ein Zeichen auf ihre Haut zu brennen. Er kannte ihre sensiblen Stellen, o ja, das war unbestreitbar. Sie genoß es eine Weile, schlang ihre Arme um seinen Nacken und ließ sich von ihm über Wasser halten. Die Umarmung wurde enger, schoss dann wie eine Feuerwerksrakete auf eine gefährliche Höhe, und explodierte fast so schnell wie ihre kochenden Hormone.

Claire drückte beide Handflächen gegen seinen bloßen Brustkorb. »Warte, warte«, bekam sie irgendwie heraus, nicht sicher, warum, und nicht sicher, dass sie ihn wirklich stoppen wollte. Zu ihrer mit Enttäuschung vermischten Erleichterung löste er seinen Griff sofort und trat zurück. Er drehte sich um und schwamm ein paar Meter von ihr weg. Dann rief sie ihm hinterher: »Es tut mir leid. Es ist noch zu früh. Sei nicht böse.«

Eine Minute später war er wieder neben ihr und trotz allem anscheinend unbeschadet. Das war mehr, als sie von sich behaupten konnte. »Ich werde dich nicht zwingen, Claire. Du hast genug durchgemacht. Die Dinge werden sich bald wieder normalisieren, ich kann so lang warten. Dein Geist muss heilen. Ich werde dir das nicht wieder antun.«

Jede Faser in Claires Körper drängte sie dazu, wieder in

seine Arme zu schwimmen, und sie fühlte sich plötzlich sehr allein. Die Gefühle, die sie durchliefen, waren weder angenehm, noch entspannend, sie waren nur verstörend. O Gott, wann würde sie sich endlich an ihn erinnern?

Jesses Girl

Achtzehn Tage nach dem Unfall

Nach diesem ersten Mal alleine mit Annie schlich sich Jesse zum Penthouse hoch, so oft er damit ungestraft davonkommen konnte. Monica hörte schließlich auf, Einspruch zu erheben, weil sie dachte, er könnte es nicht erwarten, sie zu sehen, die dämliche Schnalle. Wenn Nicholas Black arbeitete, besuchte niemand sonst Annie. Sie kamen nur abends, wenn er bei ihr saß. Jesse war allerdings übervorsichtig mit Black, weil Monica recht hatte, er kam oft unerwartet in ihr Zimmer und setzte sich neben Annies Bett. Einmal erwischte er Jesse dort fast, aber Jesse ging schnell ins angrenzende Badezimmer und lauschte allem, was er sagte.

Nicholas Black blieb lange Zeit bei ihr, plauderte über Dinge, die sie zusammen gemacht hatten, als sie wach war und ihn hören konnte. Es war unheimlich, dabei zuzusehen. Blacks unmittelbare Nähe zu ihr und einige der Dinge, die er während des Gesprächs enthüllte, waren fast mehr, als Jesse ertragen konnte. Annie hatte Sex mit Black. O Gott, Jesse konnte nicht ertragen, das zu hören. Das Bild der beiden zusammen sandte die explosive rote Wolke der Wut kochend hoch in seinen Kopf und setzte sein Gehirn in Flammen. Seine Fäuste ballten sich hart, seine Zähne brachen fast ab, da er so heftig damit knirschte. Wie er Nicholas Black hasste, er hasste ihn so sehr. Er konnte sich kaum davon abhalten, sich hinter ihn an seinen Platz am Bett zu schleichen, ihn zu erschlagen, dann seinen Kopf als Souvenir abzuschneiden und seine Leiche zu verbrennen.

Und er würde es tun. Eines Tages würde er es genau auf diese Weise tun. Aber jetzt gerade konnte er es nicht riskieren. Black war auf seinem eigenen Territorium mit einer Menge Sicherheitspersonal überall. Und Black war viel größer und stärker als Jesse und durchaus in der Lage, sich selbst zu verteidigen. Aber Annie war hilflos – in Blacks Klauen, an ihr Bett geschnallt, und nun musste Jesse sich einen Weg einfallen lassen, sie zu retten, sie von diesem Teufel, der sie als Geisel hielt, wegzubekommen.

Einmal, als er darauf wartete, dass Monica Feierabend machte und nach unten ins Restaurant kam, gab er den Sicherheitscode am Fahrstuhl ein. Er trug ein Tablett, um den Wachmann zu täuschen, und fuhr alleine hoch. Er sah Monica, wie sie Annies dreckige Bettwäsche den Flur hinuntertrug. Sie hörte nicht, wie sich der Fahrstuhl öffnete, also lief er auf Zehenspitzen den Flur hinunter zu Annies Tür und drückte sie auf. Annie lag bewegungslos im Bett, sehr klein und leblos, nicht anders als letztes Mal, als er sich ins Zimmer geschlichen hatte. Nicholas Black war auch im Raum. Aber er lag auf einer gepolsterten Chaiselongue auf der anderen Seite des Raums, seine langen Beine baumelten vom Ende. Er hatte einen Arm über seine Augen gelegt. Er schlief. Jesse lauschte und konnte seine gleichmäßigen Atemzüge in dem stillen Zimmer hören.

Jesse wartete ein paar Minuten, er zögerte, sich dem Bett zu nähern, beobachtete, wie sich der Brustkorb des Mannes in regelmäßigem Rhythmus hob und senkte. Dann konnte er sich einfach nicht beherrschen. Er musste näher heran, er musste Annie wieder berühren. Er bewegte sich geräuschlos über den Boden, duckte sich genau hinter Annies Bett, außerhalb Nicholas Blacks Sicht. Er wartete noch etwas ab, aber nichts geschah. Er wollte mit ihr sprechen. Zu ihr sprechen, so wie Black das machte. Black unterzog sie einer Gehirnwäsche, erzählte ihr Sachen, die sie in ihr Unterbewusstsein aufnehmen würde und sie dazu brächte, ihn zu lieben. Aber es würde nicht klappen. Dieses Spiel könnten auch zwei spielen.

Jesse zog sich etwas höher, näher an Annie heran, und nahm Annies Hand. Er leckte sie. Dann glitt seine Hand in den Halsausschnitt ihres Umhangs und drückte ihre Brust. Es war so weich und ließ ihn sich wundervoll und glücklich fühlen. Er drückte seinen Mund auf ihren, leckte mit seiner Zunge ihre Lippen entlang und ihre Wange hinunter bis unter ihr Kinn. Er war so beeinträchtigt durch ihre Nähe, dass er das Stöhnen, das tief aus seiner Kehle kam, nicht unterdrücken konnte. Noch immer passierte nichts. Black schlief weiter. Annie schlief weiter. Also legte Jesse seinen Mund nah an Annies Ohr. Er leckte es eine Weile innen und außen, genoss den Geschmack ihrer Haut, den Geschmack von Seife und Wasser. Dann begann er, ihr zuzuflüstern, erzählte ihr vom letzten Mal, als sie zusammen waren.

Als sie sich plötzlich bewegte, nur ein winziges Zucken, war er so erschrocken, dass er zurückwich, schnell zu Black schaute, ob er aufgewacht war. Aber dann verfiel sie wieder in absolute Bewegungslosigkeit, und er leckte ihre Stirn und ihre Augenbrauen. Dann auf einmal gab sie einen kleinen dumpfen Schrei von sich und begann, schwach gegen die Bandagen anzukämpfen, mit denen sie ans Bett geschnallt war. Er sprang zurück und versteckte sich hinter den langen Vorhängen, die die Sonne aussperrten, als Nicholas Black emporschoss und zum Bett rannte.

Jesses Herz hämmerte in seinen Ohren. Wenn Black ihn jetzt fände, würde er ihn wiedererkennen, trotz der Tarnung, die Jesse angenommen hatte. Und wenn er das täte, würde er ihn wieder zusammenschlagen, genau so, wie er das das letzte Mal getan hatte, als er ihm begegnet war. So stand Jesse, wo er war, vor Angst erstarrt, weil Black nicht wieder zur Couch zurückging. Stattdessen setzte er sich in den Lehnstuhl neben dem Bett, nahm eine Akte und begann zu lesen. Jesse bewegte keinen Muskel, er wagte es nicht. Mit der Zeit jedoch nickte Black wieder ein, Gott sei Dank, seine Lesebrille immer noch auf der Nase.

Schließlich konnte Jesse gefahrlos herauskommen. Er zog sich Richtung Flurtür zurück, aber dann öffnete Annie plötzlich die Augen. O mein Gott, sie war endlich wieder wach! Und zwar seinetwegen. Seine Stimme hatte sie zurückgebracht, er wusste es. Nicht Blacks – seine. Das bewies, dass er Annies einzig wahre Liebe war.

Dann fing sie an zu kämpfen, an ihren Fesseln zu reißen, und Jesse bewegte sich in den Schatten gegen die Wand. Black erwachte und kam auf die Beine. Er rief ihren Namen, versuchte sie zu beruhigen, aber sie schrie, rief, er solle sie loslassen. Black rief nach Monica und begann die Gurte zu lösen. Jesse wagte nicht, länger zu bleiben. Als Monica in den Raum rannte, schob er sich im Schatten vor und verschwand schnell nach draußen in den Flur, aber er wartete dort und horchte, was sie sprachen.

In seinem Herzen war er berauscht. Oh, Annie, sein Liebling Annie, sie war zurück. Sie war zu ihm zurückgekommen, weil sie ihn liebte. Das gerade, als er sich geschworen hatte, auf sein Leben geschworen, dass Black sie nicht behalten würde. Nie. Black würde sterben müssen, oder sie wäre nie frei von ihm. Das war der exakte Moment, als er begann, Nicholas Blacks frühzeitiges Ableben zu planen. Und er konnte es nicht erwarten. Konnte es nicht erwarten, sein Fleischerbeil zu nehmen und Blacks Kopf von seinem Körper zu trennen. Und er würde ihn auf einem Spieß aufbewahren, wie sie es in der guten alten Zeit in England gemacht hatten, sodass Annie nie wieder vor Nicholas Black Angst haben müsste.

11

Das ausgelassene Treiben im See bei Claires Steg dauerte nach ihrer intimen Umarmung nicht mehr lange. Ein paar Minuten später zog Claire sich an der Schwimmplattform des Bootes hoch und nahm sich eins der schwarzen Strandbadetücher, die Black dort gelassen hatte. Sie wickelte sich ein, setzte sich, trocknete ihr Haar und schaute zu, wie Black seinen adonisgleichen Körper aus dem Wasser hievte und sich abtrocknete. Sie wendete ihren Blick ab. Er würde keine weiteren sexuellen Annäherungsversuche machen, also sollte sie auch besser keine wollen.

Jetzt abgetrocknet, drehte sich Black zu ihr, eins seiner schwarzen Handtücher um den Hals gelegt. Er trainierte, richtig, daran bestand kein Zweifel. Er hatte genug sonnengebräunte Muskeln um einen Rettungsschwimmer aus San Diego neidisch zu machen. Sie fühlte sich jetzt auch von ihm angezogen, genau wie sie sich offensichtlich von ihm angezogen gefühlt hatte, als sie ihm das erste Mal erlegen war. *Also, verschont mich jetzt, Hormone.* »Ich habe mich heute an eine Menge erinnert«, erzählte sie ihm und lenkte ihre dummen Gedanken in eine andere Richtung.

»Ja? Nun, das ist gut. Genau, was wir uns gewünscht hatten.« Er schaute auf sie hinunter, als ob er wirklich glücklich wäre, das zu hören, und ließ es dann fallen. Vielleicht war er nicht in Stimmung zum Seelenklempnern gerade. Vielleicht machte er um fünf Uhr Schluss und untersuchte danach keine Köpfe mehr. »Bist du so weit, nach Hause zu fahren und etwas zu essen?«

Oder vielleicht war er nur hungrig. »Ich denke, ich würde erst gern in mein Haus gehen und herumschauen. Sehen, ob das etwas bringt.«

Black bückte sich rüber, fischte Jules Verne aus dem Wasser und wickelte den herumzappelnden Hund in ein Handtuch. »Okay, lass mich diesen Köter trocken kriegen, und wir machen das.«

Sie zögerte, Claire war es wirklich verhasst zu sagen, was jetzt folgte. »Ich denke, ich sollte dieses erste Mal allein hineingehen. Hast du etwas dagegen?«

Sie wartete und achtete auf Anzeichen von Verletztheit oder Missbilligung, aber er drehte nur seinen Kopf und zeigte ihr sein Mörderlächeln. »Das ist keine schlechte Idee. Die Tür ist schon aufgeschlossen und die Alarmanlage abgeschaltet. Ich werde mit dem Hund hierbleiben. Ruf mich, wenn du mich brauchst.«

Nun, Black wollte sich zurückhalten, genau wie er gesagt hatte. Sie mochte das. Oder sie mochte das nicht. Aber sie verließ ihn, als er zurück ins Wasser abtauchte und mit einer sehr gemessenen und geübten Kraultechnik weg vom Anlegesteg strebte. Vielleicht hatte er so all diese straffen Bauchmuskeln bekommen.

Wie sich herausstellte, bevorzugte Jules Verne Claires Gesellschaft, er trottete hinter ihr den Steg hinunter, den leichten Anstieg hoch und hinauf auf die Veranda. Jules sprang hoch, wedelte mit seinem Schwanz und stützte seine Vorderpfoten gegen die Vordertür, als ob er sich freute, zu Hause zu sein. Claire griff nach dem Knauf.

Die Tür öffnete sich leicht. Jules stieß sie fast um, als er hineinstürmte. Sie ließ ihn vorbei, ging dann hinein und starrte in dem Heim herum, von dessen Existenz sie nicht gewusst hatte. Nun, okay, sie hatte da ein ziemlich gemütliches kleines Nest für sich allein. Beigefarbene Sofas, Großbild-Plasma-TV an der Wand, und zu guter Letzt ein großer Whirlpool in einer Fensternische mit halb abgebrannten Vanilleduftkerzen auf dem Fensterbrett. Sie konnte sie noch riechen. Nun, das war ja wohl ein toller zusätzlicher Pluspunkt. Etwas sagte ihr, dass sie und der gute Doktor da draußen so manches unterhaltsames Zwischenspiel in diesem großen, sprudelnden Whirlpool verbracht haben könnten, wahrscheinlich auch einige auf der Couch. Sie begann, sich nach einer leidenschaftlichen Wiederaufführung zu sehnen, wohl wahr, aber eins nach dem anderen. Besser den Kerl vorher kennenlernen. Nur für den Fall, dass all das ein großer Schwindel und ein Komplott war, um sie ins Bett zu kriegen. Ja, ganz bestimmt. *Als ob Nicholas Black Hilfe bräuchte, um Frauen ins Bett zu bekommen,* dachte sie. Oder vielleicht war das alles eine Episode aus einer dämlichen Reality-Show wie *Big Brother* oder *The Truman Show.* Ja, sie erinnerte sich an Reality-Shows und Filme, aber nichts persönlich Maßgebliches, und das ging ihr langsam ganz mächtig auf die Nerven.

Aber, das erste Mal, seit Claire ihre Augen geöffnet hatte und sich an ein verdammtes Krankenhausbett geschnallt wiederfand, fühlte sie sich eindeutig zu Hause, gänzlich, gemütlich zu Hause in ihrem eigenen Haus. Es war sehr ruhig, kein Geräusch, keine Leute, keine Ansprüche. Sie fühlte sich, als ob sie genau da wäre, wo sie hingehörte. Die überaus wohltuende Wahrnehmung von Gleichmut, Sicherheit, Glück, innerem Frieden – all diese Dinge – ließ sich allmählich in ihrer zerrissenen, andauernd nach der Wahrheit suchenden Seele nieder. Hier gehörte sie hin, nicht in Blacks riesiges und prächtig ausgestattetes Penthouse. Nicholas Black würde das nicht gefallen, aber so fühlte sie nun mal.

Claire schnüffelte ein bisschen herum, suchte nach dem Schlüssel, der ihre aufsässigen Speicherbänke freischalten würde und/oder nach irgendetwas, das überhaupt vage bekannt aussah. Sie war vielleicht zur Arbeit gegangen wie an jedem anderen Tag auch, ohne Befürchtung oder Ahnung, dass sie für die nächsten drei Wochen ihres Lebens bewusstlos enden würde. *Wie schrecklich,* dachte sie, *aber Polizisten sind dieser Art von Gefahr tagtäglich ausgesetzt.* Mit der Zeit würden alle Gründe und Umstände enthüllt werden, und sie würde verstehen. Sie musste nur auf Blacks Behandlungsmethode vertrauen, der Natur ihren Lauf zu lassen. Aber sie war von der ungeduldigen Sorte, und sie war des Wartens schon müde.

Nicholas Black wartete eine Weile, schwamm ein paar Runden vor dem Steg, aber er war begierig darauf, hineinzugehen und zu sehen, wie Claire auf den Anblick ihres eigenen Hauses, das sie so liebte, reagierte. Er war sie zu hart angegangen vorher, und so sehr er sich danach sehnte, sie zu berühren, er würde diesen Fehler nicht noch einmal begehen. Sie hatte recht. Sie brauchte Zeit zu gesunden. Er hatte an sich selbst gedacht und nicht an sie. Er konnte das nicht tun und erwarten, dass sie auf ihn einging.

Trotz seiner guten Absichten kam er nach ungefähr einer halben Stunde heraus, trocknete sich ab und ging Richtung Haus, das schwarze Handtuch hing immer noch um seinen Hals. Er öffnete die Fliegengittertür und fand sie alleine im Wohnzimmer stehend, sie starrte einfach in die Küche.

»Gute Nachrichten?«, fragte er und erschreckte sie mehr, als er beabsichtigt hatte.

»Ich fühle mich gut hier drin. Das ist zu Hause. Hier gehöre ich hin.«

Aus dieser Reaktion jetzt machte er sich nicht besonders viel. Jedoch achtete er darauf, seinen Ausdruck neutral zu halten. »Das ist gut. Es ist dein Heim. Du lebst abwechselnd hier und draußen in Cedar Bend mit mir.«

Ein brandneues und übergroßes Problem bahnte sich zwischen ihnen an, fast greifbar in seiner Tragweite. Tatsächlich so konkret, dass Black das Gefühl hatte, die Hand ausstrecken und die Spannung greifen zu können. Sie atmete tief ein und schien zu zögern, seine Gastfreundschaft so schroff abzulehnen, aber sie tat es trotzdem. »Ich denke, ich möchte von jetzt an hier draußen bleiben.«

Noch mehr Einfälle, die er nicht mochte, jedoch achtete er darauf, keine Reaktion zu zeigen. Sein Training half ihm dabei, eine Gabe, die er Jahre zuvor entwickelt hatte. Aber getrennte Wohnbereiche waren zur Zeit keine gute oder sichere Idee. »Fein. Wir können hier wohnen, wenn dir das hilft.«

Claire zögerte und schaute gereizt. Er kannte sie so gut, ihre Mimik, ihre Wünsche, ihre Gefühle. Was sie meinte, war, dass sie allein leben wollte, aber sie traute sich nicht, einfach zum Schlag auszuholen und ihn rauszuschmeißen.

Also sagte sie nichts. Sie würden das genau besprechen müssen, weil er sie todsicher nicht allein in solch einer abgelegenen Gegend wohnen lassen würde. Noch nicht.

»Wie lange habe ich hier gewohnt?«, fragte sie ihn plötzlich.

»Seitdem du aus L.A. hergezogen bist. Zumindest hat Harve mir das erzählt.«

»Es ist sehr friedlich, nicht wahr, Black? Keine Menschen in der Nähe. Keine Boote oder Unruhe rund um die Uhr. Nur das Geräusch des Wassers, das gegen das Ufer schwappt, und die Vögel, die in den Bäumen singen.«

»Genau deshalb hast du dich entschieden, hier draußen in den Wäldern zu wohnen. Zusammen mit dem Umstand, dass dein bester Freund nur die Straße hinunter wohnt.«

Claire starrte ihn an, auf das Handtuch um seinen Hals, sie sagte nichts, aber er musste wissen, was sie dachte und fühlte. Sie machte sich außerordentlich gut. Er hätte sich niemals träumen lassen, dass sie so schnell wieder bei der Arbeit sein würde. Aber sie war schon immer körperlich stark gewesen, und hatte einen sogar noch stärkeren Geist und Willen.

»Was?«, fragte er, als sie ihn weiter anstarrte. Sie war so wachsam, so misstrauisch, genau, wie sie ganz zu Anfang gewesen war. Es würde ein langer, mühsamer Weg werden, sie wieder zurückzubekommen, aber er würde ihn auf sich nehmen.

»Du bist ein Spitzenpsychiater, nicht wahr, Black?«

»Es läuft ganz gut.«

»Du weißt, dass ich das bewundere und zu würdigen weiß, was du für mich getan hast, ja?«

O Gott, das hörte sich an, wie der Anfang eines »Lieber John«-Briefes, falls er jemals einen gehört hatte. »Ja. Und?«

»Nichts. Ich denke nur, du bist ein guter Kerl, dass du mir so hilfst. Deine ganze Zeit damit verbringst, dich um mich zu kümmern, weißt du, das alles. Also, ich danke dir.«

Nun, das erfreute ihn, aber er machte sich immer noch Sorgen, dass sie dabei war, ihn möglichst leise und schmerzlos abzuservieren, bis zum Aufprall. »Du bist selbst etwas ziemlich Besonderes, Claire. Und ich liebe dich. Das sollte eine Menge erklären.«

Sie starrten sich noch etwas gegenseitig an, tanzten weiter um das große unausgesprochene Problem herum. Aber Black hielt sein Wort. Er versuchte sie nicht zu berühren; er kam zur Sache. »Ich denke, du bist jetzt stark genug, um mit ein paar Therapiesitzungen zu beginnen. Mal sehen, ob ich dich nicht so weit unterstützen kann, ein paar von den Erinnerungen freizulassen, die dein Geist offensichtlich blockiert.«

Ihr Gesicht hellte sich auf, und sie nickte. »Es ist das Wieder-arbeiten-Gehen, denke ich. Es lenkt mich von anderen Dingen ab. Entspannt mich.«

»Anscheinend. Aber andererseits, du hast deinen Job immer geliebt.« Doch er fragte sich, wie viel er ihr offenbaren sollte. Was könnte sie zurück in einen Schockzustand versetzen, in dem ihr Geist unfähig war, all die erlebten schrecklichen Tragödien zu akzeptieren? Er glaubte jetzt langsam, dass sie an einem selektiven Erinnerungsverlust litt. Sie blockte sich selbst von allem ab, von dem ihr Geist wusste, sie könnte es noch nicht aushalten. Er musste ausgiebig darüber nachdenken, welchen Weg er einschlagen wollte, ohne ihren Zustand zu verschlimmern und/oder sie dazu zu veranlassen, auf eigene Faust zu verschwinden und sich an einem sicheren Ort zu verstecken. Sie hatte das einmal getan. Sich versteckt und für ein ganzes Jahr alles hinter sich gelassen. Sie könnte es wieder tun. Er wollte nicht, dass das passierte. Er lief auf Zehenspitzen in ihrem Kopf herum, fällte Entscheidungen, und das machte ihn unglaublich nervös.

»Also ist es okay, heute Nacht hierzubleiben?«, fragte sie ihn schließlich.

»Sicher. Ich liebe es hier draußen.«

Black sah ihren Blick nach oben zum Schlafraum im Loft. Er wusste, was sie dachte, aber sie sagte nur: »Musst du nicht nach Hause und ein paar Sachen packen?«

Black versuchte, nicht zu lächeln. »Ich habe ein paar Sachen und Rasierzeug hier – für alle Fälle. Wie ich schon sagte, wir ziehen oft hin und her. Welcher Ort auch immer für den Moment praktischer ist. Ich wollte schon lange, dass du ganz bei mir einziehst, aber du wolltest das Haus nicht aufgeben. Kann nicht sagen, dass ich dir einen Vorwurf mache. Es ist ein großartiger Platz.«

»Jetzt, da ich ihn gesehen habe, verstehe ich, dass ich ihn nicht aufgeben wollte.«

»Alles wird sich bald klären, Claire.« Und Gott, er hoffte höllisch, dass es das würde. Und wenn es passierte, könnte die Hölle losbrechen, und er musste sie auf diese Möglichkeit vorbereiten. Ihr Leben war von Kindheit an alles andere als einfach gewesen, und es gab eine Menge übler Dinge, von denen sie ihm offensichtlich nichts erzählt hatte. Die Tatsache, dass sie Violine wie eine Konzertviolinistin spielen konnte, zum Beispiel. Er musste irgendwo mit ihr anfangen, also beschloss er, Fragen zu benutzen, um in ihr Unterbewusstsein zu dringen.

»Erzähl mir von dem Ort, wo du gelernt hast, so Geige zu spielen, Claire.«

Überraschung, dann ein schnelles Stirnrunzeln, gefolgt von einem leichten Schulterzucken. »Hier und da, vermute ich mal. Ich wurde zwischen vielen Pflegestellen herumgereicht, als ich ein Kind war.« Sie schaute ihm direkt in die Augen. »Davon hast du nichts gewusst, nehme ich mal an.«

»Ich wusste von den Pflegefamilien, aber ich wusste keine Einzelheiten. Du hast nie bestimmte erwähnt.« Und auch John Booker hatte das nicht, sein Privatdetektiv, als er ihn in ihrer Vergangenheit herumwühlen ließ, nachdem er ihr erstmals begegnet war. Er bekam eine Menge beängstigendes Material zu dieser Zeit, aber nichts über die Violine.

»Das ist keine große Sache. Deshalb habe ich es wahrscheinlich nicht erwähnt.«

»Hast du eine von den Pflegefamilien gemocht?«

»Die mochte ich nicht. Gewöhnlich schlugen sie mit einer Fliegenklatsche auf meinen Kopf, wenn ich eine Note nicht traf. Deshalb spiele ich so gut, vermute ich.«

Black runzelte missbilligend die Stirn. Er konnte nicht anders. »Also spielst du genauso gut Klavier?«

»Ich denke Ja.«

»Wo waren diese Leute, die dich schlecht behandelt haben?«

»In Louisiana. Ein paar lebten um Baton Rouge herum. Ein paar näher an New Orleans. Von der letzten rannte ich schließlich weg. Ich fand eine Familie, die mich aufnahm, und da blieb ich, bis das Jugendamt mich wieder fand. Die LeFevres waren cool, aber der Staat hat mich ihnen weggenommen und mich zu einer Familie oben in Lafayette gesteckt.«

Schockiert von ihren beiläufigen Enthüllungen, von denen er nie zuvor gehört hatte, setzte sich Black auf die Couch. Er war aus New Orleans, und er und Claire waren einmal zusammen dort gewesen. Zu der Zeit hatte sie sich verhalten, als ob sie nichts über die Gegend wusste. Warum? »Setz dich, Claire. Du wirst dich wohler fühlen.«

Sie nahm seinen Rat nicht an. Sie tigerte auf und ab, berührte Sachen, schaute Dinge an, so wie sie es am ersten Tag in seinem Büro gemacht hatte. Sie fühlte sich unwohl oder war nervös. Oder beides. Wahrscheinlich beides.

»Hat eine deiner Pflegefamilien in den Bayous gelebt?«

»Ja, die LeFevres wohnten da. Nicht die, die mich zwangen, Musikunterricht zu nehmen.«

»Also spielst du beides – Klavier und Violine?« Er konnte einfach nicht glauben, dass sie eine versierte Musikerin war.

»Ich bin besser auf der Geige.«

Black dachte darüber einen Moment nach. Sie fühlte sich eindeutig wohl damit, jetzt Hintergrund zu offenbaren, von dem er nie zuvor gehört hatte, und er legte, seit sie sich begegnet waren, großen Wert darauf, so viel wie nur irgend möglich über sie zu erfahren. Hatte sie das aus einem bestimmten Grund zurückgehalten? Oder hatte ihr Geist einige unangenehme Dinge blockiert, die ihre Kopfverletzung wieder hochgeholt hatten?

»Weißt du, ich mochte es dort unten in den Bayous. Sie wohnten in einem großen weißen Haus, und sie hatten auch ein klasse Hausboot.« Sie runzelte die Stirn. »Das Beste an ihnen war, dass sie ein paar Kinder hatten, mit denen ich spielen konnte. Der Junge, Gabe, war richtig cool. Ich war ein richtiger Wildfang damals. Es war also nicht so schlecht, da zu leben.«

»Also hast du es gehasst, die LeFevres zu verlassen?«

Claire blickte finster. »Klar, sie mussten mich da rauszerren – Gabe hing am Rücken meines T-Shirts. Es war ziemlich brutal.«

Black beobachtete sie genau. Claire hatte sich im Bayou unruhig verhalten, als sie gemeinsam dort gewesen waren, sie hatte sogar Angst davor. Etwas sehr Seltsames ging hier vor. Er sah, wie sie sich hinsetzte und sich mit den Fingerspitzen die Schläfen massierte. »Ich bekomme Kopfschmerzen«, sagte sie. »Aber weißt du was? Ich denke, ich werde einfach mal vergessen, wie eigenartig das alles ist, und es einfach nehmen, wie es ist. Weißt du? Das Unbekannte annehmen. Aufhören, zu versuchen, es zu bekämpfen, Sachen nicht erzwingen. Nur rumhängen und es hinnehmen.«

Nun, das konnte Black akzeptieren. Ihre Probleme lagen tiefer, als selbst er wusste, und er dachte, er wüsste alles über sie. Gott, er wusste genug über ihre quälende Kindheit. Sie sagte, sie mochte diese Pflegeeltern. Vielleicht ließ ihr Geist nur die überwiegend guten Dinge heraus und nicht viel anderes. Sogar einige Erfahrungen, über die sie früher nicht mit ihm gesprochen hatte. Im Augenblick war sie erschöpft und hatte Kopfschmerzen, es war Zeit, sie ausruhen zu lassen.

»Hast du Hunger?«, fragte er sie. Essen schien ein sicheres Thema bei ihnen zu sein, und sie musste essen. Sie war spindeldürr.

»Zufällig bin ich am Verhungern.«

»Das hat wahrscheinlich etwas mit deinen Kopfschmerzen zu tun.« Er schaute herum. »Ich habe Grillhähnchen und Brötchen mitgebracht. Hört sich das gut an? Es ist unten im Boot. Ich vermute mal, du hast nicht viel zum Essen da. Normalerweise jedenfalls nicht. Du hasst Kochen.«

»Ich weiß.«

»Ja?«

»Fiel mir gerade ein. Aber zur Not kann ich's, und es schmeckt annehmbar. Ich mag nur einfach die Tätigkeit an sich nicht, das ist alles.«

»Wie wär's, wenn wir heute Abend einfach nur ausspannen? Vielleicht einen Film anschauen. Wir haben ein paar DVDs da in der Schublade, die wir noch nicht angeschaut haben. Wir können uns einfach zurücklehnen und unser Zusammensein genießen. Keine weiteren Fragen, keine Ansprüche, keine Versuche, zu erinnern. Nur ein netter, ruhiger Abend zusammen, ohne etwas zu tun. Du und Jules Verne und ich.«

Zu seiner Überraschung stiegen Tränen in Claires Augen. Claire Morgan war niemand, der weint, nicht einmal annähernd. Aber jetzt hatte sie Gefühlsausbrüche und -schwankungen. »Tut mir leid, das klingt nur so gut, so gewöhnlich, so normal, und ich habe mich in letzter Zeit nicht normal gefühlt.«

»Okay, wir werden heute Nacht hier sitzen und überhaupt nichts tun. Schau, ich gehe runter und hole das Essen. Danach sitzen wir nur rum und tun, wonach uns ist. Kein Druck. Keine Sorgen. Niemand wird dich drängeln.«

Und genau das taten sie. Und es klappte sehr gut. Sie

aßen, schauten einen Film namens *Die große Chance* an, der sie ein paar Mal zum Lachen brachte, und dann bot Black an – entgegen jeder Faser seines Körpers und seinem Verlangen –, auf der Couch unten statt oben bei ihr zu schlafen. Claire kletterte mit Jules an ihren Fersen ins Loft zu dem riesigen breiten Doppelbett, das sie kurz nach ihrem Kennenlernen gekauft hatten. Er lag wach und elend da und hörte zu, wie sie mit dem Hund kuschelte und ihn liebkoste, und wünschte sich, mit ihm zu tauschen. Er warf sich herum, wälzte sich und brummelte ein paar ausgewählte Flüche in sich hinein, aber er ging nicht nach oben. Nein, verflucht, er ging nicht nach oben, verdammt noch mal, aber er wollte gern, so sehr, wie er noch nie etwas in seinem Leben gewollt hatte.

12

Oben im Loft versuchte Claire, sich auf ihren Fall zu konzentrieren, was sie besser tun sollte, statt ihr gelöschtes Gedächtnis zum Gehorsam zu zwingen. Das könnte eine nette Abwechslung sein von der mentalen Brechstange, mit der sie ihr Großhirn bearbeitete.

Lass die Dinge ruhen, liege rum, mach es dir bequem und fühl dich sicher und entspannt – dann würden einige Erinnerungen hochkommen und sie erleuchten wie eine Botschaft Buddhas.

Sie konnte anstellen, was sie wollte, Claire kam auf nichts Hilfreiches oder Augenöffnendes bezüglich des totgeprügelten Opfers, und das würden sie wahrscheinlich auch nicht, bis sie die Identität der Frau festgestellt und ihre Familie und ihre Freunde befragt hatten. Sie und Bud würden sich dem als Erstes morgen früh widmen. Um Mitternacht stand sie auf, lugte über die Balkonbrüstung und sah Black hingestreckt auf dem Sofa, er sah zu groß dafür und sehr unwohl aus. Das nächste Mal würde sie das Sofa nehmen, und er könnte das Bett haben.

Schließlich fiel sie in einen Schlaf, so ruhelos wie Blacks, und als sie das nächste Mal aufwachte, war es taghell, und Black war in der Dusche gegenüber dem Schlafzimmer. Sie setzte sich auf und nahm den Wecker vom Nachttisch. Er zeigte sechs Uhr an. Als Black aus dem Badezimmer kam, hatte er ein paar Khakishorts und ein schwarzes T-Shirt mit dem Logo der New Orleans Saints aus Goldfolie auf der Vorderseite an.

»Ich muss mich aufmachen. Einer meiner Patienten flippt wegen eines bösen Traums aus. Ich muss sofort zurück und ihn beruhigen.«

»Okay.«

Dann wartete sie darauf, dass er sie aufforderte, aufzustehen und mit ihm zu kommen, und sie rebellierte innerlich und formulierte schon Gründe, warum nicht, aber wie sich herausstellte, brauchte sie sie nicht.

»Ich vermute, du gehst heute wieder arbeiten, richtig?«

Sie nickte erleichtert. »Bud kommt vorbei, und wir werden Nachforschungen über die vermisste Frau anstellen und mit dem Polizisten reden, der den Anruf bearbeitet hat. Schauen, ob irgendjemand die Kleidung des Opfers identifizieren kann.«

»Nun, sei vorsichtig. Ducken und ausweichen, du weißt ja, wie's geht.«

Black lächelte, als ob sie auf die Boxanalogie reagieren würde. »Ooo-kay«, sagte sie. »Du auch. Man weiß ja nie, auf was für Ideen deine anderen Gestörten so kommen.«

»Das ist nur so ein Spruch, den wir immer benutzt haben.« Black grinste. »Du wirst jeden Tag mehr du selbst. Die alte Claire kommt immer mehr heraus, langsam aber sicher. Wenn du irgendetwas brauchst, ruf einfach an. Ich bin nur ein paar Minuten entfernt. Ich werde eine Cobalt herordern, um mich abzuholen, dann kann ich dir die am Steg draußen hierlassen, für den Fall, dass du über Nacht nach Cedar Bend herüberkommen willst.«

Also ließ er sie gehen, gab ihr die Freiheit, ihre Flügel

auszubreiten, nur jetzt war sie nicht mehr so sicher, dass sie das auch wollte. »Möchtest du heute Nacht hierher zurückkommen?«

Black lächelte sie kurz an und sah sehr erfreut aus. »Wenn du das willst, könnten mich keine zehn Pferde davon abhalten. Sag einfach Bescheid, wann du zu Hause sein wirst. Ich treffe dich dann hier.«

Während er den Anruf erledigte, zog Claire einen Hausmantel an, ging nach unten und machte ihnen beiden eine Tasse Kaffee. Sie wusste, wo alles stand, wusste genau, was sie tun musste. Sie saßen sich an der Theke eine Weile gegenüber, während sie auf sein Boot warteten und redeten darüber, was für ein wunderschöner Morgen war, wie heiß es heute werden würde. Mit anderen Worten, es war bedeutungsloser Smalltalk. Keiner von beiden erwähnte die sexuelle Spannung, die immer noch wie ein glühend heißer Draht zwischen ihnen schwelte, noch was sie deswegen unternehmen wollten. Sie gaben einfach vor, sie wäre nicht da, trotz der sprühenden roten Funken und erregenden Möglichkeiten.

Mit der Zeit hörten sie das Röhren des kraftvollen Boots, eine der Cobalts 360 von Cedar Bend flog über das stille Wasser der Bucht und warf zackige Wellen an beide Ufer. Als sie an den kleinen Bootssteg heranmanövrierte, stand Black auf und gab Claire einen schnellen Kuss auf die Wange.

»Pass auf dich auf. Ruf mich an, wenn du einen Durchbruch machst.«

»Mach dir keine Sorgen. Ich werde klarkommen.«

Black blieb an der Tür stehen, seine Hand auf dem Türknauf. »Liebling, ich habe kein so gutes Gefühl mehr dir bezüglich gehabt, seit ich dich aus diesem verdammten Fluss gezogen habe. Bleib nur in Buds unmittelbarer Nähe, mehr verlange ich nicht. Ich sehe dich heute Abend.«

Claire nahm Jules Verne hoch und streichelte sein Fell, während sie Black nachschaute, bis er außer Sicht war, das Boot verschwand aus der Bucht. Dann duschte sie und zog sich an, Bud ungeduldig erwartend, damit sie an die Arbeit gehen konnten. Sie hatte ein besseres Gefühl wegen ihrer persönlichen Probleme, aber sie hatten immer noch eine unbekannte Leiche totgeprügelt und leblos auf einem von Buckeye Boyds Edelstahltischen in der Gerichtsmedizin liegen. Um acht Uhr herum bog Buds Bronco in ihre Auffahrt. Claire drückte den kleinen Pudel und rannte dann hinaus und stieg ein. Als sie herausgefahren und auf dem Weg Richtung Straße waren, drehte sie sich zu ihm, um ihn anzuschauen.

»Also, Bud, wie hieß die vermisste Frau noch?«

»Miriam Long. Der Polizist, der den Anruf angenommen hat, trifft uns bei ihrem Haus.«

Sie fuhren eine Weile und kämpften gegen den morgendlichen Verkehr, wie jeder, der auf dem Weg zur Arbeit war oder etwas Spaß am See oder in einer der vielen Shoppingcenter und -arkaden haben wollte, die sie entlang ihres Weges passierten. Etwa fünfzehn Minuten später erreichten sie den Bagnell-Damm.

»Wir müssen über den Damm und dann links«, sagte Bud.

Sie fuhren über den ganzen Damm, und Bud bog nach links auf eine Seestraße ein, die einen steilen Hügel zu einer ausgeblichenen Asphaltstraße hinunterführte, wo mehrere

Häuser auf flachen, schattigen Seegrundstücken standen. Ein Polizeiwagen des Canton County parkte in der Auffahrt eines niedrigen und ausladenden gelben Flachdachhauses. Sie parkten neben dem Wagen ihres Kollegen unter einem gewaltigen Pekannussbaum mit tief hängenden und ausufernden Ästen. Eine üppige Grasfläche umgab Miriam Longs Haus, und ein Deputy in der braunen Canton-County-Uniform stand neben seiner Fahrertür. Er sah nicht vertraut aus.

»Das ist Ben Welch«, sagte ihr Bud, stellte den Motor ab und schob den Ganghebel auf »Parken«. »Er ist jetzt seit ein paar Monaten bei uns. Du kanntest ihn nicht so gut. Er ist aber ein guter Polizist.«

Bud hatte sich angewöhnt, einen laufenden Kommentar abzugeben, um fehlende Stücke in dem halb fertigen Puzzle ihres Lebens einzusetzen. Aber Überraschung, Überraschung, Claire mochte das. Warnte sie vor, was gleich kommen würde. Da sie bereits ein Hauptthema im Department zu sein schien, das Verwunderung hervorrief und die Neugier anstachelte, machte Bud es ihr leichter, so zu tun, als kenne sie Leute, die sie nicht kannte.

»Hallo, Bud.« Welch sah aus wie Anfang zwanzig, wie frisch von der Akademie, genau genommen. Er war glatt rasiert, sein Haar über den Ohren rasiert, aber oben länger, durch Gel in Form gehalten. Seine Augen waren groß, braun und aufmerksam. Scharfsinnig und neugierig. Mit ungefähr eins achtundsiebzig war er nur ein kleines bisschen größer als Claire. Er schaute sie an, als ob er auf Zehenspitzen einen Teppich voll Eierschalen überqueren müsste. »Hi, Claire. Wie geht es Ihnen?«

»Hi, Ben. Es geht mir gut. Danke der Nachfrage«, antwortete Claire, was ihn schnell in einen erleichterten, entspannten Zustand zu versetzen schien, trotz der Gegenwart des höchst befremdlichen Detectives mit Amnesie.

Claire machte schnell weiter. »Also, Ben, wie ich höre, haben Sie den Anruf entgegengenommen, als Ms Long vermisst gemeldet wurde.«

»Ja, Ma'am. Ich bin sofort zu dieser Adresse gefahren, habe die Türen und Fenster überprüft, fand den Haustürschlüssel in seinem Versteck unter dem Blumentopf dort drüben und schaute mich schnell drinnen um. Es erschien mir nichts ungewöhnlich, es wirkte nichts fehl am Platz, so weit ich das beurteilen konnte, und kein Anzeichen von Fremdeinwirkung.«

»Ihr Bericht gab an, dass ihr Büro angerufen und berichtet hatte, dass sie ihr Telefon nicht abhob und sich nicht in der Arbeit gemeldet hatte. Der Sheriff hat eine Suchmeldung herausgegeben, aber keine zuverlässigen Rückmeldungen erhalten. Ist das korrekt?«

»Ja, Ma'am, genau.«

Bud sagte: »Wer war die letzte Person, die sie gesehen hat?«

»Ich sehe es so, dass sie an dem Nachmittag, an dem sie verschwand, zuletzt ihre Partnerin im Immobilienbüro gesehen hat. Die Partnerin erzählte mir, dass Miriam Long dabei war, einen mehrwöchigen Überseeaufenthalt anzutreten, also vermisste sie sie eine ganze Weile nicht.«

»Also haben Sie die Partnerin vernommen?«, fragte Claire.

»Ja. Der Name ist Kay Kramer. Ihrer Aussage nach entspricht dieses Verhalten Miriam Long überhaupt nicht. Dass sie sonst immer anrief, aber aufgeregt wegen der Italienreise gewesen sei, deshalb dachte Kay, sie habe es vergessen. Kramer glaubte nicht, dass irgendetwas nicht stimmte, bis Longs Ehemann anrief und sagte, er könne sie nicht erreichen.«

»Wir fahren in die Stadt und werden Kay Kramer noch einmal befragen. Die Beschreibung in der Suchmeldung ist unserem Mordopfer ziemlich ähnlich. Wir brauchen eine Fingerabdruckanalyse, um die Leiche zu identifizieren, bevor wir Ms Kramer treffen.«

»Ja, ich hab gehört, der Täter hat ganze Arbeit bei ihrem Gesicht geleistet.«

Claire nickte, erinnerte sich und wünschte, sie täte es nicht. Sie konnte sich nicht an viel erinnern, richtig, aber das Gesicht dieser armen Frau war für immer in ihr Gedächtnis geprägt.

»Wir müssen im Haus wegen der Fingerabdrücke und der DNA-Analyse ein paar Gegenstände einsammeln.«

»Okay. Ich habe nichts angefasst, als ich drin war. Nur den Türknauf der Haustür und ein paar Schranktüren. Das Haus ist klein.«

Sie zogen weiße Latexhandschuhe an und Papierfüßlinge über die Schuhe, während Welch die Fliegengittertür öffnete und die Haustür aufschloss. Er trat zurück und blieb auf der Veranda, während sie das Haus betraten. Drinnen war es sehr kühl, sogar eisig. Fühlte sich angenehm an nach der Steherei draußen in der morgendlichen, drückenden Hitze. Sie fand, dass der Ozarks-See nicht das gemäßigte Klima von Südkalifornien hatte. Aber wichtiger noch, Miriam hatte ihre Klimaanlage auf vollen Touren laufen lassen. Niemand, der einen Überseeflug und einen langen Urlaub antrat, würde das tun. Auf keinen Fall sah das wie ein Haus aus, das eine berufstätige Frau vor einer Abreise zurücklassen würde.

Das Wohnzimmer war professionell dekoriert, sehr hübsch und ordentlich, aber auf eine heimelige, gemütliche Weise. Das Farbschema bestand aus gedämpften Blau-, Beige- und dunklen Brauntönen. Ein dunkles Orange als Akzent kam in den Sofakissen und einem großen Gemälde vor, das einen Krug voller Sonnenblumen und Astern darstellte und über dem Kaminsims einer alten, aus roten Ziegeln gemauerten Feuerstelle hing, mit schwarzen Rußmalen auf den Ziegeln.

Es gab genug maskuline Spuren, die darauf hinwiesen, dass ein Mann dort lebte, womit der abgenutzte, braune Fernsehledersessel und der verschlossene Waffenschrank aus Mahagoni an der Wand zur Küche gemeint waren. Claire ging hinüber und begutachtete mehrere lange Jagdgewehre und die Remington-Schrotflinte, die hinter den Glasscheiben ausgestellt waren. Miriam konnte natürlich eine Waffennärrin sein. Eine Menge Frauen waren das, Claire eingeschlossen, aber irgendwie bezweifelte sie das. Offensichtlich gehörten sie Miriams Ehemann.

»Wo ist Longs Ehemann? Hat Welch nicht gesagt, ihre Partnerin habe gesagt, er habe sie nicht erreichen können?«

Bud sagte: »Ich denke, er ist im Golf stationiert.«

»O Gott, ich hoffe, unser Opfer ist nicht diese Frau.«

»Ich denke, sie ist es.« Bud war nicht optimistisch. Es gab einfach zu viele Übereinstimmungen. Aller Wahrscheinlichkeit nach waren das Opfer und die Vermisste wohl ein und dieselbe Person.

Als sie durch die Schwingtür gingen, die in eine separate Küche führte, fanden sie ein Bose-Radio, das sehr leise auf der Küchentheke spielte. Es war auf einen Country-Sender eingestellt. Die Küche war alt, sah aber mit neuer Edelstahlausstattung, der braunen Granitarbeitsplatte und den weißen Schränken erst kürzlich modernisiert aus. Ein dunkler Mahagonitisch stand da, etwas höher gebaut als üblich, mit vier hohen Barhockern darum herum. Das Fenster über der Spüle stand etwa drei Zentimeter offen, um frische Luft hereinzulassen. Diese Frau hatte vorgehabt zurückzukommen, bevor sie das Land verließ, da bestand kein Zweifel.

»Oh, Mann, das ist ›Kissed You Tonight‹ von Gloriana. Hast du ihr Video gesehen, Claire? Ich sag dir, Menschenskind, dieses Mädchen, das da mitsingt, ist voll heiß!«

»Nö. Diese Amnesiegeschichte hat meine Videoguckerei letzthin etwas behindert. Aber ich habe mich kürzlich an Picasso erinnert.«

Bud antwortete nicht, zweifellos zu beschäftigt damit, mitzusingen und an die *Menschenskind-voll-heiße-Sängerin* zu denken. Sogar nach dieser kurzen Zeit hatte sie mitbekommen, dass Bud Davis Frauen verdammt gern mochte, und dass diese das mehr als gern erwiderten. Er hatte den Charme und das Aussehen, das war sicher. Er hatte ihr erzählt, sie wären nie zusammen gewesen, und sie glaubte ihm. Büroromanzen waren nie eine gute Idee, besonders in Dienststellen der Polizei.

Nachdem sie eine gemeinsame, gründliche Suche des Wohnzimmers und der Küche abgeschlossen hatten, gingen sie einen kurzen Flur zu einer offen stehenden Schlafzimmertür hinunter. Drinnen war es ziemlich unordentlich, mehr als irgendwo anders in Miriam Longs Haus. Es war taubenblau gestrichen, und Miriam Long hatte eine weiße Tagesdecke auf dem Schlittenbett aus Mahagoni mit vielen passenden weißen Kissen. Das in der Mitte platzierte trug ein großes blaues »L«. Unter dem Spiegel stand eine passende Kommode mit kleinen Schubladen.

Eine blau-weiße Porzellanlampe stand ausgeschaltet auf der einen Seite. Ein großer Kristallbilderrahmen stand auf der anderen Seite, und die Fotografie darin stellte einen nett aussehenden Mann dar, der vor einer Reihe von Palmen und einem großen weißen Springbrunnen im Freien stand. Er war groß, sah robust aus und trug einen Wüsten-Tarnanzug.

»Sie ist mit einem Militärangehörigen verheiratet, richtig, Bud. Schau dir dieses Bild an. Ich setze auf Irak.«

Bud kam herüber und nahm es ihr aus der Hand. »Armer Kerl. Mein Bauchgefühl sagt mir, er ist jetzt Witwer und weiß es noch nicht mal.«

Claire stellte den Bilderrahmen dahin zurück, wo sie ihn gefunden hatte, und richtete ihre Aufmerksamkeit auf ein komplettes Set zueinander passender weißer Lederkoffer, die über das Bett verteilt waren, alle geöffnet und halb gepackt.

»Es ist ziemlich offensichtlich, dass sie noch nicht bereit für die Abreise war.«

Bud blickte auch auf das Bett. »Nun, irgendwohin ist sie gefahren. Ich sehe keine Handtasche. Eine Frau verlässt das Haus nicht ohne ihre Handtasche, oder?«

»Ich weiß nicht, Bud. Ich bezweifle es.« Claire runzelte die Stirn. »Ich habe keine in meinem Haus gesehen. Genau genommen, sollte ich das besser überprüfen und sehen, ob ich irgendwo einen Führerschein habe. Ich hatte nicht einmal daran gedacht, dass ich eine Handtasche gehabt habe.«

»Tut mir leid, ich vergesse es andauernd. Sie ist wahrscheinlich auf dem Grund des Finley River. Mach dir keine Gedanken über den Führerschein. Ich werde dich nicht verhaften.« Er grinste.

»Herzlichen Dank. Aber wegen dieser Handtasche, die meisten Frauen, die ich kenne, tragen eine. Habe ich auch gemacht«, sagte sie, nachdem sie einen Moment nachgedacht hatte. »Eine große braune aus Leder.« Gerade jetzt blitzten die Erinnerungen nicht auf wie Filmschnipsel; sie waren mehr wie eingebettete Gedanken.

Bud sagte: »Ihr Wagen steht noch unter dem Einstellplatz. Sie ist nicht selbst von hier weggefahren.«

»Könnte sein, dass sie jemand abgeholt hat. Hat sie irgendwohin zu einem Gute-Reise-Essen mitgenommen, irgendwas in die Richtung.«

»Vielleicht. Ben Welch hat an dem Tag, als sie vermisst gemeldet wurde, die Häuser hier in der Gegend überprüft. Niemand erinnert sich daran, sie an diesem Tag gesehen zu haben, aber der Nachbar im nächsten Haus sagt, sie habe ein Motorboot, das jetzt verschwunden ist.«

Claire zog die reinweißen Vorhänge vor dem Schlafzimmerfenster zurück. Ein kleiner Steg lag an der Unterseite des ebenen Gartens hinterm Haus, einer der Claires sehr ähnelte. Kein Boot. »Es ist nichts aufgetaucht. Aber ich wette, sie ist damit aus irgendeinem Grund raus auf den See.«

Bud starrte sie an, die Hände auf den Hüften. Er hatte bereits seine Anzugjacke wegen der Hitze draußen ausgezogen und rollte seine verknitterten Ärmel zu den Ellbogen hoch. Er sah immer noch nett, faltenlos und nicht verschwitzt aus. Anders als sie. Wie zum Teufel machte er das? Jeder musste ab und zu schwitzen, er nicht? Er sagte: »Wenn ich auf dem Weg nach Italien wäre, kannst du wetten, dass ich nicht eine Sightseeingtour auf dem Ozarks-See machen würde, bevor ich meine Koffer fertig packe.«

»Ich auch nicht. Vielleicht hatte sie einen guten Grund, mit jemandem wegzufahren.«

Im Narzissengelb und Weiß gefliesten Badezimmer der vermissten Frau fand Claire eine leere gelb-marine-farbene Plaid-Kosmetiktasche mit einem auf die Vorderseite gestickten »M« und »L«. Der gesamte Inhalt war bereits auf dem weißen Marmor-Doppelwaschbecken ausgeleert. Bürsten, Mascara, Lippenstift, Roc-Nachtcreme, Overnight-Eye-Repair von Clinique und eine kleine Flasche Parfüm, Obsession. Sie konnte den schwach im Raum schwebenden Geruch wahrnehmen, und er kam ihr von irgendwoher bekannt vor, aber sie konnte nicht festmachen, von wo. Miriam Longs Zahnbürste ragte immer noch aus dem gehämmerten Halter aus Nickel. Mit behandschuhten Händen nahm Claire die Zahnbürste vorsichtig zwischen Daumen und Zeigefinger und schob sie in einen Asservatenbeutel aus Plastik. Das Gleiche machte sie mit der Haarbürste und dem Lippenstift. Auf allen dreien sollten Miriams Fingerabdrücke und ihre DNA sein. Sie sammelte die Beweise und trug die Beutel aus dem Badezimmer.

Bud stand an der Küchentheke und tütete einen tragbaren Computer in einen großen braunen Papier-Asservatenbeutel. »Da sollten ihre Fingerabdrücke drauf sein. Vielleicht sogar die des Mörders, falls sie unser Opfer ist. Und bei Gott, ich hoffe, sie ist es nicht.«

»Ich wette, da sind auch ihre E-Mails drauf. Das könnte uns einen Hinweis darauf geben, wer sie tot sehen wollte. Vielleicht hatte sie auch einen Freund. Einen eifersüchtigen.«

Sie suchten noch etwas herum. Im Nachttisch fand Claire einen ganzen Packen Fotos, der lose in der Schublade lag. Die meisten stellten denselben Mann dar, der auch im Kristallrahmen steckte, aber diesmal hatte er jedes Mal seine Arme um eine Frau, von der sie glaubten, dass sie ihre vermisste Person war. Miriam Long hatte langes dunkelrotes Haar, genau wie die Frau im Unterstand. Claire tütete alle ein. Was für eine Schande. Miriam sah wie etwa sechsundzwanzig oder siebenundzwanzig aus, ein richtig hübsches Mädchen. Offensichtlich lief es sehr gut mit den Immobilien, in Anbetracht des neuen schwarzen Cadillac-Modells draußen in der Auffahrt. Auf einem der Fotos umarmte sie eine ältere Frau. Wen? Ihre Mutter wahrscheinlich. Oder ihre Schwester?

Claire stand da, starrte auf das Foto und machte sich einen Moment Gedanken über ihre eigene Mutter, ihren Vater, ihr Leben, ob sie sich jemals wieder an ihre Familie erinnern würde. Sie erinnerte sich an diese Pflegeeltern, die sie Black gegenüber erwähnt hatte, aber nicht an ihre richtigen Eltern. Wie konnte das geschehen? Vielleicht hatte sie keine Verwandten. Keiner von ihnen war gekommen, als sie im Koma lag, oder falls doch, hatte niemand daran gedacht, es zu erwähnen. Dann unterdrückte sie diese rührseligen Gedanken. Black hatte gesagt, sie würde sich in der Reihenfolge erinnern, wie sie das sollte, und falls sie das nicht tue, würde er ihr über die Lücken in ihrer Kindheit und Jugend erzählen. Sie konnte darauf warten. In der Zwischenzeit würde sie einfach ihre Arbeit, so gut wie sie konnte, erledigen und versuchen, nicht an ihre Vergangenheit zu denken. Den Stress abstellen, ihr überreiztes Gehirn Tag und Nacht zu überlasten. Entspannen. Locker werden. Ja, klar doch. Sie glaubte nicht daran.

Dreißig Minuten später schlossen sie das Haus ab und brachten die Sachen, die sie sichergestellt hatten, zu den Kriminaltechnikern in die Gerichtsmedizin. In diesem kühlen und ruhigen Gebäude arbeiteten Nancy und Buck, Claires alte/neue Freunde, in Schutzkleidung und Atemmasken an der Leiche. Bud und Claire legten ihre sofort an. Buck hatte die zerrissene und blutige Kleidung der Frau entfernt und eingetütet, Körperabstriche als Beweise abgenommen und dann ihren Körper sauber abgewaschen. Claire erhoffte sich keine großen zurückgebliebenen Beweisspuren auf dem geschändeten Leichnam. Die Frau war tagelang der Sommersonne ausgesetzt gewesen und am Verwesen. Sie betete nur zu Gott, dass sie die Fingerabdrücke abgleichen und eine positive Identifizierung zustande bekämen, damit die nächsten Angehörigen benachrichtigt werden konnten. Allerdings sagte ihr ihr Bauchgefühl bereits, dass der Körper vor ihnen tatsächlich zu Miriam Long gehörte.

»Habt ihr mir die Fingerabdrücke der vermissten Frau mitgebracht?«, fragte Shaggy Becker sie, als er durch die

Schwingtüren hereinrauschte, die hinaus in den Flur führten. »Ich habe schon Scans der Fingerabdrücke der Verstorbenen. Hey, erinnerst du dich schon an mich, Claire?«

»Ja wegen der Abdrücke. Nein deinetwegen. Aber das ist okay. Ich mag dich sowieso schon. Ich muss mich an nichts anderes erinnern.«

»Cool. Du hast immer gesagt, ich sei spitze. Was wahr ist. Ich bin ganz Spaß und Spiel. Du bist immer gern herübergekommen, um Bruce-Willis-Filme mit mir zu schauen. Hast du da mal Lust drauf?«

»Sicher. Ich erinnere mich, dass ich ihn auch mag. *Stirb langsam,* richtig?«

»Nun, die wirklich wichtigen Dinge hast du also noch da oben drin.«

Er klopfte mit seinem Zeigefinger an die flauschigen Dreadlocks an seiner Schläfe. Claire reichte ihm die Asservatenbeutel, und er verschwand mit ihnen in Richtung seines eigenen Labors nebenan. Offensichtlich tat er alles im Laufschritt. »Bin in 'ner Sekunde zurück«, rief er über seine Schulter.

Durch eine Glaswand, die den kalten Autopsieraum von seinem Labor trennte, sah Claire ihn vor einem Laptop sitzen, von allen Arten von Computerausstattung umgeben, kompliziert aussehenden Instrumenten, Bildschirmen und vielen anderen Leckerbissen, die sich auf den Theken und an den Wänden aufreihten. Er musste gut sein – mit all diesen Apparaten.

Sie schaute wieder zurück auf das Opfer und fragte sich, wie jemand ein anderes menschliches Wesen derart ins Gesicht schlagen oder mit den Fäusten bearbeiten konnte. Das

Opfer musste entsetzliche Angst gehabt haben, als ihm klar wurde, was passieren würde, falls es bei Bewusstsein gewesen war. Buckeye konnte ihnen schon bald sagen, wie sie starb.

Buckeye starrte auf das Bild Miriam Longs, das sie mitgebracht hatten. »Sie war eine schöne Frau. Hoffe, das ist nicht sie. Was für ein Jammer, dass dieses arme Mädchen durch die Hände eines geistesgestörten Mörders sterben musste. Und das muss er gewesen sein.«

Bud sagte: »Das ist genau, was uns gefehlt hat – noch ein Psycho, der um den See herumrennt und Menschen tötet. Wann wird das aufhören?«

Beide Männer schauten sie an, dann sich gegenseitig, als ob ihnen etwas Schreckliches entschlüpft wäre und sie sich schrecklich deswegen fühlten. Die Leute schienen das häufig zu machen in letzter Zeit. Claire sagte: »Nun, schaut nicht mich an. Ich war's nicht. Ich hab im Koma gelegen.«

Beide Männer schienen verdutzt zu sein, aber dann lachten sie. Die Spannung im Raum verschwand, und sie starrte auf den geschundenen Körper, der auf dem Tisch lag, und erschauerte. Der ganze Tag erschien ihr unwirklich, nahezu bizarr. Ihr tiefer Schlaf im Koma sah mit der Zeit immer besser aus. Vielleicht hatte Black recht. Vielleicht hatte sie zu früh angefangen wieder zu arbeiten.

Nancy Gill hatte nicht viel gesagt, aber sie legte ihre Hand auf Claires Arm. »Wissen Sie was, Claire? Sie sollten in meine Ecke runterkommen, wenn Buckeye seinen Einsatz da unten hat. Sie könnten die gleiche Austauschgeschichte mit der Detective-Abteilung machen. Sheriff Friedewald wäre glücklich, Ihre Dienste eine kleine Weile beanspruchen zu können. Russ ist ein angenehmer Chef. Sie würden ihn mögen.«

Es war schon komisch, dass Louisiana, und speziell New Orleans, andauernd zur Sprache kamen. Vielleicht versuchte Gott ihr etwas zu sagen. »Vielleicht. Mal sehen. Ich habe als Kind eine ganze Weile da unten gelebt. Allerdings erinnere ich mich kaum daran.«

»Es ist ein interessanter Ort. Sie werden es mögen. Sie können bei mir wohnen, wenn Sie kommen. Ich habe jede Menge Platz in meinem Haus am Bayou.«

»Sie leben am Bayou?«

»Ja, in LaFourche Parish.«

»Ich hab's«, schrie Shaggy, platzte wieder durch die Türen und kam schnell auf sie zu. »Perfekte Übereinstimmung. Unser Opfer ist Miriam Long. Hundertprozentig. Ohne jeden Zweifel. Du kannst die nächsten Angehörigen informieren.«

»Wir glauben, sie hat einen Ehemann in Übersee, aber wir wissen nicht, wie wir mit ihm in Verbindung treten können. Ihre Partnerin sollte das wissen. Bud, bist du so weit und kannst Kay Kramer anrufen?«

»Ja, jetzt geht's voran.«

Ja, das stimmte, aber nicht so, wie sie eigentlich wollte. In dieser besseren Welt würde Miriam Long nicht zu Brei geschlagen auf dem kalten Edelstahltisch liegen. Ihr hübsches Gesicht wäre immer noch intakt, und sie wäre jetzt in Italien, lächelte ihren stattlichen Ehemann an und hielte seine Hand.

Jesses Mädchen

Vierundzwanzig Tage nach dem Unfall

Die nächsten Wochen fühlten sich an, als würden alle Träume Jesses sich erfüllen. Er konnte seine Annie fast jeden Tag sehen. Sie erkannte ihn natürlich nicht, sie erkannte niemanden. Aber es brach ihm immer noch das Herz, sie nicht anzufassen, nicht zu riechen, an ihrer weichen Haut zu lecken und ihr zu sagen, wie sehr er sie liebte. Er dachte, es würde anders bei ihnen sein, dass sie sich an ihn erinnern würde, weil sie Seelenverwandte waren, immer schon. Aber sie erkannte auch Nicholas Black nicht, und das war gut. Das machte Jesse so ungemein glücklich. Sie litt unter Gedächtnisverlust, aber Monica sagte, es sei nicht für immer, es sei vorübergehend, und dass sie bald in die Realität zurückkäme und sich wieder an jeden und alles, was jemals passiert sei, erinnern würde.

Jesse hoffte nur, dass ihr Gedächtnisverlust lange genug andauern würde, dass er den Rest seines Planes realisieren konnte. In erster Linie musste er Nicholas Black beseitigen, aber er war besorgt, weil gerade jetzt die beste Zeit wäre, um sich mit Annie wegzustehlen. Er befürchtete, dass sie immer noch böse darüber sein könnte, was er in der Vergangenheit angestellt hatte – über den Sturz in den Fluss und dass sie dabei verletzt worden war und diese ganzen Sachen. Aber ihr Zorn würde nicht lange vorhalten, nicht wirklich. Sie hatte ihm schon vorher gesagt, dass sie ihn liebe. Sie liebte ihn, und er liebte sie.

Während der letzten paar Tage hatte er Monica überzeugt, ihn Annies kleinen Pudel ausführen zu lassen. Monica sagte, Annie vergöttere den Hund. Monica hatte ihn während ihrer Pausen ausgeführt, aber Jesse übernahm diese Aufgabe von ihr und ließ sie länger beim Essen sitzen, während er und Jules Verne, so hieß der Hund, sich kennenlernten. Er fütterte Jules Verne heimlich mit Steakstückchen und Bacon, damit der Hund ihn liebte. Er würde Jules auch mitnehmen, wenn er Annie wegbrachte. Sie würden alle zusammen glücklich sein, mit Miss Rosie. Alles würde wunderbar werden, und Monica hatte nicht die leiseste Ahnung, wer Jesse wirklich war.

Einmal war er sogar an Nicholas Black in der geschäftigen Lobby des Ferienorts vorbeigegangen und hatte schnell seinen Kopf weggedreht, aus Angst, Black könnte ihn trotz seines veränderten Aussehens erkennen. Aber der große Mann blickte ihn kaum an. Er sah extrem abgelenkt und in Eile aus. Wenn Nicholas Black nur wüsste, dass Jesse genau da im Hotel war und noch dazu einen Gehaltsscheck bekam. Nicholas Black zahlte Jesses Auslagen, damit der ihm Annie stehlen konnte. Jesse lachte innerlich. Und jetzt hatte Monica ihn gebeten, Jules nach oben zu Annie zu bringen, weil sie Nicholas Black bei der Visite begleiten musste. O Gott, Annie war wach, und er würde mit ihr reden.

Seine Nerven waren derart am Flattern, so aufgerieben, und er atmete so schwer, dass er kaum durchatmen konnte, als er den Penthouse-Fahrstuhl verließ. Er hielt den süßen kleinen Hund, fütterte ihm ein Stück gebratenen Bacon, stand dann da und horchte nach Annies Stimme. Er sollte Jules Verne einfach nur außerhalb des Fahrstuhls hinsetzen und wieder nach unten fahren, aber das tat er nicht. Nicholas Black war zu diesem Zeitpunkt schon halb aus den Patientenbungalows heraus. Monica war bei ihm. Niemand konnte ihn stoppen. Annie brauchte Monica kaum noch, seit sie das Bewusstsein wiedererlangt hatte, lief und kam gut alleine klar, sie arbeitete sogar halbtags. Monica schaute sich sogar nach einem Haus zum Kauf um, was Jesses Plan kein bisschen helfen würde.

Okay, er musste es einfach tun. Sie würde ihn nicht wiedererkennen, nie im Leben. Er blickte kurz in Annies Schlafzimmer, aber das Bett war leer, die Tagesdecke ordentlich zurechtgezogen, die Kissen aufgeschüttelt. Es war später Nachmittag, also wäre Annie wahrscheinlich irgendwo in der Nähe. O Gott, was wäre, wenn sie ihn doch erkennen würde? Was, wenn sie sich daran erinnern würde, wie viel sie einander bedeuteten? Aber nein, nein, sie wusste es nicht. Monica hatte ihm gerade heute Morgen erzählt, Nicholas Black sei enttäuscht darüber, dass sie sich nicht an mehr erinnere. Jesse war nicht enttäuscht. Er war begeistert, das zu hören.

Er ging langsam durch den lautlosen Flur, den sich windenden Pudel im Arm und blickte in ein wunderschönes Zimmer nach dem anderen. Er fühlte sich minderwertig gegenüber Nicholas Black – was hatte er Annie schon zu bieten? So hoch oben war der Ausblick auf den See umwerfend. Er müsste für Annie und sich ein Zuhause oben auf einem Berg finden, oder sie wäre möglicherweise aufgebracht, dass sie den See nicht mehr sehen könnte. Er wünschte, er hätte die Immobilienmaklerin nicht sofort umgebracht. Sie hätte irgendwann nützlich sein können. Als er den riesigen Wohnbereich am Ende des Flurs erreicht hatte, sah er sie. Sie saß auf einer Couch, allein, ruhig, und schaute einfach aus dem Fenster.

Dann sah auch Jules sie und zappelte wie verrückt in Jesses Armen, bellte, wand sich und versuchte herunterzukommen. Annie drehte sich schnell um und sah sie hinter sich. Dann stand sie auf, lächelnd, und rief den Hund. Jules rannte geradewegs auf sie zu, sprang auf die Couch und dann direkt in ihre Arme.

»Hallo«, sagte Annie mit ihrem Engelslächeln zu ihm. »Ich schätze, Sie haben Jules für mich ausgeführt.«

Jesse fühlte, wie sich seine Kehle zuschnürte, sein Herz dröhnte vor Liebe in seiner Brust, und das schreckliche Verlangen, sie zu berühren und zu fesseln. Er nickte, das war alles, zu was er im Moment in der Lage war, und dann stammelte er, als er versuchte zu sprechen: »Ja, ich und Monica sind beide Gassi mit ihm gegangen.«

»Nun, ganz lieben Dank. Ich liebe diesen kleinen Wicht. Er ist so süß.«

Annie umarmte den Hund und ließ ihn ihr Gesicht abschlecken. Lachend sagte sie: »War er ein guter Junge?«

Jesse konnte nur auf die kleine pinkfarbene Zunge des Pudels starren, die ihr wunderschönes Gesicht abschleckte. Er wollte ihr den Pudel aus den Händen reißen und sie selbst lecken, sie fesseln und jeden Zentimeter ihres Körpers lecken. Er versuchte, seinen schweren Atem zu kontrollieren.

»Sind Sie in Ordnung?«, fragte Annie dann und schaute ihn neugierig an.

Jesse nickte und versuchte, sein rasendes Verlangen, sie in seiner Gewalt zu haben, in den Griff zu bekommen, aber er fühlte sich jetzt etwas sicherer. Sie erkannte ihn nicht mit seinen langen Haaren, dem Bart und den Kontaktlinsen, und es würde nicht schaden, wenn sie ihn als jemand anderen kennen würde. Es würde es vereinfachen, sie mitzunehmen, wenn sie an ihn gewohnt war und ihm vertraute. Sie liebte ihn, sogar jetzt, und spürte, dass er ihr wahrer Seelenverwandter war. »O ja, ich bin nur etwas erschöpft, ich habe den ganzen Tag gearbeitet. Dieser kleine Jules ist ein braver Hund. Er macht überhaupt keine Probleme. Ich liebe Tiere.«

»Ich auch. Haben Sie zu Hause einen Hund?«

»Zur Zeit nicht. Aber ich hatte einmal ein Eichhörnchen. Ich nannte ihn Mr Twitchy Tail.«

Annie schaute ihn einen Moment an, und er befürchtete, sie könnte sich an das zahme Eichhörnchen erinnern, mit dem sie als kleine Kinder gespielt hatten, aber sie lachte nur und sagte: »Nun, das ist ein ziemlich guter Name für ein Eichhörnchen.«

Oh, wie er Annie liebte. Sie sah auch besser aus. Ihr Haar war gewaschen und frisiert, und sie hatte einen schlabberigen Trainingsanzug an, einen schwarzen mit CEDAR BEND LODGE über der Brust und an den Seiten des Hosenbeins. Aber ihre Füße waren bloß. Wie gern er hinübergehen, ihre Zehen lecken und ihr zeigen wollte, wie sehr er sie verehrte. Aber er konnte nicht, noch nicht. Aber bald, bald würde er sie für sich allein haben.

»Sie sind Monicas Jesse, schätze ich, nicht? Sie hat mir von Ihnen erzählt, wie sehr Sie sie unterstützen. Aber hey, lassen Sie mich selbst sagen, wie sehr ich schätze, was Sie alles für mich getan haben. Sie waren sehr freundlich und hilfsbereit. Jules mag sie sicher.«

Annie liebte ihn. Jawohl. »Gern geschehen. Ich bin nur

schrecklich froh, dass Sie wieder wach und auf den Beinen sind und sich erholen.«

Nicken. Annie streichelte über das Fell des Hundes. Er verübelte dem Hund die Aufmerksamkeit, die er bekam. »Wissen Sie, die Wahrheit ist, ich fühle mich gut jetzt. Ich erinnere mich noch nicht an viel, aber das kommt Stück für Stück zurück. Wenigstens sagt das der Arzt.«

»Ich hoffe doch.«

Dann folgte ein Moment des Schweigens, als ihm nicht einfiel, was er sagen sollte. Also stand er nur da, starrte sie an, wollte zu ihr rennen, sie auf den Boden ringen und mit seinen Hände unter das Sweatshirt und die Hosen hinunter und über ihren ganzen Körper fahren. So sagte Annie schließlich: »Ich freue mich darauf, mit Monica auszugehen.«

»Sie hat mir gar nichts davon erzählt. Wo gehen Sie hin?« Er fragte sich, ob Monica versuchte, Annie anzumachen und sie ihm wegzunehmen. Das wäre nicht gut, nein, wäre es nicht. Er würde sich um Monica kümmern müssen, sollte sie jemals etwas Derartiges versuchen.

»Sie wollte in dieses neue Restaurant am See namens Jeepers gehen. Diesen Freitagabend eigentlich. Frauenabend, wissen Sie, sollte spaßig werden.«

»O ja, hatte ich fast vergessen. Das hat sie mir erzählt. Das wird lustig«, antwortete er mit einem falschen Grinsen. Nun, er würde sich den Mädels dort wohl anschließen müssen. Wäre das nicht großartig, etwas Zeit mit Annie außerhalb dieses Hotels zu verbringen und Annie für sich zu haben, ohne dass Nicholas Black herumschnüffeln konnte? Vielleicht könnte er sie sogar gleich dort entführen. Falls er eine Möglichkeit fände, Monica im Restaurant loszuwerden.

Aber das könnte er, kein Problem.

Unten im Flur hörte er den schwachen Signalton der sich öffnenden Fahrstuhltüren. Da er befürchtete, Nicholas Black könnte früh nach Hause kommen, sagte er schnell: »Nun, ich geh dann mal besser. Ich möchte keinen Ärger mit dem Boss bekommen.«

»Okay, es war sehr nett, Sie kennenzulernen, Jesse. Und nochmals recht vielen Dank. Vielleicht kann ich mich eines Tages revanchieren.«

»Oh, nicht nötig. Ich habe das gern getan.«

Annie nickte und verabschiedete sich, und Jesse floh schnell. Aber es war Monica, die den Flur herunterkam, nicht Black, und sie machte ein böses Gesicht, als sie ihn sah. »Du sollst nicht allein hier oben sein, und das weißt du. Wo ist Jules Verne?«

»Ich hab ihn den Flur runter der Dame gebracht. Ich hab mir nichts dabei gedacht.«

Monica war nicht glücklich. Sie sah hässlich aus, wenn sie verärgert war. Ihre Stimme klang leise und wütend. »Ich hab dir gesagt, dass du hier oben nicht herumhängen kannst, wann du gerade Lust hast. Nicht jetzt, wo Claire wach ist. Du musst damit sofort aufhören, oder du fliegst raus. Und ich auch.«

Jesse fühlte eine vertraute Welle des Zorns schnell in sich hochwallen, wie eine große Flammenwalze. Monica war gar nicht mehr nett, und sie würde garantiert den Preis für ihre Gemeinheit bezahlen, und zwar eher früher als später. Aber sie war ein wesentlicher Bestandteil des Plans, den er ausgearbeitet hatte, um Nicholas Black loszuwerden, also musste er den Unbeteiligten spielen. Er zwang sich zu lächeln.

»Es tut mit leid, Liebes. Ich werde nicht mehr hier hochkommen, wenn du das nicht willst. Ich verspreche es. Ich hatte nur auf eine Minute mit dir gehofft.«

Ihr Gesicht entspannte sich, und dann strahlte dieser idiotische Dummkopf von Frau ihn geradezu an. »Vielleicht können wir uns heute Abend treffen, bei mir zu Hause. Ich habe morgen frei, du kannst also so lange bleiben, wie du willst.«

»Klasse«, sagte er und umarmte sie, aber innerlich plante er schon, wie er sie töten würde. Ja, die Dinge würden sich jetzt schneller entwickeln. Aber das war gut. Er war jetzt bereit, Annie ganz allein zu besitzen und endlich würde es passieren.

13

Das Immobilienbüro Kramer/Long war in Camdenton ansässig. In einem umgestalteten cremefarbenen viktorianischen Haus gleich beim Highway 64 gelegen, sah es nicht besonders belebt aus, als Bud und Claire in den gepflasterten Parkplatz einbogen. Es stand ein Wagen, ein weißer BMW, ganz neu, glänzend, und funkelnd, unter einer Säulenhalle, die dem Haus angegliedert war. Das Geschäft musste großartig laufen, oder der Eigentümer hatte das Fahrzeug geleast, um die Kundschaft zu beeindrucken.

Innen war die Klimaanlage wieder einmal eine willkommene Atempause von der brutalen und heißen Mittagssonne. Die hohen Temperaturen laugten Claire schneller aus, als sie sollten, aber sie war angeschlagen gewesen, gelinde gesagt. Die ganze Herumrennerei gab ihr etwas Kraft zurück, und es tat gut, draußen in der Sonne zu sein und etwas Produktives zu tun.

Es saß niemand am Schreibtisch der Rezeption. Genau genommen war auch niemand in Sicht. Keine Geräusche, kein Klappern von Computertastaturen, nicht einmal ein leises Klingeln an der Tür, um ihr Kommen anzukündigen. Der kleine weiße Tisch im französischen Stil mit geschwungenen Kabriolbeinen stand neben einer schönen alten Treppe, die zu einem Treppenabsatz anstieg, dann weiter im rechten Winkel zum zweiten Stock führte. Die Böden waren aus dunklem Eichenparkett, und ein schicker Kronleuchter aus Eisen und Kristalltropfen hing über dem Tisch. Rechts und links gingen Zimmer ab. Eines war ein Sitzbereich mit blau-weiß blumengemusterten Couchen um einen weißen Kamin und einen weißen Couchtisch aus Korb mit Glasplatte. Der andere Raum sah wie ein Konferenzzimmer aus, mit einem großen, runden, glänzenden Tisch, umstellt von acht weißen Lederstühlen ohne Armlehne. Kay Kramers Büro war ein vornehmer, protzig wirkender, professioneller Geschäftssitz. Einige große, hoch dotierte Verträge wurden auf diesem polierten Konferenztisch unterschrieben, verlassen Sie sich drauf.

»Irgendjemand muss hier sein. Ich rieche French-Vanilla-Cappuccino.« Bud war offensichtlich auch ein Kaffeekenner. Aber etwas roch da sehr gut. Claire vermutete, sie mochte French-Vanilla-Kaffee. Sie musste welchen bei Kroger's kaufen und es herausfinden.

»Hallo, irgendjemand hier?«, rief Claire, nicht geduldig und nicht schüchtern, ausbleibende Rezeptionisten aufzubringen.

»Hallo«, rief eine entfernte Stimme, leicht durch die weißen Treppengeländer im oberen Stockwerk gefiltert. Claire schaute hoch und entdeckte eine Frau mit kurzem, modisch geschnittenem Haar, stufig und in einem hübschen Weizenfarbton hervorgehoben. Sie lugte über die Galerie auf sie. Sie schien im mittleren Alter zu sein, aber immer noch ziemlich hübsch und jung aussehend, perfekt gebräunt und magersüchtig dünn.

»Ja, kann ich Ihnen helfen?«, erkundigte sie sich mit einem sehr freundlichen, *Lass-mich-dir-ein-Haus-für-eine-siebenstellige-Summe-verkaufen*-Gruß.

»Hallo, ich bin Detective Claire Morgan« – Junge, wenn das nicht leicht von ihren Lippen ging, hatte es eine ganze Weile nicht gesagt –, »und das ist mein Partner, Detective Bud Davis. Wir sind vom Canton County Sheriff's Department.«

»O mein Gott, Sie haben Miriam gefunden! Das haben Sie doch, nicht wahr?«

O mein Gott war richtig, das würde sie noch früh genug herausfinden. »Sind Sie ihr Partner, Ma'am? Kay Kramer?«

»Ja, das bin ich. Kommen Sie doch bitte herauf. Wir können in meinem Büro reden. Meine Rezeptionistin ist beim Essen, also bin ich alleine hier über die Mittagszeit.«

Sie erklommen die Stufen, und Claire bewunderte das alte Haus mit all den komplizierten, geschnitzten Holzarbeiten und dem prachtvollen runden Buntglasfenster im Treppenaufgang. Es wurde ihr klar, dass sie alte Häuser mochte und freute sich, dass sie das wusste. Kay Kramer empfing sie oben an der Treppe, die rechte Hand ausgestreckt, ein großes, eindrucksvolles Lächeln ins Gesicht gepflastert, jetzt in vollem Verkäufer-Modus. Schätze, sie dachte, Bud könnte ein Ziegelhaus mit vier Schlafzimmern in einem guten Schulbezirk kaufen wollen. Kay Kramer war groß, was noch durch außergewöhnlich unbequem aussehende, schwarz-weiße, fünfzehn Zentimeter hohe Absätze betont wurde, mit jeder Menge Riemchen um die Knöchel wie bei römischen Sandalen. Aber sie standen ihr gut, genau wie der schwarze Anzug und der beigefarbene Seidenhänger.

Eine große diamantenbesetzte Brosche in Form einer stilisierten Lilie war an ihr linkes Revers geheftet, und sie glitzerte in der Raumbeleuchtung der Kristallprismen des Kronleuchters.

»Ich bin so beunruhigt gewesen wegen Miriam. Sie hat noch nie etwas Derartiges gemacht. Ich habe so viele Mailbox-Nachrichten hinterlassen, aber ich habe immer noch kein Wort gehört.«

Sie folgten ihr in ein anderes großes Zimmer, das die Straße nach vorn überblickte. Es war in früheren Zeiten wahrscheinlich das frühere Elternschlafzimmer gewesen, jetzt umgewandelt zu einem großen, wunderschönen und femininen Büro. Die Wände waren vom Boden bis zur Decke mit weißen Nut- und Feder-Paneelen getäfelt. Noch mehr blaue Couchen mit Blumenmuster, ähnlich denen im Erdgeschoss, flankierten einen weiteren weißen Kamin, und sie deutete auf zwei weiße Stühle mit blauen Kissen, als sie den großen weißen Tisch umrundete. Ein schöner Strauß frischer gelber Astern stand auf ihrem Tisch. »Bitte, setzen Sie sich, Detectives.«

Sie setzten sich hin. Sie schauten sie an, sie wollten das beide nicht zu einem der schlimmsten Tage ihres Lebens machen. Claire wagte es schließlich und sagte: »Mrs Kramer, ich befürchte, wir haben sehr schlechte Nachrichten.«

»O mein Gott, sie ist nicht tot, oder? Ist sie? Sagen Sie das nicht.« Ihre Stimme verklang in einer Art halb gekreischtem Stöhnen.

»Ja, Ma'am, es tut mir leid, Ihnen mitteilen zu müssen, dass sie verschieden ist.«

Ihr attraktives Gesicht erbleichte, ihre Kinnlade fiel leicht nach unten, und sie starrte sie an, die blaugrauen Augen groß und fassungslos. »Wie? Wo? Wo ist sie? Warum?«

Kay Kramer traf alle grundlegenden Fragen, und alle sogar in einem Atemzug. »Ihre Leiche wurde am See entdeckt. Wir haben sie vor weniger als einer Stunde positiv identifiziert.«

»Aber ich habe dem jungen Beamten doch ihr Foto für den Vermisste-Personen-Flyer gegeben.« Sie suchte in ihren Gesichtern nach Antworten, aber dann dämmerte ihr die schreckliche Wahrheit; der genaue Zeitpunkt war leicht für Bud und Claire zu erkennen. »O mein Gott, was ist ihr zugestoßen?«

»Es tut mir leid, Ms Kramer, aber wir denken, dass sie ermordet wurde«, sagte Bud so sanft wie möglich.

Kay starrte ihn an, dann Claire, wieder ihn und dann auf ihre Schreibtischunterlage. Danach löste sich ihr Schock in ungläubigem Entsetzen auf. Sie brach völlig verständlich in Tränen aus, die ihre Wangen hinunterliefen und ihre Nase zum Laufen brachten. Niemand konnte diese Art von Trauer vortäuschen, niemand. Nicht einmal Meryl Streep – eine andere unerklärliche Erinnerung an eine Berühmtheit aus Claires schwarzem Loch der Amnesie. Ihr Gehirn musste ein Filmfan sein.

Kay versuchte, trotz des Schluchzens zu sprechen: »O nein, nein, bitte sagen Sie das nicht. Miriam war so jung, sie war wie eine Tochter für mich. Warum? Warum?«

Claire sagte: »Das wissen wir noch nicht, Ms Kramer, aber wir werden es herausfinden.«

Herumschwenkend griff sich Kay ein Papiertaschentuch aus der blauen Puffs-Plus-Box auf dem weißen Buffet hinter sich. Sie tupfte ihr Gesicht ab und wischte sich über die Augen, aber die Tränen flossen weiter. Sie schien nicht mehr sprechen zu können und saß nur da und weinte, als ob sie untröstlich wäre.

Sie warteten darauf, dass sie die Kontrolle über ihre Gefühle wiedererlangen würde, aber das schaffte sie nicht. Es war schwer, das mit anzuschauen. Schließlich versuchte es Claire wieder. »Ich weiß, das ist ein Schock für Sie, Ms Kramer. Ich weiß, das ist ein furchtbarer Zeitpunkt, darüber reden zu müssen, aber wir haben Fragen, die beantwortet werden müssen. Denken Sie, Sie schaffen das?«

Kay weinte weiter. Ihr Stuhl war von ihnen weggedreht und dem gekrümmten Erkerfenster zugewandt. Aber endlich nickte sie und versuchte, die Tränen zu unterdrücken.

»Kennen Sie irgendjemand, der ihr vielleicht wehtun wollte?«

Sie drehte sich schnell mit dem Bürostuhl zu ihnen. »O Gott, nein. Niemand. Alle liebten sie.«

»Was ist mit ihrem Mann? Oder ein Verwandter?«

»Ihr Mann ist im Nahen Osten stationiert. Sie hat die Tage gezählt, bis er zurückkommt. Deshalb wollte sie nach Italien reisen. Sie wollte früh hin, um für sie ein Haus zu mieten, damit sie einige Zeit alleine in der Toskana verbringen können, bevor sie hierher zurückkommen. Sie hatten nie die Möglichkeit, eine Hochzeitsreise zu machen. Sie brannten durch, bevor er weg musste.«

»Wie lange ist er weg?«

Sie betupfte ihre feuchten Augen, aber sie wurde ruhiger. »Achtzehn Monate. Er fuhr am Tag nach der Hochzeit ab. Deshalb wollten sie etwas Zeit für sich allein haben. Er rief mich an, als sie nicht in Rom am Treffpunkt auftauchte, zu Tode geängstigt ihretwegen. Da habe ich erfahren, dass sie vermisst wird. Er rief mich auch heute an, nachdem er auf dem Flughafen von Kansas City gelandet war. Er hat einen Wagen gemietet und fährt nach Hause. Er ist wahrscheinlich schon hier.«

Das Weinen wurde stärker. Bud sah mitgenommen aus. Auch Claire fühlte ihren Schmerz. Sie hasste, den Liebsten eines Mordopfers die Nachricht zu überbringen, mehr als Gift. Noch eine schöne Sache, die sie nicht vergessen hatte.

»Hatte sie sonst noch Familie?«

»Nein, deshalb standen wir uns so nahe, besonders seit meiner Scheidung.«

»Gibt es irgendetwas, was Sie uns erzählen können, das uns helfen könnte, ihren Mörder zu finden?«

Kay riss sich etwas zusammen, oder zumindest versuchte sie das. »Ich kenne nicht einen Menschen, der nicht große Stücke auf sie gehalten hätte. Oh, Oliver wird am Boden zerstört sein. Ich darf gar nicht daran denken.«

»Wann haben Sie zuletzt mit ihr geredet?«

»Als sie vorletzten Freitag um Mittag herum Schluss gemacht hat. Sie sollte am nächsten Morgen nach Rom abreisen.«

»Hat sie an diesem Tag irgendetwas Ungewöhnliches gesagt, Ihnen erzählt, dass sie mit jemandem Probleme hat? Sie verfolgte? Sie belästigte?«

»Nein, nur dass sie ein paar leer stehende Liegenschaften überprüfen und sichergehen wolle, dass sie gesichert seien, bevor sie das Land verlässt. Sagte, sie müsse die Post und die Zeitung abbestellen. Irgendein Buch abholen, das sie im Flugzeug lesen wollte. Solche Sachen. Sie war richtig aufgeregt wegen der Reise.«

»Ein Nachbar sagt, sie habe ein Boot. Wir haben den kleinen Anlegesteg an der Rückseite des Hauses bemerkt.«

»Ja, ein kleiner Flitzer. Sie geht gern Angeln. Es sollte noch da sein. Sie lässt es nie einlagern, wenn sie weg ist. Außer während der Wintermonate.«

»Das Boot ist nicht da.«

»Nun, das sollte es aber. Vielleicht hat sie es jemandem geliehen.«

Oder vielleicht hat der Killer sie damit herausgenommen, ihre Leiche im Dunkel der Nacht im Unterstand entsorgt und das Boot als Souvenir behalten, dachte Claire.

An diesem Punkt führte Bud die Befragung fort. »Hat sie an einer Immobilie gearbeitet, die mit einer üblen Scheidungsvereinbarung oder einem angefochteten Testament zu tun hatte? Irgendetwas in dieser Größenordnung?«

»Nicht, dass ich wüsste. Ich denke, sie hätte mir erzählt, wenn etwas sehr Heikles vorgehen würde. Wir standen uns so nah, wie Familie. Wirklich, so waren wir.«

»Wäre es möglich, eine Liste aller Liegenschaften zu bekommen, für die sie zuständig war?«

»Ja, ich werde Mandy beauftragen, Ihnen eine zu machen. Ich habe sie vor einer Minute hereinkommen gehört. Sie macht Kopien von allem, was Sie brauchen.«

Es war klar zu sehen, dass sie nicht viel mehr aus ihr herausbekommen würden, bis sie sich mit dem Tod ihrer Freundin arrangiert hatte. Claire stand auf und gab Kay eine ihrer Visitenkarten. »Bitte rufen Sie uns an, wenn Ihnen auch nur das Kleinste einfällt, was uns helfen könnte, ihren Mörder zu finden, egal wie unwichtig es erscheinen mag. Wollen Sie das tun, Ms Kramer?«

Sie nickte und nahm die Karte.

»Noch einmal herzliches Beileid. Wenn es irgendetwas gibt, was wir für Sie tun können, rufen Sie uns bitte an.«

Wieder schluchzend, brachte sie heraus: »Danke. Sie sind sehr gütig.«

Bud und Claire gingen, beide sogar noch deprimierter, als sie vorher gewesen waren. Manchmal kotzte es einen an, ein Detective im Morddezernat zu sein. Dies war ohne Zweifel eine solche Gelegenheit.

14

Ehe sie überhaupt den Wagen erreicht hatten, klingelte Claires Handy. Es war Charlie, also ging sie unverzüglich dran. Charlie verschwendete keine Zeit, er kam direkt auf den Punkt. »Claire? Miriam Longs Ehemann ist gerade aus dem Irak zurückgekommen und hat mir vor weniger als einer halben Stunde einen Besuch abgestattet. Ich musste ihm sagen, dass seine Frau tot ist, und das war kein Scheiß-Picknick, das kann ich Ihnen sagen. Er ist vor etwa zehn Minuten gegangen, sagte, er würde nach Hause fahren. Ich will Sie und Bud wieder da drüben. Sehen Sie, was er Ihnen erzählen kann. Er war noch nicht so weit, befragt zu werden, als er hier war – erschüttert bis ins Mark, genau genommen, aber er müsste jetzt darüber sprechen können. Scheint ein guter Mann zu sein. Sind Sie dazu gekommen, mit der Partnerin zu sprechen?«

»Ja, Sir, aber sie war auch ziemlich mitgenommen. Hat uns nicht viel weitergebracht.«

»Nun, lassen Sie uns hoffen, Captain Long kann uns einen Hinweis darauf geben, wer das seiner Frau angetan haben könnte.«

Das kleine gelbe Haus am See sah gleich aus, bis auf den blauen Camry, der vorne parkte. Sie und Bud stiegen in der Ausfahrt aus, aber als Claire zum See hinunterschaute, sah sie einen Mann am Wasser stehen. Er trug eine Marineuniform, die formelle mit dem weißen Gürtel. Er hatte seine weiße Schirmmütze abgesetzt und auf einem nebenstehenden Metallstuhl abgelegt. Er stand einfach da, sehr aufrecht und gerade, die Hände an den Seiten hängend, und starrte über den See ans entfernte Ufer.

»Da ist er«, sagte Claire zu Bud. »Sein Name ist Oliver Long, richtig? Captain Oliver Long.«

Bud nickte. »Okay, lass es hinter uns bringen. Kann nicht sagen, ich freue mich besonders drauf.«

Dieser Arm des Sees war äußerst überlaufen im Moment. Viele Boote und Ponton-Partykähne schwirrten über die bewegten Wellen und hinterließen kremigweißes Kielwasser auf ihrem Weg. Das war so ein Tag, an dem Black und Claire auf seiner Cobalt 360 den Nachmittag über herausfahren würden. Das Wasser fühlte sich immer so kühl und seidig an, wenn sie hineinsprangen und um das Boot herum schwammen. Claire lächelte, sie konnte nicht anders.

»Mir ist gerade etwas eingefallen, Bud. Nichts Wichtiges oder Weltbewegendes, aber ich habe mich erinnert. Vielleicht ist dieser Albtraum fast vorüber.«

Bud schaute sie schnell an. »Klasse, Morgan. Woran hast du dich erinnert? Etwas über mich?«

»Nö, mit Black im Boot auf dem See herumfahren.«

»Nun, ich bin verletzt.«

»Nein, wirklich, es fiel mir gerade so ein. Ich hab's nicht mal versucht. Das muss ein gutes Zeichen sein, glaubst du nicht?«

»O ja.« Bud grinste. »Hey, ich freue mich, wenn du alles wieder auf die Reihe bekommst. Du schuldest mir noch fünf Mäuse für die letzte Pizza, die ich uns geholt habe, weißt du.«

Beide wurden todernst, als sie den Weg den Garten hinunter antraten. Als sie ihn fast erreicht hatten, drehte sich Oliver Long um und sah sie.

»Ihr Leute seid Detectives, sehe ich das richtig?«

Claire hielt ihre Dienstmarke hoch, die an einer Kette um ihren Hals hing. »Das ist richtig. Wir sind beide Detectives des Morddezernats im Canton County Sheriff's Office. Ich bin Claire Morgan. Das ist Bud Davis.«

»Haben Sie den Bastard gekriegt, der meine Frau abgeschlachtet hat?«

Obwohl seine Stimme tief blieb, fast ein Knurren, versetzte seine bildhafte Sprache sie in Alarmbereitschaft. Claire passte sich seinem ruhigen Ton an. »Noch nicht, aber wir arbeiten daran. Wir hoffen, Sie können uns helfen, ihn zu kriegen.«

»Oh, ich kann helfen, abgemacht. Ich werde diesen Bastard mit meinen bloßen Händen töten, sobald ich ihn finde.«

»Es tut mir leid, Mann«, sagte Bud und legte seine Hand auf den Rücken des Captains. »Ich weiß, wie Sie sich gerade fühlen. Aus Erfahrung. Glauben Sie mir, es ist die Hölle auf Erden.«

Und das tat er. Claire hatte ihn in einer ähnlichen Situation erlebt, als seine Freundin, Brianna, das Opfer gewesen war, und es war nicht schön gewesen. Schlagartig war ihr klar, dass gerade die zweite Erinnerung innerhalb von nur ein paar Minuten wie ein Blitz aus heiterem Himmel wiedergekommen war. Taumelnd vor Aufregung und Erwartung, sagte sie sich nichtsdestotrotz, auf den Boden zurückzukommen. Das war nicht die Zeit zu jubeln, nicht während sie neben einem trauernden Witwer stand. Aber alles stand kurz vorm Wiederkommen; sie spürte es instinktiv.

Als die beiden Männer einander anstarrten und in schweigender Anteilnahme nickten, wusste Claire, sie sollte besser die Führung bei dieser Befragung übernehmen, bevor sie diese Untersuchung in einen Lynchmob verwandelten. Sie zeigte auf vier auf dem Bootssteg stehende Metallstühle. »Was dagegen, wenn wir uns hinsetzen und ein paar Minuten miteinander reden, Captain Long? Wir wissen, Sie sind gerade erst aus dem Irak nach Hause gekommen, haben gerade erst von Ihrer Frau erfahren, aber es ist wichtig, dass wir alles wissen, was helfen könnte, Miriams Mörder zu finden.«

Oliver Long zögerte, schaute sie an, und dann Bud. Dann winkte er nur mit dem Arm in Richtung der Stühle. Sie setzten sich, aber er blieb stehen, in dieser schrecklich unnachgiebigen militärischen Positur. Er war ein auffälliger Mann, nicht außergewöhnlich groß, aber beeindruckend. Aber welcher Mann sah nicht verdammt beeindruckend in einer knackigen Marineuniform aus? Claire fragte sich, was er in der Armee machte. Er war im Irak gewesen und gab sich wahrscheinlich jetzt die Schuld, weil er nicht zu Hause gewesen war, als jemand einen Knüppel an seiner frisch Angetrauten ausprobierte.

O Gott, Miriam Long war derartig entmenschlicht worden. Claire hoffte, ihr Mann würde sie nicht sehen, bevor der Leichenbestatter seine Magie an ihrer Leiche anwendete, falls er ihr zerschlagenes Gesicht überhaupt reparieren konnte.

Oliver Longs dunkle Augen waren blutunterlaufen und müde, und er litt an Jetlag. Er sah aus, als ob er kurz vorm Kollaps stünde. Er musste ins Bett gehen und eine lange

Nacht heilenden Schlaf bekommen. Aber wahrscheinlich konnte und würde er das nicht tun.

»Haben Sie Familie, die hier bei Ihnen sein könnte, Captain?«

»Meine Mom und mein Dad sind auf dem Weg. Miriam hat keine Familie. Nur ich.«

»Gibt es irgendetwas, was wir tun können, um es einfacher für Sie zu machen?«

»Fangen Sie ihn einfach und stellen Sie sicher, dass er auf dem elektrischen Stuhl schmort.«

»Wir werden ihn kriegen.« Das war Bud, der Versprechen machte, die er vielleicht nicht halten konnte. Aber normalerweise fingen sie die Bösewichte, oder jedenfalls war es das, was ihr erzählt worden war. Sie und Harve hatten das in Los Angeles auf jeden Fall.

»Wir werden nicht ruhen, bis wir ihn finden«, sagte sie zu Oliver Long, fast genauso überzeugt wie Bud.

»Ich danke Ihnen. Das war, was ich hören musste.«

Für das erste Mal entspannte er, wenn auch nur leicht, und setzte sich ihnen gegenüber, behielt aber die stocksteife Haltung eines Marine bei, der gerade aus dem Krieg nach Hause gekommen war. »Was haben Sie bisher, Detectives?«

Nicht viel, dachte Claire, aber sie sagte: »Wir wissen, dass sie das letzte Mal an diesem Tag von ihrer Partnerin gesehen wurde, dass sie fertig gepackt hatte und bereit war, Sie in Rom zu treffen. Kay Kramer sagte, Ihre Frau war unterwegs, um ein paar ihrer gelisteten Häuser zu überprüfen, bevor sie ihren Flug nahm, nur um sicherzustellen, dass alles in Ordnung war. Wir wissen nicht, welche, aber wir werden sie uns vornehmen, eins nach dem anderen.«

Bud sagte: »Wir sollten die meisten von ihnen morgen und übermorgen durchgecheckt haben.«

»Hat sie Ihnen gegenüber jemals erwähnt, dass sie das tun wollte, Captain? Ihre gelisteten Häuser besuchen, meine ich?«

»Nein. Das letzte Mal, als wir sprachen, hat sie …«, er stoppte da, seine Stimme wurde belegt, und sie warteten ruhig, bis er sich wieder unter Kontrolle hatte. »Nein. Sie hat nur darüber geredet, hier die Dinge abzuwickeln, damit wir zusammen sein könnten. Sie war noch nie in Italien gewesen. Wir wollten uns in Rom treffen, ein paar Tage dort verbringen und dann hoch nach Florenz fahren.«

Claire atmete tief durch, wollte nachsichtig mit diesem Typen umgehen, aber sie konnte nicht. »Hat sie irgendwelche Feinde gehabt, von denen Sie wissen?«

»Miriam? Auf keinen Fall. Sie ist ein Engel.« Er stoppte wieder, seine Kinnpartie verhärtete sich. »Sie war klein und zart. Sanft wie ein Lamm. Sie würde nichts und niemanden verletzen. Sie pflegte Motten im Haus in einem Pappbecher nach draußen zu bringen, um sie nicht zerschlagen zu müssen.«

Das war wirklich ziemlich cool. Claire schlug normalerweise jeden Käfer tot, der in ihr Haus kam. Aber sie hasste Ungeziefer, jedes einzelne, besonders Spinnen. Keine neue Erinnerung. Sie hatte Moskitos ermordet, seitdem sie erwacht war. »Was ist mit alten Freunden?«

»Sie hat sich nicht viel mit Männern getroffen, bevor wir uns begegnet sind. Sie war einmal mit einer Highschool-Liebschaft verlobt, aber er starb bei einem Verkehrsunfall, kurz bevor sie aufs College wechselten. Sie ist danach nicht viel ausgegangen, hat nur gearbeitet, um ihre Karriere aufzubauen, bis sie mich traf.«

»Wo haben Sie sich kennengelernt?«

»Sie hat mir dieses Haus verkauft, als wir in Springfield lebten. Sie ist dann schließlich vor zwei Jahren hier mit mir hergezogen.«

Springfield war eine Stadt ungefähr eine Stunde südwestlich des Sees. »Hatte sie Feinde in Springfield?«

»Nein. Sie war zu nett. Es gibt niemanden, der sie nicht mögen würde.«

Seine Augen wurden ganz feucht und groß, und die Muskeln unter seinen Wangen arbeiteten, als er mit den Zähnen knirschte. Bud und sie schauten weg, bis er seine Gefühle unter Kontrolle hatte. Miriam war jetzt wirklich ein Engel, aber sie klang nach einer Frau, die die Welt hätte gebrauchen können. Der Captain brauchte sie sicher.

Claire gab ihm ein paar Minuten, um seine Fassung wiederzuerlangen, während sie auf den See hinausstarrte und sich fragte, was Black wohl machte. Wahrscheinlich sich um sie Sorgen machen.

»Captain, noch einmal, vergeben Sie uns, dass wir Sie so bald nach dem Tod Ihrer Frau belästigen. Ich weiß, das ist nicht einfach für Sie. Ich habe nur noch ein paar mehr Fragen. Uns ist aufgefallen, dass Ihr Boot weg ist. Hat Ihre Frau es möglicherweise eingelagert?«

Captain Long blickte an das Ende seines Bootsstegs, als ob es das erste Mal wäre, dass er die Abwesenheit des Bootes bemerkte. Er bestätigte das mit seiner nächsten Bemerkung. »Ich wusste nicht, dass es nicht hier ist. Ich habe es kontrolliert und untersucht, bevor ich verlegt wurde, damit Miriam keinen Ärger damit haben würde. Sie liebt es, raus auf den See zu fahren. Angeln. Wasserski fahren. Das alles.« Er schaute sie schnell an. »Meinen Sie, es könnte ein Bootsunfall gewesen sein? Dass die Verletzungen von einer Bootsschraube verursacht wurden?«

Claire fiel auf, dass er in der Vergangenheitsform sprach, aber das ließ sie ihm gern durchgehen. Die Erwähnung der Schraube ließ sie nur wieder an den Zustand des Gesichts der armen Frau denken. Charlie musste ihm vom Ausmaß der Verletzungen erzählt haben. »Ich denke nicht, Sir. Das Erste, was wir tun müssen, ist Ihr Boot wiederfinden. Können Sie uns eine Beschreibung und die Registrierungsnummer geben?«

»Natürlich. Es ist ein ziemlich neues Sportboot, rot und weiß, vier fünfundachtzig lang. Die Seriennummer und Kaufunterlagen sind im Haus bei unseren anderen Papieren.«

»Gut. Wir geben heute eine Suchmeldung an die Wasserschutzpolizei raus.«

Sie befragten ihn noch etwas länger, aber mit keinem offensichtlichen Durchbruch bezüglich Verdächtiger. Aber das Boot könnte der Schlüssel sein. Wenn sie es finden könnten, könnte es ihnen einen Hinweis auf die Identität des Killers geben. In der Zwischenzeit würden sie weiter Miriams gelistete Häuser überprüfen und alle ihre Klienten befragen. Mit Glück würde vielleicht etwas Hilfreiches ans Licht kommen. Sie verließen Captain Long, der einfach nur alleine dasaß, seine Augen aufs ferne Ufer gerichtet, und sein Kopf voll mit Erinnerungen an seine tote Frau.

15

Um vier Uhr herum an diesem Nachmittag setzte Bud Claire bei ihr zu Hause ab. Black war noch nicht da, aber ihr Handy meldete sich mit dem »Mexican Hat Dance« ungefähr zehn Sekunden, nachdem sie den Fuß auf ihre Auffahrt gesetzt hatte. Du liebe Zeit, Bud war noch nicht einmal außer Sicht. Sie sah sich nach Lichtreflexen eines Fernstechers um, um zu sehen, ob sie jemand beschattete und an Black berichtete. Nö. Mensch! Hatte er außersinnliche Wahrnehmungen, oder was?

»So, wie war dein Tag?«, fragte Black sie. Er klang außer Atem, als ob er sich beeilt hätte, oder das Seelenklempnern rund um die Uhr war doch ziemlich anstrengend.

»Gut. Ich bin gerade nach Hause gekommen, und ich sage dir eins, dieses Halbtagszeug stinkt. Es ist nicht fair, dass Bud auch meine Arbeit machen muss.«

»Ich bin sicher, Bud stört das nicht. Genieße es, solange du kannst. Du wirst stärker, du wirst früh genug wieder Vollzeit arbeiten. War die vermisste Person euer Opfer?«

»Ja, positive Identifizierung. Wir haben perfekte Fingerabdrücke von ihrer Haarbürste bekommen. Sie heißt Miriam Long. Wohnt an der Seestraße neben dem Bagnell-Damm. Der Name ihrer Immobilienfirma ist Kramer und Long. Mal von ihnen gehört?«

»Nein. Die Identifizierung sollte die Untersuchung vereinfachen.«

»Bud versucht diesen Nachmittag, einige ihrer Klienten aufzutreiben. Morgen werden wir uns einige ihrer Liegenschaften anschauen. Wir versuchen, ihr verschwundenes Boot zu lokalisieren. Ihr Ehemann war im Einsatz, aber er ist jetzt wieder hier. Er ist informiert worden.«

»Großer Gott, dieser arme Kerl, zu so etwas nach Hause kommen zu müssen. Wie fühlst du dich. Ist dein Energielevel noch oben?«

»Gut. Schon gelangweilt, jetzt wo ich zu Hause bin und nichts zu tun habe.« Claire zögerte, wollte nicht hilfsbedürftig oder lächerlich oder – am allerschlimmsten von allem – klammernd klingen. Aber um die Wahrheit zu sagen, sie begann die Gesellschaft dieses Kerls zu schätzen. Und sie hatte sich heute daran erinnert, dass sie früher zusammen Boot fahren gegangen waren. Sie ließ es zu. »Kommst du wieder her heute Abend?«

»Ja, aber ich muss mich erst um ein paar geschäftliche Angelegenheiten kümmern. Ein paar Besprechungen, die ich schon seit Wochen aufgeschoben habe. Möchtest du mit dem Boot herüberkommen und heute Nacht hier übernachten? Ich weiß nicht, wie lange das alles dauern wird.«

Sie bedachte, um was er sie gebeten hatte, und dieses große Boot, das an ihrem Steg lag, sah so furchtbar schnell und gefährlich aus. Sie würde dafür sterben, damit zu fahren. »Okay. Ich denke, du kannst mir trauen mit diesem schicken Cobalt von dir.«

»Sie gehört dir auch, denk dran. Denkst du, du findest hierher?«

»Da du dieses geile GPS-Tracking-Gerät mit Cedar Bend als Zielort drin hast, würde ich sagen Ja.«

Er lachte leise. »Warum kommst du nicht jetzt? Ruh dich etwas im Penthouse aus, wo es schön und ruhig ist. Tatsächlich ist es ein bisschen zu ruhig ohne dich und Jules.«

»Nicht so ruhig, wie hier draußen.« Sie blickte zur Veranda ihres ganz eigenen Hauses hoch und war äußerst erfreut über das, was sie da sah. »Außerdem, ich möchte herumhängen und mein Zeug durchgehen. Schauen, ob irgendetwas davon mein Gedächtnis wieder auf volle Touren bringt.«

Stille regierte kurz, als ob er nicht sicher wäre, ob diese Art der Anregung seine Anerkennung als Superpsychiater fände. »Okay. Ruf mich an, wenn du dich auf den Weg über den See machst, damit ich weiß, wann ich dich erwarten kann.«

»Komm schon, Black. Du verhältst dich wieder wie mein Puppenspieler. Ich überprüfe besser mal meine Arme, um sicherzustellen, dass nirgends Fäden angebracht sind.«

Eine weitere kleine Pause folgte. Lang genug, um Claire ein bisschen schuldig wegen ihres Tons fühlen zu lassen. Er versuchte, ihre Leine loszulassen, ihr mehr Raum zu lassen. Das hatte er heute bewiesen. Sie hatte sich danebenbenommen.

»Ja, du hast recht. Ich klinge so. Tut mir leid. Kann nichts dagegen machen. Ich mache mir Sorgen um dich.«

Claires Herz erschauderte. Er war verdammt gut zu ihr, das musste sie zugeben. »Tut mir leid, dass ich dich angefahren habe. Ich schätze, ich bin erschöpfter, als ich dachte. Ich wollte einfach nicht aufhören zu arbeiten. Es tut so gut, wieder zu arbeiten.«

»Nun, mute dir nicht zu viel zu.« Claire hörte eine

Stimme im Hintergrund. Es hörte sich wie Miki Tudor an, seine Chefassistentin. Immer makellos gekleidet in teuren, doch femininen Geschäftsanzügen und eine echte Perlenkette um den Hals. Dieses Mädchen liebte es, Black durch Knallen mit der Peitsche daran zu erinnern, seine Verpflichtungen zu erfüllen. Wenn wir schon über Puppenspieler reden … »Okay, ich muss gehen, Liebes. Ich bin unter Druck. Die nächste Besprechung fängt gerade an.«

Sie hängten auf, und sie schaute hinunter zu ihrem Bootssteg und erwog ein schönes, langes Bad in diesem ruhigen und spiegelglatten grünen Wasser, aber dann sah sie Jules Vernes kleines weißes Gesicht das vordere Fenster hinausspähen. Er musste auf dem Sitzkissen neben dem Fenster stehen, und sie konnte seinen Schwanz wie verrückt vor und zurückschlagen sehen. Er schenkte Claire ein *Gott-sei-Dank-dass-du-zu-Hause-bist-Ich-warte-schon-den-ganzen-Tag*-Hündchenlächeln. Er war einfach so ein süßes kleines Kerlchen. Und er stellte ihr nie irgendwelche Fragen. Oder sagte ihr, was sie tun sollte. Eine Sache, die sie sicher wusste, war: Black liebte diesen Hund. Sie waren wie Timmy und Lassie, Herrgott noch mal. Aber sie liebte ihn auch.

Als Claire den Sicherheitscode eingab und eintrat, war Jules sofort da, fast so froh, Claire in einem Stück zu sehen, wie es Black sonst war. Er hüpfte herum wie ein hündischer Hüpfstab, kläffte und zeigte ihr, wie sehr er sie mochte. Dann brach er irgendwie einfach auf dem Boden zusammen, wie ausgepumpt vor Freude. Sie ging in die Küche und brachte ihm ein saftiges, fleischiges Hundeleckerli, mit herzlichen Grüßen von Black, als Anerkennung für Jules Vernes hochdramatische Gunstbezeugung. Dann setzte sie sich auch hin und legte die Beine hoch, müde, aber verdammt zufrieden mit allem, während sie betrachtete, wie sie ihr Zuhause dekoriert hatte, bevor sie in diesen Fluss fiel und im Niemandsland landete. Sie mochte alles, was sie sah, also schätzte sie, hatte sich ihr Geschmack nicht groß verändert. Sie mochte auch Black noch, aber was zur Hölle war da auch nicht zu mögen?

Es herrschte eine merkwürdige, befremdende und unglaubliche Sachlage, ja, das stimmte ohne Zweifel. Ihr ganzes Leben war umgestülpt und blieb zumindest für den Moment so. Nachdem sie sich ein paar Minuten der vollkommenen Entspannung hingegeben hatte, die Füße hoch, die Augen geschlossen, stand sie auf und bewegte sich in die Küche. Sie verbrachte einige Zeit damit, die Küchenschränke durchzusehen und sich damit vertraut zu machen, was sie hatte und was nicht. Sie durchsuchte die Tischschublade nach etwas auch nur entfernt Interessantem oder Aufregendem oder den Geist Anregendem, fand aber lediglich ein paar bezahlte Stromrechnungen und einen Vorrat von Extra-Scheckbüchern. *Nada.* Tja, kein Brief, der ihr Leben in zwei Absätzen erklärte, obwohl das wirklich Grund zur Begeisterung gewesen wäre.

Nach einer Weile, als sie nichts mehr mit sich anzufangen wusste, schaltete Claire den gigantischen, in die Wand eingelassenen Fernseher an und schaute Nachrichten. Auf KY3 aus der nahen Stadt Springfield gab es einen knappen Überblick über den Fall, nur eine Blitzmeldung mit einem kurzen und prägnanten Interview mit Sheriff Ramsey. Er erzählte ihnen absolut nichts, das aber in einer sehr politikerhaften, cleveren Art. Und nicht ein einziges, einsames Schimpfwort. Nicht einmal sein liebstes und ziemlich seltsames: *Dadgummit.*

Es war nicht viel im Kühlschrank, nichts Genießbares, um genau zu sein, also schrieb Claire eine geistige Notiz: *So schnell wie möglich* Lebensmittel einkaufen. Oder vielleicht sollte sie einfach jetzt sofort den Explorer aus der Garage holen und sie besorgen. Sie konnte nicht für ewig ein mit Argusaugen beobachteter Invalide bleiben, sogar wenn ihr Hausmädchen aussah wie ein griechischer Gott. Ja, alle meinten es natürlich gut, aber sie wollte der Herrscher über ihr eigenes Schicksal sein und dieser ganze Scheiß, sie sollte ihr Zeug besser auf die Reihe kriegen.

Der Extrasatz Autoschlüssel war in einer Schüssel auf der Küchentheke. Sie hatte keinen Schimmer, wo der andere Satz war. Wahrscheinlich genoss er auf dem Grund des Flusses zusammen mit ihrem Führerschein ein Schlammbad. Sie fischte die Schlüssel aus der Schüssel und machte sich auf den Weg zur Garage. Ihre Hand war am Türknauf, als ein Klopfen an der Haustür sie ziemlich erschreckte. Die Nerven gespannt und aufgeregt wie neugeborene Drosseln, zog sie sofort ihre Glock, als ein lächerliches Prickeln des Schreckens Gänsehaut auf beiden Armen erzeugte. Sie war, seit sie aufgewacht war, nicht oft allein gewesen. Und sie fand gerade heraus, dass sie sich ihrer Sicherheit nicht so sicher war, wie sie gedacht hatte. Nö, der Gedanke, die Tür zu öffnen, ohne zu wissen, wer draußen stand, gefiel ihr gar nicht. Und das würde sie auch nicht, außer es waren Black oder Bud, oder die andere Handvoll Leute, denen sie in letzter Zeit begegnet war. Dieses Amnesiezeug langweilte ziemlich, und das sehr schnell.

Den Mauerrand neben der Tür entlang konnte sie durch das Fenster sehen, dass ein Mann und ein kleines Mädchen auf ihrer Veranda standen. Der Typ war groß und schlank mit ziemlich langem blondem Haar. Er sah irgendwie ungepflegt aus, ein Bartschatten verdunkelte die Winkel seines Kinns. Er war eigentlich ein ziemlich gefährlich aussehendes Individuum, bis sie den Disney-Picknickkorb in seiner linken Hand erblickte. Das kleine Mädchen kniete vor dem Fenster, wo Jules mit beiden Vorderpfoten am Glas kratzte und vor Vergnügen jaulte.

Nun, Claires Hund schien sie zu kennen. Sie wiederum hatte keinen von beiden jemals gesehen. Sie sahen nicht ausnehmend bedrohlich aus und waren auch nie in einem ihrer nächtlichen Albträume aufgetaucht, also entschied sie, dass sie wahrscheinlich mit ihnen fertig würde. Und sie war mit zwei ernst zu nehmenden *Du-bist-tot-wenn-du-mich-anfasst*-Waffen ausgerüstet, was ebenfalls ein großer Pluspunkt in besagtem Szenario war.

Claire steckte die Glock zurück und öffnete die Tür. »Ja?«, sagte sie zu dem Mann.

»Ja?«, erwiderte der Typ und ja, es klang ein bisschen sarkastisch, aber dann lachte er laut. »Komm schon, Claire, ich weiß, dass du ein paar Gehirnzellen bei deinem Tauchgang im Fluss oder sonst wo verloren hast, aber ich bin's. Niemand vergisst mich. Ich bin zu toll.«

Er lächelte wieder, ein sehr nettes Lächeln. Er war süß, ganz recht, nicht so ungepflegt wie zuerst gedacht, aber mit einem sexy dunklen Backenbart und das blonde Haar lang genug, um es hinter die Ohren zu klemmen. Er trug ein weißes T-Shirt mit V-Ausschnitt und enge Levis und weiße

Turnschuhe. Er hatte ein *Semper-Fi*-Tattoo auf seinem Oberarm. Ein Marine, wie Oliver Long. Das kleine Mädchen war wunderschön und blond und winzig und starrte aus riesigen kornblumenblauen Augen hoch zu Claire.

»Und Ihr tolles Selbst ist …?« Aber irgendwie beschloss Claire, dass sie ihn kannte. Und sie wusste spontan, dass er ihr etwas bedeutet hatte. Sie wusste nur nicht, was. Vielleicht konnte er ihr das erzählen.

»Joe McKay, Ma'am, zu Ihren Diensten. Das ist mein perfektes, kleines Lizzie-Mädchen, das ziemlich in dein kleines, hyperaktives Hündchen verliebt ist. Sie möchte gern wissen, ob Jules zu Hause ist und mit ihr zum Schwimmen gehen kann?«

Jules beantwortete das damit, dass er an Claire vorbei durch die Tür raste und mit einem Satz in die Arme des Kindes sprang. Das ließ Lizzie nach hinten schwanken und rief Lacher bei ihnen allen hervor. Lizzie rannte mit dem Pudel nach drinnen, aber ließ ihn schnell runter und heftete sich mit der süßesten und engsten Beinumarmung an Claires Knie. Claire kniete nieder und hielt das Kind für einen Moment dicht an sich, und alle möglichen Erinnerungen fingen an, Gefühle in ihrem Herzen hervorzuzerren und zum Leben zu erwecken. Also das war das Kind, das sie laut Black gehört hatte, während sie im Koma lag.

»Danke für diese dicke Umarmung, Lizzie. Ich bin froh, dass du mich besuchen kommst.« Lizzie lächelte dann, sagte aber kein Wort, haute nur mit Jules ab zur Couch. Sie warf sich drauf, und Jules folgte ihr und machte es sich auf ihrem Schoß bequem.

»Mach dir keine Sorgen, du kennst uns. Genau genommen liebst du uns.« Joe McKay bedachte Claire immer noch mit etwas, was man eindeutig als äußerst charmantes, unbekümmertes Grinsen bezeichnen könnte. »Eigentlich, habe ich fast vergessen, sind wir verheiratet. Haben uns letztes Jahr nach Las Vegas geschlichen und haben es durchgezogen. Wir haben es geheim gehalten. Deshalb hat es dir niemand erzählt. Wir gehen also besser schnell hoch ins Bett, es ist verdammt lang her.« Seine Augen arbeiteten sich in der höchstmöglich vorstellbaren lüsternen Art hinunter über Claires Körper. »Du siehst heiß wie die Hölle aus, wirklich, Detective.«

»Ja, klar, Mr Toll. Ich leide ja vielleicht an Amnesie, aber ich bin nicht dumm genug auf so eine plumpe Anmache reinzufallen.«

»Nun gut, es ist immer einen Versuch wert. Also, darf ich hereinkommen und deinen Tag versüßen?«

Claire konnte nicht anders als lächeln. Dieser Joe-McKay-Typ war einfach *oh-so-verdammt-selbstsicher.* Er versprühte Sexappeal, fast so viel wie Black. Andererseits, niemand versprühte mehr Sexappeal als Black. Ausgehend von dem, was sie von ihr bekannten Frauen wie Monica und Miki gehört hatte, und auch Bud, fielen Frauen in Nicholas Blacks Kielwasser der Reihe nach ohnmächtig um wie hechelnde Mädchen. Das war, wie sie immer dazusetzten, bis er Claire traf. Aber Claire konnte sich durchaus in solche hechelnde Mädchen hineinversetzen, o ja. Sie sagte: »Ich schätze, du kannst hereinkommen, aber nur, dass du es weißt, ich hab dich nie zuvor gesehen. Denke mal, ich muss deinem Wort vertrauen, dass ich dich kenne.«

»Kannst du einem Kerl, der völlig ausgehungert nach

deiner Zuneigung ist, eine kleine Umarmung schenken? Lizzie hat eine bekommen. Ich wette, Jules hat auch eine gekriegt.«

Joe McKay hatte sie in seinen Armen, bevor sie widersprechen konnte, und verpasste ihr eine enge, schnelle *Ich-meine-es-wie-verrückt*-Umarmung. »Gott, bin ich froh, dass es dir gut geht«, sagte er sehr tief. »Ich habe dich vermisst, wie du es nicht glauben würdest.« Er hielt sie ein bisschen zu lange danach für ihren Geschmack. Aber dann ließ er sie los und drückte sich lächelnd an ihr vorbei ins Wohnzimmer.

»Hey, bist du hungrig, Claire? Ich habe köstliches Essen, genau hier in diesem Korb.«

»Du hast mir Essen gebracht? Warum? Wie kannst du wissen, dass ich Hunger habe?«

»Weil ich dich vermisst habe, und damit du mich und Lizzie von deinem Steg aus schwimmen und angeln lässt. Ich habe diese Leckereien alle selbst gemacht. Getoastete Honig-Schinken-Sandwiches und Kartoffelsalat. Bier für uns und Apfelsaft für Lizzie. Ich habe ein paar Chocolate-Chips- und Rosinenkekse gebacken, die in diesem deinem sinnlichen Mund zergehen werden.«

Claire konnte ihn nur anstarren, als er es sich in ihrer Küche so ziemlich gemütlich machte. »Ich habe keine Ahnung, wer du bist.«

»Nun, gut, schätze, darum werden wir uns heute mal kümmern.«

»Wer genau bist du?«

Joe McKay warf seinen Kopf zurück und lachte, ein zugegebenermaßen ansteckendes Geräusch. Er schüttelte seinen Kopf. »Das wird ein Spaß werden, ja, Ma'am. Was dagegen, wenn ich für Lizzie Trickfilme anmache?«

»Nur zu.«

Claire machte Platz, sie war nicht wirklich besonders beunruhigt. Der Typ schien recht harmlos zu sein, sogar albern, und er war nicht bewaffnet. Sie hatte das überprüft, als er sie umarmte. Vielleicht ein bisschen verschroben, aber dieser Kerl ging die Sache vollkommen anders an, als alle ihre anderen Freunde. Das waren diejenigen, die retrograde Amnesie und dissoziative Störungen als ernst zu nehmende Dinge betrachteten. Klein Lizzie ließ sich nieder, um *Team Umizoomi* anzuschauen, Jules Verne immer noch auf ihrem Schoß, der versuchte, ihr Gesicht abzulecken.

»Setz dich. Schau nicht so empört. Bewahrst du deine Pappteller immer noch über dem Kühlschrank auf?«

Sie zuckte mit den Achseln. »Wer weiß?« Dann erinnerte sie sich, dass sie sie erst dort gesehen hatte. »Ja, mach ich.«

»Ich sehe, du entsinnst dich schon an unsere gemeinsamen Pappteller-Erinnerungen.«

»Ich habe gerade vor fünf Minuten die Küchenschränke durchgeschaut.«

»Bist du so weit zu essen? Ich wette, du hast das Mittagessen ausfallen lassen, nicht wahr? Wahrscheinlich das Frühstück auch?«

Tatsächlich hatte sie das. Bis auf ein Stück Toast mit Butter und Brombeermarmelade. Und sie war hungrig, aber ihre Schränke waren leer. »Hatte keine Zeit. Hatte auch kein Essen da.«

»Nur eine Kleinigkeit für deine leeren Gedächtnisspeicher: hast du nie.«

Scherzkeks Joe packte seinen Picknickkorb aus. Claire hätte sich ultra-unwohl fühlen sollen bei der Art und Weise, wie er in ihr Haus gestürzt war, als ob es ihm gehörte, aber das tat sie nicht. Sie empfand etwas für diesen Mann, sie wusste das, aber sie konnte keine konkreten Schwingungen in Bezug auf ihn wahrnehmen. Aber er war interessant, das musste sie ihm lassen.

»Woher kennen wir uns?«, fragte sie ihn, setzte sich an die Theke und schaute ihm zu, wie er ein paar Pappteller aus dem Schrank nahm und einen vor sie hinklatschte.

»Ich habe dir mal bei einem Fall geholfen. Charlie hatte mich hinzugezogen. Du siehst, ich bin wirklich etwas Besonderes, habe übersinnliche Fähigkeiten und alles. Lach nicht.«

»Warum sollte ich lachen?«

»Lass mich mal so sagen, du hast keine all zu hohe Meinung von übersinnlichen Wahrnehmungen und traust ihnen nicht nicht über den Weg. Wie auch immer, danach sind wir Freunde geworden. Irgendwie.«

» Irgendwie?«

»Ja. Irgendwie romantisch für mich. Irgendwie nicht romantisch für dich.«

Claire beobachtete ihn und dachte über diese Bemerkung nach. »Aber du warst etwas Besonderes für mich, oder?«

Offensichtlich überrascht hörte McKay auf, die mit Folie verschlossenen Schüsseln mit Essen aus dem Korb zu nehmen und starrte sie an. »Gott, ich hoffe doch.«

Sie versuchte, ihre Gefühle zu ordnen, und fand, das ähnelte sehr sich aus einem pechschwarzen Raum herauszutasten. Sie sagte: »Ich habe das Gefühl, dass da etwas zwischen uns war. Ich kann das aufgrund der Art, wie du mich anschaust, sagen.«

Sie starrten sich an, still, sich gegenseitig abschätzend. Er wurde ernst.

»Nun, ich versuche es zu verbergen.«

Claire runzelte verwirrt die Stirn.

»Okay, es gab da eine Zeit, da war ich verdammt verliebt in dich.«

Ich kann dir gar nicht sagen, wie seltsam mein Leben ist, dachte sie. *All diese Leute, die mich gern haben, und ich muss sie fragen, wer und was und warum.* »Und ich? War ich in dich verliebt?«

»Du warst in Nick Black verliebt. Bist es noch.«

Sie dachte einen Moment darüber nach. »Also haben wir uns wegen Black getrennt?«

»Wir waren nie zusammen, nicht dass ich es nicht wie verrückt probiert hätte. Ich würde es jetzt probieren, wenn ich dächte, ich hätte eine Chance.«

Das kam fast als Frage heraus. »Hast du jetzt Gefühle für mich?«

»O ja. Aber wie ich gerade gesagt habe, du hast nur Augen für Nick. Du bist ihm zuerst begegnet, verdammt noch mal!« McKay lachte, aber der Humor spiegelte sich nicht in seinen Augen wider. »Die Geschichte meines Lebens. Einen Tag zu spät. Einen Dollar zu wenig. Die Frau meiner Träume an einen reichen Seelenklempner verloren.«

»Ich erinnere mich an kaum jemanden. Nicht an ihn. Nicht an dich.«

»Das wirst du. Und verstehe mich nicht falsch. Nick ist ein toller Typ. Er liebt dich, und du liebst ihn. Es ist nur eine

Frage der Zeit, bevor du das wissen wirst. Es wird alles zurückkommen. Gib dir Zeit. Es ist noch nicht so lange her.«

Er war ehrlich, aber Claire hatte immer noch ein bohrendes Gefühl, was sie beide betraf. »Ich erinnere mich, etwas für dich empfunden zu haben. Ich bin nur nicht sicher, was das war. Ich erinnere mich auch nicht genau, was ich für ihn empfunden habe, aber ich weiß, dass wir vor dem Unfall zusammen waren. Und ich mag ihn.«

»Wie schon gesagt, du wirst dich früher oder später erinnern. Es hieß jetzt schon eine ganze Weile ›Hände weg‹ für mich. Und glaube mir, ich bin nicht masochistisch genug, um mich wieder einer derartigen Abfuhr auszusetzen.«

»Wenn ich ihn so sehr liebe, wie alle sagen, warum kann ich mich nicht erinnern, was ich für ihn empfunden habe?«

Diesmal war er vollkommen nüchtern und ließ das wissende Grinsen wie eine heiße Kartoffel fallen. »Ich weiß nicht, Claire. Die Auswirkungen von Gehirnverletzungen sind schwer zu verstehen. Nick sagt, du bist bald wieder wie neu, und ich glaube ihm. Er weiß, wovon er redet.«

»Kannst du deine außersinnlichen Wahrnehmungen benutzen, um mir zu helfen, mich zu erinnern?«

Da grinste Joe, wieder ganz locker und zu Späßen aufgelegt, einfach so. Anstellen, ausschalten, und sie entschied, er wäre wirklich ziemlich anziehend auf die Art, wie unartige, alberne Jungen es sind. Sie stellte ihn sich in einer schwarzen Lederjacke auf einer gigantischen Harley vor, mit jedem Mäuschen flirtend, das vorbeikam. »Was ist so lustig?«, fragte sie ihn.

»Du hast mich mit meinen ›sogenannten‹ Kräften, wie du sie nennst, immer aufgezogen. Als wir uns das erste Mal begegneten, hast du mich einen Kurpfuscher, Scharlatan und Hochstapler genannt, und du hast weitergemacht mit den Beschimpfungen.«

»Das hört sich an, als wäre ich ziemlich grob gewesen.«

»Das warst du, und leider Gottes bist du es noch. Nicht andauernd. Nur, wenn du es sein musst.«

Nun gut, das war der erste ihrer Freunde, der sie auf einen ihrer Fehler hinwies. Schätze, er war entweder unhöflicher oder ehrlicher, suchen Sie es sich aus. Sie sah ihm zu, wie er einen Teller für Lizzie fertig machte und ihn zu ihr hinüberbrachte.

»Es ist in Ordnung, wenn sie auf der Couch isst, oder? Sie ist ziemlich geschickt für ihr Alter. Und mit der Schnabeltasse kleckert sie nicht.«

»Sicher.«

McKay kam zurück, stellte einen Hocker neben sie, nahm ein Schinkensandwich und nahm einen großen Bissen.

»Zeig mir, wie es funktioniert. Dein übersinnliches Ding. Kannst du mir sagen, ob ich mich jemals erinnern werde? Und wann? Bevorzugt Zeit, Datum und Jahr.«

»Nun, das klingt wie dein altes Selbst. Frech wie Sau.«

»Bitte, ich meine das ernst.«

McKay beäugte sie feierlich, während er fertig kaute, herunterschluckte, die Lasche seines Bud Lite abzog und einen Schluck nahm.

»Okay, wenn du willst. Wir können es probieren. Ich muss dich berühren. Was dagegen?«

»Nicht, solange du die Situation nicht ausnützt.«

»Normalerweise nütze ich die Situation aus und das, wann immer sich die Gelegenheit ergibt. Aber da du in der

Genesungsphase bist und so, werde ich mein Verlangen unterdrücken und dich nicht anspringen, aber es wird hart.«

Sie starrten sich an. Sie mochte diesen Kerl ziemlich, glauben Sie es oder nicht. Dann nahm er ihre Hand und hielt sie flach zwischen seinen Handflächen. Er schloss die Augen.

Sie studierte sein Gesicht, während er sich konzentrierte, aber als er seine Augen wieder öffnete, sah er nicht so aus, als wäre er bereit, gute Nachrichten vom Stapel zu lassen. Tatsächlich sah er aus, als wenn er bereute, es getan zu haben.

»Du bist in Gefahr. Guter Gott, Claire, ich sehe jedes Mal, wenn ich dich berühre, die gleiche Sache. Es ist wieder jemand hinter dir her, glaube mir. Ich weiß nicht wer, aber ich kann es spüren. Es erwartet dich mehr Ärger. Du musst vorsichtig sein und aufpassen.«

Nun, sie bedauerte, dass sie gefragt hatte. Vielleicht war er ein Hochstapler. »Bist du überhaupt gut bei so was, oder hast du dir das gerade ausgedacht?«

»Manchmal bin ich gut. Manchmal kommt gar nichts. Ich hoffe bei Gott, dass es diesmal nicht stimmt. Du bist schon durch die Hölle und wieder zurück. Es wäre wahrscheinlich besser, du würdest dich an die ganze Scheiße, die du durchgemacht hast, gar nicht erinnern. Das kannst du mir glauben.«

»Kannst du mir wenigstens sagen, wer hinter mir her ist?«

»Ich weiß es nicht. Ich habe kein Gesicht gesehen. Ich habe gefühlt, er ist dir nahe, dass er dich beobachtet. Du musst sehr vorsichtig sein, wem du dich anschließt, bis du weißt, wer wer ist. Du hättest auch mich nicht reinlassen sollen, ich hätte er sein können. Ich hätte gefährlich sein können.«

»Das klingt unheimlich vage und mehr als Unheil verkündend. Und weißt du was, ich denke, du bist gefährlich.«

»Gut. Bin ich. Nur nicht für dich. Du musst aufpassen. Ich mein ja bloß. Geh nicht allein los und bring deinen süßen kleinen Hintern in Schwierigkeiten.«

Danach aßen sie und ließen das Thema ihrer unmittelbaren Gefährdung fallen. Er erzählte ihr, dass er sein altes viktorianisches Haus in Springfield renoviere, und gerade dabei sei, ein Gästehaus zu eröffnen, wo er irgendwann an den Abenden Wahrsagesitzungen abhalten würde. Er redete über sein kleines Mädchen, es war absolut kristallklar, dass er sie vergötterte. Claire fragte sich, an welchem Fall sie zusammengearbeitet hatten.

»An was für einem Fall haben wir gearbeitet?«

»Mord. Mehrfacher Mord, wenn du die Wahrheit willst.«

»Erzähl mir davon.«

»Das soll ich nicht. Black hat mir letztes Mal gesagt, als ich dich besucht habe, falls das passieren sollte, müsstest du dir die Sachen selbst zusammenreimen. Passt mir.«

»Ich nehme an, dass der Fall ziemlich grausam war?«

»O ja. Ich wünschte, ich würde mich nicht daran erinnern.«

Als sie mit dem Essen fertig waren, drang das Dröhnen eines Motorboots auf dem See zu ihnen durch. Claire ging zum Fenster und schaute hinaus. »Das ist Black. Ich habe ihn nicht wirklich erwartet. Ich sollte heute Nacht zu ihm kommen.«

»Das ist cool. Wir verschwinden hier. Wir sind sowieso

nur gekommen, um zu angeln und zu schwimmen. Nicht wahr, Lizzie?«

McKay und Claire starrten sich an. Sie versuchte etwas aus seinen Worten, seinem Handeln herauszulesen, versuchte mühevoll abzurufen, was er ihr bedeutete, ob denn überhaupt.

Ein paar Minuten später klopfte Black an die Vordertür und kam unverzüglich herein.

»Dachte, ich komme heute rüber nach Cedar Bend«, sagte Claire.

»Ich habe beschlossen, die Besprechungen früh abzuschließen und hierher zu kommen«, sagte er, schaute aber Joe McKay an. »Hallo, Joe. Schön, dich wiederzusehen.«

McKay trat vor und schüttelte ihm die Hand, und Claire schaute, ob sie ein Anzeichen von Feindseligkeit oder Unfrieden entdecken konnte. Nichts, was sie ausmachen konnte.

»Ja, gleichfalls. Lizzie und ich haben nur hereingeschaut, um ein bisschen zu angeln.«

Black schaute das kleine Mädchen an, das andächtig vor dem Cartoonprogramm saß. »Hallo, Lizzie.«

Zu Claires Überraschung rannte Lizzie zu Black und umarmte seine Beine. Er nahm sie hoch und hielt sie im Arm, und das Kind schlang seine Arme um seinen Hals. Also schienen die drei auch gute Freunde zu sein, alles prima, wie es besser nicht sein könnte. Claire fühlte sich ein bisschen wie das fünfte Rad am Wagen, eine Fremde, die bei drei guten Freunden reinplatzt, aber sie schüttelte das Gefühl als unsinnig ab.

»Wir sind zum Fischen herausgekommen und haben beschlossen, unseren Picknickkorb mit dem Detective hier zu teilen«, sagte Joe zu Black. »Es sind noch ein paar Schinkensandwiches übrig, falls du etwas möchtest.«

»Danke, aber ich habe Abendessen aus Cedar Bend mitgebracht. Ich habe auch ein paar Lebensmittel für dich mitgenommen, Claire. Für diese Woche, während ich weg bin. Ich hoffe immer noch, du änderst deine Meinung und fliegst mit mir nach Miami.«

»Ich würde, aber ich möchte wirklich nicht den Abend bei Jeepers mit den Mädels verpassen. Ich möchte Monica und Nancy besser kennenlernen. Und Bud und ich müssen an diesem neuen Fall arbeiten.«

Black sah nicht begeistert aus und sagte nichts, weder ja noch nein. Also füllte Joe McKay das Schweigen. »Das ist ein toller Platz, Jeepers, meine ich. Eine tolle Band, viel Karaoke und gutes Essen obendrein. Besonders die Pizza für Fleischliebhaber.«

»Haben die Security?«, fragte ihn Black.

»O ja. Claire wird dort so sicher sein wie nur möglich. Sie haben große Jungs an beiden Türen.«

»Gut.«

Sie redeten in ihrer Anwesenheit, als ob sie in Lizzies Alter wäre, um Himmels willen. Sie mochte das nicht, fast so wenig, dass sie den Explorer anschmeißen und sie unter sich über sie reden lassen könnte. Was dachten diese Kerle, wer sie waren? Ihre Mutter? Sie war eine bewaffnete Polizistin. Und was zur Hölle war zwischen ihnen dreien abgelaufen Eine Art perverses, romantisches Liebesdreieck? Liebte sie alle beide? Oder keinen? Sie zweifelte ernstlich an diesen Schlussfolgerungen. Wenn sie einen von ihnen hätte zappeln lassen, was wahrscheinlich McKay gewesen wäre, war es jetzt sicher vorbei. Sie schwor, das alles schnellstens herauszufinden, weil es ihr bis oben hin stand, in Ungewissheit gelassen zu werden. Black musste ihr alle Fragen beantworten. Weil – die Wahrheit war, sie erinnerte sich an kaum etwas, und es sah für sie nicht so aus, dass sich das ändern würde. Es war also Zeit, sie einzuweihen, und das würde er tun, oder sie würde jemanden finden, der das für ihn übernahm.

16

Freitagabend holte Monica Wheeler Claire pünktlich um sieben Uhr an Blacks von einem privaten Sicherheitsdienst bewachten, draußen gelegenen Eingang in Cedar Bend ab. Wie es sich ergab, hatte sich Black an diesem Nachmittag schon früher von Claire verabschiedet, seinen persönlichen, glänzenden und schicken Learjet geordert und flog wahrscheinlich jetzt schon irgendwo über Tennessee oder Georgia, auf gutem Weg nach Südflorida. Er hatte nicht viel über Joe McKays Auftauchen in ihrem Haus oder über ihren Frauenabend am Freitag gesagt. Er hatte ausreichend umgänglich auf ihr Verlangen reagiert, auf sich selbst gestellt ohne ihn an ihren Rockschößen loszuziehen.

Andererseits kannte Claire ihn nun gut genug, um zu wissen, dass er es nicht ein bisschen mochte. Tatsächlich wollte er nicht, dass sie irgendwo ohne ihn war, ohne dass er dabei war und Wache stand. Besonders, wenn Joe McKay involviert war. Allerdings zeigte Black sein übliches gelassenes und beherrschtes Selbst. Selbstbeherrscht, da können Sie drauf wetten, sogar in höchstem Maß. Was sie irgendwie schuldig fühlen ließ, was sie auch ärgerte an ihm und was sie auch warnte, dass Nicholas Black sie nur zu gut kannte und wusste, wie er sie zu nehmen hatte. Schließlich wurde behauptet, er wäre der heilige König der Kopfdoktoren.

So beschloss Claire, den Doktor vollkommen aus ihrem Kopf zu verbannen, als sie mit dem Fahrstuhl hinunterfuhr und in Monica Wheelers rotes Sebring-Kabrio einstieg. Monica lachte und war glücklich, und sah wirklich süß in dem weißen Jeansrock aus, dem schwarzen Trägerhemd und den schwarzen Wildledersandalen. Claire hatte ihr übliches T-Shirt an, weiß diesmal, und schwarze Jeans, und eins von Blacks schicken, weißen Oberhemden, superweit genug, um ihr Schulterholster zu verbergen. Ja, sie hatte ihre beiden süßen, kleinen Waffen in ihren süßen, kleinen Bettchen verstaut, bereit einzugreifen, wenn irgendein Schwarzer Mann sie ansprang.

Okay, die Wahrheit? Jedermanns ständig aufgeblasene Paranoia wegen ihrer Sicherheit ging ihr langsam unter die Haut. Ja, einhundertprozentig auf der Hut, das war sie. Die Glock war griffbereit, die .38er steckte sicher an ihrem Knöchel. Ihre Marke hing an der Kette unter dem Ausschnitt ihres T-Shirts verstaut, um es den großen, vierschrötigen Rausschmeißern hinzuhalten, die angeheuert waren, um die ungehobelten Gäste des Jeepers zu beschützen. Claire war nicht annähernd so gut aufgelegt und Disney-World-glücklich wie Monica. Um die Wahrheit zu sagen, sie fühlte sich gereizt, sauer, und bereit, mit ihrem Leben weiterzumachen. Sie hatte genug davon, nur halbtags an der Long-Untersuchung zu arbeiten und dem Gefühl, dass alle gemeinsame Sache machten, um relevante Informationen im Verborgenen, in einem dunklen, tiefen Brunnen und weit weg von ihrem Sammelbehälter zu halten. Vielleicht würden diese neuen Freundinnen ihr eine Chance geben, ihre Wut abzulassen, nachdem keine von ihnen sie vor dem Unfall kannte. Leute, die genauso wenig über sie wussten, wie sie über sie. Hörte sich das nicht schon einmal gut an?

Das Jeepers lag in einem großen Yachthafen, der zumindest hundert Boote beherbergte, und in Gehweite einer ständig belebten, im Freien gelegenen Touristenfalle und Shopping-Mall. Der Ort war per Boot oder Auto erreichbar, und er schien ein springlebendiger In-Treff zum Abhängen zu sein, dem vollgestopften Parkplatz und der lauten Musik nach zu urteilen, die in den frühen Abend mit der riesigen, orangefarbenen untergehenden Sonne als Hintergrund hinausplärrte.

Es gab zwei Sicherheitsleute, beide groß und böse und glatzköpfig, ganz in Schwarz gekleidet wie deftige und überentwickelte Ninja-Attentäter. Nein, sie würden nicht in den Baumwipfeln herumtanzen wie in diesen coolen chinesischen Filmen. *Hey, ich erinnere mich an chinesische Kinofilme. Toll, das wird sich sicher als nützlich erweisen beim Aufklären von Mordfällen im ländlichen Missouri.* Der größere Türsteher, ungefähr von der Größe New Jerseys, und der kleinere, eher wie Rhode Island, winkten sie herein, ohne Claires Marke anzusehen. Schätze, er hatte all ihre geladenen Waffen nicht bemerkt.

In dem lauten Restaurant mit Bar waren alle Tische voll mit Menschen, die rau und laut, aber gutmütig, jede Menge Spaß hatten. Die Gruppe nannte sich Handshakes und war auf Tour aus Los Angeles. Sie waren richtig gut und hatten einen höllisch guten Schlagzeuger namens Todd Ramsey. Sie windeten sich gerade durch einen ihrer Songs namens »Vacation«, kurz bevor sie Pause machten. Das Amateurkaraoke begann sofort mit »Friends in Low Places« von Garth Brooks. Ja, daran erinnerte sie sich auch. Vollkommen unwichtige Dinge schienen in den erstarrten Tiefen ihres

Verstands von großem Gewicht zu sein, wohingegen sie sich an so gut wie nichts über sich selbst erinnerte, da soll einer draus schlau werden. Temporärer Gedächtnisverlust war unerträglich, und sie war ziemlich gereizt. Claire verbarg diesen inneren Aufruhr vor ihren neuen Freundinnen allerdings.

»Da ist Nancy«, schrie Monica über das betäubende Röhren der Musik und das ausgelassene Gelächter hinweg. »Sie muss bis acht an der Bar bedienen und dann kann sie zu uns an den Tisch kommen. Schau, an der Bar sind gerade zwei Plätze frei geworden. Komm, los, lass sie uns schnappen, bevor es jemand anderes tut.«

»Hey«, sagte Nancy, die zu ihnen kam, als sie sich auf die hohen Barhocker setzten. Ich hab schon nach euch Ausschau gehalten. Was kann ich euch bringen? Geht aufs Haus. Ich lade euch ein.«

»Ich nehme einen Erdbeer-Daiquiri«, sagte Monica, ohne einen Moment zu zögern.

»Ich auch.« Teufel auch, Claire wusste nicht, was sie außer Tafelwasser mochte. Heute Abend würde wahrscheinlich jedes alkoholische Getränk seinen Zweck erfüllen. Sie hatte einige ernste Sorgen zu ertränken.

Für etwa die nächsten dreißig Minuten nippten sie an ihren eisigen Drinks und beobachteten, wie die wilden und verrückten Gäste sich zum Affen machten. Dann jedoch kam ihr Polizeitraining durch, und sie hörte dem lauten Gelächter zu und hielt nach Auseinandersetzungen Betrunkener Ausschau. Vielleicht war sie einfach kein Kneipengängertyp, nicht für Frauenabende oder derartige Vergnügen geschaffen. Handshakes war immer noch hinter der

Bühne, und das Karaoke rief immer noch Freudenschreie hervor. Monica und Nancy versuchten immer noch, sich über das mordsmäßige Getöse im Restaurant hinweg über Monicas kürzlichen Umzug aus Cedar Bend in ihr neues Haus zu unterhalten. Claire wusste das schon, weil sie Monica geholfen hatte, Sachen aus ihrem Zimmer in Blacks Apartment zu tragen. Black machte kein Geheimnis daraus, dass er erleichtert war, dass Monica jetzt ihr eigenes Heim hatte, sodass er und Claire mehr Privatsphäre hatten, aber Claire vermisste schon ihr breites, freundliches Lächeln und liebeskrankes Geplapper über ihren »Liebling Jesse«. Das waren Monicas geistig verwirrte Worte, nicht Claires.

Irgendein Ausgeflippter stand jetzt auf der Bühne, angezogen wie Darth Vader, großer schwarzer Helm und alles. Warum, wusste sie nicht. Es war sicher nicht Halloween oder der Hollywood Boulevard hier. Er begann, eine wirklich dubiose Interpretation von »Tiptoe Through the Tulips« in der Vader-Stimme zu singen, was schon für sich bizarr war. Aber er bekam eine Handvoll begeisterten Applaus, was Claire eindeutig bewies, dass selbst eine meckernde Ziege in den Räumlichkeiten des Jeepers bejubelt werden würde.

Nancy fasste ihre Hand. »Komm schon, Claire, geh da hoch und sing uns ein Lied.«

Claire schüttelte den Kopf. »Mh-mh, auf keinen Fall, das ist nicht mein Ding.«

Monica, neben Claire sitzend, war mehr als interessiert, schnellstens auf die Bühne zu klettern. Sie blätterte mit großem Eifer durch den Ausdruck der Songliste. »Oh, schau, hier gibt's was von Whitney Houston. Ich liebe ihre Stimme.«

»Ja«, sagte Nancy und lehnte in ihrer besten Barkeeper-

Pose mit einem Arm an der Theke. Alles, was sie noch brauchte, waren ein paar Schnapsgläser zum Polieren. »Vielleicht können wir, wenn ich Schluss habe, zu dritt etwas von den Supremes machen. Wie wär's mit ›Stop in the Name of Love‹?«

Hey, Claire erinnerte sich auch an das Lied, und an Diana Ross. Sie verwandelte sich in den reinsten Popmusik-Kenner. Warum erinnerte sie sich nicht an die wichtigen Dinge? Sie wünschte, Black könnte ihr das erklären. Sie schüttelte den Kopf auf Nancys Angebot hin und weigerte sich höflich, an dem Höllenspektakel mit Mikrofon vor ihnen teilzunehmen. Aus irgendeinem Grund war Claire leicht skeptisch gegenüber diesem Geträller von Goldenen Oldie-Liedchen vor sturzbetrunkenen, pfeifenden, geilen Kerlen. Während ihre beiden mutigen neuen Freundinnen über das Duett diskutierten, das sie singen würden, wünschte sie, Black wäre zu Hause in Cedar Bend und dass sie da mit ihm wäre.

Als Claire über die jugendliche Meute hinwegschaute, die sich so wunderbar amüsierte, fragte sie sich, ob einer von ihnen Miriam Long totgeschlagen haben könnte und das jetzt mit einem Krug voll schäumendem Bier vom Fass feierte. Ein paar dieser Stammkunden hier sahen durchaus fähig zu solchen Verbrechen aus, ihren geschmacklosen Hakenkreuz-Tätowierungen, dreckigen Bärten und fettigen Pferdeschwänzen nach zu urteilen. Aber es gab natürlich auch patriotischere Tattoos, muss fairerweise gesagt werden, die amerikanische Flaggen, hübsche rote Rosen, verschiedene Mädchennamen und »Mom«, von einem Herz umrahmt, darstellten – das war somit das Gute.

»Ich bin als Nächste dran«, informierte Monica sie ein paar Minuten später. »Ich werde ›Somewhere over the Rainbow‹ singen. Wünscht mir Glück.«

Innerlich verneigte sich Claire vor Monicas mutiger Wahl und hoffte, der Erdbeer-Daiquiri hätte ihr nicht falsche Hoffnungen gemacht. Nancy und Claire beobachteten ihre zierliche Freundin, wie sie sich den Weg zu der kleinen erhöhten Plattform auf der Vorderseite des Raums durchschlängelte. Sie bekam Applaus und Pfeifkonzerte von mehreren Kerlen. Nur wegen ihres guten Aussehens, vermutete Claire. Nein, Claire würden keine zehn Pferde da hochkriegen, mit diesem Mikrofon in ihren schweißnassen Händen.

»Sie ist ziemlich gut«, erzählte Nancy ihr. »Sie und ihr Freund waren dieser Tage da und haben zusammen ein paar Songs aufgeführt.«

»Du meinst Jesse? Er scheint ein ganz netter Kerl zu sein.«

Nancy lehnte sich näher herüber. »Ich hasse wirklich, das zu sagen, Claire, aber wenn du die Wahrheit wissen willst, ich denke, er ist ein bisschen komisch.«

»Echt? Wieso?«

»O ja, und wenn man vom Teufel spricht, da kommt er schon.«

Claire drehte sich um und zu ihrer Überraschung entdeckte sie, dass Monicas »Liebling Jesse« direkt auf sie zukam. Er kletterte auf Monicas Hocker neben Claire. »Hey, ich dachte, ich komme vorbei, und treffe euch alle, und schau mal, wie's euch geht. Hallo, Nancy, bring mir ein Bier, ja?«

Nancy ging, um es für ihn zu holen, und Jesse lächelte

Claire an, aber dahinter wirkten seine dunklen braunen Augen ernst, sogar bitter. »Warum singst du nicht?«, fragte er sie und kratzte an seinem Ziegenbart.

»Ich bin schüchtern und zurückhaltend.«

»Ich auch.«

Claire bekam das gleiche eigenartige Gefühl seinetwegen. Er war nett, okay, aber er hatte etwas an sich, was sie nicht richtig benennen konnte. Er beunruhigte sie irgendwie. Vielleicht war er derjenige, vor dem McKay sie gewarnt hatte, wer weiß? Er drehte sich um und beobachtete Monica, als sie anfing zu singen, und Claire war überrascht, wie gut Monicas Stimme war.

Nach der Hälfte des Songs schob sich Jesse näher heran. Sie konnte den süßlichen Duft seines Eau de Cologne riechen, fast wie Rosen. »Magst du diesen Laden?«

»Es ist ziemlich wild.«

»Warte bis Mitternacht, wenn alle voll besoffen sind. Dann dreht der Laden durch.«

Claire nickte und klatschte, als Monica ihr Lied zu rauschendem Applaus und schrillen Pfiffen beendet hatte. Am Rande einer ihrer, wie sie es liebevoll nannte, »Koma-Kopfschmerzen«, blickte Claire herum, wünschte sich wieder, sie wäre mit Black zu Hause, und wer sollte an der Tür auftauchen, wenn nicht der charmante und übersinnliche Joe McKay höchstpersönlich. Er kam auch direkt auf sie und die Bar zu und zeigte dieses ihm eigene rotzfreche und höchst überhebliche Grinsen.

»Also so was, Sie hier zu treffen, Detective.«

»Ja, wirklich, so ein Zufall.«

»Als ich hörte, du gehst aus, Party machen, konnte ich

der Versuchung einfach nicht widerstehen herzukommen. Du bist nicht gerade ein Partylöwe, also musste ich mir das selbst ansehen. Wo ist Nick?«

»In Miami bei der A.M.A., er hält das Grundsatzreferat. Wo ist Lizzie?«

»Ich habe uns ein Kindermädchen besorgt, das bei uns wohnt, eine richtig nette alte Dame namens Carol. Lizzie liebt diese Frau, sie denkt, sie wäre ihre Oma.«

Jesse lehnte sich weit herüber und lauschte ihrer Unterhaltung. Er versuchte auch nicht, es besonders zu verbergen. Also rückte sie näher an Joe und weg von Jesses süßlichem Eau de Cologne und stellte sie einander vor.

»Joe, das ist Jesse. Jesse, Joe. Jesse ist Monicas Freund.«

»Monica, deine Krankenschwester?«

»Genau die.«

Die beiden Männer nickten sich bestätigend zu, und jeglicher gehaltvolle Schlagabtausch starb ab wie ein kalter Motor. Glücklicherweise kam Nancy hinter der Bar hervor und führte sie zu einem Tisch neben der Bühne. Sie setzten sich alle hin, und die anderen fingen an, über die Band zu reden. Die Pause war beendet und sie rockten wieder. Nancy schien Joe McKay zu kennen, und er plauderte mit ihr mit demselben lässigen männlichen Charme, mit dem er mit Claire flirtete und wahrscheinlich jedem anderen weiblichen Wesen auch. Auch Monica redete angeregt über den Lärm hinweg, nur Jesse saß nur da und sagte fast nichts.

Claire machte einen heldenhaften Versuch, ihn mit einzubeziehen. »Monica hat eine tolle Stimme, meinst du nicht auch, Jesse?«

»Ja, sie ist wirklich gut.«

Jesse leerte sein Bierglas, stand dann auf und ging Richtung Theke, den leeren Krug in seiner Hand. Was war es, was sie an ihm nervte?

»Wo hat Monica denn diesen seltsamen Vogel aufgegabelt?« Das war Joe McKay, der in Claires Ohr sprach. »Er sieht wie ein Mädchen aus in diesem ärmellosen Unterhemd.«

»Du bist ziemlich unhöflich, nicht?«, stellte Claire fest, nur um sein extrem maskulines Selbstwertgefühl zu reizen, aber tatsächlich kam seine Beobachtung genau auf den Punkt. Jesse erschien manchmal ein bisschen weibisch.

»Das nennst du unhöflich?«

»Ja, das tu ich.«

»Dann hast du noch nichts Unhöfliches gehört. Hier ist was Unhöfliches: Ich denke, er ist höllisch gruselig und sieht mehr wie eine Frau als ein Mann aus.«

»Ja, das ist unhöflicher, richtig. Tatsächlich steht es am Rand zur Beleidigung. Hey, ich weiß was, McKay, warum hältst du nicht seine Hand und erzählst mir all seine innersten Gedanken? Das könnte interessant werden.«

»Glaub ich nicht. Nummer eins: Ich will ihn nicht berühren. Nummer zwei: Unmöglich zu sagen, was im Kopf von einem Kerl wie dem vorgeht.«

»Lass besser nicht Monica hören, dass du solche Sachen sagst. Sie planen, zusammenzuziehen. Sie hat einen ziemlichen Narren an ihm gefressen.«

»Nun, wie sich das anfühlt, weiß ich, o ja, mein Herr, das weiß ich ganz bestimmt.« Seine Augen gingen intensiv über ihre Person, nur damit sie auch wusste, dass er über sie sprach.

Ermüdet von seinen sexuellen Anspielungen, schwenkte Claire herum, um ihm direkt ins Gesicht zu sehen. Sie setzte ihre Mimik ein, um ihm zu zeigen, dass er bei ihr an der falschen Adresse wäre. Sein Gesichtsausdruck löste sich in *das* Böse-Junge-Grinsen auf.

Sie sagte: »Okay, ich hab's kapiert. Du magst mich. Also sag mir, McKay, was ist das da zwischen dir und mir und Black?«

McKay ließ seine spielerische Flirterei fallen wie einen Fußball beim Handspiel. »Da gibt's nichts, Claire. Das ist kein flotter Dreier, falls es das ist, was du denkst. Wir sind Freunde. Wir lieben dich beide, wenn du darauf hinauswillst. Aber er hat dich anständig und ehrlich erobert. Willste tanzen?«

Stirnrunzelnd ignorierte Claire sein Grinsen und seinen ungeschickten Versuch, sie von dem ernsten Thema abzulenken. Ein richtiger Kavalier. Sie starrte ihn an. »Gut, ich erinnere mich besser an ihn als an dich, aber ich erinnere mich auch nicht besonders, überhaupt einen von euch geliebt zu haben.«

»Nun gut, machst du.«

Claire seufzte vor Frustration und entschied, sie war jetzt mehr als bereit, diesen Abend zu beenden. Doch es war noch früh, und sie versuchte, neue Freundschaften zu schließen. Da Nancy jetzt Feierabend hatte, forderte McKay sie zum Tanzen auf. Claire beobachtete sie, wie sie sich auf der Tanzfläche amüsierten. Sie schaute auch Jesse und Monica zu, die auch miteinander tanzten, und spürte dann das überwältigende Bedürfnis, hier ganz schnell zu verschwinden.

Der Abend verging, er zog sich richtig hin, schleppte sich dahin, wie eine Ameise einen Anker zieht, aber als sie alle miteinander redeten und über McKays Witze lachten, vergnügte sie sich letztendlich. Der Spaß ermüdete sie recht schnell, aber keine Sorge, ihr Telefon vibrierte in ihrer Tasche und Blacks Name erschien als Anrufer auf dem Display. Da sie jetzt einen Grund hatte, den Tisch zu verlassen, bewegte sie sich hinaus in den Gang, der zu den Toiletten hinten führte, wo es – vielleicht – eine Idee leiser war. Der Art nach zu schließen, wie ihr Herz auf den Klang von Blacks tiefer Stimme am anderen Ende reagiert hatte, war der romantische Funke entzündet, wenn er jemals aus gewesen sein sollte. Er bedeutete ihr mehr und mehr, oh, das war sicher.

»Na, wie läuft dein Frauenabend?«

»Okay, schätze ich. Wie war dein Flug?«

»Ereignislos. Dem Klang der Musik und des Gelächters nach zu urteilen, läuft es mehr als okay.«

»Ich bin zu erschöpft für so viel Spaß.«

»Verursacht der Lärm dir Kopfschmerzen?«

Black kannte sich aus. »Es versucht in Gang zu kommen, und ist fast über die Ziellinie.«

»Nimm zwei von den Tabletten, die ich dir gegeben habe. Außer, du hast viel getrunken. Hast du?«

Claire ignorierte das, weil sie ihn wirklich vermisste, viel mehr, als sie gedacht hätte. »Nur einen Erdbeer-Daiquiri. Ich finde, ich bin nicht so der Typ für Bars.«

»Ich weiß, bin ich auch nicht. Du kannst die Tabletten nehmen, wenn das alles ist, was du hattest.«

»Wo bist du jetzt, Black? Sitzt du draußen an einem schönen Strand und hältst Ausschau nach einer Frau im Bikini, die sich an dich erinnert?«

Am anderen Ende gab Black einen kleinen Lacher von sich. »O ja, das war das Erste, was ich getan habe, als ich ankam. Genau genommen habe ich ein spätes Abendessen im Haus eines Freundes in Coconut Grave.«

In ihrem Kopf begann ein Gedanke sich wie eine Schlange zu krümmen, wollte zuschlagen und sie beißen. Sie konnte sie lange genug festhalten, um ein Gesicht zu sehen, einen älteren Mann mit weißem Haar und weißem Bart, gekleidet in weißes Leinen. Sie runzelte die Stirn, versuchte mehr herauszupressen aus diesem grauen Nebel. Es war in Miami passiert, sie wusste das, und er war Blacks Freund. Wie war sein Name? Es war so nah, aber sie konnte es nicht fassen, verdammt noch mal!

»Claire? Bist du noch dran?«

»Ja. Ich habe mich nur erinnert, dass ich mit dir dort war und deinen Freund getroffen habe, denke ich.«

Stille. Sie bekam das Gefühl, er mauerte. »Ja, das hast du.«

Black bot nichts anderes an, also bohrte sie weiter. Immer, wenn er sich zugeknöpft gab, stürzte sie sich darauf. So war sie einfach, das war der einzige Grund. »Ich habe einen Mann getroffen, weißes Haar, weiße Kleidung. Hispano vielleicht. Wir gingen zu seinem Haus. Wie war sein Name?«

»Das ist richtig. Genau da bin ich jetzt. Er sagt, ich soll Hallo sagen.«

Claire würde sich nicht abschrecken lassen. »Wie ist sein Name?«

Mehr Zögern. Claire spürte, dass er nicht antworten

wollte, in keinster Weise. »Sein Name ist José Rangos.«, sagte er ihr schließlich und machte dann einen seiner gekonnten Themenwechsel. »Wer ist bei dir?«

Jetzt war sie an der Reihe, Zeit zu schinden. »Monica und Nancy. Und Monicas Freund ist gekommen.«

»Ich wusste nicht, dass sie einen Freund hat. Wer ist er?«

»Jesse Irgendwer. Und Joe McKay ist vor Kurzem aufgekreuzt.«

Längeres Schweigen folgte. Unzufriedenes Schweigen? »Ich schätze, du hast vergessen, mir zu erzählen, dass Joe eingeladen ist. Ist er jetzt eins der Mädchen?«

»Komm schon, Black, du klingst ja fast eifersüchtig. Er war nicht eingeladen. Er ist einfach wie aus heiterem Himmel aufgetaucht.«

»Woher wusste er, dass ihr da sein werdet?«

»Wir haben darüber direkt vor ihm gesprochen. Erinnerst du dich? Aber das ist ja auch egal. Ich vermisse dich.«

»Nun, das nimmt der Tatsache, dass ich ganz allein hier unten bin, während du mit McKay zusammen bist, den Stachel.«

»Was denkst du denn? Dass ich dich ganz vergessen habe?«

»Es ist wunderschön hier. Vollmond. Sanfte, warme Brise. Flüsternde Wellen. Hätte alles deins sein können. Ich habe in dem Hotel, in dem wir letztes Mal waren, die gleiche Penthouse-Suite bekommen wie bei unserem letzten Aufenthalt. Sie gehört jetzt uns. Ich habe sie eine Woche nach unserer Abreise gekauft.«

»Aber natürlich hast du das«, sagte sie, aber sie wünschte, sie wäre da. Was er beschrieb, schlug Beat-Spelunken-Karaoke und vulgäre Tätowierungen um Längen.

»Ich vermisse dich auch. Das nächste Mal schleife ich dich mit.«

»Das nächste Mal wirst du das nicht müssen.«

»Ich möchte Liebe mit dir machen. Jede Nacht. Die ganze Nacht lang.«

Glauben Sie es oder nicht, das erregte sie. Vielleicht war es das barsche und sehnsüchtige Verlangen in seiner Stimme. Vielleicht war es das Bild, das sich vor ihren Augen formte, er in seiner Badehose an diesem Tag an ihrem Steg und all diese harten Buckel, die seinen Waschbrettbauch formten. Sie entschied, nichts davon zu erwähnen. »Dann musst du Superman sein, wenn du das kannst.«

»Wenn du nur wüsstest, welche Wirkung du auf mich hast.« Da war ein ironischer Unterton in dieser Bemerkung.

Claire lächelte, sie musste einfach. »Vielleicht können wir das tun, wenn du zurück bist.«

»Bitte sag, dass du das ernst meinst.«

»Mir ist das ernst. Ich hab gesagt, dass ich dich vermisse.«

»Ich kann in unter einer Stunde in der Luft sein.«

Sie lachte bei der Idee, war aber insgeheim erfreut. »Mach dein Ding, Black, und ich mach meins. Ich sehe dich am Dienstag. Dann werden wir sehen, wie super du wirklich im Bett bist. Ich vermute, ich kann dich übertrumpfen, gerade raus aus dem Koma und alles.«

»Wenn ich gewusst hätte, dass du so auf meine Abwesenheit reagieren würdest, wäre ich schon vor Tagen hier heruntergekommen.«

»Konzentrier dich nur auf deine Rede und hör auf, dir Gedanken über mich zu machen. Mir geht's gut.«

Zu diesem Zeitpunkt sah Claire ein paar bekannte Gesichter an einem Tisch in der entfernten Ecke neben den Schwingtüren zur Küche. »O mein Gott, Black, rate, wer hier ist.«

»Wer?« Er klang beunruhigt.

»Captain Oliver Long und Kay Kramer. Und sie sehen verdammt vertraut miteinander aus. Ich kann nicht fassen, dass sie so früh schon miteinander ausgehen.«

»Wer?«

»Du weißt schon, das Opfer draußen bei der *Falcon?* Die Immobilienmaklerin. Es ist Miriam Longs Mann zusammen mit ihrer Partnerin. Sieht wie ein richtig ernst zu nehmendes Date für mich aus. Ich denke, ich werde mal einen kleinen Schwatz mit ihnen halten.«

»Bist du bewaffnet?«

»Natürlich, sei nicht albern. Für was hältst du mich?«

»Wenn du meinst, ruf Bud als Verstärkung.«

»Du kannst mir schon ein bisschen was zutrauen. Ich werde sie nicht auf der Karaoke-Bühne in Handschellen legen. Ich werde nur mal schauen, wie sie diesen kleinen Ausgehabend erklären. Sie haben noch nicht mal die Leiche freigegeben, um Himmels willen.«

»Wenn du jetzt gleich Hilfe brauchst, sage Joe, er soll dir helfen. Er ist ein Marine. Gott, ich wünschte, ich wäre da.«

»Mach dir keine Sorgen. Ich werde nur mit ihnen reden. Ich muss los, Black.«

»Nun gut, ruf mich zurück und lass mich wissen, was passiert ist. Ich habe jetzt ein gesteigertes Interesse daran, dass du in guter Verfassung bist, wenn ich nach Hause komme. Du weißt schon, jede Menge Stehvermögen. Du wirst es brauchen.«

Während sie noch über ihn lachte, hängte Claire auf und steuerte direkt auf ihre zwei neuen Verdächtigen zu. Sie konnte immer noch nicht glauben, dass sich die beiden so bald zusammen in der Öffentlichkeit sehen ließen. Besonders in einem Laden wie dem Jeepers.

Bis sie den gemütlichen kleinen Tisch erreichte und den Anblick von Captain Longs Gesicht aufnahm, zerfielen ihre Verdächtigungen jedoch zu Staub. Er sah krank und aschgrau aus, und Tränen liefen sein Gesicht herunter. Kay Kramer weinte auch, still und mit gebrochenem Herzen. Sie sahen sie, bevor sie ihre Maschinen umdrehen, eine Art von belämmerten Rückzug antreten und die beiden in Ruhe lassen und sich gegenseitig trösten lassen konnte.

Aber der Captain war sofort auf den Beinen und wischte sich die Tränen mit dem Handrücken weg. »Haben Sie den Bastard schon gekriegt?«, waren die ersten Worte aus seinem Mund.

»Nein, Sir. Es tut mir leid zu stören. Ich bin mit ein paar Freunden hier, und wollte Ihnen nur noch einmal sagen, wie leid mir das mit Ihrer Frau tut.« *Fühle ich mich wie ein räudiger, dreckiger Hund? Da können Sie Ihr Leben drauf wetten, o ja.*

Kay Kramer ergriff Claires Hand und zog sie in den Stuhl neben sich herunter. »Bitte, erzählen Sie, haben Sie Fortschritte erzielt? Irgendetwas Neues?«

Okay, deshalb mochte sie den Scheiß mit halbtags nicht. Wie konnte sie ihnen dieses kleine Problem erklären, mh? *Tut mir so leid, aber ich lag in diesem Koma, wissen Sie, ich arbeite nur halbtags, um den brutalen Mörder Ihrer Frau aufzuspüren.* Es verursachte ihr Brechreiz. Charlie musste diese

Entscheidung revidieren und sie zurück an die Arbeit lassen, das und nichts anderes. Black würde es jetzt gutheißen, wenn sie Vollzeit arbeitete, sie wusste das.

»Wir überprüfen alle ihre gelisteten Häuser, versuchen, etwas Verdächtiges zu finden. Wo sie vielleicht hingegangen sein könnte, wer sie gesehen haben könnte, mit ihr geredet hat. Bisher haben wir nicht viel Anhaltspunkte bekommen.«

Der Captain lehnte sich zu ihr. »Mir ist etwas eingefallen, Detective. Ich war zu sehr außer mir an dem Tag, an dem Sie mich verhört haben, um mich an allzu viel zu erinnern. Ich bin nicht sicher, ob es Ihnen weiterhelfen wird oder nicht, aber Miriam erzählte mir, dass sie eine Liegenschaft auf den Namen ihres früheren Arbeitgebers hat, einen Typ namens Larry Carter, drüben in Springfield. Ich denke, sie sagte, es sei ein Besitz aus einem Nachlass, ein wirklich gruseliger Ort, sagte sie, aber ich bin mir nicht so sicher. Irgendein Verbrechen ist dort vor einer Weile passiert, denke ich. Sie war in großer Eile an dem Tag, an dem sie es erwähnt hat. Sie lief immer auf vollen Touren.« Seine Stimme verstummte aus erneuertem Schock und Horror über den Mord an seiner Frau, und er schloss seine Augen. Claire nahm im Geist einen Stift und strich ihn von ihrer Verdächtigenliste als jemand, der nichts mit der Tat zu tun hatte. Niemand war ein so guter Schauspieler.

»Das ist richtig, ich hatte diesen Besitz ganz vergessen«, sagte Kay, halb schreiend über den Lärm hinweg. »Er ist nicht bei uns gelistet, und weit außerhalb in den Wäldern. Ich weiß wirklich nicht viel darüber.«

»Können Sie mir sagen, wo dieses Haus ist? Die genaue Adresse?«

»Nein, ich hatte nichts damit zu tun. Es war ein Gefallen, den sie Larry tat. Sie werden ihn deswegen fragen müssen.«

»Das werden wir. Danke für den Tipp.«

Captain Long sagte: »Ich will, dass Sie den Kerl kriegen, Detective.«

»Das will ich auch, Captain, das will ich auch.«

Claire stellte noch ein paar Fragen, aber es fiel ihnen nichts anderes ein, was sachdienlich für die Untersuchung gewesen wäre.

»Ich musste aus diesem Haus raus«, erzählte Oliver Long Claire jetzt. »Alles, was ich sehe, alles, was ich berühre, erinnert mich an Miriam. Ich wäre übergeschnappt, wenn ich da nicht rausgekommen wäre.« Er schaute Kay Kramer an, die immer noch weinte. »Kay dachte, hier rauszukommen würde mich etwas ablenken. Sie will nicht, dass ich allein bin. Sie will auch nicht alleine sein. Aber es funktioniert nicht. Lass uns gehen, Kay.«

»Es tut mir leid«, sagte Claire. »Ich weiß, das muss schrecklich sein.«

Kay sagte: »Ich bin so weit, Oliver. Du hast recht, das war keine so gute Idee.«

Sie standen beide auf, in großer Eile jetzt, und sie schüttelte ihnen die Hände und versprach, sie auf dem Laufenden zu halten.

Zurück an Claires Tisch, wollte auch Nancy gehen. Monica wollte noch etwas mit Jesse bleiben. Joe schaute nur zu und grinste.

»Okay, bis bald dann«, sagte Claire allgemein in Richtung Tisch.

»Ich sag dir, Claire, wenn ich nicht so früh in Buckeyes

Büro sein müsste, würde ich noch eine Weile bleiben. Dieser Kerl McKay macht mich an, wirklich. Was für ein heißer Typ. Er sieht auch irgendwie gefährlich aus. Weißt du, wie Jason Bourne, oder Colin Farrell.«

Sie schauten beide zurück zum Objekt von Nancys Begierde, als Strammer Ninja Eins die Tür für sie öffnete. McKay schaute ihnen beim Verlassen der Bar zu. Er machte einen kleinen Abschiedssalut mit zwei Fingern. Er war ziemlich cool, das musste sie zugeben.

»Mein Gott, er ist so verdammt sexy«, sagte Nancy, als sie in ihren großen weißen Tahoe einstiegen.

»Ja, er hat einen gewissen Charme, schätze ich.«

»Fast so sexy wie Nick Black«, setzte Nancy hinzu. »Aber er ist vergeben, um es milde auszudrücken. Monica sagt, er ist so verrückt nach dir, dass sonst niemand eine Chance bei ihm hat.«

»Black hat auch einen gewissen Charme.«

Nancy lachte wissend und bog aus der Auffahrt.

Die Wahrheit war, Claire war noch nie so bereit, einen Ort zu verlassen. Vielleicht war es doch gar nicht so übel, sieben Tage die Woche rund um die Uhr mit Black in seinem geräumigen Penthouse herumzuhängen. Vielleicht begann sie ihm bezüglich so zu fühlen, wie er ihr erzählt hatte. Vielleicht würden sie sehen, wohin das alles führte, wenn Black wieder zu Hause wäre. Bis dahin würde sie sich wieder in Miriam Longs Fall vertiefen. Sie musste diesen Kerl für Captain Long schnappen, und diese Halbtags-Geschichte war ein voller Schuss in den Ofen.

Heute

Ein paar Tage, nachdem Jesse bei Jeepers Zeit mit Annie verbracht hatte, saß er wie auf glühenden Kohlen. Er wollte es endlich tun. Alles war vorbereitet. Annie hatte ihr Gedächtnis noch nicht wiedererlangt, erkannte ihn nicht einmal, wenn sie nur Zentimeter voneinander entfernt waren. Dank dem Herrn dafür. Aber sie arbeitete wieder und verbrachte viel Zeit in ihrem eigenen Haus. Und Black war nach Florida gefahren, eine Zeit lang aus dem Schussfeld. Alles war perfekt. Zu guter Letzt war alles bereit.

Und Annie traute Jesse jetzt, also würde sie ihn ohne mit der Wimper zu zucken in ihr Haus lassen. Das würde es ihm erleichtern, sie zu schnappen. Er war auch sehr vertraut mit ihrem kleinen Nurdachhaus, er war mehrmals da draußen gewesen, um sich alles anzuschauen. Es würde ziemlich einfach werden, sich dort an sie heranzuschleichen, durch die Wälder oder vom See aus. Egal woher, er konnte sie überraschen. Jules war ihm auch zugetan, und würde wahrscheinlich nicht bellen, sondern nur mit dem Schwanz wedeln. Nein, der Hund würde keinen Alarm schlagen. Aber wenn er das täte, wäre es leicht genug, dem dämlichen Pudel den Hals umzudrehen. Er konnte Annie jederzeit einen neuen Hund besorgen, falls sie deswegen weinen oder sich aufregen würde. Vielleicht wäre sie auch mit Jules Kopf auf einem Untersetzer zufrieden.

Jesse hatte seinen Plan jetzt wochenlang ausgearbeitet. Als Angestellter von Cedar Bend hatte er Zugang zu allen Pausenräumen des Personals und den Arbeitsbereichen im Erdgeschoss, wo die Wäscherei des Ferienorts lag. Dort wuschen und bleichten sie die teure Bettwäsche, die Black den Gästen zur Verfügung stellte. Noch besser, dort wurden Blacks persönliche Sachen gewaschen und gebügelt. Er war an Nicholas Blacks eigenen Wäschesack mit dreckiger Wäsche gekommen und hatte ein paar von seinen kostspieligen Hemden mit Monogramm gestohlen. Er hatte schon einen teuren schwarzen Gürtel geklaut, den Black in Annies Zimmer herumliegen gelassen hatte, als sie noch im Koma lag. Jesse hatte Gläser von den Tabletts für den Zimmerservice genommen, die Black benutzt hatte und voll mit seinen Fingerabdrücken waren. Er hatte alle möglichen belastenden Beweise gegen Black zusammengetragen. Und jetzt, zu guter Letzt, war die Zeit gekommen, die zweite Phase seines Plans einzuleiten.

Jesse sollte heute Abend in Monicas neues Haus einziehen. Er war schon dort und hatte im Haus geputzt und seine Fingerabdrücke beseitigt. Er wartete nur darauf, dass Monica auftauchte. Als ihr Sebring endlich draußen anhielt, nahm er einen Hammer, damit sie dachte, er hätte gearbeitet und sich nicht wunderte, dass er Handschuhe trug. Er ging zur Eingangstür, um sie zu begrüßen. Er war so voller Ungeduld und Aufregung, dass er kaum atmen konnte. Monica war mehr als hilfreich gewesen, stimmt, er hatte Glück gehabt wie nur was, sie zu finden. Das musste er zugeben, aber es war Zeit für sie zu sterben. Er stopfte Nicholas Blacks Gürtel in die Hinterseite seiner Hose und öffnete die Eingangstür mit einem breiten einladenden Grinsen.

»Hallo, Süßer«, sagte Monica strahlend. Er hatte sie noch nie so glücklich gesehen, so hübsch. Sie trug zwei Beutel mit Einkäufen in ihren Armen. »Ich bin froh, endlich zu

Hause zu sein. Denk nur, wir werden jetzt die ganze Zeit zusammen sein. Ich kann nicht glauben, wie schnell das alles passiert ist.«

»Ich habe auch von diesem Moment geträumt«, sagte er mit seinem nettesten Lächeln. »Nacht für Nacht.«

Monica eilte zum Esszimmertisch, setzte die Einkaufstüten ab und zog oben aus der einen eine kleine, in Geschenkpapier eingepackte Schachtel. »Ich habe ein kleines Einzugsgeschenk für dich«, sprudelte sie unheimlich glücklich heraus. »Nur, weil ich dich so sehr liebe.«

»Baby, das hättest du nicht tun sollen. Ich liebe dich echt auch so sehr.«

»Oh, Jesse. Ich bin froh, dass Nick mir den Job am Canton County Medical Center besorgt hat. Ich wollte nicht ohne dich nach St. Louis zurück.«

»Wir werden auf ewig zusammen sein. Ich möchte, dass du bald Miss Rosie triffst. Sie kann es gar nicht erwarten, dich kennenzulernen.«

»Ich kann es kaum erwarten, deine ganze Familie kennenzulernen.«

Jesse öffnete die Schachtel und stellte fest, dass sie einen wunderschönen silbernen Ring mit einem großen Diamanten enthielt. »Toll, Monica, der ist wirklich hammermäßig.«

»Das ist ein Freundschaftsring. Ich musste bei deiner Größe schätzen. Ich werde genau so einen tragen.«

»Das ist so klasse. Du bist einfach das süßeste kleine Ding«, sagte Jesse zu ihr und bewunderte wirklich den glitzernden Ring. Er war erfreut. Er würde Monicas dazugehörigen Ring nehmen und ihn Annie geben. Das wäre das perfekte Heimkehrgeschenk für sie.

Sie umarmten sich, und dann küsste er Monica ein letztes Mal, eine Art Auf-Wiedersehen-für-ewig-Kuss, den sie niemals vergessen würde. Dann zog er den Gürtel von hinten heraus, während sie an ihm hing. Sehr schnell stieß er sie von sich weg und schlang den Ledergürtel um ihren Hals. Er zog ihn straff und verdrehte ihn, und verdrillte ihn weiter, fester und fester. Monica sah im ersten Augenblick schockiert aus, und dann fing sie an zu kämpfen und verzweifelt am Gürtel zu reißen, der ihr die Luft abschnürte. Kraftlos versuchte sie, ihm ins Gesicht zu schlagen.

Er lehnte sich zurück, weg von ihren Schlägen, er lächelte die ganze Zeit, damit sie sich besser fühlen konnte, wenn sie jetzt ihr Leben für ihn aufgab. Sie war stärker, als sie aussah, aber sie war viel zu klein und schwach für ihn. Er würde eine Weile brauchen, um sie ohnmächtig zu würgen, wenigstens zehn bis zwölf Minuten, schätzte er. Ihre Arme würden ermüden …

Plötzlich fiel sie auf die Knie, und sein Todesgriff geriet aus der Balance. Der Gürtel lockerte sich etwas, während sie wie verrückt kämpfte und versuchte, sich freizuwinden. Sie kam bis zum Tisch, stieß die Einkäufe herunter und verstreute dabei alles im ganzen Raum.

Jesse sprang auf sie, benutzte seinen Körper um sie unten zu halten und zu kontrollieren. Er ignorierte den Gürtel jetzt, legte seine beiden Daumen an den Ansatz ihrer Kehle und presste mit aller Kraft. Monica kämpfte noch ein paar Minuten gegen ihn an, ihre Augen waren wild und traten heraus, und sie schien ewig zu brauchen, um zu sterben. Tränen benetzten ihre Wangen, und Jesse legte sein Gesicht an ihres und leckte sie ab. Sie schmeckten salzig und richtig gut. Er ging ein bisschen auf Abstand, beobachtete ihr Gesicht, während er sie würgte. Dann blickte er auf die Uhr an der Wand, als sie schließlich schlaff wurde, und dann schaute er wieder auf sie hinunter. Es hatte volle zwölf Minuten gedauert, bis das Licht in ihren Augen erlosch und schwarz wurde. Sie lag still und tot da und schaute ihn immer noch an. Er keuchte vor Anstrengung. Er löste sich von ihrem Körper und saß ein paar Sekunden auf seinen Fersen da, um wieder Atem zu schöpfen.

Im Aufstehen blickte er herum, bereit, den Tatort in Szene zu setzen. Ihr Kampf hatte einen Beistelltisch neben einem Lehnsessel umgestürzt und eine Lampe zerbrochen. Lebensmittel waren über den Boden verstreut. Überall lagen Orangen und Äpfel und Konserven. Aber das war in Ordnung. Das würde wunderbar zu dem Szenario passen, um Nicholas Black den Mord in die Schuhe zu schieben. Black wurde heute irgendwann zurückerwartet. Monica hatte ihm so viel erzählt, wahrscheinlich käme er später am Abend. Und Annie hielt sich in ihrem eigenen Haus auf. Alles lief nach Jesses Plan.

Er starrte hinunter auf Monicas Leiche, er schaute, um sicherzugehen, dass sie nicht wieder anfing zu atmen. Manchmal betrogen ihn Leute, nachdem er sie erwürgt hatte. Aber sie nicht, und dann stand er auf und ging in die Küche. Er fand etwas übrig gebliebene hausgemachte Pizza im Kühlschrank, und er nahm sie heraus und steckte sie in die Mikrowelle. Er las einen Apfel vom Flur auf, wusch ihn gewissenhaft im Spülbecken und aß ihn, während er wartete. Mann, Monica war eine gute Köchin gewesen; er würde das vermissen. Er stellte den Fernseher auf das Cardinals-Baseballspiel ein und aß am Esszimmertisch, wo er Monica im Auge behalten konnte, für den Fall, dass sie sich bewegte, und er sie noch einmal erledigen musste.

Danach ging er hinaus zu seinem Wagen, nahm die Schachtel mit belastenden Beweisen gegen Nick, und dann platzierte er alles im Haus verteilt an den geeigneten Stellen. O ja, Nicholas Blacks Fingerabdrücke und DNA würden über Monica Wheelers gesamten Tatort verstreut sein. Sollte das nicht funktionieren, würde das persönliche Tagebuch, das er auf Monicas Laptop getippt hatte, bestimmt seinen Zweck erfüllen. Nicholas Black würde endgültig weg vom Fenster sein. Und dann, und nur dann, würde Annie ganz Jesse gehören. Dann konnte sie nicht mehr mit Nicholas Black zusammen sein. Der Bastard wäre entweder im Gefängnis oder für den Mord an Monica hingerichtet worden. Egal wie, er wäre für immer von der Bildfläche verschwunden. Sogar wenn Black ein gutes Alibi in Florida hatte, seine Anwälte würden lange Zeit brauchen, um die Anwesenheit des ganzen Zeugs in Monicas Haus zu erklären. Zeit genug für Jesse, um sich Annie zu schnappen und die Grenze nach Mexiko zu überqueren, und das war das Wichtige. Wenn sie erst einmal außer Landes wären, wäre alles in Ordnung. Dann würden sie und Jesse bis in alle Ewigkeit glücklich zusammenleben.

17

Kurz nach Mittag am geplanten Tag der Rückkehr Blacks stieg Claire in Buds weißen Bronco bei ihrem Haus, und ab ging's in Richtung des gelisteten Grundstücks am See, von dem Captain Long ihr im Jeepers erzählt hatte. Sie hatte die letzten paar Tage in ihrem eigenen Haus verbracht, weil Black nicht wusste, um welche Zeit er zurückkommen würde, und es bestand die Möglichkeit, dass er noch einen Tag würde bleiben müssen. Sie hatte es genossen, sich an ihren persönlichen Besitz zu gewöhnen, und hatte einige Zeit die Straße runter bei Harve zugebracht. Um jedoch bei der Wahrheit zu bleiben, sie vermisste Black richtig und konnte es kaum erwarten, ihn zu sehen, aus mehr als nur einem Grund.

Claire lächelte in sich hinein, als sie daran dachte, bis ihr Telefon sich mit »The Mexican Hat Dance« bemerkbar machte. Sie holte es aus ihrer Tasche, weil sie dachte, Black würde ihr seinen Ankunftstermin durchgeben, aber die Anruferkennung sagte »Charlie Ramsey«, also nahm sie den Anruf eilig an.

»Ja, Sir, Sheriff.«

»Wo sind Sie?«

»Bud und ich sind unterwegs, um eine von Miriam Longs gelisteten Immobilien zu überprüfen. Ihr Ehemann gab mir den Tipp neulich abends. Sagte, vor einer Weile sei dort sei ein Verbrechen verübt worden. Aber niemand hier weiß, wo es ist. Wir haben ihren früheren Chef in Springfield angerufen, um den Standort zu erfahren, einen Typen namens Larry Carter, aber er war in Urlaub, sollte aber heute hier sein. Wir haben beschlossen, hinzufahren und ihn und seine Angestellten persönlich zu befragen. So bekommen wir den Schlüssel und die Genehmigung, das Grundstück zu betreten und sehen, ob irgendetwas an dem Kerl verdächtig erscheint. Carter könnte ein möglicher Verdächtiger sein.«

»Nun, drehen Sie um. Wir haben noch einen Mord, und ich will Sie beide da dran.« Er machte eine Pause. »Sie kennen dieses Mädchen, das Black geholfen hat, als Sie krank waren? Die Krankenschwester? Mit Namen Monica Wheeler?«

»Ja, Sir. Was ist mit ihr? Ist sie okay?«

»Sie ist tot, Claire.«

Das erschütterte Claire genug, um ein hörbares Keuchen herauszupressen. »Monica Wheeler ist tot?« Sie würgte es heraus und hoffte, sie hätte sich verhört.

Als er das hörte, stieg Bud voll auf die Bremse, schaute über die Schulter und hielt, ebenso schockiert wie Claire, abrupt an.

»Das ist richtig. Wir haben einen anonymen Anruf bekommen. Ich habe ein paar Streifenbeamte zur Überprüfung hingeschickt. Sie haben die Leiche durch das vordere Fenster gesehen. Sie traten die Vordertür ein, für den Fall, dass sie noch lebte, aber sie war schon lange tot.«

»Deine Krankenschwester ist tot?«, sagte Bud zu ihr. »Willst du mich verarschen?«

Claire ignorierte ihn und versuchte, ihre Worte herauszubekommen. »O mein Gott, Charlie. Das ist schrecklich. Ich war gerade neulich abends mit ihr aus.«

»Wie schnell könnt ihr hier sein?«

Nachdem er ihr die Adresse durchgegeben, und Claire sie Bud wiederholt hatte, sagte Bud: »Sag Charlie, wir werden in zehn Minuten da sein.«

Claire machte das, und dann legte sie auf und starrte Buds Profil an, als er kreischend wendete und das blaue Blinklicht aufs Dach stellte. Sie konnte es nicht begreifen, die lebhafte, süße kleine Monica in ihrem eigenen Haus ermordet. Wie? Wer würde so etwas tun?

Bud drückte das Gaspedal so ziemlich voll durch, weil hier auf dem Land nicht viele Autos unterwegs waren – nicht so früh. Niemals, schätzte sie, so wie die dichten baumreichen Ländereien an beiden Seiten der Straße aussahen.

»Wie ist sie gestorben, Claire?«

»Hat er nicht gesagt. Buck und das Team sind auch auf dem Weg.«

Danach saß Claire nur da und fuhr in fassungslosem Schweigen. Monica Wheeler war tot? Es schien einfach nicht möglich zu sein, aber es war wahr. Und sie würde die Leiche ihrer neuen Freundin anschauen müssen, und der Gedanke bereitete ihr Übelkeit. Sie verbrachte den Rest der Fahrt damit, sich für das zu wappnen, was gleich käme. Nancy würde auch da sein. O Gott, was war mit Monica passiert? Wer hatte das getan? Und wo war Jesse? Sie mussten auch ihn informieren. Oder war Jesse beteiligt? Er war so absonderlich, dass sie ihn gleich als Topkandidaten festlegte. Andererseits schien er Monica so gern zu haben.

Als sie den Tatort erreichten, sehr weit draußen an einer

Landstraße, aber mit dem Boot nicht allzu weit von der Cedar Bend Lodge entfernt, standen zwei Streifenwagen draußen und Charlies Gefährt parkte in der zweiten Reihe. Bud und Claire sprangen heraus und bewegten sich zur Vordertür, wo sie immer noch Absperrband anbrachten.

»Haben Sie eine positive Identifizierung für Monica Wheeler?«, fragte Claire den Polizisten an der Tür.

»Das ist der Name am Briefkasten an der Straße. Buck kann das noch bald genug feststellen.«

Gut, vielleicht war es gar nicht Monica, Gott, sie hoffte so, es wäre nicht sie. Sie war Claire eine gute Freundin gewesen, als sie so dringend eine brauchte. Wie konnte sie tot sein?

Eilig streiften sie ihre Schutzfüßlinge und Handschuhe über und traten durch die Eingangstür. Das Erste, was ihr auffiel, war die Temperatur. Es war so kalt drinnen, dass sie fast ihren Atem sehen konnte. Und das Opfer war Monica. Ohne jeden Zweifel. Sie lag auf dem Boden nicht weit von der Vordertür, ihre Füße fast unter dem Esszimmertisch, das Gesicht nach oben, ein schwarzer Gürtel so eng um ihren Hals geschnürt, dass ihr Gesicht violett angelaufen war. Ihre Lippen hatten sich schwarz verfärbt und waren aufgebläht. Aber es war Monica.

Anders als die Frau im Unterstand kannte Claire diese Frau. Monica hatte über sie gewacht, ihr geholfen zu gesunden, ihr Medikamente verabreicht und mit ihr gelacht. Sie schluckte Galle herunter und versuchte, nicht an irgendetwas davon zu denken, versuchte, sich von diesen Gedanken zu distanzieren. Black würde richtig aufgebracht sein. Er hatte sich verspätet, ein Sturm bahnte sich an irgendwo inmitten seines Flugplans. Sie war froh, dass er weg war. Er würde das nicht gut aufnehmen. Claire nahm es nicht gut auf.

»Ist irgendetwas angefasst worden?«, fragte sie den jungen blonden Streifenpolizisten. Sie kannte ihn nicht, und Bud stellte sie nicht vor. Bud war auch völlig schockiert.

»Nichts. Ich habe die Tür aufgetreten, ihren Puls kontrolliert und es dann gemeldet. Ich habe draußen gestanden und auf Sie gewartet.«

»Gute Arbeit.«

Bud sagte: »Es ist ziemlich offensichtlich, dass sie durch die Tür kam und vom Killer überrascht wurde.«

Claire schaute herum. »Es stehen immer noch zwei Gedecke auf dem Tisch. Vielleicht hat er Fingerabdrücke hinterlassen. Es sieht so aus, als wäre er hier übereilt aufgebrochen.«

»Nö, er hat sich nicht die Zeit genommen, aufzuräumen, richtig. Dieser Raum ist ein Schweinestall«, sagte Bud, stieg vorsichtig über zerbrochenes Glas, Konserven und frisches Obst, das über den ganzen Boden verteilt war.

Als Claire sich den Esstisch genauer ansah, erkannte sie das Silberbesteck und die Teller. »Das Zeug ist aus dem Restaurant von Cedar Bend. Two Cedars. Sogar die Kelchgläser sind von dort.«

»Vielleicht hat sie sich ein ganzes Set als Anfangsausstattung gestohlen.«

»Mag sein, aber Monica war keine Diebin. Black hat ihr eine Menge Geld bezahlt, damit sie alles stehen und liegen lässt und hier herunterkommt. Das hat sie mir selbst erzählt und darüber gesprochen, wie dankbar sie ihm sei. Sie waren alte Freunde.«

»Nick hat sie extra hergeholt, nur um ihm bei deiner Pflege zu helfen, richtig?«

»Ja. Sie sind sich begegnet, als sie zusammen am Barnes Jewish Hospital in St. Louis gearbeitet haben. Sie arbeitete etwas für einen Dr. Brunt und einen Dr. Margenthaler, aber hauptsächlich auf der Kardio-Intensivstation.«

Bud sagte: »Ich habe sie nie richtig kennengelernt. Ich habe sie nur gesehen, wenn ich dich besucht habe. Wie war sie? Ein Partygirl?«

»Nicht, dass ich wüsste. Wir sind letztens miteinander ausgegangen, und sie ist auf die Bühne gegangen und hat Karaoke gesungen. Sie hat getrunken, aber sie war nie betrunken.« Claire starrte hinunter auf den leblosen Körper ihrer Freundin. »Sie war nur eine ganz normale junge Frau, eine gute Krankenschwester. Hat sich gut um mich gekümmert. Sie wollte eigentlich hierbleiben. Black sagte, sie wolle nicht zurück nach St. Louis. Black wird das alles wissen. Wir müssen ihn befragen und uns ihre Personalakte in Cedar Bend anschauen. Und Jesse wird es natürlich wissen.«

»Wer zum Teufel ist Jesse?«, fragte Charlie.

»Das ist ihr Freund. Er wollte hier bei ihr einziehen. Er war am Freitagabend auch mit.«

»Wie ist sein Nachname?«

»Nancy sagte, er heiße Jordan. Monica hat ihn nur Jesse genannt. Er arbeitet in Cedar Bend im Restaurant. Die Personalabteilung drüben müsste das wissen. Wo ist Nancy überhaupt?«

»Sie ist mit einem Anruf nach New Orleans zurückbeordert worden. Es gab eine Schießerei am Arbeitsplatz und sie sind unterbesetzt. Sie packt eben in diesem Augenblick.«

Bud sagte: »In Cedar Bend werden wir auch den Namen von Monicas nächsten Angehörigen bekommen.«

»Ich schätze, wir schauen uns besser mal schnell um«, meinte Claire zu ihnen. »Ich bin nicht sicher, aber ich denke, sie ist gerade erst eingezogen. Es muss während der letzten paar Tage gewesen sein. Sie hat im Penthouse gewohnt, während ich im Koma lag, und dann noch eine Weile länger, bis sie dieses Haus gekauft hat.«

»Ja, draußen im Carport stehen eine Menge leerer Kartons.«

Monica Wheelers Haus war sehr klein, nur zwei Schlafzimmer. Eins war vollkommen leer. Im anderen stand ein Doppelbett und nicht viel mehr. Sie hatte noch nicht einmal Möbel gekauft. Nur das Wohn- und das Esszimmer waren möbliert. Sie überpüften die Wandschränke, das einzige Badezimmer, in dem brandneue weiße Handtücher über den Handtuchständern hingen und neue Kosmetikartikel im Medizinschränkchen lagen. Sie hob den Deckel des Weidenwäschekorbs für Dreckwäsche an. Es befand sich ein Kleidungsstück darin; ein Männeroberhemd. Jemand hatte dort mit Monica gelebt.

Claire ließ den Deckel wieder zufallen und drehte sich um, als sie Buckeye Boyds Stimme im Wohnzimmer hörte. Sie ging zurück und traf dort auf Shaggy und Vicky, mit ihren weißen Laboroveralls bekleidet. Vicky schoss bereits Bilder des Opfers. Sie ging im Raum herum und machte ihre Tatortfotos, während Bud und Claire sich zu Buckeye neben die Leiche gesellten.

Buck sagte: »Okay, Claire, Bud. Was haben wir hier?«

»Weibliches Opfer. Ihr Name ist Monica Wheeler.«

»Was?« Der Ausbruch kam von Shaggy. Aufrichtig auch. »So heißt deine Krankenschwester, Mann. Was für ein Scheiß, Claire. Sie hat mir immer eiskaltes Mountain Dew von unten mitgebracht, wenn ich bei dir saß. Sie war klasse.«

»Ja, ich bin ihr auch einmal in deinem Zimmer begegnet. Nettes Mädchen.« Buck blickte finster. »Gott, sie muss gekämpft haben wie ein Löwe. Schaut euch nur das Zimmer an.«

»Hoffen wir, das bedeutet, der Täter hat uns etwas hinterlassen, um ihn festzunageln«, sagte Claire langsam, aber irgendetwas hier kam nicht durch den Geruchstest. Nicht bei ihr. Sie hatte ein schlechtes Gefühl, andererseits, wer hätte das nicht?

»Er muss sie überrascht haben. Sie ist so eine kleine Frau, sie konnte nicht gegen ihn ankämpfen.«

Buck kniete sich halb neben die Leiche. »Sie ist schon eine Weile tot. Sieht so aus, als wäre die Todesursache Strangulation. Siehst du die petechialen Blutungen in den Augen? Der Sauerstoffmangel hat die Kapillaren zum Platzen gebracht. Ich muss zur Sicherheit die Autopsie durchführen, aber es ist ziemlich offensichtlich, dass jemand diesen Gürtel als Abbindeschnur benutzt und sie erdrosselt hat.«

Claire schaute Buck zu, wie er Monicas Leichnam umdrehte und die Taschen ihrer schwarzen Shorts leerte. Sie trug eine einfache weiße Bauernbluse aus Baumwolle und Sandalen mit silbernen Beschlägen auf den Riemen. Ihre Zehennägel waren korallenrosa lackiert.

»Sie kam gerade nach Hause«, sagte sie. »Ich denke, er hat hier schon auf sie gewartet. Oder sie könnte ihn hereingelassen haben, oder er könnte eingebrochen sein.«

»Keine Anzeichen eines Einbruchs«, sagte der Streifenbeamte.

»Dann kannte sie ihn. Monica war freundlich. Hilfsbereit. Vielleicht kam jemand an die Tür und sagte, er habe eine Autopanne, dass er sich verirrt habe. Als er erst einmal drinnen war, hat er sie getötet und ist dann geflüchtet.«

»Sie liegt schon eine Weile hier. Die Klimaanlage hat die Verwesung verzögert und den Geruch unterdrückt.«

Nicht genug. Der Geruch war schwach, nicht wie an Miriam Longs Tatort, aber er war vertraut und ekelhaft und kroch in alle Poren Claires. Sie kniete nieder und nahm Monicas Hand. »Ihre Fingernägel sind abgebrochen. Vielleicht hat sie ihm etwas DNA abgenommen.«

»Ich mache mich daran, sobald ich sie in die Stadt transportieren kann.«

Nach der Erstuntersuchung luden sie den Leichnam auf eine Bahre und rollten sie die Vordertür hinaus. Shaggy begann seine Arbeit – jetzt ernst –, er bestäubte die Teller und Gläser für Fingerabdrücke, während Vicky alles im Haus auf Video aufnahm.

Shaggy sah Claire triumphierend nickend an. »Wir haben Glück hier. Diese Abdrücke sind makellos.«

»Gut.«

Claire ging zum Couchtisch, nachdem Vicky mit dem Pudern fertig war. Sie öffnete Monicas kleine rote Handtasche und schüttete den Inhalt aus: Geldscheintasche, Lippenstift, Kaugummi, Kamm, Puderdose. Kein Schlüsselbund, keine persönlichen Notizen, nichts, was ihnen weiterhelfen würde. Es waren etwa siebzig Dollar in ihrer Brieftasche. »Er war nicht auf ihr Geld aus«, sagte sie.

»Claire, komm her. Ich habe ihren Laptop, und der persönliche Kalender ist geöffnet. Sie hat ihn wie ein Tagebuch benutzt.«

Claire beeilte sich, sich Bud in der Küche anzuschließen und ihr Blick traf auf das Set Küchenhandtücher und Ofenhandschuhe, die sie Monica als Einzugspräsent geschenkt hatte. Bud saß auf dem Küchenstuhl, auf den geöffneten Dell Laptop auf dem Küchentisch konzentriert. Sie schaute über Buds Schulter, als er anfing, durch die Seiten des Tagebuchs zu scrollen.

»Tägliche Einträge. Beginnen weit zurück im August, genau nachdem sie hergekommen ist. Puh, ich glaube, wir haben gerade Glück gehabt.«

Claire runzelte die Stirn. »Drück ›Control‹ und ›Home‹ und geh an den Anfang zurück.«

So machte es Bud und las die erste Zeile auf der Seite. *»Bin heute gegen Mittag in der Cedar Bend Logde angekommen. Habe Nick gesehen. Ich kann immer noch nicht glauben, dass er mich genug mag, um mich von so weit herzubringen. Er sieht so gut aus und ist so charmant wie am ersten Tag, als wir uns begegneten.«* Bud stoppte und schaute sie an.

»Lass mich das sehen«, sagte Claire, schubste ihn aus dem Stuhl und setzte sich. Bud reichte es ihr, aber beugte sich tief, damit er mitlesen konnte.

Schweigend blätterten sie durch die folgenden Einträge und fanden:

> *Ich hoffe, es gibt mehr als nur einen Grund, warum Nick mich hergeholt hat. Mein Herz flippt jedes Mal aus, wenn er ins Zimmer kommt.*

Ich bin immer noch verrückt nach ihm, und diesmal ist er auch an mir interessiert. Er hat mir erzählt, dass er viel an mich gedacht hat, als wir getrennt waren. Die Patientin, die ich betreuen soll, ist eine junge Frau namens Claire Morgan. Sie liegt seit einem Autounfall letzte Woche in einem tiefen Koma. Er ist außerordentlich betroffen, aber nicht so, dass er mich nicht zum Abendessen mit ihm oben in seiner eigenen Küche eingeladen hätte. O Gott, hilf mir, ich glaube jetzt wirklich, dass er mich lieben könnte. Warum sollte er sonst wollen, dass ich herkomme und mit ihm in seinem Apartment wohne? Ich kann nur beten, dass es wahr ist. Ich liebe ihn schon so lang.

»O mein Gott, Bud. Sie war verliebt in Black. Sie sagt, er sei in sie verliebt.«

»Auf gar keinen Fall. Lass mich sehen.«

Sie lasen zusammen mehr von dem Tagebuch, während Claire weiter durch die Tage scrollte, die Monica am See verbracht hatte. Die Krankenschwester redete über die Freizeit, die sie und Black gemeinsam verbracht hatten, dass er sie verführt und in sein Bett geholt hatte, während Claire immer noch bewusstlos im Nebenraum lag.

Als Claire Bud anschaute, erzählte der Ausdruck in seinen Augen die ganze Geschichte.

»Ich glaube es nicht, Claire. Willst du mich verarschen? Black am Rummachen, während du gleich da warst, krank und vielleicht am Sterben? Auf keinen Fall, nie im Leben! Ich weiß nicht, warum sie so ein Zeug geschrieben hat, aber ich glaube kein Wort davon. Und du solltest das auch nicht.«

Claire starrte ihn stumm an. Geschockt von einigen der intimeren Details, die die Krankenschwester angeblich während der ganzen Tage erlebt hatte, in denen Claire bewusstlos und ahnungslos war, wollte sie alles wissen. Also saß sie da und las jedes einzelne Wort, während Bud in der Küche herumtigerte, Schimpfworte murmelte und versuchte sie davon zu überzeugen, dass nichts davon stimmte. O Gott, Monica schrieb, dass sie Sex in Blacks Bett gehabt hatten, während Claire in ihrem Zimmer, ein paar Türen den Flur hinunter, schlief. Nein, nein, es konnte nicht wahr sein. Black würde ihr das nicht antun. Oder doch? Wie gut kannte sie ihn wirklich? Alles, was sie wusste, war das, was er ihr erzählt hatte. Und er war reich, gut aussehend und kontrollierend. Sie hatte selbst gesehen, wie Frauen auf ihn reagierten. Er konnte jede haben, die er wollte. Vielleicht hatte er eine Affäre mit Monica. Vielleicht hatte er sie getötet, um es zu vertuschen.

»Black würde das nicht tun. Es entspricht ihm einfach nicht«, sagte Bud sanft und hockte sich wieder neben Claire. Aufrichtig suchte er ihre Augen. »Glaube es nicht. Das muss ein Packen Lügen sein, eine Art Falle.«

Claire hielt den Laptop hoch. »Nein? Wie erklärst du dann das? Dass es Monicas große Fantasterei ist, dass sie diese ganzen Details erfunden hat, nur so aus Scheiß?«

Bud begegnete Claires wütendem Blick. »Es ist nicht so, dass das handschriftlich wäre, Claire. Jeder hätte das Zeug eingeben können. Wir werden Nick fragen und sehen, was er sagt. Es ist nicht wahr, und du solltest das wissen.«

»Ja, ich sollte das wissen. Aber ich weiß es nicht.«

Charlie kam in die Küche und hörte aufmerksam zu, während Bud den Fall so weit darlegte, den Teil mit dem belastenden Tagebuch inbegriffen. Claire saß nur da und sagte nichts.

»Wo ist Nick?«, fragte Charlie sie.

»So weit ich weiß, ist er entweder in Miami und wartet darauf, dass es aufklart, oder er ist in der Luft auf dem Rückweg. Zumindest hat er mir das erzählt. Er hätte auch das ganze Wochenende über hier in diesem Haus sein können, so viel ich weiß.«

»Also kannst du ihm für die letzten Tage kein Alibi geben.«

»Nein, er ist in Florida auf einer A.M.A.-Versammlung gewesen. Das hat er mir gesagt.«

»Ich glaube nicht, dass er zu so etwas Abscheulichem fähig wäre«, sagte Charlie ruhig. »Glaubst du das, Claire? Wirklich?«

Sie sprang auf und tigerte selbst ein bisschen rum. »Ich weiß nicht. Ich kenne ihn nicht. Ich kenne ja Sie nicht einmal besonders gut. Alles, was ich weiß, ist, dass dieses Tagebuch, genau hier auf diesem Tisch, ihn zur Nummer eins auf der Liste unserer Verdächtigen macht. Und ich denke, dass jeder hier mir zustimmen muss.«

Buck und Shaggy, und sogar Vicky, hörten mit dem auf, was sie gerade taten, und schauten sie an. Dann sagten sie, dass sie nicht glauben konnten, dass Nicholas Black möglicherweise darin verwickelt war. Andererseits, nicht einer von ihnen konnte die belastenden Worte in Monicas Tagebuch erklären, und so arbeiteten sie am Rest des Tatorts, ohne viel zu reden.

Nicht einmal, als sie den Wäschekorb ausleerten und das Hemd fanden, das sie vorher gesehen hatte und eines von Blacks teuren, maßgeschneiderten weißen Oberhemden war, zusammengeknüllt am Boden des Korbs. Sie hatte es nicht erkannt, bis sie die an der Manschette angebrachten Initialen sah.

Dies sah nun tatsächlich ziemlich düster für den Mann aus, der behauptete, sie so sehr zu lieben. Er würde sich wahrscheinlich als Mörder der jungen Frau herausstellen, außer er fände einen Weg, das Gegenteil zu beweisen. Eine Sache, die Claire bestimmt wusste: Sie würde nicht in seine Wohnung in der Cedar Bend Lodge zurückgehen, nicht jetzt, vielleicht nie wieder. Auf jeden Fall würde sie Distanz halten, bis er als Mörder von Monica ausgeschlossen wurde. Wenn er ausgeschlossen werden konnte, und sie war sich nicht mehr sicher, dass das passieren würde.

Bud und Claire arbeiteten bis fast sieben Uhr am Tatort und kehrten dann zum Büro des Sheriffs zurück. Nun saßen sie in Charlies Dienstzimmer, beobachteten ihn, wie er hinter seinem Schreibtisch saß und eine ausgedruckte Kopie von Monica Wheelers Tagebuch las, seine Zweistärkenlesebrille an der Spitze seiner Nase. Claire versuchte, nicht herumzuhampeln, als die Minuten immer länger wurden. Sie fühlte sich so schlecht, wie sich ein Mensch nur fühlen konnte. Der Gedanke an die beiden, ihr selbst erklärter Geliebter und ihre Krankenschwester, wie sie Sex hatten, während sie nebenan lag und kämpfte, aus dem Koma zu erwachen, war so grauenhaft, dass sie verzweifelt versuchte, ihn aus ihrem Kopf zu verbannen. Aber sie hatte kein Glück damit. So saßen sie alle da und warteten. Ernst. Todtraurig.

Als Charlie fertig war, schaute er sie direkt an. »Wie fühlen Sie sich dabei?«

Ha, was für eine Frage. »Schrecklich. Betrogen. Wie denken Sie, dass ich mich fühle?«

»Also glauben Sie diesen Haufen Scheiße?«

»Es war ihr privates Tagebuch, geschrieben auf ihrem persönlichen Laptop. Warum in Gottes Namen würde Monica derartige Lügen erfinden?«

Charlie schüttelte seinen Kopf. »Nun, ich weiß es nicht, aber ich glaube nicht ein verdammtes Wort davon. Ich habe gesehen, wie Black sich in Ihrer Gegenwart verhält, wie ängstlich er war, als Sie in diesem Krankenbett lagen. Er war außer sich vor Sorge. Er hätte so etwas nicht vorspielen können. Er hätte während dieser Zeit keine andere Frau angeschaut. Es ist meines Erachtens einfach unmöglich.«

»Ich erinnere mich an ihn nicht so gut wie Sie, Sheriff. Sie sind schon lange mit ihm befreundet. Ich weiß nicht, ob er nebenbei andere Frauen gehabt hat, während wir zusammen waren, oder nicht. Ich weiß nicht, ob er in Miami eine hat und in diesem Augenblick mit ihr zusammen ist. Ich denke, er ist raffiniert genug, um es durchzuziehen, wenn er wollte.«

Charlie gab einen Riesenseufzer von sich und schwenkte seinen Blick zu Bud. »Was denken Sie, Bud?«

»Ich denke, etwas wie das, ist das Letzte, was Nick jemals tun würde. Ich glaube nichts in diesem Tagebuch auch nur für einen Augenblick.«

Nun gut, Claire fühlte sich ein bisschen besser, da sie beide so unerschütterlich an Nicholas Blacks Unschuld und seine Gefühle für sie glaubten. Vielleicht lag sie falsch. Vielleicht konnte er alles erklären. *Genau, oh, aber sicher,* dachte sie. Sie sah nicht, wie er das könnte.

Charlie sagte: »Sind Sie sicher, dass das gefundene Hemd ihm gehört?«

»Ja, Sir«, erwiderte Claire. Es hat seine Initialen auf der rechten Manschette. Es wird speziell in Hongkong hergestellt. Ich habe ihn eins wie das tragen sehen, seit ich aufgewacht bin. Eine Menge mehr hängen in seinem Wandschrank.«

Charlie gab einige blumige Flüche von sich, die Sch-Bombe unter ihnen, und dann sagte er: »Mein Gott, es könnte kaum schlechter für Nick aussehen.«

Sie glaubte nicht, aber sie gab das vor Bud und Charlie nicht zu.

Bud ergriff das Wort und stürzte sich in die Debatte. »Nun, wir haben massenhaft Fingerabdrücke auf der Tatwaffe und den Kelchgläsern. Das könnte Nick entlasten.«

»Oder nicht«, sagte sie.

»Was Sie zwei also sagen, ist, dass ich Nick anrufen und vorladen muss, um ihn zu verhören, *dadgummit.* Das ist einfach großartig, einfach großartig.«

Sie sagten kein Wort.

Charlie nahm den Telefonhörer. »Sie haben Nicks Privatnummer, schätze ich?«

»Ja, Sir.« Claire sagte sie ihm vor, mehr als interessiert, Blacks Erklärungen für das alles zu hören.

Charlie gab die Nummer ein, wartete einige Sekunden und sagte dann: »Nick, hier ist Charlie Ramsay. Es ist etwas vorgefallen, und wir müssen mit dir reden. Kannst du herkommen?«

Er machte ein paar Sekunden Pause, hörte zu und sagte dann: »Ich würde das lieber erklären, wenn du hier bist.« Wieder hörte er zu, was Black zu sagen hatte, und dann schaute er sie an, als er sagte: »Nein, es geht ihr gut. Sie sitzt genau hier.«

»Okay, er ist in der Luft und sollte in fünfzehn oder zwanzig Minuten in Camdenton landen. Er sagt, er werde herkommen, sobald er kann.« Er seufzte wieder, und dann noch etwas mehr. Neben ihr seufzte Bud. Jede Menge Geseufze, o ja, und ob.

»Okay, Detectives, lassen Sie uns runter in den Vernehmungsraum gehen und beschließen, wie wir da vorgehen. Bud, nehmen Sie die Asservatenbeutel und halten Sie Shaggy in Bereitschaft, um Nicks Fingerabdrücke abzunehmen. Verdammte Scheiße, was für eine erbärmliche Bescherung. Erst Claire, die wochenlang im Koma liegt, und jetzt Nick unter Mordverdacht. Großer Gott.«

Erbärmlich war ein gutes Wort, allerdings. Besonders für Monica Wheeler, die erdrosselt und tot auf Bucks Autopsietisch lag. Claire und Bud begleiteten Charlie hinunter zum Vernehmungsraum und warteten. Fast eine Stunde später klopfte jemand an der Tür. Claire verkrampfte, und sie schauten sich alle an. Dann lehnten sich Bud und Claire gegen die Rückwand, während Charlie aufstand und zur Tür ging. Alle drei versuchten, unverbindlich dreinzuschauen.

18

»Hallo, Nick, bitte komm herein und setz dich«, sagte Charlie und streckte die Hand aus.

Nicholas Black schüttelte sie und schaute dann in dem kleinen Interviewraum herum, wohin ein ihm unbekannter Streifenpolizist ihn geführt hatte. Claire stand gegen die hintere Wand gelehnt. So wie Bud. Seine Hauptsorge war gewesen, dass sie wieder verletzt oder im Einsatz erschossen worden war, was immer seine größte Angst war, wenn sie an einem Fall arbeitete, und dass Charlie gewartet hatte, um ihm die schlechte Nachricht persönlich mitzuteilen. Erleichtert schaute er sie an und versuchte, seine Stimme ruhig zu halten. »Bist du okay, Claire?«

Sie nickte und schaute weg. Bud wollte ihm auch nicht in die Augen schauen. Irgendetwas in diesem Raum stimmte überhaupt nicht. Sie verbargen etwas vor ihm, aber er hatte das Gefühl, er würde noch früh genug herausfinden, was immer das war. Dies war ihr Vernehmungsraum. Was immer kam, würde nicht gut für ihn sein. Was zum Teufel ging hier vor?

Black nahm den Stuhl, auf den Charlie zeigte, einer gegenüber von Bud und Claire. Charlie setzte sich ihm gegenüber und legte einen Aktenordner auf den Tisch.

»Also, was soll das, bitte, Charlie? Warum empfange ich plötzlich einige äußerst negative Schwingungen?«

Charlie würde sich nicht zurückhalten. Black wusste das.

Das war nicht sein Stil. »Wir haben deine Privatkrankenschwester, Monica Wheeler, heute gefunden. Tot – erdrosselt.«

Black war schockiert, er versuchte nicht, das zu verbergen, konnte es nicht, selbst, wenn er das gewollt hätte. »Was?«

Stille. Zu lang, zu verdächtig. Niemand schien die Frage beantworten oder etwas sagen zu wollen.

»Warum bin ich hier?«, fragte Black, aber das wusste er. Er war nicht auf den Kopf gefallen. Sie dachten, er hätte es getan, und sie hatten Gründe, das zu denken.

Charlie griff nach unten und zog ein weißes Männeroberhemd aus einer braunen Papiertüte. Black erkannte es sofort als eins von seinen. Es war in einem durchsichtigen Asservatenbeutel.

»Ist das dein Hemd, Nick?«

Ab diesem Punkt wusste Black genau, was hier ablief. Sie hatten physische Beweise, die auf ihn hinwiesen. Zum ersten Mal fühlte er einen schnellen Strom der Entrüstung in seiner Brust hochkommen, und er bemühte sich nicht, das zu verbergen. »Es sieht aus wie eins von meinen. Das Monogramm direkt da, leicht für jeden zu sehen. Also schätze ich, es ist meins. Was ist hier los, Charlie? Beschuldigst du mich des Mordes? Ist es das?«

»Was ist hiermit? Erkennst du diesen Gürtel?« Charlie schob ihm einen zweiten Asservatenbeutel zu. Dieser enthielt einen schwarzen Ledergürtel.

Black gab sich Mühe, ruhig zu bleiben, aber es war schwer. »Er sieht aus wie einer von meinen. Ich kann das nicht mit Sicherheit sagen. Warum? Was wird hier gespielt?«

Statt zu antworten, händigte Charlie ihm einen Stapel zusammengehefteter Blätter aus. Black nahm ihn und begann, die erste Seite zu lesen. Nach zwei oder drei Seiten schmiss er ihn über den Tisch zurück zu Charlie. Er war jetzt wirklich wütend. Und es war ihm egal, ob sie das wussten oder nicht. »Das ist Bockmist, jedes einzelne Wort davon, und ich denke, ihr alle drei wisst das.«

Black schaute Claire an, die ihn ohne jede Regung anstarrte. Ihm wurde an diesem Punkt klar, dass sie nicht sicher war, was sie glauben sollte. So schwer es für Black zu glauben war, er war eindeutig der Hauptverdächtige, und er sollte sich besser beruhigen, zur Besinnung kommen und sie vom Gegenteil überzeugen.

Auch Charlie blieb ruhig. »Du hättest das besser durchlesen sollen, Nick. Es stehen einige sehr belastende Dinge über dich drin.«

»Ich nehme an, das soll Monicas Tagebuch sein?«

»Das ist richtig. Es sagt, ihr zwei seid Lover gewesen, dass du Sex mit Monica Wheeler gehabt hast, während Claire im Koma lag. Es sagt, du habest Monica fallen lassen und ihr Leben bedroht, nachdem Claire aufwachte und du dein Leben mit ihr wieder aufnehmen wolltest. Sie sagt darin auch, du sagtest, falls sie Claire von ihrer Beziehung erzählte, dass du sie töten würdest.«

Black lehnte sich zurück, kreuzte seine Arme und, ja, er hatte jetzt sein Pokerface auf. Dann sah er Claire direkt an und sagte ruhig: »Und jede Kleinigkeit davon ist eine gottverdammte Lüge, Claire. Es ist vollkommen absurd. Ich hoffe, du glaubst das nicht. Und ja, nebenbei bemerkt, falls es dir nicht aufgefallen ist, das ist nicht Monicas Handschrift. Jeder hätte das tippen und hinterlassen können, damit du es findest.«

Claire sagte nichts. Black zwang sich, seine verkrampften Muskeln zu entspannen, und versuchte zu relaxen. Bleib gelassen. Er war völlig unschuldig. Sie konnten das Gegenteil nicht beweisen, egal, was sie gegen ihn hatten. Charlie war ein guter Vernehmungsbeamter. Black wusste das, selbst wenn er mit einem alten Freund konfrontiert war. Er beobachtete den Sheriff, wie er seine großen Arbeiterhände auf der Tischplatte verschränkte, und sagte: »Nick, wir haben dein Hemd im Wäschekorb in Monica Wheelers Haus gefunden. Der Gürtel, der da liegt, ist die Tatwaffe. Er war um ihren Hals geschnallt, als wir sie fanden.«

Angewidert und bestürzt von diesen Enthüllungen, runzelte Black die Stirn und schüttelte seinen Kopf. »Das ist unmöglich. Ich habe nie meinen Fuß in ihr Haus gesetzt. Ich weiß nicht einmal, wo es ist.«

»Wo warst du während der letzten Tage, Nick?«

»Ich bin in Miami gewesen.«

»Kannst du das beweisen?«

»Natürlich. Ich habe an allen Treffen teilgenommen. Habe bei der Eröffnungsveranstaltung gesprochen.«

»Wir müssen das überprüfen. Du verstehst das, nicht wahr?«

»Prüf nach, so viel du willst. Ich war nicht hier. Ich habe es nicht getan.«

Charlie starrte direkt in Blacks Augen. Auch Black zuckte nicht mit der Wimper. Ihr Blick hielt über mehrere Sekunden an. »Wir haben auch Fingerabdrücke über den Gürtel verteilt gefunden und andere Objekte am Tatort sichergestellt. Bist du bereit, deine Fingerabdrücke zu Vergleichszwecken abnehmen zu lassen?«

Black zögerte nicht. »Auf jeden Fall. Teufel auch, ich würde mich auch einem Lügendetektortest unterziehen, hier und jetzt, vor euch allen. Immer her damit. Ich habe Monica kein Haar gekrümmt. Ist mir egal, was eure Beweise sagen.«

Charlie stand auf. »Okay, Nick. Komm mit mir. Shaggy wartet. Während er deine Fingerabdrücke abnimmt, gebe ich dem Untersuchungsbeamten für den Lügendetektortest Bescheid.«

An der Türschwelle drehte sich Black um und schaute zurück zu Claire. Ihre Augen hatten ein paar Sekunden Kontakt, dann schaute sie wieder weg. Also fühlt sie sich schuldig, ihm nicht zu trauen, dachte er, aber in ihrem Polizistenhirn waren Beweise Beweise. Er kannte sie so gut. Erwartungsgemäß würde sie neutral bleiben, und zusammen mit dem Verlust ihrer Erinnerung hatte sie jede Fähigkeit verloren, zu beurteilen, ob er das Zeug dazu hatte, diese arme Frau zu ermorden oder nicht. Aber er schätzte, sie dachte nicht, dass er es konnte, und wollte auch nicht so denken. Aber wenn sie dächte, er hätte es getan, und sie konnten es beweisen, dann, wusste er, würde sie ihn jagen, bis sie ihn hinter Gittern sah.

Im verlassenen Korridor außerhalb des Vernehmungsraums sah Charlie Black an. »Das ist ziemlich ätzend, Nick. Wozu es auch immer gut sein mag, ich glaube nicht, dass du an irgendetwas schuldig bist.«

»Du wirst meine Fingerabdrücke auf nichts am Tatort finden, Charlie. Absolut ausgeschlossen!«

»Gut. Ich genieße das hier nicht. Claire auch nicht.«

»Also denkt sie, ich bin unschuldig?«

»Sie und Bud haben in Betracht gezogen, dass Monica diese Sachen aus deiner Wohnung gestohlen hat.«

»Warum?«

»Ich weiß es nicht, Nick. Ich habe gehofft, du könntest mir das sagen.«

»Ich habe Monica nie etwas zuleide getan. Sie war eine Freundin. Ich bin genauso geschockt, wie du es bist.«

»Nun, wenn du unschuldig bist, werden wir das früh genug wissen.«

Danach wurde nichts mehr gesagt, und die unnatürliche Stille erschien seltsam und bizarr zwischen zwei so guten Freunden. Sie gingen zu einem Laborraum, und Shaggy nahm Nicks Fingerabdrücke und entschuldigte sich dabei die ganze Zeit. Black gab sich größte Mühe, gelassen zu bleiben, aber Mörder genannt zu werden, passte ihm gar nicht, überhaupt nicht. Er mochte es nicht, mochte diese demütigenden Tests nicht, aber mehr als das – da war Claire. Alles, woran er denken konnte, war sie, dass sie ihm jetzt misstraute, ihn für einen Mord verantwortlich machte, um Himmels willen. Dann wurde er zu dem Raum für den Lügendetektortest gebracht und aufgefordert, dort zu warten. Das tat er, er sammelte sich, während jeder Muskel in seinem Körper gespannt war, jeder Nerv gereizt. Er musste zu Claire zurück, sie überzeugen, ihr alles verständlich machen, und jeden gottverdammten Doktor von der Versammlung in Miami anrufen, wenn er das musste. Und da war auch José, der ihm ein Alibi geben konnte, aber das nur, wenn alle Stricke rissen. Sich mit José Rangos zu verbünden, würde mehr Schaden anrichten, als Gutes tun. Nach einer gefühlten Ewigkeit kam der Untersuchungsbeamte für den Lügendetektortest in den Raum, schloss ihn an die Maschine an, und Black beantwortete alle Fragen bestimmt und wahrheitsgemäß.

Alles in allem dauerte die gesamte Prozedur fast eine Stunde, und dann führte eine junge Beamtin ihn zurück zum Vernehmungsraum. Charlie saß wieder am Tisch; Bud und Claire standen gegen die Wand gelehnt am gleichen Platz wie zuvor. Er setzte sich, und alle vier verharrten dort in völliger Stille und warteten auf die Resultate der Tests. Black starrte die ganze Zeit Claire an und fragte sich, was sie wohl dächte. Sie vermied die ganze Zeit gezielt seinen Blick. Was zur Hölle dauerte da so lang? Endlich klopfte es an die Tür. Alle waren nervös. Shaggy kam mit ein paar Berichten in der Hand herein. Er schaute Nick mit einem Hundeblick an, einem *Tut-mir-leid-Kumpel-ich-musste-das-tun-*Ausdruck, und Black wusste, dass die Nachrichten nicht gut waren. Aber wie konnten sie das nicht sein?

Charlie nahm sich seine Zeit, um beide Berichte durchzulesen und schaute dann Black an. »Du hast deinen Lügendetektortest mit Bravour bestanden.«

»Ich habe dir gesagt, dass ich es nicht getan habe.«

Charlies Antwort war ein schwerer Seufzer. »Aber ich bedauere, es sagen zu müssen, deine Fingerabdrücke stimmen mit denen auf der Tatwaffe als auch mit denen auf dem Kelchglas und Messer und Gabel überein. Großer Gott, Nick. Es tut mir leid, das sagen zu müssen, aber ich denke, du solltest deinen Anwalt anrufen.«

»Bin ich verhaftet?«

»Ich befürchte, ich habe keine andere Wahl. Aber ich kann Richter Clarkson anrufen und versuchen, dich heute Abend noch gegen Kaution auf freien Fuß setzen zu können. Es könnte mir gelingen, das zu erreichen, wenn er verfügbar und willens ist. Ich kann es nicht garantieren.«

»Dann ruf ihn an.« Black drehte sich schnell zu Claire. »Ich muss mit dir reden, Claire. Allein.«

Charlie und Bud verließen den Raum, und Claire bewegte sich nicht, aber sie beobachtete ihn. Black stand auf. Er nahm seine Augen nicht von ihr. Sie musste ihm glauben. »Claire, es ist offensichtlich, dass jemand versucht, mir die Schuld in die Schuhe zu schieben. Es gibt keine andere Möglichkeit, dass Sachen von mir in ihrem Haus sein konnten, außer dass sie jemand dort deponiert hat. Ich war nicht dort, ich schwöre bei Gott. Ich war nie dort. Ich habe das Mädchen nie angerührt, während du ohne Bewusstsein warst, oder zu irgendeiner anderen Zeit. Monica und ich waren alte Freunde, und das war's. Du kannst nicht glauben, ich hätte Sex mit ihr gehabt, während du ohnmächtig im nächsten Zimmer lagst. Ob du dich an mich erinnerst oder nicht, du kannst nicht glauben, dass ich dir so etwas antun würde.«

Claire starrte ihn an und erwog offensichtlich seinen aufrichtigen Appell, und er hatte das Gefühl, dass sie auch Schwierigkeiten damit hatte, die lächerlichen Anschuldigungen zu glauben. Trotzdem war sie mit erheblichen Beweisen gegen ihn konfrontiert. Die würde sie nicht ignorieren, bis sie sich als falsch herausstellten.

»Nein, Black, ich denke nicht, dass du zu so etwas fähig bist, aber ich kenne dich momentan nicht gut genug, um sicher zu sein. Glaub mir, dass ich alles in meiner Macht Stehende tun werde, um deine Unschuld zu beweisen. Aber bis ich das kann, ruf mich nicht an, komm nicht in meine Nähe, suche in keiner Weise Kontakt. Für den Moment sind wir fertig miteinander. Es ist aus zwischen uns.«

Sie ging hinaus und ließ Black da sitzen, er starrte ihr hinterher, aber er wusste, dass sie genau das meinte, was sie gesagt hatte. Ob sie es mochte oder nicht, ob er es mochte oder nicht, sie waren fertig miteinander. Andererseits war er todsicher nicht bereit, diesen kleinen Erlass zu akzeptieren. Es war nicht aus, noch lange nicht.

Jesses Mädchen

Genau in dieser Minute

Jesse hockte im dichten, wirren Unterholz hinter Annies Seehütte, er saß bewegungslos, bewegte keinen Muskel. Er lauschte dem Brummen, Quaken und Rascheln des Nachtgetiers, das die stille Nachtstunde durchdrang. Er hörte die Klänge der Grillen und des Baumfroschs, alle sehr friedvoll, normal und des Mannes, der unter ihnen herumkroch, nicht gewahr. Jesse lächelte in sich hinein. Er würde sich Annie heute Nacht zurückholen, sie Nicholas Black für immer wegnehmen. Die Zeit war gekommen, und er war im Innern so erfreut, so glücklich, so fröhlich, dass sich kleine Schauer in seinem Magen auszubreiten begannen und den ganzen Weg hoch in sein Herz Rad schlugen. Sie würden zusammen sein. Heute Nacht. Endlich.

Der erste Teil seines Plans war großartig gelaufen. Er hätte nicht stolzer auf sich sein können. Alles fiel auf famoseste Art an seinen Platz. Früher am Tag hatte er sich in den

Wäldern über die Straße von Monica Wheelers Haus versteckt und auf das Auftauchen der Polizei gewartet. Der Streifenwagen röhrte innerhalb von Minuten nach Jesses anonymem Anruf beim Sheriff's Department heran, und nicht allzu lange danach bogen Annie und ihr Partner in Monicas Auffahrt. Er wartete Stunden, bis sie alle, bis auf einen einzelnen Streifenwagen, weg waren. Dann marschierte er zu Miss Rosies blauem Caprice zurück, den er hinter den Bäumen versteckt hatte, und folgte Annie zum Sheriffbüro. Einige Zeit später hätte er fast geschrien vor Triumph, als Nicholas Black in seinem großen, dicken Hummer in Chrom und Schwarz auftauchte. Die Bullen hatten mehr als genug Beweise, um ihn festzunehmen, und das bedeutete, Annie würde allein nach Hause kommen.

Es war die Zeit gekommen, sie zu schnappen und zu verschnüren. Und Nicholas Black würde im Knast verrotten. Vielleicht würden sie ihn nicht für lange dabehalten, aber es würde Zeit kosten, herauszubekommen, ob sein Alibi ihn entlastete, wenn er überhaupt eins hatte. Wie auch immer, Jesse würde Zeit haben, zu Annie zu gelangen. Teufel auch, sie wären wahrscheinlich schon Hunderte Meilen entfernt zu der Zeit, wenn Black entlassen würde, ganz egal, wie clever seine Anwälte waren.

Es war Licht an in Annies Haus, das eine über der Küchenspüle. Er griff nach dem Remington-Gewehr, das er aus Miss Rosies Haus gestohlen hatte, er kroch näher an den Hinterhof heran. Alles war still und menschenleer, also ging er schnell herum nach vorn und kletterte auf die Veranda hoch. Er wartete wieder und lauschte. Nichts. Niemand in der Nähe. Die Alarmanlage war aktiviert, also gab er die entsprechende Nummer ein, die er Monica hatte eingeben sehen, als Nicholas Black sie geschickt hatte, ein paar von Annies persönlichen Sachen zu holen, Kissen und so was, damit sie sich wie zu Hause fühlte, während sie in Cedar Bend im Koma lag. Glücklicherweise hatte er Monica überreden können, ihn mitkommen zu lassen. Ja, ohne die gute, alte Monica hätte er das nicht machen können. Es war eine Schande, dass sie hatte sterben müssen, dass sie auf einem Autopsietisch lag und darauf wartete, aufgeschnitten zu werden, aber sie hätte wahrscheinlich nichts dagegen. Sie schien Annie und ihn zu mögen. Sie würde wollen, dass sie zusammen mit Miss Rosie eine süße, sich liebende Familie wären.

Jesse hatte auch den Schlüssel zur Vordertür, hatte sogar Monicas gesamten Schlüsselring, nur für den Fall, dass er in Zukunft ihr Haus oder ihren Wagen brauchte. Ihr Heim wäre für einige Zeit hinter Polizeiabsperrband versperrt. Es wäre der ideale Platz zum Verstecken. In dem Moment, als er den Schlüssel hineinsteckte, begann innen im Wohnzimmer ein schrilles Kläffen. Sein kleiner Freund, Jules Verne. Er grinste. Er liebte diesen kleinen Hund wirklich. Er könnte mit ihnen kommen, wenn er nicht versuchte, Miss Rosies Kopf zu fressen.

»Tagchen, kleiner Kerl«, flüsterte er, ging auf ein Knie herunter und herzte den Hund. Jules Verne hörte auf zu bellen und wedelte mit seinem Schwanz. Jesse holte den Bacon heraus, den er in seiner Tasche hatte, und fütterte den kleinen Hund damit. Er schmuste eine Weile mit dem Pudel, und dann unternahm er eine langsame und methodische Suche in Annies Haus. Wenn er Annie erst in seiner

Gewalt hätte, würde er eine Tasche mit all ihren Lieblingssachen für sie packen müssen, weil sie niemals zurückkämen. Er würde sie weit weg bringen, doch er hatte sich gerade erst einmal für die High Sierra im Alten Mexiko entschieden. Niemand könnte sie dort finden. Oder vielleicht würden sie einfach weiterfahren, den ganzen Weg hinunter bis Belize. Er hatte dieses kleine zentralamerikanische Land auf dem Discovery Channel gesehen und hielt es für einen wunderschönen Ort mit üppiger, grüner Vegetation und hübschen Sandstränden.

Oben in Annies Loft legte er sich für eine Weile aufs Bett und wartete auf ihre Rückkehr, vergrub sein Gesicht in ihrem Kissen, sog den Duft ihres Shampoos und ihrer Haut ein. O Gott, er hatte so lange auf diesen Moment gewartet. Er schlief fast ein; er war dort so zufrieden, ihre Sachen um sich, und döste tatsächlich, als er ein Auto sich dem Haus nähern hörte. Er sprang auf und rannte zum Fenster. Es war der weiße Bronco ihres Partners, logisch. Er hörte sie aussteigen und die Tür zuschlagen, und dann knirschte der Bronco im Kies, während er wendete und zurück zur Straße fuhr. Dann öffnete sich die Vordertür inmitten Jules Vernes Bellen, und Annie betrat ihr Haus. Sie stoppte lange genug, um den Alarm zu reaktivieren, und er ging auf Zehenspitzen durch den oberen Schlafraum und versteckte sich hinter den langen Fenstervorhängen. Er linste dahinter hervor und sah Claire über das Loft-Geländer, wie sie Jules Verne hochnahm und ihn drückte.

»Oh, Jules, was machen wir nur?«, murmelte sie sanft zu dem Hund.

Nun, er wusste, was sie tun würde. Er betastete die Flasche mit Chloroform in seiner Hand. Sie würde keine verfluchte Chance haben. Alles, was er tun musste, war, das chloroformgetränkte Tuch über ihre Nase und ihren Mund zu halten. Sie war stärker als Monica, natürlich, aber wer war das nicht? Monica war ein winziges, kleines Mädchen. Er wäre in der Lage, Annie lange genug unten zu halten, damit die Droge wirken konnte. Und dann, o ja, würde sie ein ziemliches Abenteuer erleben, es würde beginnen, sobald sie diese Stufen heraufkam und ins Bett ging. Ihm lief bei dem Gedanken, sie wieder vollkommen in seiner Gewalt zu haben, schon das Wasser im Mund zusammen. In der Lage zu sein, ihre Haut abzulecken und ihre Brüste zu drücken, wann immer er wollte. Endlich, endlich, die Zeit war endlich gekommen.

19

Vollkommen deprimiert und mutlos schaute Claire im leeren Haus herum. Sie vermisste Blacks Gesellschaft, das tat sie wirklich. Sogar nach allem, was sie diese Nacht im Sheriffbüro gesehen und gehört hatte. Sie wollte nicht, aber sie konnte nichts dagegen tun. Sie wusste auch, dass seine teuren Spitzenanwälte ihn so schnell aus dem Gewahrsam bekommen würden, dass Charlie schwummrig werden würde.

Aber trotzdem, diese ganzen Anschuldigungen, Blacks Verrätereien und Lügen; alles schien so unwirklich. Sie fühlte sich einsam bis ins Mark, ihr war danach, sich mit dem Gesicht nach unten aufs Bett zu werfen und um alles zu trauern, was sie verloren hatte. Aber das würde sie *nicht* tun. Falls Black Monica verführt hatte, war er ihren Kummer nicht wert. Und wenn, war er kein Mann, mit dem sie zusammen sein wollte, das ist verdammt sicher. Gerade als sie akzeptiert hatte, mit ihm eine Beziehung gehabt, mit ihm zusammen gewesen zu sein, musste all das passieren. Aufgewühlt stand sie auf, ging zum Kühlschrank und holte sich eine Büchse Cherry Coke. Sie zog die Lasche ab, lehnte sich gegen die Theke und schaute Jules abwesend zu, wie er die Stufen zum Schlafraum im Loft hinauflief. Er war anscheinend reif fürs Bett, aber sie scher nicht. Sie musste eine Menge nachdenken, eine Menge Entscheidungen treffen.

Tief in ihrem Herzen konnte sie sich nicht überwinden, zu glauben, dass Nicholas Black etwas derart Dämliches tun würde, wie eine Angestellte mit seinem eigenen Gürtel zu töten und ihn dann für die Detectives zurückzulassen. Er war viel zu intelligent, zu gerissen und zu versiert in Forensischer Psychologie, um diese Art von dummen Fehlern zu machen. Wenn er einen Mord begehen wollte, selbst wenn er ausrastete und aus Wut handelte, würde er trotzdem keine Hinweise hinterlassen, die sie dann entdecken würden, und er würde wahrscheinlich einen Weg finden und damit durchkommen.

Das hässliche Szenario roch nach einer Falle. Natürlich tat es das, genau wie Black gesagt hatte, und wie eine plumpe noch dazu. Sie alle, Charlie, Bud, Claire – sie alle wussten, etwas war ernsthaft verkehrt mit diesem Tatort, aber wer würde Black wegen Mordes belasten wollen? Es war wahrscheinlich, dass Black Feinde hatte. Schließlich war er ein reicher, erfolgreicher Arzt und wohlhabender Geschäftsmann, ganz abgesehen davon, eine Art Mann, der jede Frau mit Augen im Kopf anzog. Eifersüchtige Ehemänner, eifersüchtige Liebhaber, es gab jede Menge Möglichkeiten aus der Vergangenheit. Irgendwann, irgendwo, könnte er jemanden beleidigt haben, absichtlich oder nicht. Und er hatte den Lügendetektortest bestanden, Gott sei Dank. Das würde großes Gewicht haben und ihm beim Beweis seiner Unschuld helfen, aber es war vor Gericht nicht zulässig.

Claire atmete tief aus, sank auf das Sofa und ließ den Kopf zurück auf die Kissen sinken. Sie schloss ihre Augen. Sie hatte Black fast wieder hereingelassen, war fast seinem Charme erlegen und auf seine liebevolle Aufmerksamkeit hereingefallen. Sie versuchte sich vorzustellen, wie hart es für ihn gewesen sein musste, sie dort im Koma liegen zu sehen, und sie dann weiter zu lieben, als sie sich nicht mehr an ihn als ihren Liebhaber erinnerte. Es musste frustrierend für ihn gewesen sein, gelinde gesagt. Er war eigentlich ziemlich gut damit umgegangen. Aber war sie ihm wieder ganz verfallen? Der drückende Kummer in ihrem Herzen sagte ihr Ja.

Wütend auf sich selbst, stand sie auf und versuchte, die Gedanken an Black abzuschütteln. Was sie brauchte, war, eine Nacht gut durchzuschlafen und dann den Tatort Zentimeter für Zentimeter noch einmal auseinanderzunehmen. Wer auch immer Monica Wheeler ermordet hatte, musste einen Hinweis hinterlassen haben oder musste jemand sein, der Zugriff auf Nicholas Blacks persönliche Habe hatte. Oder vielleicht hatte Monica sie einfach mit nach Hause genommen, wie Bud gemutmaßt hatte. Falls Monica in ihn verknallt gewesen war, könnte sie etwas von ihm genommen haben, um sich nachts im Bett daran festzuhalten. Wie krank und besessen war das denn? Andererseits, Black war schon etwas Besonderes. Er war charmant genug gewesen, um ihr Herz vor dem Unfall zu gewinnen, und war verdammt nah dran, es jetzt wieder zu schaffen.

Sie schaltete den Fernseher an und versuchte irgendetwas Interessantes zu finden, aber die Nachrichten über Monica Wheelers Mord waren überall, sogar unten in Springfield auf KY3.

»Also Teufel noch mal«, murmelte sie, dann gab sie auf und schaltete die Nachrichten ab.

Stattdessen stapfte sie die Stufen zum Loft hinauf. Jules lag halb in und halb außerhalb der fließenden Fenstervorhänge. Er wedelte mit seinem Schwanz, und das bewegte das Ende des Vorhangs ein Stück vor und zurück, aber der Pudel stand nicht auf und sprang aufs Bett, wie er das normalerweise tat.

»Du musst ja erledigt sein, Jules. Du bist heute Abend nicht sehr freundlich. Und das gerade, wenn ich ein paar Streicheleinheiten brauche.«

Der Pudel wedelte stärker, aber bewegte sich nicht von der Stelle, also setzte sich Claire auf das Ende des Betts. Sie schnürte ihre knöchelhohen Nikes auf und kickte sie weg. Okay, sie würde lang und heiß duschen, ihre Haare waschen und ihre verspannten Muskeln relaxen. Vielleicht sogar etwas Zeit im Whirlpool unten liegen. Sie schnallte ihren Schulterholster ab und legte ihn auf den Nachttisch, dann beugte sie sich hinunter und befreite sich von der Waffe am Knöchel. Sie legte die .38er neben die Glock. Für ein oder zwei Minuten saß sie nur da, dachte nach, versuchte zu verstehen und wünschte, die Dinge wären anders. Sie zog ihr T-Shirt aus und stand auf. Sie fühlte sich erschöpft – geistig, gefühlsmäßig und körperlich. Vielleicht war sie nicht so stark, wie sie dachte. Vielleicht hatten Black und Charlie recht, wenn sie sagten, sie solle es ruhig angehen.

Einen Moment später stand sie im Bad und starrte auf ihr Spiegelbild, sie versuchte immer noch zu verstehen, wer Monica Wheeler tot sehen wollte. Wenn sie Black glaubte, keine Affäre mit Monica gehabt zu haben, hätte Black kein Motiv gehabt, Monica zu töten, jedenfalls keins, das Claire sehen konnte. Noch hatte irgendjemand anders eins. Monica war wirklich vernarrt gewesen in Jesse, und sie hatte Claire erzählt, er behandle sie wie eine Königin. Sie zogen zusammen, um Himmels willen. Sie fragte sich, ob Bud mittlerweile Jesse erreicht hatte. Sie hatten Monicas Handy mit den verstreuten Lebensmitteln auf dem Boden gefunden, und Bud hatte ihn angerufen. Jesse hatte nicht abgenommen, und er hatte nicht zurückgerufen.

Vielleicht war es Jesse. Vielleicht hatten sie sich gestritten, und er war ausgerastet und hatte sie erdrosselt. Er war ein merkwürdiger Mann, wohl dazu fähig, es zu tun. Aber mit Blacks Gürtel? Nichts davon ergab Sinn. Aber es war eine Spur, die man verfolgen sollte – und warum hatte er nicht zurückgerufen? Warum meldete er sich nicht, suchte nach Monica, fragte, wo sie geblieben und was ihr passiert sei? Ja, sie würde Jesses Alibi nachgehen, als erstes am Morgen.

Gerade als sie sich an den Rand des Wanne setzte, bereit die Hähne aufzudrehen und ein langes, heißes Bad zu genießen, hörte sie das unverkennbare Geräusch eines kraftvollen Motorboots, das sich ihrer Bucht näherte. Sie sprang auf die Füße, sie wusste schon, wer das war. Sie warf sich hastig wieder ihre Sachen über, nahm ihre Waffen – nur für den Fall, dass Black nicht so ein netter Kerl war, wie alle glaubten, und gekommen war, um sie auch zu erdrosseln.

Wieder im Erdgeschoss nahm sie sich einen Moment, um beide Waffen umzuschnallen, und riss dann die Vordertür auf. Jules war ihr jetzt auf den Fersen, und als die Tür erst aufstand, düste er ab Richtung Steg, wo Black seinen Cobalt 360 hingesteuert hatte und am Festmachen war. Claire stand, wo sie war, draußen auf der Veranda, und wartete darauf, dass er hoch zum Haus kam und seine Sache vertrat. Das einzige Problem war – das tat er nicht. Er kletterte zurück aufs Boot und verschwand aus dem Sichtfeld.

Sie schaute finster und beschloss, dort hinunterzugehen und ihn zur Rede zu stellen. Sie fragte sich, was zum Teufel er machte. Wollte er sie herunterlocken, um keine Blutspuren im Haus zu hinterlassen? Sie konnte das einfach nicht glauben, aber warum war er hier? Er konnte natürlich nicht bleiben. Sie hatte klargestellt, dass sie sich nicht wieder sehen konnten. Andererseits, tief in ihr war sie ein glückliches Mädchen, ihn aus dem Gefängnis und dort festgemacht am Steg zu sehen. Fachlich gesehen, war sie noch nicht mit seinem Fall betraut. Charlie hatte es ziemlich klargemacht, dass sie das auch nie sein würde. Aber da hinunterzugehen und mit ihm zu reden, war keine gute Idee. Wenn sie schlau wäre, würde sie wieder hineingehen und die Tür abschließen, das entspannende Bad nehmen und ins Bett gehen. Jedoch war sie nicht so schlau, schätzte sie, weil sie den Hügel zum See hinunterging und auf den Steg zu seinem großen, leistungsfähigen Boot. Black saß achtern auf dem Sitz im Heck, ein Gewehr lag über seinen Knien. Er hatte ein schwarzes T-Shirt und Jeans an und einen bösen Blick, den du kaum glauben konntest. Jules lag auf dem Steg und beobachtete ihn, auch er spürte zweifellos seine bedrohliche Stimmung.

»Was machst du hier?«, verlangte Claire, so unfreundlich wie möglich, zu wissen, behielt aber den Blick auf dem großkalibrigen Jagdgewehr mit Zielfernrohr. »Und was hat es mit der Waffe auf sich?«

»Ich lasse dich nicht allein hier draußen. Jemand will mich von der Bildfläche verschwinden sehen und hat sich äußerste Mühe gegeben, das zu erreichen. Darum geht es. Also werde ich hier draußen sitzen und werde sicherstellen, dass dir niemand auflauert wie Monica.«

»Ich kann auf mich selbst aufpassen. Ich bin bis an die Zähne bewaffnet. Es sieht nicht gut aus, wenn du hier bist, während wir gegen dich ermitteln.«

»Ist mir egal. Ich werde nicht gehen. Ich schätze, du kannst mich wieder verhaften lassen. Du schienst das ja beim ersten Mal reichlich zu genießen.«

»Das ist nicht fair, Black.«

»Du bist in Gefahr allein hier draußen, und wenn du schlau bist, hörst du auf mich.«

»Wie bist du so schnell aus der Haft gekommen?«

»Charlie hat beschlossen, noch keine Anklage zu erheben, bis er und Bud mein Alibi überprüft haben. Was, nebenbei bemerkt, hieb- und stichfest ist, nur für den Fall, dass du interessiert bist, ob ich sie ermordet habe, oder nicht.«

Das fühlte sich an wie ein Schlag ins Gesicht, aber das hielt sie aus. Sie sagte bloß: »Ich denke nicht, dass du Monica getötet hast.«

»Hättest mich fast getäuscht.« Black war so sauer, dass es von ihm in Wellen ausstrahlte, wie Hitze von einem Radiator. Im sanften Mondlicht und dem entfernten Glühen der Dämmerung am Ende des Stegs war sein Gesicht von tiefen Schatten gezeichnet, die es schwer machten, seinen Ausdruck zu erkennen. Aber seine Stimme zitterte fast vor unterdrückter Wut.

»Ich bin Polizist, Black. Ich muss unparteiisch bleiben und mich von dir fernhalten, bis du vollkommen entlastet bist. Wenn dein Alibi standhält, glaube mir, bin ich der glücklichste Mensch hier.«

»Komm ins Boot und setze dich. Ich will mit dir reden.«

Sie zögerte und entschied dann, dass sie sich aussprechen mussten. Sie kletterte herunter und setzte sich anderthalb, zwei Meter entfernt von ihm hin.

»Komm ja nicht zu nahe, ich beiße, weißt du. Ich ermorde auch ohne ersichtlichen Grund junge Frauen, mit denen ich befreundet bin.«

Oh, Sarkasmus, auch noch ziemlich gut dargebracht! »Du musst vernünftig sein, Black. Du steckst in großen Schwierigkeiten. Es wird hart für Charlie werden, diese ganzen Beweise zu ignorieren.«

»Diese ganzen sogenannten Beweise wurden untergeschoben, und wir alle wissen das. Wer sie untergeschoben hat – das müssen wir herausbekommen.«

Er hatte recht. Nichts davon ergab den geringsten Sinn. Tat es wirklich nicht. »Okay. Ich habe auch darüber nachgedacht, und ich stimme dir zu. Aber wenn nicht du, wer sonst?«

»Ich denke, ich weiß es, aber ich bin nicht sicher, ob ich es je beweisen kann. Mein privater Ermittler arbeitet bereits daran.«

»John Booker?«

»Richtig. Und er ist verdammt gut. Er wird irgendetwas herausbekommen, was mir hilft.«

»Du musst uns sagen, was du vermutest, damit wir uns den Kerl vorknöpfen können. Er ist verrückt, wenn er Monica so etwas antun kann.«

»Du weißt es noch nicht.«

Claire wurde leicht sauer wegen seiner geheimnisvollen Äußerungen, mit denen er herumschmiss. »Okay, Klartext bitte, Black. Ich muss es wissen, besonders wenn du denkst, dass ich ausreichend in Gefahr bin, um zu rechtfertigen, dass du hier draußen die ganze Nacht Wachdienst schiebst.«

Black zögerte einige Takte, er starrte sie nur an. Er war immer noch wütend; sie konnte sehen, wie er seine Fäuste ballte. Er war kurz vorm Explodieren; alles, was er brauchte, war ein Anlass. Aber wer konnte es ihm verdenken?

Black antwortete schließlich, mit sehr tiefer, sehr angespannter Stimme: »Ich wollte dir das nicht erzählen. Ich denke immer noch, du bist seelisch noch nicht so weit, aber du musst die Wahrheit wissen. Du musst bei mir in Cedar Bend bleiben. Dein Haus ist zu isoliert, zu angreifbar durch Eindringlinge. Und erzähl mir nicht, du kannst selbst auf dich aufpassen, Gottverdammt! Du kannst nicht immer auf dich selbst aufpassen, und es wird Zeit, das einzusehen.«

Sie hatte ihn noch nie so wütend und feindselig erlebt, also stritt sie nicht mit ihm. »Dann mach weiter und erzähl es mir. Andernfalls bleibe ich genau hier. Allein. Und du fährst nach Hause.«

Black biss jetzt tatsächlich die Zähne zusammen. Sie konnte sie fast knirschen hören. »Okay, du erinnerst dich an den Kerl, der sich mit dir von der Brücke gestürzt hat. Ich denke, er ist noch am Leben und verfolgt dich wieder.«

Verblüfft davon, sagte Claire: »Du hast mir erzählt, er sei tot.«

»Nun, das denke ich nicht mehr. Dieses Mordkomplott entspricht genau seiner Vorgehensweise. Er war in einem Hospital für geisteskranke Straftäter eingesperrt, seit er das letzte Mal hinter dir her war, aber er ist gerissen wie die Hölle und pathologisch von dir besessen. Er liebt dich und denkt, du liebst ihn.«

Mächtig betroffen jetzt, versuchte sie, das alles zu verdauen. »Wer ist es?«

»Sein Name ist Thomas Landers, aber wenn er mordet, benutzt er einen Decknamen, darauf kannst du wetten. Er ist auch gut darin, sein Erscheinungsbild zu verändern. Er hat sich in der Vergangenheit als Frau verkleidet, um Himmels willen.«

»Keine Chance.«

»Gut genug, um uns beide zum Narren zu halten, Claire, und jeden hier in der Gegend. Harve inbegriffen.«

»Ich verstehe nicht.«

»Dann setz dich und hör mir zur Abwechslung mal zu. Du hast einiges zu schlucken. Ich wollte, dass du dich selbst an all das erinnerst, wenn du dich schon dran erinnern musst. Ich weiß nicht, ob du manche Sachen schon bewältigen kannst, die du durchgemacht hast.«

»Ich will es wissen. Ich sag dir, ich kann damit umgehen.«

»Dieser kranke Irre ist in deinem Leben, seit du ein kleines Mädchen warst. Er hat diese kranke und verdrehte Vorstellung, dass ihr zwei zusammengehört, und er wird alles tun, um es zu realisieren. Und ich meine alles.«

»Seit ich klein war? Das erscheint unmöglich.«

Black bellte ein kurzes Lachen, vollkommen ohne Humor. »Es ist möglich, ganz recht. Er hat es gerade geschafft, dass ich des Mordes bezichtigt werde, obwohl ich vollkommen unschuldig bin, nicht wahr? Dieser Kerl ist ein Psychopath, vollkommen verrückt geworden aufgrund von schwerstem Kindesmissbrauch. Ihm wurden schreckliche Dinge angetan. Er wird nicht aufhören, bis er dich in seiner Händen hat, und er wird alles tun: morden, lügen, stehlen, köpfen, alles, sag ich dir, um dich in seiner Gewalt zu haben.«

Trotz der warmen nächtlichen Brise lief ein Schauer über Claires bloße Arme, nur von dem Gedanken daran, von einem solchen Mann belauert zu werden. Jedoch kamen keine schrecklichen Erinnerungen hoch, um sie zu erleuchten. Also sagte sie nichts dazu. Sie saß nur still da, versuchte zu verdauen, was er gesagt hatte und was sie dagegen unternehmen musste. Das Problem war, diesmal wusste sie nicht, was zu tun war.

Black wartete nicht auf ihre Antwort. Diemal war sein Ton ruhiger, was seine Worte wirksamer machte. »Claire, hör mir zu, bitte, ich liebe dich. Ich habe Angst um dich. Dieser Mann ist wirklich psychotisch, aber brillant als Verbrecher. Er ist genau jetzt hinter dir her. Ich fühle es mit jeder Pore. Falls du nicht mit mir kommst, lass mich hier bei dir bleiben. Ich bitte dich, Claire. Du erinnerst dich nicht daran, wie gefährlich dieser Kerl ist. Würdest du das, wüsstest du, dass du meine Hilfe brauchst. O Gott, bitte, Claire, hör auf mich, nur dieses eine Mal, hör, was ich dir sage.«

Claire saß da und ließ ihn ausreden, von Herzen flehend, keine Frage. Und sie war auch ziemlich sicher, dass Black kein schwacher Mann war, nicht furchtsam, nicht einer, der Angst vor irgendetwas hat. Er schien so stark, selbstbewusst und taff zu sein, wie kein Mann, den sie vorher gekannt hatte. Trotzdem hatte er Angst um sie. Und das machte ihr Angst.

»Okay. Du kannst hierbleiben, aber komm ins Haus. Es wäre dumm, hier draußen bei den Moskitos zu sitzen, die dich auffressen.«

Sie zuckten beide zusammen, als Jules plötzlich aufsprang, zum Haus rannte und dabei bellte wie verrückt. Black war augenblicklich auf den Beinen, bewegte sich in den Bug und schaute Richtung Haus. Irgendwo in der Dunkelheit kläffte Jules und rannte wieder direkt zu ihnen zurück, als ob er sich vor etwas fürchtete. Claire las ihn vom Steg auf und nahm ihn mit ins Boot zu sich. Black drehte sich herum und sah sie an, und sie konnte die Ernsthaftigkeit auf seinem Gesicht sehen, die sich in den fahlen Cockpitleuchten widerspiegelte.

»Komm schon, Claire, nimm Jules und verbringe die Nacht in Cedar Bend mit mir. Das ist kein sicherer Ort, selbst mit mir als Wache. Ich werde Abstand halten. Ich werde hinunter in einen der Bungalows ziehen, wenn du willst, und du kannst das Penthouse haben. Dieser Kerl wird nicht eher aufhören, bis wir ihn kriegen. Du bist die Obsession seines Lebens. Sein Grund, zu leben.«

Bevor Claire das beantworten konnte, hörte man einen Schuss, der die Stille zerriss. Sie sah den Lichtblitz des Mündungsfeuers in den nahen Bäumen, ungefähr zur gleichen Zeit versuchte Black sich zu ducken, aber nicht schnell genug. Die Kugel traf ihn im Rücken, und er fiel in sich zusammen wie eine fallen gelassene Marionette, stürzte nach vorn auf seine Knie und dann mit dem Gesicht nach unten aufs Bootsdeck. Sie nahm Deckung hinter dem Cockpit, zog ihre Glock und feuerte sechs schnelle Schüsse auf die Stelle, von wo aus der Schütze seine Waffe abgefeuert hatte.

Ihr Angreifer erwiderte fast sofort das Feuer, jetzt näher zu ihnen, aber sie konnte ihn nicht ausmachen, konnte nicht abschätzen, wo er als nächstes sein würde. In einem

Herzschlag hatte sie das Boot losgemacht und ließ den Cobalt im Leerlauf vom Steg wegtreiben. Einmal klar, drückte sie die Hebel der Steuerung nach vorn, und das Boot stand fast auf seinem Hinterteil, bevor es in Richtung des Eingangs der Bucht lospreschte. Als sie erst einmal den offenen Seekanal erreicht hatten, hockte sie sich neben Black.

»Wie schlimm ist es?«

»Bring uns nur hier weg«, röchelte er und versuchte, sich umzudrehen.

Claire hielt das Steuerrad mit einer Hand, grabschte Blacks Windjacke aus der Ablage und presste sie hart auf seine Brustwunde. Es sah so aus, als hätte die Kugel ihn am Rücken getroffen und wäre irgendwo unter seinem Schlüsselbein ausgetreten. Sie versuchte, das Boot zu steuern und ein Handtuch unter seinen Rücken an die Eintrittswunde zu schieben. Er stöhnte, als sie versuchte, ihn anzuheben, wurde ohnmächtig und lag blutend da. Sie stand wieder auf und trieb das Boot noch schneller an, zog ihr Handy heraus und rief schon einmal in Cedar Bend an, damit sie eine Ambulanz im Yachthafen erwarten würde. Sie musste ihn zu einem Arzt bringen. Seine Verletzung war übel, o Gott, sie war wirklich richtig übel.

Jesses Mädchen

Genau jetzt

O Gott sei Dank, er hatte es endlich getan! Er hatte diesen Bastard Nicholas Black getötet! Er hatte direkt auf die Mitte des Herzens gezielt, und er hatte ihn getroffen. Der Mann war hart gefallen. Jesse war fast sicher, dass er eine tödliche Kugel abgefeuert hatte. Aber dann, fast sofort danach, wütete Annie gegen ihn, mehrere schnelle Schüsse. Er versuchte, sich zu ducken, aber nicht schnell genug, denn eine Kugel schlug in seinen Arm ein. Es fühlte sich an, als ob ihn jemand fest geschlagen hätte, und er schrie auf und fiel in den Büschen auf seine Knie. Er kroch auf allen Vieren hinter einen Baum und schoss zurück, aber er wollte sie nicht treffen! Er wollte sie nicht verletzen! O mein Gott, Annie hatte ihn angeschossen. Seine Annie, seine spezielle Freundin, seine eigene Annie, die er mehr liebte, als jeden anderen auf der Welt! Wie konnte sie das tun? Sah sie nicht, dass Nicholas Black sie auseinanderhielt? Verstand sie nicht, was Jesse dabei empfand?

Annie hatte sich geduckt und war außer Sicht und hetzte höchstwahrscheinlich jetzt gerade die Polizei auf ihn. Er musste weg! Er begann zum Hügel hinter ihrem Haus zu rennen, beschützte seinen blutenden Arm, kletterte und kratzte seinen Weg hoch durch die klammernden Ranken und die dichte Vegetation zum Waldweg, wo er seinen Wagen abgestellt hatte. Gott, er war so nah dran gewesen, sie zu schnappen, als Black in diesem gottverdammten Boot auftauchen musste. Er konnte es nicht fassen. Nicholas Black hätte im Gefängnis sein sollen. Und dann war Annie den ganzen Weg zum Steg hinuntergerannt, um ihn zu sehen, als ob Black ihre einzige große Liebe wäre, und nicht Jesse.

Da hatte er sich aus dem Haus geschlichen und nahm den Weg den Hügel hinunter zu ihnen. Er hörte sie sprechen, hörte fast alles, was sie sagten, und er hörte, was Black über ihn sagte. Dann begann das Brennen – das rote Feuer seines Hasses war in seinen Blutkreislauf geströmt, versetzte ihn so in Wut, dass er es nicht aushielt. Als Nicholas Black im Boot aufstand, im Licht des Stegs ein perfektes Ziel abgab, verlor er die Kontrolle und zögerte nicht; er hob sein Gewehr und schoss ohne Bedenken auf ihn. Und er traf ihn. Der große Mann war nach vorn auf den Boden gestoßen worden. Annie musste gedacht haben, jemand versuchte sie zu töten, deshalb hatte sie auf ihn gefeuert. Das muss es sein; sie wusste nicht, dass es Jesse war. Natürlich nicht.

Als er schließlich den Scheitel des Hügels und den verborgenen Caprice erreichte, stoppte er und horchte. Er konnte den Bootsmotor sich entfernen hören, weiter und weiter, bis er zu einem tiefen Brummen schwand, das über das Wasser trieb. Sie jagten ihn nicht, aber er sprang trotzdem in seinen Wagen und fuhr auf direktem Weg nach Hause. So spät waren die Straßen menschenleer, und er versuchte, ruhig zu bleiben, vorsichtig zu fahren, damit kein Polizist ihn anhielt. Sein Arm blutete heftig, und der Gedanke, dass Annie ihm das angetan hatte, brach ihm das Herz. Er begann zu weinen, starke, herzzerreißende Schluchzer, die es schwierig machten, das Lenkrad zu halten. Annie musste ihn nicht mehr lieben. Ihn so schwer zu verletzen. Er weinte den ganzen Weg nach Hause vor Trauer und Verzweiflung, so traurig und verletzt, dass sie ihm das angetan hatte. Wie konnte sie nur? Wie konnte sie nur?

Er schleppte sich in sein Haus, ließ sich aufs Sofa fallen, sogar zu deprimiert, um Miss Rosie aus dem Kühlschrank zu holen und ihr zu erzählen, was passiert war. Er konnte ihr nicht ins Gesicht schauen; er konnte ihr nicht erzählen, dass seine süße Annie, das Mädchen, von dem er ihr die ganze Zeit erzählt hatte, versucht hatte, ihn zu töten. Schließlich holte er seinen Erste-Hilfe-Kasten, seine schärfste Nähnadel und eine Morphiumspritze, die er aus Nicholas Blacks persönlichem Medizinschränkchen im Obergeschoss in Cedar Bend gestohlen hatte. Er betastete die Wunde, aber die Kugel war glatt durchgegangen. Er setzte sich hin und schob die subkutane Nadel in die offene Wunde, dann spritzte er Jod hinein. Er schrie vor Schmerz, aber irgendwie fühlte er sich besser durch den Schmerz. Er hörte auf zu weinen und fädelte sorgfältig den Faden in die Nähnadel. Er stach sie in eine Seite des tiefen Kanals, und dann in die andere, dann zog er es zu einem ordentlichen schwarzen Nähstich zusammen. Er nähte es ganz zu, schrie bei jedem Stich vor Schmerz, aber das Nähen beruhigte ihn.

Natürlich hatte nicht Annie ihn angeschossen. Es war Nicholas Black. Er hatte noch einen Schuss abgeben können, bevor er starb. Annie würde nie auf ihn schießen. Sie liebte ihn. Sie hatte ihm das zuvor in der kurzen Zeit gesagt, bevor er sie in seine Gewalt brachte. Jetzt, da Black tot war, würde sie Jesse wieder wollen. Sie würde mit ihm und Miss Rosie kommen, und sie würden wieder eine glückliche Familie sein. Sie würde nach Hause kommen, und er wäre da und wartete auf sie. Und wenn sie ihn erst einmal sähe, sah, wie sehr er sie liebte, würde sie ihre Sachen packen, und sie würden zusammen weggehen. Auf immer und ewig.

Mittlerweile hatte er ein viel besseres Gefühl bezüglich dem, was passiert war. Er holte ein paar Hotdogs heraus und legte sie auf ein Backblech. Zwei für ihn und einen für Miss Rosie. Bald würde er einen Hotdog extra für Annie machen. Vielleicht sogar zwei, wenn sie richtig hungrig war.

Und auch einen für Jules Verne. Er würde Kartoffelchips und Gurken dazu servieren und Ding Dongs als Nachtisch. Oder vielleicht würde er Snickers-Schokoriegel als Dessert für ihr erstes gemeinsames Abendessen zu Hause servieren. Sie liebte Snickers, besonders, wenn sie gefroren waren. Monica hatte ihm das erzählt. Arme, alte Monica, er vermisste sie wirklich. Zu schade, dass er ihre Leiche zurücklassen musste, damit die Polizei sie finden konnte. Andernfalls hätte er ihren Kopf abgeschnitten und sie Miss Rosies neue Tochter sein lassen. Oh, nun gut, er schätzte, er konnte nicht jeden Kopf haben, den er gern wollte.

Er machte Miss Rosies Teller für sie zurecht, und dann aß er hungrig. Jetzt musste er noch einmal von vorn anfangen. Und er müsste vielleicht Annie sogar ein bisschen bestrafen, falls sie diejenige gewesen war, die auf ihn geschossen hatte. Sie musste lernen, dass sie nicht die Leute anschießen durfte, die sie am meisten liebten. Aber dann würde sie lernen, was sie tun musste, damit sie zusammen sein konnten, und sie würden wieder glücklich sein.

20

Außer sich, Black zu einem Arzt zu bekommen, schob Claire den Gashebel des starken Cobalt-360-Kreuzers auf volle Kraft, und das große Boot sprang mit noch höherer Geschwindigkeit voran, als sie über das dunkle Wasser flogen. Sogar so schnell, dass sie den ganzen Weg zur Cedar Bend Lodge in weniger als zehn Minuten schafften. Sie konnte die Blinklichter der Ambulanz um einiges früher sehen, als sie dort ankamen. Als sie das Boot in den verlassenen Yachthafen steuerte, überdies viel zu schnell, verursachte sie starken Wellengang in den umgebenen Kojen, der die Boote an ihrer Vertäuung tanzen ließ. Sie konnte die beiden Rettungssanitäter mit einer Rollbahre neben einer freien Doppelkoje stehen sehen. Sie stellte den Motor ab und schob sich mit dem Boot in den Ankerplatz. Der Bug stieß hart an die Gummireifen, aber ihr raues Anlegemanöver hielt den einen Sanitäter nicht davon ab, ins Heck zu springen und an Blacks Seite niederzuknien, während sein Partner Claire half, das Boot festzumachen.

Claire fiel neben ihnen auf die Knie und informierte sie, was passiert war, ihre Stimme zitterte so sehr, dass sie sich kaum wiedererkannte. »Die Kugel traf ihn in den Rücken und trat vorne aus. Ich habe versucht, die Blutung einzudämmen, aber er hat viel Blut verloren. Eine Menge Blut.«

»Okay, wir haben ihn jetzt«, sagte der Sanitäter knapp und legte eine Blutdruckmanschette um Blacks Arm, während sein Partner irgendeine Spritze setzte. Blacks weißes T-Shirt war jetzt vollkommen rot, jeder Zentimeter war mit Blut vollgesogen. Sie schnitten es schnell weg und versuchten mit äußerster Geschwindigkeit die Wunden abzubinden und den heftigen Blutfluss zu stoppen, lange genug, um ihn in die Notaufnahme zu schaffen.

Black stöhnte nicht mehr oder versuchte zu sprechen, er lag nur da, unbeweglich und weiß wie ein Toter. Claire schluckte ihre aufkeimende Panik eine durch Furcht verengte Kehle hinunter. Endlich, nach was wie eine Ewigkeit schien, hatten sie Black stabilisiert und aus dem Boot auf die Bahre gebracht. Claire nahm Jules hoch, der im Cockpit kauerte und vor Furcht zitterte, und händigte ihn jemandem vom Hafenpersonal aus, der mit dem Boot half. Dann rannten sie mit Blacks Bahre den Pier hinunter zur Ambulanz. Sie sprang mit einem der Sanitäter mit hinten hinein, nur für den Fall, dass Black aufwachte, aber sie war so voller Angst, dass sie kaum atmen konnte. Was, wenn er nicht aufwachen würde? Was, wenn er bereits tot wäre, bevor sie überhaupt mit ihm sprechen könnte? O Gott, er musste okay sein.

Sie hörte dem Sanitäter zu, wie er Blacks Werte und Transportzustand den im Canton County Medical Center wartenden Ärzten durchgab, ihr Herzschlag war außer Kontrolle. Sie schien nicht genug Luft einatmen zu können. Blacks Blut war überall auf ihren Sachen und auf ihren Händen. Das war so übel, so verdammt übel; seine Verletzung war katastrophal, sehr nah am Herzen. Sie musste sich beruhigen, ihr Training benutzen und nicht vollkommen ausrasten. Okay, das Krankenhaus bereitete sich auf eine sofortige Notoperation vor, das war also gut. Sie würden sofort anfangen, an ihm zu arbeiten. Mit zitternden Fingern gab sie irgendwie Buds Nummer ein, bekam irgendwie heraus, was passiert war, bevor ihr die Stimme einfach vollkommen wegblieb. Bud sagte, er rufe Charlie an und dass sie sich in der Notaufnahme träfen, sie solle tapfer bleiben, und dann war die Leitung tot.

Das Notärzteteam war bereits draußen und packte Blacks Bahre am Randstein, und dann waren sie verschwunden, einfach so, in die Chirurgie – auf dem Weg dahin versuchten sie, ihn am Leben zu halten. Sie verhinderten, dass Claire ihnen durch die Schwingtüren in die Chirurgieabteilung folgte, und sie stand da und versuchte, durch die kleinen Schutzscheiben zu sehen. Aber sie schoben Black aus dem Sichtfeld, und sie brach geschwächt zusammen, mit ihren Hüften gegen die Wand gegenüber der Tür gelehnt, und versuchte, ihre schwerfällige Atmung und ihr rasendes Herz unter Kontrolle zu bekommen.

Wie aus dem Nichts erschien ein flüchtiger Eindruck einer dunklen Erinnerung an eine Ankunft im Laufschritt in genau diesem Krankenhaus, wie sie schnell eine andere Bahre zur Notaufnahme schob. Bud war bei ihr, sie versuchten, jemanden zu retten. Und dann war die Vision verschwunden, puff, und sie ließ ihr Gesicht in ihre Handflächen sinken und zwang sich zur Selbstkontrolle. Black war zu ihrem Haus gekommen, um sie zu beschützen, sie vor der Gefahr zu warnen, in der sie schwebte. Und sie hatte nicht auf ihn gehört, hatte seine Befürchtungen weggewischt. Er hatte nun den Preis für diese Weigerung bezahlt, vielleicht mit seinem Leben. War es dieser Freak Thomas

Landers? Hatte er sich dort die ganze Zeit versteckt und sie beobachtet?

Claire saß allein eine gefühlte Ewigkeit da, bevor eine Krankenschwester den Flur heruntergeeilt kam. Sie sagte Claire, dass sie eine Freundin von ihr und ihr Name Chris Dale Cox sei. Claire erkannte sie nicht, aber Chris sagte, Black sei in kritischem Zustand und nicht außer Gefahr. Er werde immer noch operiert, sagte sie, und das wahrscheinlich noch mehrere Stunden.

Chris umarmte Claire dann, und Claire ertappte sich dabei, wie sie sich an diese Frau klammerte. Sie wollte menschlichen Kontakt, brauchte jemanden, der ihr sagte, dass Black nicht sterben würde. Aber niemand sagte es. Nach einer kleinen Weile ging Chris und brachte ihr ein paar Minuten später einen Stuhl und einen großen Styroporbecher mit heißem schwarzem Kaffee. *O Gott segne dich,* dachte Claire als sie sich setzte und das Koffein hinunterstürzte, immer noch eingetaucht in die lähmende Betäubung des Terrors.

Wenn er starb, starb er, während er sie beschützte. Hatte er recht bezüglich ihres Stalkers? War er es, der ihn angeschossen hatte? Oder hatte der Schütze auf sie gezielt? Sie waren schließlich bei ihrem Haus angegriffen worden. Sie fand sich innig betend wieder, und dann stand sie auf und schritt den langen, leeren Flur auf und ab – wartend, wartend, endlos wartend.

Bud und Charlie kamen endlich im Sturmschritt durch die Außentüren angerannt. Beide sahen geschockt und verängstigt aus, was Claire Angst machte. Sie versuchte ihnen zu erzählen, was sich abgespielt hatte, irgendwie bekam sie es hin, das Grundlegende herauszubekommen, während sie zuhörten, böse schauten und ihre Köpfe schüttelten.

»Wer war der Schütze?«, fragte Charlie Claire schnell. »Konntest du ihn sehen?«

»Wie zum Teufel ist er an Harves Sicherheitsbarriere vorbeigekommen?«, wollte Bud wissen und sah so fassungslos aus, wie Claire sich fühlte. Aber sie erlangte ihre Fassung wieder, jetzt da sie bei ihr waren und relevante Ermittlungsfragen stellten. Ihr Training übernahm endlich Regie, Gott sei Dank.

»Er muss den Hügel hinter meinem Haus heruntergekommen sein. Er ist stark bewaldet. Oder auf dem Wasser, er hätte übers Wasser kommen können. Es gibt eine Menge Stellen entlang des Ufers, wo er mit einem kleinen Boot oder einem Kajak anlanden könnte. Er hätte an Harves altem Steg festmachen können, an der Stelle mit dem blauen Blinklicht. Er ist nicht weit von meinem Haus. Niemand von uns hatte einen Schimmer, dass er in der Nähe war. Wir waren an meinem Steg in Blacks Boot. Als Jules bellte und in den Wald rannte, stand Black auf und stand im Bug, um zu sehen, was los war.« Ihre Stimme erstarb, und sie hatte den bitteren Geschmack von Galle hinten in der Kehle. »Der Schuss kam einfach aus dem Dunklen, Bud, und traf ihn im Rücken.«

»Was zum Teufel hat Nick da draußen gemacht?« Das war Charlie, und er kam in seiner ureigensten Weise zum Punkt. »Ich hatte ihm gesagt, sich verdammt noch mal von dir fernzuhalten, bis wir diese Wheeler-Untersuchung geklärt haben. Scheiße. Was zur Hölle geht hier vor?«

Claire sank wieder auf ihren Stuhl zurück, ihr Magen war

in Aufruhr, ihre Stimme zitterte. »Er kam heraus, um mich zu beschützen. Ich ging hinunter zum Boot und bat ihn zu gehen, aber er weigerte sich. Er sagte, er würde die ganze Nacht da draußen sitzen.«

Bud fragte: »Dich vor was beschützen?«

»Er ist davon überzeugt, dass ihn jemand absichtlich belastet. Er denkt, jemand will ihn loswerden, um an mich heranzukommen.«

»Wer?«, verlangte Charlie zu wissen.

»Thomas Landers. Wissen Sie, wer das ist?«

Als sie bestürzte Blicke wechselten, ergab sich eine kurze Pause. Dann sagte Bud: »Man hat Thomas Landers vor fast einem Monat für tot erklärt.«

»Black meinte, man habe nie seine Leiche gefunden.«

»Nein, das hat man nicht«, bestätigte Charlie. »Sie haben tagelang gesucht, während Sie dem Tod nahe in diesem verdammten Koma lagen.«

»O Gott, ich hoffe bei Satan, dieser Bastard ist tot«, sagte Bud und ballte seine Fäuste. Jetzt selbst ruhelos, machte er ein paar Schritte den Flur hinunter und wieder zurück.

»Erinnern Sie sich an irgendetwas über diesen Kerl Landers, Claire?«, fragte Charlie.

»Nicht viel. Aber ich muss. Black hat mir von ihm erzählt, als er angeschossen wurde. Er konnte es nicht beenden.«

»Glauben Sie, der Angreifer war nah genug, um mitzukriegen, was er gesagt hat?«

»Er muss irgendwo in der Nähe gewesen sein, am Ufer, ja, wahrscheinlich in Hörweite, kann sein. Er hat aus der

Deckung der Bäume geschossen. Ich habe das Feuer eröffnet, sobald Black gestürzt ist, aber ich kann nicht mit Sicherheit sagen, ob ich ihn getroffen habe. Es war zu dunkel, und ich wusste nicht, wo er war. Ich hoffe, ich habe ihn gekriegt.«

»Okay, ich werde jetzt gleich Beamte hinschicken, um den Wald um Ihr Haus herum absuchen zu lassen. Vielleicht ist er tot oder verwundet und liegt dort irgendwo. Gibt es noch etwas, was Sie uns erzählen können?«

Claire schüttelte den Kopf. »Er hat sich im Dunkel versteckt. Ich sah das Mündungsfeuer und habe direkt darauf gezielt.«

Bud schaute böse, auch beunruhigt, aber er legte den Arm beruhigend um Claires Schultern. »Black wird es schaffen, Morgan. Die Ärzte hier sind großartig. Sie haben mich schon einmal durch einen richtig üblen Schlangenbiss gebracht.«

Sie starrte ihn nur an und nickte, weil sie überhaupt nicht sicher war. Bud hatte Blacks Verletzung nicht gesehen, die Kugel so nah am Herz. Es könnte zu nah gewesen sein, oder zu nah an der Aorta. Aber er war für ein paar Sekunden in der Lage zu sprechen. Wenn die Kugel sein Herz zerfetzt hätte, wäre er sofort gestorben. Und das war er nicht. Das bedeutete, er hatte eine Chance zu überleben.

Die Operation dauerte schließlich über fünf Stunden, und dann wurde Black zur weiteren Behandlung auf die Intensivstation gebracht. Die Ärztin kam heraus, eine hübsche junge Frau mit langen braunen Haaren, die im Nacken zusammengebunden waren, und großen und intelligenten Augen. Aber ihr Gesicht war von sehr ernsten Linien gezeichnet.

»Sind Sie die Beamtin, die das Schussopfer eingeliefert hat? Dr. Black.«

»Ja, ich bin Claire Morgan. Wird er durchkommen?«

»Ich bin Dr. Katelyn Atwater, und ja, wir denken jetzt, dass er sich erholen wird, aber wir können es nicht mit Sicherheit sagen, noch nicht. Die Kugel hat das Herz komplett verfehlt. Er hatte großes Glück, weil viel hat nicht gefehlt, nur ein paar Zentimeter höher und weiter links. Ungefähr hier.« Sie berührte mit einem Finger einen Punkt unter ihrem Schlüsselbein und nah des Oberarms. »Er muss sich bewegt haben, als die Kugel auftraf, weil sie unterhalb des Schulterblatts hinten ausgetreten ist. Sie hat einen Knochen beschädigt, aber ich denke, wir haben alle Fragmente entfernt. Und der Oberarmknochen seines linken Arms ist gesprungen. Es ist ein Wunder, dass er nicht gebrochen ist. Es gibt keine Anzeichen einer Infektion, aber er hat eine Menge Blut verloren, und wir versuchen das durch Blutinfusionen auszugleichen. Die nächsten paar Stunden werden es zeigen, aber er ist ein starker, gesunder Mann. Das ist sicher zu seinen Gunsten.«

Ja, und die nächsten paar Stunden im Warteraum waren entsetzlich. Charlie und Bud blieben beide mit Claire da. Keiner von ihnen sagte allzu viel, sie saßen nur da und starrten einander an, von Sorge gepeinigt. Beide Männer waren offensichtlich sehr von Nicholas Black eingenommen. Aber wen hatte sie getroffen, der ihn nicht mochte? Er war ein guter Kerl. Er hatte sich auf jeden Fall gut um sie gekümmert, als sie diejenige im Krankenbett war. Sie hoffte, sie würde die Gelegenheit haben, ihm diesen Gefallen zu vergelten.

Nicht lange, nachdem die Dämmerung ihr rosig gefärbtes Licht in die breiten Fenster des menschenleeren Warteraums warf, kam Dr. Atwater zurück und erzählte ihnen, dass es Black den Umständen entsprechend gut ginge. Sie sagte Claire, sie könne auf die Intensivstation und ihn sehen, aber falls er nicht klar sei, ihm keine Fragen zu stellen oder ihn irgendwie aufzuregen. Claire ergriff die Chance. Als sie erst einmal drinnen war, war sie nicht mehr so überzeugt von der Prognose der Ärztin. Black sah so schlimm aus, wie es schlimmer nicht ging. Er hatte immer noch den Beatmungsschlauch in der Nase, seine Augen waren mit Tape verklebt, und die beiden Schläuche für die Blut- und die intravenöse Infusion schlängelten sich aus seinen Armen.

Erschrocken stand Claire nur da und starrte auf ihn hinunter. Sie wusste nicht, was sie tun sollte. Es gab nichts, was sie tun konnte. Sie konnte nur warten. Die Krankenschwester der Intensivstation brachte ihr einen blauen Vinyl-Lehnrollstuhl, und Claire preiste alle Krankenschwestern von Herzen, als sie sich hinsetzte und den Kopf zurücklehnte. Alles, was sie hören konnte, war das sanfte Murmeln der Schwestern auf ihrer Station außerhalb von Blacks verglastem Raum und all das Piepsen und die Echozeichen von Blacks Monitoren. Die Wanduhr zeigte sechs Uhr morgens an. Sie starrte sie lange Zeit an, bevor sie in einen leichten und unruhigen Halbschlaf fiel.

Claire wachte mit einem Ruck auf, als die Chirurgin erschien und anordnete, den Beatmungsschlauch zu entfernen. Black wurde langsam wacher, aber er war noch weit entfernt von geistiger Klarheit. Er murmelte unzusammenhängend vor sich hin, und sie hatten das Klebeband von seinen Augen entfernt, aber er öffnete sie nicht. Sie hörte ihn etwas davon brummeln, wo er sei, und er nuschelte ein paar Mal ihren Namen, aber meist war er gefangen in einem unruhigen Schlaf unter starken Beruhigungsmitteln.

Claire verließ ein paar Mal an diesem Tag die Intensivstation, einmal, um sich von Bud und Charlie zu verabschieden, die nach Hause gingen, um zu duschen und die Sachen zu wechseln, bevor sie zurück zur Arbeit fuhren. Das andere Mal ging sie zu den Damentoiletten, spritzte sich Wasser ins Gesicht und starrte auf ihr Abbild im Spiegel. Auf ihren Armen war immer noch eingetrocknetes Blut, und noch mehr hatte ihr T-Shirt aufgesogen und war getrocknet, bis die Vorderseite steif davon war. Blut hatte ihr blondes Haar verfärbt, sodass es dunkler aussah, mit Strähnen, die büschelweise zusammenklebten. Blacks Blut. Er hatte so viel Blut verloren, dass es sich zu einer großen Lache unter ihm auf dem Bootsdeck gesammelt hatte.

Der Gedanke an so viel von seinem Blut, das von ihren Sachen aufgesogen wurde, machte sie krank, und sie war froh, dass Chris Dale Cox hereinkam und sie zu den Duschen im Umkleideraum der Schwestern drängte. Dankbar für ihr Mitdenken, zog Claire ihr T-Shirt und die Jeans aus, kickte ihre blutigen Nikes weg, zog den weißen Vorhang zurück und stieg in die Kabine. Sie ließ das heiße Wasser lange Zeit auf ihr Gesicht und ihren Körper niederprasseln. Dann schrubbte sie Blacks Blut aus ihrem Haar, trocknete sich mit einem Handtuch ab und schlüpfte in die saubere blaue OP-Kleidung, die Chris für sie liegen gelassen hatte.

Danach marschierte sie zum Automaten für mehr Kaffee und versuchte, einen klaren Kopf zu bekommen. Sie hatte große Schwierigkeiten dabei und begnügte sich damit, stumpfsinnig zu beobachten, wie der Kaffee langsam in noch einen weiteren Styroporbecher tropfte. Ihr Mobiltelefon meldete sich. Sie sah, dass es Bud war, und nahm den Anruf schnell entgegen.

»Wie geht's Nick?«

»Er hält durch, aber sie haben nicht gesagt, er sei außer Gefahr. Sie haben seinen Beatmungsschlauch herausgenommen und manchmal ist er teilweise bei Bewusstsein.«

»Nun, das hört sich doch nach ziemlich guten Nachrichten an. Wenn er die Operation überlebt hat, wird er das vermutlich gut überstehen.«

»Ja, das hoffe ich.«

»Bist du immer noch im Krankenhaus?«

»Ja. Sag Charlie, dass ich hier bleibe, bis er außer Gefahr ist. Mindestens bis dahin.«

»Mach dir darum keine Sorgen. Charlie hat gesagt, du sollst einige Tage frei nehmen. Er redet mit dem Ozark Police Department über die Möglichkeit, dass dieser Psycho Landers lebend aus dem Wrack herausgekommen ist. Er hat sie gebeten, die Suche wieder aufzunehmen. Um die Wahrheit zu sagen, die ganze Sache hört sich nach diesem Kerl an. Er war so besessen von dir, dass er alles tun würde, um dich zu bekommen, und wenn er es ist, wird er nicht aufgeben. Du musst auf dich aufpassen. Lass ihn nicht wieder nahe an dich herankommen.«

»Das ist so ungefähr das, was Black versucht hat, mir zu sagen.«

»Also, sei einfach vorsichtig, okay. Vermeide, alleine zu sein, außer du musst. Dieser Typ ist nicht auf den Kopf gefallen. Sogar wenn er es nicht sein sollte, irgendjemand hat es auf dich abgesehen. Der Schütze hätte auf dich gezielt haben können und stattdessen Nick getroffen. Wer weiß?«

»Okay.« Es war alles so verwirrend, und sie war so erschöpft, litt so unter Schlafentzug, dass sie nicht mehr alles so gut aufnehmen konnte.

»Wir sind gerade bei dir im Haus, Claire, und versuchen Beweise zu finden, um den Kerl zu identifizieren. Bis jetzt nichts, aber wir konnten vor Tagesanbruch nicht viel tun. Noch keine Spur von ihm.«

»Okay«, sagte sie wieder. Anscheinend war das alles, was sie zusammenbrachte.

»Geh schlafen, Claire. Es hört sich an, als würdest du es brauchen.«

Sie machten Schluss, und Claire ging zurück in Blacks Kabine auf der Intensivstation. Sie fühlte sich körperlich besser. Die Dusche hatte geholfen. Genau wie der Kaffee. Er schlief jetzt friedvoll, oder schwer betäubt, sie war nicht sicher. Sie stand nur da und schaute auf ihn hinunter, versuchte, ihren nächsten Schritt zu überlegen. Sie musste mehr über diesen Kerl Thomas Landers herausfinden und warum er gerade auf sie so fixiert war. Black musste ihr alles erzählen, oder vielleicht konnte sie in seinem Privatbüro eine Art Akte finden, die er über diesen Irren führte. Er hatte den Privatdetektiv erwähnt, John Booker. Vielleicht konnte Booker ihr erzählen, was los war. Sie fühlte sich verloren im Dunklen, blind nach Antworten tastend.

Die Stunden schienen Minute für Minute dahinzukriechen, weder sprach Black, noch bewegte er einen Muskel. Dann, am Abend gegen acht Uhr, kam Black zur Besinnung. Claire starrte gerade aus dem Fenster ins Nichts, als er sich rührte und ihren Namen murmelte. Sie ging schnell zu ihm und nahm seine Hand. Er sah immer noch nicht so toll aus. Tatsächlich sah er aschgrau und nur halb am Leben aus.

»Ich bin bei dir«, sagte sie und beugte sich nah zu ihm, wo er sie erkennen konnte.

Black versuchte, seine Augen auf sie zu fokussieren. »Bist du in Ordnung?«

Gerührt flüsterte sie: »Mir geht's gut. Du hast uns allen Sorgen gemacht, Black. Wie fühlst du dich?«

Er schloss seine Augen und hielt sie geschlossen. »Als ob mich ein Mack Truck überrollt hätte.«

»Das glaub ich gern. Erinnerst du dich, was passiert ist?«

»Landers hat mich angeschossen.«

»Wir wissen nicht sicher, dass er es war.«

»Er war es«, sagte er, dann verkündete er es noch einmal energischer. »Er war es, Claire.«

»Reg dich nicht auf, Black. Es geht dir noch nicht gut.«

Seine Augen fanden ihr Gesicht. »Bleib hier bei mir, Claire. Ich mache mir Sorgen um dich.«

Claire musste darüber lachen. »Hey, ich bin an der Reihe, mir Sorgen um dich zu machen. Du hast dir schon viel zu lang Sorgen um mich gemacht.«

»Hör auf mich. Du bist in Gefahr. Besonders, weil du ihn nicht erkennen kannst.«

»Das weiß ich. Ich muss genau wissen, gegen wen oder was ich hier antrete. Falls er es ist, und ich bin mir überhaupt noch nicht sicher, dann muss ich wissen, wie er aussieht.«

»Er hat versucht, mir eine Falle zu stellen, und als das nicht funktioniert hat, entschloss er sich dazu, mich zu erschießen.« Black stöhnte beim Versuch, seine Lage zu verändern. »Er will, dass ich von der Bildfläche verschwinde. Er war in deinem Haus, Claire. Genau da, uns ganz nah. Er hat auf mich geschossen, weil ich aufgekreuzt bin.« Er stoppte wieder, als ob er müde wäre, aber dann sagte er: »Aber er ist hinter dir her, nicht hinter mir.«

Blacks Stimme war heiser, seine Worte kamen stockend, und sie beobachtete, wie die Werte auf seinem Puls- und Blutdruckmonitor anstiegen. Sie legte ihre Handfläche auf seine Stirn und strich seine dicken schwarzen Haare zurück. Er kämpfte gegen das Fieber, ganz recht. »Bitte, Black, beruhige dich. Ich gehe nirgendwo hin, bis ich sicher weiß, dass es dir gut geht. Das verspreche ich.«

»Versprich mir, nicht alleine zu sein. Ich will, dass Bud bei dir ist. Oder Booker. Ich werde Booker anrufen, und er kann bei dir bleiben.«

»Okay, okay, beruhige dich nur. Du musst dich darauf konzentrieren, gesund zu werden, damit wir dich nach Hause bringen können.«

»Du musst mich hier herauskriegen. Ich will nach Hause. Jetzt.«

Claire lachte auch darüber. »Keine Chance, Black. Du gehst nirgendwo hin. Denke wie ein Arzt, Black. Du hast eine Schusswunde in der Brust. Du bist in sehr bedenklicher Verfassung.«

Black schloss seine Augen, als ob seine Stärke verebbt wäre. Sie streichelte sein Haar noch etwas und sah, wie sein Puls wieder normal wurde. Er döste, aber nach kurzer Zeit schreckte er wieder hoch und hob seinen Kopf. Seine trüben Augen fanden sie an der Seite des Betts.

»Versprich mir, nicht wieder in dein Haus zu gehen. Bleibe in Cedar Bend, bis ich hier herauskomme.«

Sein Herzschlag ging wieder hoch, und das Versprechen fiel ihr leicht. Verdammt, sie würde ihm alles versprechen, wenn er sich nur beruhigte. »Okay, ich verspreche es. Die Sicherheit in meinem Haus ist nicht mehr gewährleistet, das ist sicher. Ich verbringe die Nächte in Cedar Bend, wenn ich nicht mit Bud arbeite. Bist du damit zufrieden?«

»O ja, damit bin ich zufrieden.« Er schloss seine Augen, die Drogen übermannten ihn wieder. Die Augen immer noch geschlossen, murmelte er: »Bleib doch zum Frühstück, Claire …«

Diese Bitte brachte sie zum Lachen und zu dem Gedanken, dass er vielleicht schneller wieder den Normalzustand erreichen würde, als sie alle dachten. Sie hasste, daran zu denken, was Dr. Atwater von ihr denken würde, wenn Claire mit ihm ins Bett steigen würde. Dann schlief Black, und sie auf dem sehr unbequemen Stuhl neben seinem Bett auch. Aber wenn er nach Hause käme, wenn er stärker wäre, könnte sie tun, was er wollte. Vielleicht würden sie sich dann beide besser fühlen.

21

Als Claire absolut sicher war, dass sich Black auf dem Weg der Besserung befand, kehrte sie mit Bud zu ihrem Haus am See zurück und traf auf Charlie und eine kleine Herde von Kollegen des Canton County Sheriff's Department, die ihren Besitz nach vom Schützen zurückgelassenen beweiskräftigen Spuren durchkämmten. Sie hatten jetzt seit Stunden jedes Blatt und jeden Ast umgedreht. Andere waren in ihrem Nurdachhaus und suchten nach Fingerabdrücken, die diesen Landers-Typen positiv identifizieren und ein für alle Mal beweisen würden, dass er noch lebte, es ihm gut ging und sie mit tödlichen Absichten verfolgte.

Nachdem sie Schutzkleidung angelegt hatte, ging Claire in ihr Wohnzimmer. Sie fand Shaggy über der Küchentheke lehnend, wie er sorgfältig jeden Zentimeter der Spüle und der Armaturen bestäubte, um Fingerabdrücke sichtbar zu machen. Er begrüßte sie zur Abwechslung einmal vernünftig. Er sagte: »Der Schütze war hier drin, jawohl. Seine Abdrücke sind überall hier. Und sie sehen nach einer Übereinstimmung mit dem einen von der Patronenhülse aus, die wir unten am See gefunden haben.«

Jemals gehört, dass einem das Blut in den Adern gefriert? Nun, das ist mir gerade passiert. »Er war hier drin? In meinem Haus?«

»Ja, und ich bin gewillt, eine Wette darauf abzuschließen, dass er wahrscheinlich schon hier drinnen war, als du gestern Abend nach Hause gekommen bist, irgendwo versteckt. Ich hab seinen Abdruck auch auf der Tastatur der Alarmanlage gefunden. Er kennt deinen Code. Sie ist vollkommen unversehrt. Er muss ihn gekannt haben.«

»Scheiße«, sagte Bud. »Du hast Glück, dass du nicht tot bist oder irgendwo verschnürt im Bau dieses ausgerasteten Psychopathen liegst.«

Claire zerbrach sich den Kopf über die Nacht, in der Black angeschossen wurde. Dieser verrückte Kerl war in ihrem Haus gewesen, während sie sich ausgezogen und auf ein Bad vorbereitet hatte? Und sie hatte nichts geahnt? Trotz ihrer Jahre als Polizistin hatte sie nicht ein einziges Anzeichen gesehen, kein sechster Sinn hatte sie gewarnt, dass er da war, versteckt und bereit, anzugreifen? O Gott, sie hatte sich auch selbst entwaffnet, die Waffen beiseitegelegt. Was wäre passiert, wenn Black nicht zur rechten Zeit aufgetaucht wäre? Ihr Kiefer verhärtete sich.

»Hast du sonst noch irgendwo Abdrücke gefunden, Shaggy?

»O ja. Auf dem Treppengeländer. Oben in deinem Schlafzimmer. Auf dem Nachttisch. Auf dem Fensterbrett im Schlafzimmer. Im Badezimmer. Er war überall und hat ne Menge von deinem Zeug angegrabscht.«

»Großer Gott«, sagte Charlie. »Und Sie haben nichts geahnt?«

»Nein. Das Riegelschloss war zu, als ich herkam. Der Alarm war an und funktionierte.« An diesem Punkt stoppte Claire abrupt und schaute Charlie an. »Jules war mit mir gestern Abend hier. Er bellt jeden an. Warum hat er nicht gebellt und mich gewarnt?«

Bud sagte: »Jules muss diesen Kerl kennen, Claire. Wer war in der Nähe deines Hundes?«

Charlies Gesicht war rot wie Feuer. »Nun, das ist ja große Klasse. Und das bedeutet ja auch, dass er Zugang zu Ihnen hatte, und Sie das nicht einmal wissen.«

»Aber ich habe die meiste Zeit in Cedar Bend verbracht, seit ich wieder wach bin. Ich bin nur ein paar Mal hier draußen gewesen. Black war normalerweise dabei. Joe McKay und sein kleines Mädchen waren einmal hier zu Besuch. Aber sonst niemand. Niemand, der mir einfällt.«

Bud verteidigte sofort McKay. »Joe hat damit nichts zu tun. Der mag dich zu sehr. Es muss jemand drüben in Cedar Bend sein. Hat sich irgendjemand verdächtig verhalten, wenn du dort warst?«

»Nein. Ich habe dort auch nicht sehr viele Menschen gesehen. Nur Black, und Monica, und ab und an ihren Freund Jesse. Er führt Jules manchmal aus. Jules kennt ihn. Und er ist ein richtiger Spinner.«

»Hört sich für mich an, als wäre er derjenige.«

»Aber er ist verrückt nach Monica. Er schien so harmlos zu sein.« Claire wurde klar, dass der Kerl ihr trotz alledem eine Gänsehaut verursachte. »Aber ich traue ihm nicht. Wir müssen ihn überprüfen.«

»Nun, ich für meinen Teil vertraue deinem Instinkt«, sagte Bud.

»Er versuchte immer, nett zu sein, nur er verhält sich so bizarr. Monica mochte ihn wirklich gern.«

Charlie sagte: »Wie sieht er aus?«

»Ungefähr meine Größe, vielleicht ein paar Zentimeter größer. Schlank, athletisch, weißer Kerl. Braunes Haar, braune Augen, knapp geschnittener Bart und Schnauzer. Ich weiß nicht. Sieht einfach normal aus. Er war im Jeepers mit uns an dem einen Abend. So wie eigentlich jeder, den Jules gewöhnt ist. Ich würde sagen, Miki Tudor, Blacks Assistentin, kam ab und zu ins Apartment, um Black Papiere zum Unterzeichnen zu bringen, so was, aber nicht sehr oft. Dienstmädchen sind ein- und ausgegangen; manchmal kamen Kellner vom Zimmerservice hoch. Mir fällt sonst niemand mehr ein. Außer Monica hat Jules anderen Leuten zum Gassigehen anvertraut, und ich wusste nichts davon.«

»Nun, jemand kennt diesen Köter, und ich denke dieser Kerl Jesse hört sich wie der wahrscheinlichste Kandidat an«, sagte Charlie. »Also will ich ihn überprüft haben. Wenn er es nicht ist, vielleicht kennt er jemanden, der Umgang mit dem Hund hatte. Haben Sie ihn schon erreicht, Bud?«

»Nein, Sir. Er hat nicht abgenommen. Ich habe die Nummer aus Monica Wheelers Handy und habe ihm vier Nachrichten auf seiner Voicemail hinterlassen. Sagte, es sei außerordentlich wichtig für ihn, uns zu kontaktieren.«

»Dann finden Sie heraus, wo er wohnt, besuchen sie ihn zu Hause und holen Sie ihn. Er ist mit unserem Opfer involviert und hat mit Claires Hund gearbeitet. Bringen Sie ihn in die Innenstadt. Ich will ihn selbst verhören.«

»Ja, Sir.«

»Und Claire, gehen Sie hoch und packen Sie Ihre Sachen. Dieses Haus ist ein Tatort. Sie können in Cedar Bend wohnen, nicht? Haben Sie ein Problem damit?«

»Nein. Black will, dass ich dort wohne, bis er aus dem Krankenhaus kommt.«

Charlie nickte. »Gut. Ich höre, es geht ihm heute schon

viel besser, Gott sei Dank. Ich habe Dr. Atwater selbst angerufen.«

»Er ist wach genug, um sie wegen seiner Entlassung zu bearbeiten. Sagt, er fühle sich vollkommen imstande, sich jetzt selbst zu verarzten.«

Bud grinste. »Hört sich nach Nick an. Aber er ist wohl kaum schon in der Lage, herumzulaufen.«

»Sie können ihn nicht stoppen, unglücklicherweise. Er will per Ambulanz nach Hause und sagt, er werde eine Privatschwester anheuern, wenn er meint, er brauche eine.«

Einen großen Teil des Nachmittags blieb Claire vor Ort und half dem Spurensicherungsteam, ihr Haus zu untersuchen, an das sie sich gerade erst gewöhnt hatte und aus dem sie sich jetzt vernünftigerweise verziehen sollte. Sie schnappte sich ein paar Sachen, genau genommen die meisten, aber der Gedanke an einen geistesgestörten Serienkiller, der sie Stück für Stück durchging, sie berührte und Gott weiß was sonst noch damit machte, erweckte in ihr den Wunsch, alles erst einmal heiß zu waschen, bevor sie sie jemals wieder an ihre Haut ließ.

Gegen fünf Uhr vergewisserte sie sich, dass Bucks Team mit der Untersuchung ihres Explorers fertig war, dann stieg sie ein und fuhr rückwärts aus der Ausfahrt heraus. Einer der Kriminaltechniker brachte das Absperrband hinter ihr wieder an. Menschen sahen sich immer noch alles an, was sie auf ihrem Grundstück finden konnten, als sie wegfuhr. Sie hielt bei Harve und brachte ihn kurz auf den aktuellen Stand, und er versprach, seine Sicherheitsvorkehrungen zu verschärfen. Als sie ihn verließ, hatte er seine eigene .45er draußen, geladen und im Schulterholster, nur für den Fall, dass irgendwelche todbringenden Psychos anklopfen sollten. Sie fragte ihn nicht nach seinen Erfahrungen mit Landers, und er gab von sich aus keine Details preis. Er sagte, er werde den Teufel wiedererkennen, wenn er ihn jemals wieder sehen würde. Danach hatte sie das Gefühl, dass er nicht weiter darüber sprechen wollte.

Claire kehrte auf der Schnellstraße um und fuhr wieder zurück zum Krankenhaus, wo sie nicht wirklich erwartete, Black anzutreffen. Er war wahrscheinlich schon weg, mit seinem höchsteigenen und tollen Bell 430 Helikopter weggeschwebt zur Cedar Bend Lodge. Überraschenderweise jedoch war er immer noch da, aber er war von der Intensivstation in die größte Privatsuite umgezogen. Die Schwestern, mit denen sie sprach, betonten, dass er sich immer noch beschwerte und stur darauf beharrte, nach Hause zu gehen. Sie lächelte darüber, war aber begierig darauf, ihn wieder zu sehen.

Seine Tür war nur angelehnt, und als Claire sie aufstieß, saß Black aufgerichtet im Bett, immer noch an alle möglichen blinkenden Monitore und Schläuche angeschlossen. Ein großer Mann in einem Tarn-T-Shirt und Arbeitshosen stand auf der entfernten Seite des Bettes. Sie redeten gedämpft miteinander, bis Black Claire in der Türöffnung stehen sah.

»Claire. Komm rein. Wir wollen mit dir reden.«

Wir?, dachte sie. Sie ging hinüber zum Bett, mehr als neugierig wegen des anderen Kerls. »Wie fühlst du dich, Black?«

Black nahm ihre Hand und verflocht seine Finger mit ihren. »Nicht gut, aber auch nicht so schlecht, wenn man berücksichtigt, dass ein Serienkiller mich angeschossen hat.«

»Ich bin froh, dass du noch hier im Krankenhaus bist. Überrascht, aber froh. Du musst für ein paar weitere Tage nirgendwo hin.«

»Mir geht's ganz gut. Ich bin Arzt; zufälligerweise weiß ich genau, wie ich für mich sorgen muss.«

»Gut, dann wirst wirst du ja nichts Dummes anstellen, nicht?« Claire blickte demonstrativ den Tarnmann an, der bei ihrer Bemerkung kicherte, und wunderte sich, warum Black sie nicht vorgestellt hatte. Er war normalerweise ziemlich gut in puncto Höflichkeit und dachte daran, dass sie sich nicht an alles erinnerte.

»Und Sie sind …?«, sagte sie schließlich und nahm den Stier bei den Hörnern, unbefangen stellte sie sich vor. Sie mochte es nicht, den Namen und den Ruf von Leuten nicht zu wissen, die um Black herumlungerten, seit jemand sein Bestes gegeben hatte, um ihn umzubringen.

Der große Kerl grinste nur. Er war breitschultrig und muskulös, sah in seiner rauen Frischluftfanatiker-, Rote-Flanell-Holzfällerjacken-Art nett aus, mit kurz geschnittenem, dunklem Haar, und Augen in einem leicht dunkleren Blau wie Blacks. Er sah aus wie ein zäher Kerl, als ob er wüsste, wie er auf sich aufpassen musste, und wie er am besten mit Leuten verfuhr, die den Fehler machten, ihm in die Quere zu kommen.

»Das ist John Booker. Mein Privatermittler. Ich habe dir von ihm erzählt.«

»Sehr erfreut«, sagte Claire, freundlich, aber auch misstrauisch. Warum? Sie war nicht sicher. Irgendetwas an ihm ärgerte sie.

John Booker grinste noch etwas mehr, ein Ausdruck, als

schien er sich auf ihre Kosten zu amüsieren. Was war los mit dem Kerl?

»Oh, Sie kennen mich, Detective Morgan. Sie mögen mich auch nicht besonders.«

Ach, wirklich? »Warum erzählen Sie mir nicht, weshalb, Booker?«

Black unterbrach sie sofort. »Geh nicht gleich in die Defensive, Claire. Ich habe ihn einmal beauftragt, Ermittlungen über dich anzustellen. Das hat dir nicht gefallen.«

Ach, wirklich? »Nun, jetzt gefällt es mir auch nicht.«

»Denk dir nichts. Du hast uns vor langer Zeit vergeben.«

Claire versuchte sich daran zu erinnern, ob sie den Kerl hasste, aber ihr fiel nichts dazu ein. Verdammt, wenn sie sich nicht bald an alles erinnerte, würde sie aufgeben und noch mal ganz von vorn anfangen. Neue Freunde, neue Erinnerungen, nichts, was sie erst aus ihrem Hirn klopfen und rausschaufeln musste. Wie zuzuschauen, wie Black von einem Gewehrschuss umgehauen wird. Sie beschloss, es fallen zu lassen. Die Vergangenheit war die Vergangenheit. Was immer das war.

Sie drehte sich zurück zu Black. »Wir haben Blut im Wald hinter meinem Haus gefunden. Ich hab den Kerl verwundet, der dich angeschossen hat.«

»Nun, gut gemacht! Jetzt können wir seine DNA mit Thomas Landers Krankenakten vergleichen. Sie haben im Hospital, wo wir ihn eingesperrt hatten, eine Probe genommen.«

»Wir haben die Fingerabdrücke des Schützen von einer Patronenhülse. Und überall in meinem Haus auch.«

Das fand Blacks Beachtung, genau. »Er war in deinem Haus?«

»Sie haben Fingerabdrücke. Es könnten deine sein, aber wir werden sie mit denen auf der Patrone abgleichen.«

»Okay, das wird den Beweis verstärken. Außer, Landers hat sich seine eigenen Fingerabdrücke mit einem Bic-Feuerzeug weggebrannt, oder so was, das traue ich ihm glatt zu.«

Nun, das war befremdlich, musste sie sagen. »Also denkst du noch, dass er es war?«

»Ich weiß, er war es, und ich werde es dir beweisen. Ich habe Book schon darauf angesetzt.«

Das war Bookers Stichwort, ihr seine Rolle in all dem mitzuteilen, vermutete sie. Er schaute sie direkt an, seine Augen unerschütterlich ernst. »Ich bin unten am Finley River gewesen und habe mir die Stelle angeschaut, wo Sie die Brücke heruntergestürzt sind. Sein Körper wurde nie gefunden, aber ich wandere am Ufer entlang und halte nach Stellen Ausschau, wo er hätte rauskommen können. Vielleicht hat das Ozark P. D. etwas übersehen. Sie haben nach einer Leiche gesucht. Das tue ich nicht. Ich bin hierher zurückgekommen, sobald ich herausfand, dass Nick angeschossen wurde.«

»Charlie meinte, sie seien ziemlich gründlich bei der Suche gewesen. Er und Bud waren beide unten, um einen Teil der Zeit mitzuhelfen.«

Black sagte: »Offensichtlich nicht gründlich genug. Booker wird es sein.«

Er war überzeugt, sei's drum, und nichts würde seine Meinung ändern. »Wir müssen alle Möglichkeiten in Betracht ziehen, Black. Du weißt das. Also, sag mir: Wer noch könnte hinter dir her sein? Wer könnte dich tot sehen wollen?«

Black antwortete nicht, seine Augen glitten nach unten und nach rechts, und o ja, er sah verdammt ausweichend aus. Und sie bekam auch mit, wie die beiden Männer einen kurzen, aber aussagekräftigen Blick tauschten. Was zum Teufel? Er verbarg etwas vor ihr. Nicht, dass sie das unvorbereitet traf. »Du verschweigst mir etwas. Was zum Teufel geht vor, Black? Und lüg mich nicht an.«

»Nichts.«

»Das ist absoluter Scheiß. Vertrau mir doch.«

Black sah wirklich aus, als ob er sich jetzt am liebsten unters Bett verkriechen wollte. Sogar schuldig, o ja, ganz bestimmt.

»Komm schon, Black. Ich bin kein Idiot. Spiel nicht mit mir. Ich mag mich nicht an alles erinnern, aber ich erkenne immer noch, wenn mich jemand anlügt.«

Booker machte jetzt auch den Anschein, als ob er möglichst schnell die Fliege machen wollte. Er stand bloß da und machte auf knallhart. Er hatte offensichtlich kein Pferd in diesem Rennen laufen, aber er kannte das Pferd, da können Sie drauf wetten.

Black schaute für eine Weile überall hin, nur nicht auf Claire. Seine Gedanken sammeln, hm? Dann schaute er sie für einen langen Moment an. Schließlich kam es heraus, aber widerwillig.

»Ich kann es dir nicht erzählen, Claire. Also lass uns das Thema einfach fallen lassen.«

»Sonst noch was? Nichts werde ich verdammt noch mal einfach fallen lassen. Du und Booker hier habt ein großes Geheimnis, das jemanden betrifft, der versucht, dich zu töten. Irgendwie weckt das mein Interesse. Besonders seit dich jemand mit einem großkalibrigen Gewehr angegriffen hat, oder mich, oder uns beide, was dich fast für immer außer Gefecht gesetzt hat. Also mach los, Black. Erkläre mir, welchen Sinn es hat, in einer polizeilichen Untersuchung sachdienliche Hinweise vorzuenthalten.«

Black hörte zu und sah verdammt schuldig aus. Anstatt ihr zu antworten, wandte er sich an Booker. »Halt mich auf dem Laufenden, Mann, okay? Wenn sich irgendetwas ergibt, lass es mich wissen. Ich werde wahrscheinlich ab morgen zurück in Cedar Bend sein.«

»O nein, werden Sie nicht«, sagte die robuste, ziemlich matronenhafte Schwester, die gerade den Raum betrat. »Dr. Atwater sagte, dass Sie zumindest noch ein paar weitere Tage hier sein werden.«

Booker nickte Claire zu und machte sich dankbar eiligst auf den Weg zu den Hügeln. Black würde sich ohne Zweifel eine rationale Erklärung oder einen ernsthaften Packen Lügen einfallen lassen, während die Schwester ihm den Blutdruck maß, seine Verbände prüfte, ein bisschen herumgackerte, er solle ruhig liegen und sich nicht von den vielen Besuchern aufregen lassen, und Ärzte sollten das eigentlich wissen.

Als sie den Raum verließ, drückte Black wieder Claires Hand und versuchte einen bemitleidenswerten Blick. Es war hart für einen großen, lebensstrotzenden Mann wie ihn, sehr bemitleidenswert auszusehen, und er versagte kläglich, besonders jetzt, da er wieder etwas Farbe und seine selbstbewusste herrische Art zurückhatte. Sie hatte ihn noch nie um Mitleid heischend gesehen. Sogar wenn er sich von einer kürzlich erlittenen Schusswunde erholte, sah er vital aus und als ob er das Sagen hätte. »Claire, ich kann dir nichts erzählen, außer dass es mit meiner militärischen Vergangenheit zu tun hat. Das ist alles. Falls es nicht Thomas Landers ist, der mich aus dem Weg schaffen will, werden Booker und ich unsere eigene Privatermittlung über den Schützen einleiten. Es ist streng geheim, das ist alles, was ich dir sagen kann.«

»Habe ich irgendetwas davon vor meinem Unfall gewusst?«

Black wand sich tatsächlich diesmal. Sie wettete, das hatte er nicht mehr gemacht, seit er fünf war. »Es kam nie zur Sprache.«

»Ja, da würde ich drauf wetten.«

Claire befragte ihn weiter, versuchte all ihre Polizeivernehmungstricks, war kurz davor, ihm die Fingernägel mit der Zange zu ziehen. Unglücklicherweise schien Black die gleichen Techniken zu kennen. Er musste ein Spitzenvernehmungsoffizier im Militär gewesen sein. Was immer er war, oder gewesen war, sie wollte die Details wissen. Besonders, wenn er ein paar alte, aber frisch motivierte und ernsthaft bewaffnete Feinde da draußen haben sollte.

»Es ist Thomas, über den du nachdenken solltest.« Er stoppte und sah gereizt aus, was wahrscheinlich bedeutete, dass es ihm besser ging. »Um Himmels willen, Claire, vertrau mir ausnahmsweise einmal. Ich weiß, dass er es ist. Ich hatte schon vorher mit ihm zu tun. Aber ich schätze, du wirst mir nicht glauben, bis wir die Bestätigung von der Spurensicherung bekommen.«

»Das ist normalerweise die Reihenfolge, die Polizisten einhalten. Erzähl mir mehr über diesen Irren Landers.«

»Er ist die typische besessene Stalker-Persönlichkeit. Außer, dass er vollumfänglich psychotisch ist. Zusätzlich dazu ist er ein mordlustiger Wahnsinniger, der wahllos tötet, wann immer ihm danach ist. Keinerlei Empathie für andere, keine Reue, kein Schuldbewusstsein. Er hat dich und Harve fast getötet und hatte noch ein paar schöne Momente, während er mich mit dem Elektroschockgerät gefoltert hat.«

Nun, Black wusste bestimmt, wie man etwas klipp und klar formuliert. Kein bisschen Zuckerguss, hm-hm. Claire konnte ihn nur anstarren und stellte sich Hannibal Lecter und andere seines Kalibers vor.

Aber Black war noch nicht fertig mit seiner Horrorstory und fuhr schonungslos fort. »Ich habe versucht, dich vor diesem Albtraum zu beschützen, den dieser Kerl dir angetan hat. Ich glaube nicht, dass du schon so weit bist, aber ich kann dich nicht länger im Dunkeln lassen. Du musst wissen, was er ist und was er dir angetan hat. Du bist der Mittelpunkt seines Lebens. Ich denke, er hat das alles geplant, während er in der Anstalt war. Wie er dich in seine Gewalt bekommt, wenn er rauskommt. Das ist die Passion seines Lebens. Um Himmels willen, Claire, dieser Kerl hat sich deinen Namen mit einer gebrauchten Spritzennadel in die Brust geschnitten, die eine Schwester versehentlich auf den Boden hat fallen lassen. Er hat ihn auch einem anderen Patienten in die Brust geschnitzt, einem Kerl namens Bones Fitch, ein psychopathischer Killer aufgrund eigener Begabung. Das steht alles in seiner Krankenakte. Du kannst es selbst lesen, wenn du mir nicht glaubst.«

Okay, da kannst du drauf wetten, ein ernsthafter, lang an-

haltender, übers Fleisch kriechender, Frösteln verursachender Schauder ist zentimeterweise mein Rückgrat hochgelaufen nach diesem kleinen total verrückten Leckerbissen, dachte sie. »Wenn du versuchst, mir Angst zu machen, hast du dein Ziel gerade erreicht.«

»Ich versuche dir verständlich zu machen, mit was wir es hier zu tun haben. Wenn ich nach Hause zurückkomme, werde ich meine Akten heraussuchen und dir ein paar Fotos von ihm und seiner Hände Arbeit zeigen.«

»Meine Güte, ich kann's gar nicht abwarten.«

»Du solltest das lieber ernst nehmen, Claire, und zwar schnell.«

»Okay, ich verstehe. Dieser Kerl ist ein Freak, und er liebt mich.«

»Sei nicht hochmütig, Claire. Er ist tödlich.«

»Okay, du hast recht. Ich meine es ernst. Ich nehme das nicht auf die leichte Schulter, das versichere ich dir. Du hast meine volle Aufmerksamkeit. Aber ich bin auch bewaffnet und gefährlich. Ich habe den Kerl im Dunklen aus etwa zehn bis zwölf Metern getroffen. Nächstes Mal lege ich ihn um.«

»Das hast du letztes Mal auch gesagt.«

Seine Worte saßen, und sie wusste, sie musste sehr, sehr vorsichtig sein, bis sie ihn hatte. »Also hast du ein Foto von ihm?«

»O ja, mehrere. Jedes Mal als jemand anders verkleidet. Er ist wie ein Chamäleon. Er ist geübt darin, sich sowohl als Mann als auch als Frau zu präsentieren, falls du das glauben kannst.«

»Das hast du mir schon erzählt. Es ist kaum zu glauben.«

»Alles über ihn ist kaum zu glauben. Ich werde nicht ruhen, bis er wieder hinter Gittern ist, oder noch besser, eine Kugel in seinem defekten Gehirn steckt.«

Aber klar, jetzt war Black todernst, und Claire sollte das besser auch sein, wenn sie diese tödliche Prüfung überleben wollte. Zuallererst jedoch musste Black gesund werden, und sie musste außerordentlich vorsichtig sein – überall, die ganze Zeit, rund um die Uhr, sieben Tage die Woche. Vielleicht würde sie die Nacht wieder in dem Stuhl an der Seite seines Betts verbringen, mit der geladenen Glock im Schoß und einem Finger am Abzug. Vielleicht würde das beiden helfen, etwas leichter zu atmen. Und morgen, bewaffnet und auf Ärger eingestellt, würde sie die Belegschaft von Cedar Bend verhören und sehen, ob dieser Kerl Thomas Landers sie mit seinen Verkleidungskünsten genarrt hatte. Höchstwahrscheinlich wäre das die Verkleidung als der schräge Jesse gewesen sein, glaubte sie langsam. Zuerst hatte sie das extrem angezweifelt, aber es waren schon seltsamere Dinge passiert. Normalerweise ihr, wie sich herausstellen sollte.

Jesses Mädchen

Genau jetzt

Nach einer Flut von Kummer und Tränen beschloss Jesse, Annie zu vergeben, dass sie auf ihn geschossen hatte. Zuerst, als sein Arm so schlimm wehtat, dass er seinen Kopf auf das Kissen neben Miss Rosie legen musste, damit sie ihn trösten konnte, schwor er, Annies Kopf abzuschneiden und ihren verräterischen Körper zu entsorgen. Sie hatte sich sowieso im Bett diesem Teufel, Nicholas Black, hingegeben.

Wenn er sie tötete, könnte sie nie wieder eine Waffe auf ihn richten und ihn anschießen, oder was?

Aber dann, nach mehreren Nächten erholsamen Schlafs, hörte er auf, wütend zu sein, und fing an, sie zu vermissen. Vielleicht wusste sie nicht einmal, dass er es gewesen war, auf den sie schoss. Er schätzte auch, dass sie gedacht haben musste, auch in Gefahr zu sein, und das Feuer erwidern zu müssen. Arme Annie. Immer stieß ihr etwas Schlimmes zu. Es war ihr bestimmt, ein bisschen paranoid zu sein, und was noch alles.

Black war tot, das war das Allerwichtigste. Er wäre nicht mehr da, um sie wegzustehlen, sie zu bewirten und sein Geld tonnenweise für sie auszugeben. Ja, er war jetzt von der Bildfläche verschwunden, mausetot. Jesse war sich ziemlich sicher, dass er Black getreu dem Ziel genau durchs Herz getroffen hatte. Zumindest hoffte er das. Also war jetzt die Zeit für Phase zwei gekommen. Natürlich müsste er sich einen neuen Plan einfallen lassen, wie er Annie in seine Gewalt bekommen könnte. Manchmal war ihr nicht klar, wie sehr sie mit ihm zusammen sein wollte. Aber das beunruhigte ihn nicht allzu sehr.

Im Moment bestand sein Hauptproblem darin, einen brandneuen kleinen Knirps zum Liebhaben für Annie zu finden. Sie vermisste den kleinen Jungen, der gestorben war – Zach. Sie war nie darüber hinweggekommen. Jetzt, da Black tot war und sie Jesse nicht mehr rauben konnte, würde er ihr einfach ein neues Kind besorgen müssen. Einen hübschen, kleinen blonden Jungen, den sie lieben konnte und den sie zusammen als ihr eigenes spezielles Kind der Liebe großziehen konnten. Sie würden ihn auch

Zach nennen, und Miss Rosie könnte seine Großmutter sein. Es würde alles so wundervoll sein, wieder eine Familie zu haben, zusammen im Land herumzureisen.

Sobald Jesses Arm sich besser anfühlte und das Fieber unten war, nahm er Miss Rosies Auto und machte sich auf zum Lebensmittelladen. Er nahm eine aktuelle Tageszeitung vom Stand auf dem Bürgersteig und überflog die Titelseite auf der Suche nach Nicholas Blacks Nachruf. Als er keinen fand, begann er sich Sorgen zu machen und fuhr sofort zur Cedar Bend Lodge. Niemand versuchte, ihn zu stoppen. Er hatte immer noch seinen Mitarbeiterausweis, den er herzeigen konnte. Es war ein Risiko, aber eins, das er eingehen musste.

Während er auf dem Grundstück herumschnüffelte, seine Kappe der St. Louis Cardinals tief in die Stirn gezogen, die Augen von seiner großen schwarzen Sonnenbrille verdeckt, setzte er sich an einen Tisch, der den größten Swimmingpool überschaute, und trank eine Diätcola. Als er das tiefe Grollen von Rotoren aus der Entfernung hörte, nahm er den Fernstecher hoch, der um seinen Hals hing, und stellte ihn auf den Helikopter von Cedar Bend scharf, der über den See hereinfegte. Er beobachtete, wie er elegant in die Kurve ging und an der Stelle aufsetzte, wo Nicholas Black seinen privaten Hubschrauberlandeplatz hatte. Es war ziemlich weit entfernt, also stand er auf, ging zu einer aufgeschichteten Steinmauer und sah durch das Fernglas zu, wie sie eine Rollbahre entluden. Verdammt, Black hatte überlebt. Und da war Annie, sie stieg nach den Schwestern und dem anderen medizinischen Personal aus.

Fluchend ballte er seine Fäuste, bis seine Nägel in seinen

Handflächen schmerzten. Nun musste er sich einen anderen Weg einfallen lassen, um Black zu töten. Außer die Falle hatte Erfolg, und sie warfen ihn ins Gefängnis. Black war immer noch präsent und verursachte ihm Kummer. Aber es war Annie, auf der seine Augen ruhten, seine Herz jubelte vor Freude und Begehren, sie in seinen Armen zu halten, ihre Sorgen wegzulecken und sie zu seiner ganz speziellen Freundin zu machen.

Aber dann sah er den großen Kerl, den er bei Jeepers getroffen hatte, den namens Joe McKay. Seine Annie machte Halt, als Joe und das kleine Mädchen bei ihm auf sie zukamen. Das Kind rannte zu ihr und schlang seine Arme um Annies Knie. Annie nahm das Kind schnell hoch und umarmte es fest. Joe McKay stand dabei, aber er lächelte nicht. Er schaute zur Rollbahre und redete dann mit Annie, wahrscheinlich wollte er wissen, wie Blacks Befinden war. Was für ein glücklicher Zufall. Gerade als er nach einem neuen kleinen Kind für Annie Ausschau hielt, fand er eins, das sie schon sehr mochte und das sie auch mochte. Es war perfekt. Er brauchte nur Joe zu folgen und bei der ersten guten Gelegenheit das kleine Mädchen entführen. Wenn er es erst einmal hatte, würde Annie wahrscheinlich aus eigenem Antrieb zu ihm kommen.

Gott war mit ihm. Gott wollte, dass sie zusammen waren, sie alle drei, eine große, glückliche Familie. Er lächelte, nun, da sich alles so ausgezeichnet ergab, und folgte Joe McKay und seinem und Annies zukünftigem Kind zum Parkplatz.

22

Wie sich herausstellte, war Black vernünftig genug, um ein bisschen länger im Krankenhaus zu bleiben. Er fing jedoch unverzüglich wieder an zu arbeiten, führte von seinem Krankenbett aus Telefonkonferenzen mit seinen Kliniken in Europa und konnte ganz gut auf sich gestellt improvisieren. Seine Schmerzen hielten sich in Grenzen, aber er blieb schwach. Mehrere Tage später wurde er entlassen, und Claire ging mit ihm an Bord des Bell 430 und flog nach Hause. Joe und Lizzie waren gerade da zum Schwimmen in Blacks privatem, abgeschlossenem Swimmingpool, und sie sprach kurz mit ihnen, während Black sehr zu seinem Missfallen auf einer Rollbahre nach oben geschoben wurde. Der Kerl dachte zweifellos, er wäre Superman.

Nachdem sie alles erläutert hatte, was geschehen war, verabschiedete sich Claire von Joe und Lizzie und eilte hinter Blacks kleinem medizinischem Gefolge her. Joe und seine Tochter wollten hochkommen und Black Hallo sagen, aber sie erklärte die Situation und sagte Joe, er solle Black sich eingewöhnen lassen und in ein paar Tagen zurückkommen. Black war schwächer, als er zugeben wollte, und der Auszug aus dem Canton County Medical Center war entgegen Dr. Atwaters Anweisungen erfolgt. Sie hatte ihn eine ganze Woche dabehalten wollen. Black konnte stur sein, o ja, das konnte er. Claire fand das auf die harte Tour heraus.

Im Obergeschoss war er bereits im Krankenhausbett, das Claire gerade erst geräumt hatte. Sie hatte beschlossen, sie ließen es besser eine Weile für den Fall an Ort und Stelle stehen, dass einer von ihnen verletzt oder angeschossen würde. Es war eine gute Sache, dass Black Arzt war, aber er war auch nicht in bester Verfassung. Sie hoffte nur, dass er eine Menge Schmerzmittel und Antibiotika in seinem persönlichen Medizinschrank hatte.

Im Flur des Penthouse kam sie am Ambulanzteam des Krankenhauses vorbei, das am Gehen war. Eine der Schwestern winkte, als sie den Aufzug betraten. »Viel Glück, Detective. Sie werden es brauchen. Er ist einer der schlimmsten Patienten, mit denen ich je zu tun hatte.«

Aber sie alle lachten, und auch Claire, weil es, oh, so wahr war. Er war nicht so geduldig mit sich selbst, wie er es mit ihr gewesen war. Aber sie schuldete es dem Kerl. Er hatte sie wie eine königliche Hoheit behandelt, als sie in diesen weichen, flüchtigen Wolken des Niemandslandes in genau diesem Krankenhausbett schwebte. Sie betrat das Gästezimmer/Triage-Center, und Black saß bereits aufrecht an der Bettkante. »Ich wollte gerade nach dir schauen kommen.«

»Leg dich hin, Black. Entspanne dich. Ich bin genau hier, auf Abruf.«

»Ich wünschte, das wäre wahr.« Aber er legte sich zurück, und seiner Grimasse nach zu urteilen wusste sie, dass seine Schulter nicht in bester Verfassung war.

»Hast du Schmerzen?«

»Ein bisschen.«

»Nun, wirst du nicht lange haben. Sie haben dir eine Morphiumspritze gegeben, bevor sie dich verlegt haben.«

»Ja, und ich habe ihnen gesagt, das nicht zu tun, verdammt.«

»Du musst viel schlafen, wieder zu Kräften kommen. Das kannst du besser in deiner eigenen Bude. Du kannst dein Personal herumscheuchen und dich vorne und hinten bedienen lassen.«

»Du bleibst auch hier.«

Das war keine Bitte. »Black, du bist ausgesprochen miesepetrig. Du weißt, du kannst mir nicht befehlen, was ich zu tun habe.«

Sein böser Blick war intensiv, und sie sah, wie sein Puls hochschoss. »Du wirst es schaffen, dich umbringen zu lassen, Claire.«

»Nein, werde ich nicht. Ich werde meinen Job machen, genau wie jeden anderen Tag. Mit Bud. Und du wirst schlafen gehen und den Großteil des Nachmittags schlafen. Ich werde später zurück sein und dir dein Abendessen verabreichen. Dann können wir über deine Theorie diskutieren, was sich da abspielt. Ich werde jedem deiner Worte lauschen, und wenn ich denke, du bist auf der richtigen Spur, werden wir von da aus weitermachen. In Ordnung?«

»Nein, verdammt.«

Tatsächlich sah er aus, als ob er kurz vorm Schmollen wäre, sicher nicht an eine derartig hilflose Unterwerfung gewohnt, aber dann streckte er seine Hand nach ihr aus. Sie nahm sie und drückte seine Finger. »Tu einfach, was du tun solltest, Black. Gib dir Zeit, zu gesunden. Bleib cool. Hör auf, dir so viel Sorgen zu machen.«

»Ich kann's nicht änders. Du bist in Gefahr. Und ich kann dich nicht beschützen.«

»Ich bin bewaffnet. Bud ist bewaffnet. Wir werden besonders vorsichtig sein, nur für dich.«

»Wo geht ihr heute hin?«

»Wir werden den Rest von Miriam Longs Häuserliste hier am See überprüfen. Ihr Mann sagte, in einem von ihnen ist ein Mord verübt worden und das hat Miriam Angst gemacht. Ihre Partnerin hier oben, Kay Kramer, weiß nichts darüber. Also werden wir runter nach Springfield fahren und uns den Schlüssel von ihrem früheren Arbeitgeber geben lassen, damit wir den Ort untersuchen können. Aber wir werden uns die hier am See wahrscheinlich zuerst ansehen. Wenn sich Landers in einem von davon versteckt hält, finden wir ihn. Oder Jesse, beide, was das angeht.«

»War das einer deiner Fälle, dieser Mord, von dem der Ehemann gesprochen hat?«

»Das wissen wir noch nicht. Wir haben ein paar am See untersucht, aber wir wissen nicht, welcher davon es sein könnte. Die Mehrzahl davon ist bei Immobilienhändlern am See gelistet. Er lag wahrscheinlich außerhalb unserer Zuständigkeit.«

»Überprüfe den, bei dem Landers dich und Harve als Geisel festgehalten hat. Es muss der sein.«

»Ja, wir haben bereits entschieden, dort hinauszufahren. Bud denkt auch, das wäre der logische Ort, um anzufangen. Aber Landers könnte zu vorsichtig sein, um zum Schauplatz eines seiner Verbrechen zurückzukehren.«

Black nickte. »Versprich mir, vorsichtig zu sein, wenn du da hinfährst, und nimm Verstärkung mit.«

»Sicher, wir wissen, wie wir unseren Job zu machen haben, Black. Jetzt hör auf zu reden und geh schlafen.«

Das machte er – natürlich. So eine hohe Dosis eines starken Opiats macht einen Mann fertig. Als er erst einmal weg war und bequem ruhte, seine frisch engagierte, ältliche Privatschwester an der Seite des Betts saß, winkte Claire zum Abschied und ging auf Zehenspitzen aus dem Raum. Sie beneidete die arme Frau nicht gerade um ihren Job, wenn er aufwachte und versuchte, eine Runde zu joggen, oder Schlimmeres. Violet müsste vielleicht sogar die Anschnallgurte herausholen, die sie bei Claire benutzt hatten. Andererseits hatte er einige wichtige und tödliche Dinge, um die er sich sorgen musste. Wie jeder, der in diesen Fall verwickelt war.

Claire duschte schnell im Hauptschlafzimmer, machte sich eine Tasse Kaffee in der sagenhaften Penthouse-Küche aus schwarzem Granit und Edelstahl, und wartete ungeduldig darauf, dass Bud anrief und Bescheid sagte, er sei unten. Als sie auf einem der hohen, mit schwarzem Leder bezogenen Mahagonibarhocker in den stillen Weiten des Penthouse saß, beschloss sie, die Personalakten der Belegschaft durchzuschauen. Jesses Beteiligung bereitete ihr immer noch Schwierigkeiten. Ganz abgesehen von seiner Eigentümlichkeit. Und sie wollte eine weitere Adresse für ihn finden, damit sie und Bud ihm einen Besuch abstatten konnten. Die auf Monicas Laptop hatte sich als falsch herausgestellt. Eigentlich wollte sie jedes einzelne Detail seines Lebens überprüfen. Sie fragte sich, ob Jesse möglicherweise Thomas Landers sein könnte, so gut verkleidet und schlau, dass er jeden getäuscht hatte. Es wurde behauptet, dass Landers zu so etwas neigte, und so viel sie wusste, war niemand, der ihn in seinen anderen Verkörperungen gesehen hatte, ihm als Jesse begegnet. Er hätte ohne Weiteres die ganze Zeit genau vor ihrer Nase gewesen sein können. Es erschien zu weit hergeholt und unvorstellbar zu sein, aber sie fand, nichts in ihrem Leben war darüber erhaben.

Als sie bei Black auf dem Rückweg hereinschaute, fand sie ihn friedvoll schlafend, und Violet las in dem abgedunkelten Raum auf ihrem Kindle einen romantischen Roman von Beverly Barton. Seine Wunde war sauber und würde schnell heilen, Gott sei Dank. Es würde ihm gut gehen. Das war eine Sache, die sie von ihrer Liste »Meine zehn allerschrecklichsten Dinge« streichen konnte. Sie war äußerst neugierig wegen dieses Kerls Thomas Landers, andrerseits war sie auch auf der Hut, verdammt noch mal alles über ihn zu erfahren. Es hörte sich an, als gehörte er zu ihren Albträumen, nicht in ihr Alltagsleben. Er war wahrscheinlich eines dieser Monster gewesen, aber sie hatte ihn nicht erkannt. Jesses Gesicht war in ihren Träumen nicht aufgetaucht, nicht so weit sie sich erinnern konnte.

Unten stieg sie aus dem Aufzug und nickte der Wache des Sicherheitsdienstes namens Issac zu, oder The Big I, wie sie ihn gerne sah. Vielleicht, weil er etwas über zwei Meter groß war, mit fast ebenso breiten Schultern. Er musste irgendwo Profi-Basketball gespielt haben. Sie betrat die weite Lobby, prächtig mit ihrem schwarz und goldenem eichenblattgemustertem Teppich, den leuchtenden Kristalllüstern und abgeschrägten Eingangstüren aus Buntglas. Cedar Bend Lodge war schon ein ziemlich luxuriöser Urlaubsort, das war schon mal sicher. Sie durchschritt den Raum zum hinteren Flur, der zu den Büroräumen führte. Auf halbem Weg sah sie Nancy Gill.

»Hey, Nancy. Was machst du hier? Ich dachte, du wärst auf dem Weg nach Hause?«

»Ja, war ich, bis das alles mit Monica passiert ist. Ist das nicht schrecklich, was ihr zugestoßen ist? Wie geht's Nick? Wird er wieder gesund?«

Claire nickte. »Es geht ihm jetzt besser. Es wird eine Weile dauern, bis er hundertprozentig wiederhergestellt ist.«

»Ich kann einfach nicht glauben, dass Monica nicht mehr ist. Ich bin froh, dass ich diesen Tatort nicht untersuchen musste, aber ich dachte, ich sollte zur Beerdigung hierbleiben. Niemand hat irgendetwas von Jesse gesehen oder gehört. Hast du ihn gesehen?«

»Nein, hab ich nicht, aber ich werde ihn finden.« Claire erzählte ihr nicht, dass eine Fahndung nach ihm lief. Sein plötzliches Verschwinden zeigte wie ein verurteilender Finger auf ihn. »Erzähl mir, Nancy, wie viel weißt du über Jesse?«

»Nicht viel.«

»Sein Nachname ist Jordan, richtig?«

»Ja. Monica schien auch nicht viel über seine Vergangenheit zu wissen, zumindest dem nach zu urteilen, was sie mir erzählt hat. Sie sagte, er habe nicht viele Verwandte und dass er irgendwo aus dem Stiefelabsatz von Missouri herkomme, ich denke, das hat sie gesagt. Warum all diese Fragen? Ist er ein Tatverdächtiger?«

»Wir überprüfen jeden, der sie gekannt und mit dem sie Zeit verbracht hat.«

»Nun, ich habe gerade meine Sachen unten im Büro der Gerichtsmedizin gepackt, also schau mich nicht an. Ich weiß nicht einmal viel über Monicas Hintergrund. Sie war eigentlich mehr Nicks Freundin. Ich weiß, sie hatte eine hohe Meinung von Nick.«

»Ja, das stimmt. Ich bin gerade dabei, Jesses Personalakten durchzugehen.«

»Wie wär's, wenn wir zusammen zur Beerdigung gingen? Das Beerdigungsinstitut meinte, ein paar Verwandte drüben aus Creve Coeur wollen einen Gottesdienst an der First Methodist Church abhalten. Das ist in St. Louis.«

»Das kann ich noch nicht sagen. Kommt darauf an, wie die Untersuchung läuft. Hat Buck die Leiche schon freigegeben?«

»Nein. Sheriff Ramsay möchte, dass er damit noch eine Weile wartet.«

»Gut. Ich muss los, Nancy. Bud holt mich gleich ab.«

»Okay, wir sehen uns. Hey, und vergiss nicht: Ich fände es toll, dich über das Austauschprogramm runter zu mir nach N'Orleans zu bringen. Denk drüber nach.«

Claire nickte und verabschiedete sich von Nancy. Momente später kam sie ohne Probleme an die Unterlagen der Personalabteilung. Jeder auf dem Gelände außer ihr schien zu wissen, dass sie etwas mit dem Firmenboss hatte. Ein kurzer Blick über Jesse Jordans Akte ergab nicht mehr, als sie ohnehin schon wusste. Jesse hatte ein Postfach in Camdenton angegeben, aber Claire ahnte, das würde genauso falsch sein, wie die Adresse, die er Monica gegeben hatte. Aber sie würden es überprüfen.

Als Claire in die belebte Lobby zurückkehrte, stand Bud da und fand Zeit, mit Nancy zu flirten. Die drei plauderten noch ein paar Minuten über Jesse, und dann brachen

Bud und Claire auf. Als Erstes fuhren sie zu dem Haus, wo Thomas Landers Claire und Harve anscheinend irgendwann einmal in Geiselhaft hatte. Sie starrte das zweistöckige Farmhaus an, bekam aber keine Furcht einflößenden Visionen von einer Gefangenschaft oder was dort passiert war. Ihr Geist war immer noch widerspenstig. Mit gezogener Waffe, sie waren ja nicht blöd und Landers ein gefährlich geistesgestörter Serienmörder, überprüften sie die Schlösser an den Türen und Fenstern, aber nichts schien verkehrt oder verdächtig zu sein. Keine Autos in der angrenzenden Scheune. Nirgendwo ein Anzeichen von Leben. Kein Boot an der klapprigen Anlegestelle unten am Haus vertäut, das Miriam Long gehörte, nichts Außergewöhnliches. Der Ort war verlassen. Aber natürlich konnten sie Schlüssel von dem Immobilienheini bekommen und/oder einen Durchsuchungsbeschluss, den Charlie auf Nachfrage beim Richter schnellstens bekäme, und das Innere überprüfen.

Den Rest des Tages verbrachten Claire und Bud damit, die Liste der Kramer-Long-Kunden abzuarbeiten, ohne Glück bisher. Alle Grundstücke schienen normalen Leuten zu gehören, die vollkommen unschuldig zu sein schienen. Die leeren Häuser sahen unberührt aus. Keine zerbrochenen Fenster, keine aufgehebelten Türen oder Berichte über verdächtige Aktivitäten von den Nachbarn. Alles in allem, der Tag war ein ziemlicher Reinfall.

Sie kamen kurz vor sieben Uhr an diesem Abend zurück nach Cedar Bend. Black rief ein Mal an und berichtete, er sei wach und auf und käme herum. Sie sagte ihm, er solle wieder ins Bett gehen und schlafen und aufhören, Schwester Violet Kummer zu machen. Er schien nicht viel von dieser Idee zu halten.

Als Bud Claire an Blacks Privateingang herausließ, ging sie nach drinnen, begrüßte herzlich The Big I, der auf einem Stuhl neben den geschlossenen Türen von Blacks Penthouse-Lift saß. Black war vorsichtig. Während sie wartete, kam die Küchenchefin des Two Cedars durch die verglasten Restauranttüren und schob einen Servierwagen, beladen mit so einigen Gerichten, die mit Chromwarmhaltehauben mit den verschnörkelten CBL-Gravuren des Küche bedeckt waren. Ihr Name war Retta Dolman, und sie kochte schon ewig. Sie lächelte, als sie Claire am Aufzug warten sah.

»Sagen Sie nichts«, sagte Claire zu ihr. »Black ist auf und hungrig.«

»Er ist hungrig. Von dem anderen weiß ich nichts.«

»Er ist kein guter Patient, was nicht überrascht. Er soll Haferschleim essen und Tee trinken.«

»Nun, er hat ein T-Bone-Steak bestellt, blutig, und die größte gebackene Kartoffel, die wir hatten, und mehrere Maiskolben. Alle Ihre Lieblingsgerichte auch. Kokosnuss-Shrimps, Kirsch-Käsekuchen, von dem neuen Beutel mit diesen mundgerechten Snickers-Riegeln ganz zu schweigen. Ich verstehe nicht, wie Sie so dünn bleiben, wenn Sie diese ganzen Süßigkeiten essen, die wir hochschicken.«

Claire lachte bei dem Gedanken. »Das glauben Sie doch selbst nicht. Ich bin nicht die Einzige, die das isst. Außerdem versucht er wahrscheinlich nur, mich zu bestechen, damit ich ihn nicht zwinge zu tun, was Dr. Atwater angeordnet hat.«

»Sie hat sich heute auch über ihn aufgeregt, so geht zumindest das Gerücht, weil er schon wieder an der Arbeit ist. Seine Patienten werden nach oben zu ihm gebracht.«

»Ist mir recht. Solange er es ruhig angehen lässt. Wir können von Glück sagen, dass es ihm so gut geht.«

Sie fuhren zusammen hoch, und Claires Magen brauchte nicht lange, um auf diese köstlichen, kulinarischen Gerüche zu reagieren, die unter den Hauben auf Rettas Wagen hochkamen.

Black war nicht in seinem Krankenbett, sondern lag ausgestreckt auf einer langen, geräumigen schwarzen Ledercouch, die der Fensterfront in seinem Wohnzimmer zugewandt war. Er hatte einen Haufen Aktenordner neben sich liegen, und er hatte mehr Farbe im Gesicht als bei ihrem Abschied. Er war wie Claire; Arbeiten hatte eine positive Wirkung auf ihn. Er trug Pyjamas unter einer schwarzen Seidenrobe und ein Lachen, statt eines grün gestreiften Krankenhaushemds und einem großen dicken finsteren Blick. Die neue herumschwebende Krankenschwester war weg, Baby, weg. Also ging Claire hinein und wappnete sich gegen den Aufprall mit Blacks schlechter Laune.

23

Als Nick sah, wie Claire den Raum betrat, atmete er innerlich schnell erleichtert aus. Jedoch hinderte ihn das nicht daran, ihr seine Verärgerung zu zeigen. »Nun gut, es ist aber auch langsam mal Zeit, dass du auftauchst. Ich denke, du genießt es, mich zu stressen.«

Claire zeigte sich überrascht. »Nun, dir auch Hallo, Eure Lordschaft. Und wovon zum Teufel redest du überhaupt? Ich hab dich vor nicht mal einer Stunde angerufen, und dir gesagt, dass ich mich ein bisschen verspäte.«

»Es ist nach sieben Uhr.«

Claire war nicht jemand, der die schlechten Launen anderer hinnahm, also erstaunte ihn ihre Antwort nicht: »Ich gehe mich kurz frisch machen und lass dir Zeit, um dich abzuregen. Wir sehen uns später, Retta.«

Black wollte sicher nicht mit Claire streiten, nicht jetzt, da sie anfing zu glauben, sie hätten tatsächlich in einer ernsten Beziehung gesteckt. Andererseits war er verdammt ärgerlich, dass sie den ganzen Tag über arbeitete statt der vereinbarten Stunden und wieder zu ihrem Job ging, als ob nichts passiert wäre. Landers war da draußen, wartete nur auf seine Chance, zuzuschlagen, und Claire schien das nicht ernst zu nehmen. Während er Retta zusah, wie sie vor ihm den Tisch mit zwei Platztellern des Two-Cedars-Porzellans und Kristallgläsern deckte und alle seine Lieblingsspeisen auftischte, nahm er einen tiefen, stärkenden Atemzug. Er war innerlich immer noch voller Wut. Zornig, dass dieser Bastard ihn niedergeschossen, seinen Ruf besudelt hatte, um Himmels willen. Es hätte ihm schon am Anfang auffallen müssen, dass es Landers war. Er hätte es besser wissen müssen, als sie die Leiche nicht fanden. Es hätte schlimmer kommen können, er hätte Claire wieder schnappen können. Gott sei ihm gnädig, der Gedanke, dass sie mit diesem Psychopathen allein wäre, entsetzte ihn.

Als Retta die Hauben lüftete und ihn fragte, ob er sonst noch etwas bräuchte, schüttelte er den Kopf und dankte ihr. Claire war noch nicht zurück. Vielleicht gab sie ihm Zeit, seine Laune neu zu bedenken. Es funktionierte. Der Zorn war verraucht, Angst hatte seinen Platz eingenommen. Als sie endlich zurückkam, beschloss er, das Thema fallen zu lassen, zumindest für den Moment.

»Ich habe alle deine Lieblingsgerichte bestellt«, sagte er ihr.

»Das hat Retta gesagt. Danke.«

»Hoffe, du bist hungrig.«

»Ich verhungere. Aber ich habe eine Überraschung für dich. Eine, die dir gefallen wird, denke ich.«

Black studierte sie. Sie lächelte, also musste es gut sein. Nun, das war eine Wendung zum Guten. Es war schon lange nichts mehr gut gewesen. Er äußerte seinen liebsten Wunsch: »Bitte sag mir, ihr habt Landers mit einer Kugel im Kopf gefunden.«

»Nein, das nicht. Tut mir leid, wir haben uns bemüht. Er kooperiert nicht.«

Okay, Claire zielte auf gute Laune ab. Wollte ihn offensichtlich aufmuntern, und da er sie nicht an einen Stuhl fesseln konnte, damit sie sich nicht in Gefahr brachte, beschloss er, ihr den Spaß nicht zu verderben. »Nun, schieß los. Ich könnte ein paar gute Nachrichten vertragen.«

Claire setzte sich neben ihn. »Ich habe mich heute an etwas über dich erinnert.«

Nun, das waren gute Nachrichten. Vielleicht würde sein Krankenhausaufenthalt etwas in ihrem Gedächtnis auslösen. Plötzlich war er voll Hoffnung. Er drehte sich schnell, aber die plötzliche Bewegung sandte einen scharfen Schmerz, der in seine Schulter schnitt. Er befingerte seine verbundene Wunde und justierte die schwarze Schlinge, die er tragen musste, erneut zornig darüber, dass Landers ihn erwischt hatte. »Was? Erzählst du's mir?«

Claire lachte. Es war gut, dass sie konnte; er hatte vermisst, sie lachen zu hören und sie glücklich zu sehen.

»Nun gut, Black, es ist ziemlich sexy und betrifft uns beide, aber das ist alles, was ich dazu sagen werde.«

»Nein, das ist nicht alles, was du sagen wirst.«

»Okay, in einer Nacht sind wir zusammen schwimmen gegangen, richtig, und wir endeten ziemlich verdammt vertraut.«

Nun, das klang nach Erinnerungen, die es wert waren, nacherlebt zu werden. Und er erinnerte sich nur zu gut daran. Jede Nacht allein im Bett erinnerte er sich. »Welches Mal?«

Claire lachte. »Wie viele Male gab es denn?«

»Viele, das kannst du mir glauben.«

Jetzt wurde sie plötzlich ernst. Ihre Augen, so groß und blau und wachsam und gewieft, sie hielten seinen Blick und er konnte nicht wegschauen, wollte nicht. »Ich erinnere mich, wie ich dich geküsst habe, hart und lang und auch ziemlich außer Atem. Ich erinnere mich, wie es ziemlich heiß und drückend zwischen uns wurde. Weißt du was, Black? Wie schon gesagt, ich denke, ich hätte gern, dass es sich wiederholt.«

Echte Erleichterung schoss durch ihn, scharf, befreit und dankbar. Er holte mit seinem guten Arm aus und zog sie nah heran. Sie wehrte sich nicht und kam in seine Arme, ihr Kopf gegen seine Schulter. »So, glaubst du mir jetzt? Du glaubst, wir lieben uns?«

»Ich glaube«, murmelte sie. »Okay, ja, ich denke doch.«

Diesmal ließ sich Claire von ihm küssen, so lange er wollte, und er stöhnte die meiste Zeit über, mehr aus Verlangen als Schmerz. Claire stöhnte selbst auch ein bisschen, zog sich dann aber schließlich zurück.

»Nun, ich muss sagen, zusammengeschossen oder nicht, du weißt, wie man eine Frau küsst.«

Black fühlte sich das erste Mal, seit er sie aus dem überfluteten Fluss gezogen hatte, lebendig, aber sie stand auf und ging hinüber zu den Fenstern. »Okay, Black, lass uns auf den Boden zurückkommen, du wirst dich verletzen. Ich dachte, du wärst hungrig?«

Frustriert wie die Hölle lehnte er sich zurück gegen die Kissen und starrte sie an. »Du weißt einfach nicht …«

»Nun, komm schon drüber hinweg, du würdest wieder anfangen zu bluten.«

»Und?«

»Halt einfach an diesem Gedanken fest. Wir haben alle Zeit der Welt, wenn alles geheilt ist.«

Auch nicht gerade unberührt, setzte sich Claire auf den

Stuhl ihm gegenüber, er konnte seine Augen nicht von ihr nehmen. Sie hatte keinen Schimmer, wie sehr sie auf ihn wirkte. Oder vielleicht wusste sie es. Er hatte es ihr oft genug gezeigt. Aber sie hatte recht. Seine Wunde schmerzte tief drinnen, und es fühlte sich wie Stecknadeln an, die rund um die Kanten stachen. Er massierte seine Schulter etwas mehr und schwor sich, er würde Landers kriegen, und wenn es das Letzte wäre, was er in seinem Leben täte.

»Du kannst neben mir sitzen, Claire. Ich werde dich nicht anspringen.«

»Du hast das früher schon gemacht.«

»Ich bin jetzt ein verwundeter Mann.«

Claire lächelte. »Du bist einfach noch nicht bereit für mich.«

»Aber du sagst, du seist bereit für mich?«

»Ehrlich? Ich hätte kein Gedächtnis gebraucht, das nacktbaden geht, um zu wissen, dass ich bereit bin für dich.«

Nun, das klang schon besser. Er war ungewöhnlich erfreut, was den Rest erträglich machte. »Komm nur wieder hier herüber. Ich bin stärker, als du denkst.«

»Keine Chance. Ich habe einen Mörder zu fangen. Du willst ihn auch.«

Black ernüchterte augenblicklich. Sie hatte recht. »Erzähl mir über diesen Fall. Alles. Lass mich dir helfen. Gib mir einen Grund zu leben, ich sitze den ganzen Tag nur allein herum.«

»Komm mir nicht so. Ich weiß, dass du heute Patienten gesehen hast.«

Während Claire ihnen zwei Teller turmhoch beladen mit köstlichem Essen herrichtete, erzählte sie ihm von Miriams

Mann und all den Sackgassen, in die sie geraten waren. Er hörte aufmerksam zu und nahm einen Schluck von dem Dixie-Bier, das er früher am Tag hochgeordert hatte. Direkt nach dem Frühstück, genau genommen. Er hatte da einen Drink gebraucht. Er brauchte jetzt einen Drink. Vielleicht einen oder zwei Schuss Chivas, wenn er eine weitere Nacht mit einer pochenden Schusswunde überstehen wollte. Von Claire ganz zu schweigen, die so nah war, aber unberührbar.

»Und ihr habt keine Spur draußen am Haus von ihm gefunden, wo er dich gefangen gehalten hat? Bist du sicher?«

»Nein. Es sah verlassen aus.«

»Seid ihr reingegangen?«

»Kein hinreichender Verdacht. Du weißt das genauso gut wie ich. Wir können nicht einfach ohne Durchsuchungsbefehl einbrechen.«

»Booker könnte.«

»Ja? Und dann müsste ich ihn wegen Einbruchs festnehmen, nicht wahr?«

Black dachte immer noch, dass es das Risiko wert wäre. Er musste Booker später sowieso noch anrufen. »Nun, Bud und du müsst da rein. Dieser Kerl wird nicht draußen irgendwelche Hinweise für die Polizei hinterlassen. Aber wenn ihr erst drinnen seid, werdet ihr wissen, ob er kürzlich da gewesen ist. Um Himmels willen, besorge einen Durchsuchungsbeschluss.«

»Meinst du, da haben wir nicht dran gedacht? Es wird schwierig werden, aber es könnte klappen. Die Umstände sind ungewöhnlich, und Charlie will diesen Kerl genauso wie du.«

»Erfindet etwas. Mach es einfach, Claire. Erzähl Charlie, du musst da rein.«

Black merkte, wie sein Puls nach oben ging, und wusste, dass das nicht gut war. Er war so vollständig im Zorn versunken, es war nicht gerade einfach, das in den Griff zu kriegen.

Da sie offensichtlich bemerkte, wie er mit den Zähnen knirschte, beschloss Claire, das Thema zu wechseln. »Was ist bei dir? Hast du schon etwas von Booker gehört?«

»Noch nicht. Er ist unten in Ozark gewesen. Er schaut sich den Tatort an der Brücke herum an, und er ist so weit, Kontakt mit der Polizei von Ozark aufzunehmen und die Freigabe zu bekommen, sich den Fall anzuschauen.«

»Muss er das?«

»Nein, aber ich will nicht, dass er Probleme mit der örtlichen Polizei da unten bekommt. Das ist zu wichtig.«

Black versuchte es zu unterdrücken, aber er konnte nichts dagegen tun: Er schaute auf ihre Lippen, wann immer sie einen Bissen zu sich nahm. Dann ergab sich, dass sie sich einen Krümel aus dem Mundwinkel leckte. Er fühlte die Reaktion in seinen Lenden. Lieber Gott, wie lange sollte das noch so gehen? Er hatte genug davon. Es gab Grenzen für das, was ein Mann ertragen konnte, um Himmels willen. Er beschloss, seine Gefühle zu offenbaren. »Ich kann nicht glauben, dass du gewartet hast, bis ich angeschossen und hilflos daliege, um dich an diese Sache im Wasser zu erinnern. Das ist nur grausam.«

»Du bist ja wohl kaum hilflos, aber ich stimme zu, dass du nicht in der Verfassung bist, mit mir Liebe zu machen.«

Black legte seinen Kopf zurück auf die Sofakissen und stöhnte. »Das ist so unfair.«

»Iss einfach. Denk an etwas anderes. Wir können langsam und romantisch weitermachen. Ich kann mich immer noch nicht an alles über dich erinnern, weißt du – ob wir uns verabredet haben, wie alles gekommen ist –, nur dass wir uns ziemlich gemocht haben. Eindeutig sehr. Sieh es einfach so. Wenigstens liegst du nicht im Koma, Black. Das ist ein Pluspunkt.«

»Ja, das ist wahr. Es könnte schlimmer sein, aber nicht viel.«

Sie lachten zusammen, und dann machten sie sich übers Essen her. Claire langte diesmal beherzter zu als Black, aber er fastete nicht gerade. Endlich bekam er etwas Handfestes in den Magen, und das verbesserte seine Laune beträchtlich. Unter diesen Umständen und selbst Doktor, nun, seine Prognose war gut. Er war entschlossen, wieder auf die Beine zu kommen, egal, was nötig war. Claire schaute selbst auch in die Röhre. Das würde nicht lang dauern. Als Claire das Tablett in die Küche brachte, stand Black auf und lief herum, versuchte den Schmerz zu ignorieren. Je früher er seine Stärke zurückerlangte, desto besser.

»Ich habe gerade gedacht, dass wir ins Bett gehen sollten«, sagte er zu Claire in der Minute, als sie zurückkam. »Ich bin plötzlich sehr erschöpft.«

»Ja, klar. Keine Chance. Du bist zu schwach, ob du es jetzt zugibst, oder nicht. Wir heben uns den lustigen Teil für die Zeit auf, wenn du nicht mehr die Laken vollblutest.«

»Spielverderber.«

»Wenn du nett bist und dich benimmst, schlafe ich vielleicht wieder in dem Sessel neben deinem Bett.«

»Oh, das wirst du machen, vertrau mir.«

»Du klingst beinahe lüstern. Schau dich an, du geiferst ja praktisch schon.«

»Ich bin lüstern und am Geifern, glaub mir. Du stößt mich jetzt seit Tagen von dir. Ich sterbe. Wirklich.«

Claire wurde ernst, und er küsste alle noch verbliebenen Hoffnungen weg. »Nein, du stirbst nicht. Und ich bin so froh darüber. Wenn die Kugel nur ein paar Zentimeter tiefer gewesen wäre, dann wärst du jetzt tot.«

»Du bist diejenige, die in Gefahr schwebt. Bleib hier bei mir, dann bist du sicher.«

»Ich bin hier.«

»Ich meine die ganze Zeit.«

»Da draußen läuft ein Killer herum. Er hat zwei Mal zugeschlagen, dich fast gekriegt, und er wird wieder zuschlagen.«

»Wir anderen sind nur Mittel zum Zweck. Du bist sein Ziel, Claire.«

»Setz dich hin, Black, entspann dich. Sich aufzuregen ist der Gesundung nicht zuträglich. Ich hätte dir nicht erzählen sollen, dass ich mich erinnere. Ich habe versucht, dich aufzumuntern.«

»Ich bin guter Laune. Nur frustriert bis zum Geht-nicht-mehr. Und du hörst mir nicht zu. Du bist zu stur, um zu deinem Besten zu handeln.«

»Okay, ich kann nicht behaupten, dass mir gefällt, was du da gerade gesagt hast, aber da du dieses große Loch von der Kugel in der Schulter hast, werde ich es mal durchgehen lassen. Lass uns nur einfach zur Sache kommen. Klär mich über diesen Kerl auf, diesen Thomas Landers. Bereite mich darauf vor, was er tun könnte. Gib mir seine Arbeitsweise.«

Black seufzte und gab auf. »Sein Modus Operandi ist verrücktes, mörderisches, ekelhaftes, unmenschliches Verhalten, die ganze Zeit, jedes Mal.«

Claire schaute böse – wie er. Er konnte es ihr nicht verübeln, und vielleicht war es das Beste, was ihr passieren konnte. »Mir gefällt nicht, wie sich das anhört, okay, aber mir gefällt gar nichts, was ich höre, seit ich aus diesem verdammten Koma erwacht bin. Alles, was ich seitdem gesehen habe, ist über Leben und Tod und Blut und Grind.« Sie machte eine Pause, atmete tief ein und versuchte, sich zu beruhigen. »Mir gefällt nicht, mir etwas über einen Psychokiller mit Hackebeil anzuhören, der hinter mir her ist, aber ich muss. Die Wahrheit, Black? Verdammt, ich würde es bevorzugen, mit dir in deinem großen Bett mit der schwarzen Seidenbettwäsche, die du da hast, zu kuscheln, genau so, wie du das gern hättest. Aber das können wir jetzt gerade nicht, so ist es nun mal. Also schlag es dir aus dem Kopf, und hau mir das Schlimmste um die Ohren, was du hast, und lass es hinter uns bringen.«

Black starrte zu Claire hoch. Sie hatte natürlich recht. Sex sollte gerade jetzt das Letzte sein, an was er dachte. Sie war bereit, ihren Dämonen entgegenzutreten, und danke Gott dafür. Er drang endlich zu ihr durch. »Setz dich, Claire. Du wirst es gebrauchen können. Glaube mir, wenn ich das sage. Ich will das nicht alles mit dir durchgehen, es graut mir auch davor, aber wir müssen. Du musst wissen, wozu er fähig ist.«

Claire erschien erleichtert. »Ich bin so weit. Ich weiß, dass es schlimm werden wird. Ich bereite mich darauf vor, seit du angeschossen wurdest.«

»Auf solche Sachen kann man sich nicht vorbereiten.«

»Erzähl's nur endlich. Du machst es schlimmer.«

Black setzte sich und nahm eine dicke Akte, die auf der Couch lag. »Ich werde dir noch nicht alles jetzt sofort erzählen. Ich werde dir den Rest der Tatortfotos zeigen, und ich werde dir noch mehr Details erzählen. Ich möchte, dass du dir jedes Foto, das ich von diesem Kerl habe, genau ansiehst und einprägst. Aber ich denke immer noch, dass du dir von deinem Verstand sagen lassen solltest, was du schon ertragen kannst. Dein Unterbewusstsein lässt jetzt einiges davon durch, vielleicht wird es passieren. Aber vielleicht auch nicht. Wir werden sehen, was es sonst noch auslöst.«

Claire sagte kein Wort, hörte nur zu. Aber ihr Ausdruck war stahlhart und entschlossen.

»Also gut«, sagte Black, ihm graute mehr davor als ihr. »Hier ist noch ein Bild von ihm. Das ist das letzte, was von Thomas Landers bei seinem Aufenthalt in der Nervenklinik aufgenommen wurde. Er war dort mehrere Jahre eingesperrt. Er brach nur kurz vor deinem Unfall aus.«

Claire nahm das Foto, das er herüberreichte und schaute es an. »Er sieht nicht wie ein Monster aus.«

»Das tun Psychopathen normalerweise nicht.«

Sie hatte recht. Der Mann auf dem Foto sah jung aus. Er hatte hellbraunes, sehr kurz geschnittenes Haar und große, unschuldig blickende blaue Augen. Und er war ein mordlustiger Verrückter.

Claire sagte: »Weißt du, irgendwie sieht er vertraut aus. Er könnte Jesse sein, denke ich. Vielleicht. Mit anderer Haar- und Augenfarbe, und Jesse sieht größer aus.«

Der Name alarmierte Black. »Wer ist Jesse?«

»Monicas Freund. Erinnere dich, ich habe dir das am Telefon erzählt, als du mich im Jeepers angerufen hast. Er hat Jules manchmal ausgeführt. Er ist die Nummer eins auf unserer Verdächtigenliste für Monica Wheelers Mord. Ich habe mir vorhin unten seine Personalakte geholt. Hoffe, du hast nichts dagegen.«

»O mein Gott, dieser Kerl arbeitet hier?«

Mit gerunzelten Brauen untersuchte Claire das Bild. »Nicht mehr. Er hat an dem Tag, als Monica starb, telefonisch gekündigt. Seitdem hat niemand von ihm gehört. Ich habe es überprüft. Hast du mehr Fotos von Landers?«

Black blätterte die Akte durch. »Er hat eine Weile als Frau gelebt. Direkt unter unserer Nase. Uns hat er auch getäuscht.«

Das Foto, das er Claire reichte, zeigte Thomas, während er eine hübsche junge Blondine verkörperte, eine Freundin Claires. Er beobachtete sie, aber sie zeigte keine sichtbaren Anzeichen einer spontanen oder intuitiven Reaktion. Keine Andeutung irgendwelcher Art, dass sie diese Frau gekannt hatte. Sie sagte: »Meinst du das ernst? Er ist auch Transvestit?«

»Er macht, was immer nötig ist, um zu kriegen, was er will. Er ist manchmal ziemlich erfinderisch.«

»Und dieser Kerl will mich, und nur mich?«

»Er hat versucht mit dir zu fliehen, als er euch von dieser Brücke fuhr. Was für andere Beweise brauchst du noch`«

Claire stand auf und fing an herumzulaufen. »Komm schon, Black, hör mit diesem scheibchenweisen Mist auf. Gib mir die Akte und lass sie mich von vorn bis hinten lesen. Ich bin so weit. Ich muss alles wissen, was in Bezug auf

Thomas Landers passiert ist. Du musst mir vertrauen. Wenn ich in so großer Gefahr schwebe, dann erzähl mir, was ich wissen muss.«

Black war nicht überzeugt. Aber er wusste, er musste ihr die Wahrheit sagen. Das war ihre Entscheidung. »Ich befürchte, du kannst es nicht bewältigen. Niemand könnte die Dinge bewältigen, die du durchgemacht hast.«

»Ich habe es vorher schon bewältigt, oder nicht?«

»Das hast du, aber du hast lange Zeit gebraucht, um dich damit zu arrangieren. Und du hast immer noch Albträume. Wenn du dich nie an die Details erinnerst, wirst du wahrscheinlich ein um einiges besseres Leben haben.«

»Gib mir einfach die verdammte Akte. Ich lese jedes Mal nur ein bisschen. Wenn etwas davon mein Gedächtnis zurückbringt, ist es eben so. Wenn es meine Albträume verschlimmert, ist es eben so. Das ist doch, was wir wollen, oder? Wenn ein Foto die Erinnerung an ihn nicht zurückbringt, wird es das wahrscheinlich auch nicht.«

Immer noch zögerte Black, hielt die Akte in der Hand, aber dann übergab er sie ihr. Angespannt und skeptisch beobachtete er sie, voller Angst, was als Nächstes kommen würde.

»Ich werde die mit ins Schlafzimmer nehmen und sie allein lesen. Ich rufe dich, wenn ich dich brauche, also geh ins Bett und ruh dich aus.«

Black sah zu, wie sie ging, legte dann seinen Kopf zurück auf das Kissen und wartete. Er würde nirgendwo hingehen. Jetzt, da sie die Akte in ihrer Hand hielt, schien ihm, dass es wie eine schlafende Schlange war, eine, die er nicht wecken wollte.

Jesses Mädchen

Gerade jetzt

Es war nicht allzu schwer, herauszubekommen, wo Joe und sein kleines Mädchen lebten. Ihre Namen waren in großen roten Lettern auf ihren altmodischen weißen Briefkasten geschrieben: JOE UND LIZZIE MCKAY. Sie lebten in der nahe gelegenen Stadt Springfield in einer eichengesäumten Straße mit vielen wunderschönen, restaurierten, alten viktorianischen Häusern. Ihr Haus war auf einem Eckgrundstück errichtet, und es sah so aus, als ob Joe es selbst instand setzte. Ein kunstvolles Schild im Hof teilte mit: ZUKÜNFTIGES DOMIZIL DES MCKAY HAUSES – SPRINGFIELDS BESTES BED- AND BREAKFAST. Jesse parkte um die Ecke in der Nähe eines leer stehenden Hauses, an einem Platz, wo er sie beobachten konnte, ohne gesehen zu werden.

Danach folgte er ihnen überall hin. Wenn sie beschlossen, in einem Chuck E. Chesses Restaurant nicht weit von der Gladstone Avenue zu Mittag zu essen, ging Jesse auch mit hinein, und er schaute dem Mann und seiner Tochter beim Essen von Peperoni-Pizza zu. Er beobachtete auch die anderen Kinder, hielt Ausschau nach einem kleinen Jungen, der Annies totem Sohn ähnelte. Er erinnerte sich sehr genau an den kleinen Zachary. Er hatte das Kind nur Stunden, bevor es starb, gesehen. Er war ein süßer kleiner Kerl mit weißblondem Haar und großen blauen Augen wie seine Mutter. Zu dumm, dass er nicht zum Entführen zur Verfügung stand. Dann würde Annie richtig Teil der Familie sein wollen.

Nach Chuck E. Cheese gingen sie zum Cost Cutter Lebensmittelmarkt und dann zu Walmart, und er folgte ihnen, immer sehr darauf bedacht, außer Sicht zu bleiben. Er stellte sofort fest, dass Joe McKay sein Kind sehr scharf im Auge behielt, er setzte sie immer in seinen Einkaufswagen oder hielt sie an der Hand, um sie nah bei sich zu behalten. Und der Dad war groß, stark und hart im Nehmen und konnte eindeutig in jeder Art körperlicher Auseinandersetzung mit Jesse bestehen. Aber alle Eltern haben hin und wieder einen Moment, wenn sie in die andere Richtung blicken oder von jemandem oder etwas abgelenkt sind. Der Zeitpunkt würde kommen, dass er sich das kleine Mädchen würde schnappen und mit nach Hause nehmen können, wo sie hingehörte.

Nachdem Joe McKay nach Hause zurückkam, brachte er das Kind ins Bett. Jesse konnte sehen, welcher Raum es war, weil die Vorhänge aufstanden, und er konnte das Disney-Prinzessinnen-Poster an der pinkfarbenen Wand hängen sehen. Es war das von *Beauty and the Beast,* dachte er. Wie hieß sie noch? Arielle vielleicht? Nein, ihr Name war Belle. Jesse würde zurück zu Walmart fahren müssen und ein paar Spielsachen für Prinzessinnen kaufen, damit Lizzie in seinem Haus etwas zum Spielen hatte.

Diese Nacht schlief er im Wagen, aber das nützte ihm nichts. McKay war am nächsten Morgen immer in Klein-Lizzies Nähe, wachte wie ein Habicht über sie. Warum war er so gewissenhaft? Die meisten Daddys vergaßen, auf ihre Kinder aufzupassen, viel mehr als ihre Muttis. Nach einem weiteren Tag des Sitzens in seinem Auto in der prallen Sommerhitze, beschloss er, an einem anderen Tag wiederzukommen. Er hatte Zeit, bis er bereit war, das Kind zu schnappen. Und er vermisste Annie. Sie war entweder in

Cedar Bend, oder sie arbeitete mit ihrem Partner, oder sie war draußen und versuchte Jesse zu finden. Er lächelte. Sie würde ihn finden, o ja, sobald er wieder alles an seinem Platz hatte. Es würde jetzt nicht mehr lange dauern, Gott sei Dank. Er war viel zu lang ohne sie gewesen – tatsächlich Jahre. Er konnte es nicht mehr erwarten.

Auf dem Nachhauseweg dachte er über Annie nach, und Lizzie und Miss Rosie. Miss Rosie war einsam auf ihrer Platte, und sie weinte oft und beschwerte sich bitterlich, dass sie jemanden zum Reden wollte. Aber sie musste nicht lange warten. Es war fast so weit. Jetzt, da Black verwundet und außer Gefecht war, würde es einfacher sein, an Annie heranzukommen, und bis Blacks Alibis bestätigt würden, hinge immer noch die Mordanklage über ihm. Die Bullen am See waren sowieso nicht die Schlauesten. Das hatten sie viele Male bewiesen.

Fröhlich jetzt, selbstbewusst, fuhr er zurück zum See und parkte im belebten Parkplatz von Cedar Bend, wo er einen guten Ausblick auf die Tür hatte, die Annie immer benutzte, um hoch ins Penthouse ihres Liebhabers zu kommen.

24

Es fügte sich, dass sie während der ersten zehn Seiten von Blacks dicker *Claire-Morgan-und-ihr-Schwarzer-Mann-*Akte durchgehend fröstelte; also beschloss Claire, nicht zu tief in ihrer schmutzigen Vergangenheit zu bohren, jetzt noch nicht. Vielleicht hatte er recht. Vielleicht brauchte sie nicht jede einzelne Kleinigkeit zu kennen von dem, was sie alles durchmachen musste. Die grausamen Fotos könnten unter Umständen reichen. Also studierte sie alle im Detail. Oder, und trotz ihres Draufgängertums, vielleicht hatte sie ziemliche Angst, zu sehen, was ihr angetan worden war. Ja, das traf die Sache wohl mehr.

Verzweifelt versuchte sie genau zu bestimmen, warum das Foto von Thomas Landers sie an Jesse erinnerte. Die beiden Männer sahen nicht gerade identisch aus, aber sie waren sich ähnlich, besonders was die Form der Gesichter betraf. Sie brauchte eine Ganzkörperaufnahme von beiden, das würde die Beurteilung vereinfachen. Wenn Landers so gut darin war, seine Persönlichkeit zu wechseln, wettete sie, dass sie ihn nicht erkennen würde, selbst wenn sie ihn von Nahem gesehen hätte. Aber sie suchte ihn trotzdem, und Jesse auch, und würde nicht ruhen, bis sie sie gefunden hätte. Sie hatte ein Hühnchen zu rupfen mit einem von ihnen, oder beiden – wegen des Schusses auf Black in erster Linie. Der Schütze würde nicht davonkommen damit, keine Chance, verdammt noch mal.

Was Black anging, und das trotz seiner anzüglichen und verführerischen Bemerkungen früher am Abend, er war doch etwas angeschlagener, als er zugab, und musste sich schließlich eine Spritze gegen die Schmerzen geben. Dies sollte ihn auch zum Schlafen bringen, was beide erleichterte und sie enttäuschte. Da soll mal einer mitkommen. Sie fing an, sich an ihre Beziehung zu erinnern, richtig, die ganze Zeit über. Längst vergangene Zeiten, wo sie nur geredet oder gelaufen oder gelacht hatten, normale Verliebte-Pärchen-Sachen in kurzen, flüchtigen Szenen, aber auch viele der Schlafzimmerepisoden. Jedoch immer noch nicht genug, um unbekümmert mit ihm ins Bett zu springen, als ob nichts passiert wäre. Oder vielleicht würde sie auch dies bald tun, und sehr gerne. War sie hin- und hergerissen, oder was?

Also gab sie ihm einen Gutenachtkuss, nachdem er in diesen künstlichen Schlummer, diese drogenvernebelte Twilight Zone abgedriftet war und nicht versuchen würde, sie zu befingern. Dann hielt sie Nachtwache neben seinem Bett, während sie die offene Akte auf ihrem Schoß hatte und merkte, wie die Angst ihren Nacken hoch- und runterrollte bei dem schieren Gedanken daran, mit einer Gabel in den alten Wunden herumzustochern, an die sie sich eigentlich nicht erinnern wollte. Sie legte sich schließlich in Blacks großem Bett die Halle hinunter hin und schlief auf seinem Kissen, das verführerisch nach seinem teuren, trotzdem übermännlichen Eau de Cologne duftete.

Black zermürbte sie gewaltig, aber dann, wem wollte sie etwas vormachen? Sie fuhr wieder voll auf ihn ab. Es würde sie nicht überraschen, nein. Was gab es an ihm auszusetzen? Black war so attraktiv wie irgend möglich, reich, berühmt, schenkte ihr eine Menge besondere Aufmerksamkeit und sagte ihr oft und gut, dass er sie liebte. Mensch, das Begehren in diesen blauen Augen reichte aus, um in ihr das Bedürfnis zu wecken, das Handtuch zu werfen.

Claire war am nächsten Morgen um einiges hatte geduscht und war angezogen. Sie trug ein sauberes weißes Polohemd mit dem Logo des Canton County Sheriff's Office auf der Tasche, Jeans und ein neues Paar schwarzer Nike-Laufschuhe, die Black ihr gekauft hatte, nachdem sie aus dem Koma erwacht war. Tatsächlich hatte er sie zusammen mit einer Menge anderer Sachen, die sie mochte und ihr passten, per eigenhändiger Zustellung bestellt. *Schau, was kann man daran nicht mögen? Dieser Kerl erfüllt alles optimal.*

Black schlief fest, als sie in sein behelfsmäßiges Krankenzimmer kam. Er sah heute sogar besser als gestern aus, dankenswerterweise nicht mehr mit der schneeweißen *Edward-der-attraktive-Vampir*-Maske, er ruhte sehr friedlich und bequem.

Privatschwester Violet war zurück im Dienst, schwebte geräuschlos auf Zehenspitzen herum und machte ihr Ding, noch dazu effizient. Genau wie Monica das gemacht hatte. Sie versuchte, nicht daran zu denken, wie Monica Wheeler das letzte Mal aussah, als sie sie gesehen hatte. Sie ließ Black in den fähigen Händen der Frau und traf Bud vor den Lifttüren, wo Isaac, der *zäh-aussehende-aber-den-Rest-der-Zeit-wie-Pooh-der-Bär* Türbewacher noch Nachtwache hielt.

»Okay, wohin zuerst?«, fragte sie Bud, als sie in seinen Bronco stieg, ihre Sonnenbrille aufsetzte und die Düse der Klimaanlage direkt auf ihr Gesicht richtete. Fünfunddreißig Grad machen das mit einem im Ausland lebenden Südkalifornier.

»Direkt rüber nach Springfield, um Longs voriges Immobilienbüro und gleich auch sämtliche Mitarbeiter zu überprüfen. Gott sei Dank, ich bin froh, hier mal eine Weile wegzukommen.«

»Okay.«

»Wie geht's Nick?«

»Er hat sich eingerollt wie ein Baby und wird sich nicht aufregen, bis er aufwacht und merkt, dass ich immer noch Polizist bin.«

Mit einem breiten Grinsen blickte Bud zu ihr herüber. »Er will dich beschützen, okay. Sagst du, er will, dass du es aufgibst?«

Der Gedanke war ihr nicht gekommen. Als ob Black, oder irgendjemand anders, etwas mitzureden hätte, wie sie ihre Karriere gestaltete. »Es ist nicht seine Entscheidung.«

»War es aber mal.«

Claire drehte sich zu ihm und schaute ihn überrascht an. »Du sagst, er erzählt mir, was ich tun soll?«

Bud lachte daraufhin laut auf. »Niemand erzählt dir, was du tun sollst, Claire. Glaub mir. Aber wenn irgendjemand versuchen sollte, dich von diesem ganzen Scheiß loszueisen, dann wäre das er. Er ist fast so besessen von dir wie Landers. Aber auf eine gute Art. Sicher hast du das bemerkt.«

Das hatte sie natürlich, aber sie dachte nicht, dass er jemals von ihr verlangen würde, die Truppe zu verlassen, zumindest hoffte sie nicht. Sie wechselte das Thema. »Gibt es Resultate bezüglich der DNA, die in meinem Haus gefunden wurde?«

»Noch nicht, aber es sollte nicht mehr lange dauern. Charlie erwartet die Testergebnisse jetzt jede Minute.«

»Lass uns den Kerl einfach schnappen und die Sache zum Abschluss bringen. Was sagst du, Bud? Es wird ein bisschen zu haarig für mich, das zu bewältigen.«

»Da sag ich Amen zu.« Bud verlangsamte und hielt an einer Ampel einer belebten Straßenkreuzung. Er blies etwas Luft aus, dann inspizierte er sie. »Ich habe dich vermisst, weißt du. Und ich bin froh, dass du zurück bist. Du verhältst dich jeden Tag mehr wie die Claire, die ich kenne.«

»Aus irgendeinem Grund berührte seine Ernsthaftigkeit sie. »Danke. Mir fallen in letzter Zeit rechts und links Sachen ein. Wenn ich nur erst alles verbinden kann. Verhalte ich mich sehr unterschiedlich zu früher? Bemerkbar, meine ich.«

»O ja, du bist normalerweise zehn Mal nerviger und sturköpfiger als jetzt. Nicht, dass du es jetzt nicht wärst.«

Claire gab ihm einen Klaps auf den Arm. »Du liebst mich, und du weißt es.«

»Du bist ziemlich stur und rechthaberisch, aber du hast recht. Ich habe Glück, dich als Partner zu haben.«

Sie warf ihm einen Blick zu und fand, dass er etwas verlegen aussah. O ja, Bud war ein guter Kerl.

Miriam Longs vorherige Immobilienfirma war eine Re-Max-Zweigniederlassung. Sie lag an der Campbell Street, und es stellte sich heraus, dass es ein kleines, unscheinbares Ladengeschäft in einer kleinen, unscheinbaren Ladenzeile war. Als sie hineingingen, schoss ein kleiner und unscheinbarer, aber rundlicher Mann – tatsächlich Humpty-Dumpty-mäßig – schnell aus dem hinteren Büro, als ob er noch nie zuvor einen Klienten gesehen hätte und war höchst erregbar. Er war sehr klein – reichte ihr etwa bis zum Kinn – und untersetzt, irgendwie eiförmig sogar, und vollkommen kahl. Er erinnerte Claire auch an einen der größeren Disney-Zwerge. Doc vielleicht, aber sie erinnerte sich nicht an die anderen, also wer weiß? Vielleicht Droopy oder Sneezy? Der Typ hatte einen kleinen Silberreifen in seinem gepiercten linken Ohr, einen, an dem ein schwarz-weißes Yin-Yang-Symbol baumelte. Das passte nicht wirklich gut zu dem kurzärmligen, rot-gelb-grün-karierten Hemd mit Button-down-Kragen und roter Krawatte und den Versicherungsvertreterhosen. Er hatte ein breites Lächeln, angenehm jedoch, und setzte es mit ergreifender Hingabe ein.

»Hallo, Freunde. Wie kann ich euch Leuten helfen?«

Nach dieser *Hausierer-auf-Drogen*-Begrüßung streckte er seinen Arm aus und schüttelte zuerst Claire übertrieben freundlich die Hand und danach Bud, mit mehr Enthusiasmus, als sie seit sehr langer Zeit gesehen hatte. Sie beschloss, er musste an den Wochenenden ein feuriger Landprediger sein. Oder der schon erwähnte Verkaufsspezialist, Gebrauchtwagen vielleicht.

»Wir sind Detectives aus Canton County von oben am See«, sagte sie und hielt ihr Abzeichen hoch, das an einer Kette um ihren Hals hing. »Ich bin Claire Morgan, und das ist mein Partner, Bud Davis.« Bud ließ sein Abzeichen, das am Gürtel saß, mit männlichem Flair blitzen, und beäugte die gut aussehende Sekretärin, die neben ihnen saß. Das junge Mädchen war noch nicht zu Wort gekommen, nicht einmal Hallo. Claire hatte das Gefühl, sie war das gewohnt mit Humpty Freundlich als Chef. Sie hatte auch das Gefühl, die junge Frau hielt Bud für einen ziemlich sexy Bullen. Aber hey, das fanden viele Frauen. Wahrscheinlich beeindruckt von dieser dicken Kanone, die er da hatte.

Die Augen des »freundlichen Versicherungsmanns«, große, nussbraune Augen, wurden sogar noch größer und beeindruckter. »Sind Sie *die* Claire Morgan?«, fragte er offensichtlich von Ehrfurcht ergriffen.

Bud bellte ein kurzes Lachen und stieß sie mit seiner Schulter an. »Siehst du, Morgan, ich habe dir gesagt, dass du berühmt wirst.«

Der Mann errötete, ja, ohne Scheiß. Wurde vollkommen nervös, als ob sie ihm Handschellen anlegen würden, weil er ihren Detective-Scharfsinn mit einem Wow-Faktor aufgewertet hatte.

Er stammelte tatsächlich eine Antwort. »Es ist nur, dass Sie hier in der Gegend so viel in den Nachrichten waren, und all das. Mein Gott, dieser letzte Fall, in den Sie verwickelt waren, war so, nun, so furchtbar …«

»Ja, Sir. Ich weiß, was Sie meinen. Und Sie sind?«

»Oh, Entschuldigung. Ich heiße Larry, Larry Carter. Angenehm, Sie beide kennenzulernen.«

»Mr Carter, wir müssen Ihnen ein paar Fragen über Miriam Long stellen. Sie war einmal Ihre Angestellte, nicht wahr?«

»Lieber Gott, segne ihr kleines Herz. Ich kann nicht glauben, dass sie nicht mehr ist. Gerade als sie geheiratet hatte und so glücklich war, oben da am See zu leben.« Er blickte zu seiner Sekretärin. »Gina und ich planen, zur Beerdigung zu gehen. Armer Oliver. Er ist vollkommen am Boden zerstört.«

Claire schaute zu Gina, die Carters schöne, atemberaubende junge Sekretärin war, und die auch bloß einen halben Zentimeter davon entfernt war, aus ihrer tief ausgeschnittenen lila Bluse zu platzen. Eine Frau, so nahm Claire an, die Humptys Ehefrau von Grund auf verachtete und der sie misstraute. Gina nickte und nahm bei der Erwähnung ihrer verstorbenen ehemaligen Kollegin einen passenden traurigen Blick an, während sie die ganze Zeit über Bud mit ihren langen, schwarzen, falschen Wimpern zuklimperte. Bud schaute, als ob er den Luder-Jackpot im Bellagio geknackt hätte.

»Ist hier irgendwo etwas Privateres, wo wir reden können, Mr Carter?«

»O ja, natürlich. Bitte kommen Sie nach hinten in mein Büro.«

Bud und Claire folgten ihm hinein. Bud trödelte ein bisschen, um Gina zu sagen, dass sie richtig gut duftete, himmlisch, genau genommen, aber Claire roch nichts besonders Verlockendes an dem Mädchen. Der ganze Raum roch wie großzügig flaschenweise überall versprühtes Febreze für sie. Dann fanden sie sich in einem kleinen, extrem unaufgeräumten Büro wieder. Mit unaufgeräumt meinte sie, dass sie die Tischplatte von Larrys Schreibtisch nicht sehen konnte. Er wies auf zwei grüne, mit Chenille bezogene Stühle. Ihrer hatte vorn eine gerissene Stelle und einen Stapel Zeitungen auf der Sitzfläche und war der bessere der beiden. Sie nahm die Zeitungen hoch und platzierte sie auf dem Tisch bei den anderen Zeitungsstapeln der letzten Monate. Kein Wunder, dass er von ihr gehört hatte. Er war sehr belesen. Bud hatte sich jetzt zu ihnen gesellt, und alle setzten sich. Außer Larry. Er blieb stehen. Sie fragte sich, warum. Er sagte es nicht. Vielleicht lag ein zu großer Papierstapel auf seinem Bürodrehstuhl.

»Stimmt irgendetwas nicht, Mr Carter?«

»Nein, warum fragen Sie das?«

»Nun, Sie stehen.«

»Ich habe einen schlimmen Rücken, herausgerutschter Lendenwirbel. Wissen Sie, Bandscheibenvorfall. Ich muss den Tag über immer wieder stehen, sonst muss ich heute Nacht im Bett dafür büßen. Dann muss ich gegen die Wand gelehnt schlafen.«

»Ich verstehe.«

Bud und Claire schauten sich mit einem *Wir-haben-hier-einen-seltsamen-Vogel*-Blick an.

»Erzählen Sie uns über Ihre Beziehung zu Miriam Long.«

»Nun, das Mädchen war wie ein Mitglied meiner Familie. Meine Frau, Edith, und ich liebten sie so sehr. Ich habe mir Sorgen gemacht, dass sie als Frau die gelisteten Häuser aufsuchte, um die Leute zu treffen, und solche Sachen. Sie hatte einen Elektroschocker. Das habe ich veranlasst.«

»Sie hatte eine Elektroschockpistole? Sind Sie sicher?« Bud sprang mit beiden seiner polierten italienischen Halbschuhe darauf an.

»O ja, bestimmt. Ich habe sie selbst für sie gekauft. Deshalb war ich so überrascht, dass sie jemand auf so eine Art erwischt hat. Und, ehrlich gesagt, sie war eine ziemlich starke Frau. Sie und Gina haben die ganze Zeit trainiert.«

Bud übernahm, also konnte Claire sich zurücklehnen und die Show genießen. »Können Sie sich irgendjemand vorstellen, der zornig genug wäre, ihr wehzutun? Irgendwelche Stalker vielleicht? Sie war eine gut aussehende Frau. Ehemalige Freunde, eifersüchtige Ehefrauen vielleicht? Sie erregte bestimmt die Aufmerksamkeit von Männern.«

»Ja, das hat sie. Eine wirklich hübsche Frau. Dieses ganze leuchtende rote Haar war sehr schön, aber sie hatte nur Augen für den Captain. Er war ihr Ritter in der glänzenden Rüstung. Sie hat ihn angebetet, wirklich, das tat sie.«

»Keine anderen Männerbekanntschaften?«, fragte Claire.

»In der Vergangenheit vielleicht, aber als sie hier war, hat sie sich nur um die Weiterentwicklung ihrer Karriere gekümmert. Ich war froh, dass sie dort oben in Kay Kramers Büro weiterkam. Kay ist eine sehr gute Grundstücksmaklerin.«

»Sind Sie und Ms Kramer Freunde?«

»Ja, aber nicht eng. Wir haben ab und zu ein paar Objekte hin- und hergeschoben. Uns bei Tagungen getroffen und so etwas.«

Claire seufzte, wünschte, sie würden endlich auf etwas Entscheidendes stoßen. »Sie kannten das Opfer sehr gut, Sir. Was glauben Sie, was ihr zugestoßen ist?«

»Ich denke, es ist, was ich gerade gesagt habe. Genau darüber habe ich mir Sorgen gemacht, als Miriam hier arbeitete. Ich denke, sie hat jemandem ein Grundstück gezeigt, und derjenige hat sie angegriffen, als sie nicht damit gerechnet hat.«

»Denken Sie dabei an einen speziellen Klienten? Irgendjemand, den Sie erwähnt hat, der ihr unheimlich war, so jemand?«

»Nein, aber sie betreute ein Objekt von mir, das mir ziemliche Sorgen machte. Aber sie bestand darauf, es für mich zu überprüfen, weil sie nah dran wohnte und ich nicht. Eins, mit dem Sie beide ziemlich vertraut sein müssen, vermute ich.«

Claire wurde hellhörig. Okay, hier war der Schlüssel. Sie vermutete jetzt, dass Miriam Long das Haus betreute, in dem Claire und Harve von Landers angegriffen worden waren, und das bedeutete, sie hatten eindeutig Grund, hineinzugehen. Sie warf Bud einen Blick zu.

Er hatte den gleichen erleuchteten Ausdruck auf dem Gesicht. Er wusste es auch. Seine Stimme war ruhig, gemessen. »Welcher Besitz ist das, Mr Carter?«

»Nun, es ist das Haus, wo dieser Kerl Landers Sie überwältigt hat, Detective Morgan, Sie wissen, dieser verrückte Kerl, der Sie gefangen gehalten hat? Nun, nachdem Sie ihn ins Irrenhaus gebracht hatten, habe ich den Besitz bekommen, wo er Sie und den pensionierten Polizisten aus L. A. gefangen hielt.«

»Sie sind sich absolut sicher, dass es das gleiche Haus ist?«, fragte Bud. »Und Miriam fuhr dort hin, um es für Sie zu überprüfen?«

»Ja, Sir. Jede Woche oder so.«

Claire starrte ihn an, dachte an die ganzen blutrünstigen Bilder, die sie am Abend zuvor durchgeschaut hatte, besonders das eine von Harve Lester im Krankenhausbett und die Nahaufnahme dieser langen Linie von hässlichen schwarzen Nahtstichen auf ihrer eigenen Brust und Schulter, Beispiele des Werkes genau dieses Psychos, nachdem er damit fertig war, sie mit seinem Fleischerbeil zu bearbeiten.

Larry Carter war nicht fertig. »Ja, wir waren so geschockt wie Sie, als wir das Objekt bekamen. Diese Frau, die er in dem Haus ermordete, bevor er sie schnappte? Mit Namen

Suze Eggers? Ihr Nachlassverwalter hat mich engagiert, es zu verkaufen, wenn es freigegeben ist. Es war seitdem verschlossen. Wie gesagt, nachdem Miriam da hochgezogen ist, bestand sie darauf, dass sie sich darum kümmerte. Sie wusste, es war wirklich ungünstig für mich, den ganzen Weg zu fahren. Sie war unheimlich freundlich. Immer bereit, anderen Menschen ihre Hilfe anzubieten.«

Ein bestimmtes Bild stieg in Claires Kopf auf. Es erschienen mehr und mehr Rückblenden, besonders heute, die meisten von ihnen körnig und Sschwarz-weiß und erschreckend. Diesmal sah sie ein lebhaftes Aufblitzen einer jungen Frau in einer schwarz-hellbraunen Uniform wie Isaacs, mit kurzem blondem Haar, mit viel Gel oben zu Spitzen geformt.

Claire drehte sich schnell zu Bud. »Wie sah Suze Eggers aus, Bud?«

»Eins siebenundsechzig, schätze ich. Kurze blonde Haare, sehr muskulös und maskulin. Sie war beim Sicherheitsdienst von Cedar Bend.« Aufregung übermannte Claire. Es kam zurück; sie konnte jetzt fühlen, wie es zurückkam, langsam, aber sicher. Gott sei Dank, aber sie konnte sich jetzt nicht länger damit aufhalten. Das war es; das war die Verbindung zwischen Miriam und Thomas Landers. Er war in diesem Haus an sie herangekommen.

»Hat sie es Leuten gezeigt?«, fragte sie Carter. »Miriam, meine ich?«

»Ich denke nicht. Aber sie ist dort ab und zu hinausgefahren und hat geschaut, ob alles in Ordnung ist. Ich erinnere mich, dass sie mir erzählt hat, es sei wirklich unheimlich, hineinzugehen und herumzuschauen.« Er zögerte und schaute Claire entschuldigend an. »Sie sagte, es sei noch möbliert, es ist nicht viel verändert worden, seit Sie, nun, Sie wissen schon. Sie sagte, es seien immer noch Blutflecken im Untergeschoss. Wir können es nicht für den Verkauf reinigen lassen, können nichts anrühren, bis das Gericht es den Erben zugesprochen hat. Sie leben oben in New Hampshire. Ich weiß nicht, wie sie meinen Namen bekommen haben. Wahrscheinlich aus dem Branchenbuch.«

Claire fragte sich, ob es ihr Blut war, das er da auf dem Fußboden beschrieb, wenn man die grässlichen Enthüllungen in letzter Zeit in Betracht zog, war es wahrscheinlich. Aber egal – sie wusste tief drinnen, dass Landers kürzlich dort draußen gewesen war, und den Besitz wahrscheinlich als Rückzugsort benutzte. Viel wichtiger war, dass diese Information mehr als genug war, um einen Durchsuchungsbefehl zu bekommen, um das Haus zu betreten.

»Mr Carter, könnten Sie uns die Erlaubnis erteilen, das Haus rechtmäßig zu betreten?«

»Ja, natürlich. Kein Problem. Ich habe einen Schlüssel, den ich Ihnen geben kann.«

»Danke schön. Das ist sehr hilfreich, Sir. Nun, so wie ich das verstehe, Mr Carter, ist das Haus bei Ihnen gelistet. Miriam und Kay Kramer haben es nicht einmal in ihren Unterlagen, richtig?«

»Das ist korrekt. Aber ich hätte Miriam einen dicken Bonus gegeben, wenn wir es verkauft hätten, nur dafür, dass sie sich darum gekümmert hat.«

Bud sagte: »Wann war sie das letzte Mal da, um nach dem Rechten zu sehen?«

Bud und Claire lehnten sich tatsächlich in ihren Stühlen

nach vorn. Noch mehr Beweise, dass Thomas Landers der Täter war. Es war seltsam, dass er das Risiko einging, zurück an den Ort voriger Verbrechen zu kommen, aber letztendlich war er geistesgestört. Niemand konnte seine Handlungen vorhersagen.

»Wahrscheinlich bevor sie die Stadt verlassen wollte. Sie war eine sehr verlässliche junge Dame.«

Claire hielt fast den Atem an, weil sie wusste, was Bud als Nächstes fragen würde. Stellte sich raus, dass sie recht hatte.

»Mr Carter, hat sie jemals ihr Boot benutzt, um da draußen nach dem Rechten zu sehen?«

Larry Carter schaute von Claire zu Bud, und dann wieder zurück zu Claire. »Ja, sie nahm immer den Weg übers Wasser. Dieser Besitz ist weit hinten im Wald gelegen. Sie sagte, man komme übers Wasser viel schneller hin.«

»Hat sie jemals jemanden da draußen gesehen?«

»Nein, und das sie hätte mir erzählt. Wie schon gesagt, sie dachte, der Ort wäre unheimlich.«

Claire sagte: »Können Sie uns einen Blick in Ihre Akte für diesen Besitz werfen lassen?«

»Natürlich. Sie können eine Kopie der Akte haben, wenn Sie sie brauchen. Gina wird Ihnen eine machen.« Er rief die geöffnete Tür hinaus und gab die Anweisung.

»Danke Ihnen, Sir. Das wäre äußerst hilfreich. Noch eine Frage, Mr Carter. Hat Miriam Long jemals einen Klienten namens Jesse Jordan erwähnt?«

Larry Carter schüttelte seinen Kopf. »Nicht, so weit ich mich erinnere.«

Draußen, nachdem sie sich bei Larry und Gina bedankt hatten und mit besagtem Schlüssel und der Fotokopie in der Hand, vollführten sie fast einen Freudentanz auf dem Bürgersteig. Die neuen Informationen wiesen eindeutig in die Richtung, dass Thomas Landers wahrscheinlich beliebig dort ein und aus ging, plante, wen er als Nächstes erschlug, und sein altes Refugium als Tötungsplatz benutzte.

»Das ist bedeutsam, Claire. Ich denke, wir haben ihn. Er könnte genau jetzt dort draußen sein, verschanzt im Keller, und pflegt die Schusswunde, die du ihm verpasst hast. Er hätte sogar drinnen gewesen sein können, als wir es das erste Mal überprüft haben.«

»Da kannst du dein Leben drauf wetten, dass das bedeutsam ist.« Sie zog ihr Telefon heraus und stellte fest, dass sie einen Anruf von Charlie verpasst hatte. »Charlie hat angerufen, während wir da drin waren. Ich hatte mein Telefon abgestellt für die Vernehmung.«

Bud überprüfte sein Handy auch. »Ja, mich auch. Ich rufe ihn besser zurück. Er wird stinksauer sein, dass keiner von uns abgenommen hat.«

Claire schaute auf den bedrohlich grauen Himmel und befürchtete, dass sich ein Gewitter zusammenbraute. Blitze zuckten wie auf Stichwort, um ihre Beobachtung zu untermauern, und dann kam der grollende Donner, der gute zehn Sekunden anhielt, bevor er verklang.

»Sheriff, tut mir leid, dass ich Ihren Anruf verpasst habe …«

Danach bekam Bud kein Wort mehr heraus, er hörte nur aufmerksam zu, sein Blick hielt den Claires die ganze Zeit über. Nach etwa zwanzig Sekunden sagte er: »Ja, Sir«, aber Charlie machte weiter. Irgendetwas war los, richtig. Bud sagte keine zwei Worte mehr, und endlich bekam er ganz am Schluss des Anrufs die Chance, dem Sheriff zu erzählen, was sie herausgefunden hatten. Noch mehr Zuhören und dann beendete er das Gespräch mit einem weiteren schnellen »Ja, Sir«.

»Black hat Charlie angerufen. Sein Ermittler, dieser Typ Booker, denkt, er hat die Stelle gefunden, an der Landers aus dem Fluss kam. Charlie versucht, einen beschleunigten Durchsuchungsbeschluss vom Ozark P.D. zu bekommen und will, dass wir da hinunterfahren und ihn an der Dienststelle abholen. Dann sollen wir Booker auflesen und ihn zustellen.«

»Es sieht mehr und mehr aus, dass der Kerl lebt, es ihm gut geht und er Leute tötet.« Claire schauderte. Sie konnte nicht anders. Ihre Narben schienen vor lauter böser Erinnerungen zu pochen. Geistig, ja, psychosomatisch sogar, aber trotzdem erreichte es sie.

»Ja«, sagte Bud. »Aber diesmal kriegen wir ihn endgültig.«

»Was ist mit dem Seegrundstück, wo er sich versteckt hat?«

»Er will, dass wir das auch überprüfen, sobald wir nach Hause kommen.«

Claires Gemüt füllte sich schnell mit einer milden Form des Schreckens bei dem Gedanken daran, den Ort zu betreten, wo sie fast unter äußerst grausamen Umständen gestorben war. Ihr Bauchgefühl sagte ihr, dass es dort war, wo auch Miriam Longs Leben ausgelöscht wurde. Und dass sie dort die Hinweise finden würden, die sie bräuchten, um zu beweisen, dass Thomas Landers wieder beim Mörderspiel dabei war, wenn nicht sogar Landers selbst. Es war zu hoffen, dass sie ihn in diesem Haus stellen würden und in Handschellen zurückbrächten, bevor der Tag vorüber war.

»Wie weit ist Ozark von hier, Bud?«

»Ungefähr dreißig Minuten.«

Sie stiegen in den Bronco, und Bud startete sofort. Der Motor heulte auf und verfiel dann in ein stetiges Brummen, aber Bud legte den Rückwartsgang nicht ein. Er starrte direkt geradeaus, lehnte sich dann auf das Lenkrad und drehte ihr sein Gesicht zu.

»Erinnerst du dich an irgendetwas über Ozark, Claire?«

»Nö. Und ich denke, ich bin ganz froh darüber.«

»Da ist die Brücke, die, wo du in den Fluss gestürzt bist.«

Claire starrte ihn an, aber diesmal kamen keine bekannten Bilder, die ihr ein lebhaftes Bild malten. »Ich habe heute mehr Flashbacks gehabt als üblich, Bud. Ich denke, ich bin kurz davor, mich an alles zu erinnern, was ich ausgeblendet habe.«

»Das ist gut.«

Das Problem war, er sah nicht so aus, als ob er dächte, das wäre gut. Er sah misstrauisch aus und als ob er nicht gerne dabei wäre, wenn sie von der hässlichen Wahrheit mit voller Wucht getroffen würde.

»Lass uns los. Ich muss meiner Vergangenheit eines Tages entgegentreten. Es kommt alles bald heraus, ich kann es fühlen.«

Er nickte, stieß zurück und legte den Vorwärtsgang ein. Keiner von ihnen sprach wieder. Die nächsten dreißig Minuten über saß Claire da, starrte geradeaus und wappnete sich innerlich für das, was passieren würde. Schien so, als ob sie das in letzter Zeit oft täte.

25

»Da ist die Riverside Inn. Wirklich schade, dass die Pleite gemacht hat. Ich hab das Essen da gemocht.«

Claire blickte über das verlassene Gebäude, auf das Bud anspielte. Es hatte einen langen Parkplatz, auf dem nur ein silbergrauer Ford SUV abgestellt war. Ehrlicherweise war sie mehr beunruhigt über die plötzlich einsetzende pochende Kadenz in ihrem Herz, und das bizarre und erschreckende Gefühl der Angst, das jedes Nervenende in ihrem Körper anfeuerte. Sie war da schon gewesen, richtig, hatte genau dieses Gebäude gesehen. Sie erinnerte sich, wie sie daran vorbeigefahren war, so wie jetzt, und jedes Detail kam in einem kraftvollen Schwall von Terror zurück. *O Gott, das würde nicht gut werden.*

Als sie begannen, eine schmale, einspurige Brücke gleich hinter dem ehemaligen Esslokal zu überqueren, hielt Bud den Wagen an und sagte: »Okay, da sind wir. Du bist gleich hier unten an der anderen Seite in den Fluss gegangen.«

Ihr Puls war am Rasen, Claire starrte darauf, still für den Augenblick. »Ich erinnere mich nicht, dass es so aussah. Ich dachte immer, es wäre eine große Brücke mit eisernen Geländern und einem breiten, reißenden Fluss gewesen.«

»Nö, das ist es. Aber der Fluss war in dieser Nacht überflutet. Manchmal steigt das Wasser über die Brücke und macht sie unpassierbar. Manchmal überschwemmt es die Brücke vollkommen.«

Claires Gedanken gingen hundert Meilen pro Sekunde, sie arbeiteten hart; sie konnte fast die Anspannung fühlen, Anspannung, bitte, bitte, erinnere dich, was an dieser Stelle passiert ist. Sie fuhr fast aus der Haut, als jemand an ihr Fenster klopfte. Sie atmete leichter, als sie sah, dass es John Booker war.

»Tut mir leid, wenn ich Sie erschreckt habe«, sagte er, als sie ihr Fenster herunterließ.

»Ich bin schreckhaft, schätze ich. Das erste Mal, dass ich wieder hier bin, seit … was auch immer passiert ist.«

»Okay, ich habe da drüben beim Riverside geparkt. Warum fahren Sie nicht weiter und überqueren die Brücke, Bud? Parken Sie da am Seitenstreifen.«

Als Bud auf die andere Seite fuhr, starrte Claire auf den kleinen, fließenden Bach hinunter, immer noch erstaunt, dass sie fast in diesem Wasser umgekommen wäre. Sobald sie geparkt hatten, stiegen beide aus und trafen Booker in der Mitte der alten Brücke.

»Ich bin entlang des Flussufers runtergewandert, diesen Weg hinunter.« Booker trug noch seinen Tarnanzug und hielt eine Remington mit Zielfernrohr in seiner rechten Hand. Er hatte ein kleines Beil und eine Wasserflasche an seinem Gürtel befestigt. Er musste Eagle Scout gewesen sein. Oder ein Navy Seal. Er zeigte flussabwärts. »Da runter habe ich nach Thomas Landers Leiche gesucht.«

Bud fragte: »Haben Sie etwas gefunden?«

»Ich habe einen Platz gefunden, wo er sich aus dem Wasser gezogen haben könnte. Neben dieser Stelle ist ein altes Farmhaus, das ich mir anschauen möchte. Dort scheint niemand zu leben. Es ist alles verrammelt und verschlossen.

Aber ich habe ein paar Blutstropfen auf der vorderen Veranda gefunden. Ich habe einfach so ein Gefühl. Haben Sie den Durchsuchungsbefehl bekommen?«

»Ja, wir haben auf dem Weg hierher beim Ozark P. D. Halt gemacht«, sagte Claire, aber immer mehr Gedanken, immer mehr spröde Bilder keimten auf und wollten freigesetzt werden. Aufgeregt, aber erschrocken über die Art, wie ihr Verstand sie an der Nase herumführte, versuchte sie zu entspannen und es geschehen zu lassen. Dann fühlte es sich an, als ob eine Art mentale Wand gefährlich bebte und dann teilweise wie ein Damm in einer Sturmflut kollabierte, und mit einem fernen Dröhnen strömten Erinnerungen an diese Nacht. Sie fühlte sich, als ob sie wieder mit Thomas Landers in einem Auto wäre. Sie konnte ihn klar auf dem Fahrersitz sehen. Die Armaturenbeleuchtung reflektierte sich in seinem Profil, er fuhr leichtsinnig, nannte sie Annie, sagte ihr, dass er sie liebte. Ihre Hände waren gefesselt, und sie war entsetzt über das, was er ihr antun würde. Als Reaktion atmete sie schwer und stöhnte, sank auf die Hände und Knie auf den Boden und ließ es kommen.

Bud sagte besorgt: »Claire, was ist los? Bist du okay?«

Claire hörte ihn kaum, sah nur die rasenden Bilder, die sich in einem Höllentempo in ihrem Kopf abspielten. »Wir sind genau hier abgestürzt, Bud«, bekam sie irgendwie heraus. »Black fuhr mit dem Hummer auf uns zu, und wir rammten ihn. Ich kann fast das Metall reißen hören, das Knirschen und das Splittern des Glases.«

»Ihre Erinnerung kommt zurück, richtig?« Das war Booker, der sich neben sie hockte, seine Hand ruhte sanft auf ihrem Rücken.

»Ja, schnell und rasend, ohne Halten.«

»Lassen Sie mich Nick anrufen«, sagte Booker und zog schnell ein Smartphone aus der Tasche seiner Tarnhose. »Er wird wissen, was zu tun ist.«

»Nein!«, schrie Claire und zwang sich zur Ruhe. »Nicht, Booker. Es gibt nichts, was er tun kann. Ich muss alleine damit fertig werden. Lassen Sie es mich auf meine Art machen.«

Booker wählte die Nummer nicht, aber behielt das Telefon griffbereit, nur für den Fall, dass Claire völlig überschnappen würde und er schnellstens eine Zwangsjacke bestellen müsste.

Es dauerte etwas, aber dann stand sie auf und schaute die Straße hinter Buds Wagen hinunter. »Ich erinnere mich, wo die Straße ist. Da hinunter, nach links ab. Da hat er uns festgehalten. Da hat er all diese Leute getötet. Kommt schon, ich will da hin.«

O Gott, es passierte – endlich. An diesem ruhigen, friedvollen Ort mit dem beruhigenden Klang des plätschernden Stroms und gesprenkeltem Sonnenlicht, das durch die Blätter schimmerte, und Vögeln, die ihre fröhlichen Lieder zwitscherten. Es war dieser Ort. Es war die exakte Stelle, an der sie so traumatisiert und bewusstlos geschlagen worden war. Als sie losstartete und zu Buds Wagen rannte, folgten die beiden Männer. Sie stiegen alle ein. Claire dirigierte Bud zu der richtigen Kiesstraße und fühlte, wie sich ihre Fäuste vor Spannung ballten und entspannten, während sie auf ihr durchgerüttelt wurden. Sie kamen an einem alten, verwitterten Lagerhaus heraus, das am Flussufer lag.

»Das ist es. Ich erinnere mich jetzt. Es kommt alles zurück. Alles.«

Sie stiegen aus, und die beiden Männer standen vor dem Bronco und beobachteten sie argwöhnisch.

»Ich gehe hinein.«

»Nicht allein.« Das war Bud.

Mehr schreckliche Erinnerungen durchfluteten sie. »Ich stand unter Drogen. Jemand hat mich halb getragen und halb hineingeschleift.«

Die Vordertür war uralt und öffnete sich mit einer Art langem, horrorfilmmäßigem *Kriiiiiek.* Claire fing erst an zu zittern, als sie den Fuß ins Innere setzte. Dann war sie zurück in jener schrecklichen Nacht, erlebte ihre eigene Rückblende wieder, unbewaffnet und sehr verängstigt. Sie konnte den hoch stehenden Fluss draußen rauschen hören. Dann durchlebte sie es noch einmal, in all seinem extremen Horror, der Hilflosigkeit und Hoffnungslosigkeit. Sie ging langsam zur Mitte des großen Raums und schaute herum, auf die staubigen Boxen und die dreckverkrusteten Fenster.

»Ich war nur halb bei Bewusstsein, als ich herkam, Bud. Menschen redeten um mich herum. Ich war groggy und verwirrt und versuchte die ganze Zeit, mich zum Aufwachen zu zwingen.«

Ja, sie zwang ihre Augen auf, versuchte sie scharf zu stellen und hatte eine Menge Probleme, es zu tun. Sie war auf einer Art Gartenstuhl zusammengesackt, aber sie konnte auch die anderen Stühle ausmachen, alle in einem Kreis. Es saßen Leute darin, aber dunkle Schatten hingen in den Ecken des Raums und verwischten ihre Gesichter. Wer waren sie?

»Sind Sie sicher, dass Sie okay sind, Claire?« Es war wieder Booker, der sich diesmal sogar noch besorgter anhörte. »Bitte, lassen Sie mich Nick anrufen. Ich muss ihn anrufen.«

Sie war sich nicht so sicher, ob es ihr gut ging, da der ganze Horror ihren Verstand stürmte. »O mein Gott, er hat uns dazu gebracht, aufeinander zu schießen!«

Claire begann am ganzen Körper zu zittern und zu beben, und sie sah das Blut an die Wand spritzen, hörte die ohrenbetäubenden *Bamms* der Waffe, fühlte den Albtraum sich in all seinem blutigen Horror entfalten. Dann kam alles andere wie eine gigantische, röhrende Tsunami-Flutwelle über sie, wie ein verheerendes Hochwasser, das all ihre verschütteten Erinnerungen auf seinem Scheitelpunkt trug: ihre Jugend, die Tode so vieler geliebter Menschen, die sie ertragen hatte, ihres Lieblings, dem bezaubernden kleinen Zachary, und wie er in ihren Armen gestorben war. Sie fiel wieder auf ihre Hände und Knie und weinte starke, bittere Schluchzer. Die schockierenden Enthüllungen waren erbarmungslos, dauerhaft, ohne Ende, als ihr Verstand ihr all das zurückgab, alles auf einmal, den ganzen Schmerz, den großen Kummer und die Verzweiflung. Ihr Leben dort am See kam damit zu ihr zurück, wie sie Black begegnete, wie sie sich in ihn verliebte, ihre Beziehungen zu Bud und Charlie und Shaggy, zu allen.

Bud kniete jetzt neben ihr, seinen Arm um sie gelegt, drückte sie gegen seine Brust, versuchte sie zu trösten. Booker war auf der anderen Seite, seine Hand packte fest ihre Schulter. Sie ließ ihre Versuche zu, sie zu trösten, hörte ihre besorgten Stimmen, während sie darum kämpfte, die Kontrolle über ihre erschütterten, entglittenen, zerrütteten Gefühle wiederzuerlangen. Mit allem, was sie hatte, all ihrer Willensstärke, riss sie sich endlich zusammen, wischte ihre Tränen weg und saß nur da. Sie versuchte, das alles zu verkraften und die Dinge in Ordnung zu bringen, während die beiden Männer um sie herumschwebten und ihr zusahen, wie sie litt. Nach wie vor wartete sie darauf, dass sie bereit war, ihre Nerven wirklich im Griff hatte. Es dauerte eine Weile.

Nachdem sie erfahren hatte, was sie alles gewesen, was sie alles durchgemacht hatte, nahm sie einen tiefen Atemzug, umklammerte ihre zitternden Hände und sagte: »Okay, ich versteh es jetzt. Ich bin in Ordnung. Ich erinnere mich an fast alles, denke ich. Mein Erinnerungsvermögen ist zurück. Ich muss einen gigantischer Schock verdauen, das ist alles. Aber ich bin jetzt in Ordnung. Mir geht's gut. Wirklich.«

»Ich denke immer noch, ich rufe besser Nick an und gebe ihm Bescheid.« Booker wieder. Trotz seiner Personifizierung des großen, zähen Burschen sah John Booker aus, als ob er ein ihm fremdartiges Konzept bekämpfe, das der Hilflosigkeit. Sie wettete, er hatte sich nie in seinem Leben hilflos gefühlt. Und er sah aus, als ob er kurz davor stünde, unter dem Druck zu zerbrechen. Ja, das konnte sie auch verstehen.

Claire brachte sich zurück in eine stehende Position, sie atmete tief ein und nahm noch einen reinigenden Atemzug, oder zwei. »Schaut, Leute, ich werde nicht überschnappen, wenn es das ist, was ihr denkt. Es geht mir jetzt besser. Ich erinnere mich an alles, woran ich mich erinnern musste. Das sollte uns helfen, Thomas Landers zu finden. Und es ist

Jesse. Ich bin sicher, es ist er. Ich denke, wir müssen ihn finden und zwar schnell.«

Bud sagte: »Bist du sicher, du bist dem gewachsen? Vielleicht sollten wir dich nach Hause bringen. Dich etwas ausruhen lassen. Weißt du, die Sache auf die Reihe kriegen. Alles mit Nick durchsprechen.«

»Schau, ich habe fast einen Monat lang bewusstlos im Koma gelegen, Bud. Ich denke nicht, dass ich noch mehr Ruhe brauche. Das ist, worauf ich gewartet habe. Es ist nur ziemlich überwältigendes Zeug, mit dem ich klarkommen muss. Aber ich bin okay. Alles ist cool.«

Beide Männer sahen ungewöhnlich erleichtert aus. Sie sahen auch nicht überzeugt aus.

Sie stand in dem Raum, in dem solch unaussprechliche Akte der Grausamkeit wirklich verübt worden waren. Sie war wieder zu Atem gekommen, und ihr Herz raste wie verrückt. Um ehrlich zu sein, sie brauchte Zeit, es zu bewältigen, und die würde sie sich nehmen. Aber sie war wieder zu Hause, daheim in ihrem Kopf, daheim in ihrem Körper. Sie war jetzt stärker – in jeder Beziehung. Und sie erinnerte sich endlich an Black, an jedes Detail über ihn, und was er ihr bedeutete. Das machte es alles besser. Es hatte länger gedauert, als alle erwartet hatten, aber es war eine gute Sache. Sie hatte es unbeschädigt überstanden – ganz, relativ unversehrt, bis auf all diese seelischen Narben, die sie jetzt wieder lernen musste zu begraben.

»Lasst uns raus hier. Jemand sollte diesen Ort niederbrennen.« Sie biss die Zähne zusammen, als sie an die Leute dachte, die genau hier vor ihren entsetzten Augen sterben mussten.

Zurück an der Brücke beobachtete Booker sie weiter, beunruhigt wie nur was. »Sind Sie absolut sicher, dass Sie sich dem gewachsen fühlen? Bud und ich können die richterliche Anordnung alleine zustellen. Sie können jetzt sofort zurückfahren. Ich kann Bud mit zurücknehmen.«

»Nein, ich will weitermachen. Wo ist dieses Haus, das Sie gefunden haben?«

»Es ist etwa drei Meilen flussabwärts, aber es führt auch eine Straße dahin. Ich fand den Platz, als ich mit meinem Kajak das Ufer entlang gepaddelt bin.«

»Lasst uns zuerst das Haus überprüfen, und dann können wir das Flussufer nach der Leiche absuchen, wenn wir drinnen keine Hinweise finden. Was meinst du, Bud?«

»Klingt gut. Holen Sie Ihren Wagen, Booker. Wir folgen Ihnen.«

Zwanzig Minuten später fuhren sie dicht hinter ihm, einer zerfurchten, überwachsenen und sehr schmalen Straße folgend. Das Gehöft war fast eine Meile durch den Wald hinunter. Als sie an der Lichtung herauskamen, sahen sie, dass es alt war, mehr ein Bungalow als ein bäuerliches Haus, mit einer Vorderveranda und einem zweiten Stockwerk, und es hatte das baufällige, vernachlässigte Aussehen, das ihm den Anschein der Menschenleere und Abbruchreife verlieh. Hinter dem Haus stand eine alte Scheune.

»Wissen Sie, wer hier lebt, Booker?«

»Der Vertrag, den ich in Ozark gefunden habe, sagt, es gehört einer Dame namens Rosalee Filamount. Ich habe Charlie gebeten, diesen Namen auf die richterliche Anordnung zu setzen. Es heißt, sie und ihr Mann haben es 1961 gekauft und seitdem hier gelebt. Gemäß der Volkszählungsunterlagen starb er ’82. Sie ist angeblich noch am Leben und wohnt hier.«

Black hatte recht ihm bezüglich. Booker erledigte seine Aufgaben. Und sie hatte ihn anfangs nicht gemocht, aber jetzt tat sie es. Er war ein guter Ermittler. »Aber niemand war hier, um das zu überprüfen? Nicht das Ozark P. D.? Niemand von unserer Dienststelle?«

»Nö. Aber ich habe eine Spur gefunden, die durch diesen Wald zum Fluss führt, und sie endete neben einem flachen Uferstück, wo Landers von der Strömung angeschwemmt werden und sich hätte herausziehen können. Er könnte es hierher geschafft haben, selbst wenn er beim Unfall verletzt worden wäre. Es gab nicht viele andere Wohnstätten, Straßen oder Tierfährten entlang des Flussbetts, die er meines Erachtens genommen haben könnte. Der Großteil des Grunds am Flussufer besteht aus fast undurchdringlichem Wald.«

Sie klopften an der Vorder- und Hintertür, versuchten Fensterriegel aufzukriegen und riefen nach dem Besitzer, aber alles war verrammelt und still wie ein Grab. Bud und Claire blieben zurück und beobachteten Booker beim Besteigen der Veranda. Claire nutzte die Zeit, um tief durchzuatmen und sich an all ihre neuen und schrecklichen Lebenserfahrungen zu gewöhnen. Booker nahm ein Werkzeug aus seiner Utensilientasche und knackte fachgerecht das alte Schloss an der Vordertür. Er brauchte fast genau fünf Sekunden.

»Nicht schlecht, Booker. Vielleicht sollten wir mal Ihr Vorstrafenregister auf Einbruch überprüfen. Könnte interessant werden.«

»Ist nur ein Kniff, den ich irgendwo aufgeschnappt habe.«

»Ja, klar«, sagte Claire. Booker lächelte. Sie fand es sehr sympathisch. Es ließ ihn weniger groß und gefährlich und bedrohlich aussehen.

Drinnen schwärmten sie aus und sicherten das Haus. Die Waffe gezogen und bereit, nahm Claire das Wohnzimmer und den Rübenkeller, Bud ging nach oben, und Booker überprüfte die Küche und die hintere Veranda. Das Haus war richtig alt, genau, überholt, nicht den modernen Zeiten angepasst, wie es sein sollte. Es erschien zeitlos, als ob sie mitten in einer Wiederholung der alten *The Dick Van Dyke Show* stünden. Sehr 1960er Jahre, mit vielen, vielen Familienfotos, die überall standen. Es hing auch ein sehr schwacher Duft nach Parfüm in der Luft. Etwas altmodisches, das wahrscheinlich Lavendel enthielt. Irgendwie dachte sie, es könnte vielleicht Intimate geheißen haben, ein Eau de Cologne, das eine ihrer Pflegemütter benutzt hatte. Es durchdrang wirklich jeden einzelnen Raum.

Sie nahm das Bild eines Mannes in die Hand, der mit seinem Ellbogen auf einen grünen Militärjeep gestützt posierte. Er trug eine hellbraune Uniform aus dem 2. Weltkrieg und eine Mütze mit schwarzem Schirm. Ein weiteres stellte einen anderen Kerl im Kampfanzug aus dem Vietnamkrieg dar. Kinderfotos. Babys. Kleinkinder. Das Mobiliar war allerdings nicht ausgesprochen staubig, keine Spinnweben. Jemand hatte kürzlich hier drinnen Staub gewischt.

»Hier drin«, rief Booker aus der Küche, ungefähr als Bud die Treppe zu Claire herunterkam.

Bud und Claire trafen sich mit ihm vor einer kleinen

Tiefkühltruhe in einer winzigen Vorratskammer gleich bei der Küche. Er hatte bereits den Deckel geöffnet, und das Licht war an. »Sie ist hier drin.«

Claire hatte fast Angst, zu schauen, sie kam näher und linste über die Seite. Da drin war der Leichnam, richtig, eine kopflose Leiche, die von einer kleinen Frau zu stammen schien, immer noch bekleidet mit einem hübschen lilageblümten Sommerkleid und weiße Keds tragend. Reif lag dick und weiß auf dem ganzen Körper, und gut fünf Zentimeter Blut war unter ihm zu rotem Eis gefroren.

»O mein Gott, es ist Thomas Landers«, bekam sie heraus, aber ihre Stimme klang komisch – abgewürgt und unnatürlich.

»Er lebt noch.« Buds Stimme klang ungläubig.

Claire starrte auf die arme alte Frau herab. Black hatte recht. Er war die ganze Zeit das Ziel gewesen. Und Claire war in Gefahr. Sie waren alle in Gefahr. Jeder, der jemals Thomas Landers in Vergangenheit oder Gegenwart begegnet war, war in Gefahr. Und noch wichtiger, wo war Landers genau jetzt und welches Opfer verfolgte er gerade mit seinem blutbefleckten Fleischerbeil? Sie ballte ihre Fäuste, um ihre Hände vom Zittern abzuhalten. Es kam alles auf sie eingestürzt; sie musste ihre Angst kontrollieren. Es war härter, als sie es sich jemals vorgestellt hätte.

Nachdem sie Booker am Fluss zurückgelassen hatten, um weitere Beweise für Thomas Landers' Weg in der Umgebung des Hauses zu finden, hielten sie zuerst im Büro und brachten Charlie auf den neuesten Stand. Buck und sein Forensikteam wurden hinunter zum Finley River beordert, wo sie an der Seite des Ozark Police Department am Tatort arbeiten sollten. Sie hofften, Landers hätte genug Fingerabdrücke oder DNA zurückgelassen, um seine Schuld zu beweisen. Was wahrscheinlich auch Black so ziemlich vom Mord an Monica Wheeler entlasten würde. Sie waren jetzt dicht auf der Spur des Monsters und kamen näher. Sogar so nervös, wie sie jetzt war, war es alles in allem ein verdammt guter Tag gewesen, und sie wollte, dass Black das auch wusste. Sie musste mit ihm reden, sich ein wenig von ihm beruhigen lassen. Und ausnahmsweise einmal gestand sie sich zu, das zuzugeben.

26

Zu Tode gelangweilt saß Nicholas Black im Besprechungsraum der Cedar Bend Lodge, hörte den Vierteljahresberichten seiner Hotelmanager zu und versuchte aufmerksam zu bleiben. Das starke Schmerzmittel, das er sich morgens injiziert hatte, verlor langsam seine Wirkung, und seine Schulter schmerzte wie die Hölle. Abwesend streifte er die Schlinge ab und massierte die genähte Wunde, unwohl und gereizt, dass alle so lange weiterleiern mussten. Er wollte aufstehen und sich hier verziehen, aber er hatte so viele geschäftliche Besprechungen abgesagt, während Claire im Koma lag, dass es unmöglich war, seine Unternehmen noch weiter zu ignorieren.

Alles, woran er noch dachte, war Claire. Heute würde es schwierig für sie werden. Er sollte bei ihr sein, um böse Erinnerungen abzumildern, mit denen sie nicht umgehen konnte. Sie war immer in seinem Kopf, er fragte sich, wann sie sich erinnern würde. Es war, wie auf der Schneide einer Rasierklinge zu balancieren. Der Gedanke, dass sie zurück am Tatort war, störte ihn. Es könnte etwas hervorrufen, an das sie sich nicht erinnern sollte. Nicht gleich am Anfang. Was ihr dort zugestoßen war, war absolut entsetzlich gewesen. Verdammt, das könnte jeden aus dem Gleichgewicht bringen, der es durchlebte. Er verschob sich im Sessel, griff nach einem Fläschchen Schmerzmittel, nahm zwei und schluckte sie mit einem Schluck Wasser. Er sollte dort bei ihr sein. Booker hatte ihn jedoch nicht angerufen, und er sollte, wenn irgendetwas von großer Tragweite passierte. Also war augenscheinlich alles in Ordnung, und er musste einfach nur diese öde Besprechung überstehen.

Er schnitt noch immer Grimassen wegen des tiefen Schmerzes in seiner Schulter und hörte mit einem Ohr dem Kerl zu, der Blacks neu erworbenes Luxushotel im French Quarter von New Orleans betrieb. Das Haus daneben mit einem privaten Innenhof war ebenfalls in seinem Besitz und wurde gerade restauriert, all das passierte vor Claires Verletzung. Er plante, da unten auch eine weitere Klinik zu eröffnen, sollte dieser Albtraum mit Thomas Landers jemals enden.

Dann, wie immer, wenn er an den Namen dieses Teufels denken musste, durchflutete ihn Wut, rasend und hart und praktisch unkontrollierbar. Er spannte mit zusammengebissenen Zähnen seine Kiefermuskeln an und starrte den Mann an, der über Einnahmen zu Mardi Gras redete. Aber er dachte an den Hurensohn Landers, der ihn niedergeschossen hatte wie einen verdammten Hund. Und niemand konnte ihm erzählen, Landers sei nicht der Täter gewesen. Er beugte die Finger und ballte dann seine Fäuste und ihm wurde klar, dass er sich danach sehnte, Thomas Landers zu töten, mit seinen bloßen Händen zu töten, und dabei zuzusehen, wie er einen langsamen und qualvollen Tod starb. Kein Zweifel, so hatte Landers Monica Wheeler beim Sterben beobachtet, als er sie erdrosselte. Black ertappte sich dabei, von einem tief sitzenden Durst nach Rache zerfressen zu sein, für alles, was dieser blutdürstige Psychopath Claire angetan hatte, all den Terror und die

Schmerzen, die er verursacht hatte, seit er ein kleines Kind war. Und bei Gott, da niemand sonst zu glauben schien, dass Landers schuldig war, würde er ihn selbst finden. Und wenn er das täte, gäbe es keine psychiatrischen Anstalten mehr, keine Haftzeit und keine Versuche mehr, die Dämonen zu resozialisieren, die ihm einflüsterten, alle zu töten, die Claire Morgan nahestanden. Booker würde ihn aufspüren, und sie würden seinen Blutrausch ein für alle Mal beenden. Claire würde sich nie wieder über diesen Verrückten, der ihr nachstellte, Sorgen machen müssen.

Innerlich war er fuchsteufelswild, er kochte vor Verlangen, Landers ein Ende zu setzen, aber er versuchte, es zu verbergen. Er war nicht besonders erfolgreich, den betroffenen Blicken seiner Angestellten nach zu schließen, die sie ihm verstohlen zuwarfen. Er zwang sich zur Ruhe, nahm seinen Füller und kritzelte in dem Notizbuch vor sich auf dem Tisch herum. Er blickte herum und stellte fest, dass alle angespannt erschienen, alle äußerst gut gekleidet in ihren teuren Geschäftsklamotten, Fachpersonal in jeglicher Beziehung. Sie waren auch alles gute Leute, erstklassig in ihrem Beruf. Er brauchte keine Berichte, um das zu wissen. Er beschäftigte keine inkompetenten Leute. Er vertraute jedem Einzelnen von ihnen, und sie waren loyal ihm gegenüber. Das Problem war, es interessierte ihn einfach nicht, wie sich die Hotels machten. Es juckte ihn überhaupt nicht mehr. Alles, was er wollte, war, diesen langweiligen Geschäftskram hinter sich zu bringen und sicherstellen, dass Claire nach Hause kam, und zwar in einem Stück diesmal.

Fünfzehn Minuten später schaute er zum x-ten Mal auf seine Uhr, die Besprechung zog und zog sich. Miki Tudor, seine persönliche Assistentin, saß neben ihm und machte reichlich Notizen von jedem Wort, das gesagt wurde. Er sollte sie das nächste Mal ein Exemplar für sich ausdrucken lassen und dieser unglaublichen Langeweile aus dem Weg gehen. Er schreckte wie alle anderen sichtlich auf, als die Außendoppeltür plötzlich aufschwang. Alle zusammen drehten sich, um den Eindringling zu sehen, und April Ward, die Frau, die sein Hotel in South Beach betrieb, unterbrach ihren Kommentar mitten im Satz. Claire Morgan stand auf der Schwelle, ihre Augen auf ihn fixiert.

Geschockt, dass sie tatsächlich in seine Besprechung geplatzt war, sprang Black auf. Claire tat das nicht, niemals. Teufel, sie setzte unter keinen Umständen einen Fuß in den Büroflügel. Irgendetwas musste furchtbar im Argen liegen.

»Sitzung vertagt«, sagte er schnell und nahm seine Augen nicht von ihr. Claire rührte sich nicht, sagte nichts, lächelte nicht, sie starrte ihn nur an.

Mit neugierigen Blicken auf Claire sammelten seine Kollegen hastig ihre Unterlagen und Aktentaschen zusammen, standen auf und eilten hinaus. Miki Tudor ging als Letzte und schloss leise die Tür hinter sich.

»Ich habe gute Neuigkeiten und schlechte Neuigkeiten, Black. Welche möchtest du hören?«

»Mit welcher möchtest du gerne anfangen?«

»Nun, ich würde sagen, das ist eine typische Seelenklempner-Antwort, wenn ich jemals eine gehört habe. Ihr beantwortet Fragen immer mit Fragen, nicht wahr?«

Black verstand sofort, was sie meinte. Ihr Gedächtnis war zurückgekommen, oder zumindest hoffte er bei Gott, dass es das war. Aber sie leitete die Unterhaltung auf seltsame

Weise ein, was ihn in puncto Vorgehensweise vorsichtig werden ließ. Er beschloss, sich auf ihre Art einzulassen. »Du hast mir das früher immer vorgeworfen.«

»Ja, das hab ich sicher.«

Sie standen immer noch ein gutes Stück voneinander entfernt, und Black fühlte sich unsicher, im Zweifel, worauf sie hinauswollte. Er wollte nicht das Falsche tun oder sagen, nicht an diesem Punkt. »Okay, erzähl mir ein paar gute Neuigkeiten. Bitte.«

»Es ist zurückgekommen, alles.«

Blacks Herz begann vor Hoffnung zu rasen, aber sie hatte auch schlechte Nachrichten gesagt. Um bei der Wahrheit zu bleiben, nichts konnte gut sein, nicht solange Thomas Landers noch auf der Jagd war.

»Du erinnerst dich an alles?«, fragte er langsam, ihre Blicke immer noch aufeinander fixiert.

Sie nickte. »Alles. Jede Kleinigkeit.«

»Geht es dir gut?«

»Ich weiß noch nicht. Ich brauche deine Hilfe, glaube ich.«

Besorgt kam Black auf sie zu. Sie bat selten um Hilfe, nicht ihn und niemand anderen. Offensichtlich konnte sie mit der Rückkehr ihres Gedächtnisses nicht so gut umgehen, wie sie wollte. »Setz dich und lass uns darüber reden.«

Claire setzte sich auf das Ledersofa neben der Tür, und Black setzte sich neben sie. Sie klammerte ihre Hände fest zusammen. Sie wrang sie nicht gerade; Claire Morgan war nicht die Art Frau, die ihre Hände wrang. Aber sie war aufgebrachter, als sie zeigte, was wiederum sehr wie Claire Morgan war. Sie hatte Probleme, einiges davon zu akzeptieren, logisch. Er nahm das Telefon auf dem Tisch neben sich ab und gab Miki die Anweisung, jedem zu sagen, er solle den Rest des Tages frei nehmen und nach Hause gehen, keine Ausnahmen.

Dann drehte er sich, nahm beide Hände Claires in seine und fühlte das ganz leichte Zittern in ihnen. »Okay, Baby, erzähl mir, was du fühlst.«

Claire schaute hinunter. »Ich weiß nicht. Irgendwie benommen, schätze ich. Ein bisschen zittrig, nervös innerlich. Es ist eine Menge zu verdauen.«

»Wie kam es zurück?«

»Plötzlich.«

»Was hast du getan?«

»Ich fühlte mich zuerst schwindelig und krank, aber ich habe ziemlich schnell die Kontrolle zurückerlangt. Als das vorüber war, wurde alles klar, jede Einzelheit, jedes Detail meines Lebens. Oder zumindest glaube ich, es war alles.« Sie schaute hoch, ihre blauen Augen voller Kummer. »Ich weiß, was ich für dich empfinde. Das ist das Gute.«

»Ja, eine sehr gute Sache, Gott sei Dank.« Er lächelte und drückte ihre Hände. Sie lächelte nicht; sie war traurig auf eine Art, die er nie zuvor an ihr gesehen hatte. »Rede mit mir, Claire. Es wird dir helfen, da durchzukommen.«

Black wusste, das war das Letzte, was sie tun wollte, aber sie sagte schließlich: »Ich denke, ich fühle mich ein bisschen ängstlich. Ich fühle mich normalerweise nie so, Black. Angst, meine ich.«

»Du hast guten Grund, vor Landers Angst zu haben. Jeder bei Verstand würde Angst vor ihm haben. Ich habe Angst vor ihm. Er ist ein Irrer und grausam und amoralisch.«

Claire befeuchtete ihre Lippen und gab einen schweren Seufzer von sich. »Ich will ihn kriegen, Black. Ich habe nie etwas so sehr gewollt, wie ihn aus dem Verkehr zu ziehen.«

»Das ist eine vollkommen normale Reaktion, nach dem, was er dir und so vielen Menschen, die du liebst, angetan hat. Mach dich nicht selbst fertig. Du bist sehr stark. Du kannst auch damit fertig werden.«

»Ich will ihn töten.«

Black war etwas erstaunt bei dieser Bemerkung, aber Teufel auch, wenn das irgendjemand nachvollziehen konnte, dann er. Er war nicht sicher, ob das, was er sagte, die Wahrheit war, aber er musste es sagen: »Das will ich auch. Aber das werden wir nicht. Wir werden die Gesetzeshüter ihre Arbeit machen lassen, und sie werden ihn letztendlich erwischen.«

Aufgewühlt schaute Claire hoch zu ihm. »Aber ich bin Polizist. Ich sollte nicht so denken.«

»Du wärst nicht menschlich, wenn du es nicht tätest.«

»Ich will ihn wirklich, ehrlich, tot sehen.«

Black wurde klar, dass Claire über ihre eigenen Mordgelüste entsetzt war, so berechtigt diese Gefühle auch waren. Sie hatte ihm gegenüber etwas Derartiges nie zuvor geäußert. Sie waren in neuem Territorium, aber sie gingen in die richtige Richtung. Aber sie sollte nicht bei ihrem Verlangen, Thomas Landers zu töten, stehen bleiben – nicht jetzt. »Wir werden ihn kriegen, Claire. Es ist nur eine Frage der Zeit. Und ich werde bis dahin für deine Sicherheit sorgen. Erzähl mir genau, was heute passiert ist.«

Claire lehnte sich in ihrem Sitz zurück, steckte ihre blonden Haare hinter die Ohren, und starrte ihn direkt an. Sie begann zu reden, stockend zuerst und dann schnell, als ob sich ein Schleusentor geöffnet hätte. Er war so erleichtert von diesem Durchbruch, dass er kaum Atem holte. Lange Zeit saßen sie da zusammen, und sie erzählte ihm, wie und wann und wo ihr Gedächtnis wiedergekehrt war, wie sie sich dann und vor dem Unfall gefühlt hatte. Sie stieß ihn nicht länger von sich, begrub nicht ihre Tragödien und schrecklichen Erinnerungen. Sie gehörten zu ihr, Gott sei Dank. Black stellte ihr all die notwendigen Therapiefragen, aber er zog sie an seine Brust und hielt sie dicht an sich, während sie redeten, zufrieden, dass sie ihm das erlaubte – dass sie ihn wieder kannte, wusste, was sie sich gegenseitig bedeuteten. Es ging ihr gut, und je mehr sie redeten, desto mehr schien der Schock zu schwinden, sich an alles, was passiert war, wieder zu erinnern.

»Willkommen zurück, Baby. Gott, ich hab dich vermisst.«

»Ich bin so froh, dass ich mich an dich erinnere, Black, so froh.«

Nachdem sie eine Weile nur so zusammengesessen hatten, standen sie auf, verließen den menschenleeren Büroflügel und gingen zurück zum Apartment. Einmal da, regte Claire sich wieder auf und lief vor ihm etwas hin und her, vor und zurück. Da wusste Black, dass sie ihm etwas vorenthielt. Er wollte wissen, was és war, aber wusste auch, es würde irgendwann auch so kommen. Er konnte darauf warten, aber da gab es etwas anderes, worauf er nicht warten wollte.

»Komm her, Claire.«

Als sie vor ihm stand, zog er sie herunter auf seinen Schoß. Sie kam willig, schlang ihre Arme um seinen Hals, und er ließ all seine unterdrückten Bedürfnisse heraus, küsste sie auf die Art, wie er sie wochenlang hatte küssen wollen. Sie reagierte in gleicher Weise, so, wie sie es immer getan hatte, und sie verloren sich selbst in den Berührungen und den Küssen und irgendwie waren sie dann im Schlafzimmer, sich anlächelnd, während sie sich gegenseitig auszogen. Black drückte sie fest gegen seine nackte Brust, sein guter Arm um ihre Taille.

Sie stoppte ihn, die Handflächen gegen seine Brust, und hauchte: »Bist du sicher, du bist dem gewachsen? Du weißt, dein Arm?«

Black lachte darauf nur. Dann siegte sein überwältigender Drang, sie zu besitzen, und er brachte sie mit sich hinunter zum Bett, suchte all die Freuden, die ihm versagt gewesen waren, das Bedürfnis, das Claire wie keine andere Frau in ihm entfachen konnte. All das, alles kam zusammen und fegte durch ihn durch, und er dachte an nichts anderes. Danach verloren sie sich ineinander, dachten nur an Gefühle und Sehnsüchte. Black kostete den Moment aus, ergab sich vollkommen und dachte an nichts anderes, genoss nur, sie wieder in seinen Armen zu haben.

Lange Zeit später bestellte Black Abendessen hoch, aber es wurde kalt, bevor sie eine weitere Runde zwischen diesen weichen schwarzen Satinlaken beendet hatten. Es fühlte sich einfach so gut an. Es gab keine Grenzen mehr, keine Zweifel, keine Ängste. Sie waren, wie sie gewesen waren, bevor sie ihr Gedächtnis verloren hatte, obwohl sie diesen schrecklichen Albtraum, der ihr wirkliches Leben war, noch einmal hatte durchleben müssen. Sie erschien jetzt glücklich, so glücklich, wie er war, sie wiederzuhaben. Aber es gab mehr, was sie ihm nicht erzählt hatte, doch er hatte keine Lust, ihr das Thema aufzuzwingen und die Stimmung zu zerstören. Sie wollte es offensichtlich so lange wie möglich zurückhalten, weil um sie herum weiterhin schlimme Dinge passierten, sogar jetzt, da sie sich wieder miteinander vertraut machten, und sie würden weiter passieren, bis Thomas Landers endgültig aus ihrem Leben verschwunden wäre. Unglücklicherweise würde diese hübsche kleine Ruhepause vom realen Leben nicht lange genug andauern, und er wusste das nur allzu gut.

»Wow, Black«, sagte Claire, als er das Serviertablett brachte, das der Zimmerservice vor der Aufzugstür stehengelassen hatte. Sie lüftete die gravierten Silberhauben und begutachtete das Festessen, das er bestellt hatte. »Schau dir das mal an, ja? Kaviar und Krabbencocktail und Dom Pérignon und Steak und gebackene Kartoffeln. Schokoladencremetorte. Oreos. Du gibst dein Letztes, wenn's um Feiern geht. Bist du hungrig, oder was?«

»Du hast ja keinen Schimmer.«

Sie saßen sich im Schneidersitz auf dem zerwühlten Bett gegenüber, trugen zusammenpassende weiße Cedar-Bend-Morgenmäntel, das große Tablett zwischen sich, und kosteten all die kulinarischen Köstlichkeiten. Dann warf Claire gelegentlich eine Granate direkt in seinen Schoß, so wie es in vergangenen Tagen ihre Gewohnheit gewesen war. »Hey, Black, erinnerst du dich, als ich dir gesagt habe, ich habe gute Neuigkeiten und schlechte Neuigkeiten?«

Black hörte auf zu essen, hatte Angst, sich zu rühren. »Ja?«

Claires Ton hatte jetzt einen unbekümmerten Klang, aber sie sprach oft so, wenn sie äußerst angespannt war. Er hatte das vor langer Zeit auf die harte Tour lernen müssen. Also spielte er mit bei dieser Art des Geplänkels, mit dem sie ihre ernste Seite maskierte, und wartete ungeduldig und nicht sicher, was er erwarten sollte.

»Nun, da wir unsere erste Runde, uns Hallo zu sagen, beendet haben, und du weißt, dass ich dich zurückliebe …«

»Wer sagt, dass die erste Runde beendet ist?«

»Du musst das wissen, Black. Wirklich, das musst du.«

»Na gut, schieß los.«

Schlechte Wortwahl, ja, aber Claire wurde jetzt zunehmend ernster. Sie ließ ihre Augen auf seinem Gesicht ruhen, intensiv und zurückhaltend und suchend zugleich. Ihr richtiges Leben hatte sein hässliches Gesicht gezeigt, so schwarz und schrecklich wie immer. »Du lagst goldrichtig. Es ist die ganze Zeit Thomas Landers gewesen. Er war derjenige, der dich angeschossen hat. Derjenige, der Monica und Miriam Long ermordet hat.«

Okay, das war keine Überraschung für Black. Er hatte ihnen das die ganze Zeit gesagt. »Ihr habt also Beweise für seine Schuld gefunden? Hat Booker etwas herausgefunden?«

»Ja, als ich mich zu erinnern begann, während ich mit Booker und Bud auf dieser Brücke stand und ins Wasser hinuntersah. Oh, und übrigens, danke, dass du mich in dieser Nacht aus dem Fluss gezogen hast.«

»Das Gleiche zurück, dafür, dass du mich so schnell ins Krankenhaus gebracht hast. Uns gegenseitig das Leben zu retten, das ist eine Angewohnheit, die wir beenden sollten – ab sofort.«

»Ich würde sagen, das ist besser als die Alternative.«

Sie teilten ein kurzes Lächeln, aber nichts davon war lustig und die ganze Leichtigkeit war jetzt futsch. Sie waren ernst, und sie mussten es sein. Sie begannen wieder darüber zu sprechen, was an der Brücke passiert war. Gut – je mehr sie darüber sprachen, desto besser. Er saß da und hörte kommentarlos zu.

»Ich ging in das Lagerhaus, wo sie mich hingebracht hatten. Da hat mich alles andere erwischt. Dann hat Booker uns zu einem Haus geführt, das er flussabwärts entdeckt hatte.« Sie zögerte. Es schien, dass jedes Mal, wenn sie zögerte, sich ihre Muskeln zu Granit verhärteten. Diesmal war es nicht anders.

»Dort haben wir die Leiche gefunden«, sagte sie und wendete ihre Augen ab.

Er hatte das nicht erwartet, und Black versuchte, seine Besorgnis zu verstecken. »Welche Leiche?«

»Da war eine Leiche in der Tiefkühltruhe im Vorratsraum. Wir denken, es war die Hausbesitzerin. Eine ältere Dame namens Rosalee Filamount.« Sie unterbrach, länger diesmal, die nächste Enthüllung kam brutal heraus, wahrscheinlich, weil sie sich jetzt an alles erinnerte, an all den Terror, all die Bedrohungen, all die schwarzen Dinge, die Thomas Landers ihr angetan hatte. »Sie war enthauptet.«

Black drückte sich aus dem Bett hoch and machte ein paar fahrige Schritte durch das Zimmer. Er konnte nicht anders; er hatte sein Limit an Geduld und Verständnis erreicht. Thomas Landers war wieder in Aktion, genau wie er gedacht hatte, und das bedeutete, dass Claire wieder in ernster Gefahr war. »O Gott, Claire, und nun fängt wieder alles wieder von vorne an. Ich wusste, dass er es war, ich habe es gespürt. Ich habe versucht, es dir zu sagen, und

Charlie auch. Gott sei Dank habe ich Booker da runtergeschickt, um herumzuschauen.« Er stoppte seine Wanderung und starrte sie an. »Warum hat Book mich nicht angerufen? Verdammt noch mal, ich habe ihm gesagt, er soll mich in der Minute anrufen, in der er etwas entdeckt. Er hätte mich in der Minute anrufen sollen, als du anfingst, dich zu erinnern.«

Nun war Claire die Gelassene, sie saß nur da und sah seinen Zorn, ihre Hände lagen mit den Handflächen nach oben auf ihren Knien, entspannt, fast einer Yoga-Stellung gleich. Black wusste, er musste sich in den Griff kriegen. Das war nicht gut für sie. Er unterdrückte seine Gemütserregung.

Ruhig sagte sie: »Ich habe ihm gesagt, er soll nicht anrufen. Ich wollte es dir selbst erzählen. Dir ins Gesicht sehen. Und es mit dir zu Hause besprechen – unter vier Augen.«

»Okay, ich schätze, du hast richtig gehandelt.« Aber Blacks Verstand raste, nunmehr vollkommen auf Landers fixiert, was sein nächster Zug sein würde. Es gab immer einen nächsten Zug. Black wollte diesen Bastard so unbedingt in seine Hände bekommen, dass er den bitteren Geschmack schmecken konnte, der seine Kehle heraufstieg. »Also müssen wir ihn jetzt jagen. Wir können nicht abwarten. Er ist so verdorben, niemand kann voraussagen, was er als Nächstes tun wird. Welches unschuldige Opfer von seiner Hand sterben wird, während wir herumsitzen und nichts tun.«

Claire schaute böse. »Komm wieder runter, Black. Lies mal ne Seite aus deinem eigenen Gesundheitsratgeber. Charlie stellt eine Sondereinheit zusammen, und wir treffen uns bei Tagesanbruch im Sheriff's Office. Du brauchst dir keine Sorgen machen. Diesmal schnappen wir ihn.«

Black setzte sich und täuschte eine gleichmütige Miene vor, aber sein Blut raste, und er wusste, was er zu tun hatte, und hungerte danach, es zu tun. Claire redete noch.

»Bud und ich denken, dass Miriam Long in Suze Eggers Haus draußen am See ermordet wurde. Offensichtlich stand es leer seit dem Tag, an dem wir Landers das letzte Mal erwischt haben. Er hatte sich dort draußen versteckt. Er ist jetzt dort, wir sind fast sicher.«

»Gott sei Dank. Dann können wir ihn überraschen.«

»Das ist der Plan. Die Kavallerie rufen und ihn in seinem eigenen Bau umzingeln. Nie im Leben weiß er, dass wir so nah dran sind. Charlie denkt, es wird so besser laufen, wenn wir bis zum Morgen warten, anstatt gleich heute Nacht, nur für den Fall, dass er versucht zu fliehen. Er will nicht riskieren, ihn im Dunkeln zu verlieren, aber er hat Beamte, die jetzt die Straße überwachen, und die Wasserschutzpolizei patrouilliert das Ende dieser Bucht. Wir bekommen seine Fingerabdrücke von Bucks Büro schnell zurück, und wenn wir die Mordwaffe bei ihm finden, können wir ihn über die Ballistik für den versuchten Mord an dir kriegen, zusätzlich zu den anderen Morden. Das alles erledigt natürlich alle Vorwürfe, die noch gegen dich vorliegen. Wir erwischen ihn diesmal, Black, vertraue mir. Ich habe jetzt, wo ich mit dir darüber rede, ein besseres Gefühl deswegen. Die Polizei wird ihn kriegen, nicht du.«

Darauf konnte Black sie nur anstarren, nicht dass er überrascht gewesen wäre. Claire war nicht jemand, die kniff. »Claire, gebrauche deinen Kopf. *Du musst* dich zurückziehen. Du bist sein vorrangiges Ziel. Er hat dich bereits verletzt, dich zwei Mal entführt, dich mit einem Fleischerbeil gehackt, um Himmels willen. Du musst Abstand halten und außerhalb seiner Reichweite bleiben. Werde richtig gesund. Arbeite dich durch deine wiedergekehrten Erinnerungen. Lass Charlie und Bud und die anderen Jungs sich darum kümmern. Denke nach, Claire, überlege, in was du da hineinläufst.«

Sobald er seine Frustration bei ihr abgelassen hatte, wusste er, dass seine harschen Worte sie beleidigen würden. Es war ihm egal. Sie hatten beide genug durchgemacht. Sie würden nicht noch mehr Qualen von diesem Mann erdulden, nicht wenn er das verhindern könnte. Er wartete darauf, dass sie ihn ansprang, ihm erzählte, dass sie nicht sein Eigentum sei und ihr nicht sagen könne, was sie tun sollte. Das war nicht anders zu erwarten und immer so gewesen.

Überraschenderweise blieb Claire gelassen, konterte nicht oder wurde eisig. Sie starrte ihn lediglich an, mit nüchternem Ausdruck und resolut. »Du bekommst dich besser in den Griff, Black, oder du verlierst womöglich diese Seelenklempnerlizenz, die sie dir gegeben haben. Nimm ’ne Pille oder zwei. Und nur damit du's weißt, ich benutze meinen Kopf. Ich werde nichts Dummes anstellen. Ich werde ihn nicht kaltblütig töten, obwohl ich ihn hasse und es gern täte. Glaub es oder lass es bleiben, ich habe meine Lektion gelernt, und das auf die schlimmstmögliche Weise, wie du genau weißt.«

Okay, Zorn funktionierte nicht. Er hatte ihr diese kleine Binsenweisheit selbst oft genug gepredigt. Vielleicht würde Bitten wirken. »Okay, Claire, ich bin jetzt ruhig und ich flehe dich an. Bleib hier bei mir, wo du in Sicherheit bist. Dieser Kerl ist ein durchgeknallter Killer, aber er hat sich als schlau erwiesen. Er wird versuchen, dich wieder zu kriegen. Das macht er immer. Lass die anderen mit ihm fertig werden.«

»Nun, er wird mich nicht kriegen. Weil ich nicht alleine losgehen werde, ich schwöre bei Gott. Ich bleibe bei Bud und den anderen Beamten. Und würdest du bitte aufhören, deine Schulter so zu reiben? Du wirst die Wunde wieder aufreißen, wenn du es nicht schon gemacht hast. Du hast dir heute mehr zugemutet, als du solltest, viel mehr.«

Black blieb stehen. Auf der Stelle. Er sank aufs Bett. Gott helfe ihm, niemand auf Gottes Erdboden frustrierte ihn mehr als Claire Morgan. »Er wird dich wieder schnappen, das wird er«, wiederholte er, aber weniger emotional, weil er eingesehen hatte, dass sie es auf ihre Art tun würde. Es gab nicht viel, was er dagegen machen konnte.

Claire kroch hinüber zu ihm, lehnte sich gegen seinen Rücken und legte ihren Arm um seinen Nacken. »Mach dir keine Sorgen, Black. Ich werde vorsichtig sein, ich verspreche es. Siehst du denn nicht? Wir werden ihn diesmal kriegen, ihn endgültig wegsperren. Ich denke, er hat hier im Hotel unter dem Namen Jesse Jordan gelebt und gearbeitet. Ich denke, er hat Miriam Long ermordet, als sie ihn in Suze Eggers Haus überrascht hat. Er ist Monica wahrscheinlich losgeworden, als sie ihren Zweck erfüllt hatte. Jesse ist Thomas Landers, gut. So ist er hier hereingekommen. Er ist hinter mir her, richtig, und wenn wir ihn nicht in Eggers Haus finden, dann ist der einzige Weg ihn zu kriegen, seine Obsession mit mir auszunützen.«

»Verdammt noch mal, Claire. Was zum Teufel ist los mit dir? Hast du einen Todestrieb – ist das der Grund, warum du das alles tust?«

Claire nahm dann Zuflucht zu Leichtigkeit, sie hoffte zweifellos, seine Aufmerksamkeit auf angenehmere Aktivitäten zu lenken. »Ich hoffe nicht. Nicht nach der Art, wie du gerade Liebe mit mir gemacht hast. Wir haben die ganze Nacht, bevor die Sondereinheit zusammenkommt, weißt du. Lass sie uns weise nutzen.«

»Versuche nicht, mich abzulenken, Claire! Das ist verdammt noch mal zu ernst.«

Sie lächelte nur. »Ich bin jetzt bereit für Runde zwei. Was sagst du? Oder bist du zu erschöpft? Hab ich dir wehgetan?«

»Du schaffst es, dich umbringen zu lassen …«

Claire erstickte seine Worte mit ihrem Mund, und ihm war voll bewusst, dass sie nicht mehr über Landers reden würde. Er wusste, dass er mit allem recht hatte, was er gerade gesagt hatte. Er wusste auch, dass sie darüber jetzt gerade nicht nachdenken wollte, und auch nicht wollte, dass er darüber nachdachte. Sie wollte, dass er darüber nachdachte, wie sie ihren Morgenmantel öffnete, ihren Mund über seine Brust wandern ließ.

»Das ist nicht fair. Du spielst nicht fair.«

»Halt den Mund, Black. Bitte«, murmelte sie, während sie den Morgenmantel aufband und ihn von seinen Schultern schob.

»Hol dich der Teufel, Claire«, sagte er gepresst, aber das war auch alles, was er die nächste Stunde oder so herausbrachte, außer natürlich einigen vergnügten Seufzern und Stöhnen. Auch Claire sagte nicht viel. Sie zeigte ihm, was sie für ihn empfand und das ziemlich deutlich, und er genoss es viel zu sehr, als dass er einen neuen Streit begann. Aber er müsste es bald tun, eher früher als später.

27

Um vier Uhr dreißig am nächsten Morgen saß Claire neben Bud in dem kleinen Besprechungszimmer im Canton County Sheriff's Office. Black saß ihr gegenüber. Er sollte natürlich nicht dabei sein, aber er nahm gegen ihren Wunsch und auch entgegen des Befehls des Sheriffs teil. Niemand versuchte jedoch ihn zu hindern, wahrscheinlich wegen des *Versuch-mich-aufzuhalten-und-ich-töte-dich*-Ausdrucks auf seinem Gesicht. Ihr Gesichtsausdruck war ähnlich, musste sie zugeben. Die meisten der örtlichen Polizisten waren anwesend, als auch einige Offizielle des Springfield P. D. und ein FBI-SWAT-Team aus Kansas City, ausgerüstet mit ihrem schwarzen Kampfanzug und bereit zum Einsatz. Thomas Landers sah nun einem äußerst ernst zu nehmenden Polizeiaufgebot entgegen.

»Okay, lassen Sie uns anfangen. Diese Sondereinheit ist eine gemeinsame Operation unter mir und Michael White, dem verantwortlichen FBI Special Agent aus Springfield. Wie Sie wissen, gab es eine Serie von Morden und Schießereien« – Charlie blickte zu Black und Claire und fuhr dann fort – »in der Umgebung des Sees. Wir haben nun die Bestätigung, sowohl durch den DNA-Abgleich, als auch die Fingerabdruckanalyse, dass der Täter ein gewisser Thomas Landers ist. Unsere Beweise zeigen ebenfalls, dass er an den Morden in Ozark, Missouri, beteiligt war. Drei Männer wurden dort ermordet und der Canton County Detective im Morddezernat Claire Morgan wurde entführt und während eines Autounfalls verletzt, als Landers vom Tatort flüchtete. Wie Sie alle wissen, wurde sie ernsthaft verletzt, aber es geht ihr gut und sie ist wieder im Dienst.«

Alle schauten auf Claire und applaudierten. Ihr Gesicht wurde heiß. Okay, vielleicht war sie berühmt. Berüchtigt würde es wahrscheinlich eher treffen. Dennoch war sie äußerst verlegen. Sie saß nur da und reagierte nicht, ihr war tödlich unbehaglich zumute, und sie mochte auch die Aufmerksamkeit nicht. Black wählte diesen Moment, um seinen guten Arm auf die Rückenlehne ihres Stuhls zu legen, nur um jedem zu zeigen, dass sie zu ihm gehörte, vermutete sie.

Vorne im Raum setzte Charlie seinen kurzen Überblick fort. »Thomas Landers ist immer noch frei und extrem gefährlich. Wir glauben, sein Grund für diese Mordserie ist der gleiche wie zuvor. Dieser Täter ist pathologisch besessen von Detective Morgan und wird nicht ruhen, ehe er sie nicht unter seiner Kontrolle hat. Er wird in dieser Gegend bleiben und Chaos verursachen, solange sie hier ist. Er wird nur gehen, wenn sie geht.«

»Du wirst nicht der Lockvogel für irgendjemand sein, unter keinen Umständen«, murmelte Black unterdrückt.

»Das werde ich, wenn wir ihn so erwischen. Ob dir das gefällt, oder Charlie das gefällt, oder nicht. Er hat schon drei unschuldige Frauen getötet, Black.«

Black antwortete auf diese Bemerkung nicht, aber sie wusste, er verstand, was passieren musste. Sie würde sich auf dieser Welt nie wieder sicher fühlen, ehe dieser Kerl tot oder gefangen war. Also mussten sie ihn kriegen. Ganz einfach.

Der FBI-Profiler hatte das Podium und redete jetzt. »Landers ist todbringend, aber er ist auch intelligent. Er ist ein Meister der Verkleidung und handelt dreist bei seinen Bestrebungen, seine Ziele zu erreichen. Er wird alles tun – und ich meine alles –, um Detective Morgan zu kriegen. Das ultimative Ziel in seinem wahnhaften Geist, und das ist gemäß seiner Psychiater in der psychiatrischen Anstalt, in der er eingesperrt war, ist es, dass er und Detective Morgan eine Familie werden und glücklich zusammen leben. Deshalb verfolgt er sie Mal für Mal und tötet jeden, der ihm im Weg steht.«

Claire fröstelte. Sie konnte nicht anders. Black bemerkte es und drückte ihre Schulter. In diesem Moment war sie froh, dass er neben ihr war. Sie war auch froh, dass sie schwer bewaffnet war. Black hatte ihr schließlich geholfen, ihre Nerven und die Verwirrung in den Griff zu bekommen, und den Drang zu töten. Jetzt war sie einfach bereit, Landers in Gewahrsam zu nehmen und wegzusperren. Das war ihr Mantra.

Die Besprechung der Sondereinheit ging weiter, das erste Ziel war, das Eggers-Haus zu umzingeln und zu versuchen, Landers lebend zu bekommen. Die Parameter wurden besprochen. Das SWAT-Team sollte mit Blendgranatenfeuer zuerst reingehen. Für den Fall, dass der Verdächtige nicht da war, hatte der Sheriff Bereiche gekennzeichnet, die durchsucht werden sollten, und es würde eine staatsweite Fahndung eingeleitet werden. Zu dieser Zeit würden alle Medien alarmiert werden, die Bevölkerung davor zu warnen, Unbekannten die Tür zu öffnen und ein Auge auf ihre Kinder zu haben. Ein Bild von Jesse Jordan, das sie auf Monica Wheelers Computer gefunden hatten, würde als des Mordes Verdächtigter verbreitet werden.

Das Department würde eine Tür-zu-Tür-Suche in der ländlichen Umgebung starten und jeden befragen, der Beobachtungen verdächtigen Verhaltens meldete. Claire stand auf, als die Besprechung endete, und beobachtete die verschiedenen Detectives, Profiler, Angehörigen des SWAT-Teams, der Missouri State Highway Patrol und Beamte von jeder anderen verfügbaren Polizeidienststelle, wie sie nach draußen marschierten und dabei den Fall untereinander diskutierten. Black hing noch herum und ließ sie nicht aus den Augen. Der Kerl war ein hoffnungsloser Fall von Nervenbündel, nicht der unerschütterliche Psychiater, der er normalerweise war, ah-ha. Er würde sie wahrscheinlich auch auf die Damentoilette begleiten.

»Detective Morgan, ich möchte Sie gerne in meinem Büro sprechen«, rief Charlie quer durch den Raum.

Oh-oh.

An diesem Punkt war Black gezwungen, ihre Leine lang genug zu lassen, um ihr zu erlauben, Charlie in seinen privaten Bereich zu folgen. Aber er stand vor der Tür Wache, gesegnet sei sein zorniges kleines Herz.

»Schließen Sie die Tür, Detective, und nehmen Sie Platz«, sagte Charlie ohne Einleitung oder irgendwelches Bemühen um gesellschaftliche Umgangsformen.

Doppel Oh-ohs, eher sogar dreifach. Sie gehorchte.

Aber dann versuchte er, freundlich zu sein. Halbherzig, das ist wahr, aber er versuchte es. »Sie sehen viel besser aus. Bud sagt, Sie haben Ihr Gedächtnis vollständig wiedererlangt.«

»Das ist richtig, Sir.«

Er nahm seine schwarze Pfeife hoch und verbrachte ein paar Minuten damit, sie in seiner Handfläche zu wiegen und damit zu spielen, wie er es gewöhnlich machte. Sie widerstand dem Drang, herumzuzappeln, wie sie es gewöhnlich machte. Es war besser, still zu sitzen, zu warten und ihn nicht zu nerven und eine seiner Fluchtiraden mit all diesen Sch-Bomben, die er gern um sich warf, heraufzubeschwören. Sie wusste nicht, was er ihr sagen wollte, aber sie war sich verdammt noch mal sicher, dass sie es nicht mögen würde. Nicht einmal ein bisschen.

»Nun, ich kann genauso gut gleich damit anfangen, Claire. Sie sind von diesem Fall entbunden, bis wir Landers in Gewahrsam haben.«

Während sie das aufnahm, und nicht in einer guten Weise, fühlte sie ihre Temperatur um, sagen wir vierzig Grad pro Sekunde ansteigen. »Mir geht es gut jetzt, Sir. Ich erinnere mich an alles. Ich habe mit Black einige beunruhigende Dinge durchgearbeitet. Es gibt keinen Grund für Sie, mich an den Schreibtisch abzuschieben.«

»Es gibt einen Grund, und das wissen Sie nur zu gut.«

Der Deputy-Spruch war seine Art, Claire daran zu erinnern, dass er ihr Boss war und sie seine Untergebene. »Ich bin vollumfänglich geeignet, um der Sondereinheit anzugehören, Sir. Bitte glauben Sie mir.«

»Es geht hier um Ihre Sicherheit. Sie sind das Ziel dieses Verrückten, und ich bin nicht bereit, Ihr Leben wieder aufs Spiel zu setzen. Sie sind von diesem Mann schon genug verletzt worden. Es ist Zeit, sich zurückzulehnen und uns die Sache regeln zu lassen.«

»Ich weiß das zu schätzen, Sheriff, wirklich. Aber mich komplett von diesem Fall abzuziehen, das ist nicht nötig. Ich kann helfen. Ich werde die ganze Zeit bei Bud bleiben. Ich werde nicht raus zu Eggers Haus gehen.«

»Nein. Ich will, dass sie nach Hause gehen und bei Nick bleiben. Rühren Sie sich nicht, bis wir diesen Kerl hergebracht haben.«

»Sie machen wohl Witze?« Sie schob ihren Unterkiefer nach vorn, böse, o ja. »Steckt Black dahinter?«

»Nö, ich nehme keine Befehle von Nick Black entgegen, wie Sie sehr genau wissen. Ich habe mit Nick nicht einmal gesprochen, seit er angeschossen wurde. Wie geht es ihm übrigens?«

»Es geht ihm gut, aber, Sheriff …«

»Das ist ein Befehl, Deputy«, unterbrach er sie abrupt. »Ich sehe, Sie sind wieder Sie selbst. Sie haben nicht so mit mir gestritten, als ich Sie wieder reaktiviert habe.«

Claire schaute böse, gab den Kampf aber auf. Sie kannte Charlie gut genug, um zu wissen, dass er seine Meinung nicht ändern würde. Die harte und wuchtige Grimasse, die seine Miene verdunkelte, musste auch mit berücksichtigt werden. Sie hatte vor langer Zeit aus eigener Erfahrung gelernt, dass man den Boss nicht ignoriert, wenn er diese Schattierung Burgunderrot trug. Sie hielt den Mund, ihr blieb gar nichts anderes übrig, keine Chance. Ihre Kapitulation als Untergebene vor der absoluten Autorität fiel ihr nicht leicht und war nicht einfach vorzuspielen. Mit anderen Worten, sie erstickte fast an ihrer nächsten Erwiderung: »Ja, Sir.«

»Dann gehen Sie Nick holen und fahren heim nach Cedar Bend, wo Sie zur Abwechslung mal sicher sein werden. Sie haben bezahlten Urlaub, bis ich Ihnen andere Anweisungen gebe.«

»Ja, Sir.«

Einmal draußen spürte Claire Bud auf und erzählte ihm die schlechten Neuigkeiten. Er schien nicht verärgert. Er schien vielmehr erleichtert zu sein. Aber nicht so erleichtert wie Black, als sie es ihm erzählte.

»Nun, Gott sei Dank für Charlies gesunden Menschenverstand. Ganz besonders, da du deinen ja vollkommen verloren zu haben scheinst.«

»Ich sollte hier sein. Ich könnte helfen.« Das sagte sie, aber innen drinnen, in den dunklen Ecken ihres wiederhergestellten Gedächtnisses, sah sie Thomas Landers' Gesicht, seine irre, wildäugige Aufregung, als er sie gefesselt und hilflos in seinem Lieferwagen und anderen dunklen und unheimlichen Orten hatte. Sie sah ihn, als er dabei war, Harve mit einem Filetmesser aufzuschlitzen, was ihre Nervenbelastung wieder an ihre Grenze brachte. Sie schluckte die Angst herunter, die in ihr hochkam und ihren Geist betäubte, sie fühlte sich außerordentlich verängstigt, sicher, sogar mehr als das. Der Kerl war zum Fürchten, abscheulich und vollständig übergeschnappt. Sie war vorher schon zwei Mal in seinen Klauen, und sie wollte nicht darüber nachdenken, wie schrecklich ein drittes Mal sein würde.

Nun, da Black seinen Willen bekommen hatte, erschien er besorgt und besänftigend. »Du kannst von zu Hause aus helfen. Vielleicht können wir herausfinden, wo er ist, wenn sie ihn nicht draußen in Suzes Haus finden.«

Auf ihrem Weg zurück in die Anlage wurden sie zwei Mal

durch Straßensperren gestoppt. Claire zeigte ihre Marke, aber der Missouri State Highway Patrolman untersuchte Blacks riesigen Hummer in Schwarz und Chrom trotzdem. Dieser Polizist meinte es ernst, besonders als er feststellte, dass Black und Claire beide bis an die Zähne bewaffnet waren. Ein zweiter Blick auf ihr Abzeichen und die Erinnerung an sie vom Treffen der Sondereinheit besänftigte seine Bedenken.

»Nun, ich weiß ja nicht, wie's mit dir steht, aber ich fühle mich ein ganzes Stück besser jetzt«, sagte Black, und lenkte den Wagen in das große, aus braunen Felsen geschichtete Eingangstor der Cedar Bend Lodge.

Wahrscheinlich, weil John Booker dastand und jeden Wagen überprüfte, der nach Cedar Bend hinein- oder hinausfuhr. Er winkte Black durch, und sie fuhren unter den Säulenvorbau, der zu Blacks Privataufzug führte. Claire musste zugeben, dass sie auch einen ziemlich gründlichen Blick in die unmittelbare Umgebung warf, bevor sie aus dem Auto ausstieg. Es war erstaunlich, dass ein tobender Psychopath so viel Angst und Aufruhr verursachen konnte. Aber Thomas Landers war einzigartig und hinterließ eine Spur von Leichen, die Jack the Ripper erblassen lassen würde. Ted Bundy auch. Während sie hoch ins Penthouse fuhren, fragte Claire sich, wo Thomas Landers war und was er tat. Dann erschauderte sie bei dem Gedanken und versuchte, nicht darüber nachzudenken.

Jesses Mädchen

Genau jetzt

Joe McKay fing an, Jesse richtig auf die Nerven zu gehen. Er war ein viel zu guter Daddy. Er behielt sein kleines Lieblingsmädchen so gut im Auge, dass Jesse nicht einmal in ihre Nähe kommen konnte. Nein, warte, jetzt war sie Jesses und Annies kleines Mädchen, oder würde es bald sein. Die konstante Aufmerksamkeit von Daddy machte es natürlich hart für Jesse, sie zu schnappen, aber nicht unmöglich. Überhaupt nichts war unmöglich. Gerade nach Einbruch der Dunkelheit parkte Jesse hinter einer großen Hecke an der Rückseite einer unbewohnten Villa, die Straße hinunter hinter McKays Haus. Er hatte dort viele Male geparkt, ohne beachtet zu werden. Er bewegte sich durch die Schatten zu einem großen Beet aus Kräuselmyrten, das McKays Auffahrt säumte und ihn selbst im Dunkeln verbarg. Er konnte dort weder von McKays Haus her, noch von Passanten auf der Straße gesehen werden.

Jesses Glück war, dass Joe McKay ein Gewohnheitstier war. Jesse hatte das vom ersten Tag an erkannt, an dem er ihm zum Haus McKays gefolgt war. Zweifellos einer dieser hartnäckigen Militärtypen, die so einer Art strengem Stundenplan folgten. Mehrere Nächte hatte Jesse beobachtet, wie Joe McKay mit dem Kind nach dem Abendessen spielte, entweder im vorderen Raum oder draußen im Garten hinter dem Haus. Danach, man konnte die Uhr danach stellen, brachte er das Kind, Lizzie, um genau acht Uhr nach oben ins Bett.

Im Augenblick war es halb neun, dunkel und feucht, die Grillen zirpten. Lizzie schlief zweifellos tief und fest und träumte ihre süßen, kleinen Prinzessinnenträume. McKay würde jetzt jede Minute aus der Eingangstür kommen, so angezogen wie jeden Abend. Kein Hemd, schwarze Nylonshorts und schwarze Adidas Laufschuhe. Er würde seinen Lauf machen und seinem im Haus lebenden Kindermädchen die Aufsicht überlassen, während er weg war. Jesse war ihm aus der Ferne gefolgt und hatte seine Route auf die Sekunde aufgezeichnet. McKay rannte exakt drei Meilen, die ganze Walnut Street hinunter, dann hinüber zur Glenstone Avenue und wieder zurück. Er rannte schnell, in einem schön gleichmäßigen Tempo, und er brauchte nicht lang. Joe McKay war in sehr guter Verfassung.

Jesse starrte hinunter auf die goldene Timex von Miss Rosies totem Mann, er gab Joe genug Zeit, um die belebte Durchgangsstraße Glenstone Street zu erreichen. Dann, während McKays Nachbarschaft sich in den alten viktorianischen Villen zur Nacht fertig machte und die Bewohner ihre Lieblingssendungen im Fernsehen genossen, ging Jesse schnell den vorderen Bürgersteig entlang, vorbei an den ordentlichen Blumentöpfen mit Stiefmütterchen und Efeu, die um die leuchtend rote Eingangstür herum standen. Er drückte seinen Zeigefinger auf die Klingel und hörte drinnen ein entferntes Geklingel von Glocken.

Ein paar Momente später öffnete McKays grauhaarige Nanny die Tür. Sie sah genau wie jemandes süße Großmutter aus und trug ein pink und weiß gestreiftes Hauskleid, das vorn mit einem Reißverschluss geschlossen wurde. Sie schaute Jesse forschend an, und er sagte nichts, beobachtete nur, wie sich ihre Aufmerksamkeit langsam von seinem Gesicht, seine Brust hinunter zu der Handfeuerwaffe mit angeschraubtem Schalldämpfer bewegte, die er auf ihre Brust gerichtet hatte. Ihr Mund öffnete sich, um zu schreien, aber Jesse drückte viel zu schnell ab, als dass sie ihn herausbrachte, tatsächlich, bevor sie auch nur einen Ton hervorbringen konnte. Die Kugel traf sie aus nächster Nähe und schleuderte sie gute anderthalb Meter weit nach hinten auf ihren Rücken auf den rot-schwarzen Perserteppich in der Eingangshalle. Sie war schon tot, als sie auf dem Boden auftraf, natürlich, ihre erloschenen braunen Augen starrten an die Decke, augenblicklich getötet durch eine Kugel durchs Herz.

Jesse schloss schnell die Tür, ließ die an Joe McKay adressierte Nachricht neben die Leiche der Frau fallen und stieg die prächtig restaurierte und lasierte Treppe zwei Stufen auf einmal nach oben. Er wünschte, er könnte den Kopf des Kindermädchens mitnehmen und sie Miss Rosie vorstellen. Sie könnten so gute Freundinnen sein, im gleichen Alter und alles, aber er hatte sehr wenig Zeit. Er wusste, dass Klein-Lizzie ihr Schlafzimmer vorne im Haus hatte, das eine mit dem großen Erkerfenster genau über dem vorderen Raum. Er hatte durch die offenen Vorhänge geschaut, als Joe McKay ihr vorm Schlafengehen vorgelesen hatte.

Als er Lizzies Tür öffnete, saß sie in ihrem kleinen weißen Doppelbett. Die Wände waren pinkfarben gestrichen, im ganzen Zimmer eine Menge paillettenbesetztes Disney-Prinzessinnen-Zeug aufgehängt. Er ließ seine Pistole hinter dem Hosenbund unter dem T-Shirt und aus Lizzies Sicht stecken, als er zum Bett ging und vorsichtig das Kind hochnahm, mitsamt ihrer weichen pink und gelben Prinzessinnensteppdecke, Laken, Kissen und allem.

»Schsch, es ist in Ordnung, kleine Lizzie. Dein Daddy will, dass ich dich zu Claire bringe. Er musste wo hin. Es ist alles okay, schlaf nur weiter. Ich hab dich. Mach dir keine Sorgen, Süße. Niemand wird dir etwas tun, ich verspreche es.«

Immer noch sehr schlaftrunken, beruhigte das Kind sich fast unmittelbar und legte den Kopf auf seine Schulter. Erfreut, dass sie sich nicht wehren würde, drückte er sie fest. Sie fühlte sich so winzig und warm an und roch nach Johnsons Babypuder. Er konnte es nicht abwarten, sie zu lecken. Er könnte wetten, sie schmeckte wie Zucker, sie war so süß. Was für ein gutes kleines Mädchen er adoptiert hatte! Sie würde einfach perfekt für Annie und ihn sein. Er nahm die Hintertreppe und fand sich in der frisch restaurierten Küche wieder. Er öffnete die Hintertür mit seiner behandschuhten Hand und schlich sich über die menschenleere Veranda und durch den Garten. Mehr als erleichtert verschwand er in der tarnenden Dunkelheit der Eichen und kroch über die schmale Allee. O ja, jetzt, zu guter Letzt, lief alles gemäß Plan. Alles, was er tun musste, war, Lizzie auf das Boot zu bringen, dann Annie zu holen und ihr wunderbares Leben konnte von Neuem beginnen. Er begann zu weinen, während er das schlafende Kind wegtrug, so warm und klein in seinen Armen, pure Freude überlagerte jedes andere Gefühl.

28

Heute schien zweifellos der längste Tag in Claires ganzem Leben zu sein, ohne Einschränkung. Sie war die Länge und Breite von Blacks exklusivem Bau auf- und abgegangen, seit sie an diesem Morgen vom Sheriff's Office zurückgekommen war. Sie hatte Bud mehrere Male angerufen, seit das SWAT-Team Suze Eggers Haus gestürmt und festgestellt hatte, dass Thomas Landers lange weg war. Aber sie hatten einen Frauenkopf in der Kühltruhe, ein blutiges Fleischerbeil und neue Blutspritzer im Keller gefunden, also war es ziemlich offensichtlich, dass er seine üblichen grausamen Spiele spielte. Sie schaute die Lokalnachrichten peinlich genau an, aber es gab noch keine Spur von Thomas Landers.

Es war jetzt nach dem Abendessen, es wurde spät. Black faulenzte mit Jules Verne auf seinem Schoß bequem auf der Couch und schaute ihr zu, wie sie auf und ab lief, sich ärgerte und Sorgen machte, seinen Arm wieder in der schwarzen Schlinge ruhiggestellt. Er war gelassen und gesammelt, wie er gewesen war, seit Charlie sie von diesem Fall ausgeschlossen hatte.

»Du kannst dich genauso gut entspannen, Claire. Du kannst Dinge nicht durch schiere Willenskraft geschehen lassen. Es besteht eine ziemlich gute Chance, dass heute Nacht nichts mehr passieren wird. Und falls etwas passiert, werden wir die Ersten sein, die es erfahren. Bud wird dich anrufen.«

Claire machte eine Pause und stand vor ihm. »Ich weiß, aber ich werde verrückt. Ich sollte da draußen sein und mit allen anderen zusammen suchen. Ich muss etwas tun. Ich werde verrückt.«

»Mir fällt da einiges ein. Komm her und ich zeig's dir.«

»Bleib ernst, Black.«

»Ich bin ernst. Wir haben eine Menge nachzuholen wegen all dieser Tage, in denen du mich mit deiner Nicht-anfassen-, Nein-mein-Herr-Politik in den Wahnsinn getrieben hast.«

»Er ist da draußen. Niemand kann sagen, was er tun wird, während wir hier herumsitzen und warten.«

Black schaltete die Leselampe aus. »Uns sind die Hände gebunden. Es wird spät. Lass uns zu Bett gehen. Vielleicht fällt uns morgen früh eine Möglichkeit ein, ihnen zu helfen.«

Sie nickte, gab den Kampf auf, aber dann zuckten beide zusammen, als Blacks Telefon zirpte. Er antwortete, hörte zu und sagte dann: »Ja, Isaac, nur zu. Schicken Sie ihn hoch.«

»Bud?«, fragte sie, ihr Herz schlug schneller. Vielleicht hatten sie ihn, vielleicht war es vorbei.

»Nein. Joe McKay.«

»McKay, um diese Zeit hier? Etwas stimmt nicht, oder er wäre nicht hier.«

»Ja, ich weiß.«

Eine Minute später öffnete sich hinten im Flur der Fahrstuhl mit einem Ping. Zwei Sekunden später platzte Joe McKay im Laufschritt in den Raum. Er war zum Laufen angezogen; sein Gesicht war düster mit zusammengebissenem Kiefer. Er war kurz davor, in Panik auszubrechen, ohne Zweifel.

»Er hat Lizzie! Landers hat sie entführt!«

»O Gott«, bekam Claire heraus, aber der Horror packte sie mit eisigen Fingern und ließ sie auf ihrem Platz gefrieren. »Wie? Wann?«

»Ich war draußen beim Laufen. Er kam ins Haus und hat meine Haushälterin erschossen. Sie ist tot.«

»O Gott«, sagte sie wieder, ihr Geist kam bei dem Gedanken ins Straucheln, dass sein kleiner Baby-Liebling sich in Landers Händen befand. Was passierte ihr? Was tat er ihr an?

»Hast du die Polizei angerufen?« Das war Black.

»Noch nicht. Er hat das hinterlassen.«

Claire schnappte sich das gefaltete Stück Durchschlagpapier aus seiner Hand. Eine Ecke war mit Blut getränkt. Black schaute über ihre Schulter, als sie es öffnete.

Lizzie ist eine tote kleine Prinzessin, wenn du die Polizei benachrichtigst. Finde Claire Morgan und wir machen einen Handel.

»Unter keinen Umständen händigen wir Claire diesem Kerl aus«, sagte Black und nahm ihr die Nachricht aus der Hand.

Nun übernahm McKay das Auf- und Ablaufen, verzweifelt und extrem nah daran, vom schieren Terror übermannt zu werden. Sie hatte ihn nie zuvor so gesehen. Er schaute sie an. »Nein, Claire hat genug durchgemacht. Ich werde diesen Kerl finden und ihn töten. Aber vorher wird er leiden.«

»Wie, McKay? Wie willst du ihn finden? Du weißt nicht,

wo er ist«, sagte sie, und schluckte den Kloß hinunter, der in ihrem Hals dicker und dicker wurde. Allein der Gedanke, dass dieses süße kleine Mädchen in den Händen dieses Monsters war, wollte sie schreien lassen. Irgendwo fasste er sie an, und Gott wusste, was er ihr sonst noch antat.

»Ihr müsst mir helfen, ihn zu finden. Ich habe diesen Typen nie zuvor gesehen. Ich weiß, dass eine Fahndung nach ihm läuft. Habt ihr schon irgendetwas gehört?«

»Es ist Jesse, Joe! Der Kerl, den du im Jeepers getroffen hast!«

»Dieser kleine Dreckskerl! Woher weißt du das?«

»Ist doch egal – er ist es. Ich weiß es.«

Ruhiger als die beiden anderen, sagte Black zu McKay: »Wir müssen eine Vermisstenmeldung an die Medien herausgeben, jetzt sofort, ehe er mit ihr flüchtet.«

»Für so etwas ist verdammt noch Mal keine Zeit, Nick!«

Claire versuchte, konzentriert zu bleiben. Joe hatte sich langsam nicht mehr im Griff. »Er will ein Treffen arrangieren. Er wird uns anrufen.«

»Das hab ich mir auch gedacht. Ich dachte, er hätte dich schon angerufen.«

Claires Brustkorb hob und senkte sich, ihre Atmung ging schwer. Sie atmete tief ein und versuchte, die Kontrolle zu behalten. »O Gott, McKay, das ist so schrecklich. Bitte lass mich den Sheriff anrufen.«

Joe bekam ihren Arm zu fassen. »Bitte, Claire, bitte nicht. Ich bitte dich. Er wird sie töten. Er wird nicht mit der Wimper zucken. Er hat Carol ins Herz geschossen, der Bastard. Hat sie auf dem Boden ausbluten lassen.«

Besser als jeder andere wusste Claire, zu welch grausamen

Taten Thomas Landers fähig war. Wie viele Menschen hatte er auf der Verfolgungsjagd auf sie getötet? Zehn? Zwanzig? Mehr?

»Das ist meine Schuld. Er will mich. Er wird anrufen, und dann werde ich mich gegen Lizzie austauschen. Natürlich werde ich das. Wir bekommen sie zurück, McKay.«

»O nein, das wirst du nicht tun.« Black sah entschlossen aus.

Claire drehte sich zu ihm und stellte sich seinem finsteren Blick. »Was für eine Wahl haben wir, Black? Willst du wirklich Lizzie in den Händen dieses Psychopathen lassen? Zumindest habe ich eine Außenseiterchance. Er will nicht sie. Er will mich. Er wird mich nicht verletzen, wenn ich bei seinen Fantasien mitspiele.«

»Nein, Claire, Black hat recht. Du kannst das nicht machen.«

»Oh, wirklich, Joe? Was machen wir dann? Nichts?«

»Ich werde dich nicht in seine Hände geben. Wir stellen eine Falle. Er ist schlau, aber zu dritt sollten wir in der Lage sein, ihn auszuschalten.«

Sie standen da und starrten sich gegenseitig hilflos an. Sie wussten alle, wie brutal und unberechenbar Landers sein konnte. »Wir wissen noch nicht, was er uns tun lassen will«, sagte sie nach einiger Zeit. »Vielleicht können wir ihn kriegen, wenn er sorglos wird.«

Black sagte: »Lasst uns etwas zur Ruhe kommen und das vernünftig durchdenken. Wir können nichts tun, ehe er uns anruft.«

Die nächste Stunde war wie in der Hölle eingeschlossen zu sein. Die Zeit kroch dahin wie ein verwundeter Krieger, und keiner von ihnen wusste, wie lange Landers sie warten lassen würde. Claire kämpfte gegen die schrecklichen Visionen, die ihren Verstand quälten. Klein-Lizzie, dieses winzige, süße kleine Kind, war irgendwo ganz allein im Bau eines barbarischen, perversen Mörders wie Landers. Gott, man konnte nicht sagen, was er mit ihr machte. McKay war wie ein Besessener, er tigerte ohne Unterlass auf und ab, mit geballten Fäusten, sein Kiefer arbeitete, das Gesicht verzerrt vor Schmerz und Sorgen. Aber er war auch ruhig, unterhalb der äußerlichen Nervosität. Er schrie nicht herum oder schmetterte die Faust durch die Wand. Claire kannte ihn gut genug, um zu wissen, dass er nicht mit halber Kraft losgehen würde, Gott sei Dank. Sie mussten nur diesen Anruf bekommen.

»Joe, ich denke, wir müssen Bud und Charlie einschalten«, sagte sie nach einer weiteren Stunde des Wartens. »Gib diese Vermisstenmeldung an die Medien heraus. Er könnte jetzt schon Stunden weg sein.«

»Thomas Landers wird diese Gegend nicht ohne dich verlassen, dafür bürge ich.« Black sprach ruhig, er hatte sich noch mehr unter Kontrolle als McKay oder Claire, zeigte aber nicht seine übliche Kaltblütigkeit. Auch er liebte Lizzie. Auch er lief unruhig hin und her.

Als das Handy in Claires Hand sein Lied begann, versteinerten alle drei, wo sie gerade standen. Die beiden Männer eilten schnell an ihre Seite. Die Anruferkennung zeigte »Unbekannter Anrufer« an, aber sie wusste sowieso, dass Landers ein unregistriertes Wegwerftelefon benutzte. Er war zu schlau, es nicht zu tun. Sie nahm den Anruf entgegen und aktivierte den Lautsprecher.

»Hier ist Claire Morgan.«

»Meine Güte, warum in aller Welt nennst du dich immer noch so, Liebling? Du bist Annie, du bist meine schöne Annie. Du weißt das jetzt, nicht wahr?«

Es war Landers Stimme, ganz recht, der gruselige Tonfall aus ihren schlimmsten Nachtängsten, die Stimme, die sie durch die endlosen, dunklen, tödlichen Träume hat schallen hören, die Stimme eines mordlustigen Irren auf freiem Fuß. Wie hatte sie das nicht bemerken können, als er sich als Jesse maskiert hatte? Sogar mit ihrem Gedächtnisverlust? Sie merkte, wie ihre Hände anfingen zu zittern, also umklammerte sie das Telefon fester. *Denk an Lizzie, denk an Lizzie.*

»Thomas, bist du das? Ich habe darauf gewartet, dass du anrufst. Ich vermisse dich.«

»Lügen haben kurze Beine!«

Das wurde in einer kindischen, hohen Stimme im Singsangrhythmus von sich gegeben.

Die Härchen auf Claires Armen stellten sich hoch, und sie versuchte das Beben zu kontrollieren, das ihre Stimme entstellte. »Ich lüge nicht. McKay sagt, wir können endlich zusammen sein. Sag mir, wo du bist, und ich komme sofort zu dir. Er will sein kleines Mädchen zurück, und ich will bei dir sein.«

Eine sehr angespannte, Furcht erregende Stille folgte, und dann sagte Landers: »Für was hältst du mich, Annie? So blöd bin ich nicht.« Diesmal war seine Stimme tief und kontrolliert, eine Männerstimme, vollkommen anders als bevor.

Joes Gesicht war blutrot, und er war so weit, in pure, unverfälschte Wut auszubrechen, er knirschte mit den Zähnen, seine Muskeln waren hart wie Stein. Das erste Mal, seit sie ihn kannte, sah Black unsicher aus.

Claire sprach schnell: »Sag mir, was ich tun soll, und ich tu es. Alles, was du sagst. Ich sage dir die Wahrheit, Thomas.«

»O ja, das wirst du sicher. Und ich habe jede Menge Spaß für uns beide geplant. Ich muss dich jedoch zuerst bestrafen, weil du mich angeschossen hast. Ich hoffe, du verstehst das. Das war überhaupt nicht nett, Annie.«

Black schüttelte weiter seinen Kopf, formte »Nein« mit seinen Lippen, riet ihr ab. Sie sagte: »Ich möchte mit Lizzie sprechen. Lass mich mit ihr sprechen. Ist sie in Ordnung? Ich vermisse sie.«

»Sie schläft jetzt. Du wirst mir da trauen müssen.«

»Tu ihr nicht weh, Thomas. Bitte tu ihr nichts. Sie ist nur ein Baby.«

»Ich weiß. Ich liebe sie schon fast so, wie ich dich liebe. Sie ist wirklich süß, und ihre Haut ist so weich. Sie schmeckt auch so gut, wie pinkfarbene Zuckerwatte, aber nicht so gut, wie du schmeckst. Ich habe gekostet, als du geschlafen hast, Annie. Ich habe dich ganz abgeleckt. Ich habe dir geholfen aufzuwachen.«

Claire schaute, wie Black auf dieses Wissen reagierte, aber seine Wut erreichte nicht die Heftigkeit Joe McKays. Joe zuckte nach hinten, als ob ihn jemand in den Bauch geboxt hätte. Black ergriff Joes Arm und hinderte ihn daran, das Telefon aus Claires Hand zu reißen.

»Was willst du, dass ich tun soll?«, fragte sie schnell. Je weniger Zeit Lizzie bei ihm war, desto besser. Jetzt erinnerte sich Claire an den Fall, an dem sie und Joe gearbeitet hatten. Sie wusste, das Kind hatte mehr Traumata in ihrem kurzen Leben erfahren, als irgendjemand jemals sollte. Claire musste Lizzie von Landers wegbekommen. Es war egal, was dafür nötig war.

»Hör gut zu, mein süßer Liebling Annie. Komm zur Grand Glaize Brücke. Allein. Ich kann die Brücke jetzt gerade sehen. Wenn ich auch nur eine Spur von Joe McKay oder Nicholas Black oder irgendwelchen Polizisten sehe, werde ich diese kleine Prinzessin schön fest verschnüren und sie in den See fallen lassen. Sag Joe, sie wird wie ein Stein sinken. Ihr werdet sie nie wieder finden. »Ich *werde* das tun, Annie, ganz gewiss werde ich das. So viel bedeutest du mir. Also tust du besser genau, was ich sage. Komm alleine und unbewaffnet.«

Diese Drohung war mehr, als McKay ertragen konnte, und er schrie heiser Richtung Telefon, sein Gesicht verzerrt zu einer unkenntlichen Maske der Wut: »Du krümmst ihr ein Haar, du Bastard, und ich mach dich tot. Ich werde dich töten. Ich töte dich mit meinen bloßen Händen!«

Thomas kicherte nur am anderen Ende. »Vielleicht mache ich es jetzt sofort, Daddy-o, weil du so grob bist. Ihr Mund ist gerade schon hübsch dicht zugeklebt. Alles, was ich machen muss, ist noch einen Streifen über die Nase kleben, und winke-winke, Zuckerpüppchen.«

McKays Knie knickten ein, und er sank zu Boden, während er verzweifelt versuchte, die Kontrolle wiederzuerlangen. Black legte seine Hand auf seinen Rücken, sein Gesicht voller Zorn.

»Tu das nicht, Thomas, oder ich werde dir nie vergeben. Ich liebe Lizzie. Ich will nicht, dass du ihr wehtust. Wenn du das tust, denke ich nicht, dass ich dich weiter lieben kann.«

Stille für drei lange Schläge, während sie alle die Luft anhielten. »Ich werde Lizzie nichts tun, wenn du alleine kommst und tust, was ich sage.«

»Das werde ich, mach nur schnell und sag mir, was ich ich tun soll. Ich kann es nicht abwarten, mit dir zusammen zu sein.«

»Triff mich dort in exakt einer halben Stunde – dreißig Minuten, nicht mehr, nicht weniger. Parke deinen Wagen auf dem Parkplatz des Einkaufszentrums und fange dann an, zur Mitte der Brücke zu laufen. Bringe dein Telefon mit, und ich werde anrufen und dir sagen, was du machen sollst, wenn du dort bist. Wenn wir zusammen und unterwegs sind, werde ich Daddy Joe anrufen und ihm erzählen, wo seine kleine Prinzessin ist.«

»Warte, Thomas, bitte, ich brauche mehr Zeit. Ich glaube nicht, dass ich es so schnell dorthin schaffe. Das ist auf der anderen Seite des Sees. Ich bin in Cedar Bend.«

»Nun, ich rate dir, schaff es. Wenn du dieses kleine Zuckerschnäuzchen wieder sehen willst, solltest du dich verdammt noch mal beeilen.«

Die Leitung war tot.

»Ich werde Charlie anrufen, Scharfschützen in Position zu bringen«, sagte Claire ihnen, aber sie konnte das Schwanken der Unsicherheit in ihrer eigenen Stimme hören. Das war so riskant; so riskant, dass der Gedanke allein ihr Herz stoppte.

»Wir haben keine Zeit dafür, und du weißt das.«

»Dann werde ich tun, was er sagt. Ihr beide bleibt hier

und wartet auf meinen Anruf. Ich werde sicherstellen, dass er Lizzie hier lässt.«

Black ließ sich nicht umstimmen. »Unter gar keinen Umständen, verdammt noch mal. Nicht einmal, wenn ich dich einsperren muss.«

»Du gehst nicht allein.« McKay runzelte die Stirn. »Er muss sich zeigen, um dich zu holen. Wenn ich zuerst hinkommen kann, kann ich ihn töten, sobald er sich das erste Mal zeigt. Ich habe ein Scharfschützengewehr mit einem Hochleistungsnachtsicht-Zielfernrohr.«

Nun, das schockte Claire.

»Du hast was?«

Black drehte sich zu McKay. »Kannst du schnell genug zu dieser Brücke kommen, um einen Standort zu finden, der hoch genug ist, um ihn auszuschalten? Ohne gesehen zu werden?«

»Ja, und das Gewehr ist in meinem Truck. Geladen und feuerbereit.«

Claire schüttelte den Kopf und versuchte, mit ihnen Schritt zu halten.

Black sagte: »Dann geh deine Position einnehmen. Ich hole ein Gewehr und mache das Gleiche.«

»Du hast auch ein Scharfschützengewehr?«, sagte Claire zu Black.

»Nein, aber du.«

»Es ist in meinem Explorer. Bei meinem Haus.«

»Dann lass uns losfahren. Deine Bucht ist auf dem Weg zu dieser Brücke. Wir nehmen das Boot. Es wird schneller gehen und uns Zeit geben, dort anzuhalten. Und du musst sowieso deine Kevlarweste tragen, oder ich lasse dich nicht auf diese Brücke gehen. Komm, lass uns gehen. Lizzie hat nicht viel Zeit.«

McKay war bereits am Fahrstuhl und schlug wieder und wieder auf den Knopf. Als sie im Erdgeschoss waren, raste Joe zu seinem Truck. Black und Claire steuerten im Laufschritt auf den Yachthafen und Blacks Cobalt-360-Motoryacht zu.

29

Der Nachthimmel hoch über ihnen war wunderschön, samtig und tiefschwarz, mit Millionen glitzernden Sternen. Ein voller Mond leuchtete zwischen ihnen, hell und weiß, als ob er über ihnen wachte. Claire wünschte, es wäre so. Black war am Steuer, und das Boot flog buchstäblich über das tintenschwarze dunkle Wasser, der Cobalt auf Vollgas aufgedreht. Der kühle Nachtwind peitschte ihr Haar, ließ ihr T-Shirt flattern, während sie neben ihm stand, aber ihr Geist war ausschließlich bei Thomas Landers und was er Lizzie antat. Sie hatten keinen Beweis, dass sie noch lebte, aber Claire glaubte nicht, dass Landers das Kind töten würde – noch nicht.

Gott, sie mussten innerhalb des Zeitlimits zu Claires Haus kommen und dann den Rest des Wegs über das Wasser bis zur Brücke. Sollten sie das nicht schaffen, würde Landers Lizzie ertränken. Claire hatte absolut keinen Zweifel daran. Sie kamen besser voran, als sie gehofft hatte. In gerade einmal Minuten, so schien es, kam das dämmrige Licht auf Harves altem Anlegesteg an der Landzunge in Sicht. Der blaue Signalpfosten, den Harve aufgestellt hatte, um ihm zu helfen, nach nächtlichen Angelexkursionen heimzunavigieren, blinkte.

Ihre Bucht war still, das Wasser glatt wie tiefschwarzes Glas, aber sie konnte die erleuchteten Fenster ihres Hauses sehen. Die von Zeitschaltuhren betriebenen Lampen waren ein weiterer Beweis für Blacks kostspielige Sicherheitsvorrichtungen in Aktion. Sie konnte Harves Haus von ihrem Standpunkt aus nicht sehen, aber sie hatte ihn vorher angerufen, um sicherzugehen, dass er okay war. Harve hatte sich irgendwann einmal in Thomas Landers' Klauen befunden, und er nahm die gegenwärtige Bedrohung äußerst ernst. Black manövrierte das Boot leicht und fachgerecht an den Steg, und Claire sprang heraus und machte fest. Black stellte die Maschine aus und kletterte hinter ihr heraus. Sie rannten den Anlegesteg hinunter und die Steigung hoch zum Haus.

An den Verandastufen kamen sie beide rutschend zum Halt und zogen ihre Waffen. Thomas hatte sie einige gute Lektionen in der Vergangenheit gelehrt, und sie setzten nichts mehr als selbstverständlich voraus. »Sieht ziemlich ruhig aus«, flüsterte sie.

»Ja. Aber wir überprüfen es trotzdem vorher, bevor wir hineingehen.« Black hielt seine verletzte Schulter. Es war viel zu früh; er sollte so etwas wie dies nicht mit einer gerade verheilenden Wunde tun. Aber was für eine Wahl hatten sie?

»Die Alarmanlage sollte an sein.«

»Ja, und sie war auch in der Nacht an, in der er mich angeschossen hat. Bleib mal. Ich überprüfe mal die Rückseite.«

Claire schaute zu, wie er verstohlen um die Seite des Hauses schlich. Zuerst fand sie heraus, dass er ein kompetenter Scharfschütze war, und jetzt schien er auch katzenartige Einbrecherkenntnisse draufzuhaben. Black bewahrte Geheimnisse, die er nicht für nötig gehalten hatte, ihr zu erzählen. Doch erpicht, weiterzukommen, erklomm sie die

Veranda und überprüfte die Alarmanlage. Das Alarmsignallämpchen war an und blinkte; nichts auf der Veranda war in Unordnung.

»Ich hab gesagt, du sollst warten, verdammt noch eins«, murmelte Black, fast unmittelbar wieder bei ihr und mit so leichtem Schritt, dass sie ihn kaum hörte. Er hatte die Schlinge wieder abgelegt. Gott, sie hoffte, die Wunde brach nicht wieder auf.

»Keine Zeit. Wir müssen zu dieser Brücke kommen.«

»Nicht, bevor wir diesen Ort gecheckt haben.«

»Okay, lass es uns einfach machen.«

Claire gab den Code an der Alarmanlage ein und stieß die Tür auf, die Glock draußen und vor sich gehalten. Sie deutete damit im Wohnzimmer herum, beidhändig, den Finger längs des Abzugs – sehr vorsichtig jetzt. Schließlich war es Thomas Landers, mit dem sie es hier zu tun hatten. Black hatte seine gezogene Waffe vor sich, hielt sie mit beiden Händen. Claire ging nach rechts, Black ging nach links. Es war niemand im Haus. Nichts war angefasst worden.

»Ich nehme oben«, sagte sie ihm. »Du nimmst die Garage. Mein Zeug ist im Kofferraum des Explorer. Du weißt, wo ich die Ersatzautoschlüssel aufbewahre. Geh schon und bring das Gewehr und die Weste hinunter ins Boot. Ich treffe dich da in einer Sekunde.«

»Nicht, bevor du das Loft gecheckt hast.«

Claire rannte nach oben. Die Nachttischlampe war an. Sie überprüfte blitzschnell das Schlafzimmer und checkte dann den Einbauschrank und das Badezimmer. Ihr war bewusst, wie schnell die Minuten verrannen. »Hier oben ist niemand. Ich werde eine Jacke mitnehmen, um die Kevlarweste zu kaschieren. Er wird einen Hinterhalt vermuten, wenn er sieht, dass ich sie trage.«

»Mach hin!« Black rannte in die Küche und fischte die Schlüssel aus der Kugel auf der Granittheke.

Claire zerrte eine schwarze Windjacke von einem Haken im Einbauschrank und drehte sich um, um schnell nach unten zu flitzen, gerade rechtzeitig, um Thomas Landers hinter den Schlafzimmervorhängen hervortreten zu sehen. Er hielt Lizzie mit dem linken Arm eng an sich gepresst. Ihr Mund war zugeklebt, ihre großen blauen Augen weit aufgerissen und voller Angst, die Mündung seiner .45er hart in ihre Wange gedrückt.

Sein Flüstern war kaum hörbar: »Hallo, süße Annie. Ich werde sie töten. Garantiert. Wirf deine Waffe aufs Bett.«

Claire zögerte. Dann senkte sie ihre Waffe, aber behielt sie in der Hand. Black war immer noch in der Garage, sie konnte ihn hören. Sie wartete eine Sekunde, nicht sicher, ob sie ihn rufen konnte, ohne dass Lizzie getötet wurde.

Thomas las ihre Gedanken. Das bizarre Flüstern erreichte sie wieder. »Na los, ruf nach ihm. Ich werde sie erschießen. Genau hier, genau jetzt. Werde ihr das Hirn rausblasen. Sogar wenn er mich tötet. Ich will nicht ohne dich leben.«

Claire überschlug ihre Chancen, aber dann gab Lizzie ein kleines verängstigtes Stöhnen tief aus ihrer Kehle von sich. Sie wartete, ohne sich zu rühren, bis sie das Garagentor hoch- und wieder heruntergehen hörte. Black war jetzt draußen. Sie hob wieder ihre Waffe und zielte auf Landers Gesicht, aber er rammte seine Pistole tiefer in die Wange des Kindes. Lizzie stöhnte vor Schmerz und begann zu zittern, und Claire wusste dann, dass er das Kind töten würde, wenn sie Widerstand leistete. Selbst wenn er auch stürbe, genau wie er gesagt hatte, er würde Lizzie zuerst töten. Claire konnte nichts tun, um ihn zu stoppen. Er lächelte. Er wusste, Claire würde es nicht riskieren. Sie senkte die Glock.

»Okay, Annie, nimm deine linke Hand, Zeigefinger und Daumen, und wirf die Waffe aufs Bett, wie ich dir gesagt habe.«

Sie gehorchte, ihre Blicke verfingen sich.

»Nun die an deinem Knöchel.«

Sie riss das Holster ab und entfernte die kurzläufige .38er. Er würde Lizzie töten, gleich hier, sie wusste das aus Erfahrung. Aber Black war da draußen; er war bewaffnet.

Sie sprach, bestrebt, Zeit zu schinden, versuchte nachzudenken. Falls sie es hinauszögerte, würde Black kommen, um sie zu holen. Aber sie konnte ihn nicht blind hereinlaufen lassen, oder Thomas würde ihn töten. Sie musste einen Weg finden, Thomas zu entwaffnen. »Woher hast du gewusst, dass wir hierherkommen würden? Du hast gesagt, wir treffen dich an der Brücke.«

»Ich wusste es nicht. Hältst du so viel Glück für möglich? Ich habe mich hier mit dem Kind versteckt, um euch Zeit zu geben, zur Brücke zu kommen. Ich dachte mir, hier in deinem Haus würde niemand noch mal nach mir suchen, sobald die Polizei mit dem Tatort fertig ist und das Haus verschlossen hat. Aber hier bist du. Siehst du, Liebling, unsere Liebe ist vorherbestimmt. Gott segnet uns. Er hat dich direkt zu mir gebracht.« Er hielt Lizzie fest gepackt.

Zu Claires Horror, und während seine Augen intensiv auf Claire fokussiert waren, streckte er seine Zunge auf Lizzies Wange und leckte eine lange, feuchte Spur bis in den Haaransatz. Das Kind wand sich hysterisch in dem Griff. An diesem Punkt wollte Claire ihn töten. Nicht verwunden, nicht inhaftieren, sondern töten – erschießen, erstechen, totschlagen – alles, was ihn geradewegs in die Hölle sandte.

»Okay, lass uns gehen, Annie, meine Liebe, und denk gar nicht erst daran, nach Black zu rufen. Sie wird tot sein, bevor du seinen Namen herausbringst.«

»Das wirst du auch.«

»Einverstanden.«

Claire entschloss sich zu betteln und Black dadurch ein paar Minuten zusätzlich zu geben, um zu merken, dass sie zu lange brauchte. »Thomas, sie ist nur ein kleines Mädchen. Lass sie gehen, und ich komme hier raus mit dir. Ich schwöre, dass ich das tu. Ich werde nicht einmal versuchen zu fliehen.«

»Ja, so wie letztes Mal, hm? Aber ich werde ihr nicht wehtun. Oder dir. Aber ich werde diesen Bastard-Liebhaber von dir ermorden. Ich werde ihn erschießen, wenn du nur Piep machst. Und ich werde die Arbeit diesmal zu Ende bringen. Alles, was ich zu tun habe, ist abzuwarten, bis er wieder hereinkommt, um nach dir zu schauen, und dann schieße ich ihm in den Kopf. Er wird nie erfahren, was ihn getroffen hat.«

»Ich habe gesagt, dass ich mit dir gehe. Verletze nur niemand mehr.«

»Okay, du zuerst, die Treppe hinunter, schnell, bevor er zurückkommt. Und mach keine Dummheiten.«

Lizzie wimmerte bemitleidenswert. Claires Verstand

raste, um auf eine Möglichkeit zu kommen, Black zu warnen.

»Öffne die Hintertür. Beeil dich.«

Claire tat, was ihr gesagt wurde. Landers folgte ihr mit der starren und entsetzten Lizzie in seinen Armen nach draußen, seine Waffe immer noch in ihre Wange eingebettet.

Draußen trieb er Claire durch den üppigen Baumbestand, der sich hinter dem Haus entlangzog, und in den dichteren Wald, der von Büschen und totem Laub erstickt wurde. Nach etwa fünf Minuten des Kletterns, sah sie das Schimmern eines Autodachs im Mondlicht, das durch die Äste über ihnen hindurchfiel. Sie würde nicht in diesen Wagen steigen. Täte sie das, würden sie beide tot oder schlimmer enden. Der Kofferraum stand bereits offen, das Innenraumlicht war an, und er ließ Lizzie hineinfallen. Das Kind ächzte, als es auf dem Boden des Kofferraums auftraf.

»Jetzt geh auf deine Knie, Annie.« Das wurde harsch ausgestoßen, aber dann ging die Stimme wieder zurück zu der hohen, freundlichen Intonation. »Liebling, mir tut das alles leid. Strecke deine Hände aus. Ich muß dich fesseln und sicherstellen, dass du nicht wegkommst. Ich will nicht, dass du verletzt wirst, glaub mir bitte. Also kämpfe nicht, traue mir nur.«

Thomas stand Angesicht zu Angesicht zu Claire, seine Waffe war jetzt auf ihre Brust gerichtet. Sie gehorchte, und als sie dort auf ihren Knien wartete, nahm sie einen wappnenden Atemzug, machte eine Doppelfaust und fuhr damit, so schnell und hart sie konnte, hinauf unter sein Kinn. Vor Schmerz schreiend, ging er unter der Wucht ihres

Schlages zu Boden, aber er schaffte es, den Griff um die Waffe zu halten. Sie ging los und verfehlte sie nur knapp. Claire duckte sich und griff sich dann das schluchzende Kind aus dem Kofferraum, während er sich krümmte und Blut spuckte, das aus den tiefen Furchen floss, die seine Zähne in seinen Lippen hinterlassen hatten. Er feuerte erneut auf sie, und Claire vergeudete keine Zeit, sondern rannte in die Deckung der dunklen Bäume, schrie nach Black und hielt das Kind mit beiden Armen eng an ihre Brust.

Sie schlug sich durch das wirre Unterholz und das Gestrüpp, sie konnte in der Dunkelheit nicht sehen, wo sie hinlief. Sie wusste nur, sie musste, so weit sie konnte und so schnell sie konnte, von Landers wegkommen. Thomas gab mehrere Schüsse auf sie ab, aber sie glaubte nicht, dass er sie wirklich töten wollte, also brüllte sie weiter Blacks Namen und rannte, sie hoffte zu Gott, dass er ihre Spur nicht sehen konnte. Black würde die Schüsse und ihre Hilfeschreie in der Stille gehört haben. Er würde mittlerweile auf dem Weg den Berg hinauf sein, um sie zu finden, und er wäre kein wehrloses Opfer, wie er es im Haus gewesen wäre.

Der Wald war so dicht mit Unterholz und klammernden Schlingpflanzen bewachsen und große, klebrige Spinnennetze hingen zwischen den Bäumen, dass es schwer war durchzukommen, ohne zu fallen. Claire wusste, dass sie zu viel Lärm machte, während sie sich durch die tiefen Lagen toten Laubs und abgefallener Äste kämpfte, die den Boden bedeckten. Aber sie konnte nicht stoppen, noch nicht. Fünf Minuten später hielt sie an und lehnte sich mit dem Rücken gegen einen Baumstamm, aus seiner Sicht, falls er hinter ihr war, sie atmete schwer, horchte auf Geräusche seiner Verfolgungsjagd. Sie konnte ihn sie verfolgen hören, seine Schritte ließen Äste knacken, Laub rascheln, er fluchte wild. Weiter entfernt hörte sie, wie Black ihren Namen rief. O Gott, sie konnte nicht wieder nach ihm rufen. Thomas war genau hinter ihnen.

Fieberhaft bemüht, Lizzie in Sicherheit zu bringen, machte Claire sich wieder auf und platzte schließlich auf eine Waldlichtung, wo das helle Licht des Mondes etwas Beleuchtung in der schwarzen Nacht hereinfilterte. Sie machte hier etwas Zeit wett, versuchte, den Winkel zurück hinunter zu ihrem Haus und ihren Waffen zu bestimmen, aber Lizzie wurde schwer, und jetzte kämpfte sie gegen Claires festen Griff an. Erst einmal heraus aus der Lichtung, rief sie nach Black, um ihm zu helfen, die Richtung zu bestimmen, und warf sich dann in die andere Richtung, damit Thomas sie nicht orten konnte. Sie hörte das scharfe Knallen eines Gewehrschusses zwischen sich und ihrem Haus. Sie wechselte wieder die Richtung und lief auf die alte Anlegestelle an der Landspitze zu. Harve hatte dort immer ein Ruderboot liegen, falls er es nicht verhökert hatte. Sie betete zu Gott, dass er das nicht hatte.

Während sie sich durch die wilde, widerspenstige, endlose Vegetation kämpfte, schrappten bei jeder Drehung scharfe Äste über ihr Gesicht und ihre nackten Arme, sie fühlte Blut ihre Wange herunterlaufen. Aber sie war ziemlich sicher, dass sie jetzt einen guten Vorsprung vor Thomas hatte. Vielleicht hatte er angehalten oder aufgegeben und floh aus Angst, Black wäre zu nah, zurück zu seinem Wagen. Atemlos, mit vor Überanstrengung schmerzender

Brust, hielt sie erneut an und hockte sich hinter einen dicken Baumstamm. Sie versuchte, dem Kind zuzuflüstern, sie zu beruhigen, aber die Mücken und Moskitos umschwärmten sie, und Lizzie schrie unter dem Klebeband.

Nach Luft schnappend, versuchte Claire wieder zu Atem zu kommen. Sie versuchte, besänftigend auf das Kind einzureden, es zu beruhigen, aber sie klang selbst verängstigt und verzweifelt. Vielleicht konnte sie Lizzie unter dem Laub verstecken und versuchen, Thomas von ihr wegzulocken. Aber sie konnte nicht; ihr graute davor, Lizzie allein zu lassen. Was, wenn Thomas sie fand, sie aus Wut erschoss, oder sie wieder als Geisel benutzte? O Gott, sie konnte das traumatisierte kleine Baby nicht allein im dunklen Wald lassen. Sie konnte es nicht tun.

Claire lockerte das Klebeband über Lizzies Mund und hauchte gedämpfte Worte in ihr Ohr: »Bitte, Lizzie, weine nicht. Ich kriege dich hier heraus. Er wird uns nicht kriegen, aber du musst ruhig sein. Du darfst keinen Laut machen, sonst hört er uns.«

»Ich Angst, ich Angst«, war alles, was Lizzie sagen konnte, wieder und wieder, aber aus Gottes Liebe und trotz ihres Schreckens flüsterte sie auch.

»Ich werde dich hinunter zum See bringen und dich in ein Boot setzen, Baby, okay? Ich werde dich da für eine Weile verstecken, damit er dich nicht finden kann. Versprich mir, dass du da drinbleiben und kein Wort sagen wirst. Du darfst nicht aussteigen, darfst nicht ins Wasser. Okay, verstehst du mich, Lizzie?«

Lizzie nickte und drückte ihr Gesicht fest gegen Claires Brust. Dann hörte Claire das Krachen durch das Gebüsch wieder, es kam näher, und sie brach wieder auf, umklammerte das Kind und hoffte, dass Black sich ihnen näherte, wünschte, sie könnte ihn irgendwie herleiten. Als sie schließlich zum Fuß des Hügels kam und aus den Bäumen und an den Strand platzte, sah sie das dämmrige Licht und blinkende blaue Signal des Stegs zu ihrer Rechten. Ausladende Felsen verbargen ihr Haus ein gutes Stück den Strand hinunter. Sie rannte das steinübersäte Ufer hinunter zu dem alten, klapprigen Steg. Harves Ruderboot lag noch im Wasser, an die Pfosten gezurrt, und sie platschte in das seichte Wasser und hob Lizzie hoch und über die Seite ins Boot. Sie tastete nach dem Seil, das es sicherte, wollte es hinaus ins Wasser stoßen, vor die Küste, wo Thomas nicht herankam, die ganze Zeit die Baumgrenze hinter sich beobachtend. Schließlich bekam sie die Leine los, gerade als Thomas Landers auf den Strand herausplatzte und direkt auf sie zurannte.

Sie versuchte hektisch, Lizzie von ihm wegzubekommen, sie stieß das Ruderboot unter den Anlegesteg, in der Hoffnung, es zu verstecken, und begann dann, vom Ufer wegzuschwimmen. Sie schrie wieder Blacks Namen, versuchte, Landers vom Boot wegzulocken und Black ihre Position zu geben. Sie dachte immer noch nicht, dass er sie töten würde. Wenn er sie hätte töten wollen, hätte er schon reichlich Gelegenheit gehabt. All das, alles, was er tat, war darauf gerichtet, Claire zurück unter seine Kontrolle zu bekommen. Dann hörte sie Black ihren Namen rufen, irgendwo ganz nah, und sie schrie zurück, so laut sie konnte, und tauchte dann unter die Oberfläche, als eine Kugel neben ihr ins Wasser einschlug. O Gott, sie hatte unrecht; er beabsichtigte, sie zu erschießen. Sie schwamm unter Wasser, so weit sie konnte, weiter hinaus, weg von Lizzie und dem Steg. In die Richtung von Blacks Stimme. Dann endlich, als sie ihren Atem nicht länger anhalten konnte, schoss sie wieder hoch und durchbrach die Oberfläche, schnappte nach Luft.

Aber Landers folgte ihr nicht. Er ging auf dem alten Steg. Während sie zuschaute, hob er Lizzie aus dem Boot und hielt sie vor sich am Rückenteil ihres pinkfarbenen Nachthemds.

Er hob seine Waffe an ihren Kopf und lachte, das verrückte, schrille Geräusch schallte über den See. Claire begann, zurück in ihre Richtung zu schwimmen, jetzt voller Grauen, er würde das kleine Mädchen einfach töten und es beenden. Black hatte auch kein Druckmittel, nicht jetzt, da Lizzie Thomas' Gnade ausgeliefert war.

Sie stoppte, sobald sie Boden unter den Füßen spürte und stand auf, bereit, um ihre Leben zu flehen. »Bitte, Thomas, bitte, hier bin ich. Ich werde mit dir gehen.«

Thomas lächelte. Er war ihr zugewandt, seine Gesichtszüge waren in dem hellen, dämmrigen Licht auszumachen. Das blaue Signal neben ihm ging an und aus und gab ihm ein surreales, wahnsinniges Aussehen. Er sah aus wie der Teufel – tödlich, grinsend, böse. Lizzie hing da an ihm, stumm und still. »Ja, du wirst mit mir gehen, Annie, aber Lizzie hier nicht. Sie ist jetzt ein totes kleines Mädchen, und du kannst dir selbst die Schuld dafür geben, dass ich ihr ihren süßen kleinen Schädel wegblasen muss.«

»Lass die Waffe fallen, Landers. Ich habe dich genau im Visier.« Blacks Stimme, aus geraumer Entfernung den schmalen Strand hinunter. Claire sackte vor Erleichterung zusammen.

Thomas Landers lachte wieder, sein Pistolenlauf war in Lizzies Backe gepresst. »Du wirst mich nicht erschießen, nicht mit dieser Knarre am Kopf der kleinen Lizzie …«

Während Claire dastand, hüfthoch im Wasser, voller Angst um Lizzie, sah sie plötzlich, wie sich auf Thomas' Stirn ein kleines Loch auftat, und dann erschütterte der scharfe Knall von Blacks Gewehr die stille Nacht. Thomas ließ Lizzie los, und das Kind fiel ins Wasser, und zwei weitere Löcher taten sich in seiner Brustmitte auf, der Doppelknall des Gewehrs ertönte wieder. *Bamm, bamm.* Und dann warf es Landers hart nach hinten, er schlug auf den Planken des Stegs auf und bewegte sich nicht. Während Claire sich verzweifelt durchs Wasser kämpfte, um Lizzie zu erreichen, hörte sie, wie Black heftig den Strand herunterrannte, ins Wasser platschte und Lizzie herauszog.

Black drehte sich zu Claire, hielt das Kind mit seinem guten Arm und das Gewehr in seiner anderen Hand. Claire plantschte halb und watete halb auf sie zu. Black hob Lizzie auf den Steg hoch und griff dann Claire und schob sie neben sie hinauf. Claire packte Lizzie und hielt sie eng an ihre Schulter, sodass sie Thomas Landers' leblosen Leichnam nicht sehen konnte, der auf dem Steg hinter ihnen lag. Blacks Schulter blutete. Sie konnte die roten Sickerstellen auf seinem weißen Hemd sehen, aber er legte das Gewehr hin und zog sie beide in seine Arme.

»Es ist vorbei«, sagte er mit dunkler, streng kontrollierter Stimme. »Er wird nie wieder hinter dir her sein, Claire. Niemals.«

Lizzie weinte und drückte sich dichter an Black, und Claire vergrub ihr Gesicht in seinem blutbefleckten Hemd und brach überdies an ihn gestützt zusammen. Es war wirklich vorbei. Sie musste Thomas Landers nie wieder fürchten. Sie versuchte es zu begreifen, aber schien für ein oder zwei Minuten nicht in der Lage dazu zu sein.

Aber dann setzte sie sich auf. »Wir müssen McKay anrufen. Gleich. Ihn wissen lassen, dass Lizzie in Sicherheit ist.«

Black holte sein Telefon heraus und gab die Nummer ein, während sie sich hochkämpfte und Lizzie von Thomas Landers' Leiche abschirmte. Sie schaute ihn nicht wieder an, als sie das Kind losband und vom Steg trug. Lizzie klammerte sich mit beiden Armen um ihren Hals, und Claire hoffte, dass sie diese schreckliche Nacht überleben könnte. Black legte auf und ergriff ihren Arm, und sie gingen den Strand hinunter zum Haus zurück, um auf Joe McKay zu warten.

Epilog

In der Woche nach ihrer grauenvollen Flucht vor dem mörderischen und verschlagenen Thomas Landers gab es eine richterliche Anhörung. Blacks Wunde hatte sich wieder geöffnet, vorne und hinten, aber Dr. Atwater hatte ein zweites Mal operiert, um den Schaden zu reparieren. Er war wund wie verrückt und hatte schlechte Laune, aber er war nicht außer Gefecht und versessen darauf, seinen Augenzeugenbericht gegen Landers abzugeben.

Als die Fakten ans Lich kamen, wurde Black natürlich nicht für den Mord an Landers oder Monica angeklagt, und die anderen Morde wurden Thomas Landers zugeordnet, sowohl auf DNA- als auch Fingerabdruckbeweise an den verschiedenen Tatorten gestützt. Joe McKay hatte Lizzie wieder zurück, gesund und munter, aber aufgewühlter, als irgendein Kind jemals sein sollte. Der Doktor sagte, es sehe nicht so aus, als sei sie sexuell belästigt worden, Gott sei Dank, und Vater und Tochter waren bald in Richtung Disneyland unterwegs, um die Psyche des kleinen Mädchen von dem Albtraum abzulenken, den sie hatte durchmachen müssen. Black hatte auch bereits eine Therapiesitzung mit Lizzie gehabt, nur um sicherzugehen, dass sie psychisch gesund war und nicht an einem verzögerten Trauma aufgrund ihres Martyriums litt. Unglücklicherweise war Claire diejenige, die an etwas Derartigem zu leiden schien, und eine Menge Probleme hatte, zu glauben, dass sie endlich von dem Monster befreit war, das ihr nachgestellt hatte, seit sie nicht viel älter war als Lizzie.

Black entschied, dass sie einen höllischen Urlaub verdienten, nach dem, was sie gerade ertragen hatten. Charlie stimmte aus vollem Herzen zu, und ab ging es mit Blacks Learjet nach New Orleans und einem wunderschönen alten Haus, das er gerade rein zufällig im French Quarter besaß. Eins, das zufällig über einen eigenen Innenhof mit eigenem kleinen Langschwimmbecken und viele plätschernde Springbunnen verfügte, und über rote Bougainvillea und einen gigantischen Magnolienbaum, der alles vor der Sonne Louisianas beschattete. Sie faulenzten dort in diesem privaten, stillen Zufluchtsort und schwammen und redeten und machten Liebe, und er behandelte sie, wie er sie liebte, so, wie sie wusste, dass sie ihn liebte.

Und das ist, wie sich Claire in einer Nacht fühlte, fast zehn Tage nachdem er eine Kugel in Thomas Landers' Kopf in diesem gruseligen, blinkenden blauen Licht versenkt hatte. Sie saß auf einem langen, draußen stehenden Weidensofa im Innenhof, umgeben von Bananenstauden und Palmettopalmen, roten, pikant riechenden Geranien und diesen hübschen, plätschernden Springbrunnen. Black trug wieder seine Schlinge und kam aus den großen und offenen Verandatüren mit Kristallkelchen voll mit eiskaltem Champagner in beiden Händen. Er zog einen Stuhl direkt vor sie.

»Wofür ist das?«

»Wir haben eine Menge zu feiern, denkst du nicht?«

»O ja, mein Herr, das haben wir, dank dir.«

»Also bist du mir dankbar, richtig?«

»Oh, da kannst du drauf wetten. Viel mehr, als ich dir

jemals sagen kann. Du hast den Schwarzen Mann getötet und mich befreit.«

»Dann tu etwas für mich, Claire.«

Da sie dachte, er würde über das große, runde, überdachte Bett oben im gleichfalls großen runden Schlafzimmer reden, sagte sie: »Alles, was du willst. Du musst es nur sagen.«

Blacks attraktives Gesicht wirkte ernst im Kerzenlicht, und da wusste Claire, dass ihm der Sinn nicht nach Schlafzimmer stand. Es ging um ernste Angelegenheiten. Was immer er sagen würde, er machte keinen Spaß.

Sie setzte sich gerade hin und schenkte ihm ihre ungeteilte Aufmerksamkeit. Sorgfältig stellte sie ihren Kelch auf den Glastisch. »Du machst mir Angst, Black. Was stimmt nicht? Bist du in Ordnung? Ist deine Schulter okay?«

»Es ist alles in Ordnung. Ich habe dir einen Vorschlag zu machen.«

»Okay, ich höre. Deine Vorschläge sind normalerweise ziemlich gut.« Sie lächelte. Er nicht. Sündhaft ernst, ja, das war er.

»Okay, halt dich fest, Claire, das wird etwas ganz Großes.«

Also hielt sie sich fest für das ganz Große. Würde er sie fragen, ob sie ihn heiraten würde? Sie hatte das deutliche Gefühl, er würde, und unterdrückte all die zwiespältigen Gefühle, die in ihrem Herzen kämpften.

»Ich weiß, wie sehr du deinen Job liebst«, so begann er, was ihr einen dick unterstrichenen Hinweis in großen roten Buchstaben gab, in welche Richtung sein Vorschlag gehen würde. Aber es war auch das eine Thema, über das sie nicht reden wollte.

Claire saß still, fast ängstlich, sich jetzt zu rühren. Aber sie musste ihn fragen. »Du willst mit mir Schluss machen, wenn ich meinen Job nicht aufgebe, ist es das?«

Offensichtlich überrascht, wechselte Blacks Gesichtsausdruck schnell zu Verärgerung. »Das sollte ich wohl nach dieser beleidigenden Bemerkung. Mach mal halblang, Claire.«

Claire ließ sich nicht beirren. »Ich werde meinen Job nicht aufgeben, Black. Bitte verlange das nicht von mir.«

»Ich verlange das nicht von dir.«

Okay, nun, das war eine Erleichterung. Sie wartete gespannt; nichts anderes konnte so schlimm sein.

Black nahm ihre Hand, küsste ihren Handrücken und dann die Handfläche, in dieser vollkommen zärtlichen Art, die er gelegentlich draufhatte. Die Geste zeigte ihr, wie gern er sie hatte, mehr als all die hübschen Geschenke, mit denen er sie gern überschüttete.

»Wirst du mich einfach fertig anhören, Claire? Ohne wegzugehen oder gleich abzulehnen?«

»Hältst du um meine Hand an?« Nein, sie war nicht jemand, der um den heißen Brei herumredete.

Das überraschte ihn, sie konnte das sehen. Seine Augen leuchteten auf. »Nein, aber wenn du Ja sagst, ich bin voll dabei.«

Claire wusste nicht, ob sie würde oder nicht. Also sagte sie: »Was ist los, Black? Wie gesagt, du beunruhigst mich.«

»Ich möchte dir dein eigenes Geschäft als Privatermittler aufbauen, dich zum Boss machen. Wo immer du leben willst, alles, was du willst, gehört dir. Booker wäre bereits einverstanden, wenn du ihn dabeihaben möchtest. Ich habe Kontakte im ganzen Land. Ich kann dir so viel Arbeit besorgen, wie du möchtest oder brauchst. Du hättest vollständig das Sagen in Bezug auf die Aufträge, die du annimmst, wo du hingehst, wen du anstellst. Bud auch, wenn du ihn möchtest. Wir können ihm jeden Betrag anbieten, den du möchtest.«

Okay, jetzt hatte er es geschafft, ihr den Schock ihres Lebens zu versetzen. Das war das Allerletzte auf Erden, was sie zu hören erwartet hatte. Sie war sprachlos, was ihr so gar nicht entsprach. »Warum? Warum willst du das für mich tun?«

Blacks Augen wirkten intensiv im Kerzenlicht, blau wie ein sonnenbeschienener See, nüchtern, sie untersuchten ihr Gesicht, hielten ihren Blick. »Weil ich es satthabe, anzuschauen, wie du verletzt wirst. Ich saß hier Woche für Woche und habe dich im Koma liegen sehen, ich dachte, ich würde dich verlieren, dass du vielleicht nie mehr deine Augen aufmachen würdest. Du kannst dir nicht vorstellen, wie sich das anfühlt, Claire, was das mit mir gemacht hat. Ich habe mich innerlich tot gefühlt. Und es ist nicht nur dieses Mal. Es ist jedes Mal, wenn du verletzt oder angeschossen wirst oder von einem Monster, das du jagst, den Schädel eingeschlagen bekommst.«

Dann sah sie den Schmerz in seinem Gesicht und hörte ihn so klar in seiner Stimme, Schmerz, den er nicht zu verbergen suchte. Sie legte zärtlich ihre Hand auf seine Wange. »Es tut mir leid, Black. Es tut mir leid, dass ich dir so viel zumute.«

Black schüttelte den Kopf. »Um mich mache ich mir keine Sorgen. Ich würde mich sicherer fühlen, wenn du bei mir wohnen würdest, Seite an Seite mit Booker arbeiten würdest – oder Bud – oder beiden. Du hättest nicht nur

Mordfälle; wahrscheinlich würdest du nie mehr einem Serienkiller ins Gesicht sehen. Du bist ein großartiger Detective. Ich würde dir das nie wegnehmen wollen. Ich würde dich nie darum bitten, mit etwas aufzuhören, was du so liebst. Aber ich möchte, dass du das machst, Claire. Für mich, für uns beide. Du hast Heirat erwähnt. Ich möchte eines Tages heiraten. Bald. Ich möchte Kinder mit dir haben. Ich möchte ein normales Leben mit dir führen, wo wir glücklich sind, und du sicher bist, und nicht alle zwei Tage verletzt wirst. Das möchte ich dir geben.«

Jedes seiner gesagten Worte war wahr, jedes Wort wurde voller Ehrlichkeit und Liebe und Respekt ausgesprochen. Claire saß da und war nicht sicher, was sie denken oder tun sollte. Sie schaute von ihm weg und dachte darüber nach, wie es wäre, kein Detective im Morddezernat mehr zu sein, keine Kriminellen, kaltblütige Mörder, hinter Schloss und Riegel zu bringen, und konnte es nicht so recht ausloten. Aber was er gesagt hatte, klang auch ziemlich gut.

Sie war genauso ehrlich wie er. Sie schuldete ihm das. »Ich weiß im Moment nicht, was ich sagen soll. Das kommt jetzt wie aus heiterem Himmel. Ich muss gründlich darüber nachdenken.«

»Ich gebe dir alle Zeit, die du eben brauchst. Charlie hat schon gesagt, er würde dich beurlauben – das hast du mir selbst gesagt. So lange du willst und dass du immer einen Platz in seinem Department haben wirst. Du könntest es für ein paar Monate hier unten probieren, schauen, ob es dir gefällt, schauen, ob es funktionieren könnte. Oder wir könnten im Winter hier leben und dort im Sommer. Ich verfüge über diese Flexibilität. Es ist deine Entscheidung.«

Claire starrte ihn an und erwog ernstlich, was er vorgeschlagen hatte. »Ich denke darüber nach, okay. Ich werde noch nicht sagen, dass ich es nicht tue. Bist du damit zufrieden?«

Black zeigte ein triumphierendes Grinsen und zog sie in seine Arme. »Verdammt, das ist mehr, als ich erwartet habe. Ich dachte, du sagst geradeheraus ›Keine Chance‹. Und während du darüber nachdenkst, denk auch gleich über diese Heiratsgeschichte nach. Ich kann innerhalb einer halben Stunde einen Pfarrer hier haben.«

Dann küsste er sie und drückte sie dabei mit dem Rücken gegen das Sofa, und sie verlor die Kontrolle über ihr Denken, so wie immer bei ihm. Die Wahrheit war, sie liebte diesen Kerl so sehr, wie er sie. Ihre Beziehung hatte jetzt einen Wendepunkt erreicht, einen, über den er nachgedacht hatte, und jetzt musste sie das Gleiche tun. Sie war nur glücklich, dass sie nicht zwischen ihrer Karriere und ihm wählen musste, wie sie oft befürchtet hatte. Also war alles, was sie tun musste, eine Entscheidung zu treffen. Aber er hatte ihr Zeit gegeben, Zeit zu erwägen, was sie wirklich aus ihrem Leben machen wollte und wie sehr sie es wollte. Er hatte ihr einen sehr guten Weg aufgezeigt, ihren Teil vom Kuchen zu haben und ihn auch zu essen. Jetzt lag es bei ihr. Jetzt gerade hatte sie keinen Schimmer, was sie wollte, außer dass sie weiter von ihm geküsst und berührt werden wollte, wie er es genau jetzt tat. Über alles andere konnte sie morgen nachdenken. Genau, morgen war auch noch ein Tag. Genau wie Scarlett O'Hara, aber diesmal mit blinkendem Abzeichen und zwei vertrauenswürdigen Kanonen.